장기농장

ZOUKINOUJOU by Hosei Hahakigi

하하키기 호세이 지음
권영주 옮김

臟器農場
장기농장

시공사

1

노리코는 달렸다.

첫날은 30분 내지 한 시간 여유를 두고 출근하려고 자명종을 5시에 맞췄다.

일어나 보니 방 안이 불길할 정도로 밝았다. 허겁지겁 시계를 보니 7시가 조금 지난 시간이었다. 자명종이 울렸는지 확인하고 싶었지만, 그럴 겨를이 없다는 것을 중간에 깨달았다. 이불을 박차고 일어나 세수하러 갔다.

부엌에서 어머니가 아침 먹을 거냐고 물었다. 대답하는 대신 왜 깨워주지 않았느냐고 불평했다.

"첫날이잖니. 네가 안 일어나길래 늦게 가도 되는 줄 알았지."

"첫날인데 늦어도 되는 직장이 어디 있어? 하여간 직장 경험이 없는 사람은 이렇다니까."

서두르다가 립스틱을 잘못 바르고 말았다. 지우고 다시 발랐다. 그것도 별로 잘 발라지지는 않았지만 포기했다. 립스틱 외에는 로션을 바른 게 전부다.

방으로 돌아와 잠옷을 벗었다. 블라우스와 치마, 스타킹까지 전날 밤 준비해놔서 다행이었다. 카디건은 벽에 걸려 있고, 핸드백도 미리 챙겨놨다. 5, 6분 뒤 집을 나서 뛰면 7시 40분 케이블카를 탈 수 있다. 8시에 '둘째 역'에 도착하면 또 뛰어서 8시 10분에 병원에 도착한다. 탈의실에서 옷을 갈아입고 계단을 달려 올라간다. 그럼 원장이 훈사를 시작하는 8시 반에 댈 수 있을 것이다.

"신문에 너희 병원 나왔더라."

어머니가 말했다.

"신문 볼 시간 없어."

"네가 일할 병원이잖니."

노리코는 스타킹을 둥글게 말면서 테이블 위 신문에 눈을 주었다.

'다장기(多臟器) 이식에 성공―세이레이 병원'이라는 제목이 보였다.

"이따 와서 볼 테니까 버리지 마."

"훌륭한 병원인가 봐."

어머니의 칭찬이 뾰족한 기분을 어느 정도 달래주었다.

손목시계를 차며 신을 신었다.

"앞으론 꼭 깨워줘야 해."

현관 앞까지 나와 배웅해준 어머니에게 볼멘 얼굴로 말했다.

달음질을 하면서 말이 좀 심했나 하고 반성했다. 같이 생활하다 보면 늘 불평만 하게 된다.

지름길로 가려고 산사나무 공원을 가로질러 철물점 앞을 달려 내려갔다. 철 이른 보랏빛 꿀풀 꽃이 인도에 삐져나와 있다. 어느 점포나 아직 셔터를 올리지 않았다.

큰길은 JR 역으로 곧게 이어졌다. 메이지 시대 초기 제철소가 생기면서 닦은 길로, 중앙분리대에 늘어선 종려나무는 전봇대보다도 키가 크다.

고등학교 때도 매일 아침 이 길을 달렸다. 열차 한 대를 놓치면 15분 지각해서 화장실 청소를 해야 했다. 청소하기 싫어서 열심히 뛰었다. 신호등에 걸리지만 않으면 역까지 대략 15분이면 간다.

"제발 미장원 앞에서만은 뛰지 말아줄래?"

어느 날 어머니가 머리를 숙이며 부탁했다. 우연히 미장원 앞을 청소하던 미용사가 노리코를 보고 놀란 모양이었다.

"가방을 끌어안고 치맛자락을 펄럭이면서 달려가는 세일러복 차림의 키 큰 애가 있길래 누군가 했더니 글쎄, 댁네 딸이지 뭐예요" 하고 어머니에게 귀띔한 모양이다. "육상부인가 봐요? 보통 여자애면 그렇게 못 뛰죠"라는 말까지 했다고 한다.

노리코는 육상부가 아니라 탁구부 소속이었다. 아침마다 달리기를 한 덕에 고등학교 3학년 때 교내 마라톤에서 3위를 차지했다. 1위는 육상부, 2위는 배드민턴부의 주전 선수였다.

의료 전문대를 다니는 3년 동안은 기숙사 생활을 했던 터라이 길을 달린 적이 없다. 공백 기간 탓인지 찻집 '반지로' 앞에 이르러 벌써 숨이 찼다. 아직 겨우 3, 4분 뛰었을 뿐인데.

모퉁이를 돌아 손목시계를 봤다. 7시 36분. 바로 눈앞에 지붕이 세모꼴인 '첫째 역'이 보였다. 막판 스퍼트라고 생각하고 뛰었다.

개표구를 통과한 순간 벨이 울렸다. 다시 달음질을 쳐서 선로를 건너 차량에 올라탔다. 차장이 눈을 부라렸다.

노리코가 앉기를 기다린 것처럼 케이블카가 힘찬 소리를 내며 움직이기 시작했다.

등이 끌어올려지는 느낌이 들어 노리코는 뒤를 돌아보았다. 마흔 명 탑승하는 차량에 승객은 열 명 정도 있었다. 좌석이 계단식으로 높아진다. 안면이 있는 사람은 없었다. 노리코와 같은 전문대 간호학과에서 네 명이 세이레이 병원에 취직했는데, 두 명은 자가용으로, 한 명은 버스로 출퇴근했다.

노리코는 아직 운전면허가 없었다. 하지만 설령 있었어도 케이블카를 타고 출퇴근했을 것이다. 그 정도로 노리코는 케이블카에 정이 들었다. 어렸을 때부터 휴일이면 아버지가 늘 케이블카를 태워주었다. 학교 소풍도 케이블카를 이용해 산꼭대기 공원까지 올라갔다.

그렇기에 3년 전 산 중턱에 종합병원이 새로 생긴다는 말을 들었을 때는 마치 자신을 위해 생기는 것 같았다. 취직하려면 꼭 그 병원에 해서 케이블카로 출퇴근하겠다고 결심했다.

노리코는 다시금 차 안을 둘러보았다. 차장과 눈이 마주쳐 잘 부탁한다는 의미로 고개를 까딱 숙였건만 상대방은 시선을 피했다. 작은 몸집에 비해 머리통이 큰 그가 근무하기 시작한 지 몇 년 됐다. 처음 몇 달은 예순 살쯤 된 차장이 곁에서 이것저것 가르쳐주었다.

그랬건만 요새는 어엿하게 홀로서기를해서 명물 차장이 됐다. 시간에 엄격해서 발차 시각이 지나면 뛰어와 타려는 승객을 절대로 기다려주지 않는다. 그런가 하면 노인에게는 손을 내밀어 부축해주고 앉아 있는 젊은 승객을 억지로 일으켜 자리까지 마련해준다. 차장은 특히 차내에 버려진 쓰레기에 까다로웠다. 껌 포장지라도 바닥에 버릴라 치면 즉각 다가와 목장갑을 낀 손으로 줍고 목에 건 가방에 넣었다. 여 보란 듯한 동작에 버린 사람이 겸연쩍게 얼굴을 붉히게 된다.

차체가 단선 선로를 밑으로 토해내며 올라간다.

기차와도, 지하철과도 다른 독특한 소리가 밑에서 들려온다. 공업소 기계의 톱니바퀴 맞물리는 소리와 비슷해서 어린 시절이 생각났다.

오른쪽은 깎아지른 듯한 절벽, 왼쪽은 삼나무와 너도밤나무, 녹나무, 회양목 등 큰 나무들이 빽빽이 들어찬 울창한 숲이다. 멧돼지가 서식해서 민가의 텃밭을 망쳐놓는 일도 종종 있다.

산에는 벚나무도 있다. 기슭에서 산을 바라보면 활짝 핀 벚꽃은 허연 점처럼 보인다. 초등학교 때 아버지, 어머니, 언니와 넷이서 커다란 벚나무를 보러 간 적이 있었다. 길을 아는 사람은 아버지뿐이었다. 간포 휴양 센터로 이어지는 포장도로를 올라가다가 흙길을 30분쯤 가니 삼나무 숲이 끝나고 눈앞이 갑자기 환해졌다. 위를 올려다보자 벚나무 가지가 하늘을 뒤덮고 발그스레하게 물든 벚꽃이 텐트를 친 것처럼 펼쳐져 있었다. 햇빛이 벚꽃 꽃잎을 통과해 한층 밝아 보였다. 노리코의 가족 외에는 주위에 아무도 없었다. 꽃잎이 떨어지는 소리까지 들릴 것처럼 고요했다.

그 뒤 벚나무를 보러 가자는 이야기는 몇 번 나왔지만, 아버지의 전근과 언니의 취직, 어머니의 요통 탓에 실현되지 않았다. 고등학교 3학년 때 아버지가 혼자 전근 간 곳에서 암에 걸려 죽은 뒤로 벚꽃 구경 이야기는 쑥 들어갔다.

병원 근무에 익숙해지면 당직을 마치고 돌아오는 길에 벚나무를 찾아볼까 하는 마음도 있다.

케이블카가 '둘째 역'에 도착했다.

노리코는 개표구를 지나 역 계단을 달려 내려갔다. 뛰는 사람은 노리코뿐이었다.

철쭉이 있는 인도가 2, 3백 미터 이어진다. 오른쪽 밑으로 시가지와 JR선, 고속도로, 그 너머에 제철소, 후미, 바다까지 한눈에 내려다보인다.

숨이 차기 시작했을 즈음에는 세이레이 병원 전체가 보이는 곳까지 와 있었다.

병원은 쌍안경 모양으로 생겼다. 나란히 누운 직육면체 두 개가 입원 병동인 남관과 북관이며, 두 병동은 가운데에서 구름다리로 연결된다.

평행하는 두 직육면체를 3층 건물이 떠받치고 있다. 외래 진료실과 중앙 검사실, 강당, 사무 부문, 예배당 등이 그곳에 위치한다.

노리코는 그제야 뛰던 것을 멈추었다. 8시 15분이었다. 직원 출입문을 통해 안으로 들어갔다.

지하 탈의실에 노리코와 같은 신입 간호사 대여섯 명이 대기하고 있었다.

유니폼으로 갈아입었다. 깜박하고 빗지 못한 머리를 브러시로 가다듬은 뒤 캡을 썼다.

"노리코, 교통사고라도 났나 해서 걱정했잖아."

간호학교를 함께 다닌 유코가 뒤에서 거울을 향해 말했다.

"케이블카 타고 왔어."

"케이블카?"

"응, 케이블카." 노리코는 유코를 돌아보며 웃었다. "사고 날 걱정 없지, 혼잡하지도 않지. 경치도 훌륭하고. 바다가 반짝이는 게 보이더라."

"태평한 소리 하네. 우리 걱정했단 말이야. 강당에 가서 도모코랑 가오리한테 물어도 모른다고 하길래 다시 온건데."

"미안. 내일부터는 하나 이른 케이블카를 탈게."

유코와 함께 계단을 올라갔다.

"유코, 뭐 없어?"

유코는 언제나 가방과 유니폼 주머니에 사탕 종류를 넣고 다녔다.

"벌써 배고픈 거야?"

"시간이 없어서 아침 못 먹었거든. 그거 할 때도 됐고 해서 배고파."

유코는 주머니에서 빨간 종이에 싼 사탕과 초콜릿 캐러멜을 꺼냈다.

"고마워."

"넌 좋겠어. 단걸 아무리 많이 먹어도 살도 안 찌고."

"체질이야, 체질."

아닌 게 아니라 다이어트를 하지 않아도 몸무게는 일정하게 47킬로그램을 유지한다. 키가 163센티미터이니까 50킬로그램을 넘어도 될 것 같은데 좀처럼 변동이 없었다. 반대로 키가 150센티미터밖에 안 되는 유코는 몸무게가 55킬로그램을 넘었다고 난리를 치며 이따금 다이어트라고 점심을 캐러멜 한 개로 때우곤 한다.

하지만 '체질'이라고 대답하기는 했어도, 일곱 살 위인 언니는 결혼한 뒤로 순식간에 몸무게가 늘었고 어머니는 몸통에 금줄을 두 개 두른 것처럼 살이 접혔다. 세상을 떠난 아버지도 배불뚝이 체형이었다. '체질'이라고 안심하고 있다간 자신도 언젠가 당할 것 같다.

　강당에는 이미 서른 명 가까이가 정렬해 있었다. 모두 서 있다. 교육주임이 연신 손목시계에 눈을 주고 있었다. 노리코는 깡마르고 눈빛이 날카로운 그녀가 면접시험 때부터 그리 호감이 가지 않았다.

　신입 간호사의 캡 위치, 가슴 주머니에 꽂은 손수건, 이름표의 유무 등을 한 사람씩 점검하던 교육주임은 노크 소리가 나자 달려가 정중하게 문을 열었다.

　몸집이 작고 머리가 허옇게 센 원장이 들어왔다. 커다란 체구의 간호부장이 뒤를 따랐다.

　원장은 온화한 표정으로 신입 간호사들을 둘러보았다. 금테 안경 너머로 보이는 눈은 단춧구멍처럼 작았다.

　"원장인 가메야마입니다."

　단상에 올라서지도 않고 서글서글하게 이야기를 시작했다.

　"오늘부터 여러분은 우리 세이레이 병원의 일원입니다. 여러분 모두 올봄에 간호학교를 졸업한, 말하자면 갓 태어난 간호사입니다. 태어난 환경이 매우 중요하며 감각과 판단력을 결정한다는 걸 동물학자들은 각인이란 말로 표현하죠. 고양이도 어미 개가 키우면 자신을 개라고 생각하며 고양이를 무서워합니다. 백조 인형에 확성기를 달아 인공음을 내면서 모이를 뿌리면 새끼 새들은 움직이지 않는 인형을 어미라고 생각합니다. 다행히 여러분이 앞으로 각인을 경험할 이 병원은 인형이 아닙니다. 창립 3년밖에 안 되는 새 병원이지만 의료진도 사무직원도, 연구원들도 우리가 헤드헌팅으로 데려온 인재들입니다. 각인에는 최고의 장소라고 가슴을 펴고 당당하게 말하겠습니다."

원장은 빠르지 않은 말투로 이야기하더니 미소를 지었다. 눈이 더욱 작아졌다.

"아침에 신문 본 사람 손 들어봐요."

갑작스러운 질문에 3분의 1 정도가 손을 들었다. 뒤쪽에서 노리코도 얼굴께로 손을 들었다.

"간호사는 아무리 바빠도 출근 전에 신문을 읽어야 합니다. 의료 직종은 바꿔 말하면 서비스업입니다. 커뮤니케이션을 빼고는 불가능한 겁니다. 환자와의 교류는 작은 화제가 계기가 되곤 합니다. 화제를 얻으려면 그날 신문을 보는 게 제일입니다."

원장은 가볍게 헛기침을 했다.

"오늘 조간에 세이레이 병원이 실렸습니다. 지방지뿐 아니라 전국지에서도 동시에 다뤘으니 다들 봤겠죠. 기사를 읽은 사람?"

노리코는 또 머뭇머뭇 손을 들었다. 어머니가 권해서 겨우 몇 초 훑어본 것뿐이지만 읽은 건 읽은 것이다.

"어떤 내용이었나요?"

원장에게 지목 받고 맨 앞줄에 선 동료가 자신 없이 대답했다.

"뇌사 상태의 갓난아기에게서 장기를 꺼내 이식했다는 기사였던 것 같습니다."

"그래요. 어떤 장기를 이식했을까요?"

원장이 다시 물었다.

"심장, 신장, 간……."

동료는 그 이상 말을 잇지 못했다.

"그리고 폐와 각막입니다. 심장과 폐는 한 환자에게 이식됐고 각막과 신장은 각각 하나씩 서로 다른 환자에게 이식됐으니 합해서 여섯 명의 환자가 은혜를 입은 셈입니다."

원장은 말을 아끼듯 설명했다. 곁에 서 있던 간호부장과 교육 주임도 그에 동조하듯 고개를 끄덕였다.

"내가 강조하고 싶은 건, 세이레이 병원에 그 정도 실력을 갖춘 스태프가 있다는 점입니다. 국립병원이나 대학병원도 그런 곳은 흔치 않아요. 언론사란 언론사가 모두 기사로 다룬 것도 그래서겠죠. 여러분이 오늘부터 근무할 곳은 그런 병원입니다. 최첨단 의료 서비스를 제공해 환자 분의 고통을 덜어드리는 게 우리 사명입니다. 나는 그러기 위해선 어떤 희생도 치를 수 있다고 생각합니다. 세이레이 병원은 민간 병원입니다. 국가의 지원을 무한정 받을 수 있는 병원이 아닙니다. 경영면에서도 유지가 돼야 하지만, 환자 중심의 의료 활동을 하다 보면 경영 쪽으로도 저절로 길이 열리는 법입니다."

원장은 자신의 말에 고개를 끄덕이고는 신입 간호사들을 꼼짝 않고 쳐다보았다.

"끝으로 내 희망 사항을 이야기하겠습니다. 되도록 환자 분 곁에 있어주세요. 근무를 마치고 퇴근할 때 오늘은 환자 분 곁에 얼마나 있었는지 돌이켜보고 결과에 만족할 수 있는 근무를 여러분에게 기대합니다. 이상입니다."

가볍게 머리를 숙이고 문 쪽으로 다가가다가 불현듯 생각난 것처럼 돌아보았다.

"내 방은 북관 6층에 있습니다. 상의할 게 있으면 언제든 찾아오세요. 문은 항상 열려 있습니다."

복도까지 나가 원장을 배웅하고 돌아온 간호부장은 살을 출렁이며 단상에 올라섰다. 커다란 얼굴에 캡이 마치 리본처럼 작아 보였다.

"근무처 배정을 발표하겠습니다."

간호부장이 유니폼 주머니에서 메모지와 안경을 꺼내자 순간 웅성거리는 소리가 들렸다. 아무도 입 밖에 내지는 않았지만 어디로 발령 받을지는 그들에게 최대의 관심사였다.

간호부장이 외과 병동, 내과 병동에 이어 소아과에 근무할 사람들 명단을 읽었다. 그중에 노리코의 이름도 있었다.

내심 손뼉을 치고 싶은 기분이었다. 노리코도 유코도 제1지망은 소아과 병동, 제2지망은 산부인과 병동이었다.

"노리코, 잘됐네."

그렇게 말하는 유코의 이름도 산부인과 병동 배정자 명단에 있었다.

간호부장이 단상에서 내려와 문으로 나가고 이번에는 수간 호사들이 들어왔다. 각각 자기 과에 배속된 간호사들을 불러 모 았다.

소아과 수간호사는 몸집이 큰 데다 작은 코에서 어딘지 모르 게 애교가 느껴졌다. 웃는 얼굴로 "아마기시 노리코 씨랑 시오 다 미키 씨죠?" 하고 물었다. 시오다 미키와는 처음 만난 것이었 는데, 얼굴이 희고 큰 눈이 귀여운 게 텔레비전에서 요새 뜨기 시작한 배우와 인상이 비슷했다.

"아리마 수간호사예요. 앞으로 잘 부탁해요."

노리코와 미키도 허둥지둥 고개를 꾸벅 숙여 인사했다. 유니 폼 가슴에 너구리 배지가 붙어 있었다.

다른 수간호사들이 빠르게 걷는 데 비해, 아리마 수간호사는 계단을 올라갈 때도 서두르지 않았다. 노리코는 수간호사의 캡 을 고정한 핀이 다람쥐 무늬라는 것을 알아차렸다. 배지도 핀도 정말 소아과답다.

"두 사람 다 지망대로 소아과에 들어오게 돼서 다행이네. 애 들을 좋아하나 봐? 그렇지만 소아과 근무는 힘든 일도 많단 말 이지. 건강했던 신생아가 하룻밤 새 죽기도 하고, 살 가망이 없 는 어린 암 환자를 보면 매일 눈물이 나고 그래."

아리마 수간호사는 부드럽게 말했다.

"하지만 간호사로서 일을 처음 시작하는 곳으로는 나쁘지 않 을 거야. 언젠가 두 사람도 외과랑 내과랑 다른 마이너한 과도 돌게 될 테지만, 소아과 병동에서 배운 기술이랑 마음 자세는 분명히 언제까지고 도움이 될 거야. 나도 성(聖) 누가에서 처음 근무한 데가 신생아실이랑 소아과 병동이었거든. 그 뒤 20년 동안 다른 과들을 돌다가 다시 소아과로 돌아온 거야."

노리코는 물어보고 싶은 게 머릿속에 연달아 떠올랐지만 무엇부터 질문해야 할지 알 수 없었다.

시오다 미키는 수간호사의 이야기를 듣지 않는 듯, 벽에 걸린 판화며 복도를 오가는 이동용 침상에 눈을 주고 있었다.

소아과 병동은 쌍안경의 원통 같은 두 직육면체 중 북쪽 건물에 있었다. 크림색 벽에 열대어와 해초, 새, 정글과 동물이 대담하게 그려져 있었다.

아리마 수간호사는 복도 막다른 곳에 있는 방으로 두 사람을 안내했다. 불투명 유리문을 열자 허공에 내팽개쳐진 듯한 착각이 들었다.

세 면을 둘러싼 창문으로 보이는 것이라곤 하늘뿐이었다. 널따란 실내 한가운데에 화분을 늘어놓아 둘로 나누었다. 왼편은 식당, 오른편이 놀이방이다. 놀이방의 코르크 바닥에서 대여섯 아이들이 나무 블록이며 레고를 갖고 놀고 있었다.

곁에 있던 어머니인 듯한 여자가 얼굴을 들고 미소를 지었다.

"방이 환하죠? 우리도 여기가 마음에 들어요."

노리코는 창가로 다가갔다. 입구에서는 하늘밖에 보이지 않던 시야가 발밑으로 펼쳐졌다. 멀리 바다가 있고, 항구와 임해 공장 지대, 우주 랜드, 시가지로 이어지고, 산기슭에 JR선과 고속도로가 해안선과 평행해서 가로지른다. 주택가의 집들은 산 중턱으로 올라올수록 뜸해져 이윽고 숲으로 흡수된다.

"야경이 아름답겠어요."

시오다 미키가 처음으로 입을 열었다. 목소리가 약간 콧소리다.

"여기서 밑을 내려다보면 야근하고 피곤한 것도 잊어버리게 돼." 수간호사가 고개를 끄덕였다. "애들도 이 방의 인상이 워낙 강한지, 병이 낫고 나서 도시락 싸들고 소풍 오기도 하지 뭐야."

그러고는 두 사람을 반대편 벽으로 데려갔다. 어린애 키 높이에 편지며 엽서 등이 빽빽하게 붙어 있었다. 주치의와 간호사에게 히라가나로만 쓴 글에, 어머니가 보낸 감사 편지도 있었다.

"이거 수간호사님이죠?"

노리코는 공책 낱장에 크레용으로 그린 얼굴 그림을 가리켰다. 동그란 눈과 머리에서 쑥 튀어나온 귓불이 특징을 잘 나타내고 있었다. 예닐곱 살 된 애 그림이 틀림없다.

"맞아." 아리마 수간호사의 얼굴에 웃음이 피었다. "난 별로 안 닮은 것 같은데 다들 똑같다고 그러네."

"똑같아요."

시오다 미키가 웃지도 않고 대답했다.

"역시 그런가."

수간호사는 순순히 납득했다.

방에서 나오며 노리코는 긴장이 어느새 풀린 것을 알아차렸다. 여기서라면 좋아하는 어린애들과 즐겁게 일할 수 있을 것 같다.

"국립병원에서 소아과 실습을 했는데 거기는 전혀 딴판이었어요." 시오다 미키가 또렷한 어조로 말했다. "거기 병동은 어둡고 습하고, 애들도 기운이 없었어요."

"하지만 여기도 좋기만 하진 않아." 수간호사는 가만히 찬물을 끼얹었다. "아까 내 그림 봤지? 그걸 그린 애가 그저께 죽었어. 뇌종양이 재발하는 바람에 어쩔 수 없었어. 그 그림도 원래는 뗄까 했는데 결심이 서질 않아서 그냥 둔 거야."

노리코도 시오다 미키도 의기소침해서 수간호사를 따라갔다.

간호사 대기실에서 선배 간호사들에게 소개되었는데, 도저히 한 번에 다 외울 수 있을 성싶지 않았다. 각각 가슴에 사자며 사슴 같은 배지를 달았다. 크기도 색깔도 다 다른 것을 보면 지급된 물건 같지 않다.

"우리도 신입입니다. 수간호사 선생님한테 혹독하게 지도를 받고 있죠."

진료 기록부를 쓰고 있던 의사에게 소개되었을 때, 한 명은 웃으며 먼저 이름을 밝혔다. 또 한 의사도 멈춰 서서 머리를 숙여 인사했지만, 간호사 대기실에서 나왔을 때는 이미 이름이 기억나지 않았다.

수간호사는 순회를 겸해 모든 병실을 안내할 생각인 듯했다.

"병상은 다 합해서 쉰 개, 그리고 신생아실에 열 개 있어. 신생아실은 근무 체제가 다르니까 반년 뒤에 로테이션 시킬 거야. 쉰 명은 시선이 미치는 최대한도야. 겨우 이름을 외웠나 하면 퇴원하고 또 새로운 애가 들어오곤 해."

병실은 6인실, 4인실, 2인실, 1인실로 나뉘어 있었다. 여럿이 같이 쓰는 방은 비교적 건강한 애들이 쓰는데, 그들이 들어오자 기쁜 표정을 지었다.

"음, 키 큰 사람이 아마기시 선생님이고 작고 예쁜 사람이 시오다 선생님이구나."

스테로이드를 복용하는 게 틀림없는 둥그런 얼굴의 남자애가 침대 위에서 조숙한 말투로 말했다.

애들이 보기에도 자신은 예쁘지 않은가 싶어 노리코는 조금 낙담했다. 매일 아침 거울을 보며 자신이 미인이라고 생각한 적은 한 번도 없지만 그렇다고 못생기지도 않았다. 잘생긴 눈썹, 약간 들린 코, 조그만 보조개까지 오히려 귀엽게 생긴 편이다. 눈도 크지만 시오다 미키처럼 쌍꺼풀이 지지는 않았다. 하지만 그것도 아이새도를 짙게 바르면 충분히 보완된다. 노리코는 몸을 굽혀 애들에게 웃음을 지으며 내일부터 좀 더 화장에 신경 써야겠다고 생각했다.

여덟 개 있는 1인실 중 한 방에 일곱 살 먹은 여자애가 침대에 누워 있고 어머니가 곁을 지키고 있었다.

아리마 수간호사가 환아에게 다가가 얼굴을 살피자 어머니가 먼저 아이의 용태를 설명했다. 호흡수는 얼마고 맥박은 얼마라고 이야기하는 방식을 보면 의료에 문외한은 아니라는 느낌이었다.

"아까 토했어요." 어머니는 노리코와 시오다 미키의 존재도 안중에 없는 듯 수간호사에게 이야기했다. "토사물은 위액뿐인 것 같았지만 간호사 대기실로 갖다 드렸어요. 선생님께 보여드리려고요."

이상 상태에 익숙한지 어머니는 별반 걱정하는 표정이 아니었다. 오히려 사무적인 느낌마저 들었다.

침대에 누운 여자애를 어디서 본 적이 있다는 생각이 들었다. 경면(傾眠) 상태인 아이는 눈을 감고 있었는데, 일곱 살치고는 발육이 나쁜 데다 윤기 없는 피부는 마치 노인 같았다.

노리코는 어머니를 다시금 살펴봤다. 잘 정돈된 웨이브 진 머리와 짙은 화장에서 간병으로 인한 피로를 찾아볼 수 없었다. 힘없이 축 늘어진 아이와는 반대인 게 천박한 느낌마저 들었다.

"대체 무슨 병인가요?"

병실에서 나오자 시오다 미키가 기다렸다는 듯 물었다.

"그걸 아직 모르지 뭐야. 주치의도 원장 선생님도 골머리를 앓고 있는 모양이야. 주된 증상은 구토와 설사, 그리고 경련 발작인데."

수간호사의 말을 듣고 노리코는 역시 그때 그 애구나 하고 생각했다. 그러고 보니 어머니도 그 병동에서 한 번 봤던 것 같다. 반년 전 간호 실습을 나갔던 시립병원에서였다. 나중에 진료 기록부를 확인하면 알 수 있겠지 생각해서 아무 말도 하지 않았다.

수간호사는 신생아실도 안내해주었다. 입구에서 유니폼 위에 덧옷을 입고 캡을 벗은 다음, 머리 전체를 덮는 모자를 썼다.

신생아실에 들어갈 때마다 기기가 많은 데 압도되곤 한다. 꼭 정밀기계 공장 같다. 하지만 보통 공장과는 달리 소음이 없다. 마음이 어수선해지는 심전도 모니터 소리에 이따금 신생아의 작은 울음소리가 섞일 뿐이다.

면회 코너에서 젊은 부모가 유리창 너머로 이쪽을 보고 있었다. 캡슐 안에 누운 아기는 몸무게가 960그램인 초미숙아였다. 새빨간 피부에 주름이 자글자글했다.

수간호사는 구석으로 두 사람을 데려가 의사 둘에게 소개했다.

"아마기시면 로쿠샤쿠 정 목욕탕 옆에 있는 집 아닙니까?"

서른 살이 넘은 키 큰 의사의 말에 노리코는 당황했다.

"목욕탕은 없어졌어요. 그걸 어떻게 아세요?"

"역시 맞군. 아마기시란 성은 그렇게 흔하지 않지." 상대방은 장난스레 웃었다. "기리코란 언니가 있지?"

"네."

"얼굴하고 목소리도 닮았는데."

진찰하는 듯한 눈으로 쳐다보는 바람에 노리코는 귀까지 빨개졌다. 아닌 게 아니라 언니도 키가 크지만 얼굴은 동생인 자신보다 훨씬 미인이다. 그런 언니를 닮았다는 말이 싫지는 않았다.

"언니는 결혼했으려나?"

상대방은 어쩔 몰라 하는 노리코를 꼼짝 않고 쳐다보며 말을 이었다.

"네, 딸이 하나 있어요."

"그래."

의사는 먼 산을 바라보는 듯한 시선으로 대답했다.

언니 학교 선배일지도 모르겠다. 집에 가면 바로 전화해봐야겠다.

그런데 그 뒤 의사의 이름을 잊어버렸다는 것을 깨달았다. 수간호사에게 물어볼 수도 없으니 언니에게 키가 크고 콧날이 오뚝한 잘생긴 남자라고 설명할 수밖에 없겠다.

그날은 선배 간호사를 따라다니며 처치를 거들고 침상 목욕, 시트 교체, 투약, 체온 측정, 식사 보조 등을 하며 여기저기 뛰어다녔다. 달라붙는 애들 상대도 해야 했다. 아리마 수간호사가 "소아과 간호는 보육과 간호 둘 다예요"라고 한 말의 의미를 첫날부터 실감했다.

인수인계를 마치고 간호사 대기실을 나설 때 노리코는 그때까지와는 다른 피로에 젖어 있었다. 다른 사람을 위해 열심히 일했다는 기분 좋은 피로감은 학생 때는 맛본 적이 없었다.

탈의실에서 유니폼을 벗고 사복으로 갈아입었다. 버스로 퇴근하는 시오다 미키와 병원 앞에서 헤어졌다.

버스 정류장에 유코가 있었다. 노리코는 손을 들어 불렀다.

"버스 타고 가?"

"오늘은 버스로 왔거든. 내일부터는 운전하고 올 거야. 노리코 넌?"

"난 물론 케이블카."

"그럼 나도 그거 탈래."

유코는 노리코와 함께 걸음을 뗐다. 발걸음이 가볍다. 케이블카라는 말을 듣고 왜 그런지 마음이 들뜬 듯했다.

"힘들었어?"

유코가 물었다.

"응. 채혈이 잘 안 되더라고. 애들 혈관은 머리카락에 바늘을 찌르는 거나 마찬가지야. 먼저 정신 통일부터 해야 해."

노리코는 뚱뚱한 아이카와 간호사의 동작을 흉내 내 보였다. 수녀가 기도하듯 가슴에 손을 얹고 호흡을 한 번 한 뒤 발 정맥에 나비 바늘을 찌른다. 아이카와 간호사의 포동포동한 손과 조그만 주사바늘은 영 어울리지 않았다.

"우리 쪽은 나이 먹은 사람들이니까 혈관이 굳어서 자꾸 달아나지 뭐야. 죄송하다고 몇 번씩 사과하면서 했는데 결국 세 번이나 실패했어. 안 되겠으니까 선배를 부르겠다고 했더니 환자가 말리는 거야. 안 아프니까 한 번 더 해보라고. 그래서 팔을 다시 묶고 바늘을 꽂았는데 또 실패하는 바람에 울고 싶었어. 그런데도 환자가 이번엔 꼭 성공할 테니까 해보라고 우겨서, 결국 다섯 번째에 성공했거든. 그거 봐라, 당신은 훌륭한 간호사가 될 수 있다고 환자가 말하는데, 진짜로 눈물이 찔끔 나더라. 반창고를 덕지덕지 바른 팔을 보면서 '감사합니다' 하고 머리를 숙였어. 그랬더니 이렇게 오랫동안 간호사가 곁에 있으면서 이야기를 한 건 일주일 만이라고 오히려 고맙다고 하던걸." 유코는 가슴에 맺힌 것을 단숨에 토해내듯 이야기했다. "산부인과 병동은 다들 조용하거든. 간호사 대기실에서도 잡담은 전혀 안 해. 로봇처럼 바쁘게 일만 하고, 의사도 어쩐지 어둡고. 그러니까 환자랑도 대화를 안 해. 괜히 여기 왔나 봐."

"아직 첫날이잖아. 결론을 내리기엔 일러."

"넌 마음에 들어?"

"아직 잘 모르겠지만 괜찮을 것 같아. 유코 너도 네가 먼저 주변 분위기를 바꿔보면 어때?"

"그러게." 유코는 기운을 되찾은 듯 대답했다. "환자가 기뻐해 주면 힘든 일이 있어도 참을 수 있어."

유코는 대여섯 걸음 앞으로 달려 나가 빙글빙글 돌았다.

"맞아, 우울하면 위를 보며 도는 거야."

노리코도 핸드백을 휘두르며 한 바퀴 돌았다. 간호학교 시절 유코가 고안한 기분 전환법인데 언짢은 일을 날려버려 주는 특효약이다.

"와아, 이런 데 역이 있었어?" 흰색과 녹색으로 칠한 장난감 같은 원형 지붕을 보고 유코가 말했다. "매일 이걸 타고 출퇴근 하게?"

"응."

노리코는 가슴을 펴고 대답했다.

"흐음, 케이블카로 출퇴근을 한단 말이지. 나도 그럴까. 높은 데 좋아하거든."

유코가 부럽다는 듯 말했다.

"너도 케이블카로 다녀봐."

"그러게, 생각해볼게." 유코는 들뜬 목소리로 대답했다. "그런 데 레일은 하나잖아. 올라가는 거랑 내려가는 거랑 어떻게 엇갈려 지나치지?"

유코는 개표구를 지나며 고개를 갸웃했다.

하행 케이블카가 플랫폼에 도착해 아침과 마찬가지로 차장이 문을 열었다. 모자를 깊이 눌러쓴 얼굴은 승객의 발 언저리만을 응시한다. 모든 승객이 타자 얼굴을 들어 뒤늦게 타려는 사람이 없는지 확인한 다음 버저를 누른다. 아침 첫 편부터 근무했다면 노리코보다 훨씬 오래 일하는 셈이다.

그도 케이블카를 무척 좋아하나 보다. 케이블카를 타고 하루 몇십 번 산비탈을 왕복하는 게 더없이 즐거운 것이다.

케이블카가 출발하자 차장은 주위 나무들을 애정 어린 눈길로 바라보기 시작했다. 혹시 그의 머릿속에서는 궤도에서 보이는 초목과 바위 하나하나에 이름이 있는 게 아닐까.

"알았다." 유코가 갑자기 소리쳤다. "저기서 케이블카가 만나는구나."

2, 30미터 앞에 레일이 두 개씩 양쪽으로 갈라졌다. 그 너머에서 주황색 케이블카가 천천히 올라오고 있었다.

"여기가 딱 가운데야."

유코는 창가로 다가가 엇갈려 지나치는 차량을 배웅했다. 올라가는 승객은 대여섯 명밖에 없었다. 저쪽 차장이 손을 들자 이쪽 차장도 군대식으로 경례를 붙였다.

"케이블카는 와이어로 묶여 있어서 한 쪽이 올라가면 또 한 쪽은 내려오게 돼 있는 거야. 시소처럼."

유코는 수학 문제를 푼 것처럼 의기양양한 표정을 지었다.

중간 지점을 지나면서 궤도의 경사가 가팔라졌다. 좌석에 앉아 있어도 앞으로 고꾸라질 것 같다.

"초등학교 때 이 레일에 멧돼지가 들어온 적이 있었어. 선로 사이를 크기가 개만 한 멧돼지가 열심히 내려가는 거야. 아직 새끼라 뛰는 것도 어설퍼서 케이블카에 금세 따라잡힐 것 같았어."

노리코는 10년도 더 전에 체험한 일을 이야기했다. 유코가 걱정스러운 표정으로 그래서 어떻게 됐느냐고 물었다.

"차장도 웬만한 일 아니면 케이블카를 중간에 세울 수 없는데다 속도도 늦출 수 없단 말이지. 반대편 케이블카랑도 맞춰야 하고. 멧돼지도 레일에서 벗어나서 도망치면 되는데 계속 한복판을 달려가는 거야. 멧돼지가 지쳐서 점점 거리가 좁혀져 이제 치이겠구나 싶었을 때 다들 자기도 모르게 소리쳤거든. 그랬더니 차장이 결국 못 견디고 급브레이크를 걸었어. 속도가 확 떨어지면서 그 틈에 멧돼지가 궤도를 벗어나서 수풀 속으로 사라졌어. 다들 박수를 쳤어."

노리코의 눈에 작은 엉덩이를 흔들며 열심히 달려가는 멧돼지의 모습이 남아 있었다.

멧돼지는 아직 이 일대에 서식하고 있으니 지금도 같은 광경이 되풀이되고 있을지도 모른다.

"유코, 난 여기서 내릴게. 내일 봐."

첫째 역에 도착해 노리코는 일어섰다. 내린 사람은 세 명뿐이었다. 케이블카에 탄 유코에게 손을 흔들었다. 차장이 얼굴을 들어 노리코를 쳐다보았다.

아침에 숨을 몰아쉬며 달려왔던 길을 반대 방향으로 걸으며 노리코는 비로소 근무 첫날이 끝났음을 실감했다.

②

　간호사 대기실에서 점심 투약 준비를 하는데 뒤에서 누가 이름을 불렀다. 처음 출근한 날 신생아실에서 소개 받았던 사다무라 의사였다. 얼굴이 창백한 데다 뭔가에 짜증난 사람처럼 어금니를 악물어 그때마다 뺨 근육이 움직였다.

　"8호실 환자 채혈해줘. 전해질을 조사해보고 싶어."

　노리코는 다른 베테랑 간호사를 놔두고 자신을 지목했다는 것에 당황했다. 정맥에 주사바늘을 잘 찌를 수 있을지 자신 없었다.

　"8호실 가나이 사야카 말씀이죠? 전해질만이면 될까요?"

　긴장해서 대답하자 사다무라 의사는 말없이 고개를 끄덕였다.

　아마기시라는 성과 노리코의 집을 알고 있는 그에 관해서는 그 뒤 당장 언니에게 전화해서 정체를 확인했다.

　"키가 크고 외국인 혼혈처럼 생긴 사람 아냐?"

　"그러고 보니 외국 사람처럼 생겼네."

"바보. 깜짝 놀라게 잘생긴 사람이라고." 언니는 들뜬 목소리로 말했다. "아휴, 내 이름을 기억하는구나. 의사가 됐단 말은 들었는데."

"이름이 뭐야?"

노리코는 답답해서 물었다.

"사다무라. 중학교 때 배구부 선배고, 주장이었어. 머리도 좋아서 3학년 모의고사에서 현내 수석을 차지한 적도 있어. 여자 부원들은 다들 사다무라 팬이었거든. 밸런타인데이엔 초콜릿 주다가 상급생한테 걸리면 큰일이었다고. 하급생이 시건방지게 무슨 초콜릿이냐고 말이지. 자기들은 분홍 리본으로 장식한 초콜릿이니 요란한 하트 모양 초콜릿 같은 걸 선물하면서.

그렇지만 연습할 땐 딴 사람처럼 엄격했어. 코트에 들어온 고양이를 공 대신 땅바닥에 팽개친 적도 있어. 하급생이 그걸 받는 거야. 못 받으면 고양이가 죽으니까 다들 기를 쓰고 받았지. 그렇게 몇 번을 했을까, 고양이가 축 늘어져서 죽었지 뭐야.

아버지는 소아과 병원을 했는데, 사다무라 선배가 고등학교에 들어간 해에 급사해서 병원 문을 닫고 어디론가 이사 갔다는 소문을 들은 게 마지막이야. 사다무라 선배, 지금 세이레이 병원에 있구나. 고생하지 않았으려나."

언니는 감개에 젖은 목소리로 말하고는 덧붙였다.

"혹시 유카가 열나면 다음엔 꼭 세이레이 병원에 갈게. 안부 전해줘."

언니는 아무 일 아닌 것처럼 말했지만, 노리코는 아직 그 이 야기를 사다무라 의사에게 할 용기가 없었다.

트레이를 들고 서둘러 8호실로 갔다. 지난번 환자의 진료 기록부를 봤는데, 병력에 시립병원에서 진찰을 받았다는 기록은 없었다. 어머니가 주치의인 사다무라 의사에게 이야기하지 않은 것이라면 그 이유는 뭘까.

노크를 하고 문을 열었다. 어머니는 링거 주사를 맞고 있는 아이 옆에 앉아 있었다. 책을 읽지도, 이야기를 하지도 않고, 그저 침대 곁에 있으면 할 일을 다 하는 것이라고 생각하는 듯한 분위기다.

"채혈하러 왔어요."

어머니와 아이 양쪽에게 말한 것이었는데, 환자는 얕은 잠이 들어 눈도 거의 뜨지 못했다.

아이 팔에 고무줄 구혈대를 감는 노리코의 손놀림을 어머니가 유심히 쳐다보았다.

"새로 들어온 간호사인가 보네요."

어머니가 물었다.

"네, 오늘로 일주일 됐어요."

노리코는 순순히 대답했다. 어머니가 전직 간호사라는 이야기는 아리마 수간호사에게 들었다. 그런 그녀가 지켜보니 더욱 긴장됐다. 진정하라고 자신을 타이르며 정맥에 주사바늘을 찔렀다. 노리코는 진공 채혈관을 작동시켜 용기 하나를 채웠다.

아픔도 못 느끼는지 아이는 꼼짝도 하지 않았다.

"가나이 씨, 전에 시립병원 소아과에 입원하셨었죠?"

노리코는 넌지시 물어봤다. 뜻하지 않게 한 번에 채혈에 성공했다는 자신감이 마음에 여유를 주었다.

"시립병원에선 진찰 받은 적 없어요."

어머니가 대답했다. 표정에 변화가 없었다.

"작년 9월경이었을 거예요. 어머님 얼굴은 잘 기억나지 않지만 사야카는 기억해요. 그때는 체중도 좀 더 나가서, 상태가 좋을 때는 침대에 앉아 옆 침대 아이랑 이야기하곤 했는데요. 처음으로 실습 나갔던 병동이라 기억에 남아 있거든요."

"잘못 기억하시나 보죠."

어머니는 코앞에서 문을 탁 닫아버리듯 대답했다. 말을 붙여볼 여지도 없었다.

노리코는 그 이상 말을 잇지 않고 병실에서 나왔다.

"환자 어머니는 뭘 하고 있었지?"

간호사 대기실에서 사다무라 의사가 물었다.

"사야카 옆에 가만히 앉아 있었어요."

"무슨 파수 보는 개 같군."

진료 기록부를 넘기며 중얼거린 사다무라 의사의 말투에 환자 어머니에 대한 불쾌감이 어려 있었다.

"저, 참고가 될지 모르겠는데요." 노리코는 과감하게 말해봤다. "사야카는 반년 전 시립병원에 입원해 있었어요. 진료 기록부의 병력엔 그런 내용이 없지만요."

그 순간 사다무라 의사의 표정이 변했다. 노리코는 변명하듯
말을 이었다.

"실습은 3주 했는데, 사야카는 중증 환자라 그때도 1인실에
있었어요."

"증상은 어땠지?"

사다무라 의사의 눈에 강한 빛이 서렸다.

"구토와 설사예요. 의사 선생님은 원인을 밝혀내려고 애쓰셨
지만 결국 저희가 있는 동안엔 병명을 알 수 없었어요."

"여기랑 같군. 나도 환자를 넘겨받은 지 얼마 안 됐는데, 그전
주치의도 확실한 진단을 내리지 못했어. 한 달씩이나 입원했는
데." 사다무라 의사는 진료 기록부를 넘기며 고개를 갸웃했다.
"시립병원에서도 어머니가 내내 붙어 있었단 말이지?"

"네. 그런데 아까 제가 전에 시립병원에 입원하신 적 있느냐
고 물었더니 아니라고 하더라고요. 그런 걸 감출 필요는 없을
것 같은데요."

"이상한데." 사다무라 의사는 진료 기록부를 탁 덮었다. "시립
병원 소아과에 전화해보지. 고마워."

그러고는 웃으며 일어섰다.

"저, 사다무라 선생님, 언니가 안부 전해달라고 했어요. 자기
이름을 기억해주다니 영광이래요."

"그래. 언니도 기억해?"

"네, 그럼요. 선생님, 여학생들한테 동경의 대상이셨다면서
요?"

"아무리."

사다무라 의사는 고개를 내저었다.

"지금도 그러신대요."

옆에서 시노자키 간호사가 말하고는 후후후 웃었다.

"생각해보면 그때가 제일 좋았어. 그저 공을 쫓아 코트를 뛰
어다니기만 하면 됐으니까."

"언니가 다음에 애가 아프면 선생님께 진찰 받으러 오겠대
요."

"애가 몇 살이지?"

"여섯 살이에요. 이제 초등학교에 들어갔어요."

"흐음, 세월이 진짜 빠르군." 사다무라 의사는 팔짱을 꼈다.
"아마기시 씨도 뭔가 운동했어?"

갑작스러운 질문에 노리코는 당황했다.

"학교 다닐 때 탁구부에 있었어요."

"탁구? 그 체격 조건에 아깝게 왜 탁구를. 배구라든지 농구라
든지 핸드볼이라든지 재미있는 종목이 얼마든지 있는데."

"간호학교엔 그런 동아리가 없는걸요. 탁구도 그렇게 만만히
볼 게 아니에요. 운동량이 얼마나 많은데요."

노리코는 애써 반박했다.

"그래, 그래, 알았어. 언제 한가할 때 훈련 좀 시켜줘."

사다무라 의사는 일부러 익살스럽게 대답하고 나갔다.

"사다무라 선생님, 오늘은 기분이 좋네." 그가 나가기를 기다려 시노자키 간호사가 작은 목소리로 말했다. "아마기시 씨가 마음에 드나 봐. 사다무라 선생님은 싫어하는 간호사랑은 잡담 절대 안 하거든."

노리코는 시노자키 간호사와 함께 병실을 돌았다. 둘이 분담해서 시노자키 간호사가 왼쪽 병실, 노리코는 오른쪽 병실에 갔다. 2인실인 6호실에 있는 미야타 미사코는 벌써부터 노리코와 친해졌다. 얼굴이 희고 키가 큰 중학생으로, 탁구부 소속이었다. 반년 전까지만 해도 건강했는데요, 라고 어머니가 눈물을 글썽이며 말했다. 여름방학이 끝난 뒤 쉬이 피로해지고 살도 빠졌다. 탁구 연습을 따라가기가 힘겨워졌다. 이윽고 팔다리 뼈에 통증이 느껴지더니 어느 날 아침 이 닦는데 잇몸에서 피가 났다. 근처 내과에서 진찰을 받자 세이레이 병원을 소개해줘서 바로 입원했다고 한다.

미사코는 병실에 들어온 노리코를 보고 눈을 반짝였다.

"간호사 선생님, 정했어요."

"뭘?"

"다 나으면 간호과가 있는 고등학교에 가서 간호사가 될래요. 아마기시 선생님을 만나고 결심했어요."

미사코는 머리카락이 빠진 머리에 쓴 모자를 고쳐 쓰며 대답했다.

노리코는 생각지도 못한 말에 가슴이 메었다.

"하지만 국가고시 어렵죠? 저, 탁구는 좋아하지만 공부는 별로 안 좋아하는데."

"괜찮아. 남들 하는 대로 공부하면 될 수 있어."

"진짜요?"

"응, 진짜."

노리코가 보장하자 미사코는 스테로이드 때문에 둥글어진 얼굴 가득 웃음을 지었다.

의료 종사자가 그 어떤 곤란한 상황에서도 줄 수 있는 묘약은 무엇인가. 실습 나갔을 때 시립병원 명예 원장이 물은 적이 있었다. 의사뿐 아니라 간호사와 다른 보조 의료 스태프도 줄 수 있는 약이라는 말에 실습생들은 더욱 대답을 찾지 못했다.

"답은 '희망'입니다." 여든이 넘도록 아직도 외래 진료를 한다는 명예 원장은 조용히 말을 이었다. "'희망'이란 약엔 금기가 없습니다. 모든 병의 모든 경과 중에 처방할 수 있죠. 약효를 더해주는 동시에 환자의 자연 치유력을 강화해줍니다. 과다 투약의 위험성도 없고요. 그 정도가 아닙니다. 환자가 갖는 희망은 대개의 경우 치료자가 갖는 희망보다 크게 마련이거든요. 그런 때 치료자는 '희망'을 얼마만큼 대량으로 투여해도 지나칠 염려가 없습니다."

주름투성이 목에 품위 있는 넥타이를 맨 연로한 내과의사는 만족스레 실습생들을 둘러보았다.

"'희망'에 부작용은 없습니까?"

노리코의 질문에 명예 원장은 기쁜 얼굴로 고개를 끄덕였다.

"좋은 지적이군요. 본인은 어떻게 생각하죠?"

되돌아온 질문에 노리코는 당황하면서도 "회복할 가망이 없는 암 말기 환자에게 일시적인 위안으로 희망을 주는 건 죄란 생각이 듭니다"라고 대답했다.

"맞습니다." 전 원장은 미소를 지었다. "가짜 '희망'엔 부작용이 있습니다. 가짜 '희망'은 환자를 기쁘게 해주거나 자기 권위를 지키기 위해서, 스스로 믿지도 않는 희망을 의도적으로 주는 일입니다. 그럼 환자는 현실을 올바르게 인식할 수 없게 돼서 무의미하게 발버둥 치느라 감정 처리를 뒤로 미루게 됩니다. 진짜 '희망'은 마음속 깊은 곳에 진정한 '희망'을 가진 치료자만이 줄 수 있습니다. 저도 50년 이상 환자를 봐왔지만 100퍼센트 절망한 사례는 없습니다. 암 말기 환자도, 한 달도 못 버틸 거라고 생각했는데 1년 이상 생존한 예도 부지기수입니다. 치료자는 바늘구멍 같은 작은 희망도 놓치면 안 됩니다. '희망'이란 약은 돈도 안 들고 품도 들지 않아요."

그 뒤 명예 원장이 이야기해준 병례는 노리코뿐 아니라 다른 실습생들의 머리에도 깊이 아로새겨졌을 터였다.

복어 중독으로 병원에 실려 온 한 환자는 처음에는 그럭저럭 설 수 있었으나, 기관 내 삽관을 하자마자 동공이 확대되고 호흡근도 마비되어 꼼짝도 못 하게 됐다. 인공호흡기와 승압제로 생명을 유지하는 상태가 나흘간 이어졌다. 닷새째에 젊은 주치의도 치료를 포기하고 환자 가족을 불렀다. 부인과 자식은 그전에 이미 포기해서 장례식과 생명보험, 유산 분여 의논까지 끝냈다고 했다. 가족의 동의 아래 인공호흡기를 떼기로 하고 최종 판단을 원장에게 맡겼다. 원장은 혹시 모르니 하룻밤만 더 기다려보면 어떻겠느냐고 조언했다.

다음 날 아침 주치의는 환자의 눈을 들여다봤다가 놀랐다. 확대됐던 동공이 약간 풀려 있었다. 눈꺼풀 반사도 어렴풋이 있었다. 그 뒤 환자는 극적으로 회복해, 그날 오후에는 근육 마비가 완전히 사라졌고 후유증도 없이 퇴원했다.

환자는 머리맡에서 주치의와 가족이 인공호흡기를 떼자는 이야기를 하고 있을 때 살려달라고 속으로 절규했다고 한다. 주치의가 닷새째에 호흡기를 뗐다면 환자는 의식이 있는 채 호흡이 멎어 생매장된 것과 같은 상태로 죽었을 게 틀림없다.

"의료 종사자는 맨 마지막으로 희망을 버리는 사람이어야 합니다."

명예 원장은 그런 말로 훈화를 끝맺었다.

간호 실습에서 얻은 가장 큰 가르침은 그때 들은 '희망'에 대한 이야기였다고 노리코는 생각했다.

연로한 내과의사의 이야기가 머리에 남은 것도 자신이 원래 낙천적인 사람이라 그런 것일 수도 있다. 탁구 시합에서 고비에 몰려도 절대로 시합을 포기하지 않았다. 끝까지 희망을 버리지 않고 끈덕지게 버텼다. 그러다 보면 상대방도 초조해져 실수를 연발하게 되고 그렇게 마지막 순간에 이기는 게 노리코의 특기였다.

하지만 자신이 낙천적인 성격인 것은 '희망'을 계속 주었던 환자가 죽은 경험이 없기 때문일 수도 있다. 기대를 거는 족족 배신당했을 때 자신은 그래도 여전히 '희망'이라는 약을 처방할 수 있을지 아직 확신이 없었다.

간호 실습을 나갔던 다른 병원에 비해 여기 소아과 병동은 중증 환자가 많다. 콩팥 증후군, 급성 골수성 백혈병, 호지킨병, 횡문근육종, 수막염, 패혈증 등 지금까지 교과서에서만 봤던 중한 질병들을 살아 숨 쉬는 아이들이 앓고 있다. 그런데 자신은 그 애들의 실제 죽음을 아직 접한 적이 없다. 지금 자신과 이야기를 나누고 있는 미사코에게 만에 하나 무슨 일이 생기면 타고난 '희망'도 금이 갈지 모른다.

"아마기시 선생님은 왜 간호사가 됐어요?"

미사코가 질문했다.

"어머니랑 언니가 권해서야. 어머니는 젊었을 때 간호사가 되고 싶었는데 못 된 모양이거든."

사실대로 말하자면 고등학교 3학년 때 아버지를 직장암으로 잃은 게 계기였다. 혼자 전근 간 곳에서 병이 나 시립병원에 입원한 아버지는 8개월 투병한 끝에 세상을 떠났다. 쉰 살을 넘긴 지 아직 얼마 되지도 않았을 때였다. 병문안을 위해 병원을 드나들면서 간호학교에 진학할 것을 결심했다.

"그렇지만 간호사가 되길 잘했어. 선배한테 물어도 다들 같은 의견이거든. 간호사가 된 걸 후회하는 사람은 한 명도 없어."

"나도 열심히 해볼래요."

미사코는 침대에 누워 생긋 웃었다.

"응, 우리 열심히 해보자."

화학 요법이 발달한 요즘 미사코의 백혈병이 치료될 수 있을지 아니면 재발을 거듭하며 점차 악화될 것인지, 지금 시점에서는 알 수 없다. 하지만 간호사가 되겠다는 소녀의 '희망'이 병을 좋은 방향으로 인도해줄 것은 분명하다.

병실에서 나가는 노리코에게 미사코가 손가락으로 브이를 그렸다.

12시 지나 유코에게서 전화가 왔다.

점심을 함께 먹자는 내용이었다. 노리코는 도시락을 싸온 터라 병동 내 간호사 휴게실에서 먹어도 상관없었지만 병원 식당에서 같이 먹기로 했다.

식당은 외래 2층, 정문 현관 위로 튀어나온 위치에 있었다. 외래 환자뿐 아니라 병원 스태프도 이용할 수 있고, 입원 환자도 의사의 허가를 받으면 병원에서 나오는 식사 대신 이곳에서 자유롭게 먹을 수 있다.

유코는 12시 반에 소아과 병동으로 왔다. 포동포동한 몸집에 유니폼 앞섶이 터질 것 같다.

"소아과는 역시 분위기가 밝구나. 유치원 같아."

벽에 그린 일러스트를 보며 곱씹듯이 말했다.

"산부인과도 갓난아기 울음소리로 시끌시끌하지 않아?"

"응, 뭐."

유코는 말을 얼버무렸다.

"노리코, 캡에 꽂은 핀 귀엽다."

복도를 걷다가 유코가 알아차리고 말했다.

"소아과는 다들 그래. 배지도 달아도 돼."

캡을 고정하는 핀은 아리마 수간호사가 다람쥐 무늬 규격품을 지급해주었지만, 배지는 직접 사라고 했다. 그 편이 나은 것은 분명하다. 쉬는 날 장난감 가게에 가서 살 생각이었다.

넓은 식당은 빈자리가 거의 없어서 2, 3분 기다려서야 큰 테이블 구석에 자리를 차지할 수 있었다. 유코는 샐러드가 딸려 나오는 아메리칸 샌드위치 세트를 시키고, 노리코는 레몬스쿼시만 주문했다.

"노리코, 도시락은 네가 직접 싸?"

유코가 물었다.

"설마, 엄마가 싸줘. 내가 일어날 즈음엔 다 돼 있어."

"좋겠다. 난 도시락까지 쌌다간 제시간에 출근 못 할 거야. 전날 미리 준비해놓으면 맛없고 말이지."

"우리 엄마는 그게 낙인데 할일을 빼앗으면 늙어버리니까 안돼."

"넌 복 받은 거야. 고마운 줄 알아야 해."

"응, 알아."

아메리칸 샌드위치가 나오자 노리코는 도시락을 폈다. 고기 동그랑땡에 비엔나소시지, 계란말이, 상추와 방울토마토, 브로콜리, 보기에는 예쁘지만 내용은 중학교 때 이래로 거의 똑같다.

"오늘도 케이블카 타고 출근했어?"

"그럼, 물론이지." 노리코는 방울토마토를 먹으며 고개를 끄덕였다. "산 공기를 마음껏 마실 수 있고 높은 데서 바다랑 시내를 내려다볼 수 있으니까 이보다 더 멋진 출퇴근길은 없을 거야. 고등학교 때 사람들 틈에 끼여서 만원 전철 타고 다녔던 걸 생각하면 천국이 따로 없다니까."

궤도 옆으로 하얀 목련이 벌써 피기 시작했다. 벚꽃도 이제 곧 산 곳곳에서 활짝 필 것이다. 처음 출근하자마자 아리마 수간호사가 병동 소풍 계획을 맡겼을 때, 노리코가 떠올린 것은 아버지를 따라 보러 갔던 거대한 벚나무였다. 병원에서 그렇게 멀지 않을 것이다. 당직 마치고, 아니면 쉬는 날 사전 답사를 가볼 생각이었다.

"나도 케이블카 타고 다니고 싶은데, JR역까지 걸어가고 갈아타고 할 생각을 하면 도저히 안 되겠지 뭐야." 유코가 아쉽다는 듯 말했다. "대신 매일은 안 되지만 가끔 케이블카 탈래."

유코는 아메리칸 샌드위치를 두 조각 남기더니 노리코에게 권했다.

노리코가 왕성하게 먹는 모습을 보더니 유코는 또다시 부러워했다.

"난 많이 먹었다 싶으면 다음 날 바로 얼굴에 살이 붙어."

노리코가 보기에 유코의 통통한 얼굴은 커다란 눈과 어울려서 귀엽다.

노리코는 샌드위치를 먹었다. 속에 든 계란말이가 맛있다.

"학교 다닐 때보다 배고파."

"난 그 반대야. 산부인과에 근무하게 되면서 식욕이 없어졌어. 살이 안 찌니까 그건 좋지만 이러다 위궤양이 생길지도 몰라."

"좀 더 마음을 편하게 가져봐."

"숨 막힐 것 같아. 상하관계도 엄격해서 수간호사랑 주임 앞에선 다들 얼마나 신경이 예민한데. 난 간호사 대기실에 있기싫어서 되도록 환자 방에 가곤 해."

"잘하는 거야. 우리가 하는 일은 상사 비위 맞추는 게 아니라환자를 접하는 거니까."

"아침에 친해진 환자 분이랑 이야기하는데, 세이레이 병원 산부인과는 이중으로 돼 있네요, 하더라고."

"무슨 소리야?"

"표면에 드러나는 산부인과랑 이면에 감춰진 산부인과가 있다는 뜻."

유코는 수수께끼를 내듯 대답했다.

"그게 무슨 뜻인데?"

"특별병동이 있거든. 우리 같은 보통 간호사는 못 들어가는 곳."

"유명인들 받는 병실이겠지. 여배우라든지 연예인이 낙태하려고 몰래 입원하는 데 아냐? 물론 비급여로 해서 자비(自費)로."

"그런데 그게 다가 아닌 모양이야." 유코는 목소리를 낮추었다. "기형아를 밴 임부들이 전국에서 모여든다는데."

"기형아?"

"응. 그걸 우리 과에서 도맡아 받는 것 같아."

"그럼 정정당당하게 하지. 어느 병원인가는 해야 할 일이잖아."

"역시 임부의 체면을 생각해서겠지. 산부인과 분위기가 어딘가 어두운 건 그 때문이야. 중증 환자랑 합병증이 있는 임부만 받아서 그런 게 아냐."

유코는 손목시계를 보고 일어섰다.

"노리코, 앞으로도 가끔 같이 밥 먹지 않을래? 너랑 이야기하면 우울한 마음이 가시거든."

"응, 좋아."

노리코는 대답했다. 학생 때와는 달리 푸념을 늘어놓게 된 유코의 기운을 어떻게든 북돋위주고 싶었다.

병동으로 이어지는 연결 통로에서 유코와 헤어지고 간호사 대기실로 돌아왔다. 휴게실에서 도시락 통을 씻는데 마지막 간호사가 말을 걸었다. 그녀의 근무 태도는 첫날부터 노리코에겐 눈부시게 비쳤다. 아침 인수인계 때 하는 질문과 환자를 다루는 방법, 가족에 대한 설명, 전화 받기 등 하나같이 베테랑답게 능수능란했다. 가슴에 단 배지는 원숭이로, 삐죽 나온 머리 위를 누르면 두 팔이 올라간다.

"사다무라 선생님이 불러. 가나이 사야카 때문 아닐까."

쓸데없는 수식을 붙이지 않고 그렇게만 전했다.

노리코는 "네" 하고 대답한 다음 간호사 대기실로 돌아갔다.

"시립병원 소아과에 아까 문의해봤는데 역시 입원했었더군. 증상도 같아."

사다무라 의사는 진료기록부를 보다가 얼굴을 들고 말했다. 뺨 근육이 움찔거렸다.

"그렇군요. 입원했었다는 걸 왜 숨겼을까요?"

"문제는 그거란 말이지." 사다무라 의사는 일어섰다. "아마기시 씨한테 좀 부탁할 게 있는데. 지금부터 내가 그 환자 어머니하고 진찰실에서 면담을 할 거거든. 그 틈에 병실에 가서 비강 영양액을 새 걸로 갈아줘. 반 아니면 3분의 1쯤 남아 있을 텐데 그래도 상관없어. 알겠지?"

"네."

노리코는 사정을 파악하지 못한 채 대답했다.

"그럼 어머니를 여기로 불러줘."

마지마 간호사가 이미 영양액을 준비하고 있다가 '다녀와'라고 하듯이 노리코에게 기구를 건넸다.

노리코는 8호실 문을 노크하고 들어갔다. 어머니는 침대 옆에 앉아 있었다.

"사다무라 선생님이 어머님께 드릴 말씀이 있대요. 간호사 대기실에서 기다리시니까 바로 가보세요."

어머니는 비강 영양액을 올려다보며 잠시 망설이다가 일어섰다.

어머니가 나간 뒤 노리코는 재빨리 영양액 주머니를 교체했다. 주머니에는 유동 영양액이 아직 4분의 1 정도 남아 있었다. 침대를 내려다보자 가나이 사야카가 거친 숨을 몰아쉬고 있었다.

"사야카."

이름을 불러보며 맥을 짚었다. 가나이 사야카는 눈을 가늘게 떴다가 금세 도로 감았다. 어린 얼굴이 노인처럼 초췌했다. 약한 잦은맥박이었다.

"또 올게."

노리코는 그런 말을 남기고 병실에서 나왔다.

사다무라 의사는 어머니를 진찰실로 데려갔는지, 간호사 대기실에 두 사람의 모습은 보이지 않았다.

"그 어머니, 어째 이상하지 않아?" 마지마 간호사가 소곤소곤 말했다. "사야카의 병세가 나빠지면 나빠질수록 신바람 난 사람처럼 거들어주지 뭐야. 아무리 전직 간호사라지만 자기 딸 병이 악화되는 걸 좋아할 리는 없잖아."

그러고 보니 정말 그렇다. 노리코는 마지마 간호사의 관찰력에 감탄했다.

5, 6분 뒤 사다무라 의사가 돌아왔다. 노리코는 8호실에서 가지고 나온 비강 영양액을 보여주었다.

"용액에서 샘플을 채취해서 중앙 검사실에 급히 전해질을 조사해달라고 의뢰해줘. 특히 나트륨 농도를 알고 싶어."

"나트륨 외에 염소랑 칼륨, 칼슘 정도면 될까요?"

"그래. 결과가 나오면 의국으로 알려주고."

"알겠습니다."

노리코는 주머니 내 용액을 채취해 채혈 용기에 옮기고 라벨을 붙였다.

"샘플은 직접 중앙 검사실로 가져가는 편이 빨라. 위치는 알지? 외래동 3층 안쪽. 커다란 표시판이 천장에 달려 있어."

마지마 간호사가 말했다.

병동에서 나와 계단을 내려갔다. 널찍한 외래동 복도를 종종걸음 치는데 아리마 수간호사가 천천히 걸어왔다.

"바쁜가 봐."

"중앙 검사실에 샘플 분석을 의뢰하려고요."

불충분한 대답에 수간호사는 살짝 고개를 갸웃했다.

"꽃놀이 장소는 정했어?"

"네, 대강은 정했어요. 조만간 사전 답사를 다녀올 거예요."

"되도록 가까운 곳이어야 해. 멀어도 차로 2, 30분 정도 걸리는 곳."

"네."

노리코는 아리마 수간호사에게 고개를 꾸벅 숙이고 다시 뛰어갔다.

중앙 검사실 창구에 급한 의뢰라고 알렸다.

"내용물은 뭔가요?"

직원이 물었다.

"비강 영양액이에요."

"그건 특별식 설명서를 보면 알 수 있을 텐데요."

"주치의 선생님이 확인해오라고 하셔서 가져온 거예요. 나트륨과 염소, 칼륨, 칼슘만이면 돼요. 결과가 나오는 대로 소아과 병동으로 연락 부탁드립니다."

노리코는 열심히 부탁했다.

30분 뒤 중앙 검사실에서 전화가 왔다. 전화를 받은 마지마 간호사가 일부러 노리코를 불러 수화기를 넘겼다.

"나트륨이 448밀리당량 나왔습니다."

검사 기사가 반응을 살피듯 밝혔다.

"수치가 좀 높지 않나요?"

노리코는 물었다. 인공 영양액의 성분은 자세히는 모르지만, 혈중 나트륨 농도도 135 전후다. 식품 함유량이 그보다 높을 리 없다.

"좀 높은 정도가 아니라 20배 이상 높아요. 보통 비강 영양액은 기껏해야 20밀리당량 정도일 겁니다."

"다른 전해질은 어떤가요?"

"나머지는 보통입니다. 나트륨만 유난히 높군요. 영양식에 뭔가 약을 넣은 겁니까?"

"아뇨. 약은 전부 주사로 투여해요."

"자세한 분석엔 시간이 걸리고, 아무튼 전해질 데이터만 팩스로 보내겠습니다."

전화가 끊겼다.

노리코는 의국 전화번호를 확인하고 번호를 눌렀다. 낮은 목소리가 전화를 받았다.

"사다무라 선생님 부탁드립니다."

"아, 아마기시 씨."

사다무라 의사였다.

"선생님, 전해질 수치가 나왔어요. 나트륨만 높고 448밀리당량이래요."

노리코는 손바닥에 메모한 숫자를 읽었다.

"역시 그렇군. 바로 갈게."

간호사 대기실로 돌아온 사다무라 의사는 비강 영양식의 성분표를 갖고 있었다. 팩스로 들어온 중앙 검사실의 분석 결과와 비교했다.

"성분표엔 나트륨 농도가 15인데." 사다무라 의사는 그렇게 중얼거리고는 근처에 있던 마지마 간호사에게 말했다. "사야카가 비강 영양액을 맞을 때 어머니가 늘 곁에 있나?"

"네. 밤에도 그 방에서 자면서 늘 같이 있어요. 완전 간호가 방침이라 돌봐줄 가족은 필요 없지만, 어머니가 있고 싶다고 해서 그냥 봐주고 있어요."

"그럼 비강 양양액을 세트하고 나면 병실에 어머니랑 사야카만 있고, 용기가 비면 간호사가 빼러 가는 거지?"

"네, 대체로 그래요. 그렇지만 어머니가 간호사 대기실에서 비강 영양액을 받아 직접 병실로 가져가서 튜브에 연결할 때도 있어요. 전직 간호사라서 잘하거든요. 그럼 안 되는 걸 그랬나요?"

"아니, 야단치는 게 아니야. 어쨌든 그럼 그 어머니가 영양액에 수를 쓸 시간은 충분히 있다는 말이군."

"네, 그야."

마지마 간호사가 뭔가를 이해한 것처럼 고개를 끄덕였다.

"그럼 다음 저녁식사 때부터 어머니는 병실에서 나가 있게 해. 그동안 여유가 있는 간호사가 곁을 지키면서 몰래 어머니를 감시해주겠어?"

사다무라 의사는 그렇게 말하고 진료 기록부 지시란에 앞으로의 치료 방침을 기입했다.

저녁식사 시간에 노리코는 마지마 간호사를 따라 8호실로 갔다.

"가나이 씨, 사야카한테 비강 영양액을 투여할 건데 끝날 때까지 자리를 비워주시겠어요?"

마지마 간호사는 정중하게 말했다.

"이유가 뭐죠? 지금까지 제가 계속 곁을 지켰는데."

어머니가 놀라 물었다.

"이번 영양액은 이전하곤 좀 다르기 때문에 투여하는 동안 반응을 보고 싶거든요."

마지마 간호사가 순간적으로 둘러댔다.

"그럼 제가 할게요. 평소에도 늘 봤으니까 차이를 바로 알 수 있을 거예요."

어머니는 붙들고 늘어졌다.

"가나이 씨, 저희 둘이 할 테니까 맡겨주세요. 어머니가 곁에 있으면 사야카의 심리적인 반응을 정확하게 판단할 수 없습니다. 주치의이신 사다무라 선생님의 지시예요."

마지마 간호사가 다소 위압적인 투로 한 말에 어머니가 주춤했다. 노리코는 문을 열어 어머니에게 밖으로 나갈 것을 재촉했다.

어머니가 불만스러운 표정으로 나간 뒤, 마지마 간호사는 노리코에게 한쪽 눈을 찡긋했다.

"사야카."

마지마 간호사가 부드럽게 불렀다. 어렴풋이 눈을 뜬 환자는 평소와 달리 간호사 둘이 있는 것을 알아차리고 고개를 돌려 어머니를 찾으려고 했다.

"어머니는 잠시 자리를 비우셨지만 괜찮아. 지금부터 유동식을 투여할 거니까 잠깐만 참으렴. 얼른 건강해져서 보통 식사를 먹을 수 있게 노력하자. 알았지?"

마지마 간호사의 말에 가나이 사야카는 고개를 끄덕했다.

유동식이 방울방울 떨어지는 동안에도 마지마 간호사는 환자의 손을 잡고 혼잣말처럼 말했다.

"지금은 토하고 설사해서 밥을 먹을 수 없지만 그게 없어지면 뭐든 먹을 수 있어. 사야카는 뭘 좋아하니? 아이스크림? 아니면 초콜릿?"

목소리가 들리는지 의식이 혼탁한 채 천장을 올려다보는 얼굴에 안도한 빛이 떠올랐다.

"여기 있는 새로 온 아마기시 간호사는 말이지, 마시멜로를 좋아하거든. 사야카는 마시멜로가 뭔지 알아? 하얗고 폭신폭신한 과자야. 아마기시 간호사의 언니는 그걸 한 번에 열두 개나 먹은 적이 있대."

마지마 간호사는 노리코를 얼핏 보며 웃었다. 노리코는 순전히 엉터리로 꾸며낸 이야기도 아니니 반발도 할 수 없다. 어제 환자가 퇴원하면서 간호사 대기실에 선물한 마시멜로를 다 같이 먹었다. 노리코가 좋아한다고 한 말을 마지마 간호사는 기억하고 있었던 것이다.

"저, 다른 애들 있는 병실에 가고 싶어요."

갑자기 가나이 사야카가 말했다.

"그래, 알았어. 내가 의사 선생님께 부탁드려볼게. 곁에 친구가 많이 있는 편이 외롭지 않아서 좋지?"

마지마 간호사는 잡고 있던 손에 또 한 손을 얹었다.

다인실로 옮기면 어머니의 간병은 불가능해진다. 모녀를 떼어놓는 데 도움이 될 것이다.

가나이 사야카는 마지마 간호사와 노리코가 지켜보는 가운데 다시 잠이 들었다. 거칠었던 호흡이 어느새 편안해졌다.

3

8시 반에 일어났다. 어젯밤 10시 반에 자서 중간에 한 번도 깨지 않았으니 열 시간을 푹 잔 셈이다.

부엌으로 가서 토스터에 식빵을 넣었다. 어머니가 마당에 빨래를 널고 돌아왔다.

"잘 잤니."

어머니는 여느 때와 같이 명랑한 목소리로 말했다. 아침에 일어나자마자 바로 발동이 걸리는 어머니가 부럽다. 근무가 없는 날은 한 시간이고 두 시간이고 이불 속에서 뒹굴고 싶다. 침대에서 일어나 나와도 10분, 20분은 평소 컨디션이 아니다. 봄에는 특히 그렇다. 그런 때 기운차게 말을 걸면 기분이 언짢아지는 것을 스스로도 알 수 있었다. 가만둬주면 좋겠다.

노리코는 대답하지 않았다. 잠옷에 가운을 걸친 차림으로 토스트를 베어 물었다.

"노리코, 오늘 쉬는 날이면 같이 쇼핑 가지 않을래? 봄옷이 반액 세일 중이거든."

어머니가 말했다. 스웨터가 됐건 블라우스가 됐건 어머니는 스스로 고를 자신이 없었다. 옷을 살 때는 대개 노리코에게 같이 가달라고 했다.

"오늘은 안 돼. 꽃놀이 사전 답사를 가야 하거든. 책임이 막중하다고."

"꽃놀이라니?"

"병동에서 가는 꽃놀이. 연례행사인데 환자랑 환자 가족도 참가해." 문득 연못가에 있는 벚나무 거목을 어머니가 기억할지도 모른다는 생각이 들었다. "언젠가 아버지가 보여준 벚나무 있잖아? 산속에 한 그루만 서 있고 그 옆에 고요한 연못이 있는 곳. 엄마 기억 안 나?"

"그러게, 그런 일이 있었네. 한 10년쯤 됐나. 생각해보면 네 식구가 소풍 간 게 그때가 마지막이었어."

어머니의 말투가 갑자기 침울해졌다.

"그 벚나무, 어디쯤 있어?"

"글쎄, 확실히는 몰라. 그렇지만 세이레이 병원에서 그렇게 안 멀지 않을까. 등산로에서 오른쪽으로 조금 들어간 곳에 표시판이 있을 거야. 혼자 가려고? 엄마가 같이 가줘?"

"에이 참, 무슨 유치원 소풍 가는 줄 알아?"

노리코는 매몰차게 거절했다. 어머니는 전부터 딸이 하는 일에 참견하고 싶어 하는 버릇이 있었다. 아버지가 돌아가신 뒤 유독 그런 경향이 강해졌다.

"그럼 도시락 싸줄게."

"됐어. 점심 전에 돌아올지도 모르고, 봐서 산꼭대기 역 식당에서 사 먹을래."

노리코는 그렇게 말하고는 집을 나섰다.

매우 간편한 차림이었다. 옅은 다갈색 바지와 같은 색깔의 신발, 흰 티셔츠 위에 짙은 갈색 카디건을 입었다. 이 역시 짙은 갈색 헤어밴드로 머리를 깔끔히 정돈하고, 모래색 미니 숄더백 하나만 메서 두 손은 자유롭다.

세이레이 병원으로 이어지는 새 아스팔트길을 곧장 가다가 자연 산책로 표시판이 있는 곳에서 산길로 들어섰다. 길은 폭이 겨우 1미터 정도였지만 갈림길마다 손으로 쓴 안내판이 서 있었다.

40분 정도 올라가니 길옆에 사람 키쯤 될 듯한 세모꼴 바위가 있었다. 금줄을 묶은 바위가 어렴풋이 기억에 있었다. 옆에 '호랑이 꼬리 벚나무'라고 쓴 널빤지 조각이 매달려 있다.

연못가에 있던 벚나무가 그런 이름이었던가 잘 모르겠다. 하지만 안내판까지 있는 것을 보면 이곳 애호가들 사이에서는 유명한가 보다. 지금이 벚꽃이 가장 아름다울 때일지도 모른다.

노리코는 보라색 비닐 끈을 묶어놓은 길을 따라갔다.

산길은 삼나무 숲 속을 올라갔다. 길을 따라 계곡물이 흘렀다. 굵기가 사람 몸통만 한 삼나무가 곧게 서 있고 가지 끝에 작은 하늘이 비쳐 보인다. 나무들 사이로 비쳐든 햇빛이 계곡물에 반사되어 흔들린다. 아버지를 따라왔을 때 계곡으로 내려가 물을 마셨던 기억이 되살아났다. 물은 지금도 더없이 맑았다.

약 한 시간 걸어 '호랑이 꼬리 벚나무'와 산꼭대기의 갈림길에서 초로의 남녀 네 명과 마주쳤다.

"30분만 더 가면 정상입니다."

등산모를 쓴 남자가 노리코에게 친절하게 가르쳐주었다. 부인인 듯한 여자도 고개를 끄덕였다.

"고맙습니다."

노리코는 감사를 표했다. 두 커플은 벚나무 안내판을 본 척도 하지 않고 산길을 내려갔다. 보라색 비닐 끈은 적당한 간격으로 나뭇가지며 줄기에 묶여 있었다.

이윽고 위쪽이 환해졌다. 아니나 다를까, 끝까지 올라가자 삼나무 숲이 끝나고 널따란 곳으로 나왔다. 키 작은 녹색 풀이 사방을 뒤덮었고 중앙에 둥근 연못이 있었다.

울창한 숲속에 그곳에만 운석이 떨어진 것처럼 이질적인 공간이 펼쳐져 있었다. 술렁술렁 나뭇가지 흔들리는 소리도, 나무들 사이로 부는 바람도 사라지고, 연못 수면은 물결 하나 없이 잔잔했다.

연못 주위에 조그만 풀꽃들이 피어 있었다. 사람에게 밟힌 흔적 없이 흰색과 노란색 꽃이 녹색을 바탕으로 선명하게 도드라졌다.

아버지가 데려왔던 곳은 분명히 여기다. 하지만 눈앞의 환상적인 경치는 10년 전 기억을 훨씬 뛰어넘었다.

벚나무를 찾아 주변을 둘러봐도 눈높이에 그런 나무는 없었다.

연못가에서 조금 떨어진 곳에 지름 2미터에 가까운 거목이 있었다. 시커먼 줄기는 마치 떡갈나무 같다. 노리코는 위를 올려다보았다. 나무는 연못에 파라솔을 씌우듯 가지를 펼치고 있었다. 검은 가지 중에 희미하게 빛나는 게 보였다. 가지마다 똑같이 빽빽하게 붙어 있다. 눈을 깜박인 순간, 빛나는 것이 하나가 되어 루비 같은 빨강으로 눈에 비쳤다.

노리코는 멍하니 서서 꼼짝도 하지 못했다. 기억에 있는 벚나무는 연못을 뒤덮듯 낮게 드리워져 흐드러지게 꽃을 피우고 있었다. 그러나 지금 눈앞에 있는 벚나무는 삼나무보다도 더 키가 크고 꽃잎은 선명한 붉은색이었다.

연못가에 있는 소박한 안내판에 벚나무의 유래가 적혀 있었다. '호랑이 꼬리 벚나무'의 나이는 추정 5백 년, 벚나무로서는 고대종으로, 이런 곳에 한 그루만 자생하는 것은 기적에 가깝다고 한다.

노리코는 또다시 벚나무에 다가섰다. 밑동에 어린애가 쏙 들어갈 수 있을 만한 크기의 구멍이 있었다. 노목인데도 줄기 표면은 검고 반질반질하며 이끼도 끼지 않았다. 노리코의 키가 닿는 범위 내에 꽃은 없어 붉은 기가 짙은 꽃잎의 형태를 확인하려야 확인할 수 없었다.

떨어진 꽃잎을 찾으려고 땅바닥을 내려다보았다. 맨 처음 시야 한가득 들어온 것은 노란 꽃이었다. 가느다란 물줄기가 연못으로 흘러드는 곳에 유채꽃이 잔뜩 보였다. 다가가서 자세히 보자 줄기가 가지런히 잘렸다. 누가 유채꽃을 따서 계곡물에 담갔나 보다. 눈이 번쩍 뜨일 듯한 노란색이다.

풀밭에 앉았다. 풀은 아이들이 뒹굴어도 될 만큼 보드라웠다.

벌렁 드러누워 실눈을 뜨자 하늘을 배경으로 벚꽃이 보였다. 아버지를 따라왔을 때 본 벚나무가 분명하다는 것을 비로소 실감했다. 그때 서서 벚나무를 올려다본 게 아니라 큰대자로 드러누워 본 것이다. 그렇기에 벚꽃이 연못 위를 뒤덮었다는 기억이 남아 있었는지도 모른다.

문득 숲 쪽에서 발소리가 들려와 몸을 일으켰다. 노리코가 올라온 것과는 반대 방향에서 남자가 나타났다. 노리코는 모르는 척했으나, 남자는 상대방이 당황하든 말든 아랑곳하지 않고 곧장 다가와 말을 걸었다.

"활짝 피려면 아직 2, 3일 더 있어야겠죠?"

"그러게요."

노리코는 건성으로 대답하며 일어섰다. 남자는 30대 중반으로, 키는 크지 않았다. 회사에 있다 빠져나온 것처럼 와이셔츠에 넥타이를 맨 차림이었다. 얼마 동안 벚꽃을 올려다보더니 불현듯 "소아과 간호사 선생님이죠?" 하고 물었다.

"네, 어떻게 아세요?"

노리코는 놀랐다.

"병동에서 만났거든요."

"소아과 선생님이신가요?"

노리코는 저도 모르게 얼굴이 빨개졌다. 소아과 의사는 여덟 아홉 명 있는데 아직 얼굴과 이름이 일치하지 않았다.

"아뇨, 전 소아외과입니다."

"그럼 어디서 뵀을까요?"

노리코는 고개를 갸웃했다. 소아외과 병동과는 층이 다른 데다 아직 가본 적이 없었다.

"소아과 의국에 갔을 때 마침 수간호사가 신임 간호사라고 두 사람을 데려왔더군요. 한 명은 약간 통통하고 또 한 명은 키가 큰 미인이라 인상에 남아 있었습니다."

남자는 장난치는 기색도 없이 말했다. 노리코는 그냥 지나친 것뿐인 사람의 모습을 기억할 수 있는 건가 생각하다가 갑자기 창피해졌다.

"이름은 분명히 아마기시……."

"아마기시 노리코예요. 잘 부탁드립니다."

노리코는 얼굴을 붉히며 머리를 숙여 인사했다.

"마토바입니다."

상대방도 고개를 꾸벅 숙였다.

"여기를 잘 아세요?"

노리코는 물었다.

"처음 안 게 작년 겨울이었던가요. 환자가 죽은 날엔 혼자 산책을 하거든요. 그때도 병원에서 산속으로 들어왔다가 우연히 여기를 발견한 겁니다. 연못 주위에 아직 눈이 남아 있는데 도무지 이 세상 풍경 같지 않더군요." 마토바 의사는 물을 바라보며 말했다. "그 뒤로도 환자가 죽을 때마다 가끔 옵니다."

"그럼 오늘도 환자 분이 돌아가신 건가요?"

"아뇨, 오늘은 꽃을 보러 왔습니다. 당직한 날은 외래가 없기 때문에 잠깐 빠져나온 겁니다."

"전 꽃놀이 사전 답사예요."

"사전 답사?"

"네. 매년 병동에서 꽃놀이를 가는데, 신입 간호사가 총무 노릇을 하나 봐요."

"매년 여기서 합니까?"

마토바 의사는 놀란 듯이 물었다.

"아뇨. 여기엔 전에 아버지를 따라 왔었어요. 꽃놀이라고 하니까 여기가 생각나더라고요. 하지만 어떻게 가야 하는지 몰라서 아래쪽에서 더듬더듬 올라온 거예요."

"병원은 여기서 가까워요. 15분 정도 거리입니다. 애들 걸음으로는 2, 30분 걸리겠습니다만." 마토바 의사는 벚나무를 올려다보았다. "전 여기 이야기를 아무한테도 안 했습니다. 비밀 장소죠."

노리코도 상대방을 따라 올려다보았다.

"이제 10분의 6쯤 피었나요."

"그렇군요. 꽃놀이는 언제 합니까?"

"다음 주 화요일이에요."

"딱 좋을 때겠는데요."

어느새 둘이 나란히 벚나무를 올려다보는 모양새가 됐다.

"보통 벚나무하고 어딘지 모르게 다르죠? 조몬 시대 벚나무가 옛 모습 그대로 남아 있는 것처럼 말입니다."

노리코는 마토바 의사의 말에 고개를 끄덕였다.

"전 그럼 이만 가봐야겠군요." 마토바 의사는 손목시계를 보며 말했다. "아마기시 씨도 병원으로 돌아갈 건가요?"

"네, 길을 확인해야 하니까요."

"외길이니까 간단합니다."

마토바 의사는 걸음을 뗐다. 길은 잡목림 속을 경사가 거의 없이 평탄하게 이어졌다. 땅이 단단해서 휠체어를 밀고 걸어도 될 듯했다.

"아까 환자 분이 돌아가시면 여기 온다고 하셨죠?"

노리코는 물었다.

"네, 평소엔 카메라를 들고 옵니다." 마토바 의사는 노리코가 옆으로 오기를 기다려 대답했다. "암 센터 시절부터 있던 버릇이니까 7, 8년쯤 됐을까요. 암 센터는 바닷가에 있어서 입지 조건이 제법 좋았죠. 중증 환자가 많아서 자주 죽었습니다. 어느 날 밤, 심장 기형이었던 담당 환자가 죽었는데 걷잡을 수 없는 기분이 들어서 병원에서 뛰쳐나와 바닷가로 간 겁니다. 별이 총

총한 하늘 아래 파도 소리를 들으며 바닷가에 서 있으니 슬픔이 누그러지더군요. 멀리 등대의 실루엣이 희미하게 보이길래, 노출을 조절하면 사진이 찍힐지도 모르겠다 싶어서 차에 늘 넣고 다니던 카메라랑 삼각대를 꺼내왔죠. 야간 촬영은 처음이었지만, 대충 계산해서 등대랑 바다랑 별을 화면에 넣고 1분간 노출해봤습니다. 결과는 실패였지만, 그 사진은 죽은 환자에 대한 추억으로 방에 붙여 놨답니다. 그때부터였나요. 환자가 죽을 때마다 병원 밖으로 나와서 마음에 든 풍경을 찍기 시작했습니다. 비 오는 날, 눈 오는 날, 다양하게 있습니다. 사진을 보다 보면 사람은 온갖 날에 죽는구나 싶어요.

작년 이맘때 환자의 병세가 악화돼서 밤을 새우는 날이 이어졌습니다. 신장 이식을 한 남자애였는데 감기에 걸렸다가 수막염을 일으킨 겁니다. 항생제를 이것저것 써봐도 열이 떨어지지 않아서 전 이미 포기한 상태였죠. 새벽에 카메라를 들고 산에 들어가봤습니다. 마침 벚꽃이 활짝 피었을 때였는데, 아직 아침이니 위쪽만 환하고 연못 수면엔 빛이 흔들거리는데 깜짝 놀랄 만큼 아름다운 경치더군요. 벚나무와 연못을 프레임에 담아 셔터를 눌렀습니다."

"그 환자는 결국 죽었나요?"

노리코는 저도 모르게 숨을 멈추고 물었다.

"아뇨." 마토바 의사는 고개를 내저었다. "다음 날부터 열이 떨어지기 시작해서 1주일쯤 되니까 의식 장애도 없어져선 한 달 뒤에 퇴원했습니다. 퇴원하는 날 사정을 이야기하고 그 애 어머니한테 사진을 드렸습니다. 애는 네 살이었는데 후유증도 없었고, 현 밖에 있는 고향으로 돌아가게 되어서 근처 병원을 소개했습니다. 그런데 네댓새 전에 그 애 어머니한테서 커다란 봉투가 왔어요. 그 애가 그린 개 그림하고 어머니의 편지가 안에 들어 있더군요. 신장 상태도 좋고, 어린이집에서도 개구쟁이란 말을 듣는다. 선생님이 퇴원할 때 주신 벚나무 사진은 거실에 장식했다. 퇴원하고 1년이 돼가니 세 식구가 병원에 인사할 겸 들렀다가 그 벚나무를 보러 가고 싶다는 내용이었습니다. 기왕 오는 거 활짝 피었을 때가 낫겠지 싶어서 오늘 정찰을 겸해 와본 겁니다. 요 며칠이 한창일 테니까 환자 집에 전화해볼 생각입니다."

노리코는 마토바 의사의 사람됨이 드러나는 이야기라고 생각했다. 언뜻 보면 붙임성 없는 사람 같은데, 이야기를 해보니 서글서글함이 느껴진다.

"소아과 꽃놀이는 화요일이라고 했죠?"

"네. 점심때요."

"나도 와볼까. 소아과면 아는 사람들도 있는데. 아마기시 씨는 총무니까 노래도 부르겠죠?"

마토바 의사는 눈꼬리에 웃음을 머금으며 말했다.

"글쎄요, 어떤 식일지 모르겠네요. 어쨌거나 전 이번이 처음이니까요. 그렇지만 노래는 안 불러요."

노리코는 정색하고 대답했다. 노래방 기계는 병동에 있지만 그걸 가져간다는 말은 못 들었다. 하지만 애들이 모이는데 게임 정도는 해야 할 것이다.

"선생님, 저 벚나무, 이름이 호랑이 꼬리 벚나무라던데요. 유래를 아세요?"

"호랑이 꼬리 벚나무라고 합니까? 저도 처음 알았는데요."

"안내판에도 이름의 유래는 쓰여 있지 않더라고요. 누가 물으면 어쩌나 해서요."

"그런 건 그냥 적당히 대답하면 되죠."

"선생님은 어떻게 대답하시겠어요?"

"저라면……." 마토바는 메마른 웃음을 웃었다. "햇빛이 벚나무 줄기에 얼룩덜룩하게 비치는 모습이 꼭 호랑이가 꼬리를 연못에 늘어뜨린 것 같다고 말할까요. 벚꽃이 활짝 필 때, 그것도 해 뜰 무렵 짧은 시간에 그런 특징이 가장 잘 나타난다고 말이죠. 정말로 그렇거든요. 연못 전체가 금색으로 빛나는 게 아름답더군요."

마토바 의사의 설명은 묘한 설득력이 있었다.

"방금 선생님 하신 말씀, 저도 빌려 쓸게요."

"책임은 못 집니다."

어느새 숲을 빠져나와 앞쪽으로 쌍안경 같은 세이레이 병원이 보였다. 어른 걸음으로는 15분 거리였다.

"그럼 이만." 마토바 의사는 손을 가볍게 들고 병원 현관 쪽으로 향했다. 노리코는 병원 앞 포장도로를 지나 케이블카 역으로 갔다.

역에 도착한 노리코는 올라갈지 내려갈지 잠시 망설이다가 상행 플랫폼을 택했다.

산꼭대기 역까지 올라간 것은 작년 여름이 마지막이었다. 집에 놀러왔던 간호학교 시절 친구 도모코와 가오리를 안내한 것이었다.

그때 산꼭대기에 서서 좋아하는 남자와 이렇게 등산하러 오면 얼마나 즐거울까 생각했다. 스무 살이 넘은 지금도 그 방면으로 발전이 전혀 없다.

올라가는 케이블카 차장은 출퇴근길에 늘 보는 사람이었다. 노리코를 기억하는 듯 무표정한 얼굴이 순간 누그러졌다.

케이블카는 레일을 뒤로 뱉어내며 올라갔다. 열린 창문으로 불어드는 바람이 상쾌했다. 어머니와 함께 탄 다섯 살쯤 된 여자애가 창에 달라붙어 레일이 뻗은 방향을 바라보고 있었다.

"엄마, 누가 끌어올리는 거야?"

여자애가 어머니에게 돌아와 물었다. 아직 서른 살이 안 됐을 듯한 어머니는 "산 위에서 커다란 사람이 바퀴를 빙빙 돌리는 거야"라고 대답했다. 여자애는 감탄한 것처럼 고개를 끄덕였다.

산꼭대기 역에 도착하자 어머니는 케이블을 감는 윈치를 딸에게 가리켰다.

"커다란 사람은 어디 있어?"

여자애가 또 질문했다.

"지금은 건물 안에 숨어 있어."

그러고는 어머니가 뭐라고 덧붙이려는데 차장이 끼어들었다.

"윈치는 전기 모터로 작동합니다."

그는 아이 어머니를 힐끗 흘겨보고는 돌계단을 올라가 개표용 가로막대를 들어올렸다. 어머니 쪽은 어안이 벙벙한 듯했다. 노리코는 웃음을 참으며 차장 앞을 통과했다.

산꼭대기 광장에서는 대학생으로 보이는 남녀 열 몇 명이 원을 그리고 서서 배구를 하고 있었다. 누가 실수할 때마다 환성이 터져 나왔다.

노리코는 전망대에 섰다. 멀리 니치뉴 탄(灘)이 보였다. 만을 가로지르는 붉은 현수교, 항구에 정박하는 화물선, 제철소의 굴뚝, 우주 랜드의 기발한 건물들, 그리고 앞쪽에 시가지. 어렸을 때부터 친숙한 풍경이다.

멀리 케이블카가 천천히 내려간다.

풀로 뒤덮인 비탈에서 한 여자가 꽃을 따고 있었다. 노란 꽃을 한 아름 안고 올라온다.

산꼭대기 광장을 한 바퀴 돈 뒤 노리코는 비탈이 한눈에 바라보이는 레스토랑으로 갔다.

통나무집 풍의 레스토랑에는 손님이 아무도 없었다. 중년 웨이트리스가 들국화를 꽂은 컵을 테이블에 하나씩 올려놓고 있었다. 조금 전 산비탈에서 꽃을 따던 여자일 것이다.

"베란다에 앉아도 되나요?"

노리코는 물었다.

"괜찮아요. 바람이 좀 강할 수도 있지만요."

감색 원피스에 흰 앞치마를 두른 웨이트리스는 붙임성 있게 대답했다.

볕이 드는 테이블을 골랐다. 웨이트리스는 꽃 한 송이를 꽂은 컵을 다른 테이블에서 가져다주었다.

"꽃이 예쁘네요."

노리코는 저도 모르게 말을 붙였다.

"이맘때는 들꽃을 꺾어 온답니다. 작고 수수한 꽃도 테이블에 장식하면 모양이 나거든요."

웨이트리스는 웃었다. 사계절의 변화를 바라보며 1년 내내 이곳에서 일하는 것도 나쁘지 않을 것 같다.

"겨울철엔 저 밑으로 멧돼지 어미랑 새끼가 지나가요."

그녀는 난간에 몸을 기대고 말했다.

"멧돼지가요?"

"이 산에 많이 있대요. 겨울이면 먹을 게 없어지니까 내려오는 거겠죠. 저녁에 양배추랑 배추 찌꺼기를 놔두면 밤에 와서 깨끗이 먹어치운답니다."

"역시 초식이군요."

"아뇨, 잡식이에요." 웨이트리스는 고개를 저었다. "이 산에서 자살하는 사람이 많잖아요?"

"네, 이야기는 들었어요."

"1년에 열 명 가까이 죽지 않을까요. 물론 모두가 신문에 기사로 실리지는 않아요. 한참 뒤에야 발견되는 경우가 많으니까요. 인가에 가까운 산이고 케이블카도 있으니까 자살 지망자가 쉽게 산에 들어올 수 있는 거겠죠. 자살하겠다는 사람이 힘들게 긴 산길을 올라오진 않을 테니까요."

그녀는 입가에 엷은 웃음을 머금었다. 조금 전 보였던 상냥한 표정이 미묘하게 무너지는 것을 노리코는 뜻밖이라는 기분으로 쳐다보았다.

"다들 목매달아 죽거든요." 웨이트리스는 말을 이었다. "시신의 아랫부분이 물어 뜯겨 있을 때가 많아요. 멧돼지 짓이죠."

노리코는 한숨을 쉬었다. 송장에 달려드는 멧돼지의 모습이 머릿속에 생생하게 떠올랐다.

"어머, 죄송해요. 식사하시려는데 이런 이야기를 해서."

웨이트리스는 허둥지둥 사과하고는 주문을 받아 안쪽으로 사라졌다.

웨이트리스의 이야기 탓에 신경이 미묘하게 곤두서 있었다.

숲은 비탈 바로 밑까지 이어진다. 왼쪽 숲 너머에 세이레이 병원의 일부가 보인다. 조용한 모습이었다. 이 숲에서 한 달에 한 명 꼴로 사람이 목숨을 끊는다는 게 상상이 되지 않았다. 시체가 바로 발견되지 않는다면, 지금도 어딘가에 비참한 광경이 감춰져 있을까.

자신의 인생에 절망한다는 것은 대체 어떤 걸까. 노리코는 실감이 나지 않았다. 돈 때문일까, 연애 때문일까, 아니면 명예 때문일까.

죽을 자리를 찾아 헤매다가 호랑이 꼬리 벚나무를 보면 어떻게 생각할까. 자살을 단념할까.

노리코는 불어온 바람을 한껏 들이마셨다.

다음에는 유코와 같이 오자. 그녀와 함께라면 이런 기묘한 기분이 들지 않을 것 같다.

레스토랑 입구가 갑자기 떠들썩해졌다. 산꼭대기 광장에서 배구를 하던 대학생들이 시끌시끌 떠들며 테이블에 자리를 잡았다. 미리 예약을 한 듯 테이블 세 개를 붙여놓은 곳에 맥주며 주스, 닭튀김 등이 나왔다.

그러는 사이에 노리코의 테이블에도 스파게티가 왔다.

"경치가 좋죠?"

웨이트리스가 밝은 표정으로 확인하듯 물었다.

스파게티는 면을 삶은 정도도, 간도 딱 적당했다. 토마토소스도 직접 만든 게 틀림없었다. 노리코는 뜻밖의 발견을 한 기분으로 접시를 깨끗이 비웠다.

컵에 든 물을 마시며 테이블 맞은편에 남자가 앉은 모습을 상상했다. 자신은 어떤 표정으로 상대방과 이야기하고 있을까.

거기까지 생각했을 때 마토바 의사가 떠올라 당황했다. 나이차도 너무 많이 나는 데다 독신인지 아닌지도 모르건만, 노리코는 자신의 얼굴이 빨개진 것을 깨달았다.

후식으로 나온 커피를 차분히 음미하며 마셨다.

중학교, 고등학교 때 모두 동성 친구는 많았지만 남자친구라고 부를 만한 상대는 없었다. 간호학교 때 친구 중에는 학교 끝나면 늘 애인이 교문 밖에 차를 세우고 기다리는 친구도 있었다. 부러웠다.

언젠가 자신도 기다려주는 남자가 나타날까.

들국화가 핀 들판을 애인과 손잡고 뛰어다니고, 나란히 드러누워 푸른 하늘을 올려다보면 얼마나 즐거울까.

아니다, 그건 미래의 즐거움으로 놔두고 지금은 병원 업무를 배우는 게 우선이다. 노리코는 마음을 고쳐먹고 두 팔을 벌려 다시 심호흡을 했다.

통나무집 레스토랑은 손님이 계속 늘고 있었다.

베란다 벽 너머 실내에도 손님이 있어서 열린 창문으로 이야기 소리가 들려왔다.

문득 '세이레이 병원'이라는 단어가 들려 노리코는 심호흡을 하던 자세 그대로 귀를 기울였다.

"의사가 확실히 무뇌아라고 했어?"

중년 남자의 목소리가 말했다.

"초음파 검사를 했으니까 틀림없어."

여자는 남자보다 훨씬 젊은 것 같다.

노리코가 있는 곳에서 두 사람의 모습은 보이지 않았다.

무뇌아, 무뇌아. 노리코는 머릿속으로 발음해보았다. 뇌가 없는 아기를 의미한다는 것을 깨닫기까지 조금 시간이 걸렸다. 간호학교에서 수업 중에 배웠을 뿐 실제로 본 적은 없다.

배 속에 든 아기가 기형아라는데도 젊은 어머니는 동요한 기색이 없었다. 남자 쪽도 침착하기 이를 데 없다.

"이대로 가면 출산은 언제지?"

남자가 물었다.

"7월 14일."

여자의 억양 없는 목소리가 대답했다.

무뇌아를 굳이 낳겠다는 건가. 노리코는 내심 놀랐다. 분만을 해봤자 뇌가 없는 갓난아기가 살지 못할 것은 불을 보듯 뻔한데.

노리코는 커피를 마시는 척하며 다시 귀를 기울였다.

하지만 노리코의 존재를 알아챘는지, 벽 너머에서 들려오던 대화는 그 이상 이어지지 않았다.

노리코는 조심스레 몸을 틀어 한 번 더 창 안을 들여다보았다. 남녀가 앉아 있는 테이블은 사각에 있어 보이지 않았다.

5분쯤 뒤 노리코는 일어섰다. 테이블에 두 사람은 보이지 않았다. 재빨리 계산을 마쳤다.

산꼭대기 광장까지 가봤다. 텔레비전 중계소 벽에 난잡하게 낙서가 돼 있었다. 스프레이페인트로 갈겨쓴 글자가 지저분했다.

그곳에도 그럼직한 남녀 커플은 없었다.

케이블카 역으로 돌아와 표를 사는데, 레스토랑에서 정말로 그런 대화를 들었는지 아닌지 자신이 없어졌다.

백일몽 비슷한 착각이라는 생각도 들었다.

이런 기이한 기분이 드는 것도 어쩌면 호랑이 꼬리 벚나무라는 환영 같은 벚나무의 독기 탓일지도 모른다. 그렇게 생각했다.

4

꽃놀이에 참가하는 사람들은 11시에 식당에 집합했다. 환자가 열여섯 명, 환자 어머니가 아홉 명, 일근 간호사 여섯 명과 소아과 사이타 부장 이하 의사 다섯 명이 참가자 명단에 올라 있었다.

아이들에게는 병원 조리실에서 싸준 도시락을 하나씩 들리고, 차가 든 보온병과 주스, 풀밭에 깔 매트 등은 의사와 간호사가 분담해서 운반하기로 했다.

"장소가 천목(天目) 연못이라길래 가기로 한 거야. 아마기시 씨, 좋은 데를 골랐는데."

가운을 벗고 스트라이프 셔츠에 넥타이를 맨 사다무라 의사가 말했다.

"거기 천목 연못이라고 하나요?"

노리코는 처음 알았다.

"중학교 때 학교에서 소풍 간 적이 한 번 있었거든. 천목이란 이름이 신기해서 담임이었던 여선생님한테 질문했던 것도 기억나는군."

사다무라 의사의 이야기에서 똑똑한 중학생이 상상되었지만, 천목의 뜻을 몰라서 노리코는 아무 말도 하지 않았다.

"다도에서 쓰는 막자사발 형태의 찻잔이 천목이야."

사다무라 의사가 노리코의 생각을 꿰뚫어본 것처럼 덧붙였다.

"그러고 보니 연못이 깊어 보였어요."

아이들이 연못에 빠지지 않게 조심해야겠다고 생각했다.

사이타 부장은 골프웨어 같은 가벼운 옷차림이었다. 간호사들만 유니폼을 입었다. 휠체어는 세 대. 어머니가 업고 가는 아이가 두 명 있다. 1층 홀로 내려와서도 그들 일행은 이목을 끌어 사방에서 사람들이 아이들에게 말을 걸었다.

"날씨가 좋아서 다행이네." 아리마 수간호사가 하늘을 보며 말했다. "작년엔 비가 왔지 뭐야. 가다 말고 돌아와서 병동 식당에서 도시락을 펴놓고 먹었어."

어렴풋이 흐린 봄 하늘이었다. 중간에 날씨가 굳어질 염려는 없겠다.

시오다 미키가 초등학생 남자애 손을 잡고 있었다. 시모노 히토시는 어머니가 없어서 아버지만 일요일마다 병문안을 온다. 미키는 오늘만 어머니 노릇을 할 생각인 듯했다.

"아마가시 씨, 이런 산속에 정말로 벚나무가 있는 거야? 삼나무밖에 안 보이는데. 점점 무서운 곳으로 들어가는 것 같아. 안 그래, 히토시?"

미키가 히토시에게 말했다.

"난 괜찮아요. 산엔 아빠랑 여러 번 갔으니까."

시모노 히토시는 가슴을 펴고 대답했다.

"그래? 어떤 산?"

미키가 물었다. 다른 애들은 히토시만 보살펴준다고 부러운 표정이었다.

"높은 산도 가고, 낮은 산도 가고. 산장에서도 자고, 텐트에서도 자요. 밥도 산속에서 지어 먹어요."

"그렇구나, 재미있겠네. 누나도 가보고 싶다."

미키가 말했다. 진심으로 그렇게 생각하는 듯했다.

"다음에 아빠가 오면 부탁해볼게요."

시모노 히토시는 천진하게 대답했다.

"찾아보면 고사리랑 고비도 있을 것 같네요."

뒤쪽에서 한 어머니가 말하는 게 들려왔다. 오랜만에 병동을 벗어나 어른도, 아이도 기분이 들뜬 듯했다.

호랑이 꼬리 벚나무가 사람들 기대에 부응할 수 있을까. 마토바 의사는 괜찮다고 장담해주었지만 노리코는 불안한 마음이 들었다.

그러나 울창한 삼나무 숲을 지나 그곳만 스포트라이트를 받은 것처럼 환한 연못가로 나오자 모두가 탄성을 질렀다.

처음에는 어리둥절해하던 아이들도 좀 더 나이 먹은 남자애가 푸른 풀밭에 누워 뒹굴자 흉내 내기 시작했다. 말리려던 어머니도 아이들이 하도 좋아하는 바람에 포기하고 지켜보기만 했다. 치마를 입은 여자애까지 풀밭이 양탄자라도 되는 양 뒹굴었다. 하얀 원피스에 풀물이 드는 것을 어머니는 쓴웃음을 지으며 바라보았다.

"이거 참, 근사한 벚나무인데."

사이타 부장이 올려다보며 말했다.

"보통 벚나무하고는 달리 어째 고찰(古刹) 같은 분위기가 있군요."

흰머리가 잘 어울리는 나가스에 의사가 대답했다.

간호사들이 풀밭에 매트를 깔고, 그 위에 삼삼오오 앉았다.

도시락을 돌렸다.

"사이타 선생님, 한 말씀 해주세요."

아리마 수간호사가 조그맣게 말하자 사이타 부장은 고개를 내저었다.

"딱딱한 건 생략하자고. 그냥 왁자지껄 즐겁게 지내면 되지."

형식에 구애되지 않는 사이타 부장다운 대답이다. 가벼운 마음으로 소풍 왔다가 또 가벼운 마음으로 병동으로 돌아가면 그만이다. 하지만 아리마 수간호사는 불만인 듯 무릎을 땅에 짚고 일어나 큰 소리로 말했다. 사이타 부장은 허둥지둥 들고 있던 젓가락을 내려놓았다.

"오늘은 병원 연례행사인 꽃놀이를 나왔어요. 날씨도 좋고 꽃도 한창 예쁘게 피었으니 도시락을 먹으면서 즐거운 시간을 보내기로 해요. 잘 먹겠습니다."

잘 먹겠습니다, 하고 모두가 입을 모으자 아리마 수간호사는 만족해서 도로 앉았다.

"병원 근처에 이런 별천지가 있는 줄 몰랐군."

사이타 부장이 벚나무를 올려다보며 말했다.

"아마기시 씨가 찾아준 거예요. 아마기시 씨는 집이 이 근처니까요."

아리마 수간호사의 말에 사이타 부장이 노리코를 보았다.

"여기 사람이 아니면 모르겠어."

"네. 하지만 저도 거의 10년 만에 여기 온 거예요."

노리코는 긴장하며 대답했다.

"이 연못은 운석이 떨어져 움푹 팬 자국처럼 보이기도 하는데 무슨 역사적인 유래가 있을 것 같군."

"죄송합니다. 전 아는 게 전혀 없어서요."

노리코는 더더욱 움츠러들었다. 이럴 줄 알았으면 도서관에서 시(市)의 지리 역사라도 조사할 걸 그랬다.

"벚나무에도 이름이 있지 않을까."

"호랑이 꼬리 벚나무예요."

이것만은 안다고 노리코는 대답했다. 사이타 부장은 또다시 감탄하듯 고개를 끄덕였다. 일일이 내용을 음미하는 것 같은 대화에 노리코는 긴장해서 누가 좀 도와주면 좋겠다고 생각했다.

"호랑이 꼬리라니 멋진 이름인데요. 뿌리를 밟으면 뭔가 무시무시한 일이 일어날 것 같군요."

나가스에 의사가 웃었다.

"자세한 건 모르지만 새벽에 비쳐드는 햇빛에 나무줄기가 얼룩덜룩하게 보여서 그렇다고 해요."

노리코는 내심 벌벌 떨며 마토바 의사가 한 말을 빌려 이야기했다.

"연못 이름은 천목 연못입니다."

이번에는 사다무라 의사가 끼어들었다.

"선생님도 이곳 출신입니까?"

사이타 부장의 말에 사다무라 의사는 기다렸다는 듯 대답했다.

"중학교까지 이 근처에 살았습니다. 아마기시 씨 언니하고 배구부 선후배 사이였죠. 여기로 학교에서 소풍 온 적이 한 번 있습니다."

"저런, 세상이 참 좁군요." 사이타 부장은 감탄한 것처럼 고개를 끄덕였다. "호랑이 꼬리 벚나무와 천목 연못. 꼭 가부키 작품 같은걸."

도시락 외에도 어머니들이 싸온 음식을 계속 돌렸다.

"이렇게 멋진 곳인데 사람이 얼마 없네요." 한 어머니가 말했다. "우리가 안 왔으면 벚꽃도 핀 보람이 없었겠어요."

"병원에 가면 다른 과 수간호사 선생님들한테도 알려줘야겠어요."

아리마 수간호사가 말했다.

바람은 거의 불지 않았다. 이따금 생각난 것처럼 꽃잎이 떨어진다.

잔잔한 수면을 바라보다 보니, 이 광경이 수백 년 전부터 변함없이 이어져왔다는 생각에 노리코는 압도되는 느낌이었다.

식사를 마친 아이들은 몸이 움직이는 범위에서 신나게 놀고 있었다. 풀숲에서 벌레를 발견했다고 수선을 피우는 아이가 있는가 하면, 벚나무 뿌리 밑을 나뭇가지로 파는 아이도 있다. 돌멩이를 주워달라고 해서 연못에 던지며 거리를 겨루는 휠체어를 탄 아이들도 있다. 시모노 히토시는 시오다 미키 곁에 딱 붙어 있었다. 몇몇 어머니는 아이를 데리고 숲속으로 들어가 고사리와 고비를 찾기 시작했다.

의사들도 매트에 앉아 잡담도 하고 아이들에게 물수제비뜨기를 가르치며 즐거운 시간을 보내고 있다. 아리마 수간호사는 한 어머니와 이야기에 푹 빠져 있다. 사다무라 의사는 사이타 부장을 벚나무 옆에 세워놓고 사진을 찍고 있다.

노리코는 자리를 잡고 앉아 움직이지 않는 마지마 간호사와 과묵한 이자와 의사 사이에 끼여 있었다.

"이자와 선생님, 좀 이상한 질문인데 태아가 기형아라는 걸 확실히 알았을 경우 인공 유산을 시키지 않나요?"

노리코의 질문에 이자와 의사는 순간 의아한 표정을 지었으나 금세 정색하고 대답했다.

"낙태를 권할 것 같군요."

"무뇌아일 경우엔 어떨까요?"

"무뇌아라면 더 말할 것도 없죠. 출산해도 살 수 없으니까요."

이자와 의사는 뜻밖의 질문을 한다는 표정으로 노리코를 쳐다보았다. 사다무라 의사와 비슷한 나이일 텐데, 양과 음이라 해도 될 만큼 대조적으로 눈에 띄지 않는 존재다.

"빈도가 높은가요?"

"확실하게 기억나진 않지만 2천 명에 한 건 정도가 아닐까요. 아일랜드에 많고 동남아시아에선 적다고 들었습니다만, 나중에 알아보죠."

이자와 의사는 성실하게 대답했다.

"그렇지만 무뇌증이면 대부분의 경우 자연 유산되죠?"

"기형아 자체가 유산되기 쉬우니까요." 이자와 의사는 대답했다. "아, 맞다, 생각났습니다. 이집트 미라에 무뇌아가 있었다더군요. 고고학자는 처음에 원숭이 새끼라고 착각했는데, 1960년대에 재조사로 무뇌아란 게 판명됐죠. 이집트 왕조 시대에 무뇌아는 괴물로 여겨지지 않았을까요. 출산한 어머니는 엄청난 충격을 받았을 겁니다."

"그렇겠죠."

노리코는 고개를 끄덕였다. 무뇌아를 낳은 고대 이집트의 어머니가 얼마나 동요했을지 상상이 갔다. 하지만 지난번 산꼭대기 레스토랑에서 마주친 임부는 마치 남의 일처럼 무뇌아 임신을 이야기하지 않았다.

"아마기시 씨, 무뇌아를 본 적 있는 거야?"

곁에 있던 마지마 간호사가 나무라는 듯한 어조로 물었다.

"아뇨, 아직 없어요. 수업 시간에 배운 것뿐이에요."

"그건 인간이 아니라 그냥 물체야. 만에 하나 태어나더라도 사산했다고 어머니한테 안 보여주는 주치의가 대부분 아닐까."

마지마 간호사는 창백한 얼굴로 고개를 가로저었다. 이자와 의사가 맞장구를 쳤다.

주변이 또다시 시끌시끌해졌다.

숲속으로 들어갔던 어머니들이 아이들을 데리고 돌아왔다. 털머위를 한 다발 들었다.

"조금 올라간 곳에 털머위가 빽빽하게 자랐더라고요. 줄기는 짧지만 그만큼 굵고 연할 것 같은데 다른 분들도 캐러 가보시면 어때요?"

득의양양하게 수확물을 보여준다. 아이들도 푸릇푸릇한 털머위를 내밀었다.

"나도 가볼까."

마지마 간호사가 말했다. 그녀는 늘 도시락을 직접 싸온다. 노리코의 어머니가 싸주는 도시락보다 훨씬 정성 들여 싼 도시락은 반찬 가짓수도 많고 색깔도 예쁘다. "마지마 씨는 요릿집을 차려도 먹고살 수 있겠어." 언젠가 아리마 수간호사가 한 말에 칭찬인지 욕인지 모르겠다고 투덜거린 적이 있었다.

마지마 간호사가 일어나 숲 쪽으로 걸어가려 했을 때였다.

"앗, 물에 빠졌어."

누가 소리쳤다. 연못 저편에서 조그만 물보라가 일었다. 몇 사람이 달려갔으나, 한 남자가 바로 연못으로 들어가 아이를 안아 올렸다.

노리코도 이자와 의사와 함께 달려갔다.

시모노 히토시가 쫄딱 젖어 울고 있었다. 아이를 달래는 마토바 의사는 가슴 아래쪽으로 물에 빠진 쥐 같은 상태였다.

"애가 발이 미끄러져서 연못 속으로 주르르 빠져드는 게 보이길래 앞뒤 안 가리고 뛰어들었습니다. 물은 많이 안 마셨을 겁니다."

마토바 의사는 안심한 표정으로 말했다.

뒤늦게 달려온 시오다 미키가 사람들을 밀쳐내고 손수건으로 히토시를 닦아주기 시작했다.

"미안해. 내내 히토시 옆에 있을걸."

미키가 울상이 되어 말하자 시모노 히토시는 한층 더 큰 소리로 훌쩍거렸다.

"히토시만 먼저 데리고 가서 옷을 갈아입혀."

아리마 수간호사가 지시했다.

"그럼 저도 같이 가죠."

마지마 간호사가 말했다.

"마토바 선생님, 폐를 끼쳤군요."

사이타 부장이 마토바 의사에게 감사를 표했다.

"아닙니다. 꽃이 활짝 피었을 때가 됐나 싶어서 와봤는데, 어린애가 물에 빠졌길래 저도 모르게 뛰어든 겁니다."

마토바 의사는 쓴웃음을 지었다.

"선생님, 병동으로 돌아가서 당장 옷을 갈아입으세요. 제가 빨아서 다려놓을게요."

시오다 미키가 말했다.

"아뇨, 기왕 온 김에 젖은 채로 꽃구경이라도 하겠습니다."

"그건 안 돼요. 감기 걸리세요."

아리마 수간호사가 말렸다.

"그럼 그럴까요."

마토바 의사가 대답하더니 노리코를 쳐다보았다.

"꽃이 활짝 폈군요."

"고맙습니다."

노리코는 머리를 숙여 인사했다. 시모노 히토시에게 무슨 일이 있었다면 모처럼 나온 꽃놀이를 망쳤을 것이다.

시오다 미키는 시모노 히토시의 손을 잡고 걸음을 뗐다. 그 뒤를 마지마 간호사와 마토바 의사가 나란히 걸어갔다.

"자, 주스와 아이스크림이 있어요."

시노자키 간호사가 아이스박스를 열어 사람들에게 나눠주기 시작했다. 애들은 놀던 것을 멈추고 주스를 받으러 달려왔다.

의사들도 아이스크림 컵을 받아 매트 위에 다시 앉았다.

"오늘 하루 만에 2킬로는 늘 것 같아."

오페라 가수 같은 체격의 아이카와 간호사가 말했다. 앉으면 유니폼이 한층 터질 것 같다. 눈 깜짝할 사이에 컵에 든 아이스크림이 사라졌다.

"아아, 아이스크림 좀 마음껏 먹어보고 싶다."

그녀가 빈 컵을 봉지에 넣으며 과장되게 외쳤다. 몇몇 어머니가 쿡쿡 웃었다.

연못은 잔잔한 수면을 되찾았다. 꽃잎이 물 위를 두둥실 떠다닌다. 보고만 있어도 마음이 누그러지는 풍경이었다.

어디서 휴대전화 벨소리가 울렸다. 사다무라 의사가 가운 주머니에 들어 있던 전화기를 꺼내 버튼을 눌렀다.

"죄송합니다, 병원에서 온 전화입니다."

사다무라 의사는 사이타 부장에게 말하고 일어섰다.

"이식 이야기겠죠."

나가스에 의사가 말했다.

"뇌사한 아이가 나왔는지도 모릅니다."

사다무라 의사는 그렇게 대답하고 걸음을 뗐다.

사이타 부장은 고개를 끄덕이며 뒷모습을 바라보았다.

"선생님, 어린애가 뇌사하는 경우도 있나요?"

노리코는 옆에 앉은 나가스에 의사에게 물었다.

"교통사고라든지 계단이나 침대에서 떨어져 뇌진탕을 일으킨 경우가 대부분이겠죠."

"그래도 그렇게 많지는 않죠?"

"많지는 않지." 사이타 부장이 대신 대답했다. "게다가 어린애 경우는 장기의 크기가 문제가 되니 말이야. 다섯 살 먹은 애 심장을 유아한테 이식할 순 없겠다, 아무래도 대상이 한정돼."

그러더니 노리코의 얼굴을 유심히 쳐다보았다. 다른 사람에게 뭔가를 설명하는 게 즐거워 죽겠다는 표정이었다.

"그러니까 소아의 다장기 이식을 실시하려면 네트워크 구축을 빠뜨릴 수 없어. 어디서 뇌사한 아이가 나오면 바로 연락이 와서 하베스트, 즉 장기 적출 팀이 현지로 당장 달려갈 수 있는 체제를 갖춰놔야 하지. 병원 옥상의 헬리포트는 그런 때 대단한 이용 가치가 있는 거야."

"전 다른 사람의 장기를 받아서까지 살고 싶지 않은데요."

옆에서 듣고 있던 환자 어머니가 끼어들었다. 사이타 부장은 새로운 이야기 상대를 발견하고 바짝 다가앉았다.

"어머님, 만약 어머님 아이가 선천적인 담도 폐쇄증을 갖고 있고 통상적인 수술로는 치료가 불가능하다, 앞으로 몇 달밖에 못 산다 하면 어떻게 하시겠습니까? 우리 애는 선천성 기형이니까 이제 곧 죽는 게 천명이라고 생각하시겠습니까?"

사이타 부장의 반론에 어머니는 말을 잇지 못했다.

"저 자신이면 또 몰라도 제 아이라면······."

"그렇죠? 그게 어른의 경우와 크게 다른 점입니다. 어른이면 수명이 다한 거라고 포기가 됩니다. 하지만 어린애 경우는 포기하려도 포기가 안 되는 겁니다. 치료법이 아예 없으면 또 모르지만 장기 이식이란 수단이 있는데 자기 자식의 죽음을 가만히 기다리는 어머니는 없어요. 대신할 수만 있으면 대신해주고 싶은 게 부모 마음입니다."

그녀와 마찬가지로 곁에 있던 다른 어머니도 고개를 끄덕였다. 사이타 부장은 만족스러운 표정으로 이야기를 이었다.

"우리 소아과 의사들, 그리고 주로 외과 의사들이 장기 이식에 적극적인 것도 그런 부모님들의 열의에 이끌려서입니다. 의학이란 건 혼자서 이뤄지는 게 아닙니다. 수요가 존재하는 방향으로 나아가죠. 한 아이가 세상에 선물하고 간 장기로 다른 애들이 생명을 이어갈 수 있다는 건 훌륭한 일입니다." 사이타 부장은 아이스크림을 한 숟갈 입에 떠넣더니 뭔가 생각난 것처럼 또다시 열변을 쏟기 시작했다. "일주일쯤 전 외래에 두 쌍의 부부가 왔습니다. 한쪽 부부는 다섯 살 먹은 남자애를 데려왔죠. 반년에 한 번 하는 정기검진 때문입니다. 검사 수치에 이상이 없고 애도 쌩쌩해 보이더군요. 아이 부모님은 애가 이렇게 건강해질 줄 몰랐다, 꼭 꿈을 꾸는 기분이라고 또 한쪽 부모님에게 고맙다고 했습니다. 옷을 벗기고 아이를 진찰했더니 이식한 간은 아이의 성장에 맞춰 커져 있었습니다. 진찰을 마치고 또 한쪽 부모님을 안으로 모셨습니다. 두 사람은 감개무량한 표정으로 아이의 복부를 바라보더군요. 뇌사한 자기 아이의 간이 그

애 몸속에 살아 있는 걸 손으로 확인하고, 아이의 부모님과 함께 기쁨을 나누는 겁니다. 그런 광경을 볼 때마다 장기 이식은 양쪽 모두에 복음이란 생각이 들거든요. 인간에 대한 모독이라느니 천명을 거스르는 행위라고 비난하는 사람들은 자기가 그 상황에 처한 게 아니거나 탁상공론을 늘어놓는 것뿐이라는 게 제 생각입니다."

사이타 부장의 말에 어머니들이 저도 모르게 맞장구를 쳤다. 노리코도 어느새 납득하고 있는 자신을 깨닫고 놀랐다.

사이타 부장의 열변이 끝난 타이밍에 맞춰 아리마 수간호사가 일어섰다. 조금 있으면 2시다. 병동을 비울 수 있는 것은 기껏해야 3시까지다.

"올해는 참 색다른 꽃놀이였네요."

수간호사가 끝마무리를 하듯 말했다.

아직 더 놀고 싶은 눈치인 아이들은 어머니들의 채근에 비로소 놀던 것을 중단했다.

"가능만 하다면 한 달에 한 번은 이런 점심 모임을 갖고 싶군요." 나가스에 의사가 말했다. "날이면 날마다 차분히 점심을 먹을 겨를도 없으니까요. 이런 데 오면 스트레스가 풀립니다."

"동감입니다."

이자와 의사가 동조했다.

아닌 게 아니라 외래 담당 의사는 대기 환자가 없어질 때까지 진찰실에서 나오지도 못하는 데다 진료가 2시 넘어서야 끝날 때도 드물지 않다. 그 뒤 곧바로 병동 회진이 기다리고 있으니 식당에서 우동이나 메밀국수로 때울 수밖에 없다.

병동으로 돌아오자 남아 있던 간호사와 아이들이 마중 나왔다. 어떤 곳에서 소풍을 했나, 도시락은 맛있었나 등등 호기심을 노골적으로 드러내고 물었다. 간식이 무진장 많았다느니, 연못이 컸다느니, 커다란 삼나무가 있었다느니, 풀숲에 개미집이 있었다느니. 아이들은 벚나무는 쏙 빼고 이야기했다.

시모노 히토시는 새 잠옷으로 갈아입고 놀이방에서 혼자 놀고 있었다.

"미안. 아무것도 돕지도 못하고 오히려 불편만 끼친 것 같아."

시오다 미키가 사과했다.

"아냐, 괜찮아. 히토시가 별일 없어서 다행이야." 노리코는 위로했다. "마토바 선생님은 어떻게 되셨어?"

"셔츠랑 바지를 주면 이쪽에서 세탁을 보내겠다고 말씀드렸는데, 괜찮다고 거절하셨어."

"다음에 뵈면 인사 드려야겠네."

말은 그렇게 했지만 노리코는 자신이 먼저 만나러 갈 용기는 없었다. 병원 어딘가에서 우연히 마주치기를 기다리는 수밖에 없었다.

그날 오후는 낮에 논 만큼 바빴다. 소풍을 주관하면서 무의식 중에 긴장했었는지 5시에 인수인계를 마치고 나자 피로가 왈칵

몰려들었다.

탈의실에서 옷을 갈아입고 밖으로 나왔다. 현관을 나서 케이 블카 역을 향해 걸음을 떼는데 차 경적소리가 울렸다.

빨간 경차에서 유코가 얼굴을 내밀었다.

"타. 태워다줄게."

"응, 그럼 탈까."

노리코는 조수석 문을 열었다.

"너희 꽃놀이 다녀왔다며?"

"들었어?"

"응. 산부인과엔 꽃놀이 같이 멋진 행사는 없으니까 다른 과 에서 벚꽃 구경 가면 누가 소식 듣고 금방 알리거든."

노리코는 조수석에 올라타 낮에 있었던 일을 간략하게 이야 기했다.

"좋겠다. 꼭 학교의 학부모 공개 수업이랑 소풍을 합친 것 같 네. 의사들도 같이 갔다니 믿기지 않는걸. 우리 과는 겁나서 말 도 못 시킬 정도로 상하관계가 확실한데."

"사이타 부장님이랑도 이야기했어." 노리코는 그의 장광설이 생각났다. "장기 이식에 대해서 상당한 추진파더라."

"그거야 당연하지. 소아외과, 소아과, 그리고 산부인과가 세 이레이 병원을 이끄는 셈인데."

다니기 시작한 지 아직 얼마 되지도 않았는데 노리코보다 몇 배는 병원 내부 사정에 밝다니 정말 유코답다.

"그렇지만 난 가끔 병원이 무섭게 느껴질 때가 있어." 헤어핀 커브를 무사히 돌고 나서 유코가 불쑥 말했다. "겉보기엔 청결하고 학문적이고 딱 첨단 의학을 합네 할 것 같지만."

석양이 수평선에 지고 있었다. 만 출구에 걸린 현수교가 새빨갛게 빛난다. 바다도 꼭두서니빛 하늘과 거의 같은 색으로 서로 어우러졌다. 섬뜩할 만큼 아름다운 광경이었다.

"저번에 산꼭대기 역 레스토랑에서 이상한 이야기를 들었어." 노리코는 무심코 가슴에 담아두었던 이야기를 꺼냈다. "얼굴은 못 봤지만 중년 남자랑 서른 살쯤 된 여자인데, 우리 병원 산부인과에서 진찰을 받고 가는 길인지 초음파 검사 결과를 남자한테 이야기하고 있었거든. 태내에 7개월 된 무뇌아가 있대."

"무뇌아?"

유코는 의아한 표정을 지었다.

"분명히 무뇌아라고 했어. 배 속의 아기한테 뇌가 없다는데 그 여자는 아무렇지도 않게 이야기하는 거야."

"그거 언제 일인데?"

"지난주 목요일. 꽃놀이 사전 답사 갔다 오는 길이었어."

"그럼 산부인과에서 진찰을 받은 것도 그날이네."

"아마."

차는 큰길로 나왔다. 여기서 노리코의 집까지는 몇 분 거리다.

"저기, 역 앞에 찻집 있었지? 전에 언제 너희 집에 놀러 갔을 때 갔던 곳."

"피유?"

"아직도 있어?"

"있어."

"여기까지 왔는데 들렀다 가지 않을래?"

'fille(소녀)'라는 이름의 찻집은 언제 가도 손님이 얼마 없어서 장사가 되는 걸까 걱정될 정도였다. 하지만 조용한 마담이 만들어주는 안미쓰*와 비엔나커피는 일품이었다.

피유 주차장에 차를 세우고 나무문을 밀었다.

내부는 이전과 똑같았다. 오른쪽이 카운터, 왼쪽이 창을 끼고 도로에 면한 테이블, 왼쪽 대각선 앞이 중2층 테이블 좌석이다. 창가에 먼저 온 여고생 손님이 앉아 있기에 두 사람은 중2층으로 올라갔다.

"전에 산부인과에 특별병동이 있단 말 했잖아? 우리 같은 신입은 못 드나들고 의사도 주치의 몇 명만 들어갈 수 있는 곳." 유코는 커다란 눈으로 노리코를 빤히 쳐다보았다. "아까 네가 말한, 아기가 무뇌증이란 임부도 어쩌면 거기 환자일지도 몰라. 일단 조사해볼 가치는 있을 거야."

"그러다 괜히 찍히면 어쩌려고? 우리는 들어온 지도 얼마 안 됐는데."

---

* 삶은 완두콩과 한천, 팥소, 과일 등이 들어간 일본 디저트.

유코는 생각나면 바로 실행에 옮겨야 직성이 풀리는 성격이었다.

"괜찮아. 그때 일은 그때 가서 생각하면 되지. 병원이 세이레이만 있는 것도 아니고. 잘리면 다른 데 가면 돼."

노리코는 안미쓰의 단팥을 스푼으로 듬뿍 떠서 입에 넣었다. 유코는 설탕도 넣지 않은 커피만 마셨다.

"노리코, 다음 당직 언제야? 나랑 같은 날이 있으면 그날 밤 산부인과에 와보지 않을래? 야식을 같이 먹는다든지, 친구한테 잠깐 볼일이 있다든지 말하면 한 30분 정도는 빠져나올 수 있을 거거든. 그때까지 내가 정찰해서 중점적으로 조사할 곳을 찍어놓을게."

유코는 가방에서 근무표를 꺼내 살펴보았다. 당직은 한 달에 네댓 번 돌아온다. 유코의 당직과 겹치는 날이 없으면 수간호사에게 말해서 바꿔달라고 하는 것도 가능하다. 노리코는 유코의 당직 날짜를 수첩에 적었다. 사물함에 들어 있는 자신의 근무표와 맞춰볼 생각이었다.

"소아과 병동은 재미있지? 애들이 있으니까 떠들썩하고."

유코가 물었다.

"바보야, 아파서 입원한 거라고. 회복기거나 병이 가벼운 애들은 비교적 기운이 있어서 오늘 같은 소풍에도 참가할 수 있지만, 다른 애들은 불쌍해."

머리카락이 홀랑 빠진 데다 앙상하게 여원 애들을 보면 위로의 말 한마디 건네는 데도 용기가 필요했다.

"난 오늘 충격적인 체험을 했어." 유코가 불현듯 생각난 것처럼 말했다. "인공중절 수술에 들어갔거든. 환자는 우리 또래 여대생. 임신 3개월, 흔해빠진 수술이지, 뭐. 집게로 긁어낸 태아를 농반에 받았는데, 물이 피로 시뻘게져선 자세히 보니까 토막토막 떨어진 머리랑 팔다리가 어쩐지 움직이는 것 같지 뭐야. 머리에서 핏기가 슥 가시는 걸 알겠더라. 하마터면 농반을 떨어뜨릴 뻔했어. 하도 인상이 강렬해서 부주임한테 이야기했더니 그런 건 신기할 것도 없대. 부주임은 전에 개인 산부인과 의원에 있었는데, 분만실 옆 창고에서 새끼고양이 같은 울음소리가 나서 가보니까 플라스틱 통에서 나는 소리더래. 그래서 조심조심 뚜껑을 열어봤더니 탯줄이 붙은 갓난아기가 팔다리를 버둥대더라는 거야. 놀라서 원장 선생님한테 보고했더니 파트 근무하는 의사가 주사기를 들고 달려갔는데 그 뒤로 울음소리가 그쳤대. 낙태한 아기가 플라스틱 통 속에서 살아난 거겠지."

노리코는 유코의 이야기를 들으며 그 광경을 상상했다. 귓가에 갓난아기 울음소리마저 들려오는 듯했다.

"그건 일종의 살인 아냐?"

노리코는 탄식했다.

"응. 그렇지만 선배 말로는 결코 드문 일이 아니라는 거야. 어머니가 인공중절을 결심했을 때 태아는 이미 사실상 목숨을 잃은 셈이야. 그러니까 의사가 집게로 긁어낼 때 팔다리가 움직이건 심장이 뛰건 울부짖건 이미 인간이 아닌 거야."

유코가 목멘 소리로 말했다.

"불쌍해라." 노리코도 숙연해졌다. "소아과 병동엔 실낱같은 목숨을 소중히 이어가려고 하는 애들이 그렇게 많은데."

"그렇지만 말이지." 유코는 스스로 기운을 북돋우려는 듯 말을 이었다. "출산에 들어가면 어쩐지 장엄해. 난 아무것도 못 하고 그냥 쩔쩔매기만 하지만, 새로운 생명이 세상에 태어나는 순간은 감격스러워서 가슴이 벅차."

"이상한 곳이지, 산부인과는. 낙태도 출산도 같은 의사가 맡잖아."

생명이 세상에 태어나는 것을 도우면서 또 한편으로 생명의 싹을 자른다. 같은 인간의 내부에서 그 방향을 결정하는 것은 대체 뭘까.

적어도 간호학교에서는 그에 관해 가르쳐주지 않았다. 선배에게 물어도 명확한 대답은 얻지 못했을 것이다.

노리코는 어딘지 모르게 선득함을 느끼며 창밖을 지나가는 노면전차를 바라보았다.

5

유코에게서 전화가 온 것은 1주일 전이었다.

"그 임부가 진찰을 받았는지 외래 기록을 훑어봤거든. 해당될 것 같은 환자가 없었어. 역시 특별 외래에서 진찰을 받았는지도 몰라."

"특별 외래?"

"그거 왜, 산부인과에 특별병동이 있다고 했잖아. 거기 외래야." 유코는 목소리를 낮추었다. "다음에 너랑 당직이 겹칠 때 거기를 정찰해보려고."

"괜찮겠어?"

"응, 맡겨줘." 유코는 별일 아니라는 듯 대답했다. "당직은 바꿨어?"

"응. 다음 주 토요일 너랑 같은 날로. 토요일은 다들 별로 당직을 서고 싶어 하지 않거든. 난 어차피 애인도 없는데 뭐, 토요일이건 일요일이건 상관없어."

"조만간 좋은 사람 생길 거라니까."

"그러려나."

"당연히 생기지. 너 같은 여자를 내버려둘 리 없잖아." 유코는 무책임하게 장담했다. "아무튼 그날까지 계획을 세워놓을게. 소아과 당직은 몇 시쯤이 한가해?"

"환자가 갑자기 악화되지만 않으면 11시부터는 한가해."

"한 시간 정도 자리를 비울 수 있어?"

"병원 내고 어디 가는지만 밝히면 괜찮아. 당직 간호사는 세 명이니까."

"알았어. 그럼 12시 좀 전에 간호사 대기실에 전화해볼게. 그 날은 낮잠을 미리 자둬. 난 한잠도 안 자도 끄떡없지만 노리코 넌 건강 우량아라 밤에 약하잖아."

유코가 웃었다. 간호학교 시절, 기숙사 소등 시간은 11시였으나 시험 전이나 학교 축제, 히나마쓰리, 운동회 뒤풀이 때는 늦게까지 자지 않아도 됐다. 그게 아니라도 이야기하다 보면 전기 스탠드 불빛만으로 새벽 2시, 3시까지 깨어 있을 때도 있었다. 하지만 노리코는 11시가 넘으면 눈꺼풀이 무거워지고 마치 건전지가 다 닳은 것처럼 머리가 돌아가지 않았다. 앉은자리에서 잠이 드는 바람에 유코나 다른 친구들이 부축해 방으로 데려다주고 잠옷으로 갈아입혀 침대에 재운 적도 있다.

취직하고 걱정한 것도 당직을 무사히 설 수 있을까 하는 점이었다. 다행히 교대로 두세 시간쯤 눈을 붙일 수 있었던지라 일주일에 한 번 돌아오는 당직을 지금까지 탈 없이 넘길 수 있었다.

"그럼 그날 봐. 이거 일이 재미있어지겠어. 잘 자."

유코의 기운찬 목소리와 함께 전화가 끊겼다.

시간이 지나면서 업무 중에 헤매는 일도 줄어들었다. 소아과 병동에 있으면 아이들의 기운찬 목소리에 유치원이나 초등학교에 있는 듯한 착각이 들었다. 하지만 병실 하나하나를 들여다보면 그곳은 역시 그림자의 세계였다. 소아암, 폐렴, 근위축증, 수막염 등 다양한 짐을 진 아이들이 말조차 못 하고 침대에 누워 있었다.

사흘 전 입원한 중학교 1학년 여자애의 병실은 간호사들 중 누구도 혼자 들어가고 싶어 하지 않았다. 학교에서 트램펄린 운동 중에 거꾸로 추락한 탓에 순식간에 목 아래를 쓰지 못하게 됐다. 본인은 자신에게 무슨 일이 벌어졌는지 아직 모른다. 반대로 부모는 아이가 갑작스러운 죽음을 맞이한 것 이상으로 비탄에 빠져 있었다. 병문안을 온 학교 관계자는 마치 장례식장에 온 것처럼 창백한 얼굴로 아무 말도 하지 못했다. 그들에게 부모가 느끼는 노여움은 말로 표현되지 않는 만큼 얼음처럼 차가웠다. 시간이 흐르면서 노여움은 표면화되어 뜨거워질 게 분명했다.

"결말은 어차피 똑같다고. 부모가 아무리 화를 내봤자 그 애의 마비는 사라지지 않아. 그 애 자신도 자기 장애를 깨달으면 패닉에 빠질 거야. 그 뒤로는 눈만 뜬 채 말없이 며칠을 보내. 식사를 거부할 수도 있어. 그럼 부모도 학교에 화를 내고 있을 계제가 아니게 되고 관심이 애를 향하지. 그럼 자연히 체념하는 마음이 생기면서 노여움도 수그러들게 돼." 마지막 간호사가 노리코에게 타이르듯 말했다. "우리 간호사는 그런 시간의 흐름을 처음부터 끝까지 감지해야 해. 할 수 있는 일은 아무것도 없지만, 환자랑 환자 가족, 어쩌면 그 주위 사람들이 지금 흐름의 어디쯤에 위치하는지 알아놓으면 대처하기가 쉽거든. 말을 걸 때, 질문에 대답할 때도 뉘앙스가 달라져."

마지막 간호사의 이야기는 확실히 설득력이 있었다.

"간호 매뉴얼대로 손과 발과 입을 움직이기만 하는 거면 로봇도 간호할 수 있어. 그런 게 아니라 환자를 둘러싸고 있는 공기, 병실에 감도는 분위기를 감지하고 바꿔가는 게 이상적인 간호인 거야. 식사랑 약, 외과적 처치, 재활요법도 치료지만, 그걸 뒷받침해주는 게 치료적 분위기거든. 이건 웃음과 유머가 넘치는 병동, 그리고 냉랭함과 무관심이 지배하는 병동에서 환자의 상처가 낫는 경과를 비교 조사한 실험으로 이미 입증됐어."

마지막 간호사는 다른 사람의 뒷소문이나 사생활에 관해 이야기하는 법이 거의 없었다. 간호사 대기실에서 남을 중상하는 이야기가 나오면 그녀가 슬그머니 일어나 병실로 사라지는 것을 노리코는 여러 번 목격했다.

"다른 사람 흉을 볼 시간이 있으면 병실에 1분이라도 더 오래

머물면서 환자랑 이야기하는 편이 자기 정신건강에도 좋고 환자도 좋아해."

그런 말 한마디가 노리코에게는 무엇과도 바꿀 수 없는 지침이 되었다.

그렇기에 유코와 맞춘 당직 날 주임이 마지막 간호사라는 것을 알고 노리코는 반쯤은 안심하고 반쯤은 겁먹었다. 한 시간만이라도 자리를 비우는 게 어려울지도 모르기 때문이었다.

"산부인과에 간호학교 동기가 있는데 오늘 밤 당직이거든요. 잠깐 만나고 와도 될까요?"

노리코가 머뭇머뭇 말을 꺼냈을 때 마지막 간호사는 눈썹 하나 까딱하지 않았다.

"갔다 와. 진통이 시작돼서 분만이라도 있으면 끝까지 보고 와도 돼. 이쪽은 우리 둘이 어떻게든 할 테니까."

노리코는 감사를 표하고 간호사 대기실에서 나왔다.

산부인과 병동은 연결 통로를 끼고 소아과 반대편에 있었다.

노리코는 바닥 조명을 제외하고 불을 모두 끈 연결 통로를 건넜다. 창문으로 산기슭에 펼쳐지는 시가지가 한눈에 보였다. 심야의 거리는 아직 빛 가운데 호흡하고 있었다. 적하 중인지 제철소에 면한 항만이 팔찌처럼 불을 밝혔고, 도시 고속도로의 빛의 사슬이 만을 반 바퀴 둘렀다. 가만히 바라보다 보니 호텔에 있는 기분이 들었다.

유코는 선배 간호사와 간호사 대기실에 있었다.

"소아과 배속이면 마지마 씨 알겠네?"

같이 있던 간호사가 노리코에게 물었다.

"마지마 씨가 오늘 당직 주임이세요."

"어머, 그래? 그 사람 믿음직하지?"

"네."

"간부 후보생으로 부원장이 국립병원에서 데려온 사람이거든. 국립병원 쪽에서도 처음엔 안 놔주려고 하다가 본인을 위한 일이라고 양보해준 거야."

"몰랐어요."

"이것저것 많이 배워둬. 그에 비하면 시키 씨는 안됐어. 우리 같은 평범한 인간들한테 둘러싸여서."

선배 간호사의 말에 유코는 "안 그래요. 많이 배우고 있어요" 라고 겸손하게 대답했다.

서글서글한 성격의 선배였다. 유코가 적당한 기회를 봐서 병동을 안내해주고 싶은데 잠깐 자리를 비워도 되겠느냐고 묻자 바로 그러라고 해주었다.

"이시즈카 씨가 당직 주임이라 다행이야. 아니꼽게 굴지 않는 선배라 아주 좋아해." 간호사 대기실에서 나와 유코가 작은 목소리로 말했다. "마스터키를 몰래 갖고 나왔어. 이거면 특별병동에도 들어갈 수 있거든."

유코는 큼직한 열쇠를 보여주었다.

"어디 있었는데?"

"수간호사실."

유코가 아무렇지도 않게 대답했다.

"들키면 큰일 나."

"괜찮아. 오늘 밤 내로 갖다 놓으면 돼."

유카는 산과 병동, 부인과 병동, 분만실, 모자 회복실, 수유실 등을 서둘러 보여준 뒤 복도 끝의 두짝문을 밀었다.

"여기서부터는 우리 같은 말단은 못 들어가."

유카는 펜라이트로 어둠을 비추며 말했다. 복도에 양탄자가 깔려 있고 패브릭 벽지를 바른 벽에는 추상화가 걸려 있었다. 안에는 방이 예닐곱 개 있을 뿐 그리 넓지는 않았다.

"환자는 이쪽으로 들어갈 수 있게 돼 있어. 외래동에서 특별한 통로로 올라오는 거야."

출입구 곁에 대기실인 듯한 작은 방이 넷 나란히 있다. 환자들이 서로 마주치지 않게 하려는 배려다.

유코는 한 문에 열쇠를 꽂았다 뺐다. 손잡이를 돌리자 문이 안쪽으로 열렸다.

커다란 세모꼴 방에 진찰 기구를 갖춘 호화로운 장과 원형 테이블이 놓여 있었다. 뒤쪽에 있는 통로는 문 없이 진찰실로 이어졌다.

"여기가 관리실인가 봐." 유코는 테이블 위 서류를 차례차례 손전등으로 비추었다. "여기 있다. 이게 외래 환자 접수 기록이야."

유코는 검은 표지로 철한 장부 같은 것을 넘겨보기 시작했다.

"노리코 네가 산꼭대기 레스토랑에서 이상한 손님을 만난 게 언제였는데?"

"4월 15일."

"몇 살쯤 된 여자?"

"서른 좀 안 됐을 것 같아. 차분한 목소리였으니까 어쩌면 넘었을지도 모르고."

노리코는 어둠 속에 선 채로 대답했다.

"그럼 이거겠네. 세키하라 아키코 28세." 유코의 목소리는 어쩐지 떨리는 것 같았다. "진료 기록부 번호는 93177번. 15일 외래 환자는 두 명밖에 없었는데 또 한 명은 열아홉 살이거든."

산꼭대기 레스토랑에서 들은 대화는 역시 실제로 있었던 것이다.

"그 여자 진료 기록부가 어디 있을 거야."

유코는 펜라이트로 벽을 비추었다. 복도 쪽 벽에 서류 캐비닛이 있었다. 유코가 손잡이를 돌리자 문이 소리 내며 열렸다.

"노리코, 잠깐 비춰줄래?"

노리코는 펜라이트를 받아 캐비닛 앞에 섰다. 질서정연하게 꽂힌 진료 기록부가 어둠 속에 모습을 드러냈다. 바인더 등에 번호가 찍혀 있어 바로 꺼내볼 수 있게 되어 있었다.

"93177번이었지?"

유코가 말하며 번호를 재빨리 훑었다.

"이거다."

세키하라 아키코의 진료 기록부는 2호 용지가 너덧 장 끼워져 있을 뿐 얇았다. 유코는 바인더를 펴고 주의 깊게 페이지를 넘겼다. 진찰의 이름 난에 'AE'라고 빨간색으로 쓴 게 보였다.

초진은 작년 9월 3일. 주치의 난에는 이름이 기재되지 않았다. 대부분 알파벳으로 쓰여 있어 노리코는 의미를 알 수 없었다.

"뭐라고 썼는지 모르겠네."

유코가 진료 기록부를 들고 원형 테이블 쪽으로 가려 했을 때였다. 스위치 소리가 나더니 방 안이 밝아졌다.

"두 사람 거기서 뭘 하는 거지?"

입구에 이시즈카 간호사가 서 있었다.

"앗, 죄송해요."

유코는 진료 기록부를 뒤로 감추고 사과했다.

"여기는 어떻게 들어온 거야? 특별한 허가가 없으면 못 들어오는데."

이시즈카 간호사는 놀란 표정으로 물었다.

"죄송합니다. 문이 잠겨 있지 않길래 그만 들어왔어요. 특별 병동이 어떤 곳인지 한번 보고 싶었거든요."

유코가 조그만 목소리로 대답했다. 노리코는 쿵쿵 뛰는 가슴을 진정시키며 고개를 수그렸다.

"문이 열려 있어도 들어가면 안 돼. 수간호사한테 들켰다간 혼나는 것만으로 끝나지 않을 거야." 이시즈카 간호사는 유코가 진료 기록부를 캐비닛에 도로 넣는 것을 지켜보았다. "얼른 간호사 대기실로 돌아가."

이시즈카 간호사의 채근에 노리코와 유코는 서둘러 그 자리를 벗어났다.

"그럼 난 소아과로 돌아갈게."

노리코는 간호사 대기실 앞에서 유코에게 말하고 산부인과 병동에서 나왔다.

소아과 병동에 돌아와서도 아직 심장이 두근거렸다. 곧바로 간호사 대기실로 돌아갈 마음이 나지 않았다.

식당 베란다 쪽에서 어린애 목소리가 들렸다. 노리코가 머뭇머뭇 확인하자 백혈병으로 입원한 시라키 가즈요시와 어머니였다.

노리코는 살그머니 다가가 모자의 뒤에 섰다. 초등학교 3학년인 가즈요시는 화학요법으로 머리카락이 다 빠진 머리를 드러내고 하늘을 올려다보고 있었다.

"엄마, 내 별은 저거지?" 가즈요시가 가리킨 곳에 열 몇 개의 별이 빛나고 있었다. "저거, 네 개 있는 거 중에 제일 밝은 거. 약간 노란색 나는 거."

"그러게. 저게 맞을 거야."

어머니는 대답하고는 뒤에 선 노리코를 알아차리고 고개를 꾸벅했다.

"가즈요시, 밤중에 별 관찰 하는 거야?"

노리코가 말을 걸자 환자가 뒤를 돌아보았다. 커다란 눈이 반짝이고 있었다. 열이 있는지도 모른다.

"내 별을 보는 거예요. 아빠가 저번에 전화했을 때 내 별을 찾았다고 했거든요. 아마 저거 맞을 거예요. 다음에 편지를 써서 진짜 내 별인지 아닌지 알아봐달라고 할 거예요."

가즈요시가 들뜬 목소리로 대답했다.

"자다 깼는데 아무리 달래도 잠을 안 자서 데리고 나온 거예요. 마지마 선생님도 눈감아주셨어요."

어머니가 변명하듯 말했다.

노리코는 환자의 이마에 손을 대보았다. 미열이 있었다.

"네 별이 어디 있는지 알았으니까 이제 그만 자자. 오래 일어나 있으면 감기 걸려."

노리코의 말에 가즈요시는 순순히 고개를 끄덕였다.

"누나도 봤죠? 내 별이 아주 반짝반짝 빛나는 거. 아빠가 저 별이 빛나는 한, 내 병도 점점 나을 거라고 했어요."

그렇게 말하며 하품을 했다.

"응, 누나도 똑똑히 봤어. 제일 크고 환하더라."

모자를 병실까지 배웅한 뒤 간호사 대기실로 돌아왔다. 마지마 간호사만 깨어 있었다. 노리코는 산부인과 병동에서 연락이 오지 않았는지 마음에 걸렸다.

"오늘은 평온하네. 아마기시 씨도 눈 좀 붙여. 무슨 일이 있으면 이지리 씨를 깨울 테니까."

"아무 일 없으면 제가 일어나 있을게요. 마지마 씨가 쉬세요."

"괜찮아. 난 당직 날은 안 자는 편이 컨디션이 더 낫거든."

그렇게까지 말하면 따를 수밖에 없다.

곁방 침대에 이지리 간호사가 유니폼을 입은 채 누워 있었다. 노리코는 접이식 간이침대를 펴고 소리를 내지 않도록 조심하며 누웠다.

눕기는 했어도 잠이 올 성싶지 않았다. 유코가 그 뒤 어떻게 수습했는지 마음에 걸렸다. 그래도 어둠 속에서 눈을 감았다. 이지리 간호사의 숨소리를 듣는 사이에 온몸에서 힘이 스르르 빠지는 게 느껴졌다.

넓은 체육관 같은 곳이었다. 마치 야전병원 같은 살풍경한 공간에 침대가 백 개, 아니 2, 3백 개 질서정연하게 놓여 있었다.

간호부장이 노리코에게 안에 들어가기 전에 옷을 갈아입으라고 지시했다. 속옷만 남기고 옷을 벗은 뒤 선반에 있던 유니폼을 입었다. 가슴의 지퍼를 올리자 유니폼은 이상할 정도로 몸에 딱 맞았다. 양말은 긴 면양말이다. 간호부장을 따라 탈의실에서 나왔다. 바닥에 흰 고무장화가 열 켤레쯤 놓인 턴테이블이 있었다. 테이블을 돌려 고무장화를 자기 앞으로 오게 해서 신고, 균형을 잡으며 리놀륨 바닥에 내려섰다.

입구의 자동문이 간호부장 앞에서 좌우로 열렸다가 노리코의 뒤로 조용히 닫혔다.

체육관이라고 생각했던 건물 안은 온도와 습도 모두 조절되는 듯, 맨살에 얇은 유니폼만 입었어도 춥지도 덥지도 않았다. 소리는 모조리 어디론가 흡수되어 잡음이 없었다.

노리코의 시선은 작은 침대에 누운 갓난아기에 못박혔다.

3, 4개월 된 젖먹이 같은데 머리통이 거의 없었다. 이마 위에서 뒤통수까지 딱 쪼개서 없앤 듯한 형태다. 그래도 눈, 코, 입은 있었다.

노리코는 옆 침대로 시선을 옮겼다. 예상대로 그 환자도 머리가 불완전했다. 목 위로 엉겅퀴처럼 불그스레한 살 덩어리가 있을 뿐 뇌는 고사하고 눈, 코, 입조차 없었다. 중심 정맥을 통해 영양을 공급하는데, 주사 핀에서 이어지는 선은 가슴 언저리로 사라졌다.

노리코는 고개를 들고 다시 한 번 건물 안을 둘러보았다. 각 침대는 링거며 소생 처치를 언제든 실시할 수 있게 돼 있고, 호흡 유지 장치가 작동 중인 침대도 몇 개 있었다.

건물 전체가 온도와 습도, 공기의 흐름까지 세심하게 제어된 인큐베이터라 해도 과언이 아니었다.

"그래요. 감염에 약한 기형아들이 아무런 장애도 없이 무럭무럭 성장하는 이상적인 환경이죠."

간호부장은 노리코의 의문을 알아챈 것처럼 말했다.

"어째서 이렇게 많은 환자가 모여 있는 거죠?"

노리코는 간신히 물었다. 그러나 그 질문에 대한 답은 갑작스러운 웃음소리였다. 간호부장은 얼굴에 홍조를 띠고 진심으로 재미있다는 듯 웃었다. 노리코는 미치광이 옆에 있는 것 같아서 몸이 얼어붙었다. 간호부장이 몇 초만 더 신나게 웃었으면 노리코는 분명히 도망쳤을 것이다.

"그런 건 몰라도 돼요. 당신이 할 일은 여기 있는 환자 2백 명을 지켜보는 거예요. 대부분의 일은 기계가 해주니까 당신은 빨간불이 들어온 침대로 가서 링거액이랑 이유식만 교체해주면 돼요."

간호부장의 붉어져 있던 얼굴이 점차 파랗게 질렸다. 반박을 하고 싶어도 눈빛에서 거부를 용납하지 않는 위엄이 느껴졌다.

노리코가 압도되어 말을 잇지 못하자 간호부장은 몸을 돌려 출구 쪽으로 걸음을 뗐다. 잠깐만요, 하고 소리쳐도 간호부장은 돌아보지도 않고 "당신은 여기 있어요"라고 대답했다.

당신은 여기 있어요, 라는 목소리가 메아리처럼 반복해서 건물 내에 울려 퍼졌다.

"싫어요. 전 싫어요."

노리코는 목청껏 부르짖고 간호부장을 쫓아가려 했다. 그런데 통로 도중에 이르자 투명한 벽에 부딪혀 그 이상 갈 수 없었다. 벽은 들어갈 때는 자유롭게 들어갈 수 있지만 나가려면 특수한 조작을 해야 열리는 듯했다. 거대한 인큐베이터에 든 머리가 없는 환자와 마찬가지로 자신도 그 안에 갇혔음을 알고 노리코는 주저앉았다. 분한 마음에 눈물이 솟았다.

그때 누가 어깨를 잡고 흔들어 노리코는 잠에서 깨어났다.

"너무 괴로워해서 깨운 거야."

마지마 간호사가 조용히 말했다. 고개를 돌리자 창가 간이침대에서 이지리 간호사가 아직 쿨쿨 자고 있었다.

"죄송해요. 이상한 꿈을 꿔서요."

"유니폼을 입고 자면 익숙하지 않을 땐 괴로운 꿈을 꾸는 경우가 많아. 게다가 일 시작한 지 얼마 안 되는 시기엔 충격적인 사건이 많으니까 그럴 만도 하지."

마지마 간호사는 위로하듯 말했다.

"지금 몇 시예요?"

"4시 좀 전."

"이제 제가 일어나 있을 테니까 쉬세요."

"그럼 잠깐만 누울까. 이지리 씨는 그냥 자게 두자. 관찰실 심전도 모니터만 신경 쓰면 응급 환자는 없을 거야."

마지마 간호사는 노리코를 간호사 대기실 의자에 앉힌 뒤 곁방으로 돌아갔다.

노리코는 거울 앞에서 머리를 매만지고 캡을 썼다. 아직 눈이 부어 있었다. 이런 모습을 아이들에게 보이면 입버릇 나쁜 아이는 놀릴 게 틀림없다.

심전도 모니터가 일정한 리듬을 반복했다.

조금 전 꾼 꿈이 생각나 노리코는 몸을 부르르 떨었다.

마음을 진정시키려고 진료 기록부를 놓아둔 왜건을 바라보았다. 맨 위에 시모노 히토시의 일지가 있었다. 꽃놀이 때 연못에 빠진 것을 마토바 의사가 구해준 아이다. 그 뒤로도 시오다 미키가 잘 보살펴주고 있었다. 판막증으로 인한 혈전 심부전은 이뇨제로 소강상태에 이르러 곧 퇴원할 예정이었다.

노리코는 가족력과 성장력도 훑어보았다. 초등학교 3학년인 히토시를 보살피는 가족은 아버지뿐이다. 어머니는 2년 전 위암으로 세상을 떠났고, 아버지에게는 시마네 현에서 농업을 하는 연로한 부모와 결혼해서 오사카에 사는 여동생이 있었다.

영어가 섞인 주치의의 메모에는 심장 기능 개선을 나타내는 수치만 나열돼 있고, 간호 일지에서도 환자가 복귀하게 될 환경이 얼마나 불안정한지에 대해서는 한마디도 언급되지 않았다.

회사 업무 때문에 아버지가 아침 일찍 나가야 한다면, 시모노 히토시는 아버지와 함께 아침을 먹고 나서도 집에 있다가 혼자 사택 문을 잠그고 등교해야 한다. 학교가 끝나고 집에 올 때도 스스로 문을 열고 들어와 아버지가 아침에 만들어놓은 저녁을 데우든지 도시락 집에서 적당히 사와서 혼자 먹어야 한다. 아버지는 밤 8, 9시나 되어야 올 것이다.

그런 일상을 반복하다 보면 일단 잦아들었던 심장 발작도 언젠가 재발할 게 뻔하다.

하지만 병원도 그것을 사전에 예방할 힘은 없다. 병원 안에는 사회 복지사가 몇 명 있지만, 환자 한 명 한 명에게 얼마만큼 신경 쓸 수 있을까. 오사카의 고모 부부에게 갈 수 있을 것 같지는 않고, 시마네 현에 사는 할아버지 할머니 집은 병원이 머니 병세 변화에 즉각 대응할 수 없다. 역시 지금 이대로 지낼 수밖에 없다는 것을 노리코는 아직 다 깨어나지 않은 머리로 이해했다. 시오다 미키가 시모노 히토시를 각별히 신경 쓰는 것도 그 점이 불쌍해서일지도 모른다.

5시가 지나자 창밖이 밝아지고, 5시 반에는 아이 곁을 지키는 어머니들이 하나둘 복도로 나와 세수를 하기 시작했다. 이윽고 마지마 간호사와 이지리 간호사도 일어났다.

"미안해. 다섯 시간이나 자다니 이래선 당직도 아니네." 이지리 간호사가 말했다. "속죄하는 마음으로 내가 커피 아니면 차를 끓일게. 마지마 씨는 늘 커피를 마시고, 아마기시 씨는?"

"전 둘 다 좋아요."

노리코는 대답했다.

온수기의 물을 주전자에 받아 가스레인지에 얹으니 2분도 안 걸려 물이 끓는다. 그동안 이지리 간호사는 진공 팩에 든 원두 커피를 필터에 넣었다.

"난 마지마 씨랑 같으면 일주일에 세 번도 당직 설 수 있어. 걱정할 게 하나도 없으니까 안심되지, 괜한 신경 쓸 일도 없지." 이지리 간호사가 말했다. 끓인 물을 부은 커피에서 향긋한 냄새가 났다. "아마기시 씨도 조만간 알게 될 거야. 당직 상대에 따라 피곤한 정도가 다르거든. 밤새 내내 푸념을 들어줘야 하는 사람도 있고, 자기는 떡 버티고 앉아서 일은 죄다 남 시키는 사람도 있고. 완전히 천차만별이라니까. 난 싫은 사람이랑 같은 날 당직이 잡혀 있으면 월초부터 마음이 무겁더라."

노리코에게도 어느 정도 짚이는 데는 있는 말이었다. 같은 말을 당직뿐 아니라 주간 근무에 대해서도 할 수 있었다. 멤버 구성과 그날 주임이 누가 되느냐에 따라 선배 간호사들의 대화 내용은 물론 근무 태도와 행동거지까지 달라졌다. 마지마 간호사가 있을 때는 다들 부지런히 일하고 모든 게 바삐 돌아갔다.

"이제 곧 시모노 히토시가 퇴원하겠네요." 노리코는 커피를 마시며 넌지시 물었다. 마지마 간호사라면 조금은 다른 의견을 들을 수 있을지도 모른다.

"그러게. 꽃놀이 때 연못에 빠졌을 땐 다들 놀랐지."

"집에선 아버지랑 둘이 산다면서요?"

"그런가 봐. 어머니랑 사는 거면 또 몰라도 아버지만 있으면 전도다난이겠어."

"재혼이라도 하지."

이지리 간호사가 끼어들었다.

"히토시가 새어머니를 따라주면 좋겠지만 꼭 그렇게 잘 풀릴 거란 보장은 없잖아." 마지마 간호사는 온화하게 부정했다. "원래는 이런 때 병원 안에 출장을 전문으로 하는 방문 간호 팀이 있으면 도움이 될 텐데 말이야. 그렇지만 이건 일개 민간 병원의 능력을 뛰어넘는 일이지."

"시내 방문 간호 센터에 부탁하면 어떨까요?"

이지리 간호사가 말했다.

"그러게. 그렇지만 그 사람들도 인원이 한정돼 있으니까 아직 충분히 기능하지 못하거든. 역시 병원 스태프가 맡는 편이 치료의 연장도 되고 효과적이야."

마지마 간호사는 그렇게 대답하고는 아침 근무를 시작할 때가 됐다는 듯 일어섰다.

"제가 씻을게요."

노리코는 찻잔을 치우고 설거지를 시작했다.

싱크대 앞에 서자 창유리 너머로 산기슭의 나무들이 보였다. 푸른 잎과 거뭇거뭇한 나무껍질이 아름다웠다.

자작나무 비슷한 나무 밑에 움직이는 게 있었다. 나뭇잎 밑을 뒤지다가 소리를 듣고 뒷발로 일어섰다. 그러더니 눈 깜짝할 새에 나무줄기를 기어 올라가 굵은 가지 뒤에 숨었다. 보드라운 꼬리만이 잔상으로 남아 눈 속에 아로새겨졌다.

"다람쥐가 있었어요."

노리코는 감동한 표정으로 보고했다.

"다람쥐는 많아."

이지리 간호사가 아무 일 아니라는 듯 대답했다.

"지난달만 해도 조그맸는데 어느새 어미랑 구분이 안 될 만큼 컸어."

마지마 간호사도 말했다.

다람쥐가 병원 가까이에 살고 있다고 생각하니 이상하게 가슴이 설렜다.

인수인계를 마친 뒤 탈의실에서 옷을 갈아입고 유코가 내려오기를 기다렸다.

유코는 10시 다 돼서 숨을 몰아쉬며 나타났다.

"노리코, 웬일이야?"

"걱정돼서 기다린 거야. 그 뒤 아무 일 없었어?"

"괜찮아. 마스터키는 수간호실에 도로 갖다놨고, 이시즈카 씨도 굳이 수간호사한테 보고하진 않을 거야. 우리가 진짜 우연히 들어갔다고 생각하는 것 같아." 유코는 아무렇지도 않게 말했다. "노리코, 지금부터 진료 기록부에 있던 임부네 집에 가보지 않을래?"

"세키하라 아키코?"

"응. 주소는 하루노 정 5번지 3-3이야. 그 여자 목소리 기억해?"

"글쎄, 자신 없는데. 하지만 닥치면 듣고 알 수 있을지도 몰라."

"그럼 가보자. 불발로 끝난 특별병동 정찰을 만회하는 거야."

노리코가 반대해도 유코는 포기할 성싶지 않았다. 노리코는 같이 걸음을 뗐다.

외래동을 지나 서둘러 주차장으로 갔다. 유코의 빨간 경차가 흰 선 안에 비스듬히 세워져 있었다.

"지각할 뻔해서 차를 똑바로 세울 틈이 없었어."

유코가 변명했다.

조수석 앞 대시보드에 처음 보는 고양이 인형이 앉아 있었다.

"산 거야?"

"아니, 조카가 줬어. 날 닮았다면서."

그러고 보니 포동포동한 턱 선이 똑같다.

"응, 닮았어."

"역시 그렇지. 내가 봐도 닮았다 싶어. 교통안전 부적 대신이야."

구불구불한 산길을 올라오는 버스는 거의 만원이었다.

"노리코, 너희 과에 시오다 미키란 사람 있지?"

"응, 우리랑 같은 신입이야. 고상한 아가씨 같은 분위기에 예뻐."

"그 사람, 의사회 간호학교 출신이지? 동기가 산부인과에 있어서 이야기를 자주 듣거든. 이런저런 일이 있었던 사람이래."

"난 몰라. 그렇게 안 보이는데."

"간호학교 시절에 엄청난 연애를 해서 소문이 파다했다던데."

"그래? 부러워라."

"애인이랑 심야에 드라이브를 하다가 저수지 주변 도로에서 사고가 났나 봐. 상대편 차 운전사랑 애인이 즉사했고, 그 사람은 중상을 입었대. 내장 파열에, 얼굴도 몇 바늘 꿰맸다더라."

유코가 그런 이야기를 하는 것도 세키하라 아키코를 만나러 가는 데 대한 불안을 달래고 싶어서라는 생각이 들었다. 노리코는 시오다 미키의 짙게 화장한 얼굴을 떠올렸다. 흉터를 감추려고 그런 것일지도 모르겠다.

"의식불명 상태에서 깨어나 애인이 죽었다는 걸 알고 어떤 기분이 들었을까."

유코가 중얼거리듯 말했다.

노리코는 가드레일 밑 계곡으로 시선을 돌렸다. 나무 한 그루 없는 비탈 아래쪽에서 계곡물이 반짝이고 있었다.

"동기들도 그게 걱정돼서 복학한 뒤로도 자살하는 게 아닐까 다들 몰래 감시했던 모양이야. 그렇지만 그 뒤로 애인 이야기를 한 번도 안 하더래."

"가슴속으로 혼자 삭히는 사람이라 그래. 우리처럼 호들갑 떠는 타입이랑은 달라."

노리코는 대답하며 만약 그런 불행이 닥치면 자신은 딛고 일어서지 못할지도 모른다고 생각했다. 시오다 미키의 태도에 어딘지 모르게 한결같은 면이 있는 게 그런 과거의 불행과 무관할 리 없다.

"그 사람, 환자를 넓고 얕게 보살피지 않고 관심 가는 환자한테 열중하는 편이야."

"응, 그렇겠지."

유코는 고개를 끄덕였다.

JR역 앞까지 내려와 우회전해서 버스 길을 직진했다. 유코는 우체국 앞에 차를 세우고 지도를 확인했다.

거기서 10분쯤 더 차를 달려 다리를 건넌 다음 주차장에 차를 세웠다.

아케이드 입구에 있는 청과물 가게에서 5번지로 가는 길을 물었다.

긴 아케이드 한중간에서 왼쪽 길로 꺾어지자 서민적인 분위기의 동네가 나왔다. 고깃집과 전당포, 공중목욕탕 등이 길 좌우로 늘어서 있었다. 길에서 또 좁은 골목이 빗살처럼 갈라져서는 작은 민가들이 빽빽하게 들어서 있었다.

"저기일 것 같아."

두 동이 마주 보고 선 2층 연립주택을 유코가 가리켰다. 하루노 정 5번지 3-3이라고 쓴 금속판이 담장에 박혀 있었다.

"여기야. 들어가보자."

유코는 철계단을 올라가기 시작했다. 노리코는 주변을 살피며 뒤를 따랐다. 1층에 여덟 집, 2층에 여섯 집이 있는 1인 가구용 연립이었다.

207호 앞에서 멈춰 섰다.

현관문은 목제라 안이 보이지 않았다. 하지만 왼쪽에 위치한 불투명유리 창을 통해 선반 위의 냄비며 식기가 보였다. 현관 오른쪽으로 가스 온수기와 세탁기가 있었다.

유코가 문을 노크했다.

두 번째 노크에 대답이 들려왔다.

"누구세요?"

문을 열지 않은 채 여자가 물었다.

"세이레이 병원 방문 간호사예요."

유코가 당당하게 대답했다. 실내에서 움직이는 기척이 들려온 데 이어 문이 열렸다. 머리가 길고 얼굴이 기름한 여자가 현관을 가로막듯이 서 있었다. 임부복에 가려진 배가 불룩했다.

"무슨 일이죠?"

여자는 의아한 표정으로 유코와 노리코를 쳐다보았다.

"저희는 임부 분들 댁을 돌면서 어려운 일이 있으면 도와드리고 있어요. 집안일이든 장보기든 뭐든 괜찮으니까 있으면 말씀해주세요." 유코는 차분한 어조로 말했다. "전 고이케, 이쪽은 이쿠시마라고 합니다."

노리코는 고개를 숙여 인사했다.

"병원에선 그런 말 못 들었는데요."

여자는 불쾌감을 드러내며 말했다.

"이 지역 명단에 있어서 찾아뵈었습니다만." 유코는 당황하지 않고 미소를 지었다. "그렇지만 되레 불편을 드리는 거라면 그냥 갈게요."

"지금은 필요 없어요."

여자는 짤막하게 대답했다.

"네. 그럼 실례 많았습니다."

유코가 머리를 숙이는 것과 동시에 문이 닫혔다.

이번에는 노리코가 앞장서서 계단을 내려갔다. 아케이드까지 빠른 걸음으로 돌아왔다.

"유코, 나 진짜 놀랐어. 용케 그런 걸 생각해냈네."

"그냥 아무렇게나 막 말한 거야. 상대방의 얼굴을 보니까 순간적으로 말이 나오더라고." 유코는 혀를 쏙 내밀었다. "어때, 그 사람 맞아?"

노리코는 순간 대답하지 못했다. 목소리의 기억은 어딘지 모르게 모호하다.

"100퍼센트 자신은 없지만 나이는 같은 데다 말씨가 사나운 것도 비슷해."

"좋아. 여기까지 온 보람이 있네."

유코는 기분 좋아서 말했다.

"이제 어쩔 거야?"

"그건 나도 모르겠어." 유코는 고개를 흔들었다. "지금 단계에선 특별병동에서 무슨 일이 벌어지고 있는 건지 조금이라도 확실하게 알면 그걸로 충분해."

아케이드 천장을 통과한 빛이 유코의 얼굴을 창백하게 비추고 있었다.

"그나저나 그런 말까지 해도 괜찮은 거야? 산부인과에 방문 간호가 없다는 건 금방 들킬 텐데. 게다가 우리 얼굴도 봤잖아."

"괜찮아. 어차피 이제 돌이키지 못해."

유코는 딱 잘라 말했다.

노리코는 유코의 기세에 눌려 멍하니 서 있었다.

아이의 몸은 황달 때문에 흙빛이었다. 움직임에도 유아 특유의 활달함이 없었다. 간에 모인 담즙을 정기적으로 빼주고는 있지만 그때까지 입은 손상이 워낙 큰 탓에 구명 방법은 간 이식밖에 남아 있지 않았다. 소아외과로 긴급 전과를 결정한 배경에는 그런 사정이 있었을 것이다.

방법이 부모의 생체 간 이식이 될지, 아니면 다른 수단을 쓸지, 노리코는 알 수 없었다. 하지만 치료가 최종 선택의 단계에 이르렀다는 것은 확실했다.

노리코와 나이 차가 별로 나지 않는 젊은 어머니가 아이 곁을 지키고 있었다. 소아과 병동에 있을 때부터 말수가 적었고 더없이 초췌한 모습이었다. 첫아이가 선천성 기형을 가지고 있었다는 충격에서 아직 벗어나지 못한 것이다. 아이 어머니는 기형의 원인은 임신 중 모르고 복용한 진통제라고 믿고 있었다. 주치의와 간호사가 반드시 그런 것은 아니라고 설명해도 납득하지 않았다.

노리코는 기형아를 출산한 어머니가 얼마나 자책감에 시달리는지를 소아과에서 근무하면서 처음 알았다. 기형아를 밴 원인을 전적으로 자신에게서 찾는다. 그리고 거의 모든 어머니가 아이를 정상으로 만들 수 있다면 자기 목숨쯤은 희생할 수 있다고 생각한다. 괴로워하다 못해 아이를 죽이고 자기도 죽고 싶다고 울부짖는 어머니도 있을 정도다.

"간 제공자가 나타나면 좋지만 만약 없을 땐 어떻게 될까요?"

어머니는 멍한 눈빛으로 노리코에게 물었다.

"전과를 하는 건 이식의 가망성이 있기 때문이에요. 너무 걱정하지 마세요."

최선을 다해 위로하는 수밖에 없었다.

소아외과의 간호사 대기실에서 간호 요약을 보이고 인계했다. 상대편 간호사는 30대 중반의 베테랑이라 노리코는 살짝 긴장했다.

"가족 상황은 어떤가요?"

"부모님 두 분 다 계시고 형제는 없어요."

노리코는 대답했다.

"그런 건 가족 란을 보면 알 수 있어요. 제가 묻는 건 부모님의 감정 쪽이에요. 환아에 대해 거부감을 갖고 있다든지, 우울감을 느낀다든지."

신참 간호사를 교육해주겠다는 속셈이 말투에 드러나 있었다. 노리코는 애써 대답을 찾았다.

"아버지는 면회를 온 적이 거의 없어요. 대기업 회사원이라 일이 바쁜 걸까요. 어머니는 아직 감정적인 동요가 크고 우울감도 있어요. 친할머니와 외할머니가 한두 번 면회하러 왔는데 마주쳐도 대화다운 대화가 없이 서먹한 분위기였어요. 지체가 온전한 아이가 아니라는 것 때문에 양가에 응어리가 생긴 게 아닐까요."

"잘 알았습니다. 수고했어요."

그 말에 노리코는 마음을 놓았다. 인계 하나 할 때도 자신이 아직 미숙하다는 사실을 실감해야 했다.

엘리베이터를 기다리자, 내려온 엘리베이터에서 마토바 의사가 내렸다.

"저번엔 감사했어요."

노리코는 꽃놀이 때 일에 대해 인사했다.

"아마기시 씨, 여기는 웬일로 온 겁니까?"

"환자 전과 때문에요."

"환자가 누구죠?"

"사이타 가즈히코예요."

"아, 그럼 제가 담당할 환자군요."

"잘됐네요."

저도 모르게 말하고 말했다.

"어째서요?"

"아뇨, 그냥. 역시 간 이식밖에 방법이 없겠죠?"

노리코는 겸연쩍음을 감추며 물었다.

"네."

대답하는 목소리가 어쩐지 불분명하게 들렸다.

"잘 부탁드립니다."

노리코는 머리를 숙였다.

"다음에 한잔하러 갈까요. 아마기시 씨는 이곳 사람이니까 잘 알겠죠."

마토바 의사는 화제를 돌리려는 것처럼 말했다.

"그런 곳은 몰라요."

노리코는 얼굴이 화끈 달아올랐다.

"그럼 알아봐주세요. 제가 사겠습니다. 아마기시 씨 술 잘하실 것 같은데요."

"천만에요."

"웬걸요, 꽤 할 것 같은데."

주변 시선이 신경 쓰였지만 마토바 의사는 노리코와의 대화를 중단하려 하지 않았다. 노리코는 좋은 곳을 찾아놓겠다고 약속하고 얼른 엘리베이터에 올라탔다.

술을 못 마신다는 것은 거짓말이었다. 동아리 술자리에서 친구들이 고주망태가 됐어도 노리코는 끝까지 멀쩡한 정신에 가까웠다. 아버지가 술이 셌던 터라 자신도 그 피를 물려받았나 싶었다.

하지만 술집과는 연이 거의 없었다. 자주 드나드는 곳이라곤 케이크 가게 아니면 찻집 정도다. 마토바 의사는 진심으로 알아 놓으라고 한 걸까. 노리코는 엘리베이터 안에서 생각했다. 남자 에게 술 마시러 가자는 말을 들은 것은 이번이 처음이었다. 아 니, 마토바 의사가 그냥 해본 말일지도 모른다. 진지하게 받아 들이는 편이 이상하다.

그렇기는 해도 호랑이 꼬리 벚나무 밑에서 만난 이래로 마토 바 의사는 남이 아니라는 생각도 들었다. 꽃놀이 때 물에 빠진 시모노 히토시를 마토바 의사가 구한 게 우연이었을까. 오늘 소 아외과 전과에 동반하라는 지시를 듣고 어쩌면 그를 만날 수 있 지 않을까 하는 생각이 순간 들었었다. 간호사 대기실에서 그를 발견하지 못하고 다소 낙담했던 것도 사실이다. 엘리베이터 앞 에서 우연히 마주쳤을 때는 가슴이 후끈 달아올랐다.

마토바 의사가 다시 이야기를 꺼낼지는 알 수 없지만 일단 역 근처에 음식이 맛있는 술집을 찾아놓자. 아무 소리 없으면 이쪽 에서 먼저 연락해 넌지시 말을 꺼내는 방법도 있다. 그런 결심 까지 했다가 노리코는 스스로의 대담함에 놀랐다. 마치 자기 안 에 또 다른 자신이 있는 느낌이었다.

병동으로 돌아와 점심식사 후의 투약 준비를 하는데, 동료가 산부인과의 시키 씨에게서 전화가 왔다고 알려주었다. 동료의 눈치를 보며 수화기를 들었다.

"아마기시 씨? 시키예요." 유코도 주변을 신경 쓰는지 서먹한 말투였다. "저번에 조사한 일 말인데 대충 알았어요. 퇴근할 때 그쪽에 들를게요. 5시 25분쯤 괜찮을까요?"

"내가 가도 돼."

노리코는 일부러 허물없는 투로 말했다.

"지난번 일이 있었으니까 제가 그쪽으로 갈게요. 간호사 대기실에서 기다려주세요."

"오케이."

노리코는 대답하고 전화를 끊었다.

오후에는 간호사 대기실의 동글의자에 앉을 시간도 없을 만큼 바빴다. 초등학교 3학년 여자애가 공부를 봐달라고 해서 "나중에"라고 대답한 것까지는 좋았는데, 한 시간 뒤 채근을 받았다. 노리코가 달래자 아이는 울음을 터뜨렸다. 마지마 간호사가 수습해준 덕에 가까스로 울음을 그쳤지만, 나중에 부드럽게 주의를 받았다.

"'나중에'라든지 '잠깐만요' 같은 말은 우리한테는 써선 안 될 말이야. 1분 기다리라든지, 15분 뒤에 가겠다든지 그런 식으로 정확하게 말해야 해. 가망이 없을 경우엔 안 되겠다고 똑똑히 거절하고."

노리코는 마지마 간호사의 조언을 명심하며 여자애에게 다음 날 점심시간에 봐주겠다고 약속했다.

8호실 가나이 사야카는 간호사의 감시 아래 비강 영양 공급을 하면서부터 급속하게 병세가 호전됐다. 이제는 경련 발작은 물론 의식 혼탁도 없었다.

"뮌하우젠 증후군이야. 그것도 대리인을 사용한 악질적인 종류." 사다무라 의사가 말했다. "소변이나 토사물에 일부러 피를 섞는다든지 봉합한 상처를 일부러 더럽혀서 감염시킨다든지, 심할 경우엔 링거에 이물을 넣는 환자도 있어. 대개는 계속 환자로 있고 싶은 인간들이 그런 짓을 하는데, 가나이 사야카의 경우는 어머니가 딸을 구실로 이용하는 셈이야."

"자기 자식한테 어째서 그런 잔인한 일을 하는 거죠?"

시노자키 간호사가 고개를 갸웃했다.

"의료 기관의 보살핌을 받는 데서 어떤 안심감을 느끼는 거겠지. 딸을 간병한다는 입장이 기분 좋은 걸 수도 있고, 다른 인물의 관심을 끌고 싶은 걸지도 몰라." 사다무라 의사가 대답했다. "아버지는 병문안을 온 적이 있나?"

아버지가 병문안을 온 적은 한 번도 없었다. 진료 기록부에 아버지가 없다고 쓰여 있지도 않았다.

"어쨌거나 복잡한 심리가 작용한다는 건 분명하지만 우리가 그런 것까지 챙겨줄 순 없어."

사다무라 의사는 넌더리가 난 표정으로 말했다.

"앞으로 어쩌시겠어요?"

"어느 정도 체력이 붙으면 퇴원시켜야지. 또 같은 수법으로 다른 병원에 갈 가능성도 있으니까 우리 병원 사회복지사를 통해서 아동 상담소에 보고하고."

사다무라 의사는 간호사 대기실에서 나가려다가 노리코를

보며 감사를 표했다.

"아마기시 씨 정보가 도움이 됐어. 시립병원에 조회하지 않았으면 지금도 진단을 못 내리고 휘둘리고 있었을 거야."

노리코는 어떻게 대답해야 할지 몰라 어물어물하고 넘어갔다.

그날은 가나이 사야카 생각이 머리를 떠나지 않았다. 아무 죄도 없는 딸에게 친어머니가 병을 강요한다는 것 자체가 이해의 범주를 뛰어넘었다. 악귀 같은 부모라도 없는 것보다는 낫다고들 하지만 가나이 사야카는 예외가 아닐까. 어머니와 떼어놓아 시설에 보내는 게 가장 큰 치료법일지도 모른다.

그날의 인수인계가 가나이 사야카 건으로 길어지는 바람에 끝났을 때는 유코가 이미 간호사 대기실 밖에서 기다리고 있었다. 휠체어에 앉은 아이와 뭔가 이야기하고 있다.

노리코는 핸드백을 어깨에 메고 간호사 대기실에서 나왔다.

"좀 늦었지. 미안."

"에이, 뭘. 괜찮아."

유코는 아이에게 빠이빠이 손을 흔든 다음 노리코와 나란히 걸음을 뗐다.

"우리 집에 안 갈래? 맛있는 음식은 없지만 엄마도 좋아할 거야."

노리코는 말했다. 미리 전화해두면 어머니도 당황하지 않을 것이다.

"그래도 괜찮아?"

"그럼. 너만 좋으면 자고 가도 돼."

"그건 안 돼. 갈아입을 옷이랑 화장품도 없는걸."

"옷이야 내가 빌려주면 되지. 화장품은 내 거 쓰고. 블라우스는 나랑 사이즈 같을 걸? 겉보기론 날씬할 것 같지만 이래봬도 9호 사이즈라고."

유코는 간호학교 기숙사에서 나온 뒤로 연립에서 혼자 살고 있었다. 노리코의 집에서 자면 오히려 내일 출근이 쉬워질 것이다.

"그럼 그럴까? 너희 어머니 뵌 지도 1년이 넘었겠다."

"결정한 거야. 바로 엄마한테 전화할게."

노리코는 유코 먼저 탈의실로 보내고 자신은 외래동에서 집으로 전화를 걸었다. 어머니는 기뻐하며 오는 길에 장을 봐오라고 말했다. 노리코도 음식 한 가지 정도는 직접 해야겠다고 생각했다.

"차는 주차장에 놔두고 너랑 같이 케이블카 타고 갈까?"

옷을 갈아입고 계단을 올라가며 유코가 말했다.

"그러자."

현관으로 나와 바로 둘째 역으로 향했다.

"노리코 넌 정말 케이블카를 좋아하는구나."

"초등학교 때 과학 선생님이랑 사회 선생님, 그리고 미술 선생님이 여기 사라시나 산에 자주 데려왔거든. 올라올 땐 케이블카를 타고 내려갈 땐 걸어서. 식물이랑 곤충을 관찰하고, 사회 시간엔 지형을 지도책이랑 맞춰보고, 그림은 자기 마음대로 아무거나 그릴 수 있었어. 난 맨날 케이블카만 그렸지." 노리코는 전망 좋은 위치에 멈춰 섰다. "하지만 설마 이런 곳에 병원이 생길 줄은 몰랐어. 꼭 나더러 일하러 오라는 것 같잖아."

"무슨 말인지 알아. 원풍경 말이지? 어렸을 때 푹 빠져 있던 풍경이 한평생 따라다니고 거기로 돌아오면 마음이 놓이는 거." 유코가 감탄한 것처럼 말했다. "내 원풍경은 그거랑 정반대야. 논밭만 한없이 펼쳐져 있고 심지어 높직한 언덕 같은 것도 없어. 단조롭고 지겨운 곳. 그래서 지금처럼 매일 산에 올라와서 바다를 본다는 게 믿기지가 않아."

5분 정도 기다리자 케이블카가 산꼭대기 쪽에서 내려왔다. 나들이를 즐기고 돌아가는 노부부며 학생인 듯한 손님들만 타고 있었다. 차장은 모자를 푹 눌러쓴, 늘 만나는 청년이었다. 노리코를 얼핏 보더니 옆에 있는 유코에게도 시선을 던졌다.

앞에서부터 두 번째 좌석에 나란히 앉았다.

"세키하라 아키코에 관해 뭔가 안 거야?"

"응. 자세한 이야기는 나중에 할게. 여기선 누가 듣고 있을지 모르니까." 유코는 괜히 과장하는 눈치도 없이 진지한 표정으로 말하고는 뒤를 돌아보았다. "저 병원이 우리가 처음에 상상했던 것 같은 이상향이 아니란 것만은 확실해. 전부 다 그런 건 아니지만."

그야 그럴 것이다. 병원 전체가 수상쩍다면 노리코가 있는 소아과 병동에도 그런 징후가 엿보여야 할 것이다. 소아외과 마토바 의사까지도 의심스러워져야 하는데 도무지 그럴 성싶지 않았다.

첫째 역에서 내렸다. 정육점에서 쇠고기와 닭봉을, 옆 가게에서 코카콜라와 통에 든 아이스크림을 샀다. 유코도 청과물 가게 앞에 내다놓고 파는 분홍색 장미를 여섯 송이 샀다.

"여기는 옛날이랑 똑같다." 유코가 감탄한 듯 말했다. "향 가게까지 예전 그대로야."

"비탈이 많은 동네라서 개발이 안 되는 거야. 큰 건물도 짓기 어렵고. 주민들도 별로 안 바뀌었어."

그렇지만 주택은 산꼭대기를 향해 조금씩 전진하고 있었다. 노리코가 철들었을 무렵에는 자기 집이 가장 높은 위치에 있었는데, 등 뒤의 산이 택지로 변하면서 현대식 주택들이 점차 많아졌다.

집 앞에 이르자 유코는 감개 어린 표정으로 옆집의 벽돌 담장이며 노리코의 집 현관에 자라는 덩굴장미를 바라보았다.

"나 사는 데랑은 달리 운치가 있네. 진짜 고요한 주택가 같은 분위기야."

"그만큼 보는 눈도 많아. 여자애가 택시 타고 아침에 집에 오기만 해도 입방아에 오르는걸. 나야 아직 그런 상대가 없으니까 괜찮지만."

대문을 여니 어머니가 이미 현관 앞에 서 있었다. 유코는 붙임성 있는 얼굴로 인사하며 어머니에게 장미꽃을 건넸다. 어머니도 오랜만에 만나는 딸의 동기를 반갑게 맞았다.

저녁 준비는 다 되어 있어 노리코가 한 가지만 더 만들면 됐다. 요리는 30분만 있으면 완성될 것이다. 어머니에게 밥상 준비를 부탁한 뒤 노리코는 닭봉을 냄비에 넣고 완전히 잠길 만큼 콜라를 부었다. 그러고 나서 떠오르는 찌꺼기를 건지며 조리기만 하면 된다. 간단히 만들 수 있는 데 비해 공 들인 요리처럼 보이는 터라 평소에도 요긴하게 써먹고 있다. 어머니가 한 계란찜과 바지락탕, 잠두콩 조림과는 어울리지 않지만, 적어도 양적인 면에서는 밥상이 호화로워진다.

어머니는 시원한 맥주를 꺼내와 컵 세 개를 늘어놓고 유코가 목욕하고 나오기를 기다렸다. 마치 자신이 마음 편히 맥주를 마실 수 있는 기회라고 기대하는 것 같다. 유코가 사온 장미가 유리 꽃병에 꽂혀 분위기를 돋우었다.

닭봉 콜라 조림은 맛있게 되고 안 되고 할 것도 없다. 간장을 약간 넣어 양념이 잘 배면 완성이다. 노리코가 접시에 담아 거실로 가자 유카타로 갈아입은 유코가 어머니와 함께 툇마루에 앉아 있었다.

"마당이 있으니까 차분하고 좋네." 유코가 노리코를 돌아보며 말했다. "오즈 야스지로 영화에 나오는 것 같은 마당인걸."

유코의 포동포동한 체격에 유카타가 잘 어울렸다.

"자, 유코, 찬은 없지만 들렴."

어머니의 말에 셋이 밥상을 둘러싸고 앉았다.

"잘 먹겠습니다." 유코는 상에 놓인 반찬을 보며 두 손을 모았다. "이런 훌륭한 식사는 오랜만에 해봐요."

"노리코랑 나랑 따로따로 만드는 바람에 음식에 조화가 없어서 미안해. 맛이 없는 건 맥주로 때우자. 자, 받아."

어머니는 큰 병에 든 맥주를 따서 유코에게 권했다. 유코는 두 손으로 잔을 들어 공손하게 맥주를 받았다. 비어가든에서 남자 뺨치게 마실 때와는 전혀 딴판이다.

셋이서 건배했다.

"맛있다."

맥주를 한 모금 마시고 어머니가 만든 오징어순대를 먹더니 유코가 말했다.

"생선 가게에서 싸게 팔길래 산 거야. 더 있으니까 많이 먹으렴."

노리코는 자기가 만든 닭봉 조림을 슬그머니 맛보았다. 고상한 단맛이 맥주와 잘 맞을 것 같다.

"어머니는 낮에 혼자 계세요?"

유코가 물었다.

"응. 그런데 할 일이 없을 것 같지만 사실 꽤 바쁘단다. 평소 안 쓰는 방도 날을 정해놓고 청소해야지, 마당의 풀은 금방 자라지." 어머니는 기분 좋아서 대답했다. "일주일에 한 번은 이웃

집 부인들이랑 노래 교실에 가. 두 시간쯤 마음껏 노래를 부르고 오면 기분이 개운하거든."

"어머, 그럼 다음에 저희 비번일 때 같이 노래방 가실래요? 전 노래는 못하지만 남의 노래 듣는 건 아주 좋아하거든요." 유코의 맥주잔이 벌써 비어 있었다. 노리코는 한 잔 더 따라주었다.

"노리코, 너 그 노래 좋았는데."

"노리코가 무슨 노래를 불러?"

"노리코 노래 잘해요. 집에선 노래 안 해요?"

"들어본 적 없는데."

어머니의 눈이 둥그레졌다.

"기숙사 축제 같은 때 꼭 불려나가곤 했어요. 매년 곡이 바뀌는데, 그것도 6, 70년대 옛날 히트곡만 부르거든요. 언제 연습하는 건지 알 수 없어서 남자친구랑 몰래 노래방에서 연습하는 게 아닐까 의심했을 정도예요."

노래방에 함께 갈 남자친구가 있으면 무슨 고생이겠나. 언제나 혼자 레코드 가게서 시디를 사와 여러 번 듣는다. 실제로 불러보는 적은 몇 번 없지만, 귓속에 멜로디가 남아 있고 가사는 거의 외우니 노래방에서 남들이 노래를 시켜도 그럭저럭 따라갈 수 있다.

"어머니도 모르셨다니, 다음에 꼭 셋이 가요. 지금 일이 일단락되면요."

유코가 말했다.

"지금 일이라니?"

"탐정 놀이 같은 거예요." 유코는 수수께끼처럼 말했다. 맥주를 마시고 기분이 유쾌해졌나 보다. "세이레이 병원에 알 수 없는 점이 있어서 그걸 노리코랑 같이 조사하고 있거든요."

어머니는 영문을 몰라 노리코를 쳐다보았다.

"유코가 과장하는 거야. 그냥 좀 알아볼 게 있어서."

노리코는 대답했다.

"뭔지는 모르겠지만 너희를 보니까 믿음직하구나. 역시 사람은 기술이 있으면 강하단 말이지. 그렇지 못한 여자는 뭘 해도 불안정하거든. 주부 같은 건 아무나 할 수 있는 일이라고." 어머니는 여느 때답지 않게 본심을 털어놓았다. 노리코와 둘만 있을 때는 절대로 이런 이야기를 하지 않는다. "너희는 어디를 가든 통하는 기술이 있고 남들한테 감사를 받지."

"그렇지만 저희는 아직 신참이라 환자 분들한테 별 도움이 못되는걸요. 얼른 한몫할 수 있게 되고 싶어요." 유코는 정색하고 말했다. "간호학만큼 실생활이랑 밀접하게 연관된 학문은 없다고 생각해요. 영양 섭취 방법, 질병의 조기 발견, 상처 처치까지 쓸모없는 게 하나도 없어요."

"노래 교실 친구 중에 거동을 못 하는 아흔 몇 살 된 시아버지를 집에서 모시는 부인이 있거든. 조카딸 중에 간호사가 둘 있어서 한 달에 두 번 시중을 들어드리러 온대. 둘이 할아버지 목욕이랑 양치도 시키고 귀지도 파고 머리도 감기고 침구랑 속옷도 갈고 간다는데, 치매가 심한 할아버지도 둘이 오면 좋아한다니까 어지간히 산뜻하고 기분 좋은 거겠지. 보통 사람은 할 마음이 아무리 있어도 그렇게까지 세심하게 못 돌본다고 그러더라."

"어머니는 그 점에선 노리코가 있으니까 안심되시겠어요."

"그러니까 얼른 한몫할 수 있게 돼야지."

어머니의 말에 노리코는 고개를 움츠렸다.

맥주를 큰 병으로 두 병 비운 다음 식사로 넘어와 계란찜과 바지락탕, 오이와 가지 절임으로 가볍게 한 공기 먹었다. 디저트로 낸 아이스크림이 배에 들어갈지 자신이 없었지만, 이야기하는 사이에 깨끗이 먹어치우고 말았다.

식사가 끝난 뒤 유코는 어머니가 만류하는데도 부엌으로 나갔다. 어머니는 쉬게 하고 둘이서 설거지를 했다.

"맛있었어. 어머니랑도 오랜만에 이야기해서 즐거웠고. 어머니, 나이를 전혀 안 드시네."

유코가 작은 목소리로 말했다.

"마음만 젊어. 실제로 어린애 같은 면이 있으니까 십중팔구 성장이 멈춘 걸 거야."

노리코는 웃었다. 거실에서 마음 불편한 듯 텔레비전을 보던 어머니가 문득 생각난 것처럼 손님방으로 건너가 이부자리를 깔기 시작했다. 가만있는 게 고역인 것이다.

"손님방에서 자는 게 좋겠지? 둘이 느긋하게 이야기도 하려면."

어머니가 말했다.

"고맙습니다. 전 어디서든 잘 자요."

유코가 명랑하게 대답했다.

"우리 그 일은 나중에 찬찬히 이야기하겠지만," 유코는 사발을 씻으며 말했다. "나 말이지, 비번 날에 탐문 조사를 갔었어."

"탐문 조사?"

"응. 세키하라 아키코네 집 부근."

노리코는 유코의 대담함에 혀를 내두르면서도 한편으로 불안감에 사로잡혔다. 그러다 유코 쪽이 의심을 살 염려가 있다.

설거지를 마치고 목욕하는 동안에도 노리코는 그게 마음에 걸렸다. 세이레이 병원에 검은 부분이 있다면, 그에 연루된 사람이 이미 유코의 움직임을 파악하지 않았을까.

거실로 돌아와 셋이 얼마 동안 대화를 나눈 뒤 어머니는 목욕하러 갔다.

"세키하라 아키코는 열 살 연상인 남편이 있대. 실제로 남편인지 아닌지 알 수 없지만."

둘만 남자 유코가 말했다.

"산꼭대기 레스토랑에서 같이 있던 남자가 남편일까. 얼굴은 못 봤지만 세키하라 아키코보다 나이가 많았던 것 같거든."

"뭣보다도 그 여자는 배 속에 든 아기 이야기도 이웃 사람들한테 안 한 것 같지 뭐야. 보통 사람 같으면 아들일까 딸일까, 이름은 뭘로 지을까 고민한다든지, 신생아 용품을 준비한다든지 하잖아? 그런 게 전혀 없는 모양이야."

유코는 찻잔을 들고 어두운 마당을 응시했다.

"아기가 무뇌증이라 그런 거 아냐?"

"하지만 바로 인공중절할 생각은 없는 거잖아. 진료 기록부가 있다는 게 좋은 증거야."

유코가 말했다.

"내가 레스토랑에서 그 사람들 대화를 들었을 때도 출산할 것 같은 분위기였어."

"무뇌아를 낳아서 어쩔 생각일까."

유코가 중얼거리듯 말했다.

둘 다 침묵했다. 교통량이 적어졌기 때문인지 안마당에 면한 방에서는 거리의 소음이 들리지 않았다. 어머니가 목욕하고 남은 물로 욕조를 청소하는 소리가 났다.

"뭔가 있는 거야."

노리코는 후우 하고 한숨을 쉬었다. 유코도 고개를 끄덕였다.

"아무튼 세키하라 아키코가 앞으로 어떻게 움직일지 주의해서 관찰하면 뭔가 알아낼 수 있을 거야. 그리고 난 특별병동에 한 번 더 들어가보고 싶어."

"유코, 괜찮겠어?"

유코는 고개를 살짝 끄덕했다.

세이레이 병원에 감춰진 어둠이 존재한다면, 그것을 감지한 사람은 자신과 유코 둘뿐이다. 그런데 그 어둠이 얼마만큼 큰지 짐작도 되지 않았다.

"간호학교 때랑 달리 어째 엄청난 공부를 하게 된 느낌이야."

유코가 말했다.

"그것도 목숨을 건 공부."

노리코는 엄숙하게 말했다.

어머니가 욕실에서 나와 상 앞에 앉았다. 미지근하게 식은 차를 더 따라주자 아무것도 모르는 어머니는 기쁜 표정으로 단숨에 들이켰다.

7

"아마기시 씨. 시신을 씻기는 거 도와줄 수 있어?"

출근하자마자 마지마 간호사가 말했다.

"누가 죽었나요?"

노리코는 저도 모르게 물었다. 전날만 해도 위독한 환자는 없었는데.

"신이치가. 시신은 방금 1층 영안실로 내려보냈어. 따라와."

충격에 말문이 막힌 노리코는 잠자코 마지마 간호사를 따라갔다. 아이자와 신이치는 초등학교 1학년, 뇌종양으로 몇 차례 수술을 받았으나 재발되어 일주일 전에 입원했다. 새로운 암세포가 뇌를 좀먹어 말도 팔다리도 불편했다. 그래도 간호사들 이름을 모두 기억해서 노리코를 '아마아마'라고 불렀다.

"갑작스럽게 그렇게 된 거예요?"

노리코는 엘리베이터 안에서 마지마 간호사에게 물었다.

"뇌줄기까지 암이 침투한 게 아니었을까. 새벽부터 호흡이 불규칙해져서 주치의인 사다 선생님을 호출했는데, 7시 35분에 사망했어. 인공호흡기 같은 소생 처치는 안 했어. 자리를 지키고 있던 가족도 그 이상 말자는 의향이었고. 정말로 썰물이 빠지듯이 호흡이 약해지더니 심정지가 왔어."

마지마 간호사는 그때 상황을 돌이키듯 허공을 바라보았다.

"병리 해부는 하고요?"

"뇌만. 사다 선생님도 암세포가 어디까지 뇌줄기에 파고들었는지 임상 증상이랑 맞춰보고 싶을 거야. 그러니까 사후 처치가 끝나는 대로 바로 병리 해부실로 옮겨야 해."

아이자와 신이치의 조그만 시신은 영안실 옆방 침대에 눕혀져 있고, 시바타 간호사와 이지리 간호사가 이미 시신을 씻고 있었다.

"아마기시 씨, 이번이 처음이지? 한번 해봐."

조그만 시신은 침대의 반밖에 차지하지 않았다. 어쩐지 알몸뚱이 인형을 씻기는 듯한 광경이었다.

노리코는 시키는 대로 크레솔을 탄 더운물에 타월을 적셔 발가락을 닦았다. 작은 발가락은 허연 것만 빼면 아직 살아 있는 것처럼 보드라웠다.

옆으로 눕혀 등도 닦았다. 눈을 감은 얼굴이 뭔가 의사 표시를 하듯 슬금슬금 흔들렸다. 머리를 매만져주고 귀와 코에 솜을 채우고 항문에도 마른 솜을 넣었다.

"노인이면 얼마나 힘든데. 주름을 펴서 닦아야 하거든. 어린애는 몇 배는 더 편하지. 체표 면적도 좁고 피부도 좋으니까."

시바타 간호사가 말했다.

"그렇지만 어린애 시신은 역시 노인보다 몇 배는 더 괴로워. 부모 심정을 생각하면 더 그렇고."

이지리 간호사가 숙연한 어조로 말했다.

"다 끝나면 바로 옆 병리 해부실로 옮겨줘. 뇌 적출을 위해 선생님들이 대기 중이니까."

마지마 간호사의 말에 세 사람은 시신을 이동용 침상에 눕히고 시트로 덮었다.

"고마워. 이제 내가 옮길게. 아마기시 씨도 같이 가겠어?"

"네."

노리코는 대답하고 이동용 침상을 밀었다.

병리 해부실의 무거운 문을 열자 안은 10평쯤 되는 넓은 공간이었다. 밝은 조명 아래 싱크대 같은 것이 두 개 있었다. 어쩐지 요리학교 실습실 같다.

"수고했어."

수술복 차림에 캡과 마스크를 쓴 주치의 사다 의사가 그들을 맞이하고, 병리학자가 틀림없는 다른 두 의사와 함께 시신을 해부대 위로 옮겼다.

"그럼 뇌 적출을 시작하겠습니다. 합장."

집도의인 젊은 의사의 말에 모두가 손을 모았다.

"아마기시 씨, 봐두면 공부가 될 거야."

마지마 간호사가 귓속말을 했다. 간호학교 시절에 의학부 해부 실습을 30분쯤 견학한 적은 있었지만 그때는 해부가 이미 반쯤 진행되어 원형을 거의 알아볼 수 없는 시신을 본 것뿐이었다. 뇌 적출 같은 것은 본 적이 없었다. 노리코는 한구석에 마지마 간호사와 나란히 섰다.

해부대 옆에는 펜치며 망치 비슷하게 생긴 도구들이 놓여 있었다.

"그럼."

가운을 입은 초로의 남자가 젊은 집도의에게 짤막하게 말하고는 나이프를 들어 시신의 머리를 갈랐다. 의사가 뇌를 꺼내기 전의 사전 준비는 숙련된 기사(技師)의 담당인가 보다.

이마 선보다 몇 센티미터 위로 빙 둘러 잘라낸 두피를 끌 같은 도구로 뼈에서 분리하고, 마지막에는 후두부에서 뒤집는다. 뒤집힌 두피가 두꺼운 천처럼 얼굴을 덮었다.

초로의 기사는 원반형 전기톱을 들어 뻘겋게 드러난 두개골에 갖다 댔다. 뼈가 잘리는 소리와 함께 비린내와 탄내가 뒤섞인 미묘한 냄새가 풍겼다.

"수술 자국은 완전히 아물었군요." 사다 의사가 병리의에게 설명했다. "개두 수술을 두 차례 받았을 텐데 성장 속도가 빠르니 치유력도 왕성한 거죠."

기사는 내부의 뇌가 다치지 않도록 이번에는 두개골 주변을 조심스레 잘랐다. 가운 앞자락에 붉은 피가 튀었다.

절단면에 톱을 넣어 몇 번 켜자 원반 모양의 골편이 소리 내며 빠졌다. 뇌가 드러났다.

기사가 물러나고 이번에는 병리의가 메스로 뇌경질막을 자르기 시작했다.

"대단한데요." 뇌 실질을 본 병리의가 사다 의사에게 말했다. "이런 뇌로 용케 버텼다 싶습니다."

병리의는 가느다란 손가락으로 노출된 뇌를 쓰다듬었다. 잘 익은 과일을 감상하는 듯한 몸짓이었다.

벗겨진 두피로 얼굴을 덮은 어린 시신은 가슴 위로 두 손을 깍지 끼고 비밀을 모조리 드러낸 것처럼 누워 있었다. 도무지 어제까지 잘 움직이지 않는 혀로 노리코를 부르던 사람 같지 않았다.

병리의는 두개 속에 손을 넣어 메스를 움직였다. 식물이 뿌리를 내린 것처럼 대뇌에서 두개저로 나온 열두 쌍의 뇌신경을 절단하는 중일 것이다. 이윽고 두부만 한 크기의 뇌를 꺼냈다.

노리코는 두개골 안이 보이는 위치로 자리를 옮겼다. 뇌를 잃은 두개 내부는 석류 껍질처럼 허옇고 군데군데 핏빛으로 물들어 있었다.

"머리는 닫아도 되겠습니까?"

기사가 병리의의 허락을 얻어 갈색 백화점 포장지 같은 종이를 뭉쳐 두개를 채웠다. 원반 모양의 골편을 그 위에 얹고 얼굴 앞으로 늘어져 있던 두피를 원 상태로 되돌렸다. 봉제인형이 완성된 것처럼 순식간에 인간의 얼굴이 나타났다. 기사는 낚시바늘 비슷한 봉합침으로 두피를 꿰매기 시작했다.

병리의는 적출한 뇌를 접시저울로 무게를 측정한 다음 흰 합성피지 도마 위에 살며시 올려놓았다.

"좌반구 위축이 현저하군요. 우전두엽에도 뇌 실질의 결락이 보입니다." 병리의는 사다 의사에게 설명했다. "십중팔구 종양 적출 때의 침습이겠죠."

길이가 50센티미터는 될 듯한 칼로 뇌를 정중선에서 절단했다.

"뇌실 확대로 피부가 얇아졌는데요."

병리의는 몇 곳을 더 잘랐다. 칼이 뇌에 쉽사리 들어갔다.

"아마기시 씨, 갈까."

마지마 간호사의 말에 노리코는 정신이 들었다. 봉합이 끝나가는 두부를 마지막으로 한 번 더 바라보았다. 두피를 이어 붙인 실은 멀리서 보면 거의 보이지 않았다. 관에 눕히고 머리 주위를 꽃으로 뒤덮으면 아무도 시신에 손을 댄 줄 모를 것이다.

"이제 장의사에서 수의를 입히고 화장(化粧)을 시켜줄 거야."

마지마 간호사가 나지막이 말했다.

영안실 맞은편 방에 유족이 모여 있었다. 두 사람이 인사하고 지나치려 하자 해부가 언제쯤 끝나느냐고 물었다.

"15분쯤이면 끝날 겁니다. 그때까지 기다려주세요."

마지마 간호사가 정중하게 대답했다.

유족들 사이에 어딘지 모르게 안도하는 분위기가 감돌고 있었다. 친족들도 장애아와 함께 살아가는 게 얼마나 어려운 일인지 알기에 부모에게 지금까지 고생 많았다고 칭찬해주고 싶을 것이다. 그리고 무엇보다도 죽은 환자 자신의 분투에 찬사를 보내고 싶을 것이다.

"사후 처치는 처음이야?"

엘리베이터 안에서 마지마 간호사가 물었다.

"네."

"간호사가 하는 일은 환자가 살아 있는 동안이 99퍼센트고 나머지 1퍼센트가 사후 처치야. 하지만 이건 우리가 죽은 사람을 접할 귀중한 기회거든. 우리는 의사랑 달리 해부 같은 걸 할 기회가 없으니까. 무서웠어?"

"네, 뭐. 그렇지만 마지마 씨가 같이 계셔서 괜찮았어요."

노리코는 대답했다. 사후 처치뿐 아니라 뇌 적출까지 견학한 덕에 꽤나 묵직한 공부를 할 수 있었던 것 같다.

"내가 처음 했을 땐 야근 중이라 간호사가 둘밖에 없었거든. 처치실에서 재빨리 마치고 혼자서 영안실로 운반했어. 새벽 3시였으니까 가족이 좀처럼 오질 않아서 시신이랑 같이 영안실 밖에서 계속 기다려야 했지. 지금도 그때 무서웠던 게 기억나. 두 번째부터는 괜찮아져서 혼자 처치한 적도 있어. 중요한 건, 환자가 급사했을 경우 장에 내용물이 가득 차 있으니까 항문을 확실하게 막아야 한다는 점이야. 솜도 생각보다 많이 필요하고. 혹시 모르니까 일회용 기저귀를 채우기도 해. 그럼 출관 때 오물이 넘칠 일은 없으니까. 식사를 못 해서 며칠 동안 링거로 영양을 공급하다가 죽은 경우엔 그런 걱정을 할 필요가 없고."

마지마 간호사는 차근차근 가르쳐주었다.

"뇌 적출을 봤더니 뇌 이식은 아직 어렵겠구나 싶었어요. 다른 장기랑은 역시 다르네요."

노리코의 말에 마지마 간호사는 생각에 잠긴 표정을 지었다.

"뇌 전체 이식은 아직 무리지만 일부는 벌써 하고 있어. 파킨슨병을 앓는 노인한테 태아의 뇌 흑질을 이식하거든. 뇌 실질이 최대한 다치지 않도록 해서 묻으면 거기서 도파민(신경 전달 물질 중 하나)이 생산되는 모양이야. 뇌세포엔 거부 반응이 없으니까 다른 장기보다 이식하기 쉬워."

노리코는 마지마 간호사의 공부량에도 놀랐다. 도파민이라는 단어 하나만 해도 노리코에게는 러시아어나 스페인어 못지않게 낯설었다.

"그렇지만 태아의 뇌는 어떻게 구하죠?"

"그런 건 간단해. 인공중절되는 태아는 그야말로 갖다 버릴 만큼 많으니까." 마지마 간호사가 아무 일 아니라는 것처럼 말했다. "중절된 태아랑 태반은 귀중해. 그 형태대로는 못 쓰지만 추출물로 인간한테 필요한 성분 전체를 커버할 수 있거든. 뇌하수체만 해도 태아 백 명이면 성인 한 명분의 중량을 모을 수 있어."

"윤리적으론 괜찮은 건가요?"

노리코는 엘리베이터에서 내린 뒤 물었다. 마지마 간호사가 어떤 생각을 갖고 있는지 알고 싶었다.

"윤리적?" 마지마 간호사는 노리코를 보며 다소 날카로운 목소리로 말했다. "태아는 죽었어. 죽은 걸 어떻게 이용하든 누가 뭐라 할 수 없지 않아? 오히려 이용할 수 있는 부분을 안 버리고 재활용하는 건데 칭찬해줘야 하는 거 아닐까. 나도 나 죽고 나서 이용할 수 있는 게 있으면 어떻게 이용해도 상관없어. 하기야 지금 죽으면 몰라도 여든 살 돼서 죽으면 쓸 만한 것도 없겠지만."

마지마 간호사는 자조적으로 입술을 일그러뜨렸다.

"아마기시 씨는 젊으니까 죽음이 아직 남 일이겠지. 난 그런 생각을 자주 해. 사람의 인생은 죽을 때 결산된다는 건 정말이야. 세상에서 성공을 거둬 다들 부러워하던 사람이 암으로 고통받아 아프다고 울부짖으면서 죽으면 인생 자체가 비참했던 거랑 다를 바 없어. 가난하게 살아도 밭에 나가 일하고 와서 목욕하고 자다가 잠자듯이 죽으면 그건 훌륭한 인생이야. 좋아하는 사람 손을 잡고 감사하면서 죽는 것도 근사할지 몰라."

마지마 간호사는 걸음을 늦추며 노리코에게 물었다.

"아마기시 씨는 마리 앙투아네트가 기요틴으로 처형될 때 쓴 편지, 읽어본 적 있어?"

"아뇨."

"프랑스 혁명 당시 그 여자는 불쌍한 모습으로 시민들 앞에

끌려나와 기요틴으로 처형됐는데, 죽기 직전에 쓴 편지를 보면 마지막까지 인간이었다는 걸 알 수 있어. 하지만 목이 잘려 머리가 없어진 몸뚱이는 이미 그 여자가 아닌 거야. 그 여자의 진정한 영혼은 이미 거기에 없으니까. 혁명 시민들이 시체를 걷어차고 피가 뚝뚝 떨어지는 머리통을 갖고 장난쳐도 아무렇지도 않아. 마리 앙투아네트가 벗어놓은 옷가지를 들어올리는 것 같은 일이야."

마지마 간호사는 말을 멈추고 노리코를 꼼짝 않고 쳐다보았다.

"그래, 죽은 몸뚱이는 벗어놓은 옷이야. 거기에 쓸모가 있는 단추랑 장식이 있으면 떼서 재활용하는 게 당연한 일이지. 일본 사람이 시체에 지나치게 집착하는 건 정신성이 희박하다는 증거야. 우상 숭배랑 마찬가지지."

그러고 보니 마지마 간호사는 기독교 신자였다. 일요일에 근무할 때면 병원 내에 있는 교회에서 꼬박꼬박 예배를 드린다는 소문이었다.

간호사 대기실에는 사다무라 의사가 있었다. 진료 기록부를 보다 말고 눈을 들어 오랜만이라는 표정을 지었다.

"학회에 다녀오셨죠?"

"그래, 니가타. 아마기시 씨는 가본 적 있어?"

"아뇨. 전 비행기도 타본 적이 없어요."

"저런, 비행기 경험이 없다니 그거 흔치 않은데. 앞으로도 타지 말라고. 50년만 더 있으면 대단한 골동품이 될 테니까."

사다무라 의사는 감탄한 듯 웃었다.

"니가타는 어떤 곳이에요?"

"좌우지간 쌀이 맛있어." 사다무라 의사는 입맛을 다시는 듯한 표정으로 대답했다. "시민 홀에서 학회를 해서 점심을 현청 식당에서 먹었는데, 거기 튀김 덮밥이 얼마나 맛있던지. 새우튀김 자체는 그냥 평범했는데 밥이 맛있으니 전체적으로 맛있더군. 다음 날은 지라시즈시*를 먹었는데 그것도 맛있었고. 그런 맛있는 쌀을 매번 먹을 수 있다니 같은 일본인으로서 불공평해. 아키타, 니가타 같은 쌀 산지는 세금을 많이 받아야 해."

"하지만 그만큼 겨울에 고생하니까 피차 마찬가지예요."

곁에 있던 이지리 간호사가 말했다.

"아니, 난 추위보다 쌀을 택하겠어."

사다무라 의사는 일어나 주사를 놓겠다며 노리코에게 따라오라고 지시했다.

노리코는 준비된 주사기를 트레이에 얹어 사다무라 의사의 뒤를 따랐다.

"학회에서 발표하신 거예요?"

노리코는 조심스레 물었다.

"그래. 연구의 일부를."

"어떤 연구인데요?"

---

* 초로 양념한 밥에 생선회와 계란 부침, 야채 등을 얹은 음식.

"관심 있으면 언제 이야기해주지."

사다무라 의사는 의미심장하게 대답했다.

1인실에는 세 살 먹은 여자애가 있었다. 나이를 따지면 세 살이지만 실제 발육이 좋지 않아 체격은 한 살 반 같았다. 걷는 것도 잘 못 했다. 만성 청색증이 있어 상태가 나빠지면 침대에 눕히고 산소를 공급해주어야 했다.

"유키에, 좀 아픈데 그래도 약이니까."

사다무라 의사는 그렇게 말하며 환자를 엎드리게 하고 엉덩이에 주사바늘을 꽂았다. 환자는 아프다고 하지도 않고 "다 했어요?" 하고 물었다.

"응, 다 했어. 이제 나을 거야."

사다무라 의사는 상냥하게 대답했다. 노리코는 주사 맞은 곳을 마사지해주었다.

"애는 제 말보다 선생님 말씀을 더 잘 들어요. 선생님이 먹으라고 하면 커다란 알약도 군소리 없이 입에 넣는답니다."

곁에 있던 어머니가 웃으며 말했다.

"유키에, 자, 주사 꾹 참고 잘 맞은 상이야."

사다무라 의사는 가운 주머니에서 빨간 껍질에 싼 사탕을 꺼내 환자에게 주었다.

"고맙습니다."

환자는 천장을 보고 누운 채 껍질을 까 사탕을 입에 넣었다.

"그럼 또 올게. 병원에서 주는 밥 잘 먹어야 키도 클 거야."

사다무라 의사는 그런 말을 남기고 병실에서 나왔다. 환자는 손을 흔들고 어머니도 정중히 머리를 숙였다.

"겉보기엔 건강해 보이지만 심장 기능은 계속 약해져. 살아날 방법은 하나뿐이지."

사다무라 의사는 어두운 눈으로 노리코를 응시했다.

"심장 이식 말씀인가요?"

"그래."

사다무라 의사는 무슨 까닭인지 불쾌한 표정으로 고개를 끄덕이고 뺨 근육을 움찔거렸다.

3시경 소아외과의 마토바 의사에게서 전화가 왔다.

"저번에 약속한 술집은 찾았습니까?"

단도직입으로 묻는다.

"네, 별로 좋은 데는 아니지만요."

노리코는 당황해서 대답했다. 언니에게 전화해서 형부가 잘 가는 곳을 소개 받았는데, 전에 아버지도 즐겨 찾던 곳이라고 했다.

"오늘 저녁 어떠신가요? 오늘은 별 일 없이 퇴근할 수 있을 것 같은데요. 하기야 만일의 가능성도 있긴 합니다만. 아마기시 씨 쪽은 어떻습니까?"

"전 괜찮아요."

"그럼 6시에 케이블카 역에서 기다려주세요. 6시까지 안 오면 돌발 사고가 생겨서 못 빠져나왔다는 뜻으로 아시고요. 그에 대한 보상은 다음에 하겠습니다."

"아뇨, 무슨 그런……."

"그럼 그때 뵙죠."

전화가 끊겼다. 노리코는 느린 동작으로 수화기를 내려놓았다.

"데이트? 좋겠네."

"그런 거 아니에요."

시바타 간호사가 놀려 노리코는 허둥지둥 부정했다.

"감출 필요 없어. 다 알아."

딱히 감추려는 것은 아니다. 하지만 생각해보니 데이트일지도 모르겠다. 데이트는 이런 식으로 시작하는 건가 싶어 노리코는 가슴이 벅차올랐다.

4시가 지나자 근무 상황이 신경 쓰이기 시작했다. 갑작스러운 일이 발생해 퇴근이 늦어지는 일이 없었으면 좋겠다고 생각했는데, 예정대로 5시 15분에 끝났다. 탈의실로 향하는 발걸음이 어쩐지 가벼웠다. 평소 녹초가 돼서 아무것도 할 마음이 안 나는 것과는 전혀 딴판이다.

병원에서 나와 천천히 걸었다. 서쪽 하늘이 노을로 물들기 시작했다.

노리코는 자신의 복장을 새삼 체크했다. 흰 블라우스에 풀빛 조끼와 치마, 크림색 핸드백과 구두. 좋아하는 색 배합이기는 하지만 하나같이 낡았다. 미리 알았다면 좀 더 모양을 낼 수 있었을 텐데 하고 후회했다. 집에 가서 옷을 갈아입고 싶지만 택시를 불러도 약속 시간까지 못 돌아올 것이다.

노리코는 걸으며 마토바 의사의 키가 어느 정도인지 기억을 되살리려고 했다. 꽃놀이 때는 운동화를 신었는데 키가 비슷했던 것 같다. 하이힐을 신으면 자신이 더 클 것이다. 신발은 오늘 신은 낮은 굽 정도가 적당할지도 모르겠다.

둘째 역에 다다랐을 때 마토바 의사는 아직 보이지 않았다. 노리코는 기슭 역까지 가는 표를 두 장 사고 역 안의 벤치에 앉았다.

6시 5분 전 하행 케이블카가 와도 마토바 의사는 나타나지 않았다. 노리코는 일어나 밖으로 나왔다. 등나무 시렁 아래서 산기슭 방향을 내려다보았다. 황혼까지는 아직 시간이 있어서 해가 저물기 시작한 하늘과 바다의 경계가 뚜렷했다.

손목시계 바늘이 6시를 가리키자 노리코는 낙담에 휩싸였다. 기대에 부풀어 있었던 가슴이 쭈그러드니 뭐라 말할 수 없는 기분이 들었다.

다음 케이블카는 30분 뒤에 온다. 이대로 등나무 시렁 밑에서 기다려서 안 될 이유는 없다. 노리코는 핸드백에서 문고본을 꺼냈다.

지금 읽는 책은 농학자가 거목에 관해 쓴 에세이였다. 호랑이 꼬리 벗나무를 본 이래로 나무에 관심이 생겨 책방에서 우연히 발견한 책을 핸드백에 넣고 다니는데, 아직 반밖에 못 읽었다.

하지만 각지에 있는 솔숲이 삼림이 쇠퇴한 결과라는 사실은 처음 알았다.

5분 뒤 얼굴을 들었다. 바다 위에 뜬 구름의 모양이 크게 달라졌다. 고속도로를 달리는 차들은 꼭 혈관 속 적혈구 같다. 강어귀에 걸린 현수교 부근에 붉고 흰 굴뚝이 새하얀 연기를 내뿜고 있었다.

다음 케이블카가 도착할 때가 됐는지 등 뒤로 사람이 지나가는 게 느껴졌다. 6시 20분이었다.

병원 쪽에서 달려오는 남자가 보였다. 양복 차림에 옆구리에 가방을 끼고 부자연스러운 폼으로 뛰어온다. 노리코가 자세히 보니 남자가 손을 들었다. 마토바 의사였다. 노리코는 저도 모르게 일어섰다.

"다음 케이블카는 6시 25분이죠?"

마토바 의사가 노리코를 재촉했다.

"표는 벌써 사놨어요."

노리코는 뛰면서 핸드백에서 차표를 꺼냈다.

개표구를 통과한 것과 케이블카가 정차한 것은 동시였다.

두 사람은 맨 마지막으로 올라타 빈자리에 나란히 앉았다. 차장은 늘 보는 머리가 큰 청년이 아니었다.

"기다려주셨군요."

마토바 의사는 아직 가쁜 숨을 몰아쉬고 있었다.

"어차피 한가하니까요."

노리코는 긴장하며 대답했다. 지금까지 남자와 나란히 앉아본 적이 없었다.

"퇴근 준비를 하는데 부장님이 부르는 바람에 6시 15분에야 끝났지 뭡니까. 케이블카 시간이 55분하고 25분이었다는 게 생각나서 혹시 아마기시 씨가 아직 기다리지 않을까 싶어서 뛰어온 겁니다. 늦지 않아서 다행입니다. 이렇게 운동도 했으니 맥주가 더 맛있겠는데요."

마토바 의사는 웃었다.

"전 가본 적 없고 전에 아버지가 자주 가셨던 곳이에요."

"그럼 틀림없겠군요." 마토바 의사는 목에서 꿀꺽 소리를 내며 고개를 끄덕였다. "아버님은 요새는 안 가십니까?"

"네. 4년 전에 돌아가셨거든요."

노리코의 대답에 마토바 의사는 미안하다는 듯 고개를 숙였다.

"언니는 결혼해서 지금은 어머니랑 둘이 살아요."

"그렇군요."

"어머니가 살림을 해줘서 도움이 많이 돼요."

노리코는 화제를 이으려는 마음으로 말했다.

"그렇지만 어머니와 늘 얼굴을 맞대고 살면 신경 쓸 일이 많죠?"

"네."

지금까지 아무도 지적한 사람은 없었지만 틀림없는 사실이었다.

"차라리 타인이면 쌍방이 선을 긋고 잘 지낼 수 있겠지만 부모자식 간이다 보니 선 긋는 게 쉽지 않죠."

마토바 의사가 실감 어린 어조로 말했다. 어쩌면 마토바 의사 자신도 비슷한 체험을 했는지 모르겠다는 생각이 들었다.

"댁에 아직 연락 안 하셨죠? 아래 역에 도착하면 전화 드리는 게 좋을 겁니다. 혹시 식사 준비를 하셨으면 내일 도시락 반찬으로 싸도 되고 말이죠."

세세한 부분까지 조언을 받고 노리코는 놀랐다. 생김새만 보면 데면데면할 것 같은데 실제로는 여성적인 꼼꼼함을 지닌 사람일지도 모르겠다.

노리코는 거기까지 생각했다가 마토바 의사가 독신인지 아닌지 모른다는 것을 깨닫고 슬그머니 왼손을 보았다. 약지에 반지를 끼지 않았다.

"선생님은 댁에 연락드리지 않으셔도 돼요?"

노리코는 물어봤다.

"전 혼자 살아서요." 마토바 의사는 앞을 본 채 대답했다. "아내와 아이는 다른 곳에 삽니다. 이혼했다는 말이죠."

어딘지 모르게 칼을 슥 닦는 듯한 말투였다.

"자녀분은 나이가 어떻게 되죠?"

"이제 막 세 살이 됐습니다. 이혼하고 바로 태어난 애거든요."

물어보면 뭐든 솔직히 대답해줄 듯한 어조에 노리코는 되레 망설여져 입을 다물었다.

이야기를 시작한 쪽은 마토바 의사였다.

"학창 시절 연립에서 살았습니다. 사진부였는데 친구가 자주 놀러왔죠. 저희 집 부엌하고 방을 보더니 넌 와이프가 필요 없는 인종이라더군요. 식기장은 정돈돼 있죠, 화장실에도 청소용품이 갖춰져 있죠. 반침에 든 손님용 침구도 풀을 빳빳이 먹였고 말입니다. 친구가 넌 남편 말고 주부를 하라고 웃으면서 말했습니다." 마토바 의사는 활달하게 말했다. "중학교 때부터 기숙사 생활을 했고 고등학교 3학년 땐 이미 연립에서 혼자 살았으니 자연히 버릇이 들었겠죠. 요리하는 게 고생이란 여성들이 종종 있습니다만, 요리란 건 즐기면서 하는 겁니다. 한 달 동안 매일 다른 반찬을 하나씩 한다는 자세로 하다 보면 기운이 납니다."

"전 그 점에서 낙제예요."

노리코는 솔직하게 말하며 고개를 떨어뜨렸다.

"아마기시 씨는 아직 젊으니까요. 그렇지만 지금 의욕을 갖지 않으면 평생 싫은 작업을 해야 합니다. 직업이 있다는 건 핑계가 못 됩니다. 전에 있던 암 센터에 유능한 여의사가 있었는데 요리 실력이 대단했습니다. 생일 파티라고 소아과 젊은 의사랑 간호사가 열 명쯤 쳐들어갔는데, 레스토랑에서나 볼 수 있을 것 같은 전채랑 고기 요리를 테이블에 차려놨더군요. 그날 오후만 조퇴하고 일찍 와서 한나절만에 만들었다는 겁니다. 고기 밑간 같은 건 전날부터 시작했다고 합니다만." 마토바 의사는 그날 저녁의 광경을 떠올리듯 눈을 가늘게 떴다. "그 선생님은 요리는 그림과 음악이 혼합된 것 같은 예술이라고 했습니다. 완성된 음식과 그때까지의 과정은 그림이고, 먹으면 사라져가는 점은 시간 예술인 음악과 비슷하다. 뭘 만들지 생각해서 재료를 고르고 요리하는 과정은 예술 활동과 똑같다더군요. 그건 그렇겠구나 싶던데요. 아닌 게 아니라 만드는 기쁨이 있죠."

"하지만 뒷정리엔 별로 기쁨을 못 느끼겠던데요."

노리코는 조금 반발해보았다.

"개운하지 않습니까? 전부 씻고 행주로 닦아서 부엌을 깨끗한 원 상태로 돌려놓으면 안심이 되는데요. 과학 실험대하고 마찬가지로, 어떤 실험이 됐든 어디 덤빌 테면 덤벼봐라 하는 상태로 해두면 기분이 상쾌합니다."

마토바 의사는 천연덕스럽게 대답했다.

노리코는 자신이, 아니, 어머니가 쓰는 부엌을 떠올려보았다. 실험실과는 거리가 멀고 어수선하게 어질러진 창고에 가까웠다.

"실제로 얼마만큼 부엌을 정돈하고 도구를 관리하는지를 보면 요리 실력을 알 수 있답니다."

"그럼 저희 어머니도 실격인데요."

노리코는 기가 죽어 말했다.

"아마기시 씨는 지금부터 잘하면 됩니다. 말하자면 수련을 쌓는 몸인 거죠. 마음가짐만 잘 가지면 어떻게든 됩니다. 언제 제가 집에서 식사를 대접하죠."

"고맙습니다."

말은 그렇게 했지만 그런 날이 진짜 올 성싶지는 않았다.

기슭 역에서 노리코는 집에 전화했다. 병원 의사와 같이 한잔 하러 간다고 말하자, 어머니는 "넌 예의범절을 잘 모르니까 결례가 안 되게 조심하고. 예전처럼 잔뜩 취해서 재잘재잘 떠들면 안 돼"라고 주의를 주었다.

"가게 이름이 뭐죠?"

역 방향으로 나란히 걸음을 떼면서 마토바 의사가 물었다.

"와비스케예요."

"와비스케?"

"네, 가부키에 나올 것 같은 이름이죠?"

"아니, 동백나무 이름입니다." 마토바 의사가 웃었다. "그 가게 마당에 동백나무가 없나요?"

"몰라요. 전 가본 적 없거든요."

노리코는 핸드백에서 메모를 꺼내 가는 길을 확인했다.

"그나저나 이름만 들어도 좋은 곳 같은데요."

기대 어린 말에 노리코는 공연히 더 걱정되고 긴장됐다.

편의점에서 왼쪽으로 꺾어져 몇 집 간 곳에 작은 간판이 있었다. 주류 상점의 광을 개조한 것 같은 외관이다.

"아마기시 씨, 이거 동백나무입니다."

마토바 의사의 말처럼 입구 곁 작은 안마당에 동백나무가 있었다. 흰 꽃이 서너 송이 피었다.

"이게 이름의 유래인가 봐요."

노리코는 묘하게 기뻤다.

예약하지 않았다고 말했는데도 붓으로 스친 듯한 무늬의 기모노를 입은 종업원은 싹싹하게 2층으로 안내했다. 가파른 계단을 올라가자 2층은 어둑어둑하고 공기가 선득했다. 오래된 가옥에 들어온 듯한 착각이 들었다.

천장에 검게 변색된 커다란 들보가 이리저리 교차했다. 신발을 벗고 들어간 널찍한 마루는 짙은 갈색으로 반들반들 광이 났다. 왼쪽에 카운터 자리가 열 개쯤 있고 오른쪽에는 칸막이로 구분된 방이 보였다. 두 사람은 그중 작은 방으로 안내되었다.

중앙에 테이블이 있고 바닥이 파여 있어 발을 넣고 앉았다.

"어째 시대극에 나오는 여인숙 2층 같은 구조인데요." 마토바 의사가 주위를 둘러보며 말했다. "그렇지만 요즘 유행하는 화려한 곳보다 차분하고 좋군요."

마토바 의사는 일본 종이에 쓴 메뉴를 펴고 노리코에게 맥주를 마실지 청주를 마실지 물었다.

"맥주로 할게요."

"그럼 처음엔 맥주를 마시고 그 다음에 청주를 마십시다. 청주도 익숙해지면 맛있습니다. 생선회나 튀김 중에 싫어하는 건 없으시죠?"

노리코는 고개를 흔들었다. 어렸을 때부터 싫어하는 음식이 없다는 게 장점이었다.

마토바 의사가 익숙한 말투로 종업원에게 주문하는 것을 노리코는 안심해서 바라보았다. 알코올을 입에 대기도 전에 이미 취한 기분이었다.

"보세요. 기둥에 붙은 꽃병에도 동백꽃이 꽂혀 있군요."

몸을 틀자 대나무 꽃병에 붉은 동백 한 송이가 꽂혀 있었다.

"이거 회 접시도 동백 무늬일지 모르겠는데요. 메뉴의 그림도 동백이죠, 종업원 기모노도 동백 무늬였고 말이죠." 마토바 의사의 관찰력에 탄복할 수밖에 없었다. "어때요, 그릇이 동백 무늬일지 내기할까요?"

"거기까지 설명을 들으면 저도 접시에 동백 무늬가 있을 것 같은데, 그럼 내기가 안 되겠죠?" 노리코는 웃었다. "좋아요. 전 없는 쪽에 걸게요."

"아마기시 씨가 지면 맥주 뒤에 청주도 한 홉 마셔보는 걸로 하죠. 제가 지면 뭘 할까요?" 마토바 의사는 생각하는 듯한 기색을 보였다. "다음 기회에 제가 또 대접하겠습니다."

"그럼 제가 지면 이제 두 번 다시 못 얻어먹는 건가요?"

저도 모르게 묻고 말았다.

"아뇨, 그런 건 아닙니다."

마토바 의사는 웃으며 노리코의 잔에 맥주를 따르려 했다. 노리코는 허둥지둥 병을 빼앗아 마토바 의사에게 맥주를 권했다.

"그로부터 벌써 한 달 됐군요. 병원엔 익숙해지셨습니까?"

'그로부터'는 호랑이 꼬리 벚나무를 보러 갔을 때를 말하는 것 같다.

"익숙해졌다기보다 간호사가 실제 하는 일이 이런 거구나 하는 게 대충 파악된 것 같아요."

건배를 하고 첫 잔을 비웠다.

마토바 의사는 잠자코 노리코의 말에 귀를 기울였다.

"병동에 있으면 환자가 살아가는 데 필요한 모든 걸 보조하는 게 간호란 생각이 들어요. 가령 환자 어머니의 불안을 덜어준다든지 애들을 상대하는 법 같은 건 학교에서 많이 안 배웠거든요. 물론 간호사의 능력엔 한계가 있으니까 모든 요구를 들어줄 순 없지만, 적어도 돕는다는 자세만은 잊지 말아야겠다고 스스로 다짐하고 있어요. 환자가 뭘 부탁하는데 그건 간호사 할 일이 아니라고 대답할 순 없으니까요."

마토바 의사와 마주 보고 앉아 긴장되는지 아니면 마음이 편한지 스스로도 잘 모르겠다. 어쨌거나 말수가 많아진 것은 확실했다.

"부탁 받으면 뭐든 다 해요. 애들한테 공부도 가르쳐주고, 놀이방에선 노래도 부르고, 어머니들 고민도 들어주고, 잡일꾼이에요."

"그거 좋은데요. 다들 그렇게 일해주면 좋겠는데, 베테랑이 될수록 본래의 간호 행위만 하는 사람도 생기니 말이죠. 지금 그 초심이 중요한 겁니다."

"그러게요. 뭐든 다 하다 보면 선배한테 주의를 받기도 해요. 그런 일은 간호조무사한테 맡기면 된다, 닥치는 대로 다 하다 보면 심부름센터처럼 돼서 결국 전문 기술을 습득하지 못한다고 말이에요. 그렇지만 전문 기술이란 게 뭘까요. 전 주사를 놓고, 채혈을 하고, 자세를 바꿔주고, 외과 처치를 보조하는 건 1년도 안 돼서 배울 수 있다고 생각하거든요. 간호란 일의 본질엔 그보다 훨씬 소중하고 작은 뭔가가 무수히 있다는 생각이 들어요."

거기까지 말하고 노리코는 자신이 수다스러운 게 마토바 의사가 이야기를 잘 들어주기 때문이라는 것을 깨달았다. 질문도 하지 않고 그저 얼굴을 바라보며 가볍게 맞장구만 치는데 뭐든 안심하고 다 이야기해도 될 것 같다. 어머니나 유코에게도 취직한 뒤 받은 인상을 이런 식으로 이야기한 적이 없는데.

"확실히 병원에서 간호사는 환경이고 공기 같은 존재죠. 말씨하나만 해도 가시 돋친 말투면 환자가 상처를 입고 상냥하게 말을 걸면 마음이 누그러집니다. 환자의 병세가 좋아지는 건 물론약과 수술로 인한 부분도 크겠지만, 병동 분위기가 갖는 힘도무시 못 하거든요. 평온하고 마음에 안정을 주는 환경은 숲의나무들이나 새들의 지저귐, 샘물 소리처럼 눈에 보이지 않는 힘을 환자에게 부여한다고 생각합니다. 그리고 그런 분위기를 구성하는 최대의 요소가 간호사예요. 간호사가 그저 의사의 지시대로 주사 준비를 하고 체내에 튜브를 연결하는 걸 돕기만 하면된다면 머리는 필요 없습니다. 그게 아니라 늘 환자 곁에 있으면서 고통을 완화시켜주고 말을 들어주고 구체적으로 해줄 수 있는 일이 있으면 도와주는 게 간호 아닐까요."

마토바 의사는 환한 표정으로 말했다. 노리코는 자신이 하고 싶은 말을 그가 대변해준 듯한 기분이 들었다.

"내기는 아마기시 씨가 졌습니다. 자, 그럼 청주를 마실까요."

광어 회가 나온 접시에는 붉은 동백꽃이 그려져 있었고 술병과 술잔도 동백 무늬였다.

"그릇도 상호에 맞춰 온통 동백꽃이군요."

마토바 의사의 지적에 종업원은 고개를 끄덕였다.

"사장님이 이런 걸 좋아하는 분이라서요. 그렇지만 알아차리는 손님은 많지 않으세요. 10년 다니도록 몰랐다는 손님도 계셨을 정도예요. 드시는 청주도 겨울의 동백이란 이름의 토속주랍니다."

종업원은 허리를 굽혀 인사하고 나갔다.

노리코는 두 손으로 잔을 들어 마토바 의사의 술을 받았다. 지금까지 청주는 마셔본 적이 거의 없었다. 맥주 말고는 가끔 칵테일 소주 아니면 칵테일을 마셔본 정도다.

"익숙해지면 청주도 좋습니다. 여름엔 차게 마셔도 좋고 말이죠."

마토바 의사는 기쁜 표정으로 노리코가 따르는 술을 받았다.

"아아, 이건 달콤한 맛이 나는군요. 여자 분들이 좋아할 맛입니다."

"댁에서도 술 드세요?"

"아뇨, 마셔도 목욕하고 나와서 맥주를 미니캔으로 마시는 정도입니다. 밤에 늦게 들어오고 아침엔 일찍 나가야 하니까 느긋하게 마시는 건 한 달에 한 번 있을까 말까군요. 오늘은 그 특별한 날입니다." 마토바 의사는 진심으로 만족스러운 투로 말했다. "지난번 전과한 환자, 수술은 성공했습니다."

"가즈히코 말씀이죠? 간 이식이었나요?"

"네. 이식을 안 했으면 한 달도 못 살았을 겁니다. 현재로선 황달의 악화도 나타나지 않는군요." 마토바 의사는 노리코가 더 따라준 술을 맛있게 마셨다. "오늘은 그걸 축하하는 의미도 겸한 데이트입니다."

노리코는 데이트라는 표현이 마음에 걸렸지만 별 뜻 없이 쓴 말일 것이라고 애써 생각을 지웠다.

"기증자는 어떻게 확보하셨어요?"

"자세한 건 저희한테 알려주지 않아요. 뇌사한 어린애에게서 적출했다는 간을 받아 이식을 단행한 겁니다."

"기증자가 밝혀지지 않는 경우도 있나요?"

노리코는 내내 궁금했던 것을 물었다.

"있죠. 기증자의 가족이 익명을 희망하는 경우입니다."

"그렇지만 그런 건 대외적인 배려고, 주치의 같은 당사자한테는 알리지 않나요?"

노리코는 고개를 갸웃했다.

"그건 병원마다 다릅니다. 우리 병원에선 부장님과 적출 팀 의사 두세 명만 알지 않을까요."

"적출 팀?" 노리코는 저도 모르게 몸을 앞으로 내밀었다. "그런 팀이 있어요?"

"네, 장기 이식을 위한 전문 팀이죠."

마토바 의사는 대답하고 노리코에게 술을 한 잔 더 권했다. 노리코는 잔을 비운 다음 새로 받았다. 한 번에 마시는 양이 적어 그리 거부감이 들지 않았다.

"적출 팀엔 어떤 선생님들이 계세요?"

"저도 모릅니다. 병원장 직속 기관이니 어쩌면 외부 의사일지도 모르겠군요. 말하자면 적출 전문가들이죠."

"하지만 적출하는 수술실이 있을 거 아니에요?"

"그렇겠죠."

마토바 의사는 고개를 끄덕였다. 노리코가 열심히 질문하는 것을 이상하게 여기는 눈치였다.

"수술실도 적출 팀도 베일에 싸여 있군요."

"네, 그렇죠. 처음부터 그런 시스템이었기 때문에 전 의문을 가져본 적도 없습니다만." 마토바 의사는 광어 회를 먹고 입맛을 다셨다. "우리 이식 팀은 들어온 장기를 신속하게 교체하고 후술 관리를 잘하는 데만 신경을 쓰지, 기증자가 어떤 뇌사 상태였는지 또 어떤 식으로 장기가 꺼내졌는지는 관심을 두지 않습니다. 그렇기에 장기 이식이 순조롭게 이루어지는 게 아닐까요. 적출과 이식을 한 팀이 한다면 그건 중대한 사태예요."

듣고 보니 그런가도 싶다.

"장기 크기를 맞추는 것도 쉽지 않겠어요."

"네. 너무 크면 복강 내에 들어가지 못하니까요. 이번엔 환자 것보다 다소 작았습니다만, 작은 건 어떻게든 되거든요."

"그럼 갓 태어난 아기의 장기겠네요."

노리코는 잇따라 질문을 던졌다. 이런 집요함은 평소의 자신에게 없던 것이다. 역시 약간 술기운이 오른 게 틀림없다.

"아마기시 씨, 결국 한 홉을 비웠군요. 한 홉 더 시킬까요, 아니면 식사를 할까요."

마토바 의사가 어이없어하는 표정으로 물었다. 노리코는 이대로 술이 깨면 아깝다는 생각이 들었다.

"식사는 아직 괜찮아요."

"그럼 천천히 마실까요. 튀김을 주문하죠."

마토바 의사는 방에서 나가 종업원에게 메뉴를 갖다 달라고 해서 추가 주문을 했다.

"아까 하던 이야기 말입니다만, 크기로 볼 때 생후 얼마 안 된 젖먹이 아기의 장기일 겁니다."

"역시 그렇군요."

노리코는 발그스름하게 붉어진 얼굴로 고개를 끄덕였다.

"역시?"

"저번에 소아과 선생님께 들었는데 갓난아기가 뇌사하는 경우는 그렇게 많지 않다죠?"

"네, 그렇죠. 하지만 세이레이 병원엔 특별한 경로가 있어서 전국 각지에서 뇌사 환자가 모여들거든요. 소아의 전 연령대에서 가장 흔한 사망 원인은 사고사입니다. 질식, 익사, 교통사고, 추락 등 사고 한 건, 한 건은 많지 않아도 뇌사 상태의 환자가 한곳에 모이면 꽤 많답니다."

마토바 의사가 설명했다.

"선생님, 무뇌아는 기증자로 쓸 수 있나요?"

"무뇌아를요?" 마토바 의사는 허를 찔린 것처럼 되뇌었다. "못 쓸 건 없겠죠."

"무뇌아의 장기인지 아닌지 보면 알 수 있을까요?"

"장기만 봐선 기증자가 무뇌증인지 아닌지 모르죠." 마토바 의사는 홍조를 띤 얼굴로 노리코를 꼼짝 않고 바라보았다. "아마기시 씨는 어째서 무뇌아 생각을 한 겁니까?"

"산부인과 특별 외래에 무뇌아를 임신한 임부의 진료 기록부가 있기 때문이에요."

노리코는 술기운에 딱 부러지게 말했다.

"그게 사실입니까?" 마토바 의사는 술잔을 든 채 노리코를 응시했다. "거기 특별 외래는 VIP 환자를 위한 게 아닌가요?"

"대외적으로는 그런데요." 노리코는 말을 얼버무렸다. 모조리 털어놓았다가 잘못하면 유코에게 피해가 갈지도 모른다. 마토바 의사를 신뢰하지 않는 것은 아니지만 아직은 망설여졌다.

"네, 있을 수 없는 일은 아니군요."

마토바 의사는 생각에 잠긴 표정으로 술잔을 비웠다. 그러다가 불현듯 생각난 것처럼 노리코에게 술을 따라주었다.

"전 이제 못 마시겠어요. 어질어질해서."

"그럼 권하지 않겠습니다. 연습하다 보면 조만간 두 홉, 세 홉마실 수 있게 될 겁니다."

마토바 의사는 다시 방에서 나가 카운터 뒤에 있던 종업원에게 지시했다.

노리코는 움직이려 했지만 술에 취한 몸이 다른 사람 것처럼 느껴졌다.

"아까 아마기시 씨가 한 이야기, 전 충격이었습니다. 기증자가 무뇌증이란 건 의학과 윤리의 맹점을 찌르는 일이에요."

마토바 의사가 다시 자리에 앉으며 말했다. 얼굴에는 아직 붉은 기가 돌았지만 눈빛은 더없이 진지했다. 노리코도 자세를 바로잡았다.

"죄송합니다, 그런 이야기를 꺼내서."

"아닙니다. 호랑이 꼬리 벚나무 밑에서 만났을 때부터 아마기시 씨하고는 뭔가 인연이 있을 것 같았습니다. 앞으로도 종종만날 수 있을까요?"

마토바 의사가 진지한 표정으로 묻는 말에 노리코는 순순히 고개를 끄덕였다.

끝으로 나온 찻물에 만 밥과 야채 절임은 양이 많지 않은 덕에 무리 없이 먹었다. 일어날 때 휘청거리지 말자고 다짐한 것은 그만큼 취했다는 뜻이다. 가파른 계단을 내려가기 직전 멈춰서서 심호흡을 했다.

가게에서 나오자 택시가 기다리고 있었다.

"댁까지 모셔다드리겠습니다."

노리코는 가깝다고 거절했지만, 이렇게 취해서 집까지 비탈을 올라갈 수 있을지 자신이 없었다.

마토바 의사는 억지로 택시에 노리코를 태웠다. 노리코는 쩔쩔매며 운전사에게 행선지를 알렸다.

"저거 케이블카 아닙니까?"

마토바 의사가 문득 큰 소리로 말했다.

늘어선 집들 사이로 불을 켠 차량이 내려오는 게 한순간 보였다. 막차인지도 모르겠다.

"이런 시내에서 밤에 케이블카를 보니 어째 기분이 묘하군요." 마토바 의사가 말했다. "학회 때문에 파리에 갔을 때 건물들 사이로 키가 가로수만큼 되는 큰 배가 이동하는 걸 보고 깜짝 놀랐습니다. 화물선이 운하를 다니는 겁니다. 딱 그런 느낌인데요."

노리코는 다시 한 번 케이블카 쪽을 봤지만 그곳에는 이미 어둠만 남아 있었다.

"세이레이 병원 간호사이십니까?"

케이블카 안에서 차장이 곧장 다가왔을 때, 노리코는 표 검사를 하려는 줄 알았다.

"네, 그런데요."

노리코는 대답하고 모자 밑에 감추어진 상대방의 표정을 읽으려고 했다.

"병원을 견학하고 싶습니다."

시선이 마주친 순간, 차장은 약간 높은 목소리로 말했다.

노리코는 상대방의 눈빛이 아직 어린 것을 감지하고 "그러세요, 언제가 좋으세요?" 하고 다른 승객들 눈치를 보며 물었다.

"내일요. 전 내일이 쉬는 날이니까 내일이 좋습니다."

노리코의 형편을 확인하지도 않고 당연히 상대방이 자신에게 맞춰줄 것을 전제로 하는 말투였다.

"전 지금부터 야근이고 내일은 비번이거든요. 그러니까 시간은 많아요. 제가 역으로 올까요? 9시 반이면 되는데요."

"네, 9시 반. 그럼 부탁드립니다."

차장이 모자를 들어 인사하는 것과 동시에 케이블카가 둘째 역에 도착했다. 차장은 허둥지둥 입구로 가서 문을 열었다. 엄숙한 표정으로 모자를 푹 눌러쓴 여느 때의 모습으로 돌아가 노리코가 내릴 때도 시선을 들지 않았다.

그렇게 직무에 충실한 차장이 사적인 용건으로 말을 걸었으니 이만저만 결심한 게 아닐 것이다. 그 정도로 간절히 바란 것이라고도 할 수 있다. 갑작스레 말을 걸었을 때 모습이 생각나 노리코는 웃음이 났다.

탈의실에서 옷을 갈아입고 4시 45분에 병동으로 들어갔다. 일근 마지막 시간대에 분주히 돌아가던 간호사 대기실이 그 시간이면 조용해지고 원형 테이블 주위에 간호사들이 모인다. 리더가 메모와 진료 기록부를 보며 환자의 용태를 전달한다. 빠른 말투이지만 명료한 목소리로 50명 환자의 그날 상태를 능숙하게 전한다. 언젠가는 자신도 하게 될 텐데, 환자 한 명의 상태를 10초, 20초 내에 요약할 자신이 아직은 없었다.

약 30분 만에 인수인계가 끝났을 때 아리마 수간호사가 노리코에게 말했다.

"아마기시 씨, 나중에 나 좀 봐요."

노리코는 "네" 하고 기운차게 대답하면서도 속으로는 놀랐다. 혹시 저번에 산부인과 특별병동을 정찰한 이야기가 수간호사 귀에 들어간 게 아닐까.

일근을 마친 간호사들이 돌아간 뒤로도 일이 손에 잡히지 않았지만, 그렇다고 바로 수간호사에게 갈 마음은 나지 않았다.

하지만 로비의 시계가 5시 반을 가리켰을 때 노리코는 결심하고 수간호사실로 갔다. 노크를 하자 명랑한 목소리가 답했다. 노리코는 다소 안도하며 문을 열었다.

아리마 수간호사는 이미 사복으로 갈아입은 뒤였다.

"아마기시 씨, 거기 앉아."

수간호사는 서글서글하게 말하고 테이블을 사이에 두고 노리코와 마주 앉았다. 노리코는 안절부절못하며 방 안을 둘러보았다.

"지저분하지? 난 정리 정돈을 잘 못 해서 집도 이 모양이지 뭐야."

수간호사는 노리코의 불안 어린 시선을 다른 뜻으로 받아들였는지 변명조로 말했다. 노리코는 아리마 수간호사의 얼굴을 똑바로 응시했다.

"이상한 걸 물어서 미안한데, 아마기시 씨는 시오다 씨에 관해 혹시 뭐 아는 거 없어?"

"시오다 씨가 왜요?"

"전화로 2, 3일 휴가를 내고 싶다고 해서 그러라고 했는데, 오늘은 편지로 사표를 보냈더라고."

"사표를요?"

노리코는 할 말을 잃었다. 일하기 시작한 지 이제 한 달 좀 넘었는데 그만두다니 대체 어떤 심경에서 그런 걸까.

"아마기시 씨는 시오다 씨랑 동기니까 혹시 뭐 아는 게 있나 해서."

아리마 수간호사는 여느 때처럼 곤란하다는 표정이었다. 남에게 지시를 내릴 때 결코 고압적인 태도를 취하지 않고 눈물로 호소하는 게 아리마 수간호사의 장기다.

하지만 노리코는 짚이는 데가 전혀 없었다.

"기껏 정간호사로 근무하기 시작했는데 이런 식으로 그만두면 아깝잖아. 간호사로서 기술을 연마하는 데 첫 1, 2년이 아주 중요하거든. 수련 기간을 마치기도 전에 이렇게 어중간하게 단념하면 평생 뭘 못 할 거야. 가능하면 계속 근무하게 해주고 싶은데 말이야. 병동에 무슨 불만이 있는 거라면 시오다 씨 희망도 들어주고 싶고."

"시오다 씨랑 사적인 이야기는 별로 해본 적이 없어서 저도 잘 몰라요. 하지만 애들을 좋아해서 일도 열심히 했고, 병원에 대한 불만은 없었다고 생각해요. 더 개인적인 사정이 아닐까요."

"예를 들면 어떤?"

"글쎄요."

"연애 문제일까."

아리마 수간호사는 떠보듯이 말했다.

"모르겠어요. 저희 사이에 그런 이야기는 한 번도 오간 적이 없거든요."

"시오다 씨 같으면 남자들이 그냥 두지 않을 테니까."

수간호사는 자신이 한 말에 고개를 끄덕였다. 생각하기 나름으로 미키는 남자들이 좋아할 타입이지만 노리코에게 접근할 남자는 없으리라는 의미로 받아들일 수도 있는 발언이다.

하지만 노리코는 미키에게 어떤 애인이 있는지 알지 못했다. 아리마 수간호사는 노리코의 반응을 확인한 뒤 입을 열었다.

"아마기시 씨, 이제 됐어. 나중에라도 시오다 씨에 관해 짚이는 데가 있으면 알려주고. 되도록 힘이 돼주고 싶으니까."

수간호사는 그렇게 말하며 일어나 노리코를 배웅했다.

간호사 대기실로 돌아오자 오노 간호사가 즉시 말을 붙였다. 평소 동료의 신상에 관한 것은 모조리 알아야 직성이 풀리는 성격이라 처음에는 노리코에게도 질문을 퍼부었다. 그러나 이야깃거리가 될 만한 게 아무것도 없다는 것을 알자 질문 공세가 뚝 그쳤다. 그녀의 행동을 보면 악취 나는 것에 몰려드는 파리가 생각났다. 수상쩍은 일이나 비밀이 있을 듯한 동료가 그녀의 호기심에 제물로 희생된다.

"수간호사님이 뭐래?"

"시오다 씨에 관해 물으셨어요."

감추었다가는 되레 더 열심히 캐물을 것 같아서 노리코는 솔직하게 대답했다.

"아아, 사표 낸 거 말이지. 그래서 뭐라고 말씀드렸는데?"

"사표 이야기는 전 처음 들었어요. 시오다 씨한테 그런 개인적인 이야기는 들어본 적이 없으니까요."

"어머, 몰랐어? 좋아하는 사람이 생겼어." 오노 간호사는 자신의 정보력을 자랑하듯 말했다. "수간호사님도 그건 알 텐데. 모르는 척하고 아마기시 씨한테 물었구나."

"어떤 사람인데요?"

"문제는 그거야." 오노 간호사는 의미심장하게 거기서 말을 멈추었다. 그러고는 취침 전 약을 점검하고 나서 말을 이었다. "저번에 퇴원한 시모노 히토시란 애 있잖아? 그 애 아버지."

꽃놀이 때 미키가 내내 곁에 붙어 보살펴주던 아이가 시모노 히토시다. 어머니는 병사하고 아버지와 단둘이 살고 있었다.

"그러고 보니 히토시를 꽤 예뻐했죠."

노리코는 아직 고조된 감정이 가라앉지 않았다.

"아무리 애가 예쁘다고 그 젊은 나이에 재취로 들어갈 건 없잖아. 시오다 씨 부모님도 강력하게 반대하는 모양이지. 그래서 바로 결혼하지도 못하고 어중간한 상태로 공중에 뜬 상황이랄까."

오노 간호사는 냉랭하게 말을 맺었다.

"간호사를 그만두고 어쩌려고요?"

"간호사 자체를 그만두는 건 아닐 거야. 이 병원에서 일하면 당직도 있겠다, 히토시를 잘 돌볼 수 없으니까 어디서 파트타임으로 일하려는 거 아니겠어?"

"그렇군요."

자신과 동갑인 미키가 그런 대담한 결단을 내리다니 존경스러운 마음마저 들었다. 그 정도로 한 남자를 좋아할 수 있는 걸까.

놀이방에서 아이들을 상대하는 중에도 시오다 미키 생각이 머리를 떠나지 않았다.

9시 불 끄는 시간이 되어 간호사 대기실에 전화벨이 울렸다. 노리코가 전화를 받자 "아마기시 씨 부탁 드립니다"라고 상대방이 말했다.

"제가 아마기시인데요."

"마토바입니다." 빠른 말투였다. "낮에 전화했더니 오늘은 당직이라고 해서요. 전 방금 근무가 끝났습니다만, 퇴근하기 전에 그쪽에 들러도 될까요?"

말투에서 다급함이 느껴졌다.

"네. 그렇지만 너무 오래는……."

노리코는 당황했다.

"금방 끝납니다. 저번 일로 드리고 싶은 말씀이 있어서요."

"네, 알겠어요."

"그럼 10분 뒤에."

전화가 끊어진 뒤로도 노리코는 침착함을 되찾지 못했다.

오노 간호사는 열심히 진료 기록부를 기입하는 중이지만 간호사 대기실에 마토바 의사가 나타나면 어떤 반응을 보일지 눈에 선했다. 언제나처럼 왕성한 상상력으로 두 사람의 사이를 억측해 소문을 퍼뜨리고 다닐 게 분명했다.

마토바 의사는 약속대로 10분 뒤에 왔다. 가운 차림으로 간호사 대기실 문을 열고 오노 간호사에게 말했다.

"아마기시 씨를 15분만 빌리겠습니다. 지난번 소아외과로 전과한 환자가 하도 칭얼대서 말이죠. 소아과 누나를 불러달라고 하길래 누구냐고 물었더니 아마기시 씨를 말하는 것 같거든요. 아마기시 씨가 잠깐만 만나주면 좋겠군요."

오노 간호사는 의심하는 기색 없이 동의했다.

같이 병동에서 나와 첫 복도를 꺾어진 곳에서 마토바 의사가 걸음을 늦추었다.

"어때요? 거짓말이 그럴싸하죠?" 어둠 속에서 흰 이를 드러내며 웃었다. "이식용 장기를 어떻게 조달했는지 조사해봤습니다."

천장이 낮은 복도에서 마토바 의사의 낮은 목소리가 불분명하게 들렸다.

"우선은 정공법으로 소아외과 부장님에게 여쭤봤는데, 예상대로 기증자의 신원은 밝힐 수 없다고 우기더군요. 그래서 이번엔 배후를 쳤죠. 어떤 방법이었을 것 같습니까?"

마토바 의사는 걸음을 멈추고 노리코를 똑바로 쳐다보았다. 노리코는 압도되어 고개를 흔들었다.

"수혜자 가족한테 물어본 겁니다."

"기증자가 누구냐고 직접 물어보신 거예요?"

"설마요, 가족한테 그런 걸 알려줄 리 없죠." 마토바 의사는 부정했다. "병원에서 비공식적으로 돈을 요구받지 않았는지 넌지시 물어본 겁니다. 처음엔 입을 굳게 다물고 말해주지 않았는데, 아무한테도 말 안 하겠다고 약속했더니 이야기해주더군요."

"가즈히코 아버님이요?"

"아뇨, 어머니 쪽입니다."

노리코는 어머니의 초췌한 모습을 떠올렸다. 병동에서 침대 곁을 지킬 때도 아이가 장애를 갖게 된 게 다 자기 책임이라는 듯 우울해하고 괴로워했다.

"수술 경과가 좋은 게 주치의인 제 덕분이라고 생각해서겠죠. 어렵게 입을 떼준 겁니다."

복도 안쪽에서 누가 다가오자 마토바 의사는 슬그머니 걸음을 뗐다. 이야기를 계속하는 척하며 무관한 환아의 병세를 노리코에게 설명했다. 타과의 야근 간호사가 마토바 의사에게 머리를 살짝 숙여 인사하고 지나갔다.

"보아하니 병원에서 수혜자한테 돈을 요구하는 모양입니다. 물론 직접적으로는 아니고 병원 부속 연구소에 기부하는 형태로 말이죠."

마토바 의사는 주위에 누가 없는 것을 확인하고 말했다.

"금액이 어느 정도인가요?"

노리코는 숨을 멈추고 물었다.

"천 8백만 엔입니다."

"큰돈이네요."

평범한 회사원에 불과한 사이타 가즈히코의 부모에게 쉽게 마련할 수 있는 돈이 아닐 텐데.

"하지만 자식의 목숨을 구할 수 있다면 그 정도 돈은 마련할 겁니다. 친척에게 빌리거나 집을 팔아서라도. 실제로 집을 지을 생각으로 모아놨던 돈을 모조리 찾았다고 하더군요."

노리코는 저도 모르게 탄식했다.

"돈의 일부는 기증자 쪽에 가지 않았을까 싶습니다." 마토바 의사는 노리코와 함께 엘리베이터에 올라탔다. "기증자에 대해 뭐 아는 게 없느냐고 환자 어머니를 다그쳐봤거든요."

엘리베이터의 문이 닫히자 마토바 의사는 평소 목소리로 돌아가 말을 이었다.

"그랬더니 기형이 심해서 살 가망이 없는 불쌍한 갓난아기에게서 장기를 적출한다는 말을 들었다는 겁니다."

"무뇌증인가요?"

노리코는 떨리는 목소리로 물었다.

"거기까진 모르겠습니다. 어쩌면 아마기시 씨 추측이 맞을지도 모르죠." 엘리베이터 문이 열렸다. 마토바 의사는 말을 이었다. "이 일에 관해선 좀 더 살펴보다가 언젠가 상사한테 따질 생각입니다."

"하지만 그럼 선생님 입장이 난처해지지 않을까요?"

"그건 이미 각오했습니다. 무슨 일이 있어도 발버둥치진 않을 생각입니다. 그러기 위해서도 아마기시 씨한테만은 말해두는 게 낫겠다 싶어서 불러낸 겁니다. 혹시 제 시체가 산속에서 발견되면 이 사건에 휘말린 거라고 생각해주세요."

마토바 의사는 남 일처럼 웃었지만 노리코는 그 말에서 기묘한 현실감이 느껴져 당황했다.

"그럼 여기서 이만. 또 새로운 사실을 알게 되면 연락하겠습니다. 와비스케에서 한잔할 수 있으면 좋겠군요. 간호사 대기실엔 적당히 얼버무려서 이야기해주세요. 오늘 밤 파트너는 특히 말 많은 선배 같으니까요."

마토바 의사는 한쪽 눈을 찡긋하고는 의국으로 돌아갔다.

소아과 병동은 불이 꺼져 있었다. 아이카와 간호사는 병실 순회를 나가고 없었다.

"가즈히코는 어때? 수술 경과는 괜찮은 거야?"

남아 있던 오노 간호사가 즉각 물었다.

"좋아 보였어요. 피부도 황달기가 많이 없어졌고요."

노리코는 시치미를 뗐다.

"마토바 선생님, 아마기시 씨한테 마음 있나 봐." 오노 간호사가 눈을 반짝이며 말했다. "아니면 굳이 여기까지 부르러 올 리 있겠어? 이혼해서 외로운 건지도 모르지. 아마기시 씨도 조심하는 게 좋을 거야. 냉정 침착한 외과의사지만 일단 마음먹으면 폭주하는 타입이거든. 시오다 씨처럼 됐다간 큰일이야."

"그건 생각이 너무 지나치신 거예요."

노리코는 기를 쓰고 부정했다.

하지만 속으로는 마토바 의사가 오로지 그 이야기를 하려고 구태여 전화하고 자신을 데리러 왔을까 하는 생각도 있었다.

그날 밤 당직은 갑작스러운 사고 없이 지나갔다. 2시부터 5시까지 잠깐 눈을 붙인다는 게 그만 숙면을 취하고 말아 아이카와 간호사가 흔들어 깨워야 했다.

아이카와 간호사는 이미 짙게 화장을 마치고 캡도 썼다. 오노 간호사는 세수하고 손거울을 보고 있었지만 머리에는 아직 롤을 감고 있었다.

"아마기시 씨, 나 보지 마."

오노 간호사의 말에 무심코 그쪽을 봤다가 화장 전의 맨얼굴을 맞닥뜨리고 말았다. 눈썹은 거의 없고 입술에 핏기가 없어 굴곡이 적은 밋밋한 얼굴이 더욱 넓적해 보였다. 미안한 마음이 들어 시선을 돌린 노리코는 세면대로 가서 얼굴을 씻고 재빨리 머리를 빗었다. 로션을 바르고 립스틱을 엷게 발랐다.

"벌써 다 한 거야?" 아이섀도를 바르던 오노 간호사가 어이없다는 듯 말했다. "5분도 안 걸리네."

"맨날 이런걸요."

노리코는 간단하게 대답했다.

"젊어서 좋겠어. 생각해보니까 내 나이 절반이잖아."

오노 간호사가 한숨을 섞어 말했다.

"아마기시 씨, 지금도 예쁘지만 화장하면 더 근사해질 거야."

아이카와 간호사가 안쪽에서 말했다.

"그러게. 몸매도 좋으니까. 그럼 의사들도 가만 안 둘걸."

노리코는 대답할 말이 생각나지 않아 그냥 모르는 척 캡을 썼다.

걸을 수 있는 아이들이 세면실에 모여들기 시작했다. 일부러 간호사 대기실까지 아침 인사를 하러 오는 애도 있었다. 노리코는 세면실과 화장실을 돌며 어려움을 겪는 환자가 없는지 확인했다.

"아마기시 선생님은 당직이라도 눈이 붓지 않네요. 다른 간호사 선생님들은 졸린 얼굴인데."

여자애의 말에 노리코는 쓴웃음을 지었다.

"아마기시 선생님은 쿨쿨 자니까 그런 거야. 봐, 가슴에 붙인 배지가 코알라잖아. 코알라는 많이 자고 많이 먹어."

옆에서 세수하던 남자애가 놀렸다. 노리코는 아이의 머리에 가볍게 꿀밤을 먹였다.

아이를 보살피는 어머니들도 세면실로 모여들면서 동네 우물가처럼 떠들썩해졌다.

식당에서 보는 하늘은 옅은 구름이 세 조각쯤 떠 있을 뿐 환했다. 상쾌한 하루가 될 것 같았다. 노리코는 문득 케이블카 차장을 안내할 때 이 식당에도 데려와야겠다고 생각했다.

투약을 마쳤을 때 아리마 수간호사가 얼굴을 내비쳤다. 일근 간호사들 중에서 수간호사가 늘 제일 이르다.

"오늘 아는 남자가 병원에 오는데 소아과 식당에서 같이 식사를 해도 될까요?" 노리코의 말에 아리마 간호사는 놀란 듯했다. "케이블카 차장님이거든요. 꼭 한번 병원을 보고 싶다면서 기대하는 눈치라서 거절할 수 없었어요."

"그래? 케이블카 차장이란 말이지. 알았어. 그 사람 오면 나도 인사할게."

수간호사는 유쾌하게 말했다.

당직을 마친 아침이면 꼭대기층 카페테리아에서 커피를 마시고 토스트를 먹었지만, 9시 반에 케이블카 역까지 가려면 그럴 여유는 없었다. 노리코는 사복으로 갈아입고 병원을 나섰다. 데이트임에는 틀림없는데 상대방의 이름도 모른다는 게 기묘했다. 단번에 수락한 것은 그가 케이블카 차장이라는 사실, 그리고 간호사라는 직업의식 때문인지도 모른다. 상대방이 장애인이 아니었다면 반사적으로 거절했을 것이다.

둘째 역에 이르자 역사 안에 남자가 서 있는 게 보였다. 아직 9시 20분이다. 노리코는 뛰어가 인사했다.

"안녕하세요."

상대방은 긴장한 표정으로 머리를 숙여 인사했다. 늘 쓰는 모자를 쓰지 않으니까 어딘지 모르게 위엄이 없었다. 머리는 짧게 쳐올렸고, 넥타이를 매지 않은 와이셔츠는 단추를 턱 밑까지 모조리 채웠다. 짙은 갈색 바지에 역시 짙은 갈색 구두를 신고, 숄더백은 어깨에 걸치지 않고 비스듬히 멨다.

"일은 지금 끝나신 건가요?"

"네, 당직이었거든요."

"피곤하실 텐데 죄송합니다. 어머니한테 혼났어요. 모르는 사람한테 그런 무리한 부탁을 하는 건 좋지 않은 일이라고요." 상대방은 서두를 떼듯 그렇게 말하더니 "전 후지노 시게루라고 합니다" 하고 자기소개를 했다.

"아마기시 노리코예요." 노리코도 대답했다. "병원에서 근무한 지 아직 얼마 안 됐지만 안내해드리겠습니다."

저도 모르게 예의 차린 어조가 나왔다.

나란히 걸으니 후지노 시게루는 노리코보다 키가 10센티미터쯤 작았다. 이성과 동행한다는 느낌 대신 보호자 같은 기분이 들었다.

"케이블카에서 일하는 거 힘드시죠?"

잠자코 있으면 상대방은 절대로 먼저 입을 뗄 것 같지 않기에 노리코는 말했다.

"하는 일이 너무 간단해서 저희 같은 바보나 할 수 있다고 합니다."

후지노 시게루는 웃지도 않고 대답했다.

"그럴 리 있나요. 사고가 안 일어나게 하려면 이것저것 신경 쓸 게 많을 텐데요."

노리코는 진지하게 말했다. 인사치레로 그냥 하는 말이라고 생각되고 싶지 않았다.

"케이블카는 35년 무사고입니다. 전 집을 나설 때 마당에 있는 지장보살님께 기도를 드립니다. 어머니도 같이 기도합니다." 후지노 시게루는 그렇게 말하더니 퍼뜩 생각난 것처럼 덧붙였다. "어머니가 안내해주는 간호사 분께 인사 전해달라고 했어요."

"어머님과 둘이 사시나요?"

"네, 둘뿐입니다. 아버지는 제가 어렸을 때 증발했습니다."

꼭 다른 사람 이야기를 하는 투였다. 사실을 있는 그대로 이야기하니 듣는 자신도 공연히 마음 쓰지 않고 고개를 끄덕이게 됐다.

아버지가 증발했다면 태어난 아이가 장애아인 것을 알고 처자식을 버린 걸까. 그런 의문도 노리코가 물어보면 솔직하게 말해줄 게 틀림없다.

"어머님도 일하세요?"

"오래전부터 약국에 점원으로 있습니다."

"댁은 역 근처인가요?"

"제철소 정문 앞이에요. 벌써 쓰러지게 생겨서 어머니가 헐고 새로 지어야 하는데 하시죠." 후지노 시게루는 그러더니 갑작스레 말을 이었다. "오늘도 어머니가 도시락을 싸줬습니다. 김밥을요."

"맛있겠네요."

"어머니는 요리를 좋아하세요. 싼 재료를 사와서 만듭니다."

후지노 시게루는 약간 뽐내듯이 말했다.

간호학교 시절에 영양학 강의를 들었는데, 뚱뚱하게 살찐 시간강사는 어머니에게 요리할 마음만 있으면 아이가 비행(非行)에 빠지지 않는다는 게 지론이었다. 문제를 일으키는 중학생, 고등학생의 가정은 예외 없이 식사가 부실하다는 것이다. 부부가 맞벌이를 해서 어머니가 집에 없더라도 공 들인 음식을 넉넉히 만들어주면 결코 말썽이 생기지 않는다. 돈만 줘서 도시락을 사먹게 한다든지 언제나 대강 만든 음식을 먹이는 어머니에게서 아이의 마음은 멀어질 수밖에 없다는 이야기였다.

후지노 시게루를 보니 그 강사의 말이 생각났다. 아닌 게 아니라 장애아일수록 어머니가 정성 들여 만드는 식사에서 애정을 느낄지도 모르겠다.

"후지노 씨는 병원에서 어디가 제일 보고 싶으세요?"

"전 어렸을 때 맨날 병원에 갔거든요. 몸이 튼튼해지고 나서 안 가게 됐죠. 그러니까 병원이면 어디든 괜찮습니다. 대기실이든 방사선실이든."

후지노 시게루는 웃지도 않고 말했다.

"방사선실이나 수술실은 무리지만 그런 데를 제외하면 괜찮아요. 일단 전망 레스토랑부터 갈까요."

평소 직원 출입문으로 드나드는 노리코의 눈에는 정면 현관으로 들어가는 외래 홀이 신선하게 비쳤다.

후지노 시게루도 감탄한 것처럼 꼭대기까지 뻥 뚫린 천장을 올려다보고 있었다. 천장의 유리문은 날씨에 따라 여닫을 수 있다. 밤에는 건물 안에서 별을 볼 수도 있다.

"저건 진짜 나무군요?"

후지노 시게루가 놀랄 만도 했다. 키가 5, 6미터쯤 되고 줄기는 어른 몸통만 한 열대수가 홀 중앙에 우뚝 서 있다. 그 옆에 흐르는 인공 실개천은 가장자리를 대리석으로 둘렀고 벤치까지 놓았다.

"나무 이름은 저도 몰라요. 홀 자체가 온실 같으니까 남국의 나무랑 잘 맞는 거겠죠."

후지노 시게루는 시냇가 대리석에 걸터앉아 홀린 듯이 나무를 바라보았다. 노리코도 옆에 앉았다.

유니폼을 벗고 제삼자의 시선으로 병원 내부를 보니 직원과 환자의 차이가 뚜렷했다. 창구에서 계산을 하는 환자, 약국 앞에서 기다리는 환자, 서둘러 검사실로 가는 환자, 매점에서 신문이며 도시락을 사는 가족. 그 가운데 간호사와 의사가 빠른 걸음으로 이동한다. 환자와 환자 가족이 병원 안을 떠다니는 듯한 인상을 주는 데 비해, 의사와 간호사는 한 치의 망설임도 없이 목적지를 향해 걸어가는, 종류가 다른 인간이다.

"노리코, 여긴 웬일이야?"

바로 눈앞에 유코가 서 있었다. 유코는 옆에 앉은 후지노 시게루에게도 눈길을 주더니 동행임을 눈치챈 듯했다.

"아, 유코, 이쪽은 후지노 씨야. 그 왜, 케이블카 차장님."

노리코가 소개하자 후지노 시게루는 슥 일어서서 머리를 숙였다.

"시키 유코예요. 저도 케이블카 가끔 타요."

유코는 상대방이 장애인이라는 것을 알아차리고 느린 속도로 말했다.

"기억합니다."

후지노 시게루가 대답했다.

"후지노 씨가 병원을 견학하고 싶다고 해서 안내하는 거야. 나중에 너희 쪽에도 들러도 될까?"

노리코는 마침 잘됐다 싶어 부탁했다.

"응, 좋아. 몇 시쯤?"

"아마 11시쯤."

"알았어. 기다릴게."

유코는 싹싹하게 대답했다.

"저 간호사 분, 4월 초랑 5월 초 저녁에 아마기시 씨하고 같이 케이블카 타셨죠?"

유코의 뒷모습을 배웅한 뒤 후지노 시게루가 말했다.

"그걸 어떻게 기억하세요?"

"전 케이블카에 한 번이라도 탄 사람 얼굴은 절대로 안 잊어버립니다."

후지노 시게루의 자신만만한 말투로 보면 아주 과장은 아닌 듯했다.

엘리베이터를 타고 꼭대기층 카페테리아로 올라갔다. 간단한 음료수 정도는 사주고 싶었다.

카페테리아는 아직 텅텅 비어 있어서 창가 테이블도 자유롭게 고를 수 있었다.

"전 말차 아이스크림요."

웨이트리스가 오자 후지노 시게루는 분명한 말투로 주문을 했다. 노리코는 커피를 시켰다. 배가 고팠지만 자기만 요기를 할 수는 없으니 점심때까지 기다리기로 했다.

노리코와 마주앉은 후지노 시게루는 똑바로 앉아 딱딱하게 굳어 있었다.

"쉬는 날엔 보통 뭘 하세요?"

노리코는 긴장을 풀어주려고 물었다.

"조립식 모형을 맞춥니다."

"비행기나 배 같은 거요?"

"헬리콥터, 오토바이, 전차, 클래식카도 있습니다."

"크죠?"

"큰 건 배가 큽니다. 2미터쯤 되는 것도 있습니다."

후지노 시게루는 내내 똑같은 말투로 대답했다.

"2미터나요? 만들면 댁에 장식하시나요?"

"다른 사람한테도 주고, 직장에 가져다놓고 장식하고 합니다. 둘째 역에도 있습니다. 다음에 한번 보세요. 집 안에 모형이 하도 많아서 어머니가 곤란해합니다. 전 언젠가 여객선을 타고 세계일주를 하고 싶습니다. 어머니랑 같이 한 달, 두 달 배를 타고 지구를 한 바퀴 도는 겁니다. 돈도 모으고 있습니다."

"그런 꿈이 있다니 부러운데요."

노리코는 저도 모르게 말했다. 자신은 생각도 못 할 장대한 꿈이다.

"간호사님 꿈은 뭐죠?"

"꿈요?" 노리코는 순간 대답하지 못했다. "딱히 없어요."

어쩐지 창피했다. 간호학교에서 공부하던 때도, 간호사가 된 뒤로도 이렇다 할 큰 꿈은 없었다. 간호사라는 직업은 인생의 현실에 발이 묶여 상상을 펼칠 여유마저 없게 하는 걸까.

"케이블카로 내려올 때 바다가 보입니다. 멀리 하얀 배가 천천히 지나갑니다. 그런 배를 타고 이런저런 항구를 돌아보고 싶습니다."

"꼭 실현될 거예요."

정말 그런 생각이 들었다. 후지노 시게루가 어머니와 단둘이 갑판에서 쉬고 함께 이야기하는 광경을 쉽게 상상할 수 있었다.

카페테리아를 나설 무렵에는 후지노 시게루도 긴장이 많이 풀려 있었다. 외래 대기실과 중앙 검사실 등을 보여준 뒤, 노리코는 문득 생각나 3층 안쪽에 위치한 예배당에 발을 들여놓았다.

어둑어둑한 내부에는 아무도 없었다.

"누구든 자유롭게 들어와서 기도를 드릴 수 있어요. 일요일

미사엔 직원이랑 환자가 참가한답니다."

설명하는 목소리가 주위에 울려 퍼졌다.

"아마기시 씨도 기도를 드립니까?"

후지노 시게루가 물었다.

"전 신자가 아니라서요."

실제로 교회에 들어온 것은 이번에 두 번째였다. 정면과 좌우 스테인드글라스의 모양조차 찬찬히 살펴본 적이 없었다.

후지노 시게루는 뭔가에 홀린 것처럼 제단 쪽으로 다가갔다.

"여기 있으니까 슬픈 기분이 듭니다. 왜 그럴까요."

그리스도를 안은 마리아 상을 올려다보며 후지노 시게루가 고개를 갸웃했다. 마리아 상 뒤의 스테인드글라스는 성서 속 장면을 나타내는 듯했다. 십자가를 진 예수가 뒤에서 날아드는 돌팔매를 맞고 있었다.

"다음은 갓 태어난 아기들이 있는 병동으로 갈까요."

"저는 아기들 좋아합니다." 후지노 시게루가 안심한 것처럼 대답했다. "케이블카에도 아기를 안은 어머니가 타곤 합니다."

"그보다 더 작은, 이제 막 태어난 아기예요."

노리코의 설명에도 후지노 시게루는 어리둥절한 표정이었다.

산부인과 병동으로 가자 유코가 금세 두 사람을 발견하고 나왔다.

"잘 오셨어요."

유코는 정중하게 후지노 시게루를 맞이했다.

"여기에 작은 아기들이 있나요?"

후지노 시게루가 신생아의 울음소리를 듣고 물었다.

"산과이니까 곧 아기를 낳을 어머니랑 아기를 낳은 어머니도 입원해 있어요. 아이가 태어난 뒤 젖을 주려고 어머니가 가끔 아기 있는 곳에 가기도 해요."

"아기를 보고 싶습니다."

후지노 시게루가 솔직하게 말했다.

"네, 이리 오세요."

신생아실은 밝고 청결한 데다 어딘지 모르게 백화점 과자 매장과 분위기가 비슷했다. 문을 열자 안쪽에 유리 칸막이가 있고, 그 뒤에서 여섯 명의 아기를 간호사 둘이 돌보고 있었다. 구석에는 수유를 할 때 어머니가 앉는 푹신한 소파가 놓여 있었다.

"견학 좀 할게요."

유코는 간호사에게 말했다. 젖을 물리는 어머니가 없기 때문인지 담당 간호사는 안 된다고 하지 않았다.

후지노 시게루는 숄더백을 끌어안으며 유리 칸막이 너머로 발을 들여놓았다. 갓난아기의 울음소리에 주춤했지만 금세 맨 앞 침대에 누운 아기를 홀린 듯이 바라보았다.

아기는 주름이 자글자글한 빨간 얼굴을 좌우로 흔들며 고양이처럼 울고 있었다. 그 옆의 신생아는 간호사가 물려주는 작은 젖꼭지를, 눈을 감은 채 힘차게 빨고 있었다. 후지노 시게루는 그 모습을 뚫어지게 쳐다보았다.

소아과의 미숙아실에 비해 산과의 신생아실은 어딘지 모르게 자연스러운 활기로 가득 차 있었다.

"고맙습니다. 이렇게 여러 갓난아기들을 본 건 처음입니다."

후지노 시게루가 유코에게 고마움을 표했다. 아주 만족스러운 말투였다.

"갓난아기는 참 작군요." 유코와 헤어진 뒤 후지노 시게루가 말했다. "저도 저렇게 작았나 생각하니까 기분이 이상합니다."

"그러게요. 다들 저렇게 작았군요."

노리코도 덩달아 감탄했다. 당연한 일인데도 모두들 잊고 그냥 지나치는 사실이다.

"후지노 씨, 이번엔 소아과를 안내할게요. 제가 근무하는 병동이에요."

"아픈 애들이 있는 곳이군요."

후지노 시게루는 또다시 숄더백을 겨드랑이 밑에 끼었다.

"누가 저희 뒤를 밟는데요."

산부인과 병동에서 나와 첫 모퉁이를 돌았을 때 후지노 시게루가 갑자기 말했다.

노리코는 흠칫 놀라 뒤를 돌아보았다. 넓은 복도는 텅 비어 있었다.

"아무도 없습니까?" 후지노 시게루는 앞을 본 채 말했다. "교회에서 나왔을 때부터 내내 감시 당하는 느낌이 들었습니다."

"전 몰랐어요."

노리코는 아무 일 아닌 척 대답했지만, 가슴속 깊은 곳이 싸늘하게 식는 게 느껴졌다. 노리코와 후지노 시게루의 조합을 수상하게 여긴 사람이 있는 걸까. 아니면 단순히 후지노 시게루가 과민한 걸까.

"그럼 제가 착각했나 봅니다."

후지노 시게루는 다시 생각한 듯 걸음을 뗐다.

소아과 병동에 들어서자 아이들이 사복으로 갈아입은 노리코를 발견하고 다가왔다.

"친구한테 병원을 안내하는 중이야. 이 형은 케이블카 차장님이란다."

"케이블카, 나도 타본 적 있어."

남자애가 큰 소리로 말했다.

"난 아직 없는데."

여자애가 아쉽다는 듯 말했다.

"그럼 병이 나으면 선생님이 데려가줄게. 케이블카로 산꼭대기까지 올라갈 수 있거든. 산꼭대기에 가면 여기보다 훨씬 이것저것 많이 보여."

"진짜요? 약속한 거예요?"

여자애가 소리쳤다. 후지노 시게루는 기운 넘치는 애들을 보고 눈만 희번덕거리고 있었다.

"형, 난 천식. 지금은 건강해졌지만."

다이노 쇼지가 거리낌없이 후지노 시게루에게 말을 걸었다.

병원 견학이라는 말을 듣고 자신이 설명을 맡을 생각인가 보다. 후지노 시게루는 어떻게 해야 좋을지 몰라 도움을 청하는 눈초리로 노리코를 쳐다보았다.

"쇼지는 힘든 걸 잘 견뎠어. 이제 곧 퇴원하지?"

"요번 달 말에 퇴원해." 남자애는 기운차게 대답했다. "나도 케이블카 좋아하니까 퇴원할 땐 그거 타고 갈 거야."

"아버지가 차로 데리러 오실 텐데?"

"아빠는 아래 케이블카 역에서 기다리라고 할 거야."

다이노 쇼지는 그렇게 말하고는 후지노 시게루를 보며 미소지었다. 후지노 시게루도 얼굴을 누그러뜨렸다.

"아마기시 씨, 왔어?"

아리마 수간호사가 말했다.

"아, 이분이 아침에 말씀드렸던 후지노 씨예요."

노리코는 소개했다.

"안녕하세요."

후지노 시게루는 머리를 꾸벅 숙였다.

"아리마라고 합니다. 어디든 마음껏 보세요. 병원이니까 즐거운 면만 있진 않겠지만요."

"미숙아실도 보여드려도 될까요?"

노리코는 확인할 겸 물어보았다.

"그래. 칸막이 안으로 들어가지 않으면 상관없어." 수간호사는 후지노 시게루에게 웃음을 지었다. "미숙아는 감염에 약하기 때문에 외부와 차단하거든요. 그래서 가족 분들도 평소엔 멀리서 보기만 한답니다."

두 사람이 가려는데 수간호사가 불러 세웠다.

"견학이 끝나면 마침 점심시간인데 애들이랑 함께 식사를 하면 어때? 두 사람 것도 부탁할까?"

"후지노 씨는 도시락을 갖고 오셨어요."

"그럼 아마기시 씨 것만 부탁할게. 애들도 좋아할 거야."

미숙아실에 들어갈 때 후지노 시게루는 또 숄더백을 꽉 끌어안았다. 긴장은 내부를 보고 더욱 고조된 듯했다.

노리코는 후지노 시게루를 먼저 와 있던 부부 곁에 서게 했다.

열 개 가까이 있는 인큐베이터에 갖가지 튜브와 코드가 연결되어 있고, 간호사 네 명과 의사 세 명이 분주히 일하고 있었다.

간호사가 부부에게 아기를 보여주려고 인큐베이터를 이동시켰다. 후지노 시게루도 안에 있는 미숙아를 응시했다.

투명 랩으로 느슨히 싼 갓난아기는 새끼 고양이처럼 작고, 중심 정맥 영양을 위한 관이 가슴에 삽입되어 있었다. 우는 동작인지 이따금 입을 벌리며 얼굴을 찡그렸다.

노리코는 유리창에 얼굴을 갖다 댄 채 꼼짝도 하지 않는 후지노 시게루를 기다렸다. 한 간호사가 다가와 말을 걸었다.

"안에 들어와서 보지? 옷 갈아입으면 되는데."

"후지노 씨, 가운으로 갈아입으면 안에 들어가도 된대요. 어쩌시겠어요?”

노리코는 후지노 시게루에게 물었다.

“아뇨, 이제 됐습니다.” 그는 꿈에서 깬 듯한 표정으로 대답했다. “충분히 봤습니다. 고맙습니다.”

간호사에게 말하고 유리에서 몸을 뗐다.

방에서 나올 때 후지노 시게루는 한 번 더 안을 돌아보고 머리를 깊이 수그려 인사했다.

“아기가 저렇게 작은 줄 몰랐습니다. 강아지보다도 작은데요.”

후지노 시게루는 복도를 걸으며 말했다.

“지금은 크기가 다른 아기의 4분의 1 정도라도 인큐베이터로 크게 키울 수 있어요. 어머니 배 속에서 서너 달 먼저 나왔으니까 모자란 산소랑 영양을 줘서 키우는 거예요.”

“저 네모난 상자가 어머니 배 대신인가요?”

“네.”

“그럼 네모난 상자에서 나오는 날이 생일입니까?”

“아뇨, 생일은 역시 어머니 배 속에서 나온 날이에요.”

“저런 강아지 같은 게 어엿한 아기가 되다니 어쩐지 대단한데요. 근성 있는 애가 될 거라고 생각합니다.” 후지노 시게루가 단정하는 투로 말했다. “어머니도 저한테 늘 근성을 가지라고 말합니다.”

후지노 시게루가 조그만 갓난아기를 동정하는 것은 자신의 경험과 겹쳐 보기 때문인지도 모르겠다.

소아과 병동으로 돌아오자 수간호사가 간호사 대기실에서 나와 말했다.

"보고 오셨나요?"

"네. 그렇게 작은 아기를 처음 봤습니다."

후지노 시게루는 뺨에 홍조를 띠고 대답했다.

"도시락은 저희 병동 식당에서 같이 드세요. 전망도 좋고 분위기도 느긋하답니다. 아마기시 씨, 안내해드려."

후지노 시게루는 그림책과 나무 블록, 장난감이 어질러진 놀이방에 마음이 끌리는 듯했다. 마룻바닥에 뒤집혀 뒹굴고 있던 조립식 비행기 모형을 집었다.

"이건 옛날 모형인데요."

후지노 시게루가 말했다.

"환자가 집에 있던 걸 가져왔을 거예요. 퇴원하면서 놓고 가기도 하고, 세상을 떠나면서 부모님이 집에 있던 장난감을 기부하시는 경우도 있어요."

"다음에 저도 기부하겠습니다." 후지노 시게루는 모형을 장식할 장소를 물색하듯 방 안을 둘러보았다. "배는 창가에 놓으면 좋습니다."

그러고는 창가로 다가가 바다를 바라보았다.

열흘쯤 전 비행선이 바다 위를 날아가는 것을 환자가 발견해 다들 식사고 뭐고 창가로 모여들었다. 필름 회사의 광고용 비행선이었다.

노리코와 후지노 시게루가 우두커니 서 있으려니 아이가 부르러 와서 테이블에 앉았다.

노리코 앞에 애들보다 양이 많은 식사가 준비되어 있었다. 맞은편에 후지노 시게루가 앉아 가방에서 도시락 꾸러미를 꺼냈다. 2층으로 된 도시락 중 한 통에는 김밥이, 또 한 통에는 닭고기 조림, 계란말이, 오이와 멸치 초무침, 생선 가스가 보기 좋게 담겨 있었다. 한눈에 어머니의 다정함을 알 수 있는 도시락이었다.

아이들은 식사를 하며 후지노 시게루를 훔쳐보았다.

"저도 어렸을 땐 병원을 자주 드나들었습니다."

"어느 병원이었어요?"

"여러 병원이에요. 좋은 선생님이 있는 병원에 어머니가 데려갔습니다."

"그럼 어렸을 때부터 병원에 익숙하셨겠어요."

"하지만 병원은 이렇게 깨끗하지 않았습니다." 후지노 시게루는 주위를 빙 둘러보며 덧붙였다. "제 병은 척추가 깨져서 혹이 생기는 겁니다. 태어났을 때 궁둥이에 머리가 하나 더 붙은 것처럼 부어 있었다고 합니다."

확실하지는 않지만 그건 선천상 이상 질환이라고 기억했다. 척추나 뇌신경이 제대로 발달하지 못한 채 태어나는 병이다.

"눈에 보이진 않지만 혹이 궁둥이 말고 머리 속에도 있어서 선생님이 이 애는 언젠가 바보가 될지도 모른다고 말씀하셨다고 합니다. 그래서 열이 나서 내내 잠만 자고 죽은 것처럼 됐을 때 선생님이 어머니한테 어떻게 하겠느냐고 물었다고 합니다."

"뭘요?"

노리코는 젓가락질을 멈추고 물었다.

"이대로 그냥 죽게 할지 말지입니다." 후지무라 시게루는 태연하게 대답했다. "어머니는 죽지 않게 해달라고 부탁했다고 합니다. 지능이 떨어져도 괜찮으냐고 또 물어서 괜찮다고 대답했다고 합니다. 전 한 달쯤 자고 깨어났다고 합니다. 그렇지만 역시 이렇게 바보가 되고 말았습니다."

"바보 아니에요." 노리코는 저도 모르게 고개를 흔들었다. 후지노 시게루는 동요 없이 태연한 표정으로 도시락을 먹고 있었다. "케이블카 차장님으로 일하시잖아요."

"전 머리가 나빠도 근성만은 있습니다." 후지노 시게루는 노리코를 똑바로 바라보았다. "근성은 머리가 아니라 심장에 있기 때문입니다."

"심장에요?"

"네. 어머니가 그랬습니다. 시게루 넌 머리엔 병의 후유증이 약간 남아 있지만 심장은 아무렇지도 않다, 그러니까 근성을 기르라고요. 학교도 안 빠지고 다녔고 지금 회사도 쉰 적이 없습니다."

"보통 사람 같으면 도중에 좌절했을지도 몰라요."

"어머니가 자주 물어봅니다. 시게루, 갓난아기 때 죽는 게 나았겠어, 아니면 이렇게 살아 있어서 다행이니, 하고." 후지노 시게루는 거기까지 말하더니 처음으로 표정을 누그러뜨렸다. "전죽는 게 나았겠다고 생각한 적은 한 번도 없습니다. 머리가 나빠도 매일 케이블카를 탈 수 있으니까 역시 살아 있어서 다행입니다."

"맞아요."

노리코는 진심으로 동의했다.

"아까 강아지처럼 작은 아기를 봤을 때도 그런 생각이 들었습니다. 거기서 혼자 힘내서 버틴 아기는 근성이 있다고 말입니다. 여기 있는 꼬마들도 그렇습니다. 마음 단단히 먹고 힘내면 좋겠습니다."

후지노 시게루는 말을 마치고 도시락을 덥석 먹었다.

"그 선생님, 믿을 수 있는 거지?"

유코가 물었다.

"괜찮아. 너도 만나보면 알 거야."

노리코와 유코는 찻집 피유에서 마토바 의사를 기다리고 있었다.

중2층에서 입구가 잘 보인다. 위치는 전화로만 설명했지만 인도에 간판이 있으니 못 찾지는 않을 것이다.

마토바 의사는 정각 6시에 나타나 바로 두 사람을 발견하고 손을 들었다.

계단을 올라와 테이블에 앉고 유코에게 자기소개를 했다. 유코는 상대방을 똑바로 보며 이름을 밝혔다.

"마토바 선생님, 진짜 적의 첩자는 아니시겠죠?" 노리코가 일부러 재차 다짐을 두자 마토바 의사는 의아한 표정을 지었다. "아까부터 유코가 걱정해서요. 첩자가 아니란 증거도 없고 말이에요."

마토바 의사는 머리를 긁적였다.

"노리코, 괜찮아. 만나보고 의심이 풀렸으니까." 유코가 웃었다. "죄송해요."

"괜찮습니다. 저도 요샌 의심으로 꽉 차 있으니까요." 마토바 의사는 슬며시 주위를 둘러보고 대답했다. "아마기시 씨한테 시키 씨 이야기를 듣고 만나보고 싶다고 제가 말을 꺼낸 겁니다. 산부인과 상황이 실제로 어떤지 알고 싶었거든요."

"유코, 이야기해봐."

노리코가 채근했다.

"그럼." 유코는 목소리를 낮추었다. "첫째, 산과 병동 안쪽에 특별병동이 있어서 특별한 환자들이 진찰을 받는다는 것. 물론 거기서 일하는 스태프는 우리가 모르는 사람들이에요. 둘째, 특별병동의 진료 기록부 중에 노리코가 아는 임부 게 있었다는 것. 이건 당직 날 밤에 저희가 직접 눈으로 확인했으니까 틀림없어요."

"그 여자 분이 무뇌아를 임신했단 말이죠?"

"네. 산꼭대기에 있는 레스토랑에서 우연히 대화를 듣게 된 커플 중 여자 쪽이에요."

"이름은 세키하라 아키코, 28세. 하루노 정 2층 연립주택에 살아요."

유코가 덧붙였다.

"현재 임신 몇 개월입니까?"

"제가 레스토랑에서 대화를 엿들었을 때 7월 14일이 예정일이라고 했어요."

"그럼 두 달도 안 남았군요." 마토바 의사가 신음했다. "두 분은 세키하라란 여자를 만난 적이 있습니까?"

"네. 둘이 집으로 쳐들어갔거든요. 세이레이 병원에서 방문 간호를 나왔다는 명목으로요."

유코가 대답했다.

"그럼 저쪽에서 이미 두 분 얼굴을 안다는 뜻이군요." 마토바 의사는 눈살을 찌푸리며 팔짱을 꼈다. "위험한데요. 방문 간호를 나왔다는 말을 그 사람이 누군가한테 하면 수상하게 생각할 겁니다. 세키하라란 여자한테 얼굴을 확인하게 하면 두 분의 정체가 드러날 텐데요."

마토바 의사의 말을 들으며 노리코는 유코와 마주 보았다. 전에 후지노 시게루에게 병원을 안내할 때 뒤를 밟는 사람이 있다고 했던 것은 이 일과 상관있지 않을까. 노리코는 등골이 싸늘해졌지만 입 밖에 내지는 않았다.

"그렇지만 그건 이미 지난 일이니까 어쩔 수 없고, 문제는 앞으로 어떻게 할 건지입니다. 제일 간단한 방법은 7월 14일 전후로 소아과나 소아외과 환자가 장기 이식을 받는지 체크하는 거겠죠. 그때 세키하라란 여자가 집에 없으면 어디서 무뇌아를 낳아 장기를 사용했으리란 의심이 짙어지는 겁니다."

마토바 의사는 목소리를 낮추고 말했다.

"저번에 선생님이 말씀하신 것처럼 기증자가 금전적인 대가를 받았는지 여부는 세키하라 아키코가 퇴원하고 어떻게 되는지를 확인하면 어느 정도 알 수 있지 않을까요?"

노리코의 의견에 마토바 의사도 동의했다.

세 사람 모두 커피를 다 마신 것을 확인한 뒤 마토바 의사는 기운차게 일어섰다.

"아이고, 배고파라. 어디 가서 저녁이라도 먹을까요?" 마토바 의사는 기지개를 켜며 어두운 기분을 떨치듯 말했다. "저번에 아마기시 씨랑 갔던 와비스케는 어떻습니까?"

"거긴 술 마셔서 안 돼요. 유코는 차가 있고 선생님도 차로 오셨죠?"

노리코가 반대했다.

"그럼 또 어디가 있죠?"

"마토바 선생님 댁은 여기서 가까운가요?"

유코가 물었다.

"여기서 15분쯤 갑니다."

"선생님만 괜찮으시면 댁은 어떨까요? 저희가 음식 할게요. 부엌이랑 조미료 정도는 있으시겠죠."

"있긴 합니다만 남자 혼자 사는 지저분한 집인데요."

마토바 의사가 혼자 산다는 이야기는 유코에게 해놓았다.

"노리코는?"

"찬성."

노리코의 대답에 마토바 의사는 결심한 듯했다.

"냉장고에 쇠고기랑 햄, 야채가 있고, 위스키, 맥주는 벽장에 차고 넘칩니다. 어떻게든 되겠죠."

마토바 의사가 앞장서서 걸었다.

역 앞 주차장에서 노리코는 유코의 차에 탔다. 마토바 의사의 차 뒤를 따라갔다.

마토바 의사는 두 사람이 따라올 수 있도록 교차로에서도 정차하고 기다려주었다.

아파트에 도착하자 지하 주차장에 유코의 차를 세우게 하고 자신은 한 블록 떨어진 공영주택 통로에 주차하고 왔다.

"멋진 아파트네요. 저 사는 싸구려 연립이랑은 딴판인데요."

유코가 널찍한 외부 현관을 바라보며 말했다.

"지은 지 얼마 안 됐고 스무 세대뿐인 조촐한 곳이라 전 마음에 듭니다."

열쇠로 문을 열고 현관 홀에 들어섰다. 부조로 장식된 벽 앞에 자갈을 깐 고산수(枯山水)* 풍 정원이 있었다.

마토바 의사는 엘리베이터를 이용하지 않고 밖으로 안내했다. 건물과 담장 사이 통로는 일본 정원의 징검돌을 본 따 타일을 깔았고, 정원수들 사이에 석등 스타일의 조명이 배치되어 있었다.

---

* 식물과 물이 없이 모래 위에 바위나 자갈 등으로만 꾸민 일본식 정원.

부지 맨 안쪽에 위치한 바깥 계단으로 2층으로 올라갔다.

"여기서 3, 4분만 기다려주세요. 좀 치우고 바로 나올 테니까요."

문 앞에 두 사람을 세워놓고 서둘러 안으로 들어간 마토바 의사는 약속대로 몇 분 뒤 문을 열어주었다.

아파트 내부는 남자 혼자 사는 집 같지 않게 깨끗이 정돈되어 있었다.

유코는 소파에 백을 내려놓고 당장 부엌을 들여다보았다.

"굉장하다. 우리 집 부엌보다 넓고 조리 도구도 없는 게 없어."

유코가 소리쳤다. 마토바 의사는 냉장고를 열고 안에 든 식료품을 설명했다.

"쌀과 전기밥솥은 저기 있습니다. 술과 간장, 기름은 아래쪽 찬장에 있으니까 편하게 쓰시죠. 전 그동안 거실을 청소하겠습니다."

마토바 의사는 티셔츠와 청바지로 갈아입고 나와 창문을 열고 청소기를 돌리기 시작했다.

"이 정도로 재료가 있으면 뭐든 만들 수 있겠는데." 유코가 궁리했다. "내가 돼지고기 요리를 할 테니까 노리코 넌 뭔가 곁들일 걸 만들어줄래?"

노리코는 주요리를 유코에게 맡기고는 쌀을 씻고 국을 끓일 준비를 했다.

"뭐 드시고 싶은 거 있으세요?"

유코가 부엌에서 마토바 의사에게 물었다.

"뭐든 좋습니다. 과한 욕심은 안 부리겠습니다."

마토바 의사가 식탁을 차리며 대답했다.

식탁은 그리 크지 않았다. 무더기로 쌓인 잡지며 팸플릿 등을 치우고, 어디선가 의자를 세 개 내왔다.

노리코가 가리비 통조림을 발견해서 잘게 썬 무와 함께 무치고, 해산물 배추 조림을 완성했을 즈음 밥도 지어졌다.

마토바 의사는 거실 조명을 끄고 초를 켜서 식탁에 놓았다.

"어머, 분위기가 레스토랑 같네요."

"이럴 줄 알았으면 좀 더 서양풍으로 할걸."

음식을 내온 유코도 아쉽다는 듯 말했다.

"괜찮아요. 어떤 음식도 잘 맞는 분위기입니다."

마토바 의사는 대답하고 오디오로 CD를 틀었다.

식탁에 앉은 것은 8시 반이었다. 온 지 45분밖에 안 됐는데 상이 차려졌다.

마토바 의사는 차가운 화이트와인을 따서 잔에 따랐다.

"그럼 잘 먹겠습니다. 건배."

마토바 의사의 말에 잔을 맞대었다.

"아, 맛있다."

유코가 말했다.

"진짜. 갑자기 와서 죄송해요." 노리코도 말했다. "그렇지만 생각지도 못하게 선생님 댁에 와보게 돼서 좋아요."

노리코는 새삼 실내를 둘러보았다. 오디오와 소파, 책꽂이, 석판화가 있는 차분한 분위기였다.

"선생님은 혼자서도 충분히 살 수 있는 분이시네요."

유코가 말했다.

"왜죠?"

"부엌 하나만 봐도 알아요."

"대학 시절에 자취를 했기 때문에 그때 배운 겁니다. 하지만 학생 때처럼 시간이 많지 않으니까 손 가는 음식은 안 합니다."

"혼자 식사하는 거 쓸쓸하지 않으세요?"

노리코가 물었다.

"어쩔 수 없죠. 그렇지만 혼자 있으면 자신이 등신대로 보입니다. 생선 한 마리 사려고 해도 이것저것 따지게 되죠. 이건 제 생각인데, 자취하는 철학자와 급사가 시중을 들어주는 철학자는 철학의 내용이 다르지 않을까요. 집안일을 하는 여자가 하나같이 현실주의자인 것도 그게 이유일지도 모르겠습니다."

"와, 그런 건 생각도 못 해봤어요."

유코가 감탄한 듯 말했다.

"제가 현실 감각이 없는 것도 집안일을 어머니한테 맡기기 때문이군요."

"노리코는 아직 공주님이야."

"공주라서 미안하네."

노리코는 토라진 얼굴로 말했다.

"맛있군요." 마토바 의사가 고기를 먹으며 말했다. "역시 제가 하는 것보다 훨씬 맛있는데요."

유코가 기쁜 표정을 지었다. 마토바 의사는 배추 조림과 된장 국도 먹었다.

"이것도 맛있습니다."

그 말에 노리코도 마음이 놓였다.

"이 사건이 끝나면 선생님 댁에서 파티를 할까요. 각자 자기가 잘하는 음식을 하고, 케이크도 굽고요."

유코가 말했다.

"그거 좋겠다, 유코. 선생님도 찬성이시죠?"

"근사한데요. 샴페인을 사서 처음부터 끝까지 샴페인을 마시죠."

"기대되요."

"그때까지 몸무게를 최소한 3킬로는 줄여야지."

유코가 말했다.

"시키 씨, 그렇게 살찌지 않았는데요."

"선생님, 그런 위로가 문제인 거예요. 쌓이고 쌓여서 마음이 해이해진다고요."

유코가 반박했다.

오디오에서 나오는 음악은 옛날 미국 가요였다.

"이 곡, 어디서 들어본 적 있는데." 노리코는 귀 기울여 들었다. "유코 넌?"

"난 몰라."

"두 분 다 모를 겁니다. 제가 중학생 때 유행했던 미국 팝송이 거든요. 제목은 〈유 돈 노〉입니다."

"어렸을 때 아버지가 이 노래를 자주 들으셨어요."

노리코는 똑똑히 기억났다. 레코드를 좋아하던 아버지는 병실에서도 카세트테이프를 가져다놓고 오래된 노래만 내리 들었다.

곡이 바뀌었다. 마토바 의사가 냉장고에서 아이스크림을 꺼내와 작은 그릇에 덜었다.

"전부 1950년대 히트곡이랍니다."

"어째 한없이 명랑하네요."

유코가 말했다.

"베트남 전쟁 전이라 그렇겠죠. 그때를 경계로 바뀌었습니다."

거실 벽에 사진 열너덧 장이 장식되어 있었다.

"이게 전에 선생님이 말씀하셨던 사진이군요."

노리코는 일어나 가까이서 사진을 보았다.

바닷가 풍경이 많았다. 솔숲과 모래사장, 등대, 방파제. 계절은 다양했지만 하나같이 화면에 슬픔이 감돌았다.

"전에 있었던 병원에서 바다가 가까웠거든요."

"담당 환자가 세상을 떠날 때마다 선생님이 찍으신 사진이야."

노리코는 유코에게 설명했다.

"이건 호랑이 꼬리 벗나무네요."

한층 크게 확대한 사진이 있었다. 마치 일본화처럼 화면 가득

나무가 솟았고 조그만 꽃잎이 가지 끝에 흩어져 있었다. 밑에서 가지 끝을 올려다보는 구도다.

"마토바 선생님이랑 처음에 우연히 만난 게 이 벚나무 밑이었거든. 병원에서 별로 안 먼 곳이야."

노리코는 약간 으쓱대며 유코에게 말했다.

"병원 근처에 이런 데가 있어?"

유코가 감탄했다.

"왜, 그때 소아과에서 꽃놀이 갔던 곳. 가을 되면 같이 가볼래? 단풍이 져서 벚꽃 필 때랑은 또 다른 운치가 있을지 몰라."

"가을도 좋겠군요."

옆에서 마토바 의사가 고개를 끄덕였다.

"그럼 다음엔 도시락 싸서 셋이 같이 가요." 유코가 말했다. "고대할 게 또 하나 늘었네요. 선생님 댁에서 할 쫑파티랑 소풍이랑."

마토바 의사는 대답하지 않고 사진 곁에 서서 마치 노리코와 처음 만났을 때처럼 사진 속 벚나무를 꼼짝 않고 쳐다보았다.

10

아침 출근 전에 전화를 건 유코는 쫓기는 사람처럼 말했다.

"오늘 밤 다시 특별병동에 숨어들 건데 넌 어쩔래?"

"안 돼. 한동안은 움직이지 말라고 얼마 전에 마토바 선생님이 주의 주셨잖아."

마토바 의사의 아파트에 쳐들어갔을 때 그가 다짐을 둔 게 그 점이었다. 상대방을 만만히 보면 안 된다. 만약 병원의 배후에 검은 조직이 존재한다면 이런 탐색에 민감할 것이다. 자신이 좀 더 정보를 모을 테니까 그때까지는 가만히 있으라고 마토바 의사는 진지한 표정으로 두 사람에게 부탁했다.

"그렇지만 이것만은 일찌감치 해두는 게 좋을 것 같단 말이야. 저쪽에서 움직이기 시작한 뒤엔 어려워질 거라고. 기회는 지금뿐이야."

노리코가 아무리 말려도 그만두지 않을 듯한 말투였다. 혼자서라도 조사하겠다고 우기는 유코에게 노리코는 근무가 끝난 뒤 만나기로 약속하고 전화를 끊었다.

케이블카를 타고서도 그 생각만 하느라 정신이 딴 데 팔려 있었나 보다. 둘째 역에서 내리는데 "다녀오세요"라고 해서 얼굴을 들자 후지노 시게루였다.

"앗, 다녀오겠습니다."

노리코가 허겁지겁 대답하자 여느 때는 늘 무표정한 그가 웬일로 미소를 지었다.

병원으로 발걸음을 서두르며 걱정을 표정에 드러내지 말아야겠다고 반성했다. 유니폼으로 갈아입으며 사물함 거울에 얼굴을 비추고 억지로 웃음을 지었다.

하지만 마음 한구석에 뿌옇게 자리하고 있던 것은 병동에 들어서 아이들과 인사를 나누는 사이에 사라져버렸다.

인수인계를 마치고 나서부터 눈코 뜰 새 없이 바빴다.

10시에 척추 손상과 간질을 앓는 환자를 뇌파 검사실로 데려다주었다. 휠체어를 놓고 종합 외래 대기실을 지나다가 노리코는 문득 걸음을 멈추었다. 기둥 뒤에서 들려온 남자 목소리 때문이었다.

"후보는 얼마든지 찾을 수 있습니다. 그런 사람 모으는 건 물건을 강매하는 것보다 훨씬 쉽다고요."

남자는 대강 그런 내용을 자신만만하게 이야기했다.

어디서 들어본 목소리 같았다.

"이렇게 나가면 열 명, 스무 명 모으는 건 식은 죽 먹기입니다."

남자가 말을 이었을 때 노리코는 산꼭대기 레스토랑에서 있었던 일이 생각났다. 베란다 벽 너머로 들은 남자 목소리 아닌가.

노리코는 빠른 걸음으로 지나쳤다가 한 바퀴 돌아 다시 그 자리로 돌아왔다. 심장이 쿵쿵 뛰었다.

기둥 뒤에서 이야기하는 남자는 불그스름한 얼굴에 나이는 마흔 살 전후, 짧은 머리에 갈색 점퍼를 입었다. 함께 있는 가운 차림의 남자는 체격이 크고 쉰 살쯤, 정수리가 벗어졌다.

노리코는 그것만 확인하고 도망치듯 그 자리를 벗어났다.

복도를 걸으며 필사적으로 머릿속을 정리했다. 무뇌아를 임신한 여자의 동행인에게 병원 의사가 무슨 볼일이 있다는 말인가. 병동으로 돌아왔을 때, 노리코는 이 일을 마토바 의사에게 알려야겠다고 생각했다. 마토바 의사에게 가운 입은 남자의 얼굴을 확인하게 하려면 기회는 지금뿐이었다.

일부러 2층 대기실까지 가서 구석에 있는 공중전화에서 전화를 걸었다. 가짜 이름을 대며 마토바 의사를 바꿔달라고 했다.

"죄송해요, 아마기시예요. 실은 원내에서 거는 거라 크게 말씀드릴 수 없어요. 아까 산꼭대기 레스토랑에서 들은 목소리 임자를 만났어요."

"어디서요?"

마토바 의사는 낮은 목소리로 물었다.

"종합 외래 대기실 중앙 계단 오른쪽에서요."

"아직 있을까요?"

"네. 그 남자랑 제가 모르는 의사 선생님이 같이 이야기하고 있어요."

"알겠습니다. 제가 지금 가보고 올 테니까 기다려주시겠습니까? 장소는, 그래요, 예배당으로 하죠."

마토바 의사는 서둘러 전화를 끊었다.

노리코는 곧바로 3층 안쪽에 위치한 예배당으로 갔다. 마토바 의사가 약속 장소로 아주 적당한 곳을 골랐다. 그곳은 기도를 드리는 사람들을 배려해 출입이 늘 자유로웠다.

노리코는 두꺼운 나무문을 열고 안에 발을 들여놓았다. 정면의 제단과 스테인드글라스가 어둠속에서 부드러운 윤곽을 띠었다. 앞에 놓인 양초 케이스 속에서 빨간 촛불이 힘없이 흔들리고 있었다. 노리코는 오른편 뒤쪽 자리에 앉아 제단을 보았다. 처음에는 유니폼 차림으로 예배당에 있다는 게 어색하게 느껴졌지만, 눈이 어둠에 익으면서 기분도 차차 주위에 익숙해졌다. 십자가의 그리스도 상은 꼭 미니어처처럼 작았다.

얼마 동안 가만히 앉아 있으니 뒤에서 문 열리는 소리가 났다. 빛이 비쳐들었다가 다시 어두워졌다. 발소리와 함께 가운을 입은 남자가 뒤에서 다가왔다.

노리코는 '마토바 선생님' 하고 부르려다가 말을 삼켰다. 남자가 마토바 의사보다 키가 상당히 커서 다른 사람임을 직감했기 때문이다.

"어라, 아마기시 씨."

노리코는 하마터면 펄쩍 뛰어오를 뻔했다. 간신히 "네" 하고
대답했다.

"아마기시 씨가 기독교 신자인 줄 몰랐는데."

사다무라 의사가 미소를 지으며 말했다.

"아뇨, 신자는 아닌데 여기 오면 마음이 편해서요."

노리코는 당황하며 대답했다. 마토바 의사가 지금 나타나면
어떻게 하나 걱정됐다.

"사다무라 선생님은 신자시죠?"

노리코는 부자연스럽지 않을 정도의 큰 목소리로 물었다.

"응, 뭐. 어머니가 신자라서."

노리코는 손목시계를 보았다. 한시라도 빨리 이 자리를 벗어
나고 싶었다.

"전 이만 실례할게요. 오래 땡땡이치면 혼나거든요."

노리코는 머리를 숙이고 입구로 향했다. 문을 나설 때까지 등
에 사다무라의 시선이 느껴졌다.

마토바 의사는 보이지 않았다. 노리코는 또다시 종합 외래로
내려가보았다. 남자는 이미 사라지고 없었다.

초조한 기분을 억누르며 소아과 병동으로 돌아왔다. 15분 뒤
마토바 의사에게서 전화가 왔다.

"마토바입니다. 아까 예배당 앞까지 갔는데 사다무라 선생님
이 안에 있길래 그냥 왔습니다. 남자 얼굴은 봤어요. 상대방 의
사 얼굴도 말이죠. 이 이야기는 나중에 다시 하겠습니다. 그때

까지 저한테 전화하시면 안 됩니다. 아시겠죠?"

마토바 의사는 노리코가 말하지 않아도 되도록 내리 말했다.

"네, 알았어요."

노리코가 대답하자 전화는 바로 끊어졌다.

병동은 무척 바빴다. 시오다 미키가 그만둔 뒤 인원 보충이 되지 않아 유일한 신임 간호사인 노리코가 여기저기 뛰어다녀야 했다. 소문을 듣기로 미키는 세이레이 병원을 떠난 뒤 시모노 히토시의 집에 살며 집안일과 환자 돌보기에 전념한다고 했다. 물론 부모님의 반대를 무릅쓴 행동일 것이다.

가나이 사야카는 비공 영양 공급시 간호사가 동석하게 된 뒤로 의식 장애도 경련 발작도 없어져 사흘 전 퇴원했다. 딸이 회복돼서 병원을 나가는데도 어머니의 표정은 어두웠다. 아동 학대를 방지하기 위해 아동 상담소가 강제적으로 아이를 보호하게 되었다.

식당 베란다에서 자신의 별을 찾던 시라키 가즈요시의 경과는 순조로웠다. 이제 재발할 염려는 없을 것이라고 주치의가 장담했다. 그러나 같은 백혈병을 앓는 미야타 미사코 쪽은 경과가 좋지 않았다. 주치의인 이자와 의사는 혈액학이 전문인만큼 열심히 치료하고 있으나, 화학요법이 기대만큼의 효과를 거두지 못했다. 머리카락이 빠지고 얼굴은 보름달처럼 부었거니와 눈에서는 입원했을 때 같은 강한 빛을 찾아볼 수 없었다. 그래도 노리코는 되도록 자주 병실에 얼굴을 내밀고 말을 시켰다. 침대 곁을 지키는 어머니는 늘 똑같은 자세였다. 스웨터를 짜던 손을 멈추고 노리코에게 "늘 신세가 많아요"라고 인사했다.

그날 오후 개업의가 보낸 환자는 중증 수막염이었다. 주치의가 된 나가스에 의사는 긴급히 한 검사 결과를 보며 신음했다. 지금까지 쓴 어느 항생제도 열을 떨어뜨리지 못한 모양이다. 경면 상태에 있는 초등학교 5학년 남자애가 겨우 나흘 전 교내 체육대회에서 2킬로미터를 달려 2등을 차지했다는 게 믿기지 않았다. 하지만 그 이상으로 스태프를 경악하게 한 것은 한 달 전 아버지가 교통사고로 사망했다는 사실이었다. 졸음운전을 한 트럭이 반대편 차선으로 넘어오는 바람에 즉사했다고 했다. 아이 곁을 지키는 어머니는 고개를 떨군 채 한 마디도 하지 않고 할머니만 꿋꿋하게 간호사의 설명을 들었다.

인수인계 시간이 되어 간호사 대기실에 집합했을 때 이마에 땀이 맺힌 것을 깨닫고 놀랐다. 이렇게 어수선하게 일하면 안 되는데 생각하며 이 병실 저 병실 다니는 사이에 어느덧 종종걸음을 치고 있었다.

간호사 대기실에서 나오니 탈의실로 내려가는 계단 근처에서 유코가 기다리고 있었다. 유코는 노리코를 복도 구석으로 끌고 갔다.

"노리코, 아침에 전화했던 일 생각해봤어? 둘도 없는 기회란 말이야."

"난 위험하다고 생각해."

노리코는 주저했다.

"그럼 나 혼자서라도 갈래."

유코는 토라져서 대꾸했다. 진심인 것 같았다. 유코는 혼자 두면 한없이 대담해지는 성격이다.

"알았어, 나도 갈게."

노리코가 양보했다. 어차피 위험한 일을 할 거면 둘이 낫다고 스스로를 설득했다.

"그럼 결정한 거야. 옷 갈아입고 일단 요기부터 하자."

유코는 손뼉을 쳤다.

각각 자기 사물함 앞에서 유니폼을 벗었다. 사물함은 겨우 폭이 30센티미터라 전원이 일제히 탈의실을 사용하면 서로 부딪히지만, 2교대 근무인 덕에 공간이 가까스로 확보된다.

노리코는 검은 바지에 연보라색 블라우스를 입고 있었다. 유코는 청바지에 검은 티셔츠 차림이다.

"우연이네. 우리 둘 다 닌자 복장이야."

유코는 표정이 어두운 노리코를 아랑곳하지 않고 웃었다.

"식사는 어디서 할래?"

노리코는 나무라는 표정으로 물었다.

"병원 밖으로 나가자."

"케이블카 타고 산꼭대기 레스토랑에 안 가 볼래?"

노리코의 제안에 유코가 동의했다. 케이블카를 타서 액막이라도 하고 싶은 기분이었다.

직원 출입문을 나서며 노리코는 문제의 남자가 종합 외래에 와 있었다는 이야기를 했다. 모르는 의사가 같이 있더라는 말도 덧붙였다.

"그럼 그 남자, 우리 병원 의사 아는 사람이구나."

"그건 모르지. 임신 관계로 무슨 연관이 있는 건지도 모르고."

자칫 잘못 설명했다간 유코의 기세를 더욱 돋울지도 모른다. 노리코는 무관심하게 대답해서 얼버무렸다.

"뭔가 있는 게 틀림없어."

유코가 생각에 잠겼다.

케이블카 역에서 표를 사고 상행 플랫폼에 섰다. 후지노 시게루를 만나겠다는 예감이 들었다. 케이블카로 출퇴근하다 보면 두 번에 한 번은 얼굴을 마주쳤다. 엇갈려 지나치는 반대편 차량에서 모자를 푹 눌러쓴 그를 발견할 때도 있었다.

밑에서 올라온 케이블카의 차장은 아니나 다를까 그였다. 후지노 시게루는 얼굴을 들어 두 사람에게 눈인사를 했지만 말은 하지 않았다. 하차할 때 유코에게 "지난번 견학 갔을 때 고마웠습니다"라고 말했다.

"깜짝이야. 말을 안 해서 벌써 날 잊어버린 줄 알았더니."

"저 사람은 한 번 케이블카에 탄 사람 얼굴을 절대 안 잊어버린대."

"네 초능력 귀 못지않은 초능력 눈이네."

유코가 놀렸다.

해가 지려면 아직 두세 시간 있어야 했다. 케이블카에서 내린 열 명쯤 되는 승객은 산꼭대기 전망대 쪽으로 발걸음을 향했다.

레스토랑은 손님이 두세 테이블 앉아 있을 뿐이었다. 바다가 보이는 자리에 앉아 스파게티를 주문했다.

"왜 오늘인데?"

노리코는 물었다.

"간호사가 한 명 결근해서 둘밖에 없거든. 게다가 의사들은 학회 때문에 절반이 병원에 없어. 숨어들기에 둘도 없는 기회라고." 유코는 눈을 반짝였다. "그렇지만 시간대가 문제야. 간호사가 눈을 붙일 1시경이 제일 좋은데."

"그때까지 어떻게 기다리게? 저번엔 우리 둘 다 당직이었으니까 괜찮았지만."

"그러게. 밤늦게 사복 차림으로 병원에 들어가면 의심을 살 테고, 그렇다고 유니폼으로 갈아입어도 가만있으면 눈에 띌 테고."

유코의 얼굴에 처음으로 곤란한 빛이 떠올랐다.

"특별병동 열쇠는 있어?"

"복사해놨어. 수간호사 쉬는 날 몰래 갖고 나와서 점심시간에 역 앞까지 내려가서 열쇠 집에 맡겼거든. 그게 이거야."

유코는 핸드백에서 열쇠를 꺼내 테이블에 놓았다. 기름한 연필 모양 열쇠고리가 붙어 있다. 유코가 연필 끝부분을 돌리자 불이 들어왔다.

"좋은 생각이네."

"이 정도 불빛이면 서류의 글씨도 읽을 수 있을 거야. 저번에 들어갔을 땐 세키하라 아키코의 진료 기록부만 봤지만 이번엔 되도록 많은 진료 기록부를 보고 주소랑 이름을 적어놔야 해. 나중에 하나하나 다 확인하면 뭔가 알 수 있겠지."

유코는 자신만만하게 말하고 스파게티를 먹었다.

노리코는 명란 스파게티, 유코는 갓 스파게티였다.

"그날 마토바 선생님 댁에서 한 식사, 즐거웠지." 유코가 붉게 물들어가는 바다를 보며 말했다. "다음에 모일 땐 둘이서 호화롭게 차려보자."

"난 요리를 못하니까 별건 못 하지만 너 돕는 정도는 할 수 있어."

노리코의 망설임도 조금씩 엷어지기 시작했다. 이렇게 된 이상 오늘밤은 끝까지 유코와 행동을 같이하는 수밖에 없다.

"그렇지 않아. 저번에 너희 집에서 먹은 닭봉 콜라 조림 맛있더라. 그거랑, 내가 로스트비프 하고, 케이크도 구울까."

"마토바 선생님은 본고장의 샴페인을 준비하겠다고 하셨지. 난 크리스마스에 싸구려 샴페인 말곤 마셔본 적 없는데. 어떤 맛이려나."

"나도 몰라."

유코가 어깨를 으쓱했다.

수평선 위와 아래가 불타는 것처럼 붉었다. 제철소의 세 굴뚝도 빨갛게 물들어 있었다.

"마토바 선생님은 왜 이혼한 걸까?"

유코가 문득 물었다.

"글쎄. 그렇지만 이혼하고 나서 우리 병원에 온 거니까 심기일전하려고 했던 게 아닐까."

노리코는 오노 간호사의 말을 떠올리며 말했다.

"앞으로 계속 혼자 살 생각일까?"

유코가 중얼거렸다. 노리코는 불현듯 자신이 마토바 의사를 좋아하게 된 게 아닐까 생각했다. 아니, 그렇지 않다. 연애 감정과는 다른 어떤 것이다. 스파게티를 두 입쯤 먹고 나서 다시 한번 자신의 감정을 헤아려보았다.

"노리코, 무슨 생각 해?"

"아무것도 아냐." 노리코는 황급히 고개를 흔들었다. "유코, 병원에 숨을 만한 곳이 있어."

"어디?"

"예배당. 왜, 외래동 안쪽에 있는 교회 말이야. 거기라면 언제든 자유롭게 드나들 수 있거든. 그렇다고 사람들이 끊임없이 들어오는 것도 아니고. 사복 차림으로 숨어들어서 의자 밑에라도 누워 있으면 몇 시간 있어도 괜찮을 거야. 시간이 되면 그때 밖으로 나오면 돼."

"문 잠그지 않아? 안에 갇히기라도 했다간 큰일이야."

"바깥쪽에 빗장 같은 건 없으니까 혹시 잠그더라도 안에서 열수 있을 거야. 들어갈 때 확인하면 돼."

"그래, 좋아. 유니폼도 그때 같이 갖고 가서 예배당 안에서 갈아입자. 특별병동에 갈 때 역시 유니폼을 입는 게 좋을 거야."

유코는 다시금 바다 쪽을 바라보았다. 산기슭의 거리와 항구 여기저기에 불이 켜지기 시작했다.

"이런 곳에서 나고 자란 네가 부러워."

"나도 저 바다랑 산이 좋아. 평평한 곳에 가면 어쩐지 마음이 불안해져. 끝없이 펼쳐지는 논이라든지, 산으로 둘러싸인 분지라든지, 참아봤자 겨우 사흘이 한계일 거야. 분지면 당장 산에 올라가고 싶어질 거고, 평야면 바로 도망치고 싶어질걸."

"결혼해서 집을 새로 지을 때도 여기 산비탈에 살겠네."

"그렇지만 이제 비탈에 단독주택 짓는 건 무리야. 작은 아파트나 분양 받겠지."

그렇게 대답하면서도 서른 살 먹도록 지금 사는 낡은 집에서 어머니와 살고 있을 듯한 생각도 들었다.

"난 좋아하는 사람이 생기면 그 사람 집에 짐 싸들고 들어갈 것 같아. 항구 마을든 복작복작한 동네든 상관없어."

유코가 들뜬 목소리로 말했다.

저녁해가 완전히 모습을 감추기를 기다려 일어섰다. 케이블카 막차는 9시다. 노리코는 산꼭대기 역에서 집에 전화해서 갑자기 야근을 하게 됐다고 말했다.

하행 케이블카 차장은 후지노 시게루가 아니었다. 둘째 역에서 두 사람이 내리고, 병원 갔다 오는 길인 듯한 승객 몇 명이 탔다.

병원으로 가는 길은 어둑어둑했다. 나무들 뒤에서 병원의 불빛이 리조트 호텔처럼 어른거렸다.

직원 출입문을 지나 지하 탈의실로 내려갔다. 바지 밑에 흰 스타킹을 신었다. 간호사 신발과 유니폼, 캡은 쇼핑백에 넣었다.

외래 대기실을 지나 인적 없는 계단으로 3층에 올라가 예배 당까지 갔다. 쇼핑백을 든 사복 차림의 여자 둘이 복도를 걷는 모습은 역시 어딘지 모르게 부자연스러웠다. 경비원이 불러 세 우면 입원한 가족의 병세가 나빠져서 급히 왔다고 변명하면 된 다. 하지만 안면이 있는 간호사와 마주칠 경우 어떻게 대처해야 할까. 어느새 얼굴이 딱딱하게 굳은 자신을 깨달았다. 유코도 말이 없었다.

복도 모퉁이를 돌다가 유니폼을 입은 간호사와 맞닥뜨렸을 때 노리코는 하마터면 비명을 지를 뻔했다.

"어머, 웬일이야?"

서른 살쯤 된 간호사는 유코를 보며 말했다.

"동창회 갔다가 차를 가지러 왔어요."

유코는 서슴없이 대답했다.

"음주운전은 안 돼. 내려가는 길엔 커브가 많다고."

"괜찮아요. 술 안 마셨어요."

유코가 말하자 그녀는 그냥 지나쳤다.

"지난달에 우리 과에서 내과로 옮긴 사람이야. 산부인과 간호 사가 아니라 다행이네." 유코는 가슴을 쓸어내렸다. "그렇지만 좀 곤란하게 됐나. 우리 과 간호사들이랑 지금도 만나는 것 같던데."

예배당 문은 열려 있었다. 바깥쪽에 빗장은 없고, 잠금 장치도 안에서 손잡이를 돌리면 열렸다.

유코는 문을 닫았다. 불빛은 바닥이 어렴풋이 보이는 정도였다.

"되도록 한가운데에 있는 게 좋을 것 같아."

노리코의 목소리가 예배당 안에 메아리쳤다.

"혹시 모르니까 잠깐 숨어 있자. 만에 하나의 가능성도 있으니까. 난 여기 있을게. 노리코 넌 제단 근처로 가."

유코는 의자 밑으로 들어가 누웠다.

"이런 곳에 숨어들었다고 천벌 받는 거 아닌가."

유코가 물었다.

"발을 그쪽으로 두지만 않으면 괜찮아."

노리코의 진지한 대답에 유코가 풋 웃었다.

"12시 지나면 옷 갈아입자. 짐은 여기다 감춰놓는 게 무난하겠지?"

"그렇지만 우리가 나가 있는 사이에 경비원이 와서 문을 잠그면 어떡해? 밖에선 못 열잖아."

노리코는 무릎을 꿇고 작은 목소리로 말했다.

"그땐 내일 아침 일찍 가지러 오면 돼."

"그 전에 청소하는 아줌마가 발견하면 어쩌지. 핸드백이랑 구두가 있으면 이상하게 생각할 텐데."

"노리코." 유코가 어이없다는 투로 나무랐다. "그런 것까지 걱정하다간 끝이 없어. 우리 물건이 발견돼도 신원을 들키지 않도록 신분증이랑 정기 승차권을 주머니에 넣어두면 돼. 그때 일은 그때 가서 생각하자고. 아아, 기분 좋다. 나 교회 바닥에 처음 누워봐."

유코는 큰대자로 누워 숨을 깊이 들이쉬었다.

노리코는 제단 앞 의자 밑에 들어가 바닥에 누웠다.

눈이 어둠에 익숙해지면서 불안이 고개를 쳐들었다. 순찰을 도는 경비원이 예배당 안까지 확인할 가능성도 있다. 손전등을 의자 밑으로 비추었다간 끝장이다.

노리코는 눈을 감았다. 유코 말처럼 그때 일은 그때 가서 생각하자. 각오를 굳힌 순간 낮 동안 쌓인 피로가 땀 솟듯 솟았다.

원래도 잠은 금세 드는 편이다. 어두운 곳에 누워 마음만 먹으면 3분 내로 잠들 자신이 있었다. 당직 중 눈을 붙일 때 시바타 간호사가 어이없다는 얼굴로 말했다.

"아마기시 씨는 방금 전까지 대답해놓고 다음 순간 새근새근 잔다니까. 양 한 마리, 쿠울 하고 잠드는 타입이야."

그렇게 말하며 코 고는 흉내를 내서 동료를 웃겼다. 노리코는 자신이 그렇게 큰 소리로 코를 고나 싶어서 얼굴을 붉혔다.

어느새 꼬박 잠이 든 모양이었다. 말소리에 의식을 되찾았다.

목소리는 제단 옆에서 들렸다. 남자 목소리인데 내용은 모르겠다. 발소리가 더해졌다.

짧은 침묵 뒤 문 열리는 소리가 들렸다. 조명 스위치를 켰는지 실내가 환해졌다.

"가까운 시일 내로 새 것이 두 개쯤 들어온다고 합니다."

남자 목소리가 말했다.

"그럼 또 바빠지겠네요."

여자 목소리가 대답했다. 노리코는 두 목소리를 믿을 수 없는 심정으로 들었다. 남자 쪽 발소리에 비해 여자의 발소리는 거의 들리지 않다시피 했다. 가능하면 얼굴을 확인하고 싶었지만 불가능했다. 노리코는 온 신경을 귀에 집중했다.

"늦은 시간까지 죄송합니다. 차로 바래다 드릴까요?"

남자가 말했다.

"아뇨. 평소처럼 택시를 부를게요. 그럼 여기서 이만."

문 앞에서 여자가 대답하더니 혼자 나가는 듯했다. 남자는 문을 닫고 돌아왔다.

발소리가 그쳤다. 노리코는 조명 스위치가 꺼지기를 기다렸다.

"거기 누구야."

남자 목소리가 말했다. 노리코는 몸을 움츠린 채 꼼짝하지 않았다.

"아, 죄송해요."

유코의 목소리가 들렸다. 의자 밑에서 나와 일어선 것 같았다.

"그런 데서 뭘 하는 거지?"

"술이 깰 때까지 기다리고 있었어요. 동창회가 있어서 차를 주차장에 두었거든요."

유코는 미안해하는 목소리로 대답했다.

"간호사인가?"

"네."

"그럼 휴게실이 따로 있을 텐데. 이런 데 누워 있지 말고 그리로 가지 그래."

"죄송합니다."

유코는 서둘러 나간 듯 문 닫히는 소리가 났다. 노리코는 쿵쿵 뛰는 심장을 애써 진정시키며 눈을 감았다.

남자의 발소리가 제단 쪽으로 다가오더니 문이 열렸다. 조명을 끄는 소리가 나고 문이 닫혔다.

노리코는 조심조심 눈을 떴다. 지금은 캄캄했다. 손목시계를 눈앞으로 가져와도 문자판이 보이지 않았다.

노리코는 자세를 바꾸지 않은 채 기다렸다. 예배당에서 나간 유코는 돌아오지 않을 것이다. 탈의실에서 기다리거나 주차장 차 안에서 대기하고 있을 것이다.

노리코는 눈이 어둠에 익기를 기다려 소리를 내지 않도록 주의하며 의자 밑에서 빠져나왔다. 어둠 속을 더듬어 제단 뒤로 가서 쇼핑백에서 옷을 꺼내 유니폼으로 재빨리 갈아입었다.

발소리를 죽이며 예배당 밖으로 나왔다. 12시가 조금 지난 시간이었다.

대체 어떻게 된 거지.

노리코는 혼란스러움을 가라앉히려 했다. 남자 목소리의 임자는 틀림없이 사다무라 의사였고, 상대방 여자는 마지마 간호사였다. 그녀는 오늘 야근이 아니라 일근일 터였다. 이런 시간까지 무슨 일을 한 걸까. 두 사람이 예배당 안쪽에서 나온 것도 이해되지 않았다.

탈의실에 가보았다. 유코는 쇼핑백을 옆에 두고 구석 벤치에 앉아 있었다. 얼굴을 들더니 노리코를 향해 혀를 쏙 내밀었다.

"노리코, 불행 중 다행이야. 너도 들키면 어쩌나 했지 뭐야."

그렇게 말하며 자기 사물함으로 가서 유니폼으로 갈아입기 시작했다.

"그 사람, 소아과 사다무라 선생님이야. 같이 있던 여자는 소아과 마지마 간호사고."

"그래?" 유코는 생각에 잠긴 눈빛으로 거울을 보며 캡을 썼다. "그건 나중에 찬찬히 생각해보기로 하고 자, 이제 일해야지."

"역시 하게?"

노리코는 불안해져 물었다.

"당연하지. 그 정도로 겁먹으면 안 돼."

노리코는 여전히 계획을 포기하지 않은 유코를 따라가는 수밖에 없었다.

탈의실에서 나와 조명을 낮춘 외래를 지나 계단을 올라갔다. 산부인과 병동 아래층에서 두 사람은 통행이 제한된 복도를 지났다. 캄캄한 계단을 더듬더듬 올라가 안쪽 문에 열쇠를 꽂았다.

"이 열쇠도 미리 복사해놓은 거야. 대피 훈련 때 이 문을 열어야 했거든."

유코는 조심스레 문을 당겼다. 문 안은 산부인과 병동이었다. 복도의 조명은 바닥을 비추는 것만 켜져 있었다. 간호사 대기실은 왼쪽 복도 안쪽에 있기 때문에 문 밖으로 나오지 않는 한 이쪽이 보이지 않는다.

유코는 벽을 따라 갈고리 모양 복도를 나아갔다. 병실을 도는 듯한 여유로운 걸음걸이다. 특별병동으로 이어지는 철문을 열자 삐걱거리는 소리가 났다. 간신히 들어갈 수 있을 만큼만 문을 열고 들어가 닫았다.

"이쪽이야."

유코가 펜라이트로 바닥을 비추었다. 기록실은 여전히 잘 정리되어 있었다. 문은 잠겨 있지 않았다.

"바닥에 누워 베끼는 게 좋겠어. 무슨 일이 생기면 움직이지 않고 그대로 숨을 수 있으니까."

유코가 말했다. 캐비닛을 열어 세키하라 아키코의 진료 기록부가 든 서랍의 서류를 모조리 꺼냈다. 합해서 서른 개쯤 있을까.

유코가 열쇠고리의 작은 불빛으로 비추며 환자의 주소와 이름, 전화번호를 메모지에 베꼈다. 주소는 오사카에서 미야자키까지 여러 현에 분산되어 있었다. 연령은 비교적 높았고 서른 살 전후가 대부분이었다.

노리코는 유코가 다 베낀 진료 기록부를 훑어보았다. 태아의 성장 상태가 정기 진찰마다 기재되어 있었다.

"출산 예정일도 적는 게 낫지 않을까? 혹시 쓸모가 있을지도 몰라."

노리코는 말했다.

산달을 맞이한 환자도 있었다. 2주 뒤가 예정일이었다.

"진료 기록부 표지에 알파벳으로만 한 서명이 있잖아? 진찰의 이름일까?"

노리코는 말했다. 진료 기록부 오른쪽 위에 볼펜으로 S. K. 또는 S. I.라고 적혀 있었다.

유코가 진료 기록부의 페이지를 넘겼다.

"유코. 진찰의는 산부인과 의사일지도 몰라. 글씨가 눈에 익진 않아?"

진료 기록부는 거의 알파벳으로 쓰여 있었다. 유코는 고개를 갸웃했다.

"의사가 한둘이 아니니까 말이지."

"그럼 머릿글자가 S. K.나 S. I.인 의사는 없어?"

"그러게."

유코는 대답하며 글씨체를 기억하듯 진료 기록부의 글씨를 유심히 쳐다보았다.

"복사기가 있으면 좋을 텐데."

"괜찮아. 외울 거니까."

유코는 시선을 진료 기록부에 둔 채 자신만만하게 고개를 끄덕였다.

"노리코, 오늘은 이쯤 하자. 엄청난 수확이야."

유코는 서류를 캐비닛에 도로 넣었다.

다시 문손잡이를 돌렸다. 복도에는 아무도 없었다. 온 길을 되돌아왔다. 외래까지 내려왔을 때 앞에서 제복을 입은 경비원이 다가왔다. 가슴이 두근거렸지만 엇갈려 지나칠 때 경비원이 "수고 많으십니다"라고 했다.

"성공이야."

탈의실까지 와서 유코가 안심한 듯 말했다.

노리코는 사물함 앞에서 캡을 벗고 머리를 매만졌다. 거울에 비친 자기 얼굴이 창백했다. 웃으려고 했지만 근육이 굳어 움직이지 않았다.

사복으로 갈아입고 직원 출입문으로 나왔다. 외등을 켠 직원용 주차장에는 야근하는 사람들의 차가 군데군데 세워져 있었다. 유코의 차에 올라타니 그제야 긴장이 풀렸다.

차는 첫 비탈을 내려가기 시작했다.

"제단 옆문에서 나온 두 사람, 평소에도 친해?"

유코가 물었다.

"아니, 그런 것 같진 않아."

"가까운 시일 내로 새 것이 두 개쯤 들어온다고 했는데 무슨 말일까?"

유코가 핸들을 크게 꺾을 때마다 하얀 가드레일이 어둠 속에 떠올랐다.

"실험동물일까?"

"그럼 두 개라고 안 하고 한 마리, 두 마리라고 말하지 않겠어?"

유코는 생각에 잠겼다.

반대편에서 오는 차가 없는 산길을 달리려니 어쩐지 허공에 떠 있는 듯한 착각이 들었다. 유코는 딱딱한 표정으로 앞을 응시하고 있었다.

"혹시 무뇌아를 말하는 거 아닐까." 큰 커브를 우회전하고 나서 유코가 말했다. "아까 메모한 거 확인해줄래? 출산이 얼마 안 남은 임부가 있을지도 몰라."

유코는 룸라이트를 켜고 노리코에게 뒷좌석에 둔 핸드백을 집으라고 했다.

"제일 가까운 건 6월 25일, 그 다음은 7월 3일이야. 얼마 안 남았다고 하기엔 좀 먼 것 같은데."

마지막 커브를 돌고 차는 주택가로 들어섰다. 유코는 노리코의 집 앞에 차를 세웠다.

"고생 많았어. 나중에 또 연락할게."

유코가 차 안에서 손을 흔들었다.

노리코는 빨간 미등 불빛을 배웅하며 아직까지는 무사히 넘겼다고 생각했다.

그러나 그 뒤 유코가 사다무라 의사에게 미심쩍은 행동을 목격 당했다는 게 생각나 갑자기 불안해졌다. 돌이킬 수 없는 실수를 한 게 아닌가 하는 후회가 점차 커졌다.

11

어머니가 깨워주었을 때 전에도 이런 일이 있었는데 하는 생각이 들었다. 시계를 보자 6시 반, 이미 여유가 없었다. 네 시간 반도 못 잔 셈이다. 전날 밤 목욕도 못 한 터라 노리코는 아침은 거르기로 하고 샤워를 하러 갔다.

머리에 캡을 쓰고 뜨거운 물로 샤워를 했다. 스펀지에 보디 샴푸를 덜어 재빨리 몸을 닦았다. 목덜미에 남아 있던 간밤의 피로가 어느 정도 덜어졌다.

알몸으로 거울 앞에 서서 배스타월로 물기를 닦았다. 유두가 약간 딱딱했다. 곧 생리를 할 것이라는 징조다.

옷을 입고 이를 닦고 립스틱을 바르자 7시였다. 된장국 마실 시간은 있겠다.

"요새 바쁜가 보네. 무리하지 말렴. 안 그래도 피로가 쌓였을 무렵이니까."

식탁에 앉자 어머니가 말했다.

대답하지 않고 잘게 썬 두부를 먹었다. 점심에 도시락을 먹을 때까지 그게 유일한 에너지원이라고 생각하자 고마운 마음이 들었다. 신문도 형식적으로 대충 훑어보았다.

케이블카 역까지는 뛰지 않고 빨리 걷기만 해도 될 것 같다. 현관 앞에서 되도록 밝은 목소리로 다녀오겠습니다, 하고 인사했다.

산사나무 공원 구석의 수국에 파란 꽃이 피기 시작했다. 어렸을 때부터 달랑 두세 그루가 눈에 띄지 않게 꽃을 피웠는데, 10년이 지난 지금까지 늘지도 줄지도 않고 매년 꽃이 핀다.

골목 안쪽에 첫째 역의 삼각지붕이 보였다. 색이 바랜 슬레이트 지붕과 널벽에 최근 칠을 새로 했더니 더더욱 디즈니랜드 같아졌다. 케이블카에 탔을 때 후지노 시게루에게 그런 말을 하자 "케이블카도 머잖아 색이 바뀐다고 합니다. 조립식 모형 같습니다"라고 대답했다.

케이블카에 회수권이 생긴 것도 반가웠다. 케이블카를 이용하는 세이레이 병원 환자가 늘어난 데다 우주 랜드 관람객이 온 김에 케이블카를 타고 산꼭대기까지 올라가게 됐기 때문일 것이다.

백에서 회수권을 꺼내는데 옆에서 누가 말을 걸었다.

마토바 의사가 서 있었다.

"선생님이 왜……."

노리코는 인사하는 것도 잊고 우두커니 서 있었다.

"케이블카가 오니까 사정은 나중에 이야기하죠."

마토바 의사는 노리코를 재촉해 개표구를 지났다.

"여기까지 어떻게 오셨어요?"

"하나 전 케이블카로 와서 기다렸습니다. 대략 이때쯤이겠거니 하고 찍어서요."

마토바 의사는 웃었지만 평소와 같은 여유가 없이 뭔가에 쫓기는 듯한 태도였다.

차장은 후지노 시게루였다. 노리코는 작은 목소리로 "안녕하세요" 하고 인사했다. 후지노 시게루는 대답 대신 마토바 의사에게 눈을 부라렸다.

중간쯤 자리에 나란히 앉았다. 마토바 의사의 와이셔츠 소맷부리가 살짝 때 탄 게 보였다.

"배 다 됐습니다. 다음에 갖고 가겠습니다."

케이블카가 출발하자 후지노 시게루가 다가와 노리코에게 말했다. 그러고는 또다시 마토바 의사를 노려보았다.

"실은 요새 차가 미행당하는 느낌이 들어서요."

마토바 의사가 주위 승객을 은근슬쩍 둘러보며 말했다. 후지노 시게루의 무례한 태도는 안중에 없었다.

"저쪽도 차고요?"

노리코는 동요를 억누르며 물었다.

"승용차였다가 소형 밴이었다가 합니다. 제가 너무 과민한 건가 생각해보기도 했습니다만." 마토바 의사는 힘없는 미소를 보였다. "그래서 오늘은 차를 타지 않고 와본 겁니다. 택시 타고 기슭 역까지 와서 케이블카로 갈아탔죠."

"오늘은 어땠나요?"

노리코도 주위를 신경 쓰며 말했다.

"아직까지는 괜찮은 것 같습니다." 마토바 의사는 억지로 웃음을 지었다. "역시 그 문제로 상당히 깊게 파고들어 조사하는 것 때문에 의심을 사는지도 모르겠군요. 괜한 걱정이면 좋겠습니다만."

"저희도 어젯밤 특별병동에 또 들어가봤어요."

노리코의 말에 마토바 의사는 얼굴이 흐려졌다.

"선생님이 말리셔서 유코한테 그만두자고 설득했지만, 워낙 말을 꺼내면 포기하지 않는 성격이라서요."

"들키지 않았습니까?"

"네, 이번엔."

케이블카가 둘째 역에 도착했다. 노리코가 내리면서 후지노 시게루에게 고개를 가볍게 숙이자 "다녀오세요" 하고 작은 목소리로 대답했다.

"차장하고도 안면이 있군요."

개표구를 지나 나와서 마토바 의사가 말했다.

"네. 저번에 병원을 안내했어요. 조립식 모형 만들기가 취미라서 다음에 소아과 병동에 배 모형을 갖다 준대요."

"아아, 그래서."

마토바 의사가 납득했다.

여덟 명쯤 내린 승객 모두가 세이레이 병원으로 향했다.

"그래서 특별병동에서 뭔가 알아냈습니까?"

"진료 기록부에 적힌 환자의 이름과 주소를 베꼈어요."

"설마 그걸 하나하나 찾아다닐 생각은 아니겠죠?"

"유코의 계획으론 조만간 그럴지도 몰라요."

"그것만은 제발 그만두라고 전해주시겠습니까." 마토바 의사는 심각한 표정으로 못을 박았다. "이 일은 두 분이 생각하는 것처럼 간단한 문제가 아닙니다. 사람 목숨 한둘쯤은 가볍게 날아갈 수 있을 만큼 뿌리 깊은 문제란 말입니다."

"네, 유코한테 말할게요."

노리코는 마토바 의사의 진지함에 압도됐다.

"최소한 한 달은 기다려주세요. 전모를 파악한 시점에서 제가 지시를 내릴 테니까."

"네."

노리코는 순순히 고개를 끄덕였다.

"어제 외래에서 남자랑 이야기했던 의사 있잖습니까? 그 사람, 산부인과 구노 선생님입니다."

마토바 의사가 나지막이 말했다.

"역시 산부인과랑 관계가 있군요."

"네, 조사하면 할수록 겁이 납니다."

마토바 의사는 한숨을 쉬고 입을 다물었다.

숲 너머로 병원의 일부가 보이기 시작했다. 카페테리아의 테라스 창문이 햇빛을 받아 마치 반사판처럼 유난스레 빛났다.

"특별병동에 숨어들기 전 예배당에 숨어 시간을 보냈는데, 밤중에 옆문으로 소아과 사다무라 선생님이랑 간호사가 나왔거든요. 그것만이면 좋겠지만 가까운 시일 내로 두 개 들어온다는 이야기를 하고 있었어요."

노리코는 마토바 의사에게 이야기해두는 게 낫겠다고 생각해서 말을 꺼냈다.

"간호사는 누굽니까?"

"소아과 마지마 선배예요. 아주 우수한 분인데요."

"두 개라고 했단 말이죠?"

"네."

"거기로 안내해주시겠습니까? 저도 예배당에 뭔가 있다는 생각이 들었거든요. 그 병원에 예배당은 안 어울리지 않습니까."

마토바 의사는 걸음을 늦추었다. 다른 승객은 모두 두 사람을 앞질러 갔고 뒤쪽에는 아무도 없었다.

"그럼 먼저 가세요. 같이 걷는 걸 병원 사람이 보면 안 됩니다."

마토바 의사는 노리코를 채근하듯 앞세웠다.

노리코는 뒤를 돌아보지 않고 걸음을 서둘렀다. 마토바 의사가 언제까지고 뒤에서 지켜보는 것 같아서 마지막에 가서는 직원 출입문으로 달음질을 쳐 들어갔다.

소아과 병동으로 들어가자 벌써 마지마 간호사가 각 병실을 돌아보고 있었다. 어느 누구보다도 먼저 와서 인수인계 전에 환자의 대략적인 동향을 파악해두는 게 그녀의 방식이었다.

"아마기시 씨, 오늘 입원 환자는 배울 게 있을 테니까 아이카와 씨가 입원 설명할 때 같이 있으면 좋을 거야."

인수인계가 끝난 뒤 마지마 간호사가 노리코에게 말했다. 평소와 다름없는 선배다운 태도였다.

"어떤 환자인데요?"

"댄디 워커 증후군이라고 해서, 수두증이랑 다지증, 구개열이 있는 8개월 된 아이야. 수두증에 대해선 션트 수술을 했는데, 션트 튜브에 감염증을 일으키질 않나, 심장에 혈전이 생기질 않나, 트러블이 이어지지 뭐야. 주치의는 이자와 선생님이셔."

마지마 간호사가 말했다.

스기야마 하지메가 어머니에게 안겨 병동으로 온 것은 10시 지나서였다. 쉰 살쯤 된 할머니도 같이 있었다. 이자와 의사의 진찰은 외래에서 이미 마친 뒤라, 아이카와 간호사가 간호사 대기실에서 입원에 관해 설명했다.

"이자와 선생님은 장애가 남겠지만 기르라고 하셨는데, 전 곤란해요."

스물다섯 살 난 어머니는 자식을 누인 유아 침대 쪽을 보며 말했다. 할머니는 머리가 큰 손주의 얼굴을 쳐다보며 아무 말도 하지 않았다.

"그 점에 관해선 주치의 선생님과 한 번 더 찬찬히 말씀 나눠보세요. 저희 간호사들은 하지메의 간호에 온힘을 다하겠습니다."

부드러운 목소리로 말하는 아이카와 간호사의 커다란 몸집 앞에 어머니는 어깨를 움츠리고 시선을 맞추려 하지 않았다.

아이를 유아실로 옮긴 뒤 어머니와 할머니는 간호사들에게 고개를 숙여 인사하고 집으로 돌아갔다.

"출산은 친정이 있는 나가사키 국립 병원에서 했는데 당시부터 문제가 산더미같았어." 아이카와 간호사는 진료 기록부의 빈 칸을 메우며 노리코에게 설명했다. "임신 34주째에 태아 수두증일지도 모른다는 걸 알아서 36주째에 제왕절개로 출산했거든. 인공중절은 우생보호법상 무리였던 거지. 어머니는 남편한테 말도 못 한 모양이야. 자식을 처음 본 남편은 머리통이 참 크네 하고 놀랐고, 어머니는 그것 때문에 또 실망했나 봐. 출생 직후에 이번엔 이쪽에서 수두증 션트 수술을 했고 다지증이랑 구개열도 성장을 기다려서 수술할 예정인데, 보다시피 부모는 아직 마음을 못 정한 것 같아. 신혼 초에 임신해서 낳은 첫애가 기형이니 감정 정리가 안 되는 거겠지.

션트로 인한 문제가 계속 생겨서 응급 수술을 하게 됐을 때도 수술이 꼭 필요하냐, 가능하면 그냥 두고 싶다고 울기만 하지 뭐야. 남편은 신혼의 정열이 식은 것처럼 쌀쌀맞게 대하고, 시어머니만 잠자코 손주를 돌봐주는 느낌이야. 우리는 부모로서 가능한 한 보살펴주면 좋겠다 싶지만, 실제로 자기한테 이런 일이 벌어지면 역시 똑같이 행동할 것 같단 생각도 들어."

유아실 침대에 누운 스기야마 하지메는 소리 내어 울지도 않고 얌전했다. 이마 밑의 커다란 눈으로 노리코를 보며 꺄꺄 손을 움직였다. 담요를 젖히자 아직 수술을 받지 않은, 발가락이 여섯 개 달린 왼발이 드러났다. 가만히 바라보다 보니 불필요한 발가락은 하나도 없이 모두 보기 좋게 발에 붙어 있다는 생각이 들었다.

12

그날은 오전 중 앉을 틈도 없이 바쁘다가 오후에 들어 가까스로 숨을 돌렸다. 중앙 검사실에 혈액 샘플을 갖다 주고 오는 길에 마토바 의사와 약속한 대로 예배당에 들렀다.

예배당에서 여섯 명쯤 되는 사람들이 기도하고 있었다. 마토바 의사가 약속 시간보다 조금 늦게 들어왔다. 촛대 근처에 있던 노리코를 보고 다가와 바로 곁에 앉았다.

"그대로 기도하는 척하세요."

마토바 의사는 자리를 옮기려는 노리코에게 작은 목소리로 말하고는 자신도 무릎을 꿇고 머리를 숙였다.

"사다무라 선생에 관해 조사해봤습니다. 임상의라기보다 연구의군요. 대학원에서 뭘 전공했을 것 같습니까?"

마토바 의사의 질문에 노리코는 고개를 흔들었다.

"태생학입니다. 태아를 연구하는 학문이죠. 젊은데도 그쪽 분야에서 큰 성과를 거두었다고 들었습니다."

긴 침묵이 흐른 뒤 마토바 의사는 기도를 마친 것처럼 얼굴을 들어 제단의 그리스도상을 응시했다.

예배당 안에는 그들 외에 세 명이 남아 있었다. 무릎을 꿇은 자세로 꼼짝하지 않고 기도하고 있었다.

"저번에 두 사람이 나왔다는 문을 가르쳐주시겠습니까? 예배당 안을 구경하는 척하면서 알려주시면 됩니다."

노리코는 고개를 끄덕이고 일어섰다. 왼쪽 통로로 나와 제단으로 다가갔다. 마토바 의사도 그 뒤를 따랐다.

오른쪽 녹색 기둥 뒤에 계단 세 단이 있고 그 끝에 작은 문이 붙어 있었다.

"여기예요."

노리코가 가리키자 마토바 의사는 눈에 띄지 않게 계단을 올라가 손잡이를 돌려보았다. 문은 열리지 않았다.

노리코는 제단 앞으로 자리를 옮겨 그리스도상을 올려다보았다. 스테인드글라스로 투과된 빛이 그리스도의 발치를 빨강과 파랑으로 얼룩덜룩하게 물들였다.

반대편 통로 벽이 움푹 파여 있고 낮은 철책 너머에 그리스도를 안은 마리아상이 놓여 있었다. 촛불 불빛을 받아 대리석상이 검게 윤이 났다.

"이제 대략 알았습니다. 뒤쪽 자리로 돌아갈까요." 마토바 의사가 뒤에서 말을 걸었다. "이 예배당 뒤가 어떻게 돼 있는지 병원 설계도라도 입수해서 조사해보죠. 생각지도 못한 단서가 될지도 모릅니다."

"선생님, 조심하셔야 해요."

노리코는 밑을 내려다본 채 말했다.

"노리코 씨, 지금까지 조사한 자료는 전부 저희 집에 보관해 놓겠습니다. 거실에 호랑이 꼬리 벚나무 사진이 있었죠? 그 액자 뒤에 두죠. 만약 저한테 무슨 일이 생기면 서둘러 저희 집으로 가서 자료를 회수해주세요."

마토바 의사는 노리코를 돌아보며 가운 주머니를 뒤졌다.

"이게 집 열쇠입니다."

노리코는 예배대 위에 놓인 열쇠를 꼼짝 않고 응시했다.

"괜찮습니다. 부디 갖고 계세요. 만일의 경우를 위해서입니다."

노리코는 떨리는 손으로 열쇠를 꼭 쥐었다.

"그럼 노리코 씨가 먼저 나가시죠. 전 나중에 나가겠습니다. 기도할 거리가 아직 좀 더 남아 있거든요."

마토바 의사는 비로소 웃는 얼굴을 보였다.

노리코는 조용히 통로로 나왔다. 문 앞에 이르러 불현듯 마음에 걸려 뒤를 돌아보았다. 마토바 의사는 제단을 등지고 서서 그녀 쪽을 보고 있었다. 어둠 속에서 보일 듯 말 듯 고개를 숙여 인사하고 미소를 지어 보인 듯했다.

소아과 병동으로 가는 길에 산부인과에 전화했다. 유코와 이야기하고 싶었으나 자리를 비우고 없었다.

유코에게서 전화가 온 것은 이자와 의사의 진찰 보조를 마치

고 돌아왔을 때였다. 수화기 너머로 유코의 급한 목소리가 들려
왔다.

"아까 전화했었는데."

노리코가 말했다.

"어, 그래? 몰랐어. 나도 할 말이 있거든. 퇴근하고 카페테리
아에서 만나지 않을래?"

"좋아."

"그럼 5시 반에 카페테리아에서."

전화는 순식간에 끊겼다.

간호사 대기실에서는 마지마 간호사가 주사 준비를 하고 있
었다. 여느 때처럼 군더더기가 없고 시원시원한 동작이었다.

"아마기시 씨, 2호실에서 호출했는데 가주겠어?"

우두커니 선 노리코에게 마지마 간호사가 말했다. 서둘러 병
실로 갔다.

2호실 환자는 팔에 놓은 링거가 새고 있었다. 앞팔이 부었다.

"아팠겠네."

노리코는 링거를 멈추고 간호사 대기실에서 탈지면과 테이
프를 가져왔다. 나비 바늘을 빼고 지혈을 한 다음 반대편 팔의
혈관을 찾았다.

"이제 조금 남았지만 중요한 약이니까 맞아야 하거든."

"괜찮아요. 언니는 주사 잘 놓으니까."

초등학교 2학년인 유미의 말에 노리코는 기쁜 마음이 들었

다. 석 달 사이에 실력이 늘어 이제는 거의 백발백중이다.

나비 바늘이 혈관에 순조롭게 들어갔다. 테이프로 고정하고 낙하 속도를 조절했다.

"끝날 때 되면 버튼 또 눌러야 해."

"알았어요."

"착해라."

"간호사 언니."

"왜?"

"전에 병동에 놀러 왔던 오빠랑 만나요?"

아마 후지노 시게루 이야기일 것이다. 식당에서 함께 식사했던 게 인상에 남은 모양이다.

"응, 만나. 케이블카 차장님이니까."

"그때 커다란 배를 만들어서 갖고 온다고 해서 다들 기다리는데요."

"다음 주에 가져온다고 했으니까 기대하렴."

"진짜요? 다른 애들한테도 알려야지."

유미가 큰 소리로 말했다.

간호사 대기실에 사다무라 의사가 와 있었다.

"아마기시 씨, 그 뒤로도 예배당에 가?"

사다무라 의사가 물었다.

"진짜 신자는 아니니까 정기적으로 가진 않아요."

다른 뜻은 없어 보이는 사다무라 의사의 표정에 안심하며 노리코는 대답했다.

"촛대 앞에 유니폼 차림으로 선 모습이 어울리던데."

노리코는 대답할 말을 찾지 못했다.

하지만 어젯밤 예배당에서 들은 남자 목소리가 사다무라 의사라는 것은 단언할 수 있었다.

노리코는 사다무라 의사와 마지마 간호사의 태도를 주의 깊게 살폈다. 평소와 다른 점은 없었다. 예배당에서는 사다무라 의사가 정중한 말씨로 이야기했던 데 반해 간호사 대기실에서는 다른 간호사들을 대할 때와 마찬가지로 반말을 썼다.

4시 45분부터 식사 보조를 했다.

식당은 학교처럼 시끌시끌해져 항암 치료로 머리털이 홀랑 빠진 아이조차도 빵을 뜯어 서로 던지고 놀았다. 그래도 혼자 먹는 것보다는 장난치는 분위기 속에서 먹는 게 식욕이 더 나는 것 같다.

식당 창문으로 기슭의 시가지와 항구, 바다, 하늘이 보였다. 언제 봐도 변함없는 풍경이다.

노리코는 천장을 올려다보았다. 후지노 시게루가 조립식 모형을 가져오면 천장에 매달면 좋을 것 같다. 투명한 실로 고정하면 공중에 뜬 느낌이 날 것이다.

인수인계가 끝난 뒤 옷을 갈아입지 않고 카페테리아로 올라가자 유코는 진열장을 들여다보고 있었다.

"늦어서 미안."

"아냐, 나도 방금 왔어. 핫케이크랑 커피를 먹어야지. 합해서 300칼로리."

유코는 결심한 듯 말했다.

노리코는 커피 식권을 샀다.

기둥 옆에 있는 2인용 테이블이 운 좋게 비어 있었다.

자리에 앉자 유코는 주위를 둘러보고 목소리를 낮춰 말했다.

"저번에 본 진료 기록부 글씨, 하나는 이거 아니었어?"

유코는 주머니에서 작게 접은 종이를 꺼냈다. 진료 기록부의 일부를 복사한 것이었다.

글씨만 있는 탓도 있어 노리코는 판단이 서지 않았다.

"나한테는 무리야."

노리코는 탄식했다.

"틀림없어. 전체적으로 둥글둥글한 것도 그렇고, S자에 특징이 있거든."

유코는 자신 있게 말했다.

"어떻게 찾은 거야?"

"얼마나 애먹었는데, 산과랑 부인과 진료 기록부를 하나하나 살펴보는데 비슷한 게 없는 거야. 그런데 부인과 진료 기록부에 딱 한 권 있었어. 이거다 싶더라. 그래서 주치의 이름을 봤거든."

"누군데?"

노리코도 목소리를 낮추었다.

"산과 부장인 이와카베 선생님. 부장이니까 담당 환자는 현재한 명. 이건 그 진료 기록부를 복사한 거야."

"그럼 특별병동에 그 선생님이 관여하고 있단 말이구나."

유코는 말없이 고개를 끄덕였다.

"노리코, 이 병원에선 역시 우리가 모르는 곳에서 무슨 일이 벌어지고 있는 거야."

유코는 노리코를 꼼짝 않고 바라보았다.

"그렇지만 아무리 봐도 그렇게 안 보이는걸. 첫날 원장 선생님 훈화를 들었잖아. 훌륭한 내용이었어."

"그게 문제인 거야. 실상이 지저분할수록 겉으로는 훌륭하다고." 유코가 눈을 부릅떴다. "아무튼 이번엔 베껴온 주소를 단서로 부딪쳐봐야겠어."

"안 돼." 노리코는 말을 가로막았다. "그건 우리 정체를 상대방한테 보여주는 셈이니까 위험해. 아까 마토바 선생님을 만났는데 움직이지 말라고 또 말씀하셨어."

"마토바 선생님은 뭔가 알아냈대?"

"전부 말하진 않았지만 꽤 많이 조사하신 것 같아." 노리코는 커피잔을 내려놓고 말했다. "예배당에서 유코 널 야단쳤던 사다무라 선생님은 연구 쪽에서 유명한가 봐. 전문은 태생학이고."

"그래? 무뇌증이랑 상관있을 것 같은데. 같이 있던 간호사는?"

유코는 핫케이크를 꼭꼭 씹어 먹었다. 많이 씹을수록 식욕이 어느 정도 경감되는 것을 알기 때문이다.

"그 선배도 일 잘하는 사람이야. 이렇다 하게 수상쩍은 점은 없어." 노리코는 목소리를 낮추어 말했다. "너 구노 선생님이라고 알아?"

"알아. 부원장에 불임 외래 주임. 여성적인 의사지."

"산꼭대기 레스토랑에서 내가 목소리를 들었던 남자 있잖아? 그 남자가 한 2주 전에 외래에 와 있었어. 머리가 벗어진 의사랑 이야기하고 있길래 마토바 선생님을 불러서 몰래 얼굴을 확인하게 했거든. 상대방이 구노 선생님이야."

"흠." 유코는 신음했다. "특별병동 진료 기록부엔 이와카베 부장님 필적이 있었고 구노 선생님이랑 문제의 남자가 관련돼 있다면, 산부인과 전체가 무뇌아에 관여하고 있단 뜻인데."

"그러니까 섣불리 움직였다간 들킬 거야."

"그러게."

유코는 그렇게 대답하면서도 뭔가를 생각하듯 카페테리아 안 사람들의 움직임을 계속 바라봤다.

13

　후지노 시게루가 커다란 짐을 들고 소아과로 찾아온 것은 다
함께 식당에서 점심을 먹고 있을 때였다.

　"케이블카 형이 왔네."

　다이노 쇼지가 재빨리 발견하고 입구까지 마중 나갔다. 후지
노 시게루는 쑥스러운 표정으로 인사했다. 숄더백을 비스듬히
메고 전기제품을 넣는 상자를 두 손으로 들고 있었다.

　"안녕하세요. 애들이 오래 기다렸어요."

　노리코가 말하자 후지노 시게루는 긴장했던 표정을 누그러
뜨려 미소를 지었다.

　"배가 완성됐습니다."

　빈 테이블 위에 상자를 놓았다.

　"배다!"

　다이노 쇼지가 소리쳤다. 애들은 들떠 안절부절못했다.

　"지금은 안 돼. 형이 밥을 다 먹어야 보여준대."

　시바타 간호사가 기지를 발휘해 제지했다.

"난 다 먹었어요."

다이노 쇼지의 식판을 보니 아닌 게 아니라 깨끗이 다 먹었다. 특등석에서 조립식 모형을 구경할 셈인지 벌써 상자 앞에 의자를 끌어다놓고 앉았다.

"상자가 큰데 택시 타고 오셨어요?"

노리코가 물었다.

"걸어서 왔습니다. 기슭 역까지 15분 걸렸습니다. 거기서부터 케이블카를 타고 둘째 역에서 또 걸었고요." 후지노 시게루는 이마에 맺힌 땀을 손수건으로 닦았다. "디딤대가 있을까요? 천장에 매달 겁니다."

"디딤대는 없지만 테이블 위에 의자를 올려놓으면 될 거예요."

어느새 곁에 와 있던 아리마 수간호사가 노리코 대신 대답했다.

"정말 고맙습니다."

노리코는 말했다. 수간호사도 고마움을 표했다.

식사를 마친 환자뿐 아니라 병실에서 식사를 한 아이들까지 휠체어를 타고 식당에 모여 있었다. 그중에 시라이시 유미도 있었다.

"유미, 배가 와서 좋으니?"

노리코가 묻자 시라이시 유미는 볼을 빨갛게 붉히고 후지노 시게루의 얼굴을 눈부신 듯 올려다보았다.

"쇼지는 내일 퇴원하지? 그 전에 보게 돼서 다행이네."

아리마 수간호사가 다이노 쇼지에게 말했다.

간호사들과 아이들이 지켜보는 가운데 후지노 시게루는 상자를 열기 시작했다.

일단 충전재를 조심스레 꺼냈다. 돛대와 흰 돛의 끄트머리가 드러났다. 마지막으로 후지노 시게루가 두 손을 상자에 넣어 선체를 조심스레 들어 올리자, 애들의 입에서 탄성이 흘러나왔다.

길이 80센티미터, 높이는 5, 60센티미터쯤 되는 돛대 세 개짜리 범선이었다. 흰색과 청색으로 칠한 선체, 갑판의 설비, 로프에 이르기까지 실물과 똑같았다.

"만지면 안 돼. 보기만 하는 거야."

수간호사가 주의를 주었다.

"넘어뜨리지만 않으면 만져도 됩니다. 망가지지 않게 만들었습니다."

후지노 시게루가 말했다. 다이노 쇼지가 조심조심 손을 뻗어 뱃머리의 돌기물에 손을 댔다.

후지노 시게루는 숄더백에서 송곳과 나사를 꺼내 창 쪽으로 다가가 천장을 물색했다.

"여기다 달겠습니다."

노리코는 시바타 간호사와 함께 테이블을 옮기고 그 위에 의자를 올려놓았다.

"아마기시 씨, 테이블 위로 올라가서 의자를 잡아드려."

아리마 간호사의 지시에 노리코는 간호사 신발을 벗은 다음 의자를 발판 삼아 테이블 위로 올라갔다. 후지노 시게루는 미안해서 쩔쩔매며 의자 위에 올라섰다. 노리코는 의자를 붙들었다. 아이들도 테이블이 흔들리지 않게 끄트머리를 잡았다.

후지노 시게루는 익숙한 손놀림으로 송곳으로 구멍을 뚫고 드라이버로 나사를 돌려넣었다. 평소의 어딘지 모르게 서툰 동작으로는 상상도 할 수 없을 만큼 능숙했다. 세 개의 나사에 투명한 실을 묶었다. 끄트머리가 둘로 나뉘어 요트의 선체를 좌우에서 끌어올리는 식이었다. 후지노 시게루는 테이블에서 내려와 요트를 들었다.

"아마기시 씨, 여기를 잡아주세요."

후지노 시게루의 말에 노리코는 요트를 받들듯 하는 자세를 취했다. 아이들의 부러움 어린 시선이 느껴졌다. 선복에 붙은 여섯 개의 후크에 각각 실을 걸자 요트는 공중에 매달렸다. 아이들이 박수를 쳤다.

흰 범선은 어른이 손을 들면 닿을 위치에 떠 있었다. 아이들은 반짝이는 눈으로 배를 바라보았다.

아이들은 놀이에 굶주려 있었다. 어른 환자는 병원을 병을 치료하는 곳으로 받아들이고 자유의 제약을 감수하지만 아이는 다르다. 아이에게 병원은 병을 치료하는 곳인 동시에 배움의 터이자 놀이의 터, 그리고 무엇보다도 생활하는 곳이다. 그건 아이가 몸도 마음도 발달 과정에 있기 때문일 것이다.

"유미, 저 배를 만드는 데 며칠이나 걸렸는지 아니?"

노리코는 물었다. 시라이시 유미는 고개를 흔들었다.

"6개월입니다."

후지노 시게루가 진지한 얼굴로 대답했다.

"차근차근 꾸준히 만들어야 하니까 보통 일이 아닙니다. 1년에 두세 개밖에 못 만들어요."

노리코도 내심 놀랐다. 어지간히 끈기가 있어야 할 수 있는 작업이다.

"다음 번 쉬는 날에 기차도 가져올까요? 가차는 이미 완성됐습니다. 선로를 깔아 달리게 하는 겁니다. 전철도, 증기기관차도 있습니다."

아이들을 기쁘게 해주고 싶은 건지 후지노 시게루가 말했다.

"힘드시잖아요."

아리마 수간호사가 미안한 목소리로 말했다.

"아침부터 선로를 깔면 점심시간에 달리게 할 수 있습니다. 쉬는 날에 오면 됩니다."

후지노 시게루는 장소를 물색하듯 놀이방을 둘러보았다.

노리코는 아이들이 좋아하는 모습을 상상할 수 있었다. 평소 병원의 잡동사니 같은 장난감밖에 모르는 환자들에게 움직이는 기차며 전철은 신선하게 느껴질 것이다.

"정말 괜찮으시겠어요?"

아리마 수간호사는 반쯤은 마음이 동한 듯했다.

"괜찮고말고요. 기차도 이런 넓은 곳에서 달리면 좋아할 겁니다."

"난 내일 퇴원하는데. 재미없어."

다이노 쇼지가 삐져서 말했다.

"쇼지, 어차피 한 달에 한두 번은 외래에 올 거잖니? 기차를 작동하는 날 오면 돼."

시바타 간호사가 위로했다.

후지노 시게루는 가기 전에 다시 한 번 천장에 매달린 범선을 바라보았다. 자기 작품에 작별을 고하듯 이런저런 위치에 서서 응시했다.

아이들은 출구에 늘어서서 누가 지시한 것도 아닌데 일제히 "고맙습니다"라며 머리를 숙여 인사했다. 후지노 시게루는 놀라 쑥스러워하면서도 공손히 답례했다.

아리마 수간호사는 노리코에게 일층까지 배웅 나가라고 눈짓으로 일렀다. 노리코가 빈 상자를 들려 하자 후지노 시게루가 거절했다.

"정말 고맙습니다. 애들이 저렇게 좋아한 건 처음이에요."

"다음엔 기차를 달리게 하죠."

후지노 시게루는 결심한 듯 말했다.

"잘 부탁드릴게요. 그때 짐 운반하는 거 거들까요?"

"괜찮습니까?"

"그럼요."

"이런 상자가 네 개쯤 될 겁니다. 하루에 하나씩 집에서 가져올 테니까 둘째 역에서 병원까지 날라주세요."

명안이었다. 편한 날을 정해두면 집에서 기슭 역까지는 후지노 시게루가, 중간에는 케이블카가 운반하고, 끝으로 노리코가 출근길에 옮기면 된다.

"오늘은 안 느꼈습니다."

외래 홀의 열대수 옆까지 왔을 때 후지노 시게루가 문득 말했다.

"뭘요?"

"왜, 저번에 왔을 때 누가 지켜보는 느낌이 들었잖습니까? 오늘은 그게 없습니다."

후지노 시게루는 상자를 든 채 뒤를 돌아보았다. 노리코도 덩달아 주위를 둘러보았다. 외래 환자가 오가는, 여느 때와 같은 광경이 있을 뿐이었다.

"아마기시 씨는 뭔가 걱정거리가 있습니까?"

걸음을 떼며 후지노 시게루가 물었다.

"아뇨."

노리코는 당황해서 고개를 내저었다.

"그럼 괜찮지만 전하고 뭔가 다릅니다. 일이 힘드신가 봅니다."

후지노 시게루는 스스로 납득했다.

외래 현관에서 후지노 시게루를 배웅한 뒤로도 노리코는 그가 한 말을 되새기고 있었다. 아무렇지도 않은 줄 알았는데 태도에 미묘한 변화가 드러나는 걸까.

예배당 앞을 지나 복도 모퉁이를 돌려다가 노리코는 한 번 더 뒤를 돌아보았다. 아무도 없었다.

소아과 병동으로 돌아와 간호사 대기실 곁방에서 늦은 점심을 먹었다.

"케이블카 차장, 그 사람, 별나긴 해도 묘한 존재감이 있더라." 도시락을 다 먹은 아이카와 간호사가 노리코에게 말했다. "머리통이 크고 복장은 유머러스하고 말씨도 어색하니까 얼핏 봐도 정상이 아니란 걸 알겠거든. 하지만 말이랑 행동은 분명하단 말이지. 녹이 슬었어도 튼튼한 톱니바퀴처럼 움직이기 시작하면 곧장 내달리는 느낌이야. 보면서 감탄하겠던걸."

아이카와 간호사는 도시락 외에 은박지에 싼 케이크를 꺼내 먹었다.

"그 요트도 도무지 아마추어 솜씨 같지 않잖아." 시바타 간호사도 거들었다. 노리코는 자신이 칭찬 받은 것처럼 기뻤다. "그런 사람을 보면 어쩐지 나까지 순수해지는 것 같아. 우리는 늘 욕심이 있으니까 망설임도 많아져서 그 결과 항상 오락가락하잖아."

"시바타 씨는 타고난 바람둥이라서 그래."

아이카와 간호사가 시바타 간호사를 놀리며 웃었다.

식사를 마치고 간호사 대기실로 돌아오자 나가스에 의사와 이자와 의사가 진지한 표정으로 이야기하고 있었다.

"부모의 의향이 그러면 우리도 그 이상 도리가 없어요."

나가스에 의사가 흐린 얼굴로 대답했다. 얼마 전 입원한 댄디 워커 증후군 환자를 말하는 듯했다.

"차(車)랑 상(象) 빼고 장기를 두란 것 같은 일입니다. 그것도 질 걸 뻔히 알면서 패배를 인정하는 시기도 우리 쪽에서 알아서 하란 식 아닙니까. 환자 아버지, 어머니에겐 상황을 있는 그대로 설명했습니다. 정상적인 발달은 바랄 수 없다, 수술을 반복해야 할지도 모른다. 그랬더니 자기들은 곤란하단 말만 되풀이하는 겁니다. 정말 울고 싶더군요."

자조 어린 투로 말하는 이자와 의사는 정말 운 것처럼 눈시울이 붉었다.

"하는 수 없죠."

나가스에 의사는 의자를 뒤로 젖혀 손가락으로 백발을 빗어 매만졌다.

"아마기시 씨, 나중에 아리마 수간호사한테 정식으로 전달하겠지만 그 갓난아기, 영양과 보온, 침상 목욕만이면 됩니다."

이자와 의사는 노리코에게 말하고 진료 기록부에 그렇게 적었다.

이 시점에서 머리가 커다란 스기야마 하지메의 운명은 정해진 것이나 다름없었다. 심장에 부착된 혈전을 제거하는 수술도 하지 않고 션트 재건도 하지 않는다면 목숨은 이제 몇 주 더 남아 있을 뿐이다.

스기야마 하지메가 있는 유아실로 가자 할머니가 침대 곁에 앉아 손주의 얼굴을 물끄러미 바라보고 있었다. 체온계를 끼우기를 기다려 노리코에게 말을 걸었다.

"전생에 무슨 죄를 지어 이런 애가 태어났을까요."

그녀의 눈은 노리코를 젊은 여자가 아니라 어엿한 간호사로 보고 있었다.

"전 전생의 죄 같은 건 모르지만 그냥 교통사고를 당하는 것 같은 일 아닐까요. 안전 운전을 해도 저쪽에서 차가 들이닥치는 것하고 같은 일이에요."

그렇게 대답하면서도 스스로 설득력이 없다고 느꼈다. '불행은 신이 그곳에 현재하기 위해 존재한다'는 식의 말을 종교 서적에서 본 적이 있는데, 그런 사고방식은 신앙심이 없는 자신과는 연이 없었다. 하물며 타인에게 그런 말을 할 수 있는 처지에 있지도 않았다.

"이런 때 다른 부모님들은 어떻게 하시려나요?"

스기야마 하지메의 할머니가 중얼거리듯 물었다.

"글쎄요."

노리코는 고개를 갸웃하고 체온계 눈금을 읽은 다음 서둘러 그 자리를 벗어났다.

병실에서 나온 뒤 잘못했다고 반성했다. 그런 질문을 받았을 때 얼버무리지 않고 똑바로 대답하는 것도 간호사의 임무일 텐데. 하지만 간호학교 시절 이런 질문에 대해서는 아무런 교육도 받지 못했다. 그런 문제는 남에게 배우는 게 아니라 스스로 모색해서 답을 찾아낼 수밖에 없는 걸까.

미야타 미사코는 창백한 얼굴로 침대에 누워 있었다. 입원 당초보다 여위고 쇠약해진 듯 보이는 것은 다량으로 주입된 항암제 탓일 것이다. 백혈병 세포를 죽이기 위한 약은 정상적인 기능에도 큰 손상을 입힌다. 주치의는 혈액상으로 적의 동향을 파악하며 공격 작전을 짜는데, 미사코의 경우 처음 예상보다 항암제의 반응이 좋지 못했다.

"간호사 선생님, 나 낫겠죠?"

미사코의 초점이 맞지 않는 시선이 노리코를 향했다.

"괜찮아, 꼭 나을 거야."

애써 명랑하게 대답한 순간, 주치의인 이자와 의사가 비관적인 말을 했던 게 생각났다. 가족은 예후가 좋지 못한 것을 알고 있을 게 틀림없다. 어머니는 잠자코 스웨터를 뜨는 손을 멈추지 않았다.

"낫고 나서도 병원 다니면서 약 먹어야 하죠?"

"그야 그렇지."

"얼마 동안요?"

"글쎄, 1년일 수도 있고 3년일 수도 있고."

어쩌면 10년일지도, 라는 말을 삼켰다.

"그렇게 오래요? 그럼 간호과에 합격해도 난 계속 환자구나."

"그러게."

"에이, 싫은데."

미사코는 나지막이 말했다. 평소의 꿋꿋함을 찾아볼 수 없었다.

"용기를 잃으면 안 돼. 이 병을 앓는 애들은 다들 열심히 노력해왔는걸. 공이 자꾸자꾸 날아와도 계속 받아내야 해."

노리코가 라켓을 휘두르는 동작을 해보이자 미사코는 가볍게 고개를 끄덕였다.

같은 백혈병이라도 림프구성 백혈병인 시라키 가즈요시는 치료가 순조롭게 진행되어 항암제와 방사선 치료를 병용하는 제2단계를 무사히 마치려 하고 있었다. 숱이 적어진 머리도 아랑곳하지 않고 병실에서 빠져나와 옆방에서 다른 아이들과 이야기하고 있었다.

"나도 모형 조립할 거예요. 내일 아버지가 사온댔어요."

"처음엔 간단한 것부터 시작해야 해."

노리코는 대답했다. 누구나 처음부터 후지노 시게루처럼 만들 수 있다고 생각하면 큰 오산이다.

"나도 알아요. 조립식 모형 만든 그 형, 머리가 컸잖아요. 머리가 좋은가 봐."

가즈요시는 티 없는 표정으로 말했다.

"형이 가져올 열차, 진짜 움직이려나."

몸이 조그만 조노 다쓰오가 고개를 갸웃했다. 아직 초등학교 4학년이건만 어른도 무색할 정도로 심한 위궤양이 생겨 약물치료 중이었다.

"바보같긴, 당연히 움직이지. 그러라고 선로를 까는 거잖아. 건널목 차단기도 있고 측선도 있다고."

아이들에게 후지노 시게루의 출현은 단조로운 일상에 변화를 가져온 신선한 사건이었다.

간식 시간이 되면 병동은 다시 떠들썩해진다. 왜건에 아이스크림이며 빵, 요구르트, 주스, 쿠키, 과일을 싣고 병실을 도는데, 대다수의 아이들은 그중에서 하나를 고르는 데 무척 애를 먹는다. 다른 애가 고른 것을 보고 마음이 변해 바꾸는 애도 있다. 입맛이 없어서 필요 없다고 하는 애가 있으면 몇 명이 앞 다투어 손을 든다. 식욕으로 몸 상태를 대체로 알 수 있다.

"병실에 가는 건 똑같은데 어쩌면 이렇게 다른지. 채혈이랑 주사 때는 다들 도망가면서 간식 때는 모여든다니까. 다음부터 주사를 맞아야 간식을 먹을 수 있다고 할까."

뚱뚱한 아이카와 간호사가 웃었다. 남은 간식 중에 푸딩이 있으면 그녀는 그것을 사비 구입 노트에 적고 그 자리에서 먹는다. 간식을 기다리는 사람은 아이카와 간호사가 아닌가 싶어 노리코는 웃음이 났다.

식당에 왜건을 반환하러 갔다.

흰 범선이 창가에서 반짝이고 있었다. 멀리서 보니 파란 하늘에 뜬 것처럼 보였다. 어쩐지 꿈같은 광경이다. 노리코는 베란다로 나가 제철소가 있는 시가지와 만을 바라보았다. 오른쪽 숲 뒤로 케이블카 궤도가 얼핏 보였다.

이 거리는 케이블카 덕을 크게 봤다. 공장 자재의 반입과 제품 출하를 위한 살풍경한 항구, 해안선과 평행으로 뻗은 JR선뿐이었다면 바다와 산 사이에 끼인 답답한 장소에 불과했을 것이다. 산꼭대기까지 이어지는 케이블카는 탁한 공기를 바다로 내보내고 신선한 대기를 불러들이는 환기구일지도 모른다.

그리고 세이레이 병원은 병으로 쓰러진 시민이 정성 어린 보살핌을 받는 휴식의 터전이다. 시내 어디에서나 고개를 들면 세이레이 병원이 보인다. 산꼭대기로 올라가는 케이블카를 사람들이 바라보며 안도하듯 산 중턱에 하얗게 빛나는 세이레이 병원도 마음의 평화를 준다.

의료는 신뢰를 줄 때 이미 목적의 절반은 달성한 것이나 마찬가지다. 신뢰가 없으면 탁월한 기술도 획기적인 약물도 효과가 없다.

가톨릭교의 성지 루르드에 모이는 사람들에게 여러 기적이 일어나는 것은 전폭적인 신뢰가 있기 때문일 것이다. 세이레이 병원도 이 도시의 루르드가 되면 좋겠다고 생각했다.

전 세이레이 병원이 좋아요. 환자도 스태프도 건물도 전부……

언젠가 마토바 의사에게 말한 적이 있었다. 이 병원에 대한 불신감이 싹 텄을 무렵이었다.

지금 자신이 위태로운 지점에 서 있음을 알 수 있었다.

문득 마토바 의사를 만나고 싶어졌다. 노리코는 자기가 먼저 만나고 싶다는 생각이 든 것은 처음임을 깨닫고 속으로 당황했다.

14

출근하자마자 자동차 사고 이야기를 들었다. 시바타 간호사가 자가용으로 출근하는데 계곡에 차가 추락해 소방단원이며 경찰관이 모여 있는 것을 봤다고 했다.

"아마 밤사이 떨어진 것 같아. 차가 완전히 짜부라졌으니까 운전자는 죽었을 테지."

그녀는 눈살을 찌푸리며 말했다.

사고 희생자가 마토바 의사라는 소식은 그로부터 한 시간 뒤에 전해졌다. 시신은 병리 해부실로 운반되었다.

스기야마 하지메의 링거 투여를 마치고 간호사 대기실로 돌아온 노리코는 그 사실을 오노 간호사에게 들었다. 그런 일이 있을 리 없다고 부정하는 기분이 하얗게 비어버린 머릿속을 맴돌았다.

"그 선생님이 아마기시 씨한테 잘해줬는데……."

평소에는 비아냥거리던 오노 간호사도 비통한 표정으로 노리코를 위로했다.

의자에 앉으면 두 번 다시 못 일어날 것 같았다. 그렇지만 뭣부터 손을 대야 할지도 알 수 없었다. 혈압계를 들고 조노 다쓰오의 병실로 가려다가 마토바 의사가 맡긴 아파트 열쇠가 생각났다.

예배당에서 마토바 의사가 노리코에게 부탁했던 것은 이런 비상사태에 대비하는 의미였나. 정신을 차려보니 수간호사실에서 몸이 좋지 않으니 조퇴하고 싶다고 부탁하고 있었다. 얼굴이 정말로 창백했을 것이다. 수간호사는 바로 내과에서 진찰을 받으라고 권했지만 노리코는 대답하는 둥 마는 둥했다. 수간호사는 그 이상 캐묻지 않고 조퇴를 허가해주었다.

동료에게 사과하고 병동을 나섰다. 아이카와 간호사를 비롯해 다들 놀란 것 같았지만 노리코의 몸 상태가 좋지 않은 것을 한눈에 이해한 듯했다. 탈의실에서 사복으로 갈아입는 동안에도 아직 자신이 무엇을 하려는 건지 뚜렷이 알지 못했다. 그저 어서 마토바 의사의 집으로 가서 자료를 회수해야 한다는 생각만 머리에 있었다.

달음질을 쳐 병원 현관 밖으로 나와 택시 승차장에서 손을 들었다.

"아이오이 정으로 가주세요."

노리코는 기억 속에 가까스로 남아 있던 지명을 말했다. 번지는 생각나지 않았다. 아이오이 정에 가서 찾는 수밖에 없었다.

"아침에 사고가 있었답니다." 현관 앞에서 출발하며 택시 운전사가 말했다. "비탈을 내려가다가 계곡으로 추락한 거죠. 운전하던 사람은 죽었다더군요."

더 이야기하고 싶은 눈치였지만 노리코가 뒷좌석에서 굳은 표정으로 앉아 있는 것을 보고 입을 다물었다.

내리막에 접어들었을 때 노리코는 계곡 쪽으로 눈길을 주었다.

"저기입니다."

운전사가 가리키며 속도를 늦추었다.

20미터쯤 밑에 차가 뒤집혀 있었다. 경찰관 대여섯 명이 현장 검증을 하고 있었다.

"마침 가드레일이 없는 지점이라 말이죠. 운이 나빴다고 할 수밖에 없어요. 꽤 속도를 냈겠죠."

갑자기 눈물이 치솟았다.

계곡의 경치가 눈물로 흐려졌다. 운전사가 얼굴을 보지 못하도록 위치를 바꾸었다.

차는 열 개 가까운 급커브를 조심스레 돌아 시내로 나왔다.

"아이오이 정 어디 내려드릴까요?"

운전사가 물었다.

"확실히는 기억 안 나서요. 굴뚝같은 탑이 두 개 있는 파친코 업소 부근인데요."

"올해 새로 생긴 게임 센터 말이군요. 아이오이 3번지 버스 정거장입니다."

운전사가 지리에 밝아 다행이었다. 건물 정면이 기발하게 생긴 게임 센터 앞까지 오자 기억이 되살아났다. 버스 정거장 다음 모퉁이를 돌았다. 오른쪽으로 하얀 6층 아파트가 보였다.

차에서 내려 아파트 현관으로 향했다. 입구에서 마토바 의사의 집 호수를 확인했다. 가지고 있던 열쇠를 자동 잠금장치 열쇠구멍에 넣어 돌리자 문이 열렸다.

관리인실에는 아무도 없었다. 엘리베이터를 타고 2층을 눌렀다. 엘리베이터가 올라가기 시작하자 걱정이 머리를 스쳤다. 누가 이미 마토바 의사의 집에 들어가 있을 가능성도 있다. 그게 경찰이라면 되레 자신이 의심을 살 것이다. 경찰 외의 사람이라면…… 그게 더 오싹하다.

엘리베이터 문이 열렸다. 발을 내디딘 순간 결심은 굳어져 있었다.

발소리를 죽이고 통로를 걸었다. 통로를 따라 바깥계단이 두 곳에 설치되어 있었다.

202호 문의 손잡이를 돌려보았다. 문이 잠겨 있었다. 안에서 소리가 들리는지 귀를 기울여보았다. 아무 소리도 들리지 않았다.

열쇠를 꽂아 문을 열었다. 호흡을 한 번 하고 손잡이를 돌렸다. 다시 한 번 안에서 소리가 들리지 않는 것을 확인한 다음 문을 당겼다.

현관 앞에 신발은 없었다. 불을 켜고 현관문을 잠갔다.

신을 벗어 신발장에 넣었다. 마토바 의사의 신발이 대충 놓여 있었다. 가슴이 옥죄었다.

거실 불을 켜지 않고 커튼만 연 다음 벽에 걸린 사진을 살펴보았다. 다른 것들보다 큰, 호랑이 꼬리 벚나무를 찍은 사진은 맨 왼쪽에 있었다. 사진 뒤에 손을 넣었다. 손가락에 종이봉지가 닿았다.

노리코는 액자를 벽에서 떼어냈다. 종이봉지를 핸드백에 넣은 다음 사진을 원래 위치에 돌려놓았다.

다시금 방 안을 둘러보았다. 대략 한 달쯤 전 유코, 마토바 의사와 셋서서 저녁을 먹었던 테이블이 있었다. 부엌도 그때와 마찬가지로 깨끗이 치워져 있었다.

노리코는 벽 쪽으로 돌아가 호랑이 꼬리 벚나무 사진을 떼냈다. 그 사진을 가져간다고 의심할 사람은 아무도 없을 것이다. 테이블 위에 있던 신문지로 쌌다.

현관으로 나와 신을 신고 불을 껐다. 밖에서 문을 잠그면서 마토바 의사의 시신에 합장하듯 머리를 수그렸다.

문 앞을 벗어나려는데 발소리가 들렸다. 반사적으로 계단에 몸을 숨겼다. 두 사람 발소리였다.

벽에 몸을 붙이고 발소리가 지나가기를 기다렸다. 문득 그들이 마토바 의사의 집에 가는 게 아닐까 하는 예감이 들었다.

노리코는 바깥 계단을 대여섯 단 올라가 통로로 시선을 향했다.

남자 둘의 뒷모습이 보였다. 노리코는 눈을 의심했다. 한 명은, 산꼭대기 레스토랑에 있던 남자와 외래에서 이야기했던 구노 의사였다. 정수리가 벗어졌고 빗지 않은 곱슬머리가 귀 위에서 마구 헝클어져 있었다.

또 한 남자는 키가 크고 어깨가 넓었다. 상의를 손에 들었고 흰 셔츠의 소맷부리에서 커프스 단추가 반짝였다. 듬성듬성 흰머리가 섞였고 나이는 50대 중반으로 보였다.

두 사람은 마토바 의사의 집 앞에 멈춰 섰다. 구노 의사가 바지 주머니를 뒤져 열쇠를 꺼냈다. 또 한 남자는 주위를 경계하듯 둘러보았다.

그들이 문을 열고 안으로 들어갔다. 노리코는 바깥 계단으로 3층까지 올라갔다가 엘리베이터를 타고 1층으로 내려왔다.

밖으로 나와 서둘러 버스 길로 나갔다. 심장이 쿵쿵 뛰고 있었다.

JR역으로 가는 버스를 탔다.

아침 10시, 거리는 활기를 띠기 시작했다. 차가 바삐 오갔다. 사람들의 움직임이 노리코의 눈에 옛날 영화 속 장면처럼 비쳤다.

버스가 신호등에 걸렸을 때 상가 아케이드 아래 젊은 어머니와 아이가 보였다. 시오다 미키였다. 장바구니를 들고 시모노 히토시의 손을 잡고 있었다. 초록 앞치마를 목에 걸고 슬리퍼를 신고 있었다. 시모노 히토시에게 웃는 얼굴로 말을 걸고, 시모노 히토시는 고개를 끄덕였다. 근처에 사는 게 틀림없었다. 완전히 주부와 어머니가 된 모습에서 병동에 있을 당시의 냉담한 표정은 찾아볼 수 없었다.

4월에 같은 병동에 배속됐는데 지금 두 사람의 상황은 하늘과 땅 차이였다. 노리코는 청과물 가게 앞에서 물건을 고르는 미키를 멍하니 바라보았다.

버스가 떠났다.

마토바 의사는 이제 이 세상에 없다는 생각이 온몸을 뒤덮었다. 숨이 쉬어지지 않았고 큰 소리로 엉엉 울고 싶었다.

역 앞에서 버스를 내려 공중전화 박스에 들어갔다. 병원에 있는 유코의 목소리를 듣고 싶었다.

"유코."

수화기 저편에 유코가 있다고 생각하니 울먹이는 소리가 나왔다.

"노리코, 어디서 거는 거야?" 유코가 허둥대는 목소리로 물었다. "사고 이야기 알아?"

"응."

노리코는 간신히 대답했다.

"지금 어디 있어?"

"역 앞. 조퇴해서 선생님 댁에 갔다 왔어. 부탁받은 게 있거든."

"사고 이야기 듣고 너한테 바로 전화했었어. 그랬더니 아파서 집에 갔다고 하잖아? 얼마나 놀랐는데. 집에 전화해도 어머니는 어리둥절해하시기만 하고." 유코는 빠른 말투로 말했다. "노리코, 알았지? 섣불리 행동하면 안 돼. 이런 때일수록 정신 똑바로 차려야 하는 거야."

"그건 알아. 그렇지만……."

또 오열이 새어나왔다.

"선생님 시신은 부검 중일 거야. 저녁에 영안실에 시신을 안
치하고 병원 스태프끼리 임시로 분향소를 차린다나 봐. 나도 근
무 끝나면 가볼 거야."

"나도 갈래."

노리코는 매달리듯 말했다.

"응, 그게 좋겠어. 그럼 5시 반쯤 영안실에서 보자." 유코의 침
착한 목소리가 들렸다. "노리코, 알았지? 정신 똑바로 차려야 해."

마치 유코 자신에게 타이르는 말처럼 들렸다.

노리코는 수화기를 내려놓고 멍하니 역에서 나왔다.

중앙 분리대에 종려나무를 심은 직선도로가 산 쪽으로 쭉 뻗
어 있었다. 여느 때보다 비탈이 더 가팔라 보였다. 도무지 올라
갈 수 있을 성싶지 않았다.

교차로를 건너 찻집 피유에 쓰러지듯 들어갔다. 중2층 테이
블에 자리를 잡고 얼마 동안 멍하니 앉아 있었다.

주문을 받으러 오자 갑자기 목이 말라 오렌지주스를 시켰다.

옆구리에 끼고 있던 신문지 꾸러미를 풀어 마토바 의사가 찍
은 호랑이 꼬리 벚나무 사진을 꺼냈다. 기하학적인 구도의 사진
은 커다란 나무를 밑에서 올려다보는 각도로 찍었다. 플래시를
터뜨렸는지 어둑어둑한 하늘을 배경으로 연한 색의 꽃잎이 폭

죽의 불꽃처럼 펼쳐져 있었다.

"예쁘네요. 무슨 꽃이에요?"

주스를 가져온 여주인이 말을 걸었다.

"벚꽃이에요."

"벚꽃이라고요?" 여주인은 상체를 굽혀 가까이서 들여다보았다. 동물성 향수 냄새가 났다. "큰 나무네요. 어디 있는 벚나무인가요?"

"사라시나 산에 있는 호랑이 꼬리 벚나무예요."

노리코는 기계적으로 대답했다.

"아, 들어본 적 있어요. 이렇게 예쁜 줄 몰랐네요. 직접 찍으셨어요?"

여주인이 호기심을 드러내며 물었다.

"아뇨, 친구가."

"잘 찍으셨네요. 이대로 어디 장식해놓고 싶을 정도예요."

여주인은 웃음을 남기고 계단을 내려갔다.

확실히 이건 마토바 의사의 유품이다. 순간적인 판단으로 액자를 뗐을 때 마토바 의사의 눈에 보이지 않는 유지(遺志)가 작용했던 걸지도 모른다.

노리코는 사진을 도로 신문지로 쌌다.

주스로 목을 축이며 핸드백을 열었다. 종이봉투 속에 접은 리포트 용지며 원고지가 들어 있는데 하나같이 작은 글씨가 빼곡히 가로로 쓰여 있었다. 단숨에 썼는지 대충 휘갈겨 쓴 게 있는

가 하면 정서한 듯한 글도 있었다.

마토바 의사의 글씨는 처음 보는 것이었다. 동글동글한 게 굳이 따지자면 여성적인 느낌을 주는 고지식한 글씨체였다.

종이에 번호는 매겨져 있지 않았다. 마토바 의사는 그때그때 가까이 있는 종이에 그날 있었던 일을 기록해서 봉투에 넣은 듯했다. 종이의 종류가 제각각인 것도 그 때문일 것이다.

노리코는 종이 다발을 테이블 위에 놓고 한 장씩 숨죽이고 읽기 시작했다.

한 시간쯤 꼼짝도 하지 않고 읽었다. 중간에 여주인이 컵에 물을 따라주러 온 것도 몰랐다.

다 읽고 나서 종이를 봉투에 도로 넣고 일어섰다. 오렌지주스를 다 마시는 것조차 잊어버리고 있었다. 계산대에서 여주인이 뭐라고 말했지만 귀에 들어오지 않았다.

바깥은 기이할 만큼 밝았다. 비탈길이 하얀 빛을 반사하고 있었다. 칼처럼 생긴 종려나무 잎사귀가 바람도 없이 흔들리고 있었다.

노리코는 걷기 시작했다. 고등학교 때 학교가 끝나고 집에 올때면 늘 이 비탈길을 올라갔다. 그로부터 3년밖에 지나지 않았는데도 아주 멀게 느껴졌다.

청과물 가게 앞에서 안면이 있는 주부가 인사하기에 자신도 머리를 숙였다. 여느 때 같은 웃음은 짓지 못했다.

산사나무 공원까지 왔을 때 또다시 숨이 막혔다. 이제 마토바 의사를 만날 수 없다고 생각하니 가슴이 아팠다.

뜻하지 않게 흘러나온 눈물은 한동안 그치지 않았다. 노리코는 공원 구석 벤치에 앉아 눈물이 마르기를 기다렸다.

어머니는 일찍 온 노리코를 보고 놀랐다.

"병원 의사 선생님이 돌아가셨어. 저녁에 분향하러 갈 거야."

노리코는 시선을 마주치지 않고 대답한 다음 자기 방으로 가려고 했다.

"점심은?"

"안 먹을래."

노리코의 대답에 어머니는 그 이상 캐묻지 않았다.

방에 들어가 마토바 의사가 남긴 수기와 메모를 책상 서랍에 넣고 열쇠로 잠갔다. 책상 앞의 달력을 떼고 대신 호랑이 꼬리 벚나무 사진을 걸었다. 옷을 입은 채 침대에 누워 꼼짝 않고 사진을 바라보았다.

몇 시간을 그 자세로 있었다. 온갖 장면이 머릿속을 스쳤다. 벚나무 밑에서 마토바 의사가 처음 말을 걸었던 일, 천목 연못에서 물에 빠진 시모노 히토시를 구해주었던 일, 와비스케에서 청주를 잔뜩 마신 밤, 유코와 집까지 쳐들어가서 지은 저녁식사, 케이블카 첫째 역에서 마토바 의사가 기다렸던 아침, 그리고 예배당에서 소곤소곤 이야기를 주고받았던 오후. 기억을 떠올리는 사이에 마토바 의사를 만난 게 양손의 손가락으로 헤아릴 수 있을 정도라는 것을 깨달았다. 석 달 채 안 되는 기간이었으니 당연한 일이지만 그만큼 마토바 의사와의 만남이 인연처럼 느껴졌다.

점심때 지나 어머니가 방문을 열고 점심을 먹지 않겠느냐고 물었다. 노리코는 생각 없다고 대답했다. 식욕이 전혀 없었다.

4시에 노리코는 몸을 일으켰다. 옷장에서 검정 치마를 꺼냈다. 위에는 흰 블라우스를 입을 생각이었다. 고별식도 아니니 정식 상복을 입는 것보다 자연스러울 것이다.

어머니는 방에서 나온 노리코를 걱정스레 보았다. 장도 보러 가지 않고 기다렸던 모양이다.

"분향소는 병원에 차렸어."

"그게 웬일이라니. 낮에 텔레비전 뉴스에도 나왔더라. 신세졌던 선생님이셔?"

노리코는 잠자코 고개를 끄덕였다. 말을 하면 또 눈물이 쏟아질 것 같았다.

"역시 차로 출퇴근하는 건 위험하구나."

어머니는 아무것도 모르고 말했다.

노리코는 어머니가 전화번호를 써놓는 수첩을 보고 택시 회사에 전화를 걸었다.

식당 의자에 앉아 택시가 오기를 기다렸다. 어머니는 그동안 다른 곳에 있다가 택시 경적 소리를 듣고 노리코에게 알려주었다.

"기운 내렴."

노리코의 충격을 감지했는지 어머니는 현관 앞에서 나지막이 말했다.

주택가를 벗어나니 2차선 도로가 굽이굽이 감돌기 시작했다. 날이 흐려졌다.

"드디어 비가 올 모양입니다." 택시 운전사가 말했다. "장마가 시작됐다고 한 뒤로도 내내 가랑비 정도였는데요."

구릉 전체가 침침하게 보였다. 서쪽으로 먹물을 탄 것 같은 구름이 펼쳐져 있었다.

헤어핀 커브에 이르러 노리코는 오른쪽으로 다가앉아 마토바 의사의 차를 찾았다. 바퀴를 위로 향한 차는 아직 그 자리에 있었다. 현장 검증은 끝났는지 경찰관은 이미 보이지 않았다.

"차를 끌어올리는 것만 해도 힘들 겁니다." 운전사가 말했다. "가족이 돈을 내겠다고 안 하면 그냥 버려둘 테죠."

비에 녹슨 채 계곡에 방치된 차의 잔해를 상상만 해도 노리코는 몸서리가 났다. 살해당한 시체를 들판에 버려두는 것 같은 일 아닌가.

"이 길은 정비가 잘 안 됐거든요. 아무리 세이레이 병원이라도 가드레일 비용까지 내줄 순 없잖습니까? 시 관할이니까. 이번 사고가 있었으니 관청에서도 이젠 움직일 겁니다."

택시 운전사까지 운전 부주의로 인한 단순한 사고라고 믿고 있었다.

아니다, 마토바 의사는 살해당한 것이다. 노리코는 속으로 부르짖었다. 직접적인 증거는 없었다. 하지만 자신을 제외한 지구상의 모든 사람들이 사고사라고 주장해도 자기는 믿지 않을 생각이었다.

"드디어 비가 오는군요."

운전사는 와이퍼를 작동시켰다.

길가의 풀이 크게 흔들리기 시작했다. 눈 깜짝할 새에 빗줄기가 산비탈을 뒤덮었다.

애도의 비라고 노리코는 생각했다.

직원 출입문으로 들어갈 생각이었지만 우산이 없어서 종합외래 현관 앞에 택시를 세웠다.

현관 홀에 웬일로 환자가 많지 않았다. 인공 실개천의 졸졸소리가 들릴 정도였다.

곧바로 영안실에 갈 마음은 나지 않았다. 관엽식물 옆 의자에 앉았다. 2층으로 이어지는 계단이 보였다. 전에 마토바 의사와 그곳에서 마주친 적이 있었다. 호랑이 꼬리 벚나무 밑에서 처음 만난 다음 날이었다. 노리코는 마토바 의사가 자신을 기억하지 못하리라고 생각해서 가볍게 머리를 숙이기만 했는데, 마토바 의사 쪽에서 말을 걸었다. 그것도 노리코의 성을 정확히 불렀다.

그때 무슨 이야기를 했더라. 꽃놀이 준비가 잘 돼가느냐고 물었던 것 같다. 계단 중간에 서서 이야기하면 아무래도 눈에 띄게 마련이다. 마토바 의사는 노리코가 쩔쩔매는 것도 아랑곳하지 않고 대화를 즐기듯 잇따라 화제를 꺼냈다.

신임 간호사에게 관심을 가져주는 의사가 있다는 것은 마음 든든한 일이다. 설령 근무하는 과가 달라도 자신의 존재를 마토바 의사가 알고 있다고 생각하니 안도감이 들었다.

눈에 보이지 않는 곳에서 마토바 의사에게 힘을 얻고 있었음을 알았다.

노리코는 일어섰다. 두 달 전 뇌종양으로 죽은 아이자와 신이치의 시신을 운반했던 복도를 천천히 걸었다.

영안실로 이어지는 복도의 조명은 여느 때처럼 어두웠다.

임시 분향소를 알리는 안내판이 조용히 서 있었다.

영안실 안에는 간단한 제단이 있고 그 앞에 흰 천으로 싼 관이 안치되어 있었다.

다다미 바닥에 정좌한 상복 차림의 부부는 마토바 의사의 부모일까. 헤어진 처자식인 듯한 인물은 없었다.

노리코는 다다미방 앞 통로에 서서 유코를 기다렸다.

"어머, 아마기시 씨." 마지마 간호사가 뒤에서 말을 걸었다. "이젠 몸 괜찮은 거야?"

"아뇨, 아직 괜찮진 않지만……."

노리코는 눈을 내리깔고 대답했다.

"하여간 이게 웬일인지." 마지마 간호사는 노리코의 반응을 확인하듯 말했다. "좋은 선생님이셨는데. 소아과에서도 신세를 많이 졌어. 애석한 일이야."

노리코는 입을 열지 않았다. 당장이라도 감정이 북받칠 것 같았다.

"아마기시 씨는 분향했고?"

"아뇨, 친구를 기다리는 중이에요."

"그래, 그럼 먼저 들어갈게."

마지막 간호사는 천천히 다다미방으로 올라가 유족에게 인사한 뒤 관 앞에서 향을 바쳤다. 동작 하나하나가 몸에 익었다.

그녀가 영안실에서 나온 뒤로도 노리코는 통로 구석에 서 있었다. 의사들과 간호사들이 속속 나타났다. 모두들 침통한 표정으로 머리를 숙이고 무릎걸음으로 다가가 분향했다. 노리코는 안면이 있는 소아외과 의사와 눈이 마주쳐 가볍게 고개를 숙였다.

제단 위에 마토바 의사의 영정이 있었지만 노리코가 있는 곳에서 대각선 위치라 잘 보이지 않았다. 가까이에서 똑바로 볼수 있을지 자신 없었다.

가운을 입은 의사 셋이 함께 들어왔다. 가운데 있는 체격이 좋고 쉰 살 넘은 남자의 얼굴에 노리코의 시선이 꽂혔다. 듬성듬성 흰 머리가 섞인 머리를 6대 4로 가르마를 타고 굵은 눈썹과 억세 보이는 턱이 특징 있었다. 아침에 마토바 의사의 집에서 본 남자였다.

그 남자를 선두로 세 사람이 다다미방으로 올라와 형식에 맞춰 조문을 했다.

노리코는 한시도 눈을 떼지 않고 그 모습을 지켜보았다. 어느새 유코가 곁에 와 있었다.

"미안, 오래 기다렸지?"

유코가 작은 목소리로 말했다.

노리코는 대답 대신 눈짓으로 제단 쪽을 가리켰다.

"유코, 지금 분향 마친 의사 알아?"

"모르는데. 왜?"

"아니, 좀."

노리코는 유코와 함께 의사들과 엇갈려서 다다미방으로 올라갔다. 유코는 노리코 뒤를 따랐다. 마토바 의사의 어머니로 여겨지는 상복 차림의 여자에게 살며시 눈길을 주었다. 울어서 눈이 새빨갰지만 콧날부터 입매까지 마토바 의사를 닮았다. 옆에 있는 남자도 마토바 의사보다 키는 크지만 동그스름한 눈에서 비슷한 느낌이 났다.

유코와 나란히 향을 바쳤다. 사진 속 마토바 의사는 이쪽을 보며 웃고 있었다. 실제로 웃는 일은 많지 않았지만 흰 이를 보이면 쓸쓸한 표정이 사라지고 붙임성 있는 분위기가 드러나곤 했는데 사진도 그랬다.

가슴이 메었다.

흰 천으로 싼 관 속에 마토바 의사가 누워 있다면 두 사람 사이의 거리는 겨우 1미터에 불과했다. 노리코는 관 속의 시신을 들여다보는 기분으로 제단의 영정을 보았다.

유코가 팔을 붙들 때까지 노리코는 자세를 바꾸지 않았다.

소아외과 쪽 조문객이 뒤에서 기다리고 있었다. 두 사람은 허리를 굽히고 나왔다.

일근이 끝나면서 조문객이 부쩍 늘었다.

"노리코, 잠깐 있어봐."

계단을 올라가 유코는 꽃집 앞에서 멈춰 섰다. 문 닫을 준비 중이던 점원에게 기다려달라 부탁하고 꽃을 골랐다.

국화와 백합, 안개꽃을 섞어 꽃다발을 만들려 하자 점원이 너무 쓸쓸하다고 말했다. 유코는 교통사고 현장에 바칠 꽃이라고 설명했다. 점원은 납득하고 줄기 단면에 물을 적신 솜을 곁들였다.

"너도 같이 사는 거야."

유코가 말했다.

보슬비 속에 유코의 접는 우산을 둘이 함께 쓰고 서둘러 주차장으로 갔다.

"마토바 선생님은 차에서 튕겨져 나오면서 경추가 부러져 그게 치명상이 됐대." 유코가 운전석에 올라타고 나서 말했다. "혈액에서 알코올이 검출됐다나 봐. 브레이크를 밟은 흔적이 없어서 경찰에서도 술에 취해 졸음운전을 했다는 시각이 우세한 모양이야. 이렇게 커브가 많은 곳에서 졸음운전을 하는 사람이 어디 있다고."

와이퍼가 단속적으로 빗방울을 털어냈다. 커다란 커브를 오른쪽으로 돌자 오른편에 계곡이 보였다.

"역시 여기구나. 헤어핀 커브에서 사고가 있었단 말을 듣고 여기가 아닐까 싶었어."

유코는 갓길에 바짝 대어 차를 세웠다.

차창 너머 사고 차량이 보였다.

"잠깐만, 트렁크에 우산 있어."

유코는 차에서 내려 뒤쪽 트렁크를 열었다. 비닐우산을 조수석에 있는 노리코에게 주었다.

비가 소리 없이 오고 있었다.

"내려가볼래?"

유코가 망설이며 물었다.

가파른 비탈인 데다 길 같은 것도 없다. 잡초는 비에 흠뻑 젖어 있었다. 노리코는 앞장서서 내려가기 시작했다. 몸을 비스듬히 틀고 조심스레 풀뿌리를 밟았다. 차가 굴러 떨어지면서 남긴 자취에는 풀이 뜯기고 검은 흙이 드러나 있었다.

자꾸만 신발이 벗겨지려 했다. 오른쪽 무릎 언저리, 젖은 스타킹이 찢어졌다. 노리코는 떨어뜨릴까 봐 꽃다발을 가슴에 안았다.

10분쯤 걸려 가까스로 현장에 다다랐다.

사고 차량은 뒤집혀져 있었다. 천장이 우그러지고 창유리는 깨지고 운전석 문은 완전히 떨어져 나갔다. 보닛도 열려 있었다. 바퀴 네 개 중 세 개가 납작하게 짜부라졌다. 핏자국이 없어 그나마 다행이었다.

노리코는 핸들 옆에 꽃다발을 꽂고 합장했다. 유코도 따라했다. 영안실에서 분향했을 때보다 마토바 의사의 원통함이 더 가깝게 느껴지는 것 같았다.

밑에서 올려다보니 도로가 터무니없이 높은 곳에 있었다.

굴러 떨어지는 차 안에서 마토바 의사는 무슨 생각을 했을까. 직감적으로 덫에 걸려들었다는 것을 깨달았을 터였다.

유코의 눈에도 눈물이 맺혀 있었다.

굵어진 빗줄기가 비닐우산을 때리기 시작했다. 노리코는 운전석의 꽃다발에 한 번 더 눈을 주고 스스로를 고무해 걸음을 뗐다.

내려올 때보다 올라갈 때 더 애를 먹었다. 몇 번씩 미끄러지는 바람에 손과 무릎에 흙이 묻었다. 유코는 기를 쓰고 노리코 뒤를 따라왔다.

길에 다다랐을 때는 머리도 블라우스도 흠뻑 젖고 종아리와 발은 진흙으로 뒤덮여 있었다.

계곡 밑에 차가 짜부라진 타이어를 위로 향하고 뒤집혀 있는 모습이 아까보다 뚜렷이 보였다.

"앞으로 여기를 지날 때마다 선생님 차를 보게 되겠네."

유코가 문을 열며 중얼거리듯 말했다.

"우리 집에 들렀다 가지 않을래?" 노리코는 심각한 표정으로 유코에게 말했다. "보여줄 게 있어."

"뭔데?"

"마토바 선생님 집에 남아 있던 메모야. 유서나 다름없는."

노리코는 대답하며 정말 그 서류는 마토바 의사의 유서라고 생각했다.

15

5월 20일

이 집으로 이사 와서 아직 반년밖에 안 됐지만 지금까지 다른 사람을 집에 들인 적이 없었다. 한 달에 한 번 유치원에 다니는 아들을 만날 때도 내 쪽에서 간다. 놀이터에서 놀고 백화점에서 장난감을 사준 뒤 전처가 사는 아파트 밑까지 아이를 데려다주고 거기서 헤어지는 게 보통이다.

오늘밤처럼 묘령의 여성이 둘씩이나 쳐들어오니 장미꽃을 한 아름 꽃병에 꽂은 것처럼 주위가 화사해졌다. 동시에 평소 내 생활이 얼마나 단조로운지를 실감할 수 있었다.

수술이 있었던 날은 집에 오면 저녁을 준비할 여력이 없다. 겨우 한두 가지 반찬을 만들어도 그 뒤 접시며 냄비를 설거지하는 게 귀찮다. 그러니 쉬는 날 사다놓은 고기며 생선, 야채가 일주일 지나도록 손도 대지 않은 채 냉장고에 들어 있을 때가 많았다.

피곤할 때는 시켜 먹었다. 텔레비전을 보며 탕수육 덮밥을 덥석덥석 먹은들 맛도 느껴지지 않는다. 하지만 이게 내가 선택한 길 아닌가, 독신 시절엔 원래 이렇지 않았나 하고 스스로를 타일러왔다. 이윽고 혼자 사는 생활의 삭막함에 익숙해지고 적적함이 당연한 게 됐다.

부엌에서 나는 맛있는 냄새에 황홀함을 느끼며 방 청소를 하려니 신선한 기분이 들었다.

집에 있는 재료로 두 사람이 눈 깜짝할 새에 만들어낸 요리는 흠잡을 데 없이 맛있었다. 이제 막 스무 살을 넘긴 여성이 그런 게 가능할 줄 몰랐다. 해산물과 함께 조린 배추, 계란과 치즈로 만든 요리 등은 냉장고 속 재료로 만든 것인데도 맛이 일품이었고 화이트 와인과 궁합도 잘 맞았다.

두 사람과 이야기하다 보면 여러 모로 감탄하게 된다. 먼저 일에 대한 정열이 그렇다. 봉급도 많고 화려한 직업이 세상에 수두룩하건만, 야근은 필수고 휴가도 내기 힘든 간호사 일을 서슴없이 선택했다. 아픈 사람을 보살피고 상대방이 기뻐해주는 게 무엇보다 좋다고 말한다.

십중팔구 의사는 그 정도로 순수하지 않다. 헌신보다도 허영심과 출세욕, 자기과시욕으로 그 길을 택했다고 말할 수 있을 것이다.

두 사람 이야기를 들으며 많은 간호사가 일을 버리고 그만두는 건 세상 사람들이 말하듯 일이 지저분하다든지 힘들어서 그런 게 아니라는 생각이 들었다. 그들은 그런 건 다 알고 이 길에 발을 들여놓았다.

그런 것보다 그들의 숭고한 뜻을 꺾는 어떤 게 의료계에 있는 게 아닐까.

간호사에게 자기 차 세차를 지시하는 개인병원 원장, 부엌 청소를 시키는 원장 부인이 있다는 이야기는 들은 적이 있다. 노인이 입원하면 즉각 약으로 잠을 재우고 불필요한 링거를 맞혀 돈을 벌며 환자의 수명을 줄여 병상 회전율을 높이는 요양 병원이 있다는 것도 안다. 그런 병원에선 환자의 목욕보다 바닥 청소, 대기실의 호화로운 꽃병 관리가 우선되는 경우가 종종 있다.

아마 간호의 도리에 어긋나는 비인간적인 환경이 백의의 천사들의 긍지와 초심에 흙탕물을 끼얹는 것이리라. 그리고 그건 대부분 우리 의사의 책임이라 할 수 있다.

그날 본 광경은 선명하게 기억에 남아 있다. 벚나무 밑 풀밭에 누운 젊은 여성을 보고 나는 순간 동화의 나라에 발을 들여놓은 줄 착각했다. 루비빛 수면은 거울처럼 잔잔했고 신록의 풀이 연못가를 둘러싸고 있었다. 흰 티셔츠를 입은 여성은 나를 알아차리고 일어나 앉아 부끄러운 듯 쳐다보았다. 그녀가 세이레이 병원의 신임 간호사라는 걸 알고 또 한 번 놀랐다. 이제 막 탄생한 간호사와 잘 어울리는 광경이었기 때문이다.

본래는 세이레이 병원도 신임 간호사가 풋풋하게 데뷔하기에 안성맞춤인 무대다. 그런데 실제로는 그곳이 소름 끼치는 암부를 지닌 병원이라면 그들은 얼마나 상처를 받을까.

아마기시 씨가 무뇌증에 관해 물었을 때 나는 통나무로 머리를 얻어맞은 기분이 들었다.

세이레이 병원에 뇌사 기증자가 모이는 건 병원의 명성과 뛰어난 네트워크 덕이라고 생각했었다. 실제로 우리들 현장의 이식 팀은 기증자 문제에 관여하지 않고 직무를 수행할 수 있었다. 장기 이식에 야망을 가진 젊은 소아과 의사가 전국에서 모여드는 것도 그 때문이다. 다른 병원에서는 1년을 기다려 겨우 한두 건 이식 수술을 경험할 수 있건만, 세이레이 병원에서는 한 달에 두세 건은 이식 수술을 한다.

뇌사는 원래부터 복잡한 문제를 내포하고 있다. 뇌사 판정의 가이드라인도 병원마다 미묘하게 다르다. 하물며 유유아(乳幼兒)면 뇌사 판정은 어른과 비교가 안 될 만큼 까다롭다.

뇌파가 완전히 평탄해진 뒤 다시 정상화되는 사례도 있거니와, 뇌혈류가 정지했어도 생후 2개월 된 유아라면 소생이 가능하다. 두부 CT 촬영에 의한 소견도 과신할 수 없다. 심각한 뇌 타박상을 입어 한 달간 혼수상태에 빠졌던 아기가 고비를 넘긴 뒤 아무런 후유증도 없이 정상적으로 발달하는 일은 결코 드물지 않다.

세이레이 병원의 뇌사 판정은 그런 모든 난점을 고려해 독자적인 기준을 갖고 있었다. 혼수, 무호흡, 동공 확대와 빛 반사의 소실, 안구 운동의 소실, 안면근 및 인두근 운동의 소실, 각막, 구역, 기침, 호흡 반사 등 뇌간 반사의 소실, 그런 증상들이 48시간 지속되는 것을 확인하고 뇌사 판정을 내린다. 적어도 우리들 현장의 의료 스태프는 그렇게 알고 있었다. 뇌사 판정을 내리는 의사와 이식하는 의사는 완전히 독립되어 있다. 도대체가 우리는 뇌사 판정 팀에 누가 있는지도 모른다.

세이레이 병원의 입원 환자가 뇌사 상태에 빠지는 건 1년에 몇 건밖에 없었다. 뇌사가 의심되면 어디론가 실려가 판정을 받고 돌아온다. 그러면 이식을 시작하는데, 이런 사례는 나는 한 번밖에 경험이 없었다. 이식용 장기는 예외 없이 아이스박스에 든 상태로 도착했다. 우리는 마치 냉동 택배가 도착했을 때처럼 서둘러 박스를 열고 신선한 장기라고 기뻐하며 이식 수술에 착수했다.

이식 팀은 기증자에 대해 아무런 의심도 갖고 있지 않다.

그렇기에 아마기시 씨가 '무뇌아'란 말을 했을 때 마치 정수리에 쐐기가 박힌 기분이었다. 그 순간 이식이라는 행위에 균열이 생겼고 나는 한 발짝도 더 나아갈 수 없게 됐다.

그건 두 사람도 마찬가지였을 게 틀림없다. 꿈을 안고 취직한 병원이 갑자기 퇴색된 듯한 환멸에 서서히 사로잡히는 걸 똑똑히 알 수 있다.

나는 이 문제를 철저하게 파헤칠 생각이다. 그건 내가 일하는 세이레이 병원이란 곳과 내가 하는 간 이식이란 일을 다시 한 번 근본부터 살펴보는 행위일 것이다. 또 인간이란 무엇인가 하는 근원적인 물음과도 연관될 것이다.

이게 아무리 터무니없는 시도이고 당랑거철이더라도 끝까지 해볼 작정이다. 아마기시 씨와 시키 씨를 아파트 밑까지 배웅 나가 차의 미등 불빛이 사라질 때까지 지켜보면서 나는 그렇게 결심했다.

벚나무 밑에서 우연히 아마기시 씨를 만난 것, 아마기시 씨에게

서 무뇌아 이야기를 들은 것, 이 두 가지가 내 인생을 송두리째 바꿔놓고 말았다.

앞으로 조사한 결과는 모조리 기록해둘 것이다. 만일의 사태에 대한 대비다. 태어나서 지금까지 일기를 써본 적이 없지만 진료 기록부라고 생각하면 힘들 것도 없다.

6월 1일

"마토바 선생, 4시에 내 방에 와주겠어요?"

수술실에서 나왔는데 나카이 부장이 불러 세웠다.

수술은 두 시간 만에 끝났다. 합병증이 없는 장겹침증으로, 개업의에게 진찰을 받고 나서 응급수술을 하기까지 연대가 순조로워서 겹친 부분이 괴사되기 전에 개복할 수 있었다.

수술이 성공한 뒤의 해방감을 나카이 부장의 한마디가 망쳐놓았다. 그 일 때문일지도 모르겠다는 느낌이 들었다. 만약 그게 맞는다면 생각보다 반응이 빠르다.

의국으로 돌아와 수술 경과를 진료 기록부에 기입했다. 수술 중에 내 뇌가 생각하고 손이 느낀 건 하나도 빠짐없이 재현할 수 있다. 장기 기사들이 자신이 둔 장기를 오래도록 자세히 기억하는 것과 마찬가지다. 작은창자의 중첩 상태와 혈관의 주행을 빨강과 파랑 색연필로 그린 도해도 곁들였다.

동료들 중엔 수술은 좋아하지만 그 뒤 진료 기록부 쓰는 건 싫다는 사람도 있는데, 수술의 끝마무리는 바로 수술 요약이다. 식사

코스를 마치고 나오는 디저트 같은 걸지도 모른다. 게다가 요약을 하면 수술에서 미흡했던 부분이 분명해져 다음 수술에 활용할 수 있다.

어느새 4시가 돼 있었다. 나는 각과 부장의 방이 있는 북관 5층으로 올라갔다.

노크를 하자 기다렸다는 듯 대답이 돌아왔다.

안에 들어가니 나카이 부장은 책상에서 일어나 소파에 앉으라고 권했다.

"선생한테 한 번은 물어봐야 할 것 같아서 오라고 했습니다."

부장은 160센티미터 될까 말까 한 작은 체구를 소파에 묻고 말했다. 수술할 때 조수 역할을 맡는 젊은 의사와 수술대 높이를 맞추기 위해 부장의 발 밑에 받침대를 놓곤 한다.

"무슨 말씀이신지요?"

나는 배에 힘을 주고 물었다.

"요새 장기 기증자에 관해 특별한 관심이 있습니까?"

문진을 하는 듯한 말투였다.

"네, 관심이 없다고 할 순 없습니다만, 구체적으로 뭘 말씀하시는 겁니까?"

나는 상대방의 본심을 떠보려고 일부러 머뭇거리는 척했다.

"뇌사 판정 위원회 말입니다."

환자의 가족에게 이것저것 질문했다는 게 부장 귀에 들어갔나 생각했던 내게는 예상치 못한 대답이었다.

"아아, 그거 말씀입니까. 궁금해서 여러 선생님께 여쭤본 겁니다. 다른 병원에선 그런 종류의 심의회 멤버는 대개 공표하는데 우리 병원만 공개하지 않았습니다. 그래서 어떤 선생님이 계시는지 관심이 생긴 겁니다."

"그런 걸 알아서 어쩌려고요?"

부장은 내 모호한 대답이 불만인 듯했다.

"이식은 미묘한 문제라 멤버의 의견에 의해 결정이 좌우되죠. 그러니 구성원이 누군지는 매우 중요한 사항입니다."

"위원회는 병원장 직속 기관에, 그 분야 전문가들로 구성돼 있습니다. 세이레이 병원 스태프 모두가 이 병원을 신뢰하는 것처럼 우리는 병원장이 선출한 위원회도 전폭적으로 신뢰합니다. 그걸로 충분하지 않나요?"

부장은 짐짓 상체를 뒤로 젖히며 말했다.

"위원회 말고 다른 부분에도 의문점이 있습니다. 우리 병원의 장기 이식 건수는 대학병원조차 따라올 수 없을 만큼 압도적으로 많습니다. 하지만 잘 생각해보면 대량의 장기를 대체 어떻게 구해오는 건지 이상하단 말이죠." 나는 부장을 자극해볼 생각으로 핵심을 찔렀다. "적극적으로 기증자를 찾는 것도 위원회에서 하는 일입니까?"

"이식 성적이 오르면 기증자를 찾기도 쉬워집니다. 이건 자연법칙이에요. 그냥 가만있어도 다른 병원에서 타진해오는 겁니다. 그러니 우리 임상의는 그저 이식 기술 향상을 위해 노력하면 됩니다. 이식 성적이 흡인력이 돼서 기증자를 얻는 겁니다. 위원회와는 상관없어요." 나카이 부장은 내 질문을 미묘하게 얼버무렸다. "선생 같은 중견 의사가 기증자 문제의 의문을 가지면 젊은 의사들까지 공연히 동요하게 될 수도 있습니다. 안 그래도 이식 문제는 여러모로 쉽지 않으니까요."

"쉽지 않은 문제니까 더더욱 투명할 필요가 있지 않나 싶기도 합니다만."

반발심에 나도 모르게 말했다.

"아니죠, 투명하면 온갖 잡음이 개입되기 마련이에요. 아프지도 않은 배를 들쑤시는 사람이 나타난다든지 이식 자체를 반대하는 집단이 협박장을 보낸다든지 이런저런 번잡한 일이 생깁니다. 그러니까 그런 건 전부 원장이 책임을 지는 형태로 모나지 않게 일원화하는 게 현명한 방법입니다."

논리 자체는 매우 일관성이 있었다.

하지만 내가 정말 알고 싶은 건 장기가 어디서 나느냐 하는 문제다. 나카이 부장은 논점을 바꿔치기해서 말하고 있었다.

나는 계속해서 의문을 제기해야 하나 망설였다. 갑자기 싸움을 벌이기엔 나는 아직 임전 태세를 갖추지 못했다. 공연히 나카이 부장의 반발을 부추길 뿐인지도 모른다.

나카이 부장은 내 침묵을 설득에 성공한 걸로 이해한 듯했다.

"앞으로 의문이 있으면 나한테 직접 물어보세요. 아는 대로 다 대답해드리죠. 세이레이 병원의 소아외과를 일본 최고로 만들자는 뜻은 우리 모두 일치할 테니까요."

부장은 웃음을 되찾고 말했다. 머리 회전이 빠르고 이것저것 뒤를 캐려들지 않는 게 특징이라 부하한테 단세포란 평을 자주 듣는 사람이지만, 나 자신은 그의 단순명쾌함이 마음에 들었다.

머리를 숙이고 방에서 나오는데 그는 정말 아무것도 모르는 게 아닐까 하는 생각이 문득 들었다. 겉과 속이 다르지 않은 인물이다 보니 숨기는 게 있으면 태도에 어색함이 묻어날 텐데 그렇지 않았다.

부장 입장에서는 장기의 출처에 일절 관여하지 않고 주어지는 장기가 안정적으로 정착하기를 바라기만 하면 되는 것이다. 기증자 문제를 일일이 따지면 되레 앞으로 나아가지 못할 게 틀림없다.

이 이상 뇌사 판정 위원회를 조사하면 위험할 것 같다. 성급하게 나카이 부장을 자극해봤자 내 행동 범위가 좁아질 뿐이다.

6월 9일

학창 시절 해부학을 가르치는 노교수가 경탄해 마지않을 석학이었다. 전문은 세포와 기관이 발하는 극미량의 자기(磁氣)를 포착해 기능과 구조를 연구하는 최첨단 분야였는데, 해부학 역사에 정통했다. 인체 해부 실습 때는 인류가 어떻게 해서 사체 해부라는 과학적 견지에 도달했는지 동서양의 사례를 들어 가르쳐주었다. 고대 사람들에게 인체 해부는 생각도 할 수 없는 일이었다는 것, 처음으로 해부를 했다고 여겨지는 갈레노스는 생기론에 의한 영적 존재란 선입견 탓에 실제로 눈에 보이는 걸 보지 않았으며, 그

오류가 천 년 이상 금과옥조로 자리했다는 것. 베살리우스는 그에 용감히 도전해 그때까지 해부학 교수들이 절대로 자기 손을 써서 해부하지 않았던 걸 비판하고 직접 시체를 조사했다는 것, 르네상스 시대 화가들의 호기심이 힘을 더해주었다는 것 등을 열심히 이야기하곤 했다.

그런 이야기를 들으니 우리가 하는 인체 해부란 행위가 인간 지성의 역사적 연장선상에 있다는 생각이 들어서 숭엄하면서도 겸허한 기분을 맛보았다.

교수는 고대 그리스어와 라틴어를 읽을 수 있었고 한문에도 조예가 깊었다. 아버지는 서양 고전학자였다는데, 교수 자신은 엔간한 문학부 강사보다 어학 능력이 훨씬 뛰어나지 않았을까. 한번은 "문학부의 독일어 선생들은 논문을 독일어로 쓰나 했는데 연구 성과 목록을 봤더니 죄 일본어 논문뿐이더군요"라며 진심으로 놀란 것처럼 말했다.

그 노교수가 우리에게 입이 닳도록 이른 게 있었다. 먼저 관찰해라, 그리고 유래를 추적하고, 그러고 나서 있는 힘껏 흔들어봐라, 라는 것이다.

"흔든다고요?"

한 학생이 괴상한 목소리로 소리를 질렀다.

"그래요. 대상을 파악하면 왜 그렇게 됐는지 배경을 살펴보고 다른 연구자들의 역사적 견해를 확인합니다. 이게 유래죠. 그러고 나서 그런 정설에 얽매이지 말고 자기 나름대로 분석해서 가설을 세워봅니다. 또는 극단적인 경우를 생각해봅니다. 이게 흔드는 겁니다."

계단식 강의실에서 노교수는 우리를 올려다보며 미소를 지었다. 젊은 미소였다.

인체 표본이 놓인 계단식 강의실의 광경이 지금도 눈앞에 선하다. 그때 노교수가 이야기한 건 고대에도 중세에도 통용되는 영원한 진실이라는 생각이 들었다. 뭐든 반발하고 싶어하는 혈기 왕성한 스무 살 젊은이에게 그 정도로 큰 감명을 준 기초의학자는 역시 걸출한 인물이었을 것이다. 임상으로 온 뒤로는 그렇게까지 깊이 있는 교수를 끝내 만나지 못했다.

관찰하고, 유래를 추적해서, 흔들어본다.

과연 명언이다. 이 셋 중 뭐 하나가 빠져도 확고한 사고는 성립하지 않는다. 눈앞의 사물을 철저하게 살펴보지 않으면 사고는 입각점, 아니, 애초에 출발점을 잃는다. 유래를 추적하지 않으면 역사가 축적해준 선인들의 재산을 활용할 수 없다. 그리고 끝으로 흔들어보는 단계가 없으면 사고는 기성 개념의 답습으로 끝날 뿐, 발전도 없고 독창성도 생겨나지 않는다.

근육의 구조, 혈관의 주행, 신경의 분포를 낱낱이 밝혀온 해부학의 역사는 바로 그 산물이었다. 그리고 그건 인간이 하는 다른 일에도 통용되는 진실이다. 아니, 이게 바로 인간을 다른 동물과 구분 짓는 능력이 아닐까.

장기 이식에 대해 나는 이제야 그런 식으로 생각하게 됐다. 지금까지는 관찰도 하지 않았으며 유래도 추적하지 않았고, 하물며 흔든다는 건 생각도 못 해봤다. 이미 깔려 있는 레일을 유일무이하고 확실한 것으로 생각하며 레일을 따라 내달리는 데만 급급했다.

말하자면 눈을 감은 상태로 폭주 열차가 될 뻔했던 나를 각성시킨 게 아마기시 씨와의 만남이었다.

와비스케에서 그녀에게 식사를 대접한 건 그에 대한 감사의 마음에서였다. 그날 그녀의 이야기를 들으며 나는 여러 가지 생각을 했다. 첫째, 그녀가 품은 작은 의문이 조만간 중대한 문제와 연결되리란 예감이 들었다. 세이레이 병원의 존립을 뒤흔들 뿐 아니라 장기 이식 자체와 관련해 의학계에 충격을 줄 것이다. 물론 그녀 자신은 그런 사태를 예상도 하지 못한다. 자기가 본 대로, 들은 대로, 느낀 대로 솔직히 나한테 전달한 것뿐이다.

둘째는 이 문제를 추적하다 보면 반드시 희생이 따르리란 것이다. 어떤 희생일지는 구체적으로 모르겠다. 해고일까, 전직일까. 아니, 그런 걸로 끝나진 않을 것이다. 목숨과 연관될 수도 있다. 눈앞에 있는 그녀한테 혹시나 무슨 일이 생기면 하고 생각하니 피가 싸늘하게 식었다. 그런 사태는 무슨 일이 있어도 피해야 한다. 희생되려면 내가 돼야 한다고 스스로에게 이르며 술을 마셨다.

셋째는 아마 두 번째 감정과 무관하지 않을 것이다. 눈앞에 있는 그녀가 매우 귀중한 존재로 보였다. 갓 딴 과일, 연마하기 전의 루비, 봄바람에 줄기를 뻗어 흔들리는 민들레 봉오리. 그녀를 표현할 말은 얼마든지 생각해낼 수 있을 것 같다. 그녀가 의식하지 않고 발하는 청초하고 순진한 분위기가 나를 순화한다.

이 문제에 그녀가 깊이 관여하게 하는 건 옳지 않다. 그녀는 지켜보는 자세로 일관해도 되지 않나. 나는 그녀에게 그렇게 말했다. 당분간 내가 움직이겠다고. 하지만 충고를 받아들인 눈치는 아니었다.

6월 12일

어린애는 회복이 빠르다. 악화되기 시작하면 하루 만에 풍전등화 같아지는 생명이 일단 고비를 넘기고 나면 눈 깜짝할 새 기운을 되찾는다.

간 이식을 한 사이타 가즈히코도 마찬가지였다. 실을 뽑을 무렵이 되자 황달은 완전히 사라지고 식욕도 생겼다. 거부 반응은 없고 담즙의 유출도 순조로우니 이대로 회복되면 여름쯤엔 소아과로 돌아가는 것도 가능할 것이다.

그걸 알리자 아이 곁을 지키던 어머니는 몇 번씩 머리를 숙였다.

"정말 꿈만 같아요. 지금까지 누런 얼굴밖에 본 적이 없는데 갓난아기 같은 얼굴이 됐어요."

감사의 말에 나는 반대로 어머니의 노고를 위로했다. 중병에 걸린 아이를 간병하는 어머니의 변화를 보면 언제나 감동하게 된다. 처음엔 어쩔 줄 몰라 하기만 하고 도무지 미덥지 않던 어머니가 이윽고 무슨 일에도 꿈쩍하지 않는 풍격(風格)을 갖게 된다. 사이타 가즈히코의 어머니도 그렇다.

한 달 전 진찰을 마치고 병실에서 나오려는데 어머니가 불렀다.

"저, 지난번 그 이야기 말인데요."

나는 무슨 일인지 몰라서 최근 들어 옅게 화장을 하기 시작한 어머니의 얼굴을 쳐다보았다.

"기증자 이야기요."

어머니의 말에 나는 문을 닫고 창가로 다가갔다. 며칠 전 그녀한테 기증자에 대해 질문한 적이 있었다. 그러자 그녀는 시선을 슥 피하며 "아뇨, 전 몰라요"라고 대답했다. 어째선지 직감적으로 거짓말이다 싶었다. 모르는 게 아니라 말 못 하는 거란 생각이 들었다. 하지만 그 이상 추궁할 마음은 나지 않았다.

"저번에 선생님이 물어보셨던 걸 잘 생각해봤거든요. 이렇게 신세를 지는 선생님께 거짓말은 할 수 없다는 생각이 들어서 결심했어요."

"아닙니다. 말씀해서 난처해질 일이라면 안 하셔도 됩니다."

나는 어머니의 심각한 표정을 보고 말했다.

"괜찮아요. 하지만 남편한테는 비밀로 해주세요. 그이도 이 일로 많이 고민한 것 같으니까요." 어머니는 일단 호흡을 가다듬고 말을 이었다. "기증자한테서 장기를 제공 받는 데 관해선 병원 사무장 분이 타진하셨어요."

나는 동요를 감추고 얼굴에서 표정을 지웠다.

"이식을 받으려면 일단 심사를 받아야 한다고 해서 저희는 병원 사무국으로 갔어요."

"아직 소아과에 계실 때 말씀이죠."

"그래요. 소아과 부장 선생님께서 사무국과 접촉해보라고 권해 주셨어요."

"사이타 부장님이군요."

"네. 저희랑 성이 같은 분이에요."

"사무국에서 뭐라던가요?"

가슴이 옥죄었다. 메스가 혈관에 상처를 입혀 수술 부위가 눈 깜짝할 새에 피바다가 될 때의 느낌이었다.

"장기 이식은 보험이 일부만 인정되기 때문에 경제적 부담도 상당하다, 그런 점을 이해하고 있느냐고 아주 정중한 말씨로 물어보더군요. 백발에 예순 살쯤 돼 보이는, 참 기품 있는 분인데 은행의 높은 사람 같은 인상이었어요. 저희는 이식에 돈이 들 거란 건 처음부터 예상하고 있었기 때문에 올 게 왔구나 생각했어요. 아뇨, 돈으로 가즈히코를 살릴 수 있다면야 얼마든지 내겠다고 생각하고 있었어요."

어머니는 침대에 누운 자식을 보며 잠깐 말을 멈추었다.

"그래서 얼마를 청구하던가요?"

"천 8백만이에요."

내 귀에 가까스로 들릴 만큼 작은 목소리였다.

"큰돈이군요."

"네. 집을 지으려고 모은 돈에 친척한테 빌린 돈을 합해서 겨우 마련했어요."

"수술 전에 지불하신 겁니까?"

"네, 전액 지불하고 나서 소아외과로 옮겨졌어요."

"계좌에 입금하신 거죠?"

"네."

어머니는 침착한 표정으로 고개를 끄덕였다. 나한테 사정을 털어놓은 덕에 기분에 여유가 생긴 것 같았다.

"계좌번호를 기억하십니까?"

"기억은 못 하지만 알아볼 순 있어요."

"그 뒤 사무국에서 아무 말 없고요?"

"아무 연락 없어요. 그저 처음에 이 이야기를 절대 밖에 나가서 하면 안 된다고 못을 박았어요. 언론의 취재 공세가 있을지도 모르지만 혹시 누설되면 수술 후의 책임은 못 진다고 했어요."

나는 똑바로 쳐다보는 시선을 받으며 신음했다.

"기증자에 관해선 무슨 말 안 하던가요?"

"그건 남편이 질문했어요. 장기를 제공한 환자 가족한테 사례를 하지 않아도 되느냐고 물었거든요. 그랬더니 저희가 낸 부담금 중에서 지불될 거라고 했어요."

"얼마가요?"

"글쎄요, 그건 저희도 몰라요."

어머니는 고개를 흔들었다. 그 이상 물고 늘어지는 건 못할 일이란 생각이 들었다.

"고맙습니다." 나는 어머니에게 감사를 표했다. "방금 해주신 이야기는 제 가슴속에 담아두겠습니다. 가족 분들께 누가 가는 일은 절대 없을 겁니다."

내가 약속하자 어머니는 가볍게 머리를 숙였다.

방에서 나온 뒤로도 두근거림은 멈추지 않았다. 간호사 대기실에서 진료 기록부를 폈다가 머리가 돌아가지 않아 의국으로 돌아왔다.

이식 한 건에 대해 천만 엔 이상의 액수가 오간다는 건 이상한 일이 아닐지도 모른다. 이전에 외국으로 간 이식 수술을 받으러 가는 아이가 2천만 엔 이상 성금을 모았다는 기사도 났을 정도다. 그런데 국내에서 천8백만 엔이면 오히려 싼 걸지도 모른다.

장기 이식엔 실제로 돈이 든다. 숙련된 기술을 가진 의사가 여러 명 필요한 데다 특수한 의료 기기와 값비싼 약물을 사용한다. 그런데 보험은 적용되지 않는다. 그러니 경제적인 부담은 수술에 의해 도움을 받는 환자의 가족이 지는 게 당연할 것이다.

하지만 문제는 기증자에게 지불하는 대가다. 아니, 기증자는 죽어서 없으니 정확히 말하자면 기증자의 가족에게 지불하는 셈이다.

그때 간 외에도 각막, 심폐, 신장이 이식됐다. 장기 하나에 사례금 2백만으로 잡아도 천만 엔 가까운 돈이 유족에게 갔다는 뜻이다. 아니, 더 큰 액수일지도 모른다.

뇌사 상태의 신체와 시체 사이엔 현실적으로 몇 시간 아니면 며칠, 길게 잡아도 몇 달의 시간차가 존재할 뿐이다. 후자는 화장되어 재가 되지만 전자는 상품이 된다. 그것도 천만 엔 단위에 이르는 상품이다. 시간차가 돈이 되는 것이다.

인간의 신체에 값이 매겨진 건 노예가 최초일 것이다. 하지만 노예는 표면적으로 역사의 무대에서 사라졌다. 현대엔 다른 형태로 인간의 신체에 가격표가 달리게 됐다.

그렇지만 인체 부위가 상품화된 건 요즘 들어서가 아니다. 피를 사고파는 행위는 전후 오랫동안 계속됐고, 동남아시아며 남미에선 실제로 신장이 거래된다. 건강한 신장 두 개를 가진 사람은 하나를 잃어도 생활에 조금도 지장이 없다. 뿐만 아니라 신장암에 걸릴 확률이 반으로 줄어든다는 이점조차 있다. 미국에선 드문 항체를 가진 환자가 있으면 제약회사에서 연구를 위해 혈액을 비싼 값에 사들이는 사례도 있다. 그렇게 되면 피는 말 그대로 돈이 열리는 나무다.

한 환자가 백혈병 치료를 위해 비장을 적출했다. 그런데 그의 백혈병이 대단히 특수한 형태였던 터라, UCLA 메디컬 센터에서 비장에 있던 혈액을 이용해 암세포로부터 자기증식을 반복하는 셀 라인을 완성해서 'MO'란 이름으로 상품화했다. 그러자 백혈병 환자가 무단으로 자신의 장기를 이용했다고 고소했다. 재판에서 권리가 인정돼서 메디컬 센터 측은 30억 달러를 그에게 지불해야 했다. 미국에서 실제로 있었던 일이다. 의학 잡지에 실리는 내용이 그대로 월스트리트 저널과 직결돼도 이상할 것 없는 시대에 의학은 돌입해 있다.

하지만 이것들은 어디까지나 스스로 자기 몸의 일부를 파는 경우다. 장기 이식은 본인이 죽기 때문에 항상 타인의 장기가 상품화된다.

부모라고 자식의 시체를 마음대로 할 권리가 있을까? 만약 그렇다면 상품 가치가 떨어지기 전에 가족이 일찌감치 치료 중지를 요청하는 사태도 발생할 수 있다.

그렇기에 미국에선 주법으로나 연방법으로나 장기 매매를 금지한다. 영국에서도 1987년 장기 이식법으로 장기 매매를 금지했고 이를 위반한 의사와 기증자, 수혜자, 브로커 모두를 유죄로 간주한다.

인체의 일부는 원래 흙덩이나 마찬가지로 아무 값어치도 없었건만, 바이오테크놀로지의 발달이 그걸 근본부터 뒤흔들기 시작했다. 법적 규제를 서둘러 마련하고 미리미리 포석을 깔고 있는 다른 선진국들에 비해 오로지 일본만이 그 점에 있어선 아직 미개지다. 논의를 시작할 기미조차 없다. 의사는 법률에 어둡고 법률가들은 의료 분야에 발을 들여놓지 못하고 있다. 하물며 일반 국민은 무지한 양처럼 방치된 상태다.

세이레이 병원의 방식은 그런 빈틈을 교묘하게 이용한다는 생각밖에 안 든다.

6월 15일

아마기시 씨와 시키 씨가 숨어들었다는 산부인과 특별병동은 본래 뭘 하는 곳인가. 우리 의사들도 심지어 존재조차 모른다. VIP

를 위한 외래 및 단기 입원 시설이라는 게 대외적으로 내건 간판인데 아무래도 실제로는 다른 것 같다.

무뇌아를 밴 임신 7개월 여성의 진료 기록부가 그곳에 있다면 특별병동이 무슨 역할을 하는지 상상이 된다.

산부인과의 이와카베 부장은 태아 진단의 권위자다. CT와 초음파, 양수 천자, 심장음 등 그가 고안한 일련의 검사법으로 자궁 내의 태아가 어떤 상태에 있는지 바로 파악할 수 있다. 태아의 발육에 이상이 감지될 경우 확정 진단을 위해 각지에서 환자가 소개를 받고 찾아온다.

하지만 무뇌아로 판명됐는데도 7개월이 되도록 임신을 지속시키는 건 예삿일이 아니다. 보통은 진단이 내려진 시점에서 인공중절을 권한다. 그렇기에 태아의 기형이 의심되는 경우 조기 확정 진단을 서두르는 게 아닌가. 출산해도 얼마 못 가서 죽을 걸 알면서 태내에 오래 두고 싶어 하는 임부가 있을 리 없다.

단 유일한 예외가 있다. 임신 지속, 그리고 출산이 임부와 의사 둘 다에게 이익을 주는 경우다. 그게 뭔가 하면…… 무뇌아를 사용한 장기 이식이다.

하늘이 내린 정교한 장기 제조 공장, 그게 자궁이다. 불편함을 몇 달 참는 것만으로 천만 엔이 생긴다면 기형아를 임신한 임부는 의사한테 인공중절을 의뢰하지 않을 것이다.

의사의 입장에서도 태내에 있는 건 그 어떤 첨단 기술로도 만들어낼 수 없는 정밀 기계다. 쓸 데는 얼마든지 있다. 암시장은 무궁

무진하게 넓다. 금전적 이유는 별개로 치더라도 태아를 이용하면 업무 성과 집적과 기술 연마가 자동적으로 가능해진다.

베일에 싸인 산부인과 특별병동은 그런 기능을 가진 장소일지도 모른다.

무뇌아. 이 얼마나 근원적인 존재인가. '근원적'이란 건, 인간이란 무엇인가 하는 근본 문제에 물음을 던진다는 의미에서다. 사물의 본질을 생각할 때는 그걸 극한 상태에 놓고 흔들어보라는 가르침을 해부학 교수한테 받았는데, 무뇌아가 바로 그렇다. 진부한 철학이나 종교 담론은 그 존재 앞에서 갈팡질팡할 수밖에 없다.

무뇌아를 이용한 장기 이식은 지금까지 몇 건 보고가 있었다. 가장 오래된 사례 중 하나는 우리 나라에서 있었던 일이다. 만성 신부전으로 오독증을 앓는 여덟 살 여자애한테 출생 시 체중이 2천 그램인 무뇌아의 신장이 이식됐다. 1981년 나고야의 공립 병원에서 있었던 일이다. 가로세로 3×4센티미터로 조그맸던 무뇌아의 신장은 이식 후 수혜자의 체내에서 급속하게 성장했다. 하지만 2개월 뒤 거부 반응을 일으켜 부득이 적출해야 했다. 수술 기술의 문제라기보다 조직 적합성이 나빴던 게 실패 원인이었다. 이때 외과 팀은 무뇌아에게서 신장을 적출하는 데 아무런 의문도 없었다. '소아 신장 이식의 공급원으로 무뇌아도 고려해야 한다'라고 주저 없이 결론을 내렸다.

'구명'만을 큰 소리로 부르짖다 보면 자신의 발밑이 얼마나 취약한지 잊게 된다. 의사들은 이식만 하면 살릴 수 있는 목숨을 기증자가 없기 때문에 죽게 버려둘 수밖에 없다고 한탄한다. 마치 구명을 위해서라면 무슨 일을 해도 상관없다는 식이다. 그렇게 되면 어떻게 수를 써도 며칠 만에 죽을 무뇌아와 이식만 하면 몇 년, 몇 십 년을 살 수 있는 환자는 처음부터 승패가 난 거나 다름없다. 무뇌아 편을 들 의사는 없다. 며칠 만에 죽을 걸 아는데 그때까지 기다릴 필요가 어디 있나, 장기 기능이 약해지기 전에 꺼내서 생존 가능성이 있는 환자한테 주자고 누구나 생각할 것이다. '구명'을 최대의 사명으로 여기는 의료의 가장 단순한 방식이다. 하지만 며칠 목숨과 몇 년 목숨은 정말 겉으로 보이는 것만큼 큰 차이가 있을까.

무뇌아는 그런 의미에서 우리 발밑을 적나라하게 보여준다.

6월 17일

직원 식당 앞에서 소아과 이자와 의사를 우연히 만나 같이 밥을 먹었다. 학년은 4학년 밑이지만 대학 지구(地區) 동창회에서 알게 돼 병원에서 마주치면 잠깐 이야기를 주고받는 사이였다. 성품이 조용한 사람이라 어린 환자와 어떻게 장난치고 노나 싶은 부분도 있지만 근면하고 학구적인 사람인 건 틀림없다. 이야기 마디마디에서 그런 모습이 드러난다.

"사이타 가즈히코는 수술 경과가 좋다죠?"

그는 환자를 보낸 측의 감사를 담아 나한테 말했다.

"아직 언제 거부반응이 나타날지 안심할 수 없는 상황이지만, 황달이 가시고 식욕이 생겨서 기운을 차린 것 같습니다."

"잘되면 이걸로 병원하고 연을 끊을 수 있겠군요. 태어났을 때부터 생사를 넘나들면서 머잖아 죽을 운명이던 애가 이식으로 몇십 년 목숨을 보장받는 셈이니 생각해보면 대단한 일입니다. 어제였나요, 복도에서 환자 어머니를 만났거든요. 화장까지 해서 못 알아볼 뻔했지 뭡니까."

"의외로 미인이시죠?" 나는 웃었다. "전과하면서 만났을 땐 아줌마처럼 보였는데 말입니다."

"지금은 젊은 어머니 그 자체입니다. 감사합니다."

이자와 의사는 다시금 고마움을 표했다.

"그런데 그때 이식된 장기에 관해 얼핏 들은 이야기가 있는데요." 나는 주위를 살피며 목소리를 낮추고 말을 꺼냈다. "장기가 애넨세펄리(anencephaly) 환자 거였다는 소문을 들었습니다. 선생님은 아시는지요?"

'무뇌증'을 영어로 말해봤는데 아니나 다를까 이자와 의사는 곧바로 의미를 이해했다.

"역시 그런가요. 저도 들은 적이 있습니다. 단정은 할 수 없지만 그런 일이 실제로 있어도 이상할 거 없겠죠." 이자와 의사는 젓가락을 내려놓고 차를 마셨다. "그렇지만 수술을 집도하는 선생님들까지 기증된 장기의 출처를 모른다는 건 뜻밖인데요."

"웬걸요, 저희는 적출돼서 관류 냉각된 장기를 되도록 빨리 이식하는 게 일이고 그 장기가 어디서 났는지는 모릅니다. 소아외과나 소아와 입원 환자 중에 뇌사자가 나온 경우는 별개입니다만."

"사이타 가즈히코는 기증자의 장기 크기가 어땠죠?"

"수혜자 것보다 꽤 작았습니다. 아마 태어난 지 얼마 안 됐을 테죠."

나는 이식한 간의 크기를 떠올리며 대답했다. 소아 이식에선 장기의 크기가 중요한 문제다. 너무 크면 체내에 들어맞지 않고 너무 작으면 혈관 봉합이 쉽지 않다. 하지만 큰 것보다는 작은 쪽이 대처하기 더 쉬운 건 사실이다.

"그랬으면 역시 애넌세펄리였다고 생각해도 될지 모르겠군요. 갓난아기가 뇌사하는 사례는 실제론 극히 드물거든요. 가정 내 사고라든지 교통사고에 의한 뇌사가 대다수일 텐데 아직 거동을 못하는 갓난아기가 그런 사고를 당하는 건 좀처럼 없는 일입니다." 이자와 의사답게 명석한 지론이었다. "저도 우리 병원에 소아 기증자가 어떻게 이렇게 많이 모이나 싶어 감탄하고 있던 차입니다. 애넌세펄리가 공급원이라면 납득이 갑니다. 전국에서 애넌세펄리를 모으면 상당한 수에 이를 테니까요. 산부인과 이와카베 부장님은 그 분야의 대가가 아니십니까."

이자와 의사가 내 눈을 똑바로 보며 말했다.

나는 말을 어떻게 이을지 생각하며 차를 다 마셨다. 식당에 사람들이 들어차기 시작해서 식권 판매하는 곳 앞에 열 명 정도가 자리가 나기를 기다리고 있었다.

"그나저나 선생님은 어째서 애넌세펄리에 관심을 가지신 겁니까?"

이자와 의사가 일어나며 물었다.

"그냥, 전에 장기의 출처가 궁금해서 저희 부장님께 질문했더니 쓸데없는 의문을 갖지 말고 이식 기술 향상을 위해 노력하란 식으로 말씀하셔서 말이죠. 그런 말을 들었더니 더 신경 쓰이는군요."

"저도 눈에 띄지 않게 좀 알아볼까요. 저희 일하고 아예 관계가 없는 것도 아니고 말이죠."

이자와 의사는 헤어질 때 서글서글하게 그렇게 말했다.

병동으로 돌아와 이자와 의사한테 무뇌아에 관해 괜히 털어놓았다고 후회했다. 이자와 의사를 의심하는 건 아니지만 이런 문제는 혼자서 은밀히 정보를 수집하는 게 최선일 것이다.

6월 22일

아마기시 씨가 안내해줬을 때도 느꼈지만, 세이레이 병원 예배당은 기이한 존재다. 세이레이(聖禮)란 이름을 보면 아주 종교적인 병원일 것 같지만 실제로는 그렇지 않다. 직원 중에 기독교 신자는 원장 이하 10퍼센트도 안 될 테고, 환자도 다른 병원에 비해 특별히 신자가 많은 건 아니다. 그런데도 일요일이면 시내에서 목사가 와서 예배를 행하고 신자가 아닌 환자도 참석한다. 예배당은 나름대로 세이레이 병원의 상징이 돼주고 있다.

내가 기이하게 느끼는 건 그런 정체불명의, 속임수 그림 같은 예배당의 기능도 기능이지만 건축상의 위치 관계다. 아마기시 씨와 시키 씨는 제단 옆문에서 소아과 의사와 간호사가 나오는 걸 목격했다고 말했다. 그 말은 예배당 뒤에 다른 방이 있다는 뜻인데, 안쪽에서 보기론 도무지 그럴 것 같지 않다.

세이레이 병원은 산 중턱 비탈에 서 있다. 토대 부분은 외래와 중앙 검사실, 사무 부문이 차지하는 3층 건물이다. 그리고 그 위로 입원 병동이 자리하는 3층 건물이 남북으로 나뉘어 올려져서 합해서 6층 건물이 된다. 길쭉한 형태의 남관과 북관은 5층 중앙이 구름다리로 연결된다. 그리고 끄트머리는 바다 쪽으로 불쑥 튀어 나와 있기 때문에 쌍안경 같은 모양이 된다.

예배당은 아래 토대 부분의 3층 산비탈 쪽에 자리한다. 천장에서 들인 빛을 교묘하게 이용해 예배당 양쪽의 스테인드글라스를 돋보이게 하는 구조다. 예배당에 들어가면 양쪽 벽에도 천장에도 어렴풋이 빛이 들기 때문에 주위가 바깥을 면한 것처럼 느껴진다. 건물 중앙에 위치한 폐쇄 공간이란 인상이 없다.

예배당 위는 옥상이고 좌우는 채광용 공간 너머로 CT와 엑스레이, MRI 등 의료 기기를 설치한 중앙 검사실이다. 예배당 밑은 외래동 2층 부분에 해당되며 몇 개의 수술실로 나뉘어 있다.

요컨대 예배당 상하좌우 모두 남는 공간이 없다는 뜻이다.

나는 확인을 위해 건물 주위를 걸어보았다. 직원 출입문에서 정면 현관으로 우회했다가 주차장 쪽으로 가서 뒤쪽으로 돌아갔다. 그러면서 처음으로 깨달았는데 외래 부문 건물은 산비탈을 파고드는 형태다. 즉, 절벽과 건물 사이에 빈 공간이 없으며 예배당의 제단은 절벽 바로 앞에 위치하는 셈이다. 제단 안쪽에 다른 방이 있다면 산 중턱 내부에 감추어진 공간이 있다고 생각할 수밖에 없다. 중턱의 단면을 덮은 단단한 콘크리트 벽을 올려다보다 보면 산사태를 방지한다기보다 비탈 속에 있는 공간을 감추는 게 목적이란 생각도 든다.

6월 23일

오늘도 담도 폐쇄증인 갓난아기에게 간 이식 수술을 했다. 1년 11개월 된 몸뚱이는 아직 봉제인형처럼 조그맸다. 메스를 대기 전 나도 모르게 기도하는 자신을 발견했다. 정중(正中) 절개를 하고 나선 기도할 여유가 없다. 지혈을 하며 복강을 열고 간을 드러냈다. 복강내는 전체가 탁한 누런색 물감으로 물든 것처럼 보였다.

먼저 총담관을 박리하고 결찰해서 절단했다. 이어서 문맥(門脈)을 가능한 한 말초까지 박리해서 혈행을 차단한 뒤 절단했다. 총간동맥과 고유간동맥도 마찬가지로 해서 혈행 차단 뒤 절단했다. 그러면 기능 정지 직전인 수혜자의 간장은 기기 부품을 떼어내듯 체외로 뭉텅 들어낼 수 있다. 빈자리에 기증자의 간장을 넣는데, 새 간은 크기가 수혜자의 절반밖에 안 됐다. 한눈에 신생아의 간이라는 걸 알 수 있는 사이즈였다.

이식 간의 문합(吻合)을 간정맥, 문맥 순서대로 하는데, 크기가 다르니 봉합에 요령이 필요하다. 총담관도 십이지장에 꿰매 붙였다. 간동맥도 똑같이 봉합하고 나서 지혈 겸자를 제거해 혈류를 재개했다. 혈액의 누출이 없는 걸 확인하고 간내담관과 복강내 배액 튜브를 삽입하고 복부를 닫았다. 합해서 4시간 50분, 그럭저럭 괜찮게 됐다.

제1조수인 가이즈카 의사, 제2조수인 오하시 의사에게 수고 많았다고 인사하고 마취 팀에게도 고마움을 표한 뒤 수술실에서 나왔다.

탈의실에서 비뇨기과 신장 이식 팀의 혼조 의사와 마주쳤다. 그쪽 수술도 순조롭게 끝난 모양이었다.

"그래도 기증자의 신장이 미숙해서 애먹었어요. 잘 성장해주길 바랄 수밖에 없죠."

혼조 의사는 알몸을 배스타월로 닦으며 말했다. 막 샤워하고 나온 건데도 등에 벌써 땀이 솟아 있었다.

"역시 생후 얼마 안 되는 기증자겠죠."

나는 슬며시 물었다.

"아마 그럴 테죠. 하지만 기형이라서 장기가 발달되지 않은 겁니다."

그는 무심히 대답했다.

"기형아입니까? 저희는 아무것도 몰라서 말입니다."

"무뇌증입니다." 혼조 의사는 입 언저리에 손을 수평으로 들고 그 위로 아무것도 없다는 시늉을 해보였다. "저희도 기증자를 실제로 본 적은 없지만 배급되는 장기가 미숙한 것 때문에 부장님한테 불평한 적이 있거든요. 그랬더니 무뇌아니까 참으라고 대번에 맞받아치더군요. 신장은 그렇다 쳐도 폐가 한천 같아서 도무지 쓸 수 없을 때도 있는 모양입니다."

"무뇌아란 소문이 사실이군요."

나도 모르게 목소리를 낮추었다.

"모든 기증자가 다 그렇다곤 할 수 없겠지만 오늘처럼 신장이 미숙한 경우는 그렇게 생각해도 문제없을 겁니다. 선생님네 간은 괜찮았습니까?"

"조직은 의외로 탄탄했는데 어쨌거나 크기가 작아서 애먹었습니다. 하지만 너무 큰 것보다야 낫죠."

"팀마다 다들 불만은 있을 겁니다. 말을 안 해서 그렇죠. 굶주린 사람한테는 상한 정어리라도 없는 것보단 나을 테니까요."

혼조 의사는 살찐 몸집에 화려한 팬티를 입고 셔츠를 입었다. 무뇌아의 이식보다 장기의 미숙함에 더 관심이 있는 것 같았다.

기증자로 무뇌아가 이용되는 건 일부 이식 스태프한테 주지의 사실인 모양이다. 그런데도 문제가 안 된 건 첫째는 절대적인 기증자의 부족, 둘째는 무뇌아에 관한 인식 부족 때문일 것이다. 소아의 이식 장기가 부족한 가운데 기증자가 어디서 공급되는지 신경 쓸 계제가 아닌 것이다. 또 대다수의 의사들은 무뇌아란 말을 들어도 구체적인 개념과 형태가 떠오르지 않는다. 자기 눈으로 직접 본 적도 없거니와 설령 상상할 수 있더라도 뇌사와 같은 정도로만 생각한다.

아마기시 씨가 무뇌아란 말에 충격을 받은 건 그녀의 인간성 때문이 틀림없다. 근원적인 뭔가가 그녀의 마음속에 이질감을 낳아 그게 파동을 일으킨 것이다. 그 파동이 없었으면 나도 무뇌아란 말을 들어도 그런가 하고 넘어갔을 것이다.

6월 25일

아마기시 씨와 시키 씨한테 이 이상 깊이 개입하지 말라고 충고했다. 무뇌아를 밴 임부를 감시한다든지 특별병동에 숨어드는 건 위험한 행동이다. 두 사람은 사태의 중대함을 모르고 있다. 우연히 모여든 무뇌아를 기증자로 사용하는 거라면 별 문제가 안 된다. 병원은 현명하게도 처음부터 그런 태도를 견지하고 있다. 하지만 무뇌아를 밴 임부를 병원에서 성의껏 지도하고 있다면 사정은 다르다. 산부인과 특별병동이 어둠에 묻혀 있는 것도 병원 측이 그 사실이 알려지는 걸 원하지 않기 때문이다. 아마기시 씨와 시키 씨는 그 비밀의 문을 열려 하고 있다. 문 뒤에선 병원의 명예와 금전이 시커멓게 소용돌이치고 있다.

사람은 명예와 돈을 위해서라면 무슨 일이든 다 한다. 병원도 그럴 것이다.

하물며 지금 단계에선 어떤 사람이 병원의 그런 숨은 기능을 조종하고 있는 건지 모른다. 그러니 섣불리 움직일 수 없다.

나는 비뇨기과 고토 부장에게 면담을 신청해놓았다. 혼조 의사를 통해 기증자 문제로 알고 싶은 게 있다는 취지를 전달했다. 고토 부장은 혼조 의사를 비롯한 신장 이식 팀에게 '무뇌아의 장기니까 불평하면 안 된다'라고 일갈했다는 장본인이다. 그 사람이라면 뭔가 이야기해주지 않을까 하는 기대가 있었다.

비뇨기과 의사는 원래 쓸데없이 점잔 빼지 않는 대범한 면이 있다. 고토 부장은 그 전형으로, 숱이 적어진 머리는 대충 헝클어뜨리고 다닐 때가 많은 데다 넥타이 매듭은 목 중앙에 있을 때가 얼마 없다. 한번은 식당에서 소아외과와 비뇨기과 의사들이 합석한 적이 있었다. 가이즈카 의사가 결혼식을 앞두고 있을 때라 신혼여행이 화제에 올랐는데, 나카이 부장이 "요새 신혼 불능이란 게 늘어나는 모양이던데 그런 건 비뇨기과에 상담하러 오죠?"라고 물었다.

"글쎄요, 개중엔 심리요법을 받는 사람도 있는 것 같던데 그런 건 돈이랑 시간만 잡아먹는 짓이죠. 한가한 사람이나 하는 일입니다." 음식을 입에 문 채 대답한 고토 부장은 꿀꺽 삼키고 나서 말을 이었다. "우리는 프로스타글란딘을 사용합니다. 남자 거기에 1cc 정도 팍 주사해주면, 30분이면 팔팔해져서 두세 시간은 지속되니까 엉덩이 두들겨서 새색시랑 같이 러브호텔로 보내거든요. 보통은 한 번만에 낫고 세 번 반복하면 거의 자신을 되찾아요. 원래 혈기 왕성했던 게 잠깐 단추를 잘못 채우는 바람에 잘 안 됐던 거니까요, 약의 힘으로 단추를 다시 채우게 하면 그 다음부턴 자연히 회복됩니다."

자, 다녀와라, 하는 제스처가 우스워서 그 자리에 동석했던 모두가 웃었다.

"당뇨병으로 구실을 못 하게 된 것도 인공물을 넣어서 어엿하게 만들어놓습니다." 사람들의 반응에 기분이 좋아졌는지 고토 부장의 말투가 열을 띠었다. "아랫배에 조그만 저장 탱크를 심어서 거시기를 위로 홱 쳐들면 스위치가 켜지면서 펌프가 작동해 액체를 보내서 남근 속 장치가 팽창하는 거죠. 기계니까 한 시간이든 두 시간이든 끄떡없습니다. 끄고 싶을 땐 밑으로 내리면 스위치가 꺼지면서 썰물 빠지듯이 액체가 원래 있던 곳으로 돌아갑니다. 보험이 적용 안 돼서 비용이 3백만 쯤 들지만, 여든 살 먹은 노회장님은 좀 더 일찍 할 걸 그랬다고 감격하더군요."

"부인이 좋아하는 겁니까?"

나카이 부장이 진지한 표정으로 물었다.

"아뇨, 젊은 세컨드가 좋아한다던데요."

사람들이 또 웃었다.

나는 약속 시간에 맞춰 남관 6층에 있는 비뇨기과 의국으로 갔다. 혼조 의사가 나를 보고 바로 안쪽으로 데려갔다. 고토 부장은 가운을 벗고 테이블 위에 있는 장난감 같은 기구를 수리하고 있었다.

"아, 마토바 선생. 이게 뭔지 알겠습니까?"

고토 부장은 나를 보더니 테이블 위의 물건을 가리켰다. 실린더에 모터가 달린 장난감인데 용도는 알 수 없었다. 나는 당혹해서 고개를 흔들었다.

"선생이야 이런 게 필요 없으니까 모르겠죠."

고토 부장은 은근히 웃으며 혼자 납득했다.

"뭐죠? 장난감치곤 단순한데요."

나는 물었다.

"진공 흡입기예요. 여기에 남성 그걸 넣고 모터를 돌리는 겁니다. 실린더 안이 진공 상태가 돼서 물건이 팽창하거든요. 밑동을 고무줄로 묶으면 완성입니다. 이건 성인용품 가게에서 파는 일본 제인데 성능이 제법 뛰어난 데다 가격은 미국 의료기기 제조사에서 만든 제품의 10분의 1이에요. 이거야 원, 일본의 테크놀로지도 참 대단합니다. 작은 공업소 제품이 미국의 일류 제조사에서 만든 걸 가볍게 능가하니 말이에요. 게다가 이름이 멋지단 말이죠. 뭘 것 같습니까?"

또다시 날아온 질문에 나는 대답하지 못했다.

"'환희'예요. 제법 그럴싸하지 않습니까?" 고토 부장은 기구를 상자에 넣고 일어섰다. "선생 질문엔 부원장님이 대답한다고 합니다. 안내하죠."

고토 부장은 서글서글하게 말했다.

나는 그 뒤를 따라 방을 나섰다.

"바쁘신데 죄송합니다."

엘리베이터 안에서 다시금 감사를 표했다.

"아니에요, 사실은 나도 기증자에 관해 아무것도 몰라요. 전적으로 뇌사 판정 위원회의 판단에 맡겨왔죠. 그 문제에 개입하면 옴짝달싹 못 하게 될 것 같아서 말입니다. 뭐, 말하자면 임상의는 요리사랑 마찬가지인 겁니다. 내가 맡은 일은 눈앞의 재료로 최선의 결과를 만들어내는 거라고 스스로 타이르곤 합니다. 지금은 만성적인 재료 부족 탓에 요리사가 이러쿵저러쿵할 수 있는 시대가 아니니까요." 고토 부장은 어느새 정색하고 있었다. "하지만 선생처럼 의문을 갖게 됐을 땐 납득할 수 있는 설명을 들어두는 게 낫겠죠. 아니면 집도하는 손에 망설임이 생깁니다."

원장과 부원장의 방은 북관 6층에 있었다.

고토 부장이 노크한 건 부원장 방이었다. 안에서 목소리가 답했다. 안으로 들어가니 칸막이도 없이 커다란 책상이 이쪽을 보게 놓여 있었다.

"시라타니 선생, 마토바 선생입니다. 그럼 잘 부탁합니다."

고토 부장은 문가에서 말하더니 나한테 "그럼 난 이만"이라고 하고 방에서 나갔다.

"마토바 선생, 들어오시죠. 이리 와서 앉으세요."

시라타니 부원장이 책상에 앉은 채 말했다.

나카이 부장의 방을 제외하면 지금까지 북관 꼭대기층 실내에 발을 들여놓은 적이 없었다. 부원장실은 부장실보다 넓었다. 10평 가까이 되지 않을까. 나카이 부장의 방이 여기저기 논문 사본이며 의학 잡지가 어질러져 있는 것과 대조적으로 여기는 벽에 붙은 선반도 책꽂이도 깨끗하게 정돈돼 있었다. 창문으로 짙푸른 산이 보였다.

부원장은 책상 위 서류에 뭔가를 쓰다가 내가 소파에 앉자 고개를 들고 일어섰다. 빳빳하게 풀을 먹여 주름 하나 없는 가운을 입고 있었지만 빈틈없는 태도는 의사라기보다 은행장 같았다.

"편하게 계세요."

일어나려는 나를 부원장이 제지했다. 180센티미터 가까운 키에 50대 중반이 되도록 희끗희끗한 머리는 숱이 많다. 간사이에 있는 사립 의대의 중앙 검사실 교수로 있다가 세이레이 병원으로 초빙된 병리학자였다.

"고토 선생에게 선생의 의향을 들었습니다. 뭐든 물어보시죠."

부원장은 소파에 여유 있게 앉았다. 말을 나누는 건 처음이었다.

"죄송합니다. 고토 선생님께 말씀을 듣는 건 줄 알았는데 생각지도 않게 선생님께 오게 돼서 놀랐습니다." 나는 호흡을 가다듬으며 말했다. 뜻하지 않게 찾아온 기회를 잡기로 했다. "소아 간 이식을 하면서 전부터 마음에 걸렸던 게 있습니다. 기증자가 어디서 나는 건가 하는 의문입니다. 작은 장기를 어디서 이렇게 많이 모아오나 이상했거든요. 그런데 저번에 비뇨기과 동료한테서 그중에 무뇌아 것도 섞여 있단 말을 들어서 깜짝 놀랐습니다."

내 발언에 시라타니 부원장은 가볍게 응했다. 하지만 시선에서는 아무런 표정도 읽을 수 없었다.

"무뇌아를 기증자로 쓴다는 게 역시 사실입니까?"

나는 무표정한 상대방 앞에서 성급해졌다.

"사실입니다." 잠깐 있다가 짤막한 대답이 돌아왔다. 순간 그 말이 머릿속에서 메아리친 듯한 느낌이 들었다. 나는 적당한 대답이 생각나지 않아 잠자코 고개를 끄덕였다.

꽃병 받침대 위에 커다란 고이마리풍 자기 화병이 있었다. 전위적으로 꽂은 생화가 아름다웠다. 하얗게 색을 입힌 덩굴풀이 나선 모양으로 위를 향해 뻗었다.

"선생도 무뇌아에 관심을 가질 정도니까 그게 어떤 건지 다소는 아시겠죠."

부장이 조용히 입을 열었다. 무뇌아에 대해 '그것'이란 지시어를 쓴 게 기묘하게 느껴졌다.

"아닙니다. 본 적도 없습니다."

나는 무난한 대답을 골랐다.

"장기 덩어리가 자궁에서 생산됐다고 보시면 될 겁니다. 물론 태내에서 죽는 것도 있지만 운 좋게 태어나도 금방 죽습니다. 아니, 태어난다느니 죽는다느니 하는 단어를 쓰면 안 될지도 모릅니다. 애초에 무뇌아는 인간으로서의 조건을 갖추지 못하니까요."

"인간이 아니란 말씀입니까?"

나도 모르게 되물었다.

"그렇죠. 있어봤자 눈코입 정도가 아닐까요. 귀는 변형됐고 목은 짧고 뇌는 다리랑 줄기 정도밖에 없어요. 물론 시상과 시상하부 같은 건 존재하지 않습니다. 두개골도 흔적처럼 남아 있는 정도고 개중엔 뇌저가 바로 보이는 경우조차 있습니다. 그 때문에 무뇌아의 반수는 태내에서, 나머지 50퍼센트 중 절반은 출산 후 24시간 이내로 사망합니다. 대다수가 일주일 이내로 사망하죠."

부원장은 글을 소리 내어 읽는 듯한 어조로 말했다.

"어차피 생존이 100퍼센트 불가능하니까 기증자로 이용한다는 말씀이군요."

"방금 사망한다는 표현을 썼는데 세이레이 병원의 뇌사 판정 위원회에선 원래 무뇌아는 살아 있는 게 아니라고 간주합니다."

"살아 있지 않다고요?"

또 되물었다.

"네. 애초에 인간으로서의 생을 살고 있지 않으니까 죽는 것도 있을 수 없는 셈입니다." 꿈쩍도 하지 않고 이야기하는 부원장의 입가를 나는 응시했다. "생각해보세요. 시상이 없으니 통각도 없습니다. 게다가 대뇌가 없으니까 다른 감각이나 사고도 형태를 이루지 못하죠. 다시 말해서 인간으로서 산 역사가 없는 겁니다. 포상기태하고 마찬가지로 물체로 간주해서 안 될 이유가 없습니다. 뇌사 판정에서 문제로 삼는 건 그때까지 인간으로서 존엄을 갖고 살아온 개체가 뇌에 불가역적인 손상을 입었을 경우잖습니까? 무뇌아를 대상으로 뇌사 판정을 할 필요가 없는 것도 사실은 그런 이유에서인 겁니다."

태연하게 말하는 부원장의 단정한 이목구비를 보며 숱 많은 머리는 가발일지도 모르겠다는 생각을 했다. 이마 선이 어쩐지 부자연스러웠다.

"하지만 그건 법적인 문제를 공개적으로 검토하기 이전의 사적인 의견 아닙니까."

나는 반박했다.

"물론 그렇습니다. 우리나라엔 이 문제와 관련된 법률이 없습니다. 그러니까 우리는 의료를 우선해서 조기에 실적을 쌓아 레일을 깔아놓자고 생각하는 겁니다. 만에 하나 재판을 받더라도 승소할 자신은 충분히 있습니다. 실제로 독일 법원에선 무뇌아를 '생을 산' 인간으로 보지 않습니다. 어머니는 자기가 밴 무뇌아를 언제든 인공중절할 수 있는 겁니다."

"하지만 '생을 살지' 않아도 태어난 시점에선 심장도 폐도 움직이고 있을 텐데요. 장기가 살아 있으니까 우리도 간 이식에 이용할 수 있는 게 아닙니까."

내 반론은 비명처럼 들렸을지도 모른다. 부원장은 입꼬리를 살짝 치켰다.

"그건 장기가 살아 있는 것뿐이지 인간으로서 존엄 있는 생이 아닙니다. 오감과 사고가 없는 이상 사회나 타인과의 접점도 없는 거죠. 다시 말해서 사회적 존재라고 할 수 없는 겁니다."

시라타니 부원장은 나를 가만히 응시하며 내가 대답을 못 하는 걸 확인한 뒤 말을 이었다.

"선생도 아시겠지만 우리나라에서 출생하는 신생아는 연간 약 120만 명입니다. 그중에 선천성 질병으로 사망하는 게 심장 질환 2백 명, 간 질환 4백 명, 신장 질환 3백 명이라고 이야기됩니다. 한편 무뇌아는 천에서 2천 명에 한 명 꼴로 나오니까 사태(死胎)를 고려해도 연간 4백 명 정도는 출산에 이를 수 있을 겁니다. 이걸 그냥 낭비하지 말고 이식에 사용하면 선천성 기형으로 죽을 운명에 처한 갓난아기 중 8, 90퍼센트가 살 수 있습니다. 나 자신은 기독교 신자가 아니지만 이게 바로 신이 내린 선물이 아닌가 생각합니다."

"무뇌아가 신의 선물이라고요?"

나도 모르게 부원장의 말을 되뇌었다. 부원장은 유유하게 고개를 끄덕였다.

"난 불행하게 무뇌아를 밴 임부한테도 그런 식으로 말합니다. 마토바 선생도 남자니까 기형아를 임신한 여성의 고뇌를 상상할 수 없을 테죠. 하물며 자기 애한테 뇌가 없다는 걸 알았을 때 임부가 받는 충격은 말도 못 합니다. 자기가 뭔가 잘못한 게 아닐까, 천벌이 아닐까 하고 자책하고 괴로워하는 게 보통입니다. 남편한테도 말 못 하고 시어머니한테도 끝끝내 감추는 경우도 드물지 않아요. 그런 정신적인 고통은 인공중절을 한다고 쉽게 사라지지 않거든요. 아니, 오히려 중절한 것 때문에 죄의식이나 자책감이 커진다고 할 수도 있죠. 하지만 아니다, 당신이 밴 아기는 장기 이식을 통해 다른 아기 몇 명을 살릴 수 있다고 말해주면 대다수의 임부가 안도한 표정을 지어요. 무의미한 임신이라고 생각했던 게 반대로 중요한 의의를 갖게 되니까 당연합니다. 그러니까 무뇌아의 장기이식은 이중의 의미로 구원이 되는 겁니다."

시라타니 부원장은 천천히 말을 마쳤다. 처음부터 끝까지 일관된 논법이었다.

"각지의 조산원에서 임부가 무뇌아를 뱄다는 게 판명되면 적극적으로 우리 병원을 소개하도록 하고 있습니다. 산부인과 이와카베 부장의 수완이죠."

"무뇌아의 장기 이식 경우 기증자의 부모와 수혜자 사이에 금전이 오가진 않습니까?"

내 질문은 궁지에 몰린 작은 짐승의 마지막 저항에 가까웠다.

부원장은 고개를 끄덕이고 한 박자 쉰 다음 입을 열었다.

"세이레이 병원은 그 점에 관해선 전부 코디네이터한테 맡깁니다. 기증자 가족한테 사망 특별금이란 명목으로 사례금이 지불되는 경우가 있을지도 모르죠. 상식적인 범위 내에서 수요와 공급에 따라 결정되는 일이에요. 난 그 부분은 잘 모릅니다."

부원장은 미안하다는 투로 말했다. 나는 거액의 돈이 오가는 사실을 폭로하고 싶은 걸 꾹 참았다. 그건 환자 어머니와의 약속을 깨는 일이었다.

"알겠습니다. 선생님 말씀을 듣고 의문이 대부분 풀렸습니다."

그런 감상은 거짓이 아니었다. 다만 이전 의문 대신 새로운 의혹이 솟은 것뿐이다.

부원장이 웃으며 일어섰다.

"세상엔 의사가 솔선해서 행동해야 하는 일이 있어요. 인공 투석조차도 처음엔 사람들이 반대했죠. 인공 페니스도 그렇잖습니까? 의사가 그걸 당연하게 했기 때문에 세상 사람들이 인정하고 추종한 겁니다. 고토 선생의 클리닉은 이제 환자가 끊이질 않는답니다."

부원장은 문을 열었다.

"마토바 선생, 앞으로도 질문이 있으면 나한테 직접 말해주세요. 이런 일은 그다지 제삼자의 귀에 들어가지 않는 게 나으니까요. 당사자들끼리 해결하면 그만인 일입니다."

나를 배웅하며 부원장이 내 귓가에 대고 덧붙였다.

무뇌아는 신의 선물.

엘리베이터를 타고 나서도 부원장이 한 말이 귓속에서 거듭 울렸다.

6월 26일

– 무뇌아는 애초에 인간이 아니다. 이 세상에 살았다는 자취가 없으니까 죽음도 없다. 따라서 뇌사 판정의 대상이 아니다.

– 무뇌아에게서 얻는 장기를 유효하게 이용하면 선천성 질환을 앓는 신생아의 대다수를 구할 수 있다.

– 무뇌아를 밴 어머니와 가족도 장기 제공으로 죄의식이 해소된다. 왜냐하면 무뇌아는 신의 선물이니까.

시라타니 부장이 한 말을 정리해보면 이렇다. 어디를 어떻게 보나 허점이 없는 논법이다.

하지만 어딘가가 이상하다.

6월 27일

아픔을 느끼지 못하고 보고 듣지도 못하고 사고하지도 못하는 인간은 그 밖에도 있다. 뇌사 상태의 인간이다. 식물인간은 바늘로 찌르면 통각 반사에 의해 얼굴을 찡그린다. 그런 의미에서 무뇌아가 뇌사와 거의 동일한 생명 수준에 위치한다는 건 분명할 것이다.

하지만 뇌사 상태에 있는 인간이 생을 살았던 과거를 갖는 데 비해 무뇌아는 그렇지 않다. 말하자면 태어난 순간부터 뇌사 상태였던 셈이니 인간의 정의(定意)를 만족시키지 못한다.

그게 시라타니 부장의 논리다.

하지만 무뇌아의 심폐, 간신(肝腎) 등이 기능한다는 건 그들이 살아 있다는 증거가 아닐까. 뇌가 없는 걸 일종의 병으로, 치료를 요하는 상태라고 볼 순 없는 걸까.

그런 견지에서 보면 무뇌아한테서 장기를 꺼내는 건 살인이 아닐까. 뇌가 없다는 게 살인의 구실이 될 순 없다.

생전에 쓴 유서가 있으면 뇌사 환자의 장기 적출은 비교적 쉽게 진행된다. 하지만 무뇌아는 그런 유서도 없다. 그렇다고 어머니 내지 아버지한테 장기 적출을 허가하는 권한이 있다고 할 수 있을까.

하지만 어떤 반론도 '무뇌아는 인간이 아니다'란 차가운 벽을 돌파하지 못하는 한 힘을 못 쓴다.

지금까지 세간엔 뇌사에 관한 논의만 있었고 브레인 라이프(뇌생)에 관해서는 논의가 이뤄지지 않았다. 인간의 죽음을 논할 때 브레인 라이프는 자명한 사실이었기 때문이다. 무뇌아란 존재는 그 점과 연결된다. 뇌가 없으니 처음부터 브레인 라이프가 없다고 단언할 수 있을까.

시라타니 부원장은 무뇌아는 인간으로서 산 역사가 없다, 그러니까 인간이 아니라고 말했는데 과연 그럴까. 그들의 생명이 모체에 깃든 순간부터 어머니는 장차 태어날 자식과 대화를 나누기 시작한다. 음식을 가려 먹고 좋은 음악을 듣고 유아용품을 사모으며 방을 장식하기까지 한다. 아버지는 아이에게 지어줄 이름을 고민하고 배 속에 든 아기의 거동을 매일 아내에게 묻는다. 태내의 아기가 무뇌아라도 그동안 부모와 자식 간에 쌓아온 접촉은 존재한다. 그게 아이가 살았던 역사를 입증하는 증거 아닐까.

부원장은 또 무뇌아를 출산한 어머니의 죄책감을 해소해주기 위해 장기를 유용하게 쓰는 거라고 주장한다. 그게 과연 의사로서 올바른 조언일까. 내가 주치의라면 불행하게도 이런 중병을 갖고 태어난 탓에 하루밖에 못 살았습니다, 하지만 최선을 다한 인생이었습니다, 장례를 잘 치러주고 앞으로도 공양해주십시오, 하고 말할 것 같다. 죽은 아이 몫만큼 다음에 태어날 자녀 분도 사랑해주십시오, 란 말도 덧붙이고 싶다. 겨우 며칠, 아니 몇 시간 살다 간 아이에게 이름을 지어주고 싶다는 부모가 있으면 눈물을 흘리며 그 고운 마음씨에 찬사를 보내고 싶다. 무뇌아를 어엿한 인간으로 대하고 애도할 때 진정한 상(喪)이 돼서 어머니의 죄책감이 의미 있는 일로 승화되지 않을까.

6월 28일

당직을 마친 뒤 무거운 머리를 떠받치고 주차장으로 가서 차 운전석에 앉았다. 핸들을 잡고 시동을 걸려는 순간 주차장 안쪽에 감색 BMW가 서는 게 보였다.

사다무라 의사가 내려 건물 뒤쪽으로 걸어갔다. 병원 정면 현관도, 직원 출입문도 그 방향에 없다.

나는 즉각 차에서 내려 상대방한테 들키지 않도록 달음질을 쳐서 뒤를 쫓았다.

사다무라 의사는 절벽 아래 작은 콘크리트 건물 쪽으로 갔다. 건물의 절반은 소각로, 나머지 반은 특수약품의 폐액 보관고였다.

사다무라 의사는 뒤를 한 번 돌아보더니 보관고 철문에 열쇠를 꽂았다. 문을 열고 안으로 들어갔다. 문이 소리도 없이 닫혔다.

사다무라 의사는 서류가방만 들고 있었다. 보관고에 무슨 볼일이 있는 걸까.

나는 주차장 구석에 서서 기다렸다. 15분 지나도 철문은 열리지 않았다.

빠른 걸음으로 차로 돌아와 시동을 걸었다. 보관고에 드나드는 사람을 감시할 수 있는 위치로 차를 이동시켰다.

운전석을 뒤로 젖히고 몸을 기댔다. 누운 자세를 취하자 철문이 시야에 들어왔다.

그때부터 한 시간을 더 기다려도 사다무라 의사는 나타나지 않았다.

문을 열고 차에서 내렸다.

보관고로 다가가 철문을 밀어보았다. 꿈쩍도 하지 않았다.

정면 현관 쪽으로 돌아왔다. 직원 출입문으로 들어선 곳에 경비실이 있었다.

"소아외과 마토바입니다만 폐액 보관고 열쇠를 빌릴 수 있을까요."

경비실에 있는 두 사람에게 말했다.

"폐액이 어떤 겁니까?"

"시안 화합물입니다."

나는 대충 거짓말을 했다.

"그럼 용기에 매직으로 표기해주세요."

나이 많은 쪽 경비가 그렇게 말하며 대출 기록부를 내 앞에 내밀었다. 소속과 이름을 쓴 걸 확인하고 열쇠를 주었다.

나무 이름표가 달린 열쇠를 들고 보관고로 돌아왔다. 철문에 열쇠를 꽂아 돌리자 둔탁한 소리가 나며 잠금 장치가 풀렸다. 손잡이를 당기자 문이 레일을 따라 움직였다.

안은 상당히 넓었다. 10평 가까이 될 것 같다. 낮은 칸막이로 구분된 구획에 황산 화합물, 염산 화합물, 시안 화합물 등 표시가 붙어 있었다. 각 칸막이 사이에 드럼통이며 크고 작은 폴리에틸렌 용기와 병이 어수선하게 놓여 있었다. 검사실, 실험실에서 나오는 특수 폐액은 병원의 처리 담당자가 정기적으로 회수해서 1년에 몇 차례 처리한다. 그때까지 유해 물질을 이곳에 보관하는 것이다.

문 바로 옆에 있던 스위치를 눌러 불을 켜고 주의 깊게 실내를 이동했다. 다른 출구는 보이지 않았다. 사다무라 의사의 모습은 찾아볼 수 없었다.

창문도 없었고 바닥과 천장, 벽 모두 콘크리트를 발랐다. 사람이 들어갈 수 있는 거라곤 크기가 드럼통의 곱절은 될 것 같은 검은 탱크뿐인데, 그것도 안에 약품이 가득 든 듯했다. 그 외에는 양철 통과 폴리에틸렌 용기가 쌓여 있을 뿐이었다.

머릿속에서 조금 전 본 광경을 재현해봤다. BMW에서 내린 사다무라 의사는 곧장 보관고로 와서 철문을 열고 안으로 들어갔다. 약 한 시간 전에 있었던 일이다. 내가 열쇠를 빌리러 경비실에 간 몇 분 사이에 나간 걸까. 그렇다면 정면 현관이나 직원 출입문에서 마주칠 법도 한데. BMW는 아직 주차장에 있으니 차를 타고 떠난 것 같지는 않다.

불을 끄고 밖으로 나왔다. 철문을 닫고 문을 잠갔다.

사다무라 의사의 BMW는 주차장 원래 있던 위치에 그대로 있었다.

나는 내 차로 돌아왔다. 운전석에 앉아 보관고의 콘크리트 벽을 노려보았다.

병원 건물은 아래 세 층 부분이 절벽을 파고든다. 폐액 보관고는 절벽 아래, 건물 옆에 조그맣게 붙어 있다.

나는 시선을 들어 3층에 있는 예배당이 어느 위치에 있는지 확인했다. 사다무라 의사가 드나든 두 지점을 눈으로 연결해봤다가 앗 하고 소리 지를 뻔했다. 예배당 제단 옆에서 그가 나온 걸 아마기시 씨와 시키 씨가 목격했고, 방금 전에는 그가 보관고로 들어간 걸 내 눈으로 봤다.

예배당과 폐액 보관고는 어떤 특정한 장소로 이어지는지도 모른다. 그건 예배당 뒤, 보관고 위쪽일 것이다. 즉, 절벽 내부에 뭔가 특수한 공간이 있을 가능성을 뜻한다.

어느새 차를 출발시키고 있었다. 빠른 속도로 구불구불한 산길을 내려와 역 앞으로 나왔다. 열쇠 집에서 열쇠를 복사했다.

세이레이 병원으로 차를 돌렸다. 경비실에 돌아왔을 때는 이미 거의 한 시간쯤 지나 있었다.

"죄송합니다. 급한 볼일이 생기는 바람에 반환이 늦어졌습니다."

경비실에 남아 있던 젊은 직원은 내 서툰 변명도 아랑곳하지 않고 대출 노트에 체크하고 열쇠를 받았다.

주차장에는 아직 사다무라 의사의 BMW가 있었다. 감색 차체를 곁눈으로 바라보며 주차장에서 나왔다.

나는 집으로 돌아와 샤워를 하고 점심 요기를 했다. 오후에 시내로 다시 나가 커다란 상자를 사야겠다. 폐액 보관고에서 밤을 보낼 준비를 할 생각이다.

6월 29일

조립하지 않은 상자를 차 트렁크에 싣고 세이레이 병원 주차장으로 돌아온 건 오후 4시였다. 청바지에 점퍼 차림이었다.

종업 전이라 드나드는 차는 많지 않았다. 사다무라 의사의 BMW는 아직 똑같은 위치에 있었다. 그 근처 빈자리에 차를 세웠다. 트렁크에서 상자를 꺼내 폐액 보관소 문 앞으로 날랐다. 다시 차로 가서 이번에는 원통형 깡통을 들고 보관소로 돌아왔다.

복사한 열쇠를 쓰자 문은 손쉽게 열렸다. 재빨리 상자와 깡통을 안에 넣고 문을 닫았다. 조명 스위치를 켰다. 어슴푸레한 불빛 속에 작업을 시작했다.

상자 두 개를 조립해 포장용 테이프로 붙이자 사람 한 명이 너끈히 누울 수 있는 크기가 됐다. 그걸 벽 쪽에 붙이고 안에서 바깥이 보이도록 커터로 기름하게 구멍을 냈다. 물과 샌드위치를 넣은 깡통은 상자 바로 옆에 놓았다.

누가 폐액을 버리러 와도 이 상자를 수상쩍게 생각하지 않을 것이다. 이것 말고도 온갖 형태의 상자가 보관고 여기저기에 흩어져 있었다.

불을 껐다. 펜라이트 불빛을 비추며 상자 안에 들어갔다. 작은 쿠션을 베고 반듯이 누웠다.

캡슐 호텔의 침대와 어쩐지 느낌이 비슷하다. 계획이 수포로 돌아가도 새벽에 시치미 떼고 여기서 나가 바로 출근하면 된다.

펜라이트를 다시 켜고 상자 속을 비춰봤다. 주위가 어슴푸레 밝아지면서 다시 어린애가 된 기분이 들었다.

초등학생 때 친구와 오두막을 만들어 논 적이 있었다. 사람이 살지 않게 된 큰 집의 망가진 산울타리를 통해 숨어들어 담장 쪽에 적당한 자리를 찾았다. 집에서 상자와 비닐, 신문지를 가져왔다. 밑에 비닐 매트를 깔고 주위에 막대기를 꽂은 뒤 사이사이를 상자로 막았다. 지붕에도 상자를 펴서 얹고 비닐로 이자 어엿한 오두막이 완성됐다. 안에 들어가니 따뜻했다. 난로가 있는 자기 집보다 오두막이 더 스릴 있고 편안했다. 며칠 동안 학교가 끝나면 그곳에서 놀았는데, 어느 날 가보니 웬 어른이 오두막을 치워버렸다.

그때 일을 생각하며 눈을 감고 언제든 잘 수 있는 태세를 유지했다. 주차장에서 엔진 소리가 들려왔다. 직원들 퇴근 시간인 듯했다. 6시가 지나자 차 소리도 그쳤다.

나는 반듯이 누운 자세로 어느새 잠이 들었다.

잠에서 깬 건 가까이에서 다른 소리가 들렸기 때문이다. 철문이 열리는 소리가 바닥을 타고 귀에 직접 진동으로 느껴졌다. 실내가 환해지면서 상자에 낸 구멍으로 빛이 들었다.

손목시계를 보자 7시 15분이었다. 상자 안에서 조심조심 몸을 틀어 틈새에 눈을 갖다 댔다. 5, 6미터 앞에 사람이 있었다.

거무스름한 색의 양복을 입은 남자였다. 창고 중앙에 있는 커다란 드럼통을 기울이고 있었다. 힘을 주자 드럼통은 바깥쪽 둘레의 한 지점을 축으로 옆으로 움직였다. 바닥의 움푹 팬 부분을 발로 누르는 남자의 옆얼굴이 보였다. 외래에서 산부인과 구노 의사와 이야기하던 남자였다.

남자는 드럼통을 원 위치로 돌려놓고 안쪽으로 가서 탱크 뒤로 사라졌다. 시선으로 남자의 뒤를 쫓는 동안 실내에 또다시 어둠이 찾아들었다.

어둠 속에서 돌과 돌이 마찰하는 소리가 났다. 하지만 그 소리도 몇 초 뒤 사라져버렸다.

5분, 10분, 그리고 30분 기다렸다. 어둠과 정적에 변화는 일어나지 않았다.

남자는 어디론가 사라지고 없었다.

남자가 다시 나타날 때까지 기다려야 할지 망설였다.

손목시계가 8시를 가리켰을 때 상자의 머리 부분을 안쪽에서 밀어 번데기가 허물을 벗는 모양새로 밖으로 나왔다. 상자를 원 상태로 바로잡았다. 펜라이트를 켜고 남자가 움직였던 드럼통에 다가가 똑같이 옆으로 움직여봤다. 큰 힘을 들이지 않아도 쉽게 움직였다.

드럼통에 가려져 있던 바닥에 움푹 팬 곳이 있었다. 가로세로 30센티미터 크기에, 밑에 레버가 붙어 있어 언뜻 보면 배수구처럼 보였다. 나는 남자가 한 것처럼 레버를 오른발로 밟았다. 둔탁한 소리가 났다.

정면의 벽이 소리도 없이 뒤로 물러나 1미터쯤 들어간 곳에서 멈췄다. 좌우로 틈새가 생겼다.

아까 벽을 살펴봤을 때 문 크기로 홈이 파여 있다는 건 알아차렸지만 뭔지 알 수 없었다. 이런 비밀 문은 예전에 고카의 닌자 저택에서 본 적이 있다. 여기 폐액 보관소에 설계자가 있다면 닌자 저택에서 힌트를 얻었는지도 모른다. 적어도 이런 장치가 설계자의 장기이기는 할 것이다. 습성이라 할 수도 있다.

나는 드럼통을 원 위치로 돌려놓고 새로 생긴 틈새를 펜라이트로 비췄다. 좌우 어느 쪽으로나 안으로 들어갈 수 있게 돼 있었다.

발을 들여놓았다. 시멘트를 바른 공간에 가파른 철제 나선계단이 위를 향해 뻗어 있었다. 그곳이 어슴푸레 밝은 건 위에 큰 방이 있다는 뜻일 것이다. 나는 바닥을 비추며 철제 계단에 발을 디뎠다. 누가 위에서 내려오면 숨을 곳도 없다. 그냥 도망치는 수밖에 없다.

나는 숨을 죽이며 계단을 올라갔다. 계단이 가팔라 열 단쯤 올라가자 벌써 숨이 찼다.

3, 4층 높이만큼 올라가자 넓은 공간이 나왔다. 복도 바닥이 눈 높이에 있었다. 사람은 보이지 않았다. 리놀륨 바닥과 크림색 벽은 병동과 똑같은데 조명만 최소한으로 낮춰져 있었다. 계단에서 바닥으로 발을 옮겼다. 복도는 좌우로 5, 6미터쯤 뻗어 있었다.

발소리를 죽이고 왼쪽 복도 끝까지 갔다. 문손잡이를 잡고 문을 열려고 했으나 꿈쩍도 하지 않았다.

그 순간 나는 몇 분의 유예도 남지 않은 듯한 공포에 사로잡혔다. 비교적 침착했던 기분이 손바닥을 뒤집듯 돌변했다. 반대편 문으로 황급히 다가갔다. 손잡이를 돌려 문을 열려고 한 순간 안에서 목소리가 들렸다. 숨으려면 나선계단밖에 없었다. 하지만 거기까지 돌아가는 데 몇 초는 걸렸다. 그 순간의 차가 그들에게 모습을 들키는 결과가 됐다.

나는 허둥지둥 나선계단을 내려갔다. 도중에 불이 켜지고 머리 위에서 날카로운 고함 소리가 오갔다.

계단을 다 내려와 벽 틈새로 뛰쳐나갔다. 보관고 철문을 필사적으로 열었다. 밖으로 나오자마자 문을 닫았다. 바깥은 충분히 따뜻했다. 군데군데 조명이 밝혀져 있는 주차장으로 가지 않고 주위 철쭉 덤불을 향해 달려갔다. 부피가 있는 산울타리를 골라 속에 뛰어들었다.

폐액 보관고와 100미터쯤 거리가 있었다. 나는 땅바닥에 엎드려 뿌리 틈으로 바깥을 살폈다.

철문이 천천히 열렸다. 나타난 건 그 남자였다. 어두워서 표정은 보이지 않았다.

남자는 주차장 쪽에 시선을 고정하고 움직이는 게 없는지 확인하는 듯 보였다. 차는 넓은 주차장 여기저기에 20대쯤 있을 뿐이었다. 남자가 이쪽으로 다가와 덤불을 꼼꼼하게 뒤지면 발각될 것이다.

나는 남자의 움직임을 주시했다.

남자는 얼마 동안 서 있다가 체념했는지 안으로 돌아갔다.

철문이 닫혔다.

온몸에서 힘이 빠지는 게 느껴졌다.

동시에 보관고 안에 방치한 상자와 양철 깡통이 마음에 걸렸다. 남자 눈에 띄지 않을 리 없다. 남자는 분명 보관고 안을 샅샅이 조사할 것이다.

다행히 신원을 들킬 물건은 남기지 않았다. 상자 속에는 작은 쿠션이 있을 뿐이고, 페인트 깡통에는 물과 샌드위치가 들어 있었다.

나는 약간 안도하며 조금 전 목격한 걸 돌이켜봤다. 나선계단을 올라간 곳에 있는 공간은 병원 건물 내부가 아니다. 위치 관계로 볼 때 절벽 안일 것이다. 산 중턱에 큰 굴을 파고 그걸 막는 형태로 병원을 지었다고 생각하면 된다. 리놀륨 복도 끝에 있던 문은 어쩌면 예배당으로 통할지도 모른다.

하지만 나머지 한 문 뒤의 공간은 어디에 쓰는 걸까. 남자들의 말소리가 불분명하게 들렸던 걸 생각하면 체육관처럼 천장이 높은 공간일지도 모른다.

나는 덤불 속에서 시간이 지나기를 기다렸다. 멀리서 뱃고동 소리가 들려왔다. 항구에서부터 소리가 여기까지 올라오는 일은 별로 없는데.

한 시간 뒤 나는 산울타리에서 나와 서둘러 차가 있는 곳으로 갔다. 보관고 철문은 여전히 닫혀 있었다.

시동을 걸고 조용히 후진했다. 주차장에서 나와 속도를 높였다.

전조등 불빛 속에 비탈길이 떠올랐다. 계곡은 완전히 어둠에 잠겨 있었다. 시야가 잠깐 트였을 때 시내의 불빛이 보였지만, 다음 순간 다시 산의 단면에 가로막혔다.

그때였다. 나는 내가 중대한 실수를 저질렀다는 걸 깨달았다. 나선계단을 내려갈 때도 얼굴은 똑똑히 보지 못했을 것이다. 보관고에 두고 온 물건을 조사하더라도 그중에 신원이 드러날 만한 건 없다. 하지만 그들이 경비실에 가서 대출 기록부를 확인한다면 거기엔 내 이름이 쓰여 있다.

어떻게 하나.

집으로 돌아와 바로 침대에 누웠다. 천장을 응시하다 보니 점점 더 사태가 심각하게 느껴졌다.

그 공간이 비밀 장소일수록 내가 처한 위험은 더욱 커진다고 할 수 있다. 그들은 입을 막을 궁리를 할 것이다.

최악의 경우도 각오해야 한다.

생각해보면 여기서 인생이 끝나도 아쉬울 건 없는 것 같다. 아니, 처자식과 헤어진 시점에서 이미 내가 할 일은 끝났는지도 모른다.

함께 졸업한 대학 동기는 100명이 채 안 되는데 이미 두 명 줄었다. 한 명은 직장암으로 작년에 세상을 떠났고, 또 한 명인 N씨는 졸업한 이듬해 대학 인턴 시절에 집에서 목을 매고 죽었다. 다른 대학 공학부를 졸업하고 대기업 컴퓨터 회사에서 일하다가 의학부에 입학한 별종이었다. 조용한 성격인 데다 우리와 나이 차가 일곱 살이나 났던 터라 처음에는 아저씨 같은 존재였다. 과묵해서 늘 미소 띤 얼굴로 다른 사람의 이야기를 듣는 사람이었다. 그런 N씨의 자살에 다들 놀라 장례식에 동기의 절반이 참가했다. 마지막에 인사하러 나온 N씨의 아버지는 "아들아, 넌 최선을 다해 살았다. 아버지는 그걸 인정해주마"라고 말하며 큰 소리로 울었다. 우리도 같이 울었다. 그때까지 나는 새로 시작한 인생 도중에 죽게 된 N씨는 꽤나 분하겠다고 생각했는데, N씨 아버지의 말을 듣고 눈이 번쩍 뜨이는 것 같았다. 그래, N씨는 최선을 다해 산 것이다. 그렇게 생각하니 해부 실습이며 병동 실습 때 언제나 조용한 태도를 잃지 않았던 N씨를 그리운 마음으로 떠올릴 수 있었다.

인생이 어떤 형태로 갑자기 끝을 맞이하든 그건 중단이 아니라 완결이다. 최선을 다해 산 결말이다.

호랑이 꼬리 벚나무 밑에서 아마기시 씨를 만났을 때가 사진의 네거티브처럼 뇌리에 새겨져 있었다. 정말 꿈결같은 순간이었다.

일주일 전 아마기시 씨한테 집 열쇠를 주었다. 언젠가 누군가에게 줄 때가 올지도 모른다고 생각해서 만들어놓았던 여벌 열쇠다.

"혹시 무슨 일이 생기면 당장 저희 집으로 가주세요."

어스름 속에서 그렇게 말했을 때 그녀의 얼굴이 순간 굳었다. 촛불 불빛이 등 뒤에서 흔들리고 있었다. 나는 웃음을 지었다. '아니, 정말로 만일의 경우를 위한 겁니다'라는 뜻이었다. 추리소설에 자주 등장하지만 현실에선 있을 수 없는 일이죠, 라고 실제로 덧붙일 수도 있었다.

그래도 내가 미소를 지은 덕에 아마기시 씨는 약간 안심한 것 같았다. 열쇠를 소중히 쥐고 나를 쳐다보았다.

스물한 살이라는 나이는 아름답다.

폐액 보관고에서 있었던 일은 아직 말 안 할 생각이다.

이 문제는 내가 혼자서 처리해야 할 일일 것이다. 아마기시 씨와 시키 씨를 끌어들이는 건 가혹한 짓이다. 이제 막 날기 시작한 흰비둘기를 매 떼 속에 몰아넣는 것 같은 일이다.

예배당에서 나가는 아마기시 씨를 나는 마지막까지 지켜보았다. 유니폼을 입은 뒷모습이 아름다웠다. 그때 어째선지 내가 지금 살아 있다는 느낌이 들었다.

뒤에서 '아마기시 씨' 하고 부를 수도 있었다. 그랬다면 그녀의 가련한 얼굴이 나를 돌아보고 맑은 눈으로 쳐다봤을 것이다. 나는 내 마음을 숨김없이 털어놓고 그녀를 끌어안는다. 숨도 쉴 수 없을 만큼 꼭 끌어안는다.

16

"마토바 선생님은 노리코 널 좋아했구나." 유코가 나지막이 말했다. 눈이 빨갰다. "너한테 수기를 남긴 건 자기한테 무슨 일이 생길 걸 예감했기 때문인 거야."

도로를 지나는 차 소리가 작아지고 가고메카고메*의 멜로디가 들려왔다. 시각 장애인용 횡단 신호다.

"경찰에선 평범한 사고사로 보고 있어." 노리코는 중얼거렸다. "이 수기를 경찰한테 보여야 할까."

"안 돼." 유코가 천천히 고개를 흔들었다. "그랬다간 모든 게 물거품으로 돌아가. 마토바 선생님의 죽음도 개죽음이 될 거야. 뭣보다 그 메모엔 살인을 시사하는 내용이 아무것도 없잖아. 경찰이 움직여줄 만한 확증도 없어. 나머지 조사는 우리가 해야 돼."

"어떻게?"

"그건 마토바 선생님이 벌써 준비해줬잖아." 유코는 마토바

* 일본의 놀이 노래.

의사가 종이봉지에 넣은 열쇠를 꺼냈다. "이게 우리 무기야. 오늘 중으로 내가 복사해서 내일 너한테 줄게. 하나씩 갖고 있으면 언제든지 써먹을 수 있어."

유코는 열쇠를 백에 넣었다.

"유코, 마토바 선생님처럼 폐액 보관고에 가보려고?"

"가봐야 뭘 알지. 그 때문에 마토바 선생님이 수기랑 열쇠를 너한테 남긴 거야."

"그건 너무 위험해. 유코 너까지 마토바 선생님처럼 되면 난 어떡해?"

"괜찮아. 우리에 대해선 아직 아무도 몰라. 조사하려면 지금 해야 해." 유코는 선언하듯 말했다. "넌 가만있어도 돼. 네가 기운을 되찾을 때까지 내가 네 몫까지 움직일게."

유코는 백을 들고 일어섰다. 샤워라도 하고 가라고 권했지만 그냥 일어섰다.

외출에서 돌아온 어머니와 현관 앞에서 마주쳤다. 어머니도 저녁 먹고 가라고 했지만 소용없었다.

"노리코, 둘 다 표정이 왜 그러니?"

유코를 배웅한 어머니가 노리코를 돌아보고 물었다.

"이것저것 일이 있었거든."

노리코는 가까스로 대답했다.

"저녁 금방 되니까 그때까지 목욕하렴."

갈아입을 옷을 챙겨 욕실에 들어갔다. 비를 맞아 헝클어진 머리에 샴푸를 묻혔다. 거품을 내서 더운 물로 헹구는데 갑자기 눈물이 솟았다.

마토바 의사를 마지막으로 만난 예배당의 광경과 무참하게 뒤집힌 승용차가 동시에 떠올랐다. 일단 흘러나온 눈물은 아무리 애써도 그치지 않았다. 쏟아지는 샤워 물줄기 아래 오열하며 얼굴을 손으로 감쌌다.

욕조에 들어갔을 때는 눈물은 그친 뒤였다. 밖에는 아직 비가 오고 있었다.

배스타월로 몸을 닦고 거울에 비친 자기 얼굴을 봤다. 눈두덩이 부었고 운 흔적이 뚜렷이 남아 있었다. 그게 이상하게도 위안이 됐다.

잠옷을 입고 거실에 앉았다. 툇마루의 유리문을 통해 마당이 보였다. 쉴 새 없이 내리는 빗속에 수국이 푸르스름한 꽃을 피우고 있었다.

꽃을 멍하니 바라봤다.

마토바 의사가 죽었다는 사실이 비로소 의식 속에 번지기 시작했다. 흰 종이에 떨어진 물방울이 처음에는 둥근 형태를 유지하다가 이윽고 종이에 스며드는 느낌이었다.

하지만 살해당했다는 실감은 뒤따르지 않았다. 머리로는 이해하려고 하는데 아직 감정이 받아들이지 못하는 것이다.

어머니가 불러 거실 식탁에 앉았다.

"너무 무리하면 그러다 몸 상해. 휴일에도 나가니까 옆에서 보기에 조마조마하구나."

어머니의 말을 노리코는 반발도 하지 않고 들었다.

대합 국을 가까스로 마셨다. 풋콩 조림은 손을 대는 둥 마는 둥했다. 디저트로 나온 딸기 세 개로 배가 꽉 찬 기분이었다.

이를 닦고 방으로 돌아왔다. 침대에 누워 눈을 감아도 좀처럼 잠이 오지 않았다.

17

자명종이 울리기 전에 일어났다. 계속해서 내리던 비는 그친 뒤였다.

화장하고 옷을 갈아입은 다음 식탁에 앉았다. 토스트를 먹고 상추와 오이, 토마토 샐러드도 먹었다. 식욕은 어느 정도 돌아와 있었다.

신문을 훑어보려고 했지만 내용이 머리에 들어오지 않았다.

현관까지 나온 어머니에게 다녀오겠습니다, 하고 애써 밝은 목소리로 인사했다.

아직 문을 열지 않은 상점가를 지나 첫째 역까지 비탈을 내려갔다. 비가 먼지를 씻어준 덕에 푸른 나뭇잎이 과할 정도로 선명했다.

케이블카 개표구를 지났을 때 뒤에서 누가 불렀다.

후지노 시게루가 사복 차림으로 서 있었다.

"안녕하세요. 당직이라 안 오시나 했습니다. 다행입니다."

기쁜 표정이었다.

케이블카에 탑승할 때도 동료 차장을 무시하고 노리코에게만 말을 걸었다.

"오늘은 쉬는 날이세요?"

"네. 모형 열차를 전부 병원에 옮기겠습니다. 그 말을 하려고 며칠째 아마기시 씨를 기다렸습니다. 그런데 계속 못 만났습니다."

"죄송해요. 이것저것 일이 있어서 근무가 불규칙했거든요."

노리코는 사과했다. 케이블카의 움직임에 몸을 맡기고 있으려니 어두웠던 마음이 위안을 얻었다.

"간호사는 힘들겠습니다. 저희는 정해진 시간에 일하면 되니까 간단합니다."

후지노 시게루는 위로하듯 말했다. 늘 들고 다니는 숄더백은 보이지 않았고, 베이지색 카디건에 갈색 바지도 평소보다 간편한 복장이었다.

"비가 그쳐서 다행입니다. 비가 왔으면 짐을 나르기 힘들었을 겁니다."

둘째 역에서 내린 뒤 후지노 시게루는 곧장 역사 안으로 들어갔다. 안에 있던 초로의 역원에게 어딘지 모르게 자랑스러운 태도로 노리코를 소개했다.

"당신이 세이레이 병원 간호사시군요."

역원은 일어나 다가왔다. 후지노 시게루가 전부터 노리코 이야기를 한 모양이다.

"후지노의 모형은 대단하답니다. 저것도 후지노가 만든 거죠."

역원은 개표구 옆 여객선을 가리켰다. 평소에도 늘 보는 그 작품은 2미터 가까이 되는 대작이었다.

"언젠가 이 산의 케이블카도 만들어주면 좋겠다고 생각하고 있답니다."

후지노 시게루는 선배 역원의 이야기는 아랑곳하지 않고 가장 가벼워 보이는 상자를 노리코에게 건넨 다음 자신은 큰 상자를 어깨에 짊어졌다.

"더 큰 걸 들까요?"

"괜찮습니다. 아마기시 씨는 이 뒤에 오늘 하루 일해야 하니까 무리하시면 안 됩니다."

두 사람이 밖으로 나갈 때 나이 많은 역원은 친절하게 문을 열어주었다.

노리코가 든 상자는 옆구리에 낄 정도의 크기였다.

"서두르죠. 아마기시 씨가 지각하면 안 됩니다."

후지노 시게루는 노리코를 채근했다.

"괜찮아요. 천천히 걸어도 돼요."

노리코가 말해도 후지노 시게루는 앞장서서 달음질을 쳤다.

"아마기시 씨는 탈의실로 가시죠? 전 외래의 실개천 있는 데서 기다리겠습니다."

후지노 시게루는 노리코에게 상자를 외래 구석에 내려놓으라고 했다. 하지만 그를 따라 대리석 실개천까지 상자를 날라놓고 탈의실로 갔다.

유니폼으로 갈아입은 뒤 유코의 사물함 부근에 가봤지만 유코는 보이지 않았다.

후지노 시게루는 인공 실개천 가장자리에 걸터앉아 위층까지 뻥 뚫린 천장을 올려다보고 있었다. 가동식 유리 천장으로 엷게 구름이 낀 하늘이 보였다.

"오늘 중으로 전부 옮기겠습니다. 돌아오는 월요일에 조립해서 작동시킬 생각입니다."

엘리베이터를 기다리는 동안 후지노 시게루가 말했다.

"그럼 다이노 쇼지한테도 바로 알려야겠네요. 퇴원해서 열차를 못 보겠다고 실망했던 남자애가 있었잖아요? 외래 통원 날짜를 변경해서 올 거예요."

"다른 사람들이 좋아해주면 저도 좋지만 사실 제일 기쁜 사람은 접니다."

"어머나."

노리코는 새삼 후지노 시게루를 바라봤다.

"아니, 어머니가 저보다 더 기뻐했습니다. 제가 세이레이 병원의 아이들한테 모형을 보여준다고 했더니 놀랐습니다."

"그럼 어머님도 오시면 좋을 텐데요."

"어머니는 출근하니까 안 됩니다. 제가 이야기해주면 됩니다." 후지노 시게루는 상기된 얼굴로 대답했다. "수간호사님께 미리 말씀드리는 걸 깜박했습니다. 상자를 식당에 놔둬도 될까요."

"수간호사님께 바로 부탁드려볼게요. 수간호사님도 분명히 좋아하실 거예요."

노리코는 후지노 시게루를 식당에서 기다리게 하고 수간호사실 문을 노크했다. 사정을 설명하자 아리마 수간호사는 일부러 식당까지 와주었다.

"안녕하세요. 상자는 제 방에 두죠. 혹시 무슨 일이 생기면 안 되니까요. 다음 주 월요일이란 말이죠. 다들 기뻐하는 얼굴이 보이는 것 같네요."

아리마 수간호사는 후지노 시게루를 방으로 안내해 상자를 둘 자리를 가르쳐주었다.

"저희가 짐 나르는 걸 거들면 좋겠는데, 마침 인수인계 시간이라서요. 죄송합니다." 아리마 수간호사는 문을 열고 후지노 시게루에게 말했다. "상자는 전부 이 방으로 운반해주세요."

후지노 시게루는 계속 쩔쩔매면서도 시키는 대로 하기로 결심한 모양이었다. 노리코에게 머리를 숙여 인사하고는 엘리베이터 쪽으로 돌아갔다.

간호사 대기실에서 노리코는 근무표를 확인했다. 마지마 간호사는 당직이었다.

아침 인수인계가 끝나는 것과 동시에 바쁜 하루가 시작됐다. 링거 세트를 실은 왜건을 밀고 가다가 두 손으로 상자를 안은 후지노 시게루와 마주쳤다.

"한 번만 더 옮기면 끝납니다."

그는 이마에 솟은 땀을 훔치며 웃었다.

"열차는 진짜 월요일에 달려요?"

시라이시 유미가 그새 소식을 듣고 달려왔다. 후지노 시게루에게 직접 묻지 않고 노리코를 향해 말하는 게 귀엽다.

"오늘은 짐을 나르는 것뿐입니다."

후지노 시게루는 진지한 표정으로 시라이시 유미에게 대답하고 발걸음을 돌렸다.

"유미, 월요일까지 즐거움이 계속되니까 오히려 더 좋은 거야."

노리코의 말에 시라이시 유미는 씩 웃었다.

시라이시 유미의 옆방 1인실에는 1주일 전부터 백혈병을 앓는 남자애가 입원해 있었다.

문을 열자 이시카와 기요시는 검사하러 가서 없고 어머니만 창밖을 멍하니 바라보고 있었다.

"병원엔 익숙해지셨나요?"

돌아본 환자 어머니에게 노리코는 명랑한 목소리로 물었다.

"네."

어머니가 대답하고 나서 뭔가 할 말이 있는 표정을 짓기에 노리코는 들을 태세를 갖추었다.

"기요시는 매일 항생제 주사를 맞는데 그게 정말 꼭 필요한 건가요?"

어머니는 조심스럽게 물었지만 노리코는 중대한 질문이라는 생각이 들었다. 대답할 말을 생각하는데 이시카와 기요시의 멍투성이 몸이 떠올랐다. B세포 백혈병이라 혈소판의 수가 극단적으로 적어 가벼운 타박상에도 피부 밑 출혈을 일으키는 데다 좀처럼 가시지 않았다. 주사바늘 자국으로 뒤덮인 팔다리는 적자색으로 얼룩덜룩 멍이 들어 있었다.

"기요시가 죽는 건 싫어요. 하지만 앞으로 죽음이 기다리고 있다면 이 이상 고통을 주고 싶지 않거든요. 집으로 데려가서 조용히 죽게 하고 싶어요."

이시카와 기요시의 예후가 좋지 않다는 것은 노리코도 알고 있었다. 화학요법을 중지하면 조만간 죽음이 찾아들 것이다. 하지만 화학요법을 계속하면 병을 극복할 수 있다고 생각하는 의사는 아무도 없었다. 주치의는 나가스에 의사다. 온후하고 열의가 있는 만큼 어머니는 대놓고 물어볼 수 없었을 것이다.

"괜찮아요. 기요시는 꼭 좋아질 거예요. 백혈병의 치료는 소아과 질환 중에서도 가장 많이 진보한 분야거든요. 5년 전엔 고칠 수 없었던 백혈병도 지금은 충분히 증상 소실에 다다를 수 있어요."

노리코는 자신의 망설임을 떨치듯 단언했다. 대답하면서 이게 전에 시립 병원의 명예 원장이 말했던 '희망'이라는 약이라고 생각했다.

하지만 어머니는 고개를 끄덕이지 않았다. 눈도 깜박이지 않고 어두운 눈빛으로 노리코를 쳐다볼 뿐이었다.

"어머니, 기운 내세요. 기요시는 꼭 좋아질 거예요."

노리코는 당황스러운 기분을 감추듯 다시 한 번 말했다. 어머니는 되레 의심하는 듯한 표정을 지었다.

노리코는 도망치듯 병실에서 나왔다. 간호 일지에 방금 나눈 대화를 적어야 할까. 아니, 그랬다간 전후 기록과 완전히 겉돌 것이다. 안색이라든지 체온, 혈압, 배변 상태 등만 쓰여 있는 일지에 어머니의 의문을 그냥 그대로 적을 수는 없었다. 그럼 주치의인 나가스에 의사에게 보고해야 할까.

하지만 노리코는 그것도 그만두기로 했다. 주치의의 열의에 찬물을 끼얹는 듯한 말을 신임 간호사가 할 수 있을 리 없다. 결국 자신도, 어머니도 입을 다물고, 이제까지 해온 대로 적극적인 항암 치료가 계속될 것이다.

자신이 환자 어머니라면. 그런 상상을 해보니 신선한 기분이 들었다. 그런 가정은 지금까지 해본 적도 없었다. 언제나 자신은 간호사, 그것도 신참 간호사라는 시점에서 모든 일을 생각했다. 아니, 그러려고 필사적으로 노력해왔다.

자식이 매일 주사를 맞아 여기저기 피부 밑 출혈을 일으켜 아파하고 슬픈 표정을 짓는 것을 자신은 견딜 수 있을까. 주사를 맞으면 목숨이 몇 달 연장된다는 이유로 아이의 인생 전부를 치료에 쏟는 것을 받아들일 수 있을까. 그보다 아이를 집으로 데려와 좋아하는 일을 하게 하고 좋아하는 음식을 만들어주면서 죽음을 맞이하게 하는 게 옳지 않을까.

병에 저항하지 않고 진행에 맡기는 사례를 학창 시절 수업에서 들은 기억이 있었다.

여든 살 가까운 남자가 백내장을 앓아 바닥 높이가 조금만 달라져도 넘어지게 되자 주위에서 수술을 권했다. 부모에게서 독실한 기독교 신앙을 물려받은 노인은 앞이 보이지 않게 된 것도 주님의 뜻이라며 계속 거절했다. 백내장 수술은 매우 간단해서 실패할 확률도 낮다는 것, 시력이 극적으로 개선된다는 것을 주치의가 열심히 설명한 끝에 결국 수술하기에 이르렀다. 수술은 성공해서 노인은 시력을 되찾았지만, 앞이 보이게 되면서 아들 부부와의 사이가 틀어졌다. 그때까지는 한 발 물러나 아들 부부의 보살핌에 몸을 맡겼는데 매사에 불평하게 됐다. 음식을 트집 잡고 목욕물 온도 때문에 화를 내는 형국이었다. 수술하고 반년 뒤 노인은 광에서 목을 매고 죽었다. 그가 남긴 편지에는 '눈을 뜨게 해주는 분은 주님뿐'이라고 쓰여 있었다고 한다.

아니, 이런 생각을 하는 것은 자신이 아직 마토바 의사의 죽음이 가져온 충격을 떨치지 못했기 때문이다.

의료는 생명을 유지할 가능성이 있는 일에 조력을 아끼지 말아야 한다. 그것을 포기하면 의료 자체의 발전이 중단될 것이다.

다음에 어머니가 또 똑같은 질문을 하면 끝까지 희망을 버리지 말고 치료를 계속하자고 똑부러지게 말하자. 노리코는 결심했다.

간호사 대기실로 돌아가려는데 유코가 나타났다. 어째선지 노리코는 흠칫해서 그녀를 식당 쪽으로 불렀다.

"자, 이거." 유코는 열쇠를 내밀었다. "보관고 열쇠야."

"어쩌려고?"

"당연히 가볼 거야. 노리코 넌 걱정 안 해도 돼. 세키하라 아키코란 그 여자, 예정일이 얼마 안 남았잖아? 뭔가 움직임이 있을 거야."

"한동안 가만있는 게 낫지 않아?"

"왜?"

"어쩐지 그럴 거 같아."

노리코는 나지막이 말했다. 스스로 생각해도 이래서는 유코를 설득할 수 없을 것 같았다.

"노리코, 선생님을 잊은 거야? 우리가 안 하면 누가 하겠어? 지금이 기회야." 유코는 마토바 의사를 그냥 '선생님'이라고만 했다. "이번엔 내 차례야. 뭔가 알아내면 너한테 보고할게. 빠이 빠이."

끝부분만 큰 소리로 말하며 손을 흔들었다. 노리코는 유코의 뒷모습을 바라보며 전에도 이와 비슷한 기분이 든 적이 있었던 것 같다고 생각했다.

그게 예배당에서 마토바 의사를 마지막으로 배웅했을 때라는 게 기억나 몸서리를 쳤다.

18

1주일은 아무 일도 없이 지나갔다. 마토바 의사의 죽음을 애도하듯 비 오는 날이 계속됐다.

노리코는 매일 일찍 집을 나서 첫째 역까지 천천히 걸어갔다. 매일 출근해서 다행이라는 생각이 들었다. 종일 집에 틀어박혀 있었다면 더 침울했을 것이다.

케이블카에서 만나는 후지노 시게루도 큰 위안이 됐다. 그가 먼저 미소를 짓는 일은 없다. 오히려 안면이 있는 사람 같지 않게 서먹한 태도를 취하지만, 열심히 근무하는 모습이 노리코의 눈에는 존귀하게 비쳐 용기를 얻을 수 있었다.

산을 타고 올라가는 케이블카 좌석에서 바다는 보이지 않는다. 빗줄기와 안개에 갇혀 궤도 주위만 보였다. 궤도 곁에 수국이 열 몇 그루 꽃을 피우고 있었다. 저절로 생장할 리 없으니 누가 거기 심었을 것이다. 그루마다 꽃잎의 색깔이 미묘하게 달랐다. 흰색과 주황색, 파란색, 그리고 분홍색이 섞여 있었다. 노리코는 매일 수국이 잘 보이는 위치에 앉았다. 다른 승객들은 수국이 있는지도 모르는 것 같았다.

다만 후지노 시게루만은 그것을 아는 듯, 창밖을 바라보는 노리코를 자기 위치에서 얼핏 보곤 했다. 직무상 문 옆을 함부로 떠나지는 않았지만 한 번은 노리코 옆에 서서 "아름답죠" 하고 작은 목소리로 말했다. 노리코가 대답하려고 얼굴을 들었을 때는 이미 반대편 자기 위치로 돌아가 있었다.

유코에게는 연락이 전혀 없었다. 노리코는 그녀가 일에 쫓기는 탓이라고 생각하며 불안을 달랬다.

후지노 시게루가 열차 모형을 작동시키는 날, 노리코는 쉬는 날이었기 때문에 9시 지나서 집을 나섰다. 10시 조금 전에 병원에 도착했는데 이미 궤도가 반 이상 조립되어 있었다. 후지노 시게루는 언제나 7시 반에 출근하는 수간호사와 전후해서 병동에 와 환자의 아침식사가 끝나는 대로 선로를 연결하기 시작한 모양이었다. 작업은 그가 혼자서 했는데, 얼마나 솜씨가 좋은지 혀를 내두를 정도였다고 아리마 수간호사가 감탄하는 표정으로 말했다.

"아마기시 씨가 쉬는 날이란 말을 듣고 실망하던데 와줘서 다행이야."

수간호사의 말에 노리코는 대답할 말을 찾지 못했다.

후지노 시게루는 식당 바닥에 엎드려 마지막 점검에 여념이 없었다. 노리코를 보고 가볍게 머리를 숙였다.

좁은 레일은 놀이방 안을 종횡으로 뻗어나갔다. 완만한 비탈

도 있고, 상자와 상자 사이에 철교가 놓여 있다. 그 앞 건널목에
는 차단기와 경적이 진짜처럼 붙어 있었다. 네 종류의 열차가
측선에 대기 중이었다. 구식 증기기관차가 있는가 하면 유선형
신칸센 타입도 있었다.

10분도 안 돼서 아이들과 부모들, 그리고 주치의들까지 모여
들었다.

"오빠, 이 열차는 어디 거야?"

남자애를 밀어내고 시라이시 유미가 물었다.

"독일. 프랑크푸르트에서 뮌헨까지 달리는 열차야."

"이 갈색은?"

"그건 스위스. 산속을 달리기 때문에 마력이 세."

"굉장하다. 오빠는 이런 열차가 많아?"

시라이시 유미는 눈을 동그랗게 떴다.

"스물세 종류. 그중에서 일본 건 여덟 종류."

후지노 시게루는 태연하게 대답하고 스위치를 켰다.

증기기관차가 맨 먼저 움직이기 시작했다. 측선에서 본선으
로 천천히 들어섰다. 아이들의 환성을 들은 것처럼 바퀴가 점점
힘차게 움직였다. 하얀 증기를 뿜고 기적을 울렸을 때 뒤쪽에
있던 어른들은 저도 모르게 손뼉을 쳤다.

"옛날 생각나는데요."

머리가 허옇게 센 나가스에 의사가 말했다.

"어머나, 선생님은 외래 진료 아니세요?"

아리마 수간호사가 돌아봤다.

"연락을 받고 와봤습니다. 다이노 군도 저기 있잖습니까."

외래 통원을 하는 다이노 쇼지가 철교 앞에 자리를 잡고 기관차가 다가오는 것을 기다리고 있었다.

"다이노."

시노자키 간호사가 말을 걸자 다이노 쇼지는 씩 웃고 열차에 시선을 되돌렸다.

그때였다. 기관차 굴뚝과 바퀴에서 흰 것이 뿜어져 나왔다. 동시에 덜컹덜컹, 쉭쉭 하는 효과음이 더해졌다. 열차는 차체를 기울여 커브를 돌고 철교에 접어들었다. 주위의 눈이 모두 그쪽을 향했다.

열차가 힘차게 철교를 건넜다. 진짜 기관차를 조그맣게 줄인 듯한 중후한 모습이었다.

그리고 비탈을 내려갔다. 다이노 쇼지는 황홀한 표정으로 멀어져가는 열차를 지켜봤다.

"참 잘 만들었군요. 어렸을 때가 생각납니다. 선로 옆 둑에 뱀밥을 뜯으러 가선 가까이에서 열차를 구경하곤 했거든요."

나가스에 의사가 감탄했다.

"밤에 작동시켜도 운치가 있겠습니다. 차내에 불도 들어오는 것 같은데요."

그때까지 꼼짝 않고 열차를 관찰하던 이자와 의사가 끼어들었다. 열차를 조작하던 후지노 시게루가 용케 알았다는 표정으로 이자와 의사를 쳐다봤다.

"그럼 약간 어둡게 해볼까요."

사다 의사가 후지노 시게루의 동의를 얻고 암막을 치러 갔다.

한쪽 암막을 친 것만으로 실내가 어둑어둑해졌다. 후지노 시게루가 스위치를 켜자 기관차의 전조등에 불이 들어오고 열차 내부에도 노란 빛이 밝혀졌다. 야간열차다.

노리코는 어렸을 때 친가 근처에서 본 야간열차가 생각났다. 산간 마을이라 열차는 터널에서 나와 산 너머로 사라지기까지 30초 정도 모습을 보였다. 한가운데 부근에 있는 건널목에서 꼭 기적을 울리곤 했다. 노란 차창이 한 줄로 움직이는 동안만은 고요한 마을이 시끌시끌해졌다. 야간열차가 가버리고 나면 마을은 다시 죽은 듯이 조용해졌다. 그런 대비가 신기해서 밤이면 늘 선로 쪽을 신경 쓰곤 했다.

가업을 잇고 있던 큰아버지는 그 뒤 집을 팔고 도시로 나왔기 때문에, 노리코가 초등학교에 들어간 뒤로는 시골의 야간열차를 볼 일이 없어졌다. 15년 동안 잊고 살았던 광경이 암막을 친 실내에서, 그것도 모형 기관차를 보고 되살아났다.

아이들은 꼼짝도 하지 않고 달리는 열차를 보고 있었다.

증기기관차를 보는 것도 처음일 테고, 열차가 산을 넘고 골짜기를 넘으며 계속 달리는 모습을 바라보는 것도 처음일 것이다. 열차는 언제나 눈앞을 순식간에 지나가는 존재였을 터다.

증기기관차는 힘차게 달려간다. 연기를 내뿜고 경적을 울리며 몸을 비틀어 커브를 돈다. 꼭 살아 있는 생물 같다. 궤도를 한 바퀴 돌고는 피로한 몸뚱이를 쉬듯 플랫폼에 섰다. 박수가 터져 나왔다.

"한 바퀴 더!"

누가 소리쳤다. 박수가 그에 동조했다. 후지노 시게루는 한 바퀴만 돌고 다음 열차로 넘어갈 생각이었던 듯 난처한 표정으로 노리코를 돌아봤다. 노리코는 잠자코 고개를 끄덕이며 검지를 들었다. 그것으로 결심이 선 모양이었다.

흡사 앙코르 요청을 받은 가수처럼 기관차는 천천히 플랫폼을 떠나 본선에 진입했다. 독특한 소리와 리듬이 쥐 죽은 듯 조용한 실내를 또다시 메웠다.

증기기관차가 두 번째로 철교를 건너기 시작했을 때 복도 쪽이 소란스러워졌다.

"이자와 선생님, 스기야마 씨 모자가……."

아이카와 간호사가 문을 열고 소리쳤다. 누가 불을 켰다. 수간호사와 사다 의사가 아이카와 간호사와 함께 나가고, 나가스에 의사와 이자와 의사도 뒤를 따랐다.

"아마기시 씨, 여기 남아서 애들을 봐줘."

시바타 간호사가 노리코에게 말하고 자리를 떴다.

남은 사람은 노리코와 후지노 시게루 외에 아이들 약 스무 명과 부모 여섯 명이었다. 소곤소곤 뭐라 말을 주고받던 어머니들 중 한 명이 상황을 살피러 나갔다.

후지노 시게루는 주위의 동요를 아랑곳하지 않고 열차의 주행에 온 신경을 집중하고 있었다. 기관차가 또다시 플랫폼에 들어와 이번에는 독일의 갈색 열차가 움직이기 시작했다. 몇몇 아이들이 손뼉을 쳤다. 어른들도 덩달아 박수를 보냈다.

열차는 순조롭게 달렸다. 비탈도 쉽사리 올라가고 철교도 순식간에 통과했다. 구경하는 이들은 독일 열차가 두 바퀴째에 접어들었을 때 스위스의 빨간 열차가 반대 방향에서 궤도로 나선 것을 보고 놀랐다. 레일은 단선인데 두 대의 열차가 빠른 속도로 서로 접근하기 시작했다. 노리코는 저도 모르게 두 열차가 어디쯤에서 부딪칠지 가늠했다. 조마조마한 것은 아이들도 마찬가지인 듯 달리는 두 열차를 번갈아 보았다.

갈색 열차가 철교를 건너 건널목을 통과하려 했다. 차단기가 내려오고 경보음이 울렸다. 코가 뾰족한 빨간 열차가 커브를 돌아 직선 코스에 접어들었다. 레일은 단선이다. 속도는 떨어지지 않았다.

"부딪치겠어!"

시라이시 유미가 외쳤다. 노리코도 앗 하고 소리칠 뻔했다. 후지노 시게루는 태연한 얼굴로 제어기에 손을 얹고 있었다.

두 열차가 마주 선 순간 후지노 시게루는 재빨리 스위치를 켰다.

단선이었던 레일이 눈 깜짝할 새에 갈라져 복선이 됐다. 빨간 열차가 새로 생긴 궤도로 미끄러져 들어갔다. 갈색 열차는 그대로 질주했다. 앞머리가 복선 끝에 다다른 순간, 빨간 열차의 꽁

무늬는 마치 뱀이 꼬리를 움츠리듯 새 궤도에 완전히 들어섰다.

아이들이 후 하고 한숨을 내쉬었다. 타이밍이 1초만 어긋났어도 앞머리와 꽁무니가 접촉했을 것이다.

갈색 열차는 플랫폼으로 향하고, 달리는 것은 이제 빨간 열차뿐이었다. 우아하게 달려간다.

열차 네 대를 모두 선보였을 무렵 후지노 시게루를 보는 주위 사람들의 눈이 달라져 있었다. 약간 핀트가 어긋난 지진아 형이라고 느끼고 있었던 것은 아이들만이 아니었을 것이다. 어머니들은 특히 그렇다. 아이가 졸라 마지못해 온 어머니도 개중에 있었을 텐데, 자식이 감격하는 모습을 보고 어머니 자신도 감명을 받고 있었다. 고작해야 움직이는 모형 장난감에 불과한데도 아이들은 비디오게임이나 만화와는 다른 충격을 받았다.

노리코도 마찬가지였다. 친가에서 본 야간열차의 광경도 지금까지 한 번도 떠올린 적이 없었는데.

후지노 시게루가 열차를 정리하기 시작해도 아이들은 병실로 돌아가지 않았다.

"자, 쇼지, 이제 끝났어." 다이노 쇼지의 아버지가 아들을 재촉했다. "형한테 고맙다고 해야지."

아버지의 말에 쇼지는 후지노 시게루에게 "형, 고마워" 하고 말했다. 후지노 시게루가 잠자코 웃음으로 답하자 작은 목소리로 머뭇머뭇 "다음엔 또 언제 해?" 하고 물었다.

"바보야, 이렇게 손 많이 가는 걸 어떻게 몇 번씩 하냐?" 아버지가 야단치고는 말했다. "정말 감사합니다. 아들이 꼭 보고 싶다고 해서 외래 진료일을 바꿨거든요. 이거 참, 훌륭한 모형이군요."

아버지의 말에는 진심이 어려 있었다. 후지노 시게루는 얼굴을 살짝 붉히고 뭐라 웅얼웅얼 대답했다.

다이노 부자의 말에 자극을 받았는지 시라이시 유미와 다른 아이들도 저마다 고맙다고 인사하고 병실로 돌아갔다. 한 어머니가 궤도를 분해하는 작업을 도우려고 했지만 후지노 시게루는 딱 잘라 거절했다. 분해하는 순서도, 어느 부품을 어디에 넣을지도 다 정해져 있는 모양이었다. 노리코는 그 모습을 꼼짝 않고 지켜봤다.

"후지노 씨, 도중에 자리를 떠서 죄송합니다." 정리하는 중에 아리마 수간호사가 나타났다. "애들이 다들 즐거웠대요. 고맙습니다."

후지노 시게루는 웃으며 돌아보기만 하고 레일 분해 작업을 계속했다.

아리마 수간호사는 노리코에게 손짓해 창가로 데리고 갔다.

"하지메랑 하지메 어머니가 죽었어."

노리코의 귓가에 대고 말했다.

"네? 어째서요?"

"어머니가 하지메를 안고 창문으로 뛰어내렸어." 아까 아이카와 간호사가 숨을 몰아쉬며 온 것은 그 때문이었다. "즉사라서 검시도 아까 끝났고 지금 시신을 씻는 중이야. 세이레이 병원에선 처음 있는 투신자살이네."

수간호사는 무척 유감이라는 표정이었다.

"하지메, 상태가 그렇게 나쁘지 않았는데요."

"나빴던 건 어머니 쪽이지. 우울해하는 걸 우리가 몰랐던 거야. 정신과 치료가 필요했는지도 몰라. 하지만 소아과에선 어머니 병까지 신경을 못 쓰니 말이야. 아, 후지노 씨, 상자는 수레에 실어서 운반하죠. 잠깐 기다리세요."

짐을 다 꾸린 후지노 시게루에게 수간호사는 밝은 목소리로 말하고 밖으로 나갔다.

수간호사와 함께 시바타 간호사가 수레를 밀며 돌아왔다. 상자 여섯 개도 수레에 실으면 한 번에 나를 수 있다.

병동에는 아직 투신자살 이야기가 퍼지지 않았는지 딱히 어수선한 기색은 없었다. 엘리베이터 앞에서 기다리려니 아이들 서너 명이 나와 그들을 배웅했다.

"누가 자살했습니까?"

엘리베이터 문이 닫힌 뒤 후지노 시게루가 노리코에게 물었다.

"입원 중이던 아이랑 아이 어머님이 병동 창문으로 뛰어내렸대요." 얼버무려봤자 후지노 시게루는 꿰뚫어볼 것 같아서 사실대로 대답했다. "남자애가 태어났을 때부터 병이 있었거든요. 어머니가 그게 괴로워서 같이 죽었겠죠."

"그런 일로 죽을 필요는 없는데요."

후지노 시게루는 중얼거리듯 말하고는 엘리베이터의 층 표시를 노려보았다. 말을 걸기도 망설여질 만큼 딱딱한 표정이었다.

1층으로 내려와 외래 현관까지 수레를 밀며 나갔다. 후지노 시게루는 아직 화난 것처럼 말이 없었다.

"어디까지 운반하시는 거죠? 제가 돕겠습니다." 다이노 쇼지의 아버지가 말을 걸었다. "방금 약국에서 약을 타고 계산을 한 참입니다."

후지노 시게루는 대답을 망설였다.

"케이블카 역까지 가요." 대신 노리코가 대답했다. "수레는 병원 밖으로 못 가지고 나가니까 도와주시면 고맙죠."

"상관없습니다. 저희도 케이블카 역으로 가니까요."

쇼지의 아버지는 선선하게 응했다.

외래 현관 밖으로 나와 상자 여섯 개를 수레에서 내렸다. 후지노 시게루도 도움을 받을 마음이 난 듯했다.

"두 번에 나눠서 운반하죠. 간호사 선생님은 수레를 반환해주세요. 쇼지, 넌 여기서 상자를 누가 못 갖고 가게 지키렴. 자, 가실까요."

아버지는 후지노 시게루에게 상자 하나를 들리고 자신은 두 개를 들어 걸음을 뗐다. 얼떨결에 일이 진행돼서 후지노 시게루도 그에 말려든 듯했다. 말수가 적은 그의 기운을 북돋워주듯 다이노 쇼지의 아버지는 걸으면서도 이야기를 계속했다.

"그럼 간호사 누나는 이걸 병동에 돌려주고 올 테니까 쇼지는 여기 있어야 해."

노리코는 그렇게 말을 남기고 엘리베이터로 향했다.

소아과 병동에서 아리마 수간호사에게 알리고 수레를 창고에 넣었다. 마지마 간호사가 불러 세운 것은 외래로 돌아가려 했을 때였다.

"아마기시 씨, 잠깐만."

마지마 간호사는 창백한 얼굴로 말했다. 마침 환자의 식사 시간이라 간호사 대기실에는 마지마 간호사만 남아 있었다.

"스기야마 씨 모자 이야기는 들었지?"

그녀가 여느 때와 다른 어조로 말했다.

"네, 아까 들었어요. 깜짝 놀랐어요."

"당신들이 공연히 떠들어대서 그런 일이 일어난 거야. 환자를 잔뜩 모아다가 모형 열차를 달리게 하다니. 병실에서 나오는 것도 여의치 않은 환자랑 가망이 없는 환자 생각도 해야지. 그래서 내가 수간호사한테 한 번은 충고도 했는데……."

감염에 취약해 병실에서 마음대로 못 나오는 환자가 있는 것은 사실이다. 불치의 병을 앓는 환자도 분명히 있다. 하지만 그 때문에 다른 환자들까지 잠깐 누리는 자유 시간에 즐기면 안 되나.

노리코는 그렇게 생각했지만 입술을 깨물고 잠자코 있었다.

"알겠어? 다음부터는 잘 생각해보고 행동해."

이의를 제기하지 않은 덕인지 마지마 간호사는 그 이상 따지지 않고 노리코를 놔주었다.

1층으로 내려가는 엘리베이터 안에서 노리코는 노여움을 억누르고 있었다. 동료와 상의하지 않고 신참 간호사가 직접 수간호사와 함께 일을 진행한 게 문제였나. 그나저나 마지마 간호사는 여느 때와 달리 말투에 여유가 없었다.

노리코의 혼란은 병원 현관 앞에서 기다리던 다이노 쇼지의 한마디로 진정됐다.

"쇼지, 천식은 이제 많이 나았어?"

노리코가 묻자 아이는 고개를 끄덕였다.

"그렇지만 병이 나으면 병원에 못 오게 되니까 그 형의 증기기관차를 못 보게 되는데."

진지한 표정으로 그런 말을 덧붙였다.

"그렇게 재미있었어?"

"응. 증기기관차는 공원에 있으니까 알고 있지만 움직이는 건 처음 봤거든. 연기도 뿜고 굉장했어." 다이노 쇼지는 눈을 빛내며 말했다. "모형을 또 움직이면 그때도 병원에 올 거야."

후지노 시게루와 아버지가 돌아온 뒤로도 다이노 쇼지는 눈부신 듯한 시선으로 후지노 시게루를 흘끔거렸다.

"쇼지, 형은 지금 케이블카 모형을 만드는 중이라는구나." 아버지가 굉장한 소식을 알리듯 아들에게 말했다. "증기기관차도 독일 기차도 대단했지만 케이블카는 더 대단할 거야."

아버지가 더 흥분한 것 같았다. 처음과 마찬가지로 무거워 보이는 상자를 둘 골라 들었다. 후지노 시게루는 나머지 하나를 가슴께에 들었다.

노리코는 쇼지와 나란히 두 사람 뒤를 따라갔다.

"케이블카 역 안에 커다란 배 모형이 있더라. 병원 식당에 있던 것보다 훨씬 커."

아버지가 아들을 돌아보고 말했다. 아버지의 직업은 분명히 트럭 운전사였다고 기억한다. 생김새도 어쩐지 거친데 그런 만큼 성격도 털털했다.

역사에는 나이 많은 역원이 혼자 있다가 그들을 맞이했다. 다이노 쇼지는 곧바로 창가에 놓여 있는 여객선 모형을 발견했다.

"쇼지, 형한테 제자로 들어갈래?"

아버지가 농담했다.

"다들 놀라셨죠." 역원이 노리코에게 말했다. "저희도 처음 봤을 땐 놀라 자빠졌답니다. 저걸 전부 손으로 직접 만들었으니 말이죠. 케이블카가 완성되면 시청에 전시하잔 말도 나왔을 정도입니다. 소장님이 시장님한테 이야기해본다니까 실현되지 않을까요."

후지노 시게루는 구석에 안전하게 상자를 쌓는 데 여념이 없었다. 칭찬에 익숙한지, 아니면 원래 흥미가 없는 건지, 여전히 주변의 잡음은 아랑곳하지 않는다.

"도와주셔서 고맙습니다."

상자 정리를 마친 후지노 시게루가 다이노 쇼지의 아버지에게 인사했다.

"저희가 고맙죠. 쇼지, 똑바로 머리를 숙여야지."

"형, 고마워. 증기기관차가 움직이는 걸 봐서 재미있었어."

학예회의 연극 대사 같은 말투였지만 진심 어린 말임에는 틀림없었다. 아버지는 곁에서 만족한 표정으로 고개를 끄덕이고 있었다.

하행 케이블카에 올라타는 부자를 노리코는 개표구에서 배웅했다.

12시 반이었다.

후지노 시게루와 나란히 상행 플랫폼에 섰다. 이내 도착한 케이블카에 같이 탔다.

승객은 다 합해서 일곱 명. 노인들, 그리고 30대 커플 한 쌍이 있었다.

후지노 시게루는 노리코 옆에 앉아 그녀의 어깨 너머로 창밖을 바라보고 있었다. 전에는 어깨에 비스듬히 메고 있던 숄더백을 지금은 무릎 위에 올려놓았다.

"죽은 아기는 무슨 병이었죠?"

갑작스러운 물음에 노리코는 순간 무슨 말인지 이해하지 못했다. 이윽고 병실에서 뛰어내려 죽은 스기야마 하지메 이야기임을 깨달았다. 후지노 시게루는 내내 그 생각을 하고 있었던 게 틀림없었다.

"댄디 워커 증후군이라고 해서, 머리에 물이 차서 손가락이 여섯 개 있다든지 입 속이 찢어지는 선천적인 병이에요."

"하지만 낫잖습니까?"

"네. 손가락이랑 입은 수술로 못 알아보게 고칠 수 있고, 머리에 찬 물도 션트 수술로 줄일 수 있어요. 그 환자의 경우, 수술이 잘 안 돼서 재수술을 기다리는 중이었어요."

"아기는 울고 있었나요?"

후지노 시게루는 심각한 표정으로 물었다.

"힘없는 목소리이긴 했지만 자주 울었어요."

"그 아기는 죽고 싶지 않았던 겁니다. 살고 싶었던 겁니다. 우는 건 살고 싶어서예요. 살고 싶어서 우는 겁니다. 어머니는 그걸 반대로 생각했습니다." 단언하는 듯한 말투에 기묘한 설득력이 있었다. "저도 자주 울었다고 합니다. 하지만 이젠 안 우는데요."

후지노 시게루는 입을 다물고 창밖을 바라봤다.

푸른 나무들이 천천히 창밖을 이동했다.

케이블카가 산꼭대기 역에 도착했다. 여기까지 올라온 것은 오랜만이었다.

"레스토랑에서 점심을 먹죠. 오늘은 제가 살게요. 애들을 위해 애써주신 데 대한 답례로요."

노리코는 말했다.

"저기서 먹는 겁니까?"

후지노 시게루는 숄더백을 겨드랑이 밑으로 당겼다. 노리코가 앞장서서 통나무집 풍 레스토랑에 발을 들여놓았다. 손님은 두 팀밖에 없었으므로 노리코는 망설이지 않고 베란다를 택했다. 언젠가 혼자 왔을 때와 같은 자리였다.

"여기 한번 앉아보고 싶었습니다. 케이블카에서 잠깐 보이거든요. 아주 잠깐요. 좋은 곳이겠지 생각했었습니다."

후지노 시게루는 앉지 않고 난간에 몸을 기대 산비탈을 바라봤다.

"후지노 씨는 뭐 드시겠어요?"

노리코가 부르자 그제야 테이블에 앉았다.

"아마기시 씨는요?"

"전 미트소스 스파게티를 시키려고요."

"그럼 저도 그걸 먹죠."

"디저트도 먹을까요? 과일 파르페 괜찮으세요?"

"네."

후지노 시게루는 전부 노리코에게 맡길 마음인 듯했다.

전에도 만났던 여주인이 주문을 받으러 왔다.

테이블 위 작은 물컵에 오늘은 짧게 자른 엉겅퀴가 꽂혀 있었다.

후지노 시게루는 몸을 옆으로 틀고 또다시 경치를 바라봤다.

노리코는 처음 이 테이블에 앉았을 때가 생각났다. 그때 언젠가 남자와 마주 앉을 날이 올지도 모른다고 꿈꿨다. 그런데 겨우 석 달 만에 현실이 됐다. 그것도 생각지도 않았던 남자와.

"케이블카 모형에 이 레스토랑도 들어가나요?"

노리코는 물어봤다.

"산은 되도록 진짜하고 똑같이 만들 겁니다. 전파탑이랑 레스토랑도 만들고요. 지금까진 밖에서 보기만 했는데 오늘 안도 봤으니까 이제 확실합니다."

후지노 시게루는 베란다에서 건물 내부로 시선을 돌렸다.

"세이레이 병원은요?"

"만듭니다. 아마기시 씨가 일하는 소중한 곳이니까요."

단호한 대답이 돌아왔다.

불현듯 마토바 의사의 차 잔해가 남아 있는 계곡이 떠올랐다. 후지노 시게루가 산의 굴곡까지 충실하게 재현한다면 그 계곡도 모형 속에 등장하지 않을까.

견딜 수 없는 기분이 들었지만 입 밖에 내어 말하기는 망설여졌다.

"전에 아마기시 씨와 케이블카에 탔던 간호사 분은 잘 지내십니까?"

"유코 말이죠? 만난 지 좀 됐지만 잘 있을 거예요."

그러고 보니 열쇠를 받은 이래로 연락이 끊겼다. 1주일씩이나 소식이 없는 일은 좀처럼 없었는데.

후지노 시게루는 스파게티를 천천히 먹었다. 똑바로 앉아 음식을 오래 씹는 모습이 전기로 작동하는 인형 같았다. 노리코도 덩달아 천천히 식사를 할 수밖에 없었다.

후지노 시게루와 함께 있으면 행위 하나하나를 대충 할 수 없는 기분이 든다. 예를 들면 음식을 삼키는 동작, 물을 마시는 몸짓, 경치를 바라보는 시선, 입에 올리는 말 하나하나가 무게를 갖는다. 다리가 불편한 사람이 한 발짝 나아갈 때마다 온 몸과 마음을 집중하는 것과 마찬가지다.

스파게티를 잘 씹어 음미하는 모습을 보다 보니 남김없이 영양분으로 흡수될 것 같다.

아이스크림 위에 산처럼 쌓인 복숭아와 귤, 버찌, 파인애플을 보자 후지노 시게루는 몸을 앞으로 내밀었다.

"이런 거 처음 먹어봅니다."

"진짜로요?"

노리코는 저도 모르게 말했다.

"진짜로 처음입니다." 후지노 시게루는 태연히 대답했다. "용돈은 대부분 모형에 쓰거든요. 이렇게 밖에서 먹는 일은 없습니다."

그 말에서 낭비를 하지 않고 검소하게 사는 후지노 모자의 생활이 엿보였다.

"맛있습니다." 후지노 시게루는 그렇게 말하며 한 숟갈, 한 숟갈 아끼듯 입으로 가져갔다. "아마기시 씨는 뭘 좋아하시죠?"

딱히 좋아하는 음식은 없다. 굳이 말하자면 안미쓰일 것이다. 어렸을 때부터 좋아했다.

그렇게 대답하자 후지노 시게루는 그것도 먹어본 적이 없다고 말했다.

"안미쓰란 말이죠. 백화점 식당에 있습니까?"

"대개 있어요."

"그럼 다음번 쉬는 날 백화점에 가서 먹어보겠습니다. 아마기시 씨 좋아하는 걸 알고 싶으니까요."

그렇게 말하는 후지노 시게루를 노리코는 겸연쩍은 기분으로 바라봤다. 타인이 좋아하는 음식을 일부러 먹어본다는 것은 노리코는 생각할 수 없는 일이었다.

계산을 마치고 밖으로 나오자 후지노 시게루가 잘 먹었다고 인사했다.

발은 자연히 산꼭대기 광장 쪽으로 향했다.

후지노 시게루와 나란히 걷다가 산꼭대기 역 방향에서 다가오는 남자를 발견했다. 노리코는 걸음을 멈추고 돌아섰다. 산기슭을 내려다보는 척하며 숨을 크게 들이쉬었다. 후지노 시게루도 따라서 심호흡을 했다.

남자는 두 사람을 거들떠보지도 않고 삼거리에서 산꼭대기 방향 쪽으로 꺾어졌다. 빠른 걸음으로 올라간다.

그날 레스토랑에서 남자의 목소리를 들은 뒤 그와 세키하라 아키코는 감쪽같이 사라졌다. 레스토랑에서 나왔을 때 두 사람은 산꼭대기 역에도 산꼭대기 광장에도 없었다.

"후지노 씨, 저 저 사람이 어디로 가는지 확인하고 싶어요."

노리코는 작은 목소리로 후지노 시게루에게 알렸다. 발은 이미 남자 뒤를 쫓고 있었다.

"아까 그 남자 말입니까?" 후지노 시게루는 의아한 표정이었다. "케이블카에서 여러 본 본 적이 있는데요. 일주일에 한 번은 탑니다."

"일주일에 한 번이라고요?" 뜻밖이었다. "무슨 일로요?"

"모릅니다."

"산꼭대기 역에서 내리나요?"

"가끔 둘째 역에서 내릴 때도 있습니다. 세이레이 병원에도 볼일이 있는 게 아닐까요."

후지노 시게루는 무표정하게 대답했다.

남자는 주위를 거들떠보지도 않고 걷고 있었다.

산꼭대기 광장에 두 사람이 들어섰을 때 남자는 사라지고 없었다. 후지노 시게루가 주위를 둘러보더니 작게 소리쳤다.

"저기 있군요."

가리키는 방향에 남자의 뒷모습이 어른거렸다. 산길은 구불거리며 가파른 비탈을 내려갔다.

"쫓아갈까요?"

후지노 시게루의 물음에 노리코는 고개를 끄덕였다. '뭔가가 있다'는 직감이 머릿속에 싹터 있었다.

산길은 비교적 새로 닦은 듯했다. 가파른 곳은 블록을 묻어 계단식으로 만들어놔서 여자의 발로도 쉽게 내려갈 수 있었다.

가파른 비탈을 다 내려가니 공터가 나왔다. 높직한 땅 저편에

숲이 있고 둘로 갈라진 산길 중 한쪽이 삼나무 숲 쪽으로 뻗어 있었다. 숲속으로 사라지는 남자의 모습이 보였다.

"이제 외길이니까 괜찮습니다. 여기서부턴 천천히 가죠. 상대방이 돌아봤다간 들킬 테니까요."

후지노 시게루는 산책하는 것처럼 걷기 시작했다.

"이런 곳이 있었군요. 산꼭대기 광장에선 안 보여서 몰랐어요."

"저도 그렇습니다."

사람은 보이지 않았다. 관광객이 발을 들여놓는 일도 흔치 않은지 빈 캔이나 휴지 등도 없다.

오솔길은 공터에서 삼나무 숲으로 들어섰다. 나무들 사이에 세련된 집 한 채가 있었다. 낮은 철책으로 주위를 두른 산장 풍 집이었다. 문패에 '다지마'라고 쓰여 있었다.

"이 집에 들어간 겁니다."

후지노 시게루는 발걸음을 멈추지 않고 말했다. 철책 바깥에 차 한 대를 세울 수 있는 공간이 있고, 포장이 되지 않은 외길이 삼나무 숲을 관통하고 있었다.

"사륜구동이라면 밑에서 올라올 수 있죠."

"이 길을 따라가면 어디가 나올까요?"

"세이레이 병원 옆 아닐까 싶은데요. 가볼까요?"

그렇게 말하는 후지노 시게루는 이미 걸음을 떼고 있었다.

길은 차가 겨우 한 대 지나갈 수 있는 폭으로, 산 중턱을 대각선으로 가로질렀다. 케이블카 궤도에서 점차 멀어지는 듯했다.

"역시 병원 옆이군요."

20분 정도 내려갔을 때 후지노 시게루가 말했다.

삼나무 숲 사이로 세이레이 병원의 흰 옆면이 보였다.

19

　유코는 근무를 마친 뒤 카페테리아에서 한 시간가량 시간을 보냈다. 폐액 보관고에 언제 들어가면 좋을지 판단이 서지 않았다. 사복을 입을지 유니폼을 입을지도 망설였지만 결국 유니폼으로 결정했다. 그 편이 만일의 경우 병원 내에서는 편리하기 때문이다. 하지만 병원 밖에서는 되레 튀는 터라 봄에 하이킹 등을 갈 때 입는 얇은 코트를 작게 접어 주머니에 넣었다.

　바깥은 비가 와서 어두웠다. 넓은 주차장에는 차가 띄엄띄엄 서 있을 뿐이었다.

　유코는 사물함에 넣어놓았던 1리터들이 깡통을 들고 빗속에 종종걸음을 쳐 보관고로 향했다.

　보관고 문은 복사한 열쇠로 쉽사리 열렸다. 마토바 의사가 수기에 남긴 대로 드럼통을 움직여 바닥의 움푹 팬 곳에 발을 넣고 레버를 눌렀다. 벽이 물러나면서 사람이 들어갈 수 있을 크기의 틈새가 생겼다. 교묘한 장치였다.

　이제 돌이킬 수 없다. 마음을 굳게 다지고 철제 나선계단을 한 단씩 올라갔다. 머리 위에서 비추는 불빛이 점차 밝아지더니 머리가 바닥 위로 나왔다. 사람은 보이지 않았다.

밖으로 완전히 나와서 복도에 섰다. 망설이는 시간도 아까웠다. 바로 눈앞에 문이 있다. 마토바 의사가 여기까지 왔다가 물러났다고 생각하니 몸이 부르르 떨렸다. 자신의 역할은 그 한계를 1미터라도 넘는 것이다.

유코는 눈을 감고 점프하는 듯한 기분으로 문 앞 매트에 올라섰다. 문은 자동으로 열렸다. 낮은 소리만 났다.

어둑어둑한 공간과 유니폼을 입은 여자의 뒷모습이 보인 순간 유코는 몸을 웅크렸다. 문이 등 뒤에서 닫혔다.

인큐베이터 비슷한 기구가 열 몇 개 질서 정연하게 늘어서 있고, 유니폼을 입은 여자의 다리가 그 밑으로 보였다. 인큐베이터를 하나하나 점검하는 것 같았다. 유코는 호흡을 가다듬으며 인큐베이터 안을 확인할 기회를 살폈다.

기회는 몇 초 뒤에 왔다. 유코는 여자가 등을 돌리고 선 것을 확인하고 살며시 몸을 일으켰다. 인큐베이터 안을 들여다봤지만 안에 있는 아기가 어떤 자세를 취하고 있는지 파악할 수 없었다. 다음 순간, 깔때기 모양의 목에 시선이 못 박혔다. 아니, 목이라기보다 머리가 없는 턱이라 해야 할 것이다. 입술 같은 개구부에 고무관이 꽂혀 있었다. 분홍색 팔다리의 크기로 볼 때 생후 2, 3개월은 됐다. 순간적으로 그런 판단을 하고 유코는 다시 바닥에 몸을 웅크렸다.

여자는 아직 유코를 알아차리지 못했다. 작업이 끝났는지 천천히 이동했다. 간호사 신발도 스타킹도 세이레이 병원 것이다. 늘씬한 종아리로 보건대 서른 살 전후 같다. 하지만 누구인지는 짐작도 가지 않았다.

다리가 이쪽으로 다가올수록 숨이 막혔다. 여차하면 자동문으로 도망치는 수밖에 없다. 얼굴을 들키지만 않으면 어떻게든 달아날 수 있다. 보관고 쪽에서 다른 사람이 오지 않는 한.

유코가 도망칠 준비를 하는데, 유니폼을 입은 여자는 인큐베이터를 다 점검했는지 빠른 발걸음으로 안쪽 방으로 사라졌다.

지금밖에 없었다. 유코는 속으로 1부터 10까지 셌다. 몸을 낮춘 채 입구 근처까지 무릎걸음으로 다가가서 문 앞에 쭈그리고 앉았다. 문이 열리기까지 터무니없이 길게 느껴졌다. 밖으로 한 발짝 나와 뒤에서 문이 닫히는 소리를 들었을 때 꼭 누가 뒤에서 목격했을 것만 같았다. 나선계단으로 내려가 복도를 살폈다. 그 자세로 5, 6초쯤 있었을까. 유니폼 입은 여자가 쫓아오더라도 여자가 상대라면 충분히 도망칠 자신이 있었다.

하지만 문 너머에 인기척은 없었다. 단숨에 대담한 기분이 머리를 쳐들었다. 나선계단에서 다시 한 번 복도로 돌아왔다.

오른쪽으로 곧장 걸어갔다. 복도 끝의 문이 열렸다. 넓은 계단이 위로 뻗어 있었다. 도중의 계단참도 충분히 넓다. 사람이 지나다니는 것 외에 기구 운반도 고려한 넓이였다. 계단을 밟다 보니 세이레이 병원의 비상계단을 올라가는 기분이 들었다. 벽의 칠도, 간접조명도 병원과 똑같았다.

계단 끝에 또 문이 나왔다. 열쇠를 꽂고 돌리자 잠금장치가 풀렸다. 문은 손으로 열어야 했다. 바닥 조명을 밝혔을 뿐인 복도가 5, 6미터 길이로 수평으로 뻗어 있었다. 복도 끝의 문은 손잡이를 당기자 앞쪽으로 움직였다.

언뜻 보기에 병동 같은 느낌의 공간이 나왔다. 자신의 유니폼이 주변 분위기와 겉돌지 않았다. 대합실이 오른쪽에 있고 반대편에 진찰실이 있고, 그 너머는 양쪽으로 병실 두세 개가 있었다. 주위를 두리번거리며 걷다 보니 어디서 본 병동이라는 생각이 들었다.

산부인과 특별병동임을 안 것은 유코가 있는 데서 가장 가까운 벽에 걸린 추상화를 봤을 때였다. 푸른색으로 전체를 칠한 캔버스를 칼로 비스듬히 찢고 뒤에 검은 천을 댄 그림이 눈에 익었다. 반대편 문으로 들어온 탓에 순간 알아보지 못했던 것이다. 또다시 심장이 쿵쿵 뛰었다. 복도를 지나 빠져나가기로 했다.

되도록 자연스럽게 걸었다. 대기실에는 아무도 없었다. 다른 병동과 특별병동을 나누는 문이 앞을 가로막았다. 갖고 있는 열쇠로 그 문이 열릴지 아닐지는 알 수 없었다.

열쇠구멍에 열쇠를 꽂으려 했을 때 문 너머에서 남자 목소리가 들렸다. 반대편에서 구멍에 열쇠가 꽂혔다. 유코는 도망칠 겨를이 없다고 단념하고 오른쪽 병실 문을 열었다. 안이 캄캄한 것을 확인하고 그 안에 숨었다.

간발의 차였다. 바깥문이 열렸다가 닫혔다. 두 남자의 대화가 명료하게 들렸다.

"소아외과 쪽은 1주일 뒤에 수술하고 싶다는데 사이즈가 안 맞는군요."

중년 남자의 목소리가 말했다. 들어본 목소리인데 기억이 나지 않았다.

"하는 수 없어. 그 이상 기증자를 살려놓는 건 기술적으로 무리인 모양이야. 장기 기능이 약해진 다음 이식하는 것보단 건강할 때 수확하는 게 낫잖아."

또 한 남자는 처음 듣는 목소리였다.

두 남자는 대기실 쪽으로 간 듯 말소리가 들리지 않게 됐다. 유코는 온몸에서 힘이 빠져 그 자리에 주저앉았다. 어둠에 익숙해진 눈에 실내의 윤곽이 어렴풋이 보였다. 슈퍼싱글 사이즈의 침대와 전화가 비즈니스 호텔 객실 같은 느낌이었다.

유코는 어둠 속에 침대로 다가가 담요 커버 위에 누웠다. 이대로 시간이 지나기를 기다릴 작정으로 보이지 않는 천장을 바라봤다.

문득 옆방에서 전화벨이 울렸다. 낮은 소리로 계속 울린다. 대여섯 번 만에 벨이 그치고 누가 전화를 받아 말하고 있었다. 유코가 갑자기 불안해진 것은 그게 여자 목소리가 아니었기 때문이다. 이야기 내용은 들리지 않았지만 낮게 중얼거리는 목소리는 분명 남자 것이었다.

임부 곁을 지키는 남편인가, 아니면 경비 목적으로 병동에서 숙박하는 남자인가. 낮고 탁한 목소리로 보건대 후자일 것 같았다. 침대에서 일어난 유코는 방문 앞으로 다가가 소리 나지 않게 문을 당겼다. 복도에는 아무도 없었다. 나가려면 지금이다.

양탄자를 밟으며 몇 발짝 가서 바깥 문 손잡이를 돌렸다. 안쪽에서는 문이 잠겨 있지 않았다. 문을 열어 몸을 밖으로 밀어내고 도로 닫았다.

그때였다. 문이 완전히 닫히기 전에 대기실에서 누가 나온 것 같았다. 누가 이쪽을 주의해서 봤다면 유니폼을 입은 여자가 나간 것을 알았을 게 틀림없다.

유코는 서둘러 부인과 병동 복도를 걸었다. 당직하는 동료와 마주치지 않으면 좋겠다고 바랐다. 당직은 세 명, 그중 한 명이 병실을 돌고 나머지 두 명은 간호사 대기실에서 진료 기록부를 정리하고 있을 시간이다. 간호사 대기실 앞을 빠른 걸음으로 지나갔다. 안에서 누가 앗 하고 소리쳤다. 유코는 뛰기 시작했다. 얼굴은 아직 들키지 않았을 것이다.

남자 발소리가 뒤에서 쫓아왔다. 뒤를 돌아볼 여유는 없었다. 계단을 뛰어 내려갔다. 계단참이 어두워 다행이었다. 남자의 발소리는 아직 그녀를 따라잡지 못했다.

1층까지 내려와 직원 출입문으로 향했다. 경비실에 있던 남자가 얼핏 시선을 향한 것 같았지만 유코는 상관하지 않고 계속 달렸다. 바깥에는 비가 오고 있었다. 주차장으로 가려다가 생각을 고쳤다. 차를 타면 차 모양과 번호로 신원이 드러난다.

　빗속을 달려 길 옆 관목 뒤에 숨었다. 주머니에서 비닐 코트를 꺼내 유니폼 위로 몸을 덮었다. 간호사 신발은 진흙을 발라 검게 만들었다.

　주차장에서 말소리가 들렸다. 몇 분 뒤 흰 차가 주차장에서 나가 비탈을 내려갔다.

　유코는 차를 포기하고 길가를 걷기 시작했다. 차의 전조등 불빛이 다가오면 길도랑이나 나무 뒤에 숨을 생각이었다. 비는 도중에 더욱 세차게 내리기 시작했다. 머리털이 빗방울을 흡수해 무거웠다. 신발에도 물이 찼다.

　20분쯤 내려갔을 때 전조등 불빛이 어둠 속을 오르내리는 게 보였다. 이쪽으로 올라오는 게 명백했다. 유코는 커브 옆 바위의 움푹 팬 곳에 숨었다. 그곳은 좌회전하는 차의 전조등에서 완전히 사각이 될 터였다. 차 소리가 커지면서 전조등 불빛이 위아래로 움직이며 크게 선회했다.

　흰 차가 지나치는 순간 유코는 차 안을 훑어봤다. 운전석에 가운을 입은 남자가 있었다. 얼굴을 보고 특별병동 입구에서 목소리를 들은 남자가 그였음을 짐작했다. 산과의 구노 의사였다. 벗어진 정수리가 옆얼굴에 독특한 특징을 주고 있었다.

　몸이 급속히 싸늘하게 식었다. 입은 옷이 모조리 흠뻑 젖었기 때문만은 아니었다.

20

10시쯤 현관 초인종이 울린 것 같았다. 목욕 중인 어머니에게 는 들리지 않는지 초인종 소리는 그칠 줄 몰랐다.

노리코는 서둘러 내려가 현관문을 열었다.

유코가 쓰러지듯 들어왔다. 머리끝부터 발끝까지 쫄딱 젖었고 신발은 진흙투성이였다.

노리코는 배스타월을 가져와 얼굴과 발을 닦아주었다. 유코는 얇은 코트 속에 유니폼을 입고 있었다.

"차는 어쩌고?"

핏기를 잃었던 유코의 입술이 점차 붉은 기운을 되찾기 시작했을 때 노리코는 물었다.

"주차장에 있어. 무서워서 걸어서 왔어."

유코는 가까스로 그렇게만 대답했다. 평소의 발랄함을 찾아볼 수 없었다.

어머니 다음으로 목욕을 시키고 나서 비로소 유코의 입에서 경위를 들을 수 있었다.

"그럼 유코, 결국 아무도 얼굴은 못 본 거지?"

노리코는 안심하며 물었다. 여느 때는 몸짓을 섞어가며 이야기하는 유코의 담담한 말투에서 지난 몇 시간 동안 맛본 공포가 얼마나 컸는지 상상할 수 있었다.

"보진 못했을 거야. 문이 닫힐 때 남자들이 봤어도 내 유니폼의 일부만 보였을걸." 유코는 멍한 눈빛으로 대답했다. "하지만 산부인과 간호사 대기실 앞을 지났을 때 안에 있던 간호사가 날 봤을 가능성은 있어."

"정말?"

"가능성이 있다는 것뿐이야."

목욕하고 나와서 머리를 드라이어로 말렸는데도 아직 축축한 기가 남아 있었다. 유코는 나른하게 손가락으로 머리를 훑었다.

"난 간호사 대기실 쪽을 안 봤거든. 내일 아침 출근하면 알겠지."

"가려고?"

"안 가면 더 이상하게 생각할걸."

유코는 머리를 말리려고 고개를 좌우로 흔들었다.

"구노란 의사가 차에 타고 있었단 말이지? 어떤 사람이야?"

"불임 외래 주임이야. 엄격하지만 실력은 있고, 산과에서도 평판이 제일 좋아."

"그 사람이 특별병동이랑 얽혀 있는 거구나. 왜, 전에 우리가 본 진료 기록부에 머릿글자가 있었잖아? 분명히 S. K.랑 S. I.였지. S. K.가 그 선생님 아냐?"

"구노 선생님은 구노 마코토니까 S. K. 아냐."

유코가 부정했다.

"나도 전에 꿈에서 무뇌아가 나왔어." 노리코는 전에 꾼 기이한 꿈을 이야기했다. "넓은 체육관 같은 곳에 인큐베이터가 줄줄이 놓여 있고 천장에서 튜브가 여러 개 늘어져 있었어."

유코는 천천히 고개를 흔들었다.

"그런 게 아니었어. 어둑어둑해선 버섯이라도 재배하는 것 같은 곳이었어. 머리가 없는 아기가 어둠 속에서 손발을 꿈틀거리고 있었어."

"인큐베이터는 몇 개나 있었어?"

"열다섯 개쯤."

"그럼 무뇌아가 열다섯 명 있고 언제든 적출할 수 있는 상태인 거네?"

노리코의 물음에 유코는 잠자코 고개를 끄덕였다.

"보육실 안은 어땠어?"

"방이 또 있었는데 거긴 못 봤어. 도무지 그럴 여유가 없었어."

유코가 대답했다.

"육아실 전체는 산 중턱을 파낸 곳에 있고, 주차장에선 폐액 보관고, 병원에선 산부인과 특별병동을 통하는구나."

거기까지 말하고 노리코는 숨을 후 내쉬었다. 생각하면 할수록 큰 사건 같았다. 게다가 그에 대해 아는 사람은 자신과 유코 둘밖에 없다.

"지금 생각하면 용케 그런 일이 가능했다 싶어." 유코의 조용한 목소리가 노리코의 귀에 들어왔다. "그만 돌아서고 싶어졌을 때 마토바 선생님 생각을 했거든. 그랬더니 묘하게 두려움이 엷어져서 앞으로 나아갈 마음이 나더라."

계곡에 배를 드러내고 있는 마토바 의사의 차가 뇌리를 스쳤다. 노리코는 저도 모르게 눈을 감았다. 눈꺼풀 뒤에서 유코의 빨간 경차와 마토바 의사의 흰 차가 겹쳤다. 둘 다 무참한 모습으로 계곡 밑에 뒹굴고 있었다. 문득 불길한 느낌에 사로잡혔다.

"유코, 그만 자자."

노리코는 불안감을 떨치듯 말했다.

21

이튿날 아침에도 비는 그치지 않았다. 유코의 속옷은 건조기로 말렸고 유니폼은 어머니가 다려주었다. 간호사 신발만은 아직 표백제를 탄 물에 담가두었다.

"사물함에 한 켤레 또 있으니까 괜찮아요."

유코는 어머니에게 몇 번씩 감사를 표하고 집에서 나왔다. 노리코는 신발이 마른 다음 유코에게 갖다 줄 생각이었다. 오늘만은 조금 큰 노리코의 캔버스화로 버텨달라고 하는 수밖에 없다.

케이블카 차장은 후지노 시게루였다.

"저 차장님, 붙임성이 좀 좋아진 것 같아."

후지노 시게루가 뒤쪽으로 간 다음 유코가 노리코의 귀에 대고 속삭였다.

"특별한 손님이라고 인정받은 거야."

노리코는 후지노 시게루가 소아과 병동에서 모형 기관차를 선보인 이야기를 했다. 하지만 그 뒤 산꼭대기 레스토랑에서 둘이 식사한 것과 산책하다 남자를 만났다는 것은 말하지 않았다.

앞으로 내내 비가 올 생각을 하니 마음이 울적했다. 비는 열흘에 한 번쯤 오는 게 적당하다.

"저기 봐." 노리코는 우울한 기분을 떨치듯 창밖을 가리켰다. 수국이 한창이었다. "예쁘지?"

유코는 얼핏 시선을 던졌지만 아무 말도 하지 않았다. 다른 생각을 하고 있다는 증거다.

케이블카에서 내리는데 후지노 시게루가 얼굴을 똑바로 들고 "다녀오세요"라고 말했다. 노리코는 웃음으로 답했다.

"역시 긴장되네. 어제 그런 일이 있은 다음이니까."

어머니가 빌려준 수수한 우산을 쓴 유코가 노리코에게 고개를 돌렸다.

"혹시 무슨 일이 생기면 모른다고 딱 잡아떼는 거야."

노리코는 강조했다. 입장이 뒤바뀌어 있었다. 지금까지 강경하게 나오는 사람은 언제나 유코 쪽이었는데. 유코는 고개를 끄덕였지만 여전히 멍한 표정이었다.

"간호사 대기실에서 모습을 봤어도 그냥 한순간뿐이고 복도도 어두웠을 거 아냐? 저쪽도 확신은 없을 거야."

탈의실은 옷을 갈아입는 동료들로 북적였다.

"점심때 전화할게."

유코는 노리코에게 말하고 자신의 사물함이 있는 안쪽으로 갔다.

탈의실에서 나올 때 안쪽을 보니 유코는 어머니가 다려준 유니폼을 입는 중이었다. 노리코를 보고는 손짓했다.

"이거 받아. 전에 특별병동에 들어갔을 때 메모한 환자 주소의 일부야. 만일을 위해 노리코 너도 갖고 있는 게 좋겠어."

유코는 사본을 주고 손을 흔들었다.

먼저 계단을 올라가 서둘러 병동으로 갔다.

수간호사를 중심으로 아침 인수인계가 시작되면 언제나 간호 업무 외의 일은 잊게 된다. "난 간호사 아니었으면 오래전에 기차 앞에 몸을 던졌을 거야." 언젠가 아이카와 간호사가 말한 적이 있었다. 오페라 가수처럼 풍만한 체격의 그녀에게 무슨 고민이 있기에 죽음을 생각할 정도일까 이상했다. "집에 갈 때가 되면 마음이 무거워지거든. 시어머니가 있을 생각을 하니까 싫어서. 남편도 나랑 말할 때하고 자기 어머니랑 말할 때하고 표정이 완전히 딴판이라니까."

그녀는 이제 남편과 헤어져 두 아이를 맡아서 기르고 있다. 친정어머니가 근처에 살아서 필요할 때면 손주를 봐준다고 했다.

"아이카와 씨, 어제 입원한 기사카 양의 진료 기록부가 아직 안 됐잖아."

마지마 간호사가 아이카와 간호사에게 주의를 주었다. 아이카와 간호사는 커다란 몸집을 꺾으며 사과했다. 그녀가 마지마 간호사에게 말대답하는 모습은 본 적이 없다. 허구한 날 잊어버리는 데다 굼뜨기까지 하다고 아무리 욕을 먹어도 머리를 숙여 사과만 한다. 하기야 잘못한 사람은 아이카와 간호사 쪽이지만.

"아마기시 씨, 갈까."

금요일은 시트를 교체하는 날이다. 마지마 간호사의 말에 노리코는 그녀를 따라갔다. 예배당에서 그녀를 본 이래로 얼굴을 마주하면 긴장하게 됐다. 간호사 대기실에서 마음 편히 이야기할 수도 없었다. 마지마 간호사는 감이 발달한 사람이니 노리코의 그런 미묘한 변화를 알아챘을 것이다.

걸을 수 있는 아이들은 모두 놀이방에 모여 있었다. 창문을 열고 되도록 먼지가 날리지 않도록 조심하며 시트를 벗기고 새 시트와 베갯잇, 담요 커버를 끼운다. 특히 신경 쓰는 게 시트다. 조금이라도 운 데가 있으면 마지마 간호사가 지적하고 눈 깜짝할 새 바로잡았다. 그날도 마지마 간호사가 두 개째 침대를 마쳤을 때 노리코는 겨우 하나밖에 못 했다.

마지마 간호사는 베갯잇을 끼우며 노리코의 작업도 꼼꼼히 살폈다.

"호텔에 숙박할 때도 시트 하나로 기분이 좋을 때가 있고 나쁠 때가 있잖아? 그거랑 똑같은 이야기야."

마지마 간호사의 말에 노리코는 호텔에 묵어본 적이 있던가 기억을 되살려봤다. 고등학교 수학여행 때도 간호학교 여행 때도 이부자리를 깔고 자는 여관에 묵었다.

"노인들은 시트에 주름 하나만 져도 욕창이 생겨. 언젠가 성인 병동이나 노인 병동에 가면 알게 될 거야. 몸을 못 쓰는 환자한테 환자복을 갈아입히는 것도 요령이 있거든."

노리코가 반듯하게 깔았다고 생각한 시트의 느슨한 구석을 바로잡아 매트리스 밑에 접어 넣었다. 백화점에서 상품을 포장하는 점원 같은 손놀림이었다. 임시 점원이 포장하면 시간이 걸리는 데다 포장도 깔끔하지 못한데, 노리코가 딱 그랬다.

"비 좀 그만 오지."

갑자기 마지마 간호사가 창밖을 바라보며 말했다.

"계속 오네요."

노리코는 마지마 간호사가 뭔가 다른 질문을 하려고 한다는 것을 감지하며 대답했다. 거짓말을 할 수 있을까 하고 자문해봤다. 마지마 간호사라면 어설픈 거짓말쯤 바로 눈치챌 것이다. 사실대로 대답하는 게 최선이라는 생각이 들었다.

"비 오는 날엔 자살하는 사람이 많지 않대." 마지마 간호사의 외꺼풀 눈이 노리코를 꼼짝 않고 쳐다보았다. "이유가 뭔지 알아?"

"우산을 쓰고 있으니까 불편해서 그런가요?"

그녀가 노리코의 대답을 듣고 웃었다. 웃으니 눈가에 주름이 잡혔다.

"그러게. 우산을 쓰고 있으면 열차 앞에 몸을 던질 마음도 안 나고 건물 옥상에 서도 비가 퍼부으면 뛰어내리기도 귀찮아. 나무에 끈을 걸 때도 레인코트를 입고 있으면 동작이 편치 않지. 뭣보다 레인코트를 입은 채로 고리 안에 머리를 넣기 싫을 거야."

　노리코는 놀라 마지마 간호사를 다시금 쳐다봤다. 그녀가 일과 무관한 이야기를 하다니 웬일일까. 이 사람은 진심으로 자살을 생각한 적이 있는지도 모르겠다.

　"자살이 많은 건 비가 개고 나서, 그것도 날이 활짝 갤 것 같을 때야. 비가 축축하게 오는 동안은 어두운 바깥이랑 자기 우울한 기분이랑 맞아들거든. 날이 갤 것 같아졌을 때 그 차이가 견딜 수 없어지는 걸 거야."

　마지마 간호사는 머리맡에 있던 옷 갈아입히는 인형을 원 위치에 돌려놓고 밖으로 나갔다. 노리코는 그녀를 따라 나가 문을 닫았다. 평소에는 나지 않던 오드콜로뉴의 향기가 노리코의 후각을 자극했다.

　점심시간 조금 전에 유코에게서 전화가 왔다.

　"약리부 시마다 씨."

　전화를 받은 시바타 간호사는 그렇게 말하며 노리코에게 수화기를 건넸다. 최근 유코는 노리코에게 전화할 때 본명을 쓰지 않았다. 그때마다 소속과 이름이 바뀌기 때문에 노리코는 모르는 인물에게서 전화가 올 때마다 유코임을 알 수 있었다.

　"어떻게 됐어?"

　노리코는 목소리를 낮추고 물었다. 심장이 쿵쿵 뛰었다.

　"괜찮은 것 같아. 평소랑 다르지 않은 분위기야. 안심해도 돼. 그럼."

그 말만 하고 전화가 끊겼다. 노리코는 설마 누가 협박해서 거짓으로 전화를 시킨 게 아닐까 생각했다가 얼른 자신의 망상을 부정했다.

22

비는 닷새간 계속된 끝에 화요일에 갰다. 현관 밖으로 나와 하늘을 올려다봤는데 날씨가 궂어질 염려가 없을 만큼 서쪽 하늘이 밝았다. 매사에 조심성이 많은 어머니도 접는 우산을 가져가라고 하지 않았다.

역에 도착하니 케이블카의 운행에 차질이 생겼다고 역원이 말했다. 워낙 흔치 않은 일이다 보니 승객들도 상황이 파악되지 않은 채 플랫폼에 우두커니 서 있었다. 노리코는 큰길로 돌아가 택시를 탈까 했지만, 곧 케이블카가 도착한다는 안내에 그만두었다.

"사고가 있었거든요."

역원이 누구에게랄 것 없이 말했다. 케이블카는 창설 이래 30년 이상 무사고였을 텐데. 건널목이 있는 것도 아닌데 대체 무슨 사고일까. 가선에 벼락이라도 떨어진 걸까. 하지만 전날 밤 천둥소리는 들리지 않았다.

주황색 케이블카가 5분 뒤 도착했다. 후지노 시게루는 보이지 않았다.

승객이 모두 타자 아무 일도 없었던 것처럼 출발했다.

레일 옆 수국이 비 갠 뒤의 맑은 공기 속에 색이 선명했다.

둘째 역에 이르러 개표구로 나오려는데 역원이 불러 세웠다.

전에 열차 모형을 다이노 쇼지 부자와 함께 운반했을 때 이야
기를 나눴던 역원이다. 그때와 달리 오늘 아침은 표정이 진지했
다.

"후지노가 전해달라고 했습니다. 바로 현장으로 가세요."

"현장이라뇨?"

노리코는 무슨 말인지 몰라 물었다.

"뭐 하면 여기서 병원에 전화하셔도 됩니다. 빨리 끝날 것 같
진 않으니까요. 자, 전화 쓰세요."

역원의 말에 노리코는 검정 전화로 다가갔다. 다이얼을 돌린
번호는 병원이 아니라 집 것이었다.

"엄마? 병원에 전화해서 늦게 간다고 해줘. 열이 났다고 하든
뭐든 이유는 적당히 둘러대고. 그럼 부탁해. 자세한 이야기는
나중에 할게."

어머니가 놀라는 것도 무리는 아니었다. 어쨌거나 바로 병원
에 전화하겠다는 약속을 받아냈다.

"제가 안내하죠. 여기는 잠깐 비워도 괜찮습니다."

역원이 말하고는 역사 문을 잠갔다. 표정은 침착한데 열쇠 꾸
러미를 든 손이 떨리고 있었다.

"이쪽입니다."

역원은 세이레이 병원 쪽으로 가려는 노리코를 멈춰 세우고 케이블카 궤도에 발을 들여놓았다. 궤도를 따라 설치된 폭이 60센티미터쯤 되는 통로를 산꼭대기를 향해 올라가기 시작했다. 노리코는 불안한 기분을 억누르며 뒤를 따랐다. 통로는 거친 콘크리트로 다져져 있었다. 평소 다니는 사람이 얼마 없는 듯 오랜 비로 이끼가 살짝 끼어 있었다. 하이힐을 신었다면 걷기 불편했을 것이다.

"이런 일은 처음이에요. 이 산 전체로 보면 드문 일이 아니겠지만요."

역원은 혼잣말처럼 말했다. 노리코가 당연히 상황을 알 것이라 생각하며 뭔가를 생략한 것 같은데, 그게 뭔지 물어볼 용기는 없었다. 어차피 조만간 알게 될 것이다.

"후지노 씨는 위에 계세요?"

그것만 물었다.

"네, 그 친구가 발견했거든요. 하행 차량에서 알아차리고 기슭 역에서 JR역 앞 파출소에 신고한 겁니다. 케이블카를 기다리게 했다가 경찰관을 태워 올라와서 현장 검증을 시작한 참입니다."

"살인 사건인가요?"

노리코는 참지 못하고 물었다.

"아뇨, 목매서 자살했답니다."

역원은 흐리멍덩한 표정으로 대답했다.

자살인데 어째서 현장에 오라는 전갈을 후지노 시게루가 남겼을까. 진정하라고 스스로를 타일러도 심장 박동이 목 언저리에서 느껴졌다.

"거의 다 왔을 겁니다. 산꼭대기 역하고의 중간 지점이니까요."

역원은 가쁜 숨을 몰아쉬고 있었다. 노리코는 숨차지는 않았지만 가슴이 터질 것 같았다. 어째선지 계곡에 추락한 마토바 의사의 차가 생각났다. 혹시나 하는 생각을 애써 지웠다.

"저기입니다."

남자 넷이 보였다. 두 명은 제복 경관이고 나머지는 후지노 시게루와 그의 상사인 듯한 초로의 남자였다. 발치에 사람만 한 크기로 불룩 솟은 담요가 있었다.

"안녕하세요."

노리코는 동요했음에도 불구하고 인사했다. 아니, 오히려 혼란스러운 마음을 진정시키려고 인사를 한 것이었다.

"수고하십니다. 여기 역원 분이 당신이라면 피해자의 신원을 확인해주실 수 있다고 해서 오시게 했습니다."

나이 많은 쪽 경관이 정중하게 말하고 담요 곁에 쭈그리고 앉아 있던 젊은 부하에게 눈짓했다.

담요 한쪽을 들췄다.

적자색으로 붉어진 얼굴은 약간 부은 듯했다. 노리코는 오른

손으로 입을 막았다. 믿을 수 없었다. 하지만 이게 꿈일 리 없다.

"친구 분이십니까?"

경관이 조용히 물었다. 후지노 시게루가 울음을 터뜨릴 듯한 얼굴로 노리코를 보고 있었다.

"동료 간호사예요."

"성함은요?"

"시키 유코. 산부인과에 근무해요."

감정이 섞이지 않은 말이 입 밖으로 나왔다.

"됐습니다. 수고 많으셨습니다."

담요가 유코의 얼굴에 도로 덮였다.

"살해 방법은 뭔가요?"

입 언저리가 마비돼서 잘 움직이지 않았다. 얼굴도 창백할 것이다.

"살해된 게 아닙니다. 목을 매서 자살한 겁니다." 믿기지 않는다는 듯한 노리코의 반응을 보고 나이 많은 경관은 말을 이었다. "물론 확실한 건 현장 검증을 해봐야 알겠지만, 발자국을 봐도 자살일 가능성이 높습니다. 비 때문에 땅이 물러서 다행이었습니다."

아니, 그럴 리 없다.

"뭔가 짐작 가는 게 있으면 저한테 연락주세요."

경관은 제복 주머니를 뒤져 명함을 꺼냈다. 명함 케이스에 오래 들어 있었는지 귀퉁이가 약간 닳았다.

역원을 따라 둘째 역으로 돌아왔다.

"딱한 일이군요." 역원이 앞서서 걸으며 말했다. "우리 같은 노인 입장에선 스무 살이 될까 말까 한 나이에 죽을 게 뭐 있나 싶지만, 본인만 아는 사정이 뭔가 있겠죠."

역원과 헤어진 뒤 노리코는 집으로 갈지, 출근할지 망설였다. 하지만 집에 간들 할 일도 없다. 그보다 평소대로 병원에서 일하는 편이 정보를 쉽게 접할 수 있을 것이다. 조만간 사고 소식이 병원에 전해져 동료들 사이에 소문이 퍼질 것이다. 빈소는 어디 마련하는지, 장례식은 언제 할 건지도 자연스레 귀에 들어올 게 틀림없었다.

발이 병원 쪽을 향했다. 도중에 남자 넷과 마주쳤다. 두 명은 작업복 같은 것을 입고 카메라 몇 대를 들고 있었다. 형사와 감식원이 틀림없었다.

마토바 의사가 죽고 유코도 죽었다는 사실만이 머릿속을 맴돌고 있었다.

"아마기시 씨, 괜찮아? 쉬어도 되는데."

아리마 수간호사가 말했다.

"열은 내렸으니까 괜찮아요."

이제 슬슬 유코의 사고에 관한 연락이 병원장이나 간호부장에게 올 때가 됐을 것이다.

미야타 미사코의 토사물을 치울 때도 노리코는 시체로 누워 있던 유코의 얼굴을 떠올리고 있었다. 불그스름한 얼굴은 목을 매서 죽을 때 나타나는 특징이다. 범인은 교묘한 수단으로 자살을 위장했다. 마토바 의사 때는 사고사, 이번에는 자살이다.

"아마기시 선생님." 침대에서 미야타 미사코가 불렀다. "아까 깜박 잠이 들었다가 꿈을 꿨어요."

웃는 얼굴이었지만 생기가 없었다.

"어떤 꿈?"

노리코는 애써 미사코에게 관심을 돌렸다. 그러지 않았다면 건성으로 대꾸한 채 방에서 나갔을지도 모른다.

"언덕 위에 작은 하얀색 병원이 있고 의사 선생님은 한 명, 간호사 선생님은 세 명 있었어요. 나랑, 그리고 엄마 같은 어른 간호사 선생님이 한 명, 그리고 또 한 명은 누구였게요?"

"글쎄."

노리코는 고개를 갸웃했다.

"아마기시 선생님이었어요. 키가 크고, 상냥하고, 신참인 저한테 붕대 감는 법이라든지 약 바르는 방법을 가르쳐줬어요."

"고마워."

눈물이 났다. 못 견디고 두 손으로 얼굴을 가리며 창 쪽으로 돌아섰다. 유코를 마지막으로 만났을 때가 생각났다. 탈의실에서 유니폼으로 갈아입은 그녀와 말을 주고받은 게 마지막이었다.

노리코는 손수건을 꺼내 눈물을 훔쳤다. 생각지도 못하게 운 덕에 마음이 조금 가벼워졌다.

"미안해. 오늘 내가 좀 어떻게 됐나 봐."

미사코를 돌아보며 사과했다.

"꿈속에서 간호사가 될 수 있었으니까 이제 됐어요."

미사코는 차분한 표정으로 말했다.

"미사코, 괜찮아. 꼭 간호사가 될 수 있을 거야. 탁구 선수였으니까 너도 알지? 시합에서 점수 차가 벌어져도 마지막까지 절대로 포기하면 안 되는 거야."

미사코의 병세가 조금씩 악화되는 것은 분명했다. 스카프로 가린 머리는 이제 솜털만 남아 있었고 잇몸의 출혈도 심해졌다.

미야타 미사코는 노리코의 진의를 확인하듯 빤히 쳐다보았다. 노리코는 눈도 깜박이지 않고 시선을 받아냈다. 절대로 시합을 포기해선 안 된다. 아무리 상황이 위태로워도 작은 가능성에 걸어야 한다. 그건 지금 이 순간 스스로에게 타이르는 말이기도 했다.

"알았어요. 힘낼게요."

미사코는 노리코에게 손을 뻗어 꼭 쥐었다.

자신을 지금 지탱해주는 것은 환자라는 생각이 들었다. 간호사라는 일이 없었다면 단짝 친구의 돌연한 죽음에 넋이 나갔을 것이다.

간호사 대기실에서는 마지마 간호사가 진료 기록부를 정리하고 있었다. 평소와 똑같은 분위기였다. 광대뼈가 나온 옆얼굴을 바라보며 노리코는 그녀가 얼마 전 한 말을 떠올렸다.

비 오는 날에 자살하는 이는 많지 않다. 비가 개고 나서 사람은 죽을 생각을 하게 마련이다.

마지마 간호사는 무슨 의도로 노리코에게 그런 말을 했을까. 뭔가를 예고하려는 것이었나. 아니면 유코의 죽음이 자살이라고 생각하게 하려는 것이었을까. 앰플 주둥이를 자르며 노리코는 마지마 간호사의 뼈가 앙상한 어깨에 다시 시선을 주었다.

아리마 수간호사가 간호사 대기실에 들어와 나직한 목소리로 불렀다. 수간호사의 핏기 없는 얼굴에서 유코에 관해 보고받았다는 것을 직감했다. 수간호사는 자기 방에 들어가지 않고 문에 기대듯 멈춰 섰다.

"아마기시 씨한테는 알리는 게 나을 것 같아서 말하는데, 산부인과의 시키 유코 씨 알지? 아마기시 씨랑 같은 간호학교를 나왔고 우리 병동에도 몇 번 왔다고 기억해. 오늘 아침에 죽었대. 아니, 죽은 건 오늘 아침이 아닐지도 모르지만. 아까 부장님한테서 연락이 왔는데, 병원에서 별로 멀지 않은 산속에서 자살한 시체로 발견됐다고 해."

이미 아는 사실인데도 제삼자의 입을 통해 들으니 괴로웠다. 노리코는 대답하지 못했다.

"무슨 고민이 있었겠지. 그런 거 있거든. 친한 친구한테도 털어놓을 수 없는 일이." 수간호사는 노리코를 위로했다. "아마기시 씨, 휴가 얼마든지 내도 되니까 문상이랑 장례랑 다녀와. 동기로서, 그리고 같은 병원에서 일하기 시작했던 사람으로서 있는 힘껏 슬퍼해줘. 그런 걸 뭐라고 하는지 알아?"

수간호사의 물음에 노리코는 고개를 흔들었다.

"상(喪)이라고 해. 진부한 말이지만 어엿한 의학용어라고. 관계가 있었던 사람의 죽음이 일으키는 반응이랑 그 반응을 수습해가는 과정의 총칭이 상인 거야. 우리 간호사들하곤 떼려야 뗄 수 없는 일이지. 문상이랑 장례를 함부로 여기면 안 돼. 중요한 의식이야. 그러니까 다녀와."

수간호사는 노리코의 어깨를 끌어안듯 하며 말했다.

이 복잡한 기분도 상의 일종인 걸까. 노리코의 마음속에서 노여움, 당혹감, 슬픔, 공포가 소용돌이치고 있었다.

자신이 처음 경험한 상은 아마 아버지가 세상을 떠났을 때였을 것이다. 원래부터 출장이며 전근으로 가족과 떨어져 지낼 때가 많았다. 그렇기에 언제나 다음에 아버지가 오면 할 이야기를 생각하며 기다리곤 했다. 아버지가 죽은 뒤로도 반년간 그런 착각이 이어졌다. 학교에서 재미있는 일이 있으면 아버지에게 이야기해주려고 여느 때처럼 또렷이 기억에 새겼다가 아버지가 이제 없다는 사실을 깨달았다. 지금도 잊지 않고 기억하는 이야기가 있다. 끝내 아버지에게 해주지 못한 웃기는 이야기. 어느 날 아침, 식탁에서 아침을 먹던 아버지가 말했다. "여보, 조간 없어?" 곁에서 그 말을 들은 딸이 "엄마, 아버지가 소간 없냐는데"라고 말했다. 그러자 부엌에서 어머니가 큰 소리로 대답했다. "소금 다 떨어졌는데." 텔레비전 뉴스를 듣고 있던 아버지는 "그래"라고 대답하고 납득했다.

학교 친구의 집에서 실제로 있었던 이 이야기를 들은 순간, 노리코는 꼭 아버지에게 해줘야겠다고 생각했다. 아버지가 웃는 얼굴까지 상상할 수 있었다. 그러나 다음 순간, 아버지가 없다는 것을 깨닫고 눈 깜짝할 새 눈물이 맺혔다. 그 뒤로 아무에게도 이 이야기를 하지 않았다. 할 마음도 나지 않았다는 것은 아버지의 상이 아직 끝나지 않았다는 뜻인지도 모른다.

예배당에서 본 마토바 의사의 모습, 그리고 계곡에 뒤집혀 있던 차의 모습도 걸핏하면 생각났다. 전혀 예기치 못한 순간에 노리코의 의식에 침입했다. 아침 인수인계 중에 문득 창밖에 눈을 준 순간, 아무도 없는 복도를 걷고 있을 때. 마토바 의사가 남긴 메모는 서랍에 넣고 잠가놓았다. 책상에 앉을 때마다 벽에 걸린 호랑이 꼬리 벚나무 사진을 바라본다. 마토바 의사의 일기와 함께 있던 폐액 보관고 열쇠와 집 열쇠도 늘 핸드백에 넣어 가지고 다녔다. 그것도 모두 상의 일종일까.

이제 새로운 상이 추가됐다. 머릿속은 아직 혼란스러웠지만 자제력만은 잃지 않았다. 조금전 미야타 미사코의 병실에서 저도 모르게 눈물을 흘린 것은 상대방이 어린애였던 탓도 있다.

"내일 휴가를 내겠습니다. 친구 집에 가보려고요."

노리코는 수간호사실로 돌아가 머리를 깊이 수그렸다.

"응, 그래. 그렇게 해. 동료가 가면 가족 분들도 위로를 얻으실 거야."

아리마 수간호사는 다시 한 번 노리코의 어깨에 손을 얹었다.

점심시간이 돼서 이제 유코와 마주 앉아 식사할 수 없다는 것을 깨닫자 위가 음식물을 받아주지 않았다.

사건 소식은 일근 간호사들 귀에도 들어간 모양이었다. 노리코에게 대놓고 그 이야기를 꺼내지 않는 것은 그녀의 심정을 생각해서일 것이다.

"아마기시 씨, 담근 지 아직 하루밖에 안 됐지만 먹을래?"

이지리 간호사가 플라스틱 찬통에 든 것을 접시에 덜어 권했다. 겨된장에 절인 오이와 가지, 당근 장아찌였다. 녹색과 보라색, 주황색의 대비가 선명했다.

"나도 좀 줘. 저번에 슈퍼에서 샀는데 이지리 씨 것하곤 비교가 안 되더라고. 나도 겨된장 좀 얻을 수 있을까?"

아이카와 간호사가 튼튼해 보이는 치아로 당근을 씹으며 말했다.

"아이카와 씨한테는 안 줄 거야. 줘봤자 어차피 한 달 만에 썩힐 테니까. 나도 사람 가려가면서 준다고. 매일 뒤섞어줘야 하는 데다 지금부터 여름까지는 하루 두 번이야. 집도 마음대로 못 비워. 애완동물을 키우는 것보다 훨씬 손이 가는걸."

"그래? 그럼 난 역시 안 되겠네. 그냥 먹는 담당 할래."

"아마기시 씨는 될 것 같은데."

어머니와 비슷한 나이의 이지리 간호사가 노리코에게 말했다.

"에이, 아마기시 씨랑 겨된장은 안 어울리지." 아이카와 간호사가 이의를 제기했다. 노리코를 화제에 올리는 것도 그들이 마음을 써준다는 증거다.

"아마기시 씨는 매일 꼬박꼬박 겨된장을 섞으면서 내색을 전혀 안 하는 타입이야. 일하는 걸 보면 알지. 나처럼 겨된장 냄새 풀풀 나는 아줌마랑은 다른걸."

이지리 간호사가 장담했다.

아마 그게 자신의 성격일 것이다. 특히 남에게 받은 겨된장을 망치는 일은 절대 있을 수 없다. 그리고 겨된장 손질을 한 다음은 손을 깨끗이 닦아 겨된장의 ㄱ자도 모른다는 얼굴로 출근할 게 틀림없다.

"아아, 누가 안 섞어도 되는 겨된장을 발명해주지 않으려나. 효소가 밑에서 올라오면 되는 거 아냐? 어항처럼."

눈 깜짝할 새 장아찌를 다 먹어치운 아이카와 간호사가 말했다.

곁방에서의 대화는 직원 식당에 갔던 마지마 간호사가 들어오면서 중단됐다.

"아마기시 씨, 친구 소식 들었어?"

마지마 간호사의 외꺼풀 눈이 그녀를 꼼짝 않고 쳐다보았다.

"시키 씨 말이죠? 네, 들었어요."

노리코는 또렷한 어조로 대답했다.

"자살할 이유로 뭐 짐작 가는 거 있어?"

자살이라는 말에 곁방의 공기가 긴장됐다. 이지리 간호사는 어느새 나가고 없었고, 아이카와 간호사는 등을 돌린 채 도시락 통과 접시를 씻고 있었다.

"아뇨, 없어요."

노리코는 자살이 아니라고 말하고 싶은 것을 꾹 참으며 대답했다. 진상은 당신이 아는 게 아닌가요? 하는 비난이 가슴속에서 물결쳤다.

"그래. 가엾게 됐어."

마지마 간호사는 진지한 표정으로 말했다. 뜻밖에 눈빛에서 슬픔이 느껴졌다.

"너무 슬퍼하지 마."

노리코는 가볍게 고개를 끄덕였다.

4시 지나 안과의 사와다 도모코에게서 전화가 왔다. 간호학교 동기다. 한마디 할 때마다 한숨을 쉬며 내일 장례에 같이 가자고 했다.

"가오리도 같이 가니까 셋이서. 차는 내가 운전할게. 유코 부모님 댁은 나 한 번 가본 적 있으니까 대충 알아."

장례는 11시부터라 9시에 JR 역에서 만나기로 했다.

간호학교 동기 중에 세이레이 병원에 취직한 사람은 네 명이었다. 장례식에는 다른 동기들도 올 것이다. 넷 중 노리코가 유코와 가장 친했던 만큼 온갖 질문이 쏟아질 게 틀림없었다. 왜 힘이 돼주지 않았느냐고 간접적으로 노리코를 비난할 사람도 있을 것이다. 노리코는 무슨 일이 있어도 참자고 결심했다.

저녁에 병원에서 케이블카 역으로 향하는 사람은 열 명쯤이었다. 아는 얼굴은 없었지만 그래도 다른 사람이 함께 있으니 마음이 놓였다.

매표소 앞 벤치에 후지노 시게루가 앉아 있었다. 내내 기다리고 있었는지 노리코가 그를 알아차린 것과 동시에 그가 일어섰다.

다가오는 노리코를 후지노 시게루는 화난 듯한 얼굴로 응시했다.

"상사가 오늘은 쉬라고 해서 쉬었습니다." 묻기도 전에 변명했다. "그 뒤 경찰서에 갔습니다. 이것저것 질문을 받았습니다. 나중에 세이레이 병원 수간호사님도 왔습니다. 아마기시 씨도 올까 했는데요."

"전 아무 말도 못 들었어요."

"그렇습니까. 걱정돼서 아마기시 씨가 퇴근할 시간에 맞춰 기다렸습니다."

"걱정 끼쳐서 죄송해요."

"이제 안심했습니다. 그럼 갈까요."

일부러 자신을 기다려준 후지노 시게루의 마음 씀씀이가 고마웠다.

"그건 자살이 아닙니다."

케이블카에 타기 직전 그가 나지막이 말했다.

"어떻게 아세요?"

"며칠 전에 만난 적이 있잖습니까? 그럴 사람 같지 않았거든요. 그 말을 경찰에 했는데 들어주지 않습니다."

"경찰에선 어떻게 보고 있죠?"

"자살입니다. 산속을 걸어온 발자국이 있었습니다. 다른 발자국은 없습니다."

"후지노 씨가 맨 처음 발견하셨다죠?"

"네. 올라갈 땐 몰랐는데 돌아가는 길에 발견했습니다. 하얗게 나무에서 늘어져 있었습니다. 처음엔 누가 인형으로 장난을 쳤는가 했거든요. 그런데 얼굴을 보니까 인형이 아니란 생각이 들어서요. 역에서 경찰에 연락해서 같이 돌아간 겁니다. 끈을 잘라 땅바닥에 눕히면서 얼굴이 보였습니다. 아마기시 씨 친구구나 싶었습니다. 그래서 둘째 역 기쿠치 씨께 부탁해서 아마기시 씨를 데려오게 했습니다."

비 온 뒤의 숲에서 나뭇가지에 목이 묶인 유코의 원통함이 가슴에 사무쳤다. 후지노 시게루가 시신을 발견해 여러 사람 시선에 드러나기 전에 노리코를 불러온 것은 유코의 마지막 소원이었는지도 모른다.

"그 사람은 자살한 게 아닙니다." 후지노 시게루가 또다시 말했다. 노리코는 표정으로 어째서냐고 물었다. "그 사람은 케이블카를 좋아하는 사람이었다고 생각합니다. 케이블카를 좋아했다면 그런 곳에서 목을 매지 않아요."

더 할 말이 있는 것처럼 입술을 달싹이던 후지노 시게루는 결국 하려던 말을 삼켰다.

상행 케이블카와 천천히 엇갈려 지나쳤다. 승객은 많지 않았다.

케이블카를 좋아하는 것은 노리코도 마찬가지였다. 자기라면 케이블카 궤도 바로 옆에서 목매 자살하는 게 가능할까. 아마 아닐 것이다. 케이블카가 멀리 보이는 장소, 또는 나무들 사이로 케이블카가 어른거리는 장소라면 가능할지도 모른다. 하지만 보기 흉한 죽음이 고스란히 드러나는 곳에서는 절대로 죽지 않을 것이다. 젊은 여자는 죽은 뒤의 모습을 신경 쓰게 마련이다. 특히 유코라면 목매 자살한 시체가 얼마나 보기 흉한지 지식으로 알고 있을 터였다.

"제 의견도 후지노 씨랑 같아요."

노리코는 똑똑히 말했다. 유코의 죽음에 관해 자신의 생각을 말하는 것은 처음이었다.

"아마기시 씨, 조심해야 합니다."

후지노 시게루는 자세를 유지한 채 몸 전체로 주위를 살피는 듯한 동작을 했다.

"네, 알아요."

"지금 생각났습니다." 후지노 시게루는 또 목소리를 낮추었다. "전에 아마기시 씨가 병원을 안내해주셨죠. 그때 누가 우리를 보는 것 같았습니다."

"지금도 그런가요?"

노리코는 등골이 오싹해지는 것을 느끼며 물었다.

"아뇨, 지금은 아닙니다."

"후지노 씨가 모형 열차를 보여주러 오셨을 때는 어땠죠?"

"그때도 느껴지지 않았습니다. 하지만 열차에 열중하느라 몰랐던 것뿐일지도 모릅니다. 전 열중하면 주위가 안 보이는 성격이거든요." 후지노 시게루는 노리코를 응시했다. "아마기시 씨는 뭔가 다른 걸 생각하는 게 아닌가요?"

"뭘요?"

"아까 그 친구 분 외의 일을요."

아마 마토바 의사일 것이다. 머릿속에서 두 사람의 죽음은 동전의 양면처럼 맞닿아 있었다.

"소아외과 의사 선생님이 차를 탄 채 절벽에서 추락해서 돌아가셨어요. 3주쯤 전에요."

"아, 그게 그거였군요."

케이블카가 첫째 역에 도착했다. 후지노 시게루는 먼저 일어나 노리코와 함께 내렸다.

"여기서 보고 있겠습니다."

내린 승객은 두 사람뿐이었다. 후지노 시게루는 먼저 가라고 하듯 작별 인사를 했다.

그는 사람들 눈이 있는 곳에서 함께 걸으면 노리코에게 폐가 된다는 것을 잘 알고 있는 것이다. 노리코는 돌아서서 걸으며 자신은 정말 그것을 폐라고 여길까 생각해봤다. 아니었다. 나란히 걸어도 아무렇지도 않다.

모퉁이를 돌 때 뒤를 돌아봤다. 후지노 시게루는 역사 앞에 서서 아직 이쪽을 보고 있었다.

다음은 자기 차례일까. 노리코는 걸으며 부르르 몸서리를 쳤다. 유코가 누군가에게 살해된 것이라고 경찰에 말해야 할까. 하지만 그럼 세 번째 표적은 자신이라고 자진 신고하는 셈이다. 되레 위험한 게 아닐까.

그렇다고 이대로 가만있으면 두 사람이 죽은 의미가 없어진다.

자신의 정체를 숨긴 채 경찰을 움직일 방법은 없을까. 투서라는 수단도 있다.

산사나무 공원 앞까지 와서도 노리코는 여전히 망설이고 있었다.

23

노리코는 상복이 없었다. 어머니 것은 기장이 너무 짧다. 언니는 분명히 갖고 있다고 기억하지만 빌리러 갈 마음은 나지 않았다. 결국 짙은 감색 원피스를 입기로 했다. 간호학교 시절 유코와 시내 외출을 할 때 몇 번 입은 적이 있었다. 노리코에게 감색이 제일 잘 어울린다고 말해준 사람도 유코였다.

현관을 나설 때 어머니가 걱정스러운 얼굴로 노리코를 바라보았다.

"부모님 심정이 어떠실까. 기껏 학교 졸업해서 제구실을 하게 됐는데."

한숨 섞인 말은 벌써 몇 번을 들었는지 모른다.

전날 밤 좀처럼 잠이 오지 않아 몸을 뒤척였다. 어느새 어둠 속에서 이를 악물고 있었다.

유코의 웃는 얼굴만 떠오르는 게 이상했다. 실제로 그녀는 언제나 웃음을 잃지 않았다. 시험에서 나쁜 점수를 받아도 또 재시험이지 뭐야, 하고 웃어넘겼다. 웃음의 빈도가 줄어든 것은 취직해서 산부인과에 배속되면서였다.

"노리코." 어머니가 불러 얼굴을 들었다. "염주는?"

"챙겼어."

핸드백 속을 확인했다.

산사나무 공원 안을 통과했다. 비탈을 내려가 상가를 지났다. 유코와 둘이 반대 방향에서 올라왔던 게 바로 얼마 전 일 같았다. 유코는 그때 정육점과 청과물 가게에 들렀다. 어느새 꽃까지 샀다.

이제 두 번 다시 그런 일이 없으리라고 생각하니 가슴이 메었다. 찻집 피유 앞에서도 같은 생각을 했다. 그 집에는 이제 갈 일이 없을 것 같다.

피유 앞 우체통에 편지를 넣었다. 역 앞 파출소 주소도 안에 쓴 글도 워드프로세서로 작성했다. 마토바 의사의 죽음은 언급하지 않고 그저 유코의 자살은 있을 수 없는 일이니 수사를 계속해달라고만 썼다. 보낸 사람이 누군지는 알 수 없을 것이다.

봉투가 우체통 바닥에 떨어졌을 때 노리코는 새로운 싸움이 시작됐음을 자각했다. 이제 절대로 물러날 수 없는 싸움이라고 스스로를 타일렀다.

JR역 대합실에 야지마 가오리가 와 있었다. 검은 투피스를 입고 윗주머니에 검은 행커치프를 꽂았다.

"힘들었지?" 가오리는 노리코를 위로하듯 말했다. "진짜 뜻밖이었어. 가끔 병원에서 마주칠 때마다 잘 지내는 것처럼 보였고, 유코는 원래 노력가였잖아."

이야기하는 사이에 안경 속 눈시울이 붉어졌다. 노리코는 덩
달아 눈물이 나려는 것을 참았다. 가오리는 안경을 벗고 노리코
의 어깨에 얼마 동안 얼굴을 묻었다.

출근으로 혼잡한 시간은 지나 승객은 많지 않았지만 그래도
몇 명은 두 사람에게 눈길을 주었다. 흐린 하늘 아래 소철이 커
다란 잎을 양쪽으로 늘어뜨리고 있었다.

울음을 그친 가오리와 함께 역 출구로 나왔다. 5분쯤 기다리
자 도모코의 흰 경차가 다가와 눈앞에 섰다.

조수석 문이 열려 노리코가 앞에 탔다. 도모코는 운전용 안경
을 쓰고 거무스름한 옷을 입고 있었다. 늦어서 미안하다고 사과
했다.

"길은 대충 알 것 같아. 근처까지 가면 생각날 거야."

가오리의 물음에 도모코가 대답했다. 또렷한 목소리는 유코
의 죽음에 동요한 기색이 없었다.

운전도 대담무쌍했다. 교차로에서 반대 차선 차가 늦게 출발
하면 바퀴에서 끼익 소리를 내며 우회전했다. 노리코는 조수석
문의 일부가 찌그러진 게 생각났다.

"유코, 요새 정신적으로 꽤 힘들었던 것 같더라."

도모코가 핸들을 돌리며 말했다.

"그래?"

노리코는 건성으로 대답했다.

"우리 과에 정보통 선배가 있거든. 전에 산부인과에 있었기 때문에 이번 일에 대해 잘 알더라고. 며칠 전 수간호사한테 불려가고 과장 선생님한테도 주의를 받았대."

"왜?" 가오리가 뜻밖이라는 투로 뒤에서 끼어들었다. "유코는 일 대충 하는 애 아니었는데."

"뭔가 문제가 있었겠지."

"노리코 넌 뭐 짐작 가는 거 없어?"

"없어."

노리코는 고개를 흔들었다. 경찰에 불려간 산부인과 수간호사가 최근 유코가 우울해했다고 증언했다는 말은 들었다.

"이제 와선 늦었지만 나 후회돼. 지난주에 외래에서 우연히 유코랑 마주쳤거든. 깜짝 놀라게 표정이 어두워선 뭔가 생각하는 것 같았어. 하지만 말을 주고받아 보니까 별 일 없이 잘 지내는 것 같길래 아아, 괜찮구나 생각하고 말았지 뭐야. 좀 더 제대로 이야기 상대가 돼줬어야 하는데."

"난 더 나빠. 취직한 뒤로 왠지 모르게 유코랑 소원해졌는걸. 내가 먼저 전화한 적도 없고 못됐지."

"각자 취직한 직후라 바빴으니까."

도모코가 말했다.

"유코는 언뜻 보면 터프할 것 같지만 의외로 여렸고 말이지." 가오리가 마음을 다잡듯 노리코를 보았다. 동의를 구하는 것이다. 노리코는 대답을 망설였다.

"노리코 넌 어땠어? 가끔은 만났어?"

도모코가 노리코가 말이 없는 것을 알아채고 질문했다.

"응, 만났어." 대답하는 목소리가 잠겼다. "유코가 어째서 죽었는지 아직 몰라."

노리코 나름대로 사실을 말한 것이었다. 그러나 도모코는 그녀의 대답을 다르게 해석했다.

"그러게. 우리한테도 말 못 할 게 있었겠지."

셋 다 입을 다문 채 차는 국도에서 고속도로로 접어들었다. 도모코는 시속 100킬로미터 넘을락말락 하는 속도를 유지하며 띠링띠링 하는 제한속도 초과 경고음도 아랑곳하지 않고 느린 차를 추월했다.

도중에 세 겹의 거대한 버력더미가 보였다. 앞쪽 절반이 깎여나가 회색 지면이 드러나 있었다.

"유코는 형제가 어떻게 돼?"

가오리가 물었다.

"오빠랑 고등학교 다니는 남동생이 있었을 거야. 월급에서 매달 5천 엔씩 동생한테 용돈을 준다고 했거든."

노리코가 대답했다. 유코가 그 이야기를 한 것은 노리코의 집에 왔을 때였다. 어머니가 듣고 연신 감탄하며 유코는 경제적으로 독립한 데다 남동생에게 용돈까지 보내는데 우리 딸은 하고 눈치를 얼마나 주었는지 모른다.

"부모님은?"

"그건 몰라."

"농사 지으셔." 도모코가 노리코 대신 대답했다. "집에 광이 있는데, 내가 놀러 갔을 때 유코가 자기 어렸을 때 거기 소가 있었다고 가르쳐줬어."

"마을 사람들은 자살이란 걸 모르겠지?"

"그야 당연하지."

도모코가 대답했다. 아마 그럴 것이다. 가족 앞에서 자살이라는 말은 하면 안 되겠다.

그럼 '살해됐다'라고 말하면 어떨까. 속으로 그런 생각을 하자 입 안이 바싹 말랐다.

30분쯤 고속도로를 달리자 길이 좌우로 나뉘었다. 주위는 논이 많고 여기저기에 비닐하우스가 보였다. 이런 시골에서 유코가 간호학교로 진학한 줄 몰랐다. 유코는 노리코에게 고향 이야기를 한 적이 거의 없었고, 기숙사에 살 때도 집에 잘 가지 않았다.

분기점에서 20분쯤 더 가 인터체인지에서 고속도로를 벗어났다. 고속도로 쪽에 있는 구릉을 제외하면 삼면이 평야였다.

눈앞의 풍요로운 전원 풍경과 케이블카 궤도 곁에 누워 있던 유코의 시신이 겹쳤다. 그 광경은 아무 때나 침입해 들어왔다. 아침에 이를 닦을 때도, 놀이방에서 아이들과 놀고 있을 때도 문득 생각나곤 했다.

"이 길이야. 눈에 익어."

도모코가 말했다. 농협 앞 주유소에서 차는 좁은 도로로 들어섰다. 도로 옆에 차가 열 몇 대 서 있었다. 장례식에 온 사람들 차가 틀림없었다. 도모코는 그 앞쪽, 폭이 어느 정도 있는 곳을 골라 차를 세웠다.

냇물을 따라 수양버들이 심어져 있었다. 앞쪽에 신사의 숲 같은 나무들도 보였다.

유코의 집은 논 가운데 세 채 모여 있는 집 중 하나였다. 광과 본채가 이층집으로 이어져 있고 그 밑을 지나 부지 안에 들어간다. 마당은 이미 조문객으로 꽉 차 있었다.

이층집 밑에서 접수를 마쳤다. 조의금은 5천 엔씩 모아 봉투에 세 사람 이름을 같이 적었다.

조문객은 집 안과 툇마루에도 모여 있었다. 노리코 또래의 남녀가 비교적 많았다. 고향 동창생들인 듯했다.

현관문을 활짝 열어놓고 디딤널을 3, 4미터 정도 밖을 향해 놓았다. 조문객은 그곳에서 신을 벗고 널 위을 걸어 집 안으로 들어갔다. 툇마루 문도 전부 떼서 제단과 승려의 모습이 밖에서도 보였다.

멍하니 보고 있는데 뒤에서 누가 낮은 목소리로 이름을 불렀다. 간호학교 시절 친구 다섯 명이 와 있었다. 도모코가 알린 것이다. 세 명은 시립병원에 취직했고 나머지 둘은 각각 개인 병원에서 일하고 있었다.

마주 보며 고개를 끄덕이고 다 같이 제단 쪽을 보았다.

부모와 오빠 부부, 남동생인 듯한 다섯 명, 그리고 친척들이 상복을 입고 정면에 자리하고 있었다. 검게 탄 얼굴의 아버지는 충혈된 눈을 슴벅이고, 몸집이 작은 어머니는 어깨를 늘어뜨린 채 울어서 퉁퉁 부은 눈으로 다다미 바닥을 보고 있었다. 검은 교복 차림의 동생은 그 옆에서 고개를 떨어뜨린 채 꼼짝도 하지 않았다. 오빠만이 앞을 똑바로 보고 있었다. 뒤에서 앉았다 섰다 하는 여자애는 유코와 어딘지 모르게 비슷하게 생겼다. 유코에게 고양이 인형을 선물한 조카일까.

이윽고 독경이 시작되면서 안에 들어와 있던 조문객이 한 명씩 향을 바쳤다.

"산부인과 수간호사야."

도모코가 중얼거렸다. 그때까지 기둥에 가려져 보이지 않았는데 수간호사는 검은 상복을 입고 있었다. 분향할 때 함께 있던 초로의 남자에게 순서를 양보했다. 산부인과 의사일지도 모르겠다. 노리코는 구노 의사를 찾아봤지만 낯익은 얼굴은 보이지 않았다.

수간호사와 남자는 나갈 때 가족에게 한 번 더 조의를 표했다.

분향이 반쯤 끝났을 때 노리코 일행은 천천히 현관으로 다가갔다. 신발을 벗고 널을 밟으며 집 안으로 들어갔다. 오래됐지만 튼튼한 집이었다. 구부러진 커다란 들보를 윤기가 흐르는 굵은 기둥이 떠받치고 있었다. 노리코는 유코가 수도 없이 열었을 게 틀림없는 샛장지를 바라보며 차례를 기다렸다.

도모코, 노리코, 가오리 순으로 앞으로 나섰다. 유족에게 머리를 숙여 인사하고 제단 앞에서 얼굴을 들었다. 원목으로 짠 관이 보였다. 유코의 사진도. 티 없이 웃는 얼굴이었다.

밖으로 나갈 때 셋이 나란히 가족 앞에 섰다.

"유코 친구 분들이신가요?"

분향하는 동안 자신들을 보고 있었는지 어머니가 물었다.

"네. 같은 간호학교를 나왔고 세이레이 병원에서도 함께 일했어요. 2년쯤 전 댁에 찾아뵌 적도 있어요."

도모코가 대답했다. 어머니는 도모코의 얼굴을 기억하지 못했다. 세이레이 병원이라는 말을 듣고 어머니는 겁에 질린 표정을 지었다.

"멀리서 와주셔서 고맙습니다. 유코가 신세 많이 졌습니다."

어머니는 그렇게 말하고 아버지와 함께 머리를 깊이 수그려 인사했다. 유코의 사인을 남들에게 말하지 말아 달라고 부탁하는 것처럼 보였다.

노리코는 어머니를 가만히 바라보았다. 얼굴을 기억해두고 싶었다. 그리고 언젠가 다시 이곳에 올 기회가 있기를 바랐다. 그때가 자신에게는 진짜 조문이 될 것이다.

"저 사진 속 얼굴을 평생 잊지 않을 거야."

가오리가 말했다.

노리코의 뇌리에 아로새겨져 있는 유코는 웃는 얼굴이 아니라 비 온 뒤의 땅에 누워 있는, 보랏빛으로 부은 유코의 얼굴이었다.

독경 소리가 다시 커졌다. 분향하려는 사람들의 발길은 아직 끊이지 않았다.

"유코가 왜 세이레이 병원에 취직했는지 알았어." 도모코가 나지막이 소리쳤다. "간호학교를 졸업하고 나서 집으로 돌아올 생각이었다면 이 근처 병원이라도 상관없었을 거야. 유코는 산에 올라가고 싶었던 거야. 높직한 산에서 내려다보는 병원이 이상이었던 거야. 세이레이 병원은 그 점에서 흠잡을 데 없었어."

아아, 그런가. 노리코는 순간 눈이 번쩍 뜨이는 기분이었다. 유코 자신도 그런 말을 했었다. 유코는 취직할 곳이 정해지자마자 면허를 따고 차를 샀다. 산 중턱에 있는 세이레이 병원에서 일할 날을 고대하고 있었던 것이다.

고향의 이 널따란 전원 지대와 그곳은 얼마나 다른가. 산비탈에 시가지가 들러붙어 있고 세이레이 병원은 그 꼭대기에서 시가지와 바다를 내려다보고 있다.

세이레이 병원에서 일하는 것은 육체적으로나 정신적으로나 고향과 가족으로부터 독립한다는 의미였을지도 모른다. 아마 세이레이 병원에서 몇 년 일한 뒤 자립한 인간으로 이 평평한 고향으로 돌아올 생각이었을 것이다.

그런 바람을 무참하게 짓밟힌 유코의 원통함이 지금 그녀의 고향에 이렇게 서니 생생하게 느껴졌다.

눈물이 볼을 타고 흘렀다. 지금까지 흘렸던 것과는 다른 차가

운 눈물이었다.

전깃줄에 까마귀보다 작은, 검정과 흰색이 섞인 새가 앉아 있었다. 이쪽을 보며 까악까악 울었다.

도모코가 위로하듯 노리코의 손을 잡았다.

"까치야. 유코가 가르쳐줬어. 도요토미 히데요시의 군대가 조선에서 데려온 새인데 이 지방에만 있대. '까치까치'* 운다고 까치."

하얀 복대를 두른 듯한 새는 세 사람이 꼼짝 않고 쳐다보자 소리도 없이 날아올랐다.

* 일본어로 '승리'가 '까치'와 음이 비슷하다.

24

　아침 인수인계가 끝난 뒤 노리코는 아리마 수간호사에게 양해를 구하고 외래로 내려갔다. 소아과 대합실에서 언니 기리코가 불안한 표정으로 아이를 안고 있었다.

　노리코는 자고 있는 유카의 얼굴에 손바닥을 대보았다.

　"38도까진 아닌 것 같아. 토하진 않아?"

　"어제 저녁에 한 번 토했어. 아침은 죽이랑 데운 우유밖에 안 먹었고."

　유카가 힘없이 눈을 떴다가 노리코를 보고 안심했는지 다시 감았다. 호흡도 그리 거칠지 않았고 맥도 또렷했다.

　기리코에게서 전화가 온 것은 전날 밤이었다. 유카가 열이 나고 기운이 없다. 내일 세이레이 병원으로 데려갈 테니까 사다무라 의사에게 진찰을 받게 해달라고 부탁했다. 세이레이 병원 소아과로 오는 것은 상관없다. 하지만 사다무라 의사에게 진찰을 부탁할 수 있을지 노리코는 자신이 없었다. 외래는 당번제로 돌아가기 때문에 내일 사다무라 의사가 외래를 담당할지 알 수 없다고 대답해놓았다.

오늘 아침 케이블카 안에서 사다무라 의사에게 부탁해보자고 결심했다. 탈의실에서 옷을 갈아입고 북관 6층 의국으로 갔다. 사다무라 의사는 자신의 책상에 커피잔을 들고 반대 방향으로 앉아 있었다. 무릎 위에는 영어 논문 사본이 놓여 있다. 노리코는 머뭇머뭇 언니의 아이 이야기를 꺼냈다.

"아마기시 기리코 씨가? 몇 시에 오는데? 9시? 좀 늦을지도 모르는데 기다리라고 해. 외래 창구엔 내가 연락해놓지."

요점만 간단하게 대답하는 사다무라 의사에게 노리코는 언니 아이의 이름이 기자키 유카라고 못을 박았다.

"맞다, 아마기시 씨는 결혼했지."

사다무라 의사는 고개를 끄덕였다. 노리코는 어쩐지 김이 빠진 기분으로 간호사 대기실로 돌아왔다.

사다무라 의사의 태도에서 경계심이 보이지 않았던 것은 착각일까. 자신에 대한 반감 같은 것을 조금도 찾아볼 수 없었다. 자신을 의심하고 있다면 언니 아이를 진찰해달라는 부탁을 단번에 거절했을 것이다.

"얘 아빠가 여기까지 태워다줬거든. 오는 도중에 아침 안개가 낀 시내가 저 밑으로 보이더라."

언니는 아이를 어르며 말했다.

"현관 홀의 대리석 실개천이랑 천장은 봤어?"

"위까지 뻥 뚫린 천장 말이지. 애가 아픈 것만 아니면 소풍 갔다 오는 길에 들르고 싶을 정도야."

기리코는 노리코의 유니폼 차림을 머리끝부터 발끝까지 훑어보았다.

"너도 진짜 간호사 같아졌네. 잘 어울려."

유카가 칭얼대며 몸을 옴짝거렸다. 열 때문에 볼이 발갰다.

복도에 사다무라 의사가 서 있었다. 병동에 있을 때와 달리 가운은 입지 않고 반소매 폴로셔츠 차림이었다. 기리코를 보고 단정한 얼굴이 반가워하듯 미소 짓는 것을 노리코는 놓치지 않았다.

"그동안 잘 지내셨나요? 오랜만입니다."

정중한 인사에 당황한 사람은 언니였다.

"바쁘신데 부탁을 드려 죄송합니다."

긴장한 목소리로 대답했으나, 사다무라 의사의 눈은 이미 유카의 얼굴에 가 있고 손은 이마에 얹혀져 있었다. 손등에 길이가 1센티미터는 될 듯한 털이 수북했다.

"바로 봅시다. 이쪽으로 오시죠. 아마기시 씨도 같이."

사다무라 의사는 외래 간호사에게 몇 마디 하고 진찰실로 들어갔다. 유카가 울기 시작했다. 사다무라 의사의 낮고 차분한 목소리에 울음소리가 점차 작아지더니 이윽고 그쳤다. 사다무라 의사는 분홍색 고무 인형을 책상 서랍에서 꺼내 유카에게 쥐여주었다. 만난 지 3분도 안 돼서 유카가 사다무라 의사에게 넘어갔다.

노리코는 유카의 옷 단추를 끌러 진찰에 대비했다.

"처음에 동생 분을 만났을 때 깜짝 놀랐습니다. 두 사람이 어딘지 모르게 닮았군요. 이름이 아마기시란 걸 알고 틀림없다 싶었죠." 그렇게 말하며 겨드랑이에 끼고 있던 체온계 숫자를 확인하고 진료 기록부에 적었다. "언니를 닮아서 동생 분도 우수하답니다."

피부의 탄력, 결막의 빈혈 정도, 입 안을 확인하는 동안에도 사다무라 의사는 이야기를 계속했다. 노리코는 기리코 옆에 서서 사다무라 의사의 표정을 주시하며 말의 뉘앙스를 주의 깊게 살폈다.

"동생까지 신세지게 되네요. 확실하게 교육시켜주세요."

"아닙니다. 동생 분은 자력으로 부쩍부쩍 크고 있는데요."

사다무라 의사가 갑자기 얼굴을 들고 노리코를 보았다. 노리코는 당황했다.

"동생은 얌전해 보이지만 속은 저보다 훨씬 대가 세니까요."

언니가 말했다. 노리코는 언니가 또 그 이야기를 꺼내는 게 아닐까 걱정됐다. 어렸을 때 아버지가 언니에게 사준 인형을 노리코가 꼭 쥐고 놓지 않으며 언니가 엉엉 울어도 끝까지 모른 척했다는 이야기다. 세 살이나 네 살 때였을 텐데 자신은 전혀 기억에 없었다.

언니는 노리코의 강한 의지를 선전할 때 비장의 카드를 꺼내듯 그 이야기를 하곤 했다.

"아뇨, 동생 분은 다정한 분입니다. 담당 환자의 병세가 악화되면 정성껏 보살피고 세상을 떠나면 있는 힘껏 울거든요. 아무렇지도 않아 하는 간호사도 있는데 말이죠."

사다무라 의사는 유카의 작은 가슴에 청진기를 댔다. 심장음과 호흡음을 청진한 뒤 또 말을 이었다. "케이블카로 출퇴근하는 것도 일종의 다정함일 겁니다. 산의 사계절을 알고 즐기는 데는 그만한 게 없으니까요."

"그 이야기는 저도 들었어요. 그거 근성이 없으면 못 하는 일이죠. 얘는 한번 정하면 끝까지 밀고 나가는 성격이라니까요."

언니는 더욱 우쭐해서 대답했다.

사다무라 의사가 노리코의 케이블카 출퇴근을 알고 있는 것이다. 유코의 시신을 확인한 사람이 노리코라는 것도 알까. 노리코는 사다무라 의사의 창백한 뺨을 응시했다. 이따금 이를 악물어 뺨 근육이 움찔거렸다.

"배구부 오카 선생님은 만나십니까?"

사다무라 의사가 복부 촉진을 마치고 상체를 일으키며 언니에게 물었다.

"아뇨, 뵌 지 오래됐어요. 4, 5년 전 퇴직해서 지금은 고향에 계신대요."

언니가 대답했다.

"그런가요. 연습이 참 고됐죠. 고등학교 가서가 더 편했을 정도입니다."

"배구를 계속하셨어요?"

"네, 대학을 졸업할 때까지. 의대생들끼리 하는 대회가 있는데, 꽤 상위까지 진출한 적도 있답니다. 졸업한 뒤로는 할 겨를이 없군요."

"연구하느라 바쁘시죠?"

언니는 '연구'라는 말을 할 때 약간 어물거렸다. 언니에게 '연구'라는 말 자체가 손이 닿지 않는 신성한 것이다.

"아뇨, 그런 격한 운동은 이제 체력이 받쳐주지 않을 겁니다. 가끔 근처 수영장에서 헤엄치는 게 다죠."

사다무라 의사는 진찰이 끝났음을 선언하듯 노리코에게 시선을 돌렸다. 유카는 아직 인형을 갖고 놀고 있었다.

노리코는 옷 단추를 채워주며 인형을 빼앗아야 할까 망설였다.

"유카, 그 인형 줄게. 데려가도 돼."

사다무라 의사는 유카에게 웃음을 짓고는 진료 기록부에 소견을 적었다.

그 뒤 다시금 언니를 향해 주위에 열이 난 사람이 있는지, 요 며칠 새 사람이 많은 곳에 데려간 적이 있는지를 물었다. 단순한 감기일 가능성이 가장 높으니 사흘치 약을 처방하겠지만, 열이 떨어지지 않거나 도중에 발진이 생기면 한 번 더 데려오라고 했다.

노리코는 감사를 표하고 언니와 함께 나왔다. 20분 지났을 뿐인데 한 시간은 진찰을 받은 기분이었다.

"사다무라 선배, 좀 달라졌네."

약국으로 가는 길에 언니가 말했다.

"어디가?"

"어디라고 말하긴 어려운데." 언니가 생각하며 대답했다. "중학교 때 사다무라 선배는 수재에 스포츠맨이었지만 말썽도 꽤 피웠거든. 불량한 애들이랑 마음이 맞는지 어울려 다녔어. 경쟁심이랑 자존심을 날로 드러내는 느낌. 의사였던 아버지가 돌아가시면서 집안 형편이 어려워지는 바람에 정신적으로 힘들었던 탓도 있지 않을까. 지금은 겉으로는 성격이 원만해져서 뾰족뾰족한 느낌이 없지만 어딘지 모르게 감정이 안 느껴져. 마음속 깊은 데가 차가워. 내 생각이 너무 지나친 걸까."

언니는 노리코에게 묻는 듯한 표정으로 말했다. 노리코는 대답하지 않고 두 사람을 현관까지 배웅했다.

점심시간 간호사 대기실 옆 휴게실에 남은 사람은 세 명이었다. 마지마 간호사와 노리코는 집에서 싸온 도시락을, 아이카와 간호사는 매점에서 사온 샌드위치와 빵 두 개, 우유를 먹었다.

"아마기시 씨, 저번에 스기야마 모자가 창문으로 떨어져 죽었잖아?"

마지마 간호사가 말했다. 놀이방에서 후지노 시게루가 열차를 작동시키는 사이에 돌발적으로 일어난 사고 이야기다. 아들이 댄디 워커 증후군이라는 사실에 절망한 어머니가 발작적으로 아이를 데리고 자살했었다.

"병원 관리에 문제가 있었다고 아버지가 원장 선생님을 고소할 생각인가 봐. 증거 보전 때문에 법원에서 진료 기록부를 압수하러 왔어."

"진료 기록부를 왜요?"

노리코는 물었다.

"병원에서 진료 기록부에 손 못 대게 변호사가 법원에 신청한 거야. 하지만 우리는 잘못 없지. 그 이상 치료하지 말라고 말한 사람은 어머니라고. 아버지는 면회도 한 번 안 왔으면서."

마지마 간호사는 화난 목소리로 말했다.

"환자가 자살하지 못하게 지켜볼 순 있어도 어떻게 부모까지 관찰하겠어요."

아이카와 간호사가 동조했다.

"아내랑 자식을 한꺼번에 잃은 충격을 아버지가 어쩌지 못 하는 거야. 처자식을 방치한 데 대한 죄의식을 병원에 대한 노여움으로 풀려는 거지. 질 나쁜 상(喪) 행위야."

"병원이 재판에서 질 가능성도 있을까요?"

노리코는 물었다.

"그런 일은 없어. 재판관도 아버지랑 변호사의 양식을 의심할 걸."

마지마 간호사의 단정적인 어조에 아이카와 간호사는 단팥빵을 베어 물며 고개를 끄덕였다.

"아마기시 씨 친구도 자살했지." 마지마 간호사가 잠깐 침묵했다가 물었다. "어째서 자살한 거야?"

시선은 똑바로 노리코를 향하고 있었다.

"모르겠어요."

노리코는 눈을 내리깔았다.

"하지만 둘이 친한 것 같았는데."

약간 집요할 정도로 붙들고 늘어진다.

"네, 가끔 만났지만 자살을 생각한다는 느낌은 없었어요. 죽고 나서 다른 동기들하고도 이야기했지만, 그 애는 고민을 속에 담아두는 타입이었다는 걸로 의견이 일치했어요."

노리코는 적당한 말을 골라 이야기하며 마지마 간호사의 반응을 살폈다.

"나도 같은 타입." 아이카와 간호사가 끼어들었다. "겉으론 명랑한 척하지만 속엔 고민이 한가득이라니까. 언제 자살해도 이상할 거 없어."

"그 사람은 어떤 고민을 갖고 있었으려나."

마지마 간호사는 아이카와 간호사의 농담을 무시하고 노리코에게 말했다.

"글쎄요."

노리코는 고개를 갸웃하며 시치미를 뗐다. 마지마 간호사가 자신을 떠보고 있다는 것은 거의 확실했다. 노리코가 정말로 자살이라고 생각하는지, 무뇌아에 관해 유코에게서 얼마만큼 들었는지 알고 싶은 것이다. 상황에 따라서는 자신도 유코와 같은 운명을 걸을 것이다.

거기까지 생각하니 묘하게 배짱이 생겼다.

"하지만 그 애의 자살에 관해 이 이상 생각하지 않으려고요. 동기들이랑 앞으로도 앞만 보며 열심히 살자고 함께 맹세했고요."

노리코는 '자살'에 힘을 주어 대답했다. 마지마 간호사의 표정이 순간 누그러지는 것을 노리코는 놓치지 않았다.

그래, 열심히 살아가는 것이다. 노리코는 속으로 중얼거렸다. 이 사건을 철저하게 파헤쳐 마토바 의사와 유코의 죽음에 의미를 부여하는 것이다. 위험을 회피해 자신의 안전을 도모한들 그게 무슨 의미가 있나. 목숨을 걸고서라도 마토바 의사와 유코가 하던 일을 이어나가는 것. 그게 자신에게 유일한 '열심히 사는 것'이다.

노리코는 맨 꼭대기층 카페테리아에서 저녁을 먹었다.

진찰을 받느라 늦어진 외래 환자며 자유식을 먹는 입원 환자, 간병하는 가족, 그리고 병원 직원 등 쉰 명 가까이가 있었다. 그래도 낮과는 비할 수 없을 만큼 조용했다.

노리코는 몇 시쯤 예배당에 갈지 아직 결정을 못 내리고 있었다. 그에 따라 980엔짜리 팔보채 정식을 먹는 속도가 달라진다. 어머니에게는 일 때문에 늦어진다고 알렸다. 일단 예배당에서 제단 옆 문을 점검해볼 생각이었다. 그 뒤 폐액 보관고에 숨어들어 드럼통 밑을 조작해서 벽 안쪽으로 들어간다. 위험한 행동을 할 뜻은 없다. 최대한 안전을 기해야 한다. 말하자면 자신은 최종 주자인 셈이다. 마토바 의사가 제1 주자였다면 유코가 제2주자. 두 사람이 목숨을 희생해서 달려준 만큼 자신이 주파해야 할 거리는 짧아졌다. 속도가 아무리 늦더라도 골인 지점까지 완주하는 게 자신이 맡은 책임이다.

"안녕, 노리코."

누가 등을 치는 바람에 놀라 펄쩍 뛰어오를 뻔했다. 가오리가 쟁반을 들고 맞은편 자리에 앉았다.

"놀랐잖아."

"표정이 어둡길래 또 유코 생각하는 건가 해서. 슬퍼해봤자 소용없다고. 슬픔을 잊으려면 첫째도 일, 둘째도 일이야. 난 오늘도 일이 제때 안 끝났지 뭐야. 그렇지만 우리 수간호사님은 5분 초과 근무해도 15분 단위로 올려주니까 퇴근이 조금쯤 늦어져도 대환영이거든. 노리코 넌?"

"야근 간호사가 갑자기 한 명 결근하는 바람에 대타."

가오리는 노리코의 대답에 납득하고 튀김 덮밥을 먹기 시작했다.

"대타라니, 너희 과에서 널 믿는다는 증거네."

"그래서가 아니라 독신이니까 부탁하기 쉬운 거야. 일은 아직도 실수 연발인걸."

"그건 나도 그래. 하지만 그게 다 공부라고 생각하면서 하고 있어."

"가오리 넌 좋은 데서 일하는구나."

"그건 아니지만 난 만족해. 배속됐을 땐 불만이었지만 지금은 감사하게 생각해. 너도 불만 없지 않아?"

"불만은 있어."

노리코는 대답했다. 소아과에 대한 불만은 아니었다. 마토바 의사와 유코를 죽인 이 병원에 대한 불만이었다. 아니, 정확히 말하면 세이레이 병원의 숨은 부분에 대한 불만이다.

"역시 이상과 현실은 다르니까 말이지. 그래도 참아야지 어쩌겠어?"

가오리는 노리코의 주저를 다른 의미로 해석하고 위로했다.

"참고는 있는데 말이지."

노리코는 시선을 돌려 그새 어두워진 창밖을 바라봤다. 산 중턱에 점점이 흩어져 있는 집들에 불이 들어왔다.

엘리베이터 안에서 가오리와 헤어졌다. 노리코만 3층에서 내려 화장실로 들어갔다. 거울에 비친 자신의 얼굴은 창백했다. '노리코, 각오는 됐니?' 거울 속 자신에게 물었다.

예배당 문은 열려 있었다. 병원 방침으로 아무 때나 기도할 수 있도록 문을 잠그지 않는다.

어둑어둑한 실내에서 정면의 제단만 간접적인 빛을 흐릿하게 받고 있었다. 아무도 없다. 노리코는 맨 앞줄에 앉아 얼마 동안 마리아 상을 바라봤다. 어디서 환풍기 소리 같은 게 들려왔다.

한동안 시간을 죽이며 여전히 자신밖에 없다는 것을 확인한 뒤 일어났다. 제단 옆 문으로 다가가 손잡이를 잡았다. 손잡이는 움직이지 않았다.

그때였다. 폐액 보관고의 열쇠와 이 문 열쇠가 같지 않을까 하는 생각이 머리를 스쳤다.

유니폼 주머니에서 열쇠를 꺼내 열쇠구멍에 꽂는데 심장의 고동이 최고조에 달했다.

구멍에 쑥 들어간 열쇠를 왼쪽으로 돌리자 잠금장치가 풀렸다.

문을 살짝 열고 귀를 기울였다. 안에서 소리는 들리지 않았다. 더 열고 들여다보았다. 쭉 뻗은 복도에 인기척은 없었다. 노리코는 보이지 않는 손에 등을 떠밀린 것처럼 안으로 미끄러지듯 들어갔다. 문은 자동으로 잠겼다.

복도를 나아가지 않고 오른쪽에 있는 문을 연 것은 안전을 기하기 위해서였다. 안은 캄캄했다. 눈이 어둠에 익기를 기다렸다.

5평쯤 되는 공간에 ㄷ자로 테이블과 의자가 놓여 있었다. 안쪽 벽은 큼직한 캐비닛으로 가려져 있다. 벽을 따라 캐비닛이 있는 곳까지 가서 문을 열어보았다. 문이 삐걱거렸다. 한 번에 몇 센티미터씩, 간격을 두고 조심조심 열었다. 침구 보관고로 쓰는 듯 수건이며 시트가 들어 있었다. 아랫단에 사람이 들어갈 만한 공간이 있었다.

노리코는 순간적인 판단으로 캐비닛 안에 들어가 문을 닫았다. 엉덩이를 바닥에 대고 무릎을 끌어안는 자세를 취했다. 그 자세로 10분쯤 지났을 때 등에 닿는 천이 뭔지 궁금해졌다. 펜라이트 끝을 돌려 불을 켰다. 시트 같은 천을 걷어 밑에 있는 물건을 끌어냈다. 타월 담요였다. 개킨 담요가 열 장쯤 쌓여 있었다. 노리코는 그중 서너 장을 빼서 깔고 앉았다. 상체를 비스듬히 젖힐 수 있는 공간이 생겼다. 안락의자에 편히 앉은 자세다. 이 정도면 세 시간이든 네 시간이든 꼼짝하지 않고 있을 수 있다.

펜라이트를 끄고 눈을 감았다. 아마 여기가 가장 안전한 장소일 것이다. 누가 캐비닛을 열러 오면 시트를 뒤집어 쓴 채 문을 손으로 붙들어 타월 담요가 있는 쪽만 열리게 하면 된다. 쌓여 있는 담요 중 한 장만 집어 그냥 갈 게 틀림없다.

노리코는 어둠 속에서 기다렸다. 마토바 의사가 폐액 보관고에 상자를 놓고 누워 꼼짝 않고 기다리는 모습이 떠올랐다. 그때 마토바 의사는 어떤 생각을 했을까. 노리코가 이렇게 예배당 뒤에 숨어들게 되리라고 예상했을까. 아니, 마토바 의사는 그런 일이 없도록 모든 조사를 자기 혼자 하려고 했다.

사태는 십중팔구 최악의 코스를 치닫고 있었다. 마토바 의사가 살해되고 유코도 제거됐다. 만약 이대로 최악의 코스가 이어진다면 다음은 자기 차례다.

자신이 죽으면 마토바 의사와 유코의 죽음도 동시에 어둠에 묻히게 된다. 자신이 죽으면 모든 게 거기서 끝난다. 실패는 용납되지 않는다. 무슨 일이 있어도 반드시 도망쳐야 한다.

노리코는 어둠 속에서 어깨의 힘을 뺐다. 낮 동안 쌓인 피로가 몸속 구석구석까지 배어 있는 느낌이었다. 긴장이 풀리면서 피로가 머리를 쳐들었다. 꾸벅꾸벅 졸기 시작했다.

정신이 든 것은 그로부터 한 시간 지나서였다. 문이 벌컥 열리는 소리와 발소리에 반쯤 잠들어 있던 상태에서 깨어났다. 캐비닛 문틈으로 비쳐든 불빛에 손목시계의 문자판이 보였다. 9시 50분이었다.

– 경찰은 움직이지 않습니까?

젊은 남자 목소리가 물었다. 노리코는 누구 목소리인지 바로 알았다.

– 그래.

낮은 목소리가 대답했다. 쉰 살쯤 되는 남자 목소리다. 노리코는 모르는 사람 같았다.

– 그런 식으로 죽었는데 경찰이 의심하지 않는다는 게 이해되지 않습니다만.

– 그렇게 의심할 필요는 없지 않나요?

세 번째 남자 목소리가 나무랐다. 이 또한 중년 남자인데, 이쪽은 어디서 들어본 것 같았다.

– 저한테는 경찰의 움직임이 가장 마음에 걸린단 말입니다. 꼭 그렇게까지 할 필요가 있었나 싶기도 합니다.

– 하지만 그냥 둘 순 없었네. 첫째 케이스는 우리 일의 내용을 어렴풋이 감 잡고 있었어. 돈이 얽혀 있다는 것도, 애넌세펄리

를 사육하고 있다는 것도. 하지만 결정적인 건 폐액 보관고에서 사육실까지 숨어든 거였지. 처음엔 숨어든 놈이 누군지 알 수 없었어. 경비실 기록을 보고 안 거지. 그 친구라면 무슨 일을 저지를지 몰라. 보고 들은 걸 공개하기 전에 입을 막아야 했어.

목소리 임자는 마토바 의사 이야기를 하고 있었다. 온몸에서 잠기운이 가셨다.

– 둘째 케이스도 같은 짓을 했어. 아니, 그 이상이었지. 폐액 보관고에서 사육실에 들어갔다가 VIP 룸을 통해 나왔으니까.

– 첫째와 둘째는 관련성이 있습니까?

– 그게 확실치 않네.

– 고문이라도 해서 알아낼까 했지만 몸에 상처가 남으면 아주 곤란하니까요.

세 번째 남자가 덧붙였다.

– 하지만 같은 경로로 침입했다면 역시 정보를 공유했다고 봐야겠죠.

– 그건 그렇지. 그래서 그쪽도 제거했어. 둘째 케이스도 경찰에선 의심하지 않아. 세심한 주의를 기울인 덕이야.

– 이걸로 말썽이 생길 소지는 완전히 없어졌다는 겁니까? 두 사람을 통해 제삼자한테 새어나갔을 가능성은 없습니까?

– 그건 아직 모르네. 이쪽에서도 두 사람이 접촉했을 듯한 인물을 조사하고 있어.

– 짚이는 데는 있군요.

- 그래.

- 예를 들어서?

어둠 속에서 노리코는 온 신경을 귀에 집중했다.

- 아니, 여기서 이름은 밝히지 말기로 하지. 의심스러운 인간은 모두 체크하고 있어. 가만히 관찰하고 있으면 상대방은 반드시 움직일 거야. 그때를 노리면 돼.

- 또 없애겠다는 겁니까?

- 그 수밖에 없어.

- 선생님들이 하시는 일은 제가 처음에 의도했던 것하고 크게 어긋났다는 생각이 듭니다.

- 어떻게 어긋났죠?

세 번째 남자가 물었다.

- 처음 계획으로는 누굴 희생시킬 필요가 없었단 말입니다. 이 일이 드러나도 우리가 켕길 건 없었습니다. 법정에서 당당하게 싸우는 것도 가능했죠. 그런데 지금은 이 일이 알려지면 우리는 도망칠 수밖에 없어요.

- 아니, 잠깐. 알려져도 희생자들에 관해선 우리가 했다는 증거가 없어. 그런 의미에선 당초 계획과 다를 바 없지.

- 두 건의 죽음이 사고와 자살로 취급되는 한은 그렇겠죠.

- 그렇습니다. 실제로 사고사와 자살로 처리되고 있어요. 걱정할 이유는 아무것도 없습니다. 여유 있게 대처하면 됩니다.

- 내 한마디 하자면, 원래 이런 일엔 피가 따르는 법이네. 한

두 사람 죽는 걸 두려워해선 앞으로 나아갈 수 없어. 여기까지 와서 겁먹는다면 앞날이 뻔해.

협박 어린 말투에 긴 침묵이 이어졌다.

- 아무튼 선생은 전부 우리한테 맡기고 하던 일을 계속하면 됩니다.

세 번째 남자가 위로하듯 말했다.

- 이 이상 희생자가 나오지 않게 부탁드립니다.

- 나도 그러길 바라네.

의자를 끄는 소리로 세 사람이 일어선 것을 알 수 있었다. 불이 꺼지고 발소리가 멀어졌다. 두 명은 안쪽으로 가고 나머지 한 명은 예배당으로 나간 듯했다.

몸이 얼어붙은 것처럼 꼼짝하지 않았다. 머릿속에서 온갖 기억의 단편이 꿈틀거렸다. 목소리 임자 세 명 중 하나는 의심할 여지없이 사다무라 의사였다. 나머지 둘은 노리코가 평소 얼굴을 마주하는 인물이 아니다.

그들은 마토바 의사나 유코와 접촉한 인물을 다음 표적으로 찾고 있었다. 어디까지 조사했을까.

경찰에 모조리 알려야 할까. 자기 말을 그 자리에서 믿어줄까. 잇따른 두 건의 죽음에 아무런 의심도 품지 않았던 경찰이다. 경찰이 조금이라도 주저하면 그 틈에 자신도 마토바 의사나 유코와 같은 길을 걷게 될 것이다.

그들이 이미 자신을 찍었다면 지금 이대로도 조만간 목숨이 위험할 것이다.

어느 쪽을 선택해야 하나.

결론을 내리기에는 아직 이르다. 당분간 상대방이 어떻게 나올지 지켜보자.

노리코는 머릿속으로 그렇게 정리하고 심호흡했다. 어둠은 생각하기 나름으로 마음을 안심시켜준다. 특히 캐비닛 같은 좁은 공간은 자신이 움직이지만 않으면 벙커에 있는 것이나 다름없다.

노리코는 살짝 움직여 몸의 위치를 바꾸었다. 그 자세로 잠이 들 수 있을 것 같았다. 그러나 눈을 감은 순간 다른 의문이 떠올랐다. 이 캐비닛은 시트며 타월 담요를 보관하는 장소다. 아마 보육실에서 사용할 것이다.

펜라이트를 켜서 손목시계를 봤다. 10시 반. 소아병동에서는 아이들이 잠들었을 시간이다. 이 시간대에 시트 교체는 절대로 하지 않는다. 보육실에서도 마찬가지일까.

노리코는 자신이 보육실을 한 번도 본 적이 없으면서 꼭 보고 온 것처럼 선명하게 그릴 수 있다는 것을 깨달았다. 유코가 이야기해주었기 때문이다. 유코가 본 광경이 노리코의 머리에 고스란히 들어 있었다.

이 방에서 나가 복도를 오른쪽으로 가면 막다른 곳의 문을 통해 보육실로 갈 수 있을 것이다. 보육실 앞에 복도가 좌우로 뻗어 있고 그 중간에 나선계단이 캄캄한 아가리를 벌리고 있다.

거기서 복도를 더 나아가 문밖으로 나오면 좁은 계단이 산부인과 특별병동으로 이어질 것이다.

보육실 문은 자동문으로, 앞에 서면 무게를 감지해 좌우로 열린다. 안에 들어가면 콩나물이나 버섯을 재배하는 동굴처럼 어슴푸레한 조명 아래 인큐베이터 열다섯 대가 상당한 자리를 차지하며 놓여 있다. 밤사이 무뇌아를 돌보는 사람은 한 명이다. 특별한 훈련을 받았거나 간호사 자격을 가진 사람이 그 일을 담당한다.

무뇌아는 잠을 잘까. 노리코는 자문했다. 수면 중추가 없으면 잘 수도 없다. 그들은 밤도 낮도 없이 보육되고 있다. 콩나물이나 버섯과 똑같은지도 모른다.

그래도 침구를 교체하는 것은 아침 시간일 것이다.

담당자가 오기 전에 이 캐비닛에서 나가야 한다. 4시에서 5시 사이가 사람의 움직임이 가장 적은 시간대다.

그때까지 여섯 시간가량 남았다. 노리코는 캐비닛 안에서 눈을 붙이기로 했다. 절대로 위험한 행동을 하면 안 된다.

노리코는 등에 받친 담요를 바로잡고 머리 밑에 한 장 더 넣었다. 눈을 감고 호흡을 골랐다. 십 몇 분 꾸벅꾸벅 졸다가 잠이 들었다.

25

4시 조금 전에 잠이 깼다. 아직 나가기에는 이르다. 몸 방향을 바꿔 다시 잠이 들었다가 다음에 깼을 때가 4시 반이었다. 노리코는 들려오는 소리가 없는 것을 확인한 뒤 몸 밑의 담요를 원위치로 돌려놓았다. 부자연스러운 주름이 생긴 것은 맨 위에 놓지 않고 속에 넣었다. 누가 침구를 가지러 와도 의심하지 않을 것이다.

캐비닛 문을 천천히 열었다. 어둠 속에서 복도에 면한 문만이 희미하게 윤곽을 유지하고 있었다. 문을 당겨 열었다. 자세를 낮추고 머리를 내밀어 복도 안쪽을 보았다. 아무도 없었다. 어디선가 둔탁한 환기구 소리가 들렸다.

문을 닫고 발소리를 죽이며 예배당으로 이어지는 문으로 향했다. 반쯤 잠들어 있던 머리가 긴장으로 맑아졌다. 잠겨 있던 문을 열고 예배당으로 빠져나왔다. 문이 달칵 소리를 내며 자동으로 잠겼다.

예배당의 조명은 제단의 작은 불빛을 빼고 전부 꺼져 있었다.

노리코는 자연스러운 표정을 꾸미며 예배당에서 나왔다. 인기척이 없는 복도를 빠른 걸음으로 지나 계단을 내려갔다.

탈의실에서 옷을 갈아입고 브러시로 머리를 잘 빗었다. 클렌징으로 얼굴을 닦고 로션을 발랐다. 립스틱도 고쳐 발랐다. 거울에 비친 얼굴은 아직 어딘지 모르게 졸려 보였다. 집에 가면 점심때까지 자야겠다.

직원 출입문을 통해 밖으로 나오자 쉰 살쯤 된 몸집이 작은 경비원이 수고하십니다, 하고 인사했다. 지나친 다음 경비원이 자신의 얼굴을 기억할까 생각했다. 이런 시간에 간호사가 병원을 나서는 것은 잘 없는 일이다. 야근을 마쳤다면 9시 지나서 퇴근한다. 그보다 네 시간 가까이 이르다. 특별히 용건이 있어 야근을 일찍 끝냈다고 생각해주면 좋겠다. 사소한 일에까지 사고가 예민해져 있었다.

안개가 깔려 있었다. 산꼭대기에서 기슭 방향으로 천천히 흘러간다. 100미터 앞까지 간신히 보이는 정도다. 노출된 손과 앞가슴이 선득했다.

뒤를 돌아보았다. 세이레이 병원 건물이 안개 속에 커다란 그림자로 우뚝 솟아 있었다.

6시 반 지나 있는 케이블카 첫 편까지 아직 시간이 있었다. 창구는 셔터를 내렸고 개표구는 밤이슬에 젖은 사슬로 막혀 있었다.

노리코는 역사 밖 벤치에 앉으려다 말고 사슬 밑을 지나 궤도 내로 들어갔다. 굵은 케이블의 표면이 검은 윤활유로 빛나고 있었다.

궤도 옆의 콘크리트 통로를 산꼭대기 역 방향으로 올라가기 시작했다. 계곡을 따라 흘러 내려가는 안개가 발을 씻어주었다. 균형을 잡아가며 걸었다.

반대편 계곡은 도중까지 나무들의 윤곽을 유지하고 있었지만, 그 안쪽은 마치 그림처럼 젖빛 안개 속에 녹아 있었다.

유코의 시신이 누워 있던 장소는 금세 알아볼 수 있었다. 시든 꽃다발이 놓여 있고 발자국으로 부근이 어지럽혀져 있었다. 생각보다 궤도에서 멀지 않았다. 허공에 늘어진 유니폼 차림의 모습을 케이블카에서 후지노 시게루가 발견할 만도 했다.

부근에 길 같은 것은 없으니 여기까지 오려면 나무들 사이를 몸을 숙여 지나올 수밖에 없다. 경찰은 세이레이 병원 뒤쪽에서 이어지는 유코의 발자국을 확인했다. 죽음을 각오한 유코는 병원 뒤쪽에서 숲으로 들어가 산꼭대기로 올라가다 말고 중간에 단념했다. 그리고 궤도 옆 가지에 줄을 걸어 돌을 딛고 올라가 목을 맸다. 그게 경찰의 견해였다.

국화 꽃다발은 케이블카 직원이 바쳤을 것이다. 주위에 흩어진 흰 꽃잎이 밤이슬을 머금어 새것처럼 보였다.

하늘이 조금 환해졌다. 노리코는 밑으로 내려가려다가 그만두었다. 산꼭대기 역으로 올라가나 둘째 역으로 내려가나 거리는 같을 것이다. 천천히 올라가도 케이블카 첫 편에 충분히 댈 수 있다. 안개 긴 산꼭대기가 어떤지 보고 싶었다.

미끄러져 내려오는 안개를 헤치며 궤도 옆 통로를 올라갔다. 꼭대기가 가까워올수록 안개가 짙어지고 습도가 높아졌다. 목 언저리가 젖은 것처럼 축축했다.

산꼭대기 역이 안개 속에서 문득 모습을 드러냈다. 가팔라진 통로에 계단이 만들어져 있었다.

플랫폼에 아무도 없는 케이블카가 서 있었다. 차장은 매일 두 명이 산꼭대기 역과 기슭 역으로 나뉘어 당직을 서고 6시가 되면 각각 상행과 하행 케이블카에 올라타 시운전을 한다. 그 뒤 각 역에서 근무하는 직원을 기슭 역에서 태워 케이블카 첫 편이 본격적으로 가동된다. 전에 후지노 시게루가 이야기해주었다.

어두운 역사 안은 당직 직원이 일어난 기색이 없었다.

플랫폼의 가로목 밑을 지나 개표구 밖으로 나왔다. 그 순간 어디서 셔터가 열리는 소리가 났다. 역사 안에 불이 들어왔다. 모터를 켰는지 땅울림 같은 소리가 나더니 이윽고 낮아졌다.

역사 앞에서 산꼭대기 광장 쪽을 바라봤다. 젖빛 안개 속에 잠겨 거의 보이지 않았다. 안개가 머리 위에서 쏟아지는 느낌이다. 쉴 새 없이 쏟아져 용암처럼 산 중턱을 흘러 내려간다.

안개 속에서 산꼭대기 전망대를 향해 걸어갔다.

도중에 역사를 돌아보자 케이블카가 역사 뒤에서 나타나 천천히 내려가는 게 보였다. 평소보다 속도가 느리다. 레일이며 케이블에 이상이 없는지 점검하며 나아갔다.

노리코는 도중에 산꼭대기 레스토랑 쪽으로 방향을 틀었다. 그곳에서 케이블카가 안개 속을 올라오는 모습이 보일 것이다.

레스토랑 베란다는 밖에서 들어갈 수 없게 돼 있었다. 노리코는 대나무 울타리 옆에 서서 산 중턱을 내려다보았다. 안개의 농도가 시시각각 변화했다. 푸른 나무가 뚜렷이 보이는가 싶으면 다음 순간 온통 젖빛으로 뒤덮였다.

안개가 역사를 완전히 가려버릴 때도 있었다. 발치도 어렴풋이 보여 공중에 떠 있는 듯한 착각마저 들었다.

안개 속을 걸어 역사로 돌아갔다.

역사의 윤곽을 가까스로 알아볼 수 있게 됐을 때, 불쑥 사람의 모습이 나타나는 바람에 노리코는 하마터면 소리를 지를 뻔했다. 그 자리에 서서 남자가 역사로 들어가기를 기다렸다.

개표구가 닫혀 있는데도 남자는 가로목을 타넘어 안으로 들어갔다. 케이블카 첫 편을 기다리지 않고 궤도 옆을 걸어 내려갔다.

남자의 뒷모습은 서두르는 기색이 없었다. 부근의 경치에 주의를 기울이지도 않았다. 뭔가를 골똘히 생각하는 듯한 모습으로 궤도 옆 통로를 천천히 내려간다. 노리코는 남자의 모습이 안개 속에 묻히기를 기다렸다.

얼마 지나자 머리 위에서 쏟아지던 안개가 그쳤다. 손으로 먼지를 쓸어낸 것처럼 시야가 명료해졌다.

이제 곧 6시 반이다.

케이블을 감아올리는 톱니바퀴가 돌아가고 있었다. 지금 산 중턱 어딘가를 두 대의 케이블카가 움직이고 있다고 생각하니 불안이 엷어졌다. 안개는 아직 완전히 걷히지 않았다. 이윽고 궤도 아래쪽에서 케이블카가 모습을 드러냈다. 새 칠이 선명한 주황색 차체는 어쩐지 장난감 같았다.

케이블카가 플랫폼에 들어왔다. 제복을 입은 남자 두 명이 타고 있었다. 한 명은 후지노 시게루였다. 오늘은 빠른 근무인가 보다. 개표구에 선 노리코를 발견하고 멈춰 섰다.

"이렇게 아침 일찍 어떻게 올라오신 겁니까?"

"당직을 마치고 둘째 역에서 걸어 올라왔어요."

노리코는 후지노 시게루와 함께 승강장으로 내려갔다.

"놀랐습니다."

그는 아직 놀란 게 가시지 않은 표정이었다.

"아까 남자가 내려가는 거 못 보셨나요?"

"아마기시 씨도 보셨습니까?"

"네, 이런 시간에 뭐 하는 걸까 싶었어요."

벨소리의 재촉을 받아 후지노 시게루가 출발 준비를 했다. 제 위치에 서서 레버를 누른다. 차체가 휘청 흔들렸다.

"이쪽이던데요."

후지노 시게루는 왼쪽으로 다가가 밖을 봤다. 노리코는 앉은 채 궤도 왼쪽에 눈을 주었다.

남자는 궤도 옆 나무들 사이에 쭈그리고 앉아 있었다. 케이블카가 통과하는 것도 아랑곳없이 이쪽을 등진 채 땅바닥을 조사하고 있다. 유코의 시신이 누워 있던 곳이었다.

후지노 시게루도 그것을 알아차리고 남자를 지나치고 나서도 뒤쪽으로 이동해 지켜보았다.

"뭘 하는 걸까요?"

돌아와서 노리코에게 물었다.

"현장을 조사하는 것 같은데요."

"어째서죠? 지금 와서 조사해봤자 뭘 알 수 있다는 겁니까."

범인은 언젠가 현장으로 돌아온다. 진부한 말이 머릿속에 떠올랐지만 노리코는 말하지 않았다.

케이블카가 둘째 역에 도착했다.

"후지노 씨, 오늘 근무 몇 시에 끝나세요?"

"3시 반입니다. 집에는 4시 반에 들어갑니다."

"저녁 드신 뒤에라도 좋으니까 전화 주세요. 드릴 말씀이 있어요."

노리코는 메모장을 꺼내 전화번호를 적었다.

"네, 알겠습니다."

후지노 시게루는 업무 명령이라도 받은 것처럼 공손하게 쪽지를 받아들었다.

상행 케이블카의 옅은 청색 차체가 나타났다. 두 대의 케이블카가 접근해 충돌하기 직전 좌우의 궤도로 갈라졌다. 사고가 절대로 일어나지 않을 것을 알면서도 노리코는 케이블카가 이합

할 때마다 긴장이 되었다.

　첫째 역에 다다랐을 때 안개는 이미 깨끗이 걷혀 있었다. 배가 고파 집에 가면 뜨거운 된장국에 겨된장에 절인 오이를 먹어야겠다고 생각했다. 헤어질 때 후지노 시게루가 모자를 들어 인사했다.

26

　점심시간에 후지노 시게루는 산꼭대기 역에서 어머니가 싸
준 도시락을 폈다. 식사 시간에는 상사가 업무를 대신해준다.
　후지노 시게루는 궤도가 내려다보이는 창가에 도시락을 놓
았다. 음식을 입에 넣고 바른 자세로 앞을 보며 열심히 입을 우
물거렸다.
　그때 후지노 시게루는 한 가지 생각만 하고 있었다. 아침에
남자를 목격했을 때부터 내내 그게 마음에 남아 있었다. 노리코
를 배웅한 뒤 기슭 역으로 내려갔다가 다시 올라왔을 때 남자는
이미 보이지 않았다.
　그 남자는 전에도 본 적이 있었다. 맨 처음 본 게 언제였더라.
　후지노 시게루는 기억을 더듬어보았다.
　분명 작년이었다. 항구에서 불꽃놀이 대회가 열린 날 밤이었
으니 8월 초순이 틀림없다. 항구의 불꽃놀이는 여러 곳에서 볼
수 있다. 안벽(岸壁)에 앉아 눈앞에서 커다란 꽃이 파열하는 소
리를 들어야 직성이 풀리는 주민도 있고, 놀잇배를 타고 앞바다

에서 불꽃놀이를 구경하는 사람도 있다. 하지만 운치로 따지자면 사라시나 산 꼭대기에서 차분히 보는 것만 한 게 없을 것이다. 해가 저물기 전 케이블카를 타고 올라와 산꼭대기 광장에 적당한 자리를 잡는다. 가져온 음식을 펼쳐놓고 맥주를 마시며 바다에 지는 석양을 시선으로 좇는다. 모기 같은 벌레도 없고 시원한 바람이 분다. 해가 완전히 지면 불꽃놀이가 시작된다. 소리는 희미하게만 들리고 불꽃이 터지는 것을 멀리서 바라볼 뿐이지만, 시야를 가로막는 것은 아무것도 없다. 케이블카가 가장 혼잡한 것은 불꽃놀이 날과 연말연시의 새해 첫 참배 때다.

불꽃놀이 날은 오후부터 눈코 뜰 새 없이 바쁘다. 하행 케이블카는 거의 텅텅 비고 상행만 만원이다. 42명 정원을 한 명이라도 초과해 서 있는 승객이 있으면 차장은 출발 버튼을 누르지 못한다. 기슭 역에서 이미 꽉 찬 케이블카는 첫째 역, 둘째 역에서 내리는 사람이 없는 한 승객을 태울 수 없다. 케이블카를 포기한 사람들은 세이레이 병원 주차장까지 자가용이며 택시로 와서 거기서 30분 걸려 산길을 올라갔다. 그날만은 평소의 운행 스케줄을 무시하고 피스톤 수송을 하는데도 승객이 끝도 없이 나타난다.

불꽃놀이는 9시 반에 끝난다. 그 뒤 걸어서 내려가는 사람이 있는가 하면, 서두르지 않고 매점에서 기념품을 사며 시간을 죽이다가 승객이 뜸해지기를 기다려 개표구로 오는 사람도 있다.

생각났다. 그 남자가 케이블카를 탄 것은 7시 반 지나서였다.

밖은 아직 환했다. 승객이 가장 많은 시각이었다. 만원이었던 케이블카는 첫째 역에서 두 명이 내리고 대신 커플 한 쌍이 타서 도로 만원이 됐다. 후지노 시게루는 둘째 역에서 내리는 승객은 없을 것이라고 생각해 플랫폼에서 기다리는 승객에게 할 말을 머릿속으로 되새기고 있었다.

그런데 둘째 역에서 한 명 내리면서 대신 탄 사람이 그 남자였다. 보통 체격에 나이는 마흔 살 전후, 눈빛이 날카롭고 어딘지 모르게 위협적이었다. 플랫폼에는 열 명쯤 되는 사람이 기다리고 있었는데도 그가 타는 것을 아무도 반대하지 않은 것은 무언의 위압감 때문이다. 반대편 입구 곁에 서 있으려던 남자에게 후지노 시게루는 자리에 앉으라고 주의를 주었다. 남자는 의외로 군말 없이 딱 하나 비어 있던 자리에 앉았다.

남자는 돌아가는 길에도 후지노 시게루의 케이블카를 탔다. 11시가 지나 승객도 줄어들어 있었다. 그때도 혼자였다. 반소매 셔츠 차림으로 상의는 팔에 걸치고 있었다. 퇴근하는 사람 같은 복장은 불꽃놀이를 구경 온 느낌이 아니었다.

남자는 비어 있던 맨 앞좌석에 앉아 꼼짝 않고 앞을 바라보고 있었다. 화려한 불꽃이 하늘에 타오르던 만에 평소와 같은 고요한 어둠이 돌아와 가로등 불빛만이 후미를 빙 둘러 장식하고 있었다. 남자는 둘째 역에서 세이레이 병원 쪽에 흘깃 시선을 던졌다. 이유는 알 수 없었지만 그 광경이 머리에 남아 있었다.

남자는 기슭 역에서 내렸다.

그 뒤 남자는 두세 번 케이블카를 이용했다. 겨울에는 양복 위에 감색 레인코트를 입었다. 신발은 언제나 검은 가죽구두였는데 반들반들 광이 난 적은 한 번도 없었다. 가방도 들지 않고 두 손은 대개 코트 주머니에 들어 있었다.

자신은 그 남자를 어떤 사람이라고 생각했을까. 후지노 시게루는 몸을 똑바로 펴고 계란말이를 씹으며 기억을 되살려보았다. 후지노 시게루는 원래 승객의 신원에 호기심을 갖고 캐는 취미는 없었다. 케이블카를 타면 사장이 됐든 뭐가 됐든 승객은 승객일 뿐이다.

세이레이 병원의 사무원인가 생각한 적도 있었다. 하지만 매번 둘째 역에서 내리는 것은 아니었다. 가족이 세이레이 병원에 입원했나 생각도 해봤지만, 짐도 없이 빈손으로 병원에 가는 것은 이상하다.

처음에 억지로 탄 탓도 있어서 이상한 승객이라고 평소 생각했다는 것을 깨달았다. 하지만 그 남자가 어째서 살인 현장의 땅바닥을 살살이 살펴보는 걸까.

후지노 시게루는 40분 걸려 식사를 마치고는 동시에 남자에 대한 생각도 그만두었다. 식은 차를 마시고 정확히 3분 동안 이를 닦았다. 손수건으로 입을 닦으며 창밖을 바라보자 주황색 케이블카가 올라오는 게 보였다.

창가 선반에 놓아두었던 제모를 다시 썼다. 플랫폼으로 이어지는 문을 열고 나가서 케이블카를 맞이했다.

"감사합니다."

후지노 시게루는 내리는 승객 한 사람, 한 사람에게 머리를 숙여 인사했다.

"수고해."

마지막에 내린 상사가 후지노 시게루에게 말을 걸었다.

"감사합니다."

후지노 시게루는 대답하고 케이블카에 올라탔다. 핸들과 키의 위치가 규정대로인지 점검했다. 바닥의 휴지는 장갑을 낀 손으로 주워 설치돼 있는 쓰레기통에 버렸다.

상사가 운행을 맡아준 것은 40분이 채 안 되는 시간이었는데도 차 안 냄새가 벌써 달라져 있었다. 모발 제품의 냄새가 특히 입구 근처에서 강하게 난다. 후지노 시게루는 티슈를 꺼내 레버와 계기판 표면을 꼼꼼히 닦았다. 담당 구역을 비우기 싫은 것은 그동안 누가 이곳에 서서 계기를 조작하기 때문이다. 가능하기만 하다면 점심시간에도 담당 구역을 떠나고 싶지 않았지만, 아무리 그래도 식사를 하면서 차장 일을 할 수는 없다. 아침에 근무를 시작할 때 직전 근무자가 다른 사람일 경우에도 계기판을 꼼꼼히 닦았다.

시간이 되어 개표구가 열렸다. 승객 네 명이 올라타 각자 자리에 앉았다.

손목시계를 봤다. 차내의 벽시계도 봤다. 둘 다 표준 시각과 5초도 오차가 없었다. 매일 아침 후지노 시게루가 시계를 맞추기 때문이다.

출발까지 30초 남아 있었다. 10초가 남았을 때 한 번 더 개표구 쪽을 봤다. 여자 한 명이 내려왔다. 가슴에 아기 바구니 같은 것을 안고 있었다.

"곧 출발합니다."

후지노 시게루는 약간 짜증스레 말했다. 여자는 그의 말이 들리지 않는지 그저 휘청휘청 걸어왔다. 후지노 시게루는 기다렸다. 출발 시간이 3초 지나도록 버튼을 누르지 않았다. 상행과 하행 케이블카 버튼이 둘 다 눌리지 않는 한 차체는 출발하지 않는다.

여자는 말없이 케이블카에 올라탔다.

후지노 시게루는 그녀가 통로 쪽 좌석에 앉는 것을 확인한 뒤 출발 지시를 내렸다. 차체가 기다렸다는 듯 흔들리며 케이블이 움직이기 시작했다.

후지노 시게루가 눈살을 찌푸린 것은 차체가 플랫폼을 완전히 벗어났을 때였다. 지금까지와는 다른 새로운 냄새가 코를 찔렀다.

이상한 냄새가 어디서 나는지 보려고 후지노 시게루는 주위를 둘러봤다.

뒤쪽에 앉은 네 승객은 바깥 경치에 몰두하고 있었다. 마지막 순간에 탄 여자만 목에 건 아기 바구니를 안은 채 앞쪽을 응시하고 있었다.

후지노 시게루는 차내를 점검하는 척하면서 뒤쪽으로 갔다가 돌아올 때 여자의 무릎 위에 시선을 주었다. 바구니 밖으로 갓난아기의 오른손과 두 발이 삐져나와 있었다. 색이 검붉었다. 잠이 들었는지 움직이지 않았다.

냄새가 거기서 나는 것은 확실했다. 자기 위치로 돌아온 후지노 시게루는 다시 한 번 여자에게 시선을 주었다. 나이는 30대 후반 같다. 화장은 하지 않았고 윤기 없는 머리를 뒤로 묶었다. 수수한 감색 원피스를 입고 검은 샌들을 신었다. 스타킹을 신지 않은 다리는 남자처럼 털을 깎지 않았다. 갓난아기를 안은 어머니라는 인상이 없었다. 바구니를 흔들어 아기를 달래지도 않고 그저 목적지에 도착하기만을 기다리는 느낌이었다.

케이블카가 둘째 역에 이르렀다. 내리는 사람은 없었다. 새로 탄 사람은 여섯 명이다. 차내에 진동하는 냄새를 알아차린 사람은 아무도 없는 듯했다. 그런데도 그녀 옆에는 아무도 앉지 않았다.

둘째 역을 출발한 뒤로도 후지노 시게루의 시선은 줄곧 갓난아기에게서 떠나지 않았다. 상한 바나나 같은 거무스름한 다리는 둘 다 움직이지 않았다. 배에서 가슴, 그리고 머리를 완전히 덮은 타월도 오르내리지 않았다. 아기는 호흡을 하고 있는 걸까. 의문이 후지노 시게루의 머리를 스쳤다.

후지노 시게루는 신음했다. 어떤 생각에 사로잡히면 그것을 억누르는 데 여간 노력이 필요한 게 아니다. 그건 자신이 제일 잘 알고 있었다.

이합 지점이 가까워왔다. 변환 포인트에서 차체가 휘청 흔들렸다.

후지노 시게루는 흔들린 김에 아기 바구니를 안은 여자에게 다가갔다.

"아기는 잡니까?"

후지노 시게루는 그렇게 묻는 동시에 아기를 덮고 있던 두꺼운 타월을 집었다.

비명이 후지노 시게루의 목구멍에 치밀었다. 눈을 막고 있는 검붉은 색의 부은 눈꺼풀과 열린 코, 두툼한 입술, 극단적으로 작은 턱. 하지만 있는 것은 얼굴뿐이었다. 머리 꼭대기부터 뒤통수까지의 볼록한 부분이 전혀 없이, 축제 날 노점에서 파는 가면의 뒷면에 털가죽을 붙인 것 같은 모양새였다.

여자는 후지노 시게루가 놀라는 것도 아랑곳하지 않고 원래대로 타월로 아기를 덮고 변함없는 표정으로 앞쪽을 바라봤다.

첫째 역에서 승객 셋이 내리려고 일어섰다. 여자도 뒤를 따르려 했다.

"손님은 거기 계세요."

후지노 시게루는 저도 모르게 소리쳤다. 여자는 암시에 걸린 사람처럼 자리에 도로 앉았다. 멍한 눈을 돌려 뒤쪽 문을 바라봤지만 그 문은 닫혀 있었다. 후지노 시게루는 승객 한 명을 태운 뒤 입구를 가로막았다. 문이 닫히고 케이블카가 출발했다.

후지노 시게루는 여자를 노려봤다. 케이블카 안에서 일어나는 일에 관해서는 차장이 모든 책임을 지도록 평소 훈련을 받았다. 케이블카 차장은 비행기의 기장, 여객선의 선장과 같은 권한을 가진다. 후지노 시게루의 머릿속에 그렇게 새겨져 있었다.

기슭 역에서 승객이 모두 내린 뒤 여전히 앉아 있는 여자에게 말을 걸었다.

"이쪽으로 오세요."

여자는 순순히 일어섰다.

후지노 시게루는 팔을 붙들어 역사로 데려갔다.

"당장 경찰에 전화해주세요."

후지노 시게루의 목소리에 책상 앞에 앉아 있던 부역장이 고개를 들었다. 창백한 얼굴의 여자를 보고 다가왔다. 후지노 시게루는 갓난아기의 상체를 감추고 있던 타월을 조용히 걷었다. 부역장은 처음에 인형이라고 생각한 모양이었다. 오른손 검지로 아기의 입과 멀렁멀렁한 두피를 눌러보고 검붉은 팔의 피부를 꼬집어보았다.

그러더니 헤엄치듯 자기 책상으로 돌아가 떨리는 손으로 전화 다이얼을 돌렸다.

"역 앞 파출소입니까? 케이블카 기슭 역입니다. 아기 시체입니다. 아니, 아기 시체를 안은 어머니를 보호하고 있습니다. 바로 와주세요."

신고를 마친 부역장은 그제야 정신이 든 것처럼 또 한 역원에게 지시를 내렸다.

"후지노 대신 탑승해. 후지노는 경찰의 조사를 받아야 하니까 태울 수 없어."

후지노 시게루의 동료는 제모를 쓰고 밖으로 뛰쳐나갔다. 후지노 시게루는 여자에게 의자를 권했다.

부역장은 자기 자리에 앉은 채 다가오려 하지 않았다.

"어디서 발견한 건가?"

"산꼭대기 역에서 탔습니다."

후지노 시게루는 대답했다.

"그 애, 당신 아기인가?"

부역장은 거리를 둔 채 여자에게 물었다.

"육 삼구 육 사사사."

여자는 어물거렸다. 주위를 두리번거리더니 멍한 표정으로 돌아갔다.

"이름은?"

부역장은 한층 불쾌한 표정으로 질문했다.

"육 삼구 육 사사사."

그녀가 또다시 숫자를 말했다.

부역장은 포기한 것처럼 고개를 내저었다.

멀리서 경찰차 사이렌 소리가 들려왔다. 부역장은 안심한 얼굴로 일어나 창가로 다가갔다. 후지노 시게루는 여자가 도망치지 못하도록 언제든 제지할 수 있게 준비했다.

경찰차가 역사 앞에 섰다. 부역장의 눈짓에 한 동료가 입구의 문을 열러 갔다.

경찰관 두 명이 들어왔다.

"우리 승무원이 이상한 승객을 발견해서 말입니다. 아기는 죽은 것 같습니다."

부역장은 여자 쪽을 보지 않고 말했다.

"봐도 되겠습니까?"

나이 많은 쪽 경찰관이 여자에게 양해를 구하고 타월을 들었다. 눈을 깜박이지도 않고 검붉은 아기를 뚫어지게 쳐다봤다. 후지노 시게루와 부역장도 각각 서 있던 위치에서 아기를 보았다.

"기형아입니까?"

젊은 쪽 경찰관이 물었다. 그의 상사는 대답하지 않고 아기의 가슴에 손을 얹어 죽은 것을 확인했다.

"경찰서로 가시죠."

여자에게서 바구니를 빼앗아 부하에게 들리고 자신은 여자의 위팔을 꽉 잡았다.

"아기를 발견한 경위를 아는 사람이 있으면 잠깐 서까지 동행해주시겠습니까?"

"이 친구를 보내겠습니다."

부역장이 후지노 시게루를 가리켰다.

아기가 든 바구니를 조수석에 놓고 운전석에는 젊은 경관이 탔다. 뒷좌석에 먼저 후지노 시게루가 올라타 나이 많은 경찰관과 함께 여자를 사이에 끼고 앉았다.

여자는 창백한 얼굴로 얼핏 후지노 시게루를 봤다. 아무것도 없이 텅 빈 눈이었다. 후지노 시게루는 되도록 그녀와 몸이 닿지 않도록 문에 다가앉았다. 여자는 입술을 바르르 떨며 주문처럼 읊었다.

– 육 삼구 육 사사사.

젊은 경관은 무선으로 경찰서로 간다고 알렸다.

"아기는 사망했습니다. 어머니인 듯한 여자는 약간 정신 이상이 있는 것 같습니다."

후지노 시게루는 곁눈으로 여자의 팔을 봤다. 가는 팔뚝에 핏줄이 튀어나와 있었다. 손톱에 칠한 매니큐어가 끄트머리만 남기고 거의 벗겨졌다. 때는 끼지 않았다. 왼손 약지에 금색 반지를 꼈다. 많이 낡은 반지가 손가락을 꽉 조였다.

히가시 경찰서에 도착한 뒤 후지노 시게루는 여자와 따로 조서를 작성했다. 주소, 성명, 생년월일, 직장과 신분, 근무 연수, 그리고 그녀를 목격하기에 이른 전후 상황에 대해 세세한 질문을 받았다.

"어째서 그 사람을 수상하다고 생각했지?"

후지노 시게루의 지능이 정상이 아닌 것을 깨닫고 담당 경찰관의 말투가 다소 무례해졌다.

"냄새입니다."

"냄새?"

"네. 죽은 아기 냄새요."

"그래."

상대방은 고개를 끄덕였다. 후지노 시게루는 손목시계를 봤다. 2시 반. 동료가 근무를 대신해주는데 자리를 너무 오래 비울수는 없다.

"전에 그 사람을 본 적이 있어?"

경관이 물었다.

"절대로 없습니다."

후지노 시게루는 '절대로'를 강조해서 대답했다. 확신을 가지고 말할 수 있었다. 하지만 상대방은 얇은 조서 용지에 적을때 '절대로'라는 표현은 빼고 '본 적은 없다고 생각합니다'라고썼다.

후지노 시게루는 나가려다 말고 하나만 여쭤봐도 될까요? 하고 반대로 질문했다. 나이 많은 담당 경찰이 그러라고 했다.

"그 여자 이름은 밝혀졌습니까?"

상대방은 다소 난처한 표정을 짓더니 안쪽 방으로 갔다가 돌아왔다.

"남들한테 말하면 안 돼, 알겠지?"

그는 어린애를 타이르듯 말했다.

"스스로 이름을 말했습니까?"

"아니. 아기 바구니 안에 작은 핸드백이 있었거든. 거기 예전정기권이 들어 있었어. 이름은 가나이 노부코."

"가나이 노부코."

후지노 시게루는 우물우물 이름을 복창한 뒤 히가시 경찰서
에서 나왔다.

노리코는 목욕을 마치고 거실에서 저녁 신문을 보고 있었다.
8시 넘어 후지노 시게루가 전화할 것이다. 어머니는 노리코 다
음으로 목욕을 하고 있었다.

8시 5분에 전화벨이 울렸다. 후지노 시게루의 콧소리가 수화
기에서 들려왔다.

"아마기시입니다."

"아, 아마기시 씨입니까? 안녕하세요. 오늘 고생 많으셨습니
다."

노리코는 후지노 시게루의 허둥대는 어조를 여자에게 전화
하기 때문이라고 이해했다.

"그 뒤로 그 남자, 어떻게 됐어요?"

"제가 상행 케이블카 편으로 돌아왔을 땐 이미 없었습니다.
그보다 오후에 죽은 아기를 안은 여자가 케이블카에 탔습니다."

후지노 시게루는 목소리를 낮추었다.

"죽은 아기요?"

"네. 제가 봤습니다. 머리 꼭대기랑 뒤가 없고 얼굴이 눈 아래
로만 있었습니다. 경찰에서 기형아라고 말했습니다."

"경찰이 왔어요?"

노리코는 무뇌아임을 직감했다.

"역에서 신고해서 경찰을 불렀습니다. 저도 조사를 받았고요. 여자도 조사를 받았습니다."

"어떤 여자였죠?"

"서른다섯 살쯤 된 마른 여자입니다. 질문엔 대답하지 않고 '삼구'라나 그런 말만 했습니다."

"신원은 밝혀졌고요?"

"이름만은 저를 조사한 경찰관한테 물어 알아냈습니다."

"이름이 뭐예요?"

"가나이 노부코입니다."

가나이 노부코. 순간 머리가 공전(空轉)했다.

"여보세요?"

후지노 시게루가 노리코의 침묵을 깨닫고 불렀다.

"그 여자, 차림새가 어땠어요?"

"안색이 안 좋고 머리를 뒤로 묶었습니다. 화장은 안 했고요. 빨간 매니큐어를 발랐는데 벗겨졌습니다."

그래, 빨간 매니큐어를 발랐다면 원래는 짙게 화장하는 여자라는 뜻이다.

다음 순간 가나이 사야카의 어머니 얼굴이 떠올랐다. 정확한 이름은 기억하지 못하지만 내일 출근해서 진료 기록부를 확인하면 바로 알 수 있다.

가나이 사야카는 그 뒤 아동 상담소에서 보호했다. 어머니는 아이를 보내기를 거부했지만 소아 정신과 전문의의 진단서를 가정법원에서 채택하면서 친권이 공적기관으로 이양됐다.

딸을 빼앗긴 어머니가 그 뒤 어떻게 됐는지는 듣지 못했다.

그런 그녀가 어째서 무뇌아를 안고 있었나. 경찰은 단순한 영아 살인으로 조사할까. 아니면 아기가 무뇌아라는 것을 알고 새로 조사를 개시할까.

"어머니 이름은 비밀입니다. 경찰이 그랬습니다."

후지노 시게루가 정직하게 덧붙였다.

"괜찮아요, 아무한테도 말 안 할게요. 경찰에서 후지노 씨한테 어떤 걸 묻던가요?"

"그 여자를 어디서 발견했느냐고요. 산꼭대기 역에서 출발 직전에 탔습니다. 가슴에 아기 바구니를 안고 있었거든요. 묘한 냄새가 나서 이상하게 생각했습니다."

노리코는 위 위쪽이 싸늘하게 쭈그러드는 것을 느꼈다.

"그 기형아 아기는 전에 아마기시 씨가 말씀하셨던 무뇌증과 관계가 있습니까?"

후지노 시게루가 물었다. 뭐라고 대답해야 할지 알 수 없었다. 그에게 전화를 달라고 했던 것은 전날 밤 예배당 뒷방에서 들은 내용을 보고하고 싶어서였다. 하지만 그 이야기를 했다간 이 사건과 세이레이 병원이 연결되고 만다. 게다가 연결점은 후지노 시게루다. 그럼 그까지 휘말리게 될 것이다. 언젠가는 모든 것을 털어놓을 때가 오겠지만 지금은 아직 때가 아니다.

"지금은 뭐라고 말씀드릴 수 없어요." 노리코는 얼버무렸다. "이것저것 가르쳐주셔서 고맙습니다."

"저, 아마기시 씨가 저한테 뭐 하실 말씀이 있었던 게 아닙니까?"

후지노 시게루가 조심스레 말했다.

"아뇨, 그런 건 아니에요. 케이블카 옆에서 조사하던 남자가 그 뒤 어떻게 됐는지 알고 싶었던 것뿐이에요."

노리코는 그렇게 대답하고 정중하게 감사를 표한 뒤 전화를 끊었다.

27

오전 10시경 노리코가 빈 링거 병을 들고 병실에서 나오자 어린애가 복도를 아장아장 걷고 있었다. 아직 바지 속에 기저귀를 찼지만 혼자 힘으로 걷고 있었다. 어디서 본 애라고 생각하는데 젊은 여자가 인사했다.

"저, 사이타입니다."

조심스레 말하는 얼굴을 보자 기억이 되살아났다.

"어머, 사이타 씨. 그럼 저 애가 가즈히코겠네요."

노리코는 저도 모르게 아이에게 달려가 쭈그리고 앉아 두 손을 잡았다. 푸석푸석하고 누렇게 떴던 얼굴이 지금은 분홍빛이었다. 어리둥절한 표정으로 노리코를 보더니 웃었다.

"가즈히코가 이렇게 건강해졌군요."

노리코는 가슴이 뜨거워졌다.

"그때 정말 감사했습니다." 옆에서 어머니가 말했다. "소아외과 외래에 진찰을 받으러 왔다가 잠깐 들러봤어요."

사이타 가즈히코가 소아외과로 전과했을 때 어머니는 지칠

대로 지쳐 중년 여자처럼 초췌했었다. 그런데 지금은 실제 나이에 걸맞은 젊음을 되찾았다.

"그 뒤로는 괜찮죠?"

"네. 수술 경과도 순조로워서 이제 걱정 없을 거라고 하셨어요."

수술한 사람은 마토바 의사라고 노리코가 생각하는데 어머니가 슬쩍 다가와서 작은 목소리로 말했다.

"마토바 선생님께서 돌아가셔서 깜짝 놀랐어요. 가즈히코를 살려주신 생명의 은인이신데요."

간 이식을 받는 데 돈이 얼마나 들었는지 마토바 의사가 캐물은 게 사이타 부부였다.

어머니는 그런 일련의 사건과 마토바 의사의 죽음이 연관되어 있을 줄은 꿈에도 모를 것이다. 그저 너무나도 갑작스러운 사고에 동요한 것뿐이다.

"정말 애석한 일이에요."

노리코는 숙연하게 대답했다. 사이타 가즈히코가 소아외과로 전과한 뒤 우연히 외래에서 어머니와 마주친 적이 있었다. 노리코는 담당 의사인 마토바 의사를 최대한 좋게 말했다.

탐험이라도 하듯 복도를 걷던 사이타 가즈히코가, 아리마 수간호사가 연 수간호사실 문에 밀려 넘어질 뻔했다. 수간호사는 바로 사이타 모자를 알아보고는 가즈히코를 안고 다가왔다.

어머니가 수간호사와 이야기를 시작한 기회에 노리코는 인사를 하고 간호사 대기실로 돌아왔다.

"무슨 이야기를 한 거야?"

노리코와 어머니가 이야기하는 것을 봤는지 마지마 간호사
가 물었다.

"소아외과 외래에 왔다가 들러보셨대요. 병은 이제 괜찮다고
들으셨다고요."

노리코는 되도록 감정을 싣지 않고 대답했다.

"이식 덕분이야." 마지마 간호사는 창 너머로 모자를 바라보
며 중얼거렸다. "이식이 저 애의 생명뿐 아니라 가족의 장래까
지 구해준 거야."

노리코의 귀에도 들릴 목소리였지만, 들으라고 한다기보다
진심으로 그렇게 생각해서 하는 말 같았다.

점심시간을 이용해 진료 기록부 보관고에 들어갔다. 환자의
진료 기록부는 전부 제본해서 북관 6층에 보관한다. 옆에 있는
도서실과 문 하나로 이어져 있었다.

도서 열람실에서는 의사와 간호사 너덧 명이 각자 뭔가를 조
사하고 있었다. 백 종이 넘는 의학 잡지 외에 간호학 잡지도 대
여섯 종 구입하는지라 시간이 있으면 읽어두라고 수간호사가
권했다. 새 환자가 들어올 때마다 의학서를 뒤져 질환에 대한
최신 정보를 머리에 넣어두어야 하지만, 도서실에 발을 들여놓
은 것은 이번이 두 번째였다. 간호 기술과 관련된 논문도 계속

나온다. 최소한 제목만이라도 훑어봐야지 하면서도 일상적인 간호 업무를 소화하는 것만으로도 시간이 훌쩍 간다.

진료 기록부 보관고에는 반대로 몇 번 들어간 적이 있었다. 환자가 재입원할 경우 예전 진료 기록부를 꺼내오는 것은 신참 간호사의 역할이다.

도서실보다 넓은 공간에 진료 기록부가 과별로 나뉘어 50음 순으로 꽂혀 있다. 소아과의 진료 기록부는 중간쯤에 있었다. 연도별로 분류해서 맨 윗단부터 차례대로 보관하고, 진료 기록 부가 얇은 경우에는 서너 명 것을 한 권으로 묶는다.

노리코는 환자의 이름이 적힌 책등을 훑어보았다.

가나이 사야카의 진료 기록부는 다른 세 명과 같이 묶여 있었 다. 노리코는 꺼내서 페이지를 넘겼다. 환자의 성명, 주소, 보호 자의 이름 등은 진료 기록부 첫 페이지를 보면 있다.

가나이 사야카의 보호자 이름은 역시 가나이 노부코였다. 친 자식이다. 사야카의 비강 영양액에 이물을 넣어 쇠약하게 만든 게 그녀였다. 하지만 어째서 그녀가 무뇌아의 시신을 데리고 있 었을까. 노리코는 진료 기록부에 시선을 둔 채 생각에 잠겼다.

"아마기시 씨."

갑자기 이름을 불려 돌아보았다. 사다무라 의사가 서 있었다.

"뭘 보는 거야?"

사다무라 의사의 기름한 눈이 노리코를 응시했다.

"아, 네, 사이타 가즈히코의 진료 기록부를 보고 있었어요."

노리코는 순간적으로 거짓말을 했다. 들고 있는 진료 기록부에는 사이타 가즈히코 것도 들어 있었다.

"아아, 담도 폐쇄증으로 간 이식을 받은 애 말이지." 사다무라 의사는 반쯤 납득한 표정으로 말했다. "진료 기록부로 뭐 조사할 거라도 있어?"

"아뇨, 이자와 선생님이 잠깐 보고 싶다고 하셔서 찾으러 온 거예요."

사이타 가즈히코의 소아과 주치의는 이자와 의사, 소아외과에서의 주치의는 마토바 의사였다. 노리코는 괜한 거짓말을 했나 후회했다.

"급해?"

사다무라 의사가 물었다. 무서운 표정은 여전했지만 그 이상의 감정은 읽을 수 없었다. 노리코는 불안한 기분을 필사적으로 잠재웠다.

"아뇨, 오늘 중으로 책상에 갖다 놓으면 돼요."

"그럼 내가 먼저 봐도 될까? 나도 조사할 게 있어서 왔거든."

그는 노리코에게서 진료 기록부를 빼앗아 페이지를 넘겼다. 그가 편 곳은 가나이 사야카 부분이었다. 어느 페이지에 시선을 두며 가볍게 고개를 끄덕인 뒤 덮었다.

"내 용건은 끝난 것 같군." 진료 기록부를 노리코에게 돌려주었다. "그럼 갈까."

노리코는 가슴에 진료 기록부를 안고 사다무라 의사와 나란히 걸음을 뗄 수밖에 없었다.

"가나이 사야카는 알지?"

"네, 알아요."

사다무라 의사가 문 앞에서 멈춰 섰다.

"애를 구실로 이용한 뮌하우젠 증후군이었지. 아마기시 씨 기억 덕에 확정 진단을 내릴 수 있었어."

노리코는 시치미를 떼고 고개를 끄덕였다.

사다무라 의사는 어째서 가나이 사야카의 진료 기록부를 보러 왔을까. 어머니가 경찰에 보호된 것을 알고 노리코와 똑같은 생각을 한 걸까. 그걸 일부러 이야기한다는 것은 자신을 떠보는 걸까.

"그 어머니가 왜요?"

노리코는 저도 모르게 물었다. 심장의 두근거림은 어느새 잠잠해져 있었다.

"아니, 좀 사건이 있어서. 아마기시 씨는 그 뒤 그 애가 어떻게 됐는지 모르지?"

"아동 상담소에 보내졌다는 이야기는 들었어요."

"알고 있었군. 그 뒤 경과는 순조롭다고 해. 몸무게도 빠른 속도로 늘고 있고."

복도로 나왔다.

"기리코 씨 애는 어때?"

사다무라 의사가 화제를 바꾸었다.

"아, 그때 감사했습니다. 건강해졌다고 언니가 전화 줬어요. 약도 이젠 안 먹인대요."

"다행이네."

"고맙습니다. 언니도 기뻐했어요."

노리코는 감사를 표했다. 사다무라 의사의 처방으로 조카의 병이 나은 것은 사실이다. 언니도 만족스러워했다.

나란히 복도를 걸으며 노리코는 망설였다. 이대로 병동에 돌아갔을 때 이자와 의사가 간호사 대기실에 있으면 상황이 복잡해진다. 사다무라 의사는 노리코가 진료 기록부를 이자와 의사에게 건넬 줄 알 텐데.

"아마기시 씨, 내 연구실에 와보지 않겠어?"

엘리베이터 앞에서 사다무라 의사가 말했다.

노리코는 주춤했다. 의국이면 몰라도 의사의 연구실에 간호사가 발을 들여놓는 경우는 없다. 대체 무슨 생각일까. 노리코는 사다무라 의사의 진의를 헤아리듯 쳐다보았다.

"내가 어떤 연구를 하는지 알고 싶다며? 조금 가르쳐주지. 어차피 점심시간이고 말이야."

"네, 그럼."

노리코는 결심하고 대답했다.

사다무라 의사는 도서실 반대편에 있는 남관 6층으로 노리코를 데려갔다.

"여기에 연구실이 있는 건 소아과에서 나뿐이야."

사다무라 의사가 자랑스레 말했다.

복도 양옆으로 방이 열 개쯤 있고 문마다 의사의 이름표가 조그맣게 붙어 있었다. 그중 하나가 사다무라 의사의 방이었다. 가운 주머니에서 열쇠를 꺼냈다.

노리코는 그가 든 열쇠를 쳐다보았다. 가죽 열쇠고리에 열쇠 네 개가 끼워져 있었다. 예배당 제단 옆 문을 여는 열쇠도 그중에 있을 것이다.

방은 생각보다 넓었다. 아마 다섯 평 가까이 될 것 같다. 창문에는 블라인드를 내렸다. 약품 냄새가 희미하게 났다. 하지만 주변을 둘러보아도 인체 표본을 보존할 것 같은 용기는 없었다. 광학 현미경을 제외하면 공작에 사용할 것 같은 기계류가 테이블 위에 놓여 있을 뿐이었다.

"이런 기계는 선생님이 직접 장만하신 건가요?"

노리코는 놀라움을 솔직하게 표현했다.

"그런 건 불가능해. 모두 병원에서 구입해주지. 고마운 일이야." 사다무라 의사는 천칭 같은 기구를 가리켰다. "저 전자저울 하나만 해도 가볍게 2백만 엔이 넘거든."

"병원에서 선생님께 투자하는 거군요."

"간단히 말하면 그런 걸지도 모르지." 사다무라 의사의 표정이 진지해졌다. 뺨 근육이 움찔했다. "내 연구는 일본어로는 일절 발표하지 않아. 미국이나 영국 학술지에 영어 논문만 싣지. 그렇기 때문에 일본엔 내가 어떤 연구를 하는지 잘 알려져 있지 않아."

"논문을 쓰시는군요."

"그래. 연구자의 성과는 논문으로 결정되는 거야. 화가의 가치가 그림으로 정해지는 거하고 마찬가지지."

사다무라 의사는 테이블 위 캐비닛을 열었다. 안에 든 소책자들을 뒤지더니 얇은 인쇄물 하나를 꺼냈다.

"이게 4년 전 미국 학술지에 실린 논문의 별쇄야. 영어 공부도 될지 모르니까 읽어봐."

사다무라 의사가 건넨 것은 열 페이지도 채 안 되는 A4 용지 인쇄물이었다. 표지의 제목을 봐도 의미를 알 수 없었다. '미쓰루 사다무라'라는 필자 명만이 노리코의 머릿속에서 의미를 이루었다.

"최근 논문도 있나요?"

노리코는 대담하게 물었다.

"있지만 일단 그것부터 읽고 관심이 생기면 그때 봐. 게다가 지금 다른 논문을 준비 중이거든. 그게 채택되면 소아과 관련 학회가 놀랄 거야. 언젠가 그것도 보여주지."

사다무라 의사가 새된 목소리로 말했다. 환자를 진찰할 때의 태도와는 전혀 다른, 자신에게 도취된 표정이었다.

책상 위에서 전화벨이 울렸다. 사다무라 의사는 수화기를 들어 귀에 갖다 댔다. 상대방의 말을 듣고 안색이 달라져서는 손을 들어 노리코에게 방에서 나가라고 지시했다. 노리코는 머리를 숙이고 밖으로 나왔다. 해방돼서 안도하는 사람은 노리코 쪽이었다.

노리코는 도서실로 돌아와 가나이 사야카의 주소를 메모한 다음, 진료 기록부를 원 위치에 꽂고 병동으로 돌아왔다.

마지마 간호사가 간호사 대기실에 있었다. 노리코는 사다무라 의사가 준 논문 별쇄를 몰래 자신의 백에 넣었다.

퇴근한 뒤 노리코는 케이블카를 타고 기슭 역으로 내려갔다. 후지노 시게루가 탄 케이블카와 중간에 엇갈렸으나 그는 노리코를 알아차리지 못했다.

JR역 구내 매점에 석간을 네 종류 사서 대합실에서 사회면을 낱낱이 읽었다. 무뇌아의 시신을 안은 어머니 이야기는 한 줄도 보도되지 않았다. 조간은 집에서 구독하는 것 하나와 병동에서 구독하는 것 하나를 살펴봤지만 그쪽에도 기사는 없었다. 후지노 시게루의 말이 맞는다면 언론에서 사건을 다룰 법도 한데.

노리코는 JR를 탔다. 퇴근길 승객들로 붐비는 열차는 오랜만이었다.

세 번째 역에서 내려 역 앞 파출소에서 길을 물었다. 걸어서 10분쯤 걸린다는 설명에 노리코는 걷기로 했다. 큰길에서 벗어나자 건물이 줄어들면서 오래된 목조가옥이 밀집한 동네에 들어섰다. 새로 지은 집은 거의 없고 편의점의 환한 불빛이 유난히 눈에 띄었다. 가나이 사야카의 집은 검은 담장으로 둘러싸여 있었다. 나무 문패에 '가나이'라고만 쓰여 있었다. 현관문은 닫혀 있었다.

노리코는 문을 두드리며 이름을 불렀다. 누가 나오면 보험 외판원인 척이라도 할 생각이었는데 대답이 없었다.

옆집 역시 목조 단층집이었다. 현관 앞에서 중년 남자가 잠방이 차림으로 나무 손질을 하고 있었다. 노리코는 허리를 굽혀 말을 걸었다.

"저, 옆집 가나이 씨에 관해 여쭤보고 싶은 게 있는데요."

노리코가 말하자 남자는 집 안을 향해 큰 소리로 불렀다. 안에서 나온 아내에게 이 젊은 사람이 옆집 가나이 씨에 관해 물을 게 있는 모양이라고 말했다.

"저, 가나이 씨가 댁에 안 계신 지 오래됐나요?"

노리코는 앞치마를 두른 여자에게 물었다.

"그건 아니에요. 2, 3일 전부터 없는 것 같네요."

"사야카란 따님이 있다고 알고 있는데 어디 갔는지 모르세요?"

"큰 소리로 떠들고 다닐 일은 아닌데, 사야카는 시설에 맡겨진 모양이에요. 특수한 병이 있어서 집에선 보살필 수 없다고 소문이 퍼졌어요. 가나이 씨 댁 부인한테 대놓고 물어본 사람은 아무도 없으니까 확실한 건 모르지만요."

여자는 눈살을 찌푸렸다.

"남편 분은 안 계신가요?"

노리코는 제일 궁금했던 것을 물었다.

여자는 대답하지 못하고 남편 쪽을 얼핏 봤다.

"남편은 집에 안 와." 남편이 가지치기를 하다 말고 대신 대답했다. "경마랑 경정에 미쳐서 벌써 몇 달 전에 모습을 감췄어. 가끔은 집에 오는 것 같은데, 동네에서도 이 집 저 집 돈을 꿨으니 우리한테 낯을 보일 수가 없거든. 집도 저당 잡히지 않았을까."

냉랭한 어조였다.

"가나이 씨가 왜요?" 아내가 반대로 노리코에게 물었다. "오늘 오전 중에도 가나이 씨 댁에 대해 물어보러 온 남자가 있었는데."

생각지도 못한 말에 노리코는 순간 주춤했다.

"그게 누구죠?"

"그냥 보통 사람이었어요. 평소 어땠냐고 꼬치꼬치 묻고 갔지 뭐예요. 우리 집뿐 아니라 다른 집에도 물어본 모양이더라고요."

"그런가요. 경찰은 아니고요?"

"그러고 보니 그런 것도 같지만, 경찰이면 경찰이라고 분명하게 말할 텐데요?"

그녀는 고개를 갸웃했다.

노리코는 감사를 표하고 그 자리를 벗어났다.

가나이 노부코를 조사한 경찰은 당연히 그녀의 신원을 확인했을 것이다. 어쩌면 그녀의 주변을 조사하기 시작했을지도 모른다.

하지만 다른 추측도 가능했다. 문제는 무뇌아가 어디서 났느냐다. 그것을 알아차린 조직도 그녀에 관해 조사해 동기를 밝혀내려 할 게 틀림없다. 사다무라 의사가 가나이 사야카의 진료 기록부를 다시 보려고 한 것은 그런 이유에서일지도 모른다.

노리코는 역을 향해 온 길을 돌아가며 미행당하는 게 아닐까 하는 불안에 몇 번씩 모퉁이를 돌았다.

28

오랜만에 마지마 간호사와 같이 당직을 서게 됐다.

인수인계가 끝난 뒤 노리코는 병실을 돌았다. 인수인계로 전달 받은 환자의 용태를 자기 눈으로 확인해놓으면 밤중에 돌발적인 사고가 일어나는 것도 미연에 막을 수 있다.

나흘 전 입원한 낭포성 섬유증 환자는 산소 흡입으로 치아노제는 없어졌지만, 도무지 성장기 중학생 같지 않았다. 오랜 세월 침대에 누워 지낸 노인의 흉부가 생각났다. 올해 1월에 입원했다고 하니 약 반년 만의 입원이다. 마시모 미치오는 노리코의 얼굴을 보고 왼손을 살짝 들어 괜찮다고 신호를 보냈다. 영어 소책자를 읽고 있었다. 그가 미국 동부에서 4년간 살다 왔다는 이야기는 이미 알고 있었다.

"굉장하네. 선생님은 영어란 말만 들어도 줄행랑칠 것 같아."

"쉬운 글이에요."

미치오가 산소 마스크를 쓴 채 짤막하게 대답했다.

"무슨 일 있으면 버튼을 눌러서 불러."

미치오는 왼손 손가락으로 고리를 만들어 답했다.

마음이 무거운 게 미야타 미사코의 병실에 갈 때면 마음이 무거웠다. 경과가 좋지 않아 집중 치료실로 옮기는 것도 검토 중이었다.

미사코는 진통제 때문인지 잠이 들어 있었다. 어머니가 곁을 지키고 있었다. 한동안 감염을 우려해 격리 조치를 취했으나 심리적 효과를 생각해 가족의 간병만은 허가했다. 어머니는 병원에서 주는 가운과 모자 차림으로 침대 옆에서 언제나처럼 뜨개질을 하고 있었다. 탁상 텔레비전은 소리를 끈 채 화면만 움직이고 있었다. 2인조 인기 개그맨이 연신 입을 움직여 주변을 웃기고 있었다.

"어머님도 힘드시겠어요."

노리코는 어머니에게 말했다.

"계절에 안 맞게 웬 뜨개질인가 싶으시죠? 이걸 하고 있을 때가 마음이 제일 편하거든요. 책을 읽어도 머리가 전혀 안 돌아가네요."

어머니는 미소를 지으며 몸통이 완성돼가는 스웨터를 보여주었다. 연분홍 스웨터가 포근해 보였다. 미사코가 겨울까지 살아서 이 스웨터를 입을 수 있을까 하는 생각이 순간 마음을 날카롭게 찔렀다.

어머니는 묵묵히 바늘을 놀렸다.

무슨 일이 있으면 부르세요. 노리코는 똑같은 말을 남기고 문을 닫았다.

환자가 편하게 호출할 수 있는 간호사가 되고 싶다. 선배 간호사 중에는 당직 중에 환자가 한 번도 부르지 않았다고 자랑하는 사람도 있었다. 그건 환자가 경원한다는 뜻이라고 간병하는 가족에게 들은 적이 있다. 환자와 가족은 간호사가 노골적으로 언짢은 표정을 지으며 빈정거리는 게 싫어서 말없이 견디는 것이다.

저녁식사가 끝나 면회객의 발길도 끊기고 주치의도 퇴근한 뒤 날이 저물어 어두워지면 긴장이 풀리기 쉽다. 그런 때 환자 한 사람 한 사람을 돌아보고 간병하는 가족에게 말을 걸면 한밤중에 간호사를 호출하는 환자는 없다. 그게 당직을 여러 번 경험하면서 얻은 교훈이었다.

간호사 대기실로 돌아오자 이자와 의사가 오늘 오후 입원한 환자의 진료 기록부를 작성하려고 아직 남아 있었다.

노리코는 냉장고를 열고 시원한 보리차를 컵 네 개에 따라 쟁반에 받쳐 들고 갔다. 이자와 의사는 고맙다고 말하고 단숨에 다 마셨다. 노리코는 더 따라주었다.

"아마기시 씨도 관록이 붙었어." 이자와 의사가 얼굴을 들어 말했다. "처음 들어왔을 땐 그저 하나에만 집중하는 느낌이었는데 지금은 여유가 넘치는군. 내가 목이 마른 것도 알아보고 말이야."

"어머나, 눈치 없어서 죄송하네요." 아이카와 간호사가 삐진 척했다. "그렇지만 아마기시 씨, 이자와 선생님 말씀이 맞아."

"여유 같은 거 없어요. 지금도 모르는 것투성이인데요."

노리코는 겸손하게 대답했다.

"무슨 소리. 이대로 가면 아마기시 씨는 장차 마지마 씨 같아질걸. 안 그래요, 마지마 씨?"

이자와 의사는 창가 카운터에서 진료 기록부를 읽고 있던 마지마 간호사에게 말했다.

"네? 뭐가요?"

마지마 간호사의 귀에는 그들의 대화가 들리지 않은 듯했다.

"이대로 가면 아마기시 씨가 언젠가 마지마 씨처럼 훌륭한 간호사가 될 거란 말을 하고 있었거든요."

이자와 의사가 다시 한 번 말했다.

"저처럼 되면 안 되죠. 아마기시 씨는 더 많이 성장해야 해요. 2, 3년마다 다른 과를 돌면서 다양한 환자를 접하는 게 좋아요. 앞으로 나아가겠단 마음을 잃으면 거기서 발전이 멈추는 거예요."

"아이고, 이래서 마지마 씨는 무섭다니까요. 꼭 저희 들으라고 하는 말 같습니다."

이자와 의사는 두렵다는 시늉을 했다.

"이자와 선생님은 훌륭하세요. 공부도 많이 하시고 환자의 상태도 정확하게 파악하시니까요. 문제는 이 선생님이죠." 마지마 간호사가 진료 기록부를 가리켰다. "병만 보고 환자랑 걱정하는 가족의 기분을 전혀 생각하지 않으세요.”

이름은 밝히지 않았지만 나중에 그 진료 기록부를 보면 주치의 이름을 알 수 있다.

“어이쿠, 무서워라.”

이자와 의사는 진료 기록부를 다 쓰고 일부러 도망치듯 나갔다.

노리코는 네 사람의 컵을 모아 쟁반에 담아 싱크대로 가져갔다. 창밖은 이미 캄캄했다.

아이카와 간호사는 두꺼운 카탈로그를 펴놓고 있었다. 속옷 통신판매 카탈로그인데 LL 사이즈까지 있는 것은 그 회사뿐이다. 대다수의 간호사는 마지마 간호사 앞에서 잡지 종류를 펼 용기가 없다. 아이카와 간호사만이 눈치 보지 않고 행동하고 마지마 간호사도 그에 대해 딱히 잔소리하지 않는다. 일할 때는 몸 사리지 않고 부지런히 움직이는 아이카와 간호사의 성격을 알기 때문이다.

“아마기시 씨는 속옷 사러 가는 것도 즐겁겠어.”

아이카와 간호사가 말했다.

“즐겁기는요. 속옷은 그렇게 생각해본 적 없어요. 옷은 또 다르지만요.”

“난 옷 사는 게 더 고역이야. 그래서 속옷만은 통판으로 사거든. 값도 꽤 싸. 지금 한 브래지어도 2년 전에 천 6백 엔 주고 산 거야.”

관심을 보이면 유니폼을 벗고 보여줄 것 같은 기세에 노리코는 일부러 건성으로 대답했다.

"아마기시 씨."

마지마 간호사가 불렀다.

아이카와 간호사는 소등 뒤의 병실 순회를 하러 나갔다.

"아마기시 씨, 4월에 입원했던 가나이 사야카란 애, 기억나?"

마지마 간호사의 눈이 꼼짝 않고 노리코를 응시했다.

"네, 기억나요. 제가 학생 실습 때 시립병원에서 한 번 봤던 환자였죠."

노리코는 정직하게 대답했다.

"아, 그렇구나. 그래서 사다무라 선생님이 진단을 내릴 수 있었던 케이스지. 퇴원하고 어떻게 됐는지 몰라?"

"사야카는 아동 상담소에서 보호한다고 들었는데요."

"그래?"

그 정도 소문은 당연히 마지마 간호사의 귀에도 들어갔을 텐데.

"그 어머니가 용케 애를 놔줬네."

"가정법원에서 명령한 게 아닐까요."

마지마 간호사가 그 일에 연연하는 데는 이유가 있다는 생각이 들었다.

"그러게. 미국에서도 소아과 의사가 아동 학대 사례를 발견하면 경찰에 신고해야 하니까 말이지. 법원은 법적으로 자식을 부모와 떼어놓는 게 가능해."

마지마 간호사는 강의하는 투로 대답했다.

"어째서 가나이 사야카가 생각나신 거예요?"

"아까 읽은 간호 잡지에 뮌하우젠 증후군이 나와서. 진단은 간호사의 관찰에 힘입는 부분이 크다고."

마지마 간호사는 시선을 다른 데로 돌리며 말했다.

"저도 관심 있는데 그 잡지 봐도 될까요?"

노리코는 일부러 눈을 반짝였다.

"지금은 나한테 없어. 다른 기사를 본다고 딴 사람이 빌려갔거든."

노리코는 거짓말임을 직감했다. 마지마 간호사치고 서툰 거짓말이다.

그녀도 사다무라 의사도 가나이 모녀 일로 동요하고 있다. 하지만 노리코의 관여를 의심하는지 아닌지는 알 수 없다. 단순히 좀 더 정보를 얻으려고 물은 걸까. 아니면 노리코의 반응을 보려고 이야기를 꺼낸 걸까.

노리코는 마지마 간호사의 옆얼굴을 뚫어지게 쳐다봤다. 얼핏 보면 미인이라는 인상이 없지만 자세히 보면 얼굴 윤곽도 이목구비도 이상적인 형태다. 눈에 띄지 않는 것은 그녀가 그러기를 바라기 때문이다.

"사야카의 아버지란 사람도 만난 적이 있어요."

노리코는 저도 모르게 말했다. 마지마 간호사가 놀라 얼굴을 들었다.

"어디서?"

"시립병원에서요." 거짓말이었다. "사야카가 보는 앞에서 부부싸움을 하고 있었어요. 빚 문제로."

"어떤 사람이었어?"

"그냥 특별한 인상은 없었고 그저 도박 중독 때문에 빚을 졌다는 내용이었어요. 곧바로 수간호사님이 와서 병실에서 큰 소리를 지르면 곤란하다고 주의를 주셔서 아버지는 갔어요."

마지마 간호사의 얼굴이 약간 창백해졌다. 뭔가 말할 것처럼 호흡을 가다듬었으나 결국 하려던 말을 삼켰다. 가나이 사야카에 대해 그 이상 관심을 보이면 노리코가 의심할 것이라고 생각했을까.

전화벨이 울렸다. 노리코는 반사적으로 일어나 수화기를 들었다.

"소아과 병동입니다."

상대방은 남자였다.

"마지마 간호사 있나?"

무례한 말투에 반발을 느끼던 노리코는 다음 순간 위가 싸늘하게 식었다. 어디서 들은 적이 있는 목소리였다.

"죄송하지만 누구신지요?"

노리코는 정중히 물었다.

"시라타니 부원장이네만."

상대방은 울컥한 투로 대답하더니 말을 아끼듯 침묵했다.

마지마 간호사에게 수화기를 건넨 뒤로도 노리코의 머릿속은 다람쥐 쳇바퀴 돌듯 공전하고 있었다. 노리코는 진정하라고 자신을 타이르고 진료 기록부를 넘겨보는 척하며 통화를 엿들었다.

"그건 너무 성급하지 않습니까?"

마지마 간호사는 반론하는 투로 대답했다. 상대방은 언성을 높여 자신의 의견을 밀어붙이는 듯했다. 내용까지는 들리지 않았다.

"좀 더 기다려봐도 될 것 같습니다만."

마지마 간호사는 어디까지나 냉정하게 말했다. 노리코를 흘끔 본 것 같았다.

"잠깐만요, 지금 찾아 뵙고 직접 말씀드리겠습니다."

못 참겠다는 듯 말을 잇고 전화를 끊었다.

마지마 간호사는 어두운 복도를 멍하니 바라본 뒤 노리코를 돌아보았다.

"아마기시 씨, 잠깐 자리를 비울 테니까 그동안 부탁해."

그런 말을 남기고 복도로 나갔다. 표정이 심각했다.

"얼마나 걸리실까요?"

"글쎄, 30분쯤?"

마지마 간호사는 잠시 생각하더니 대답했다.

노리코는 손목시계를 보았다. 10시 20분이다. 마지마 간호사가 빠른 발걸음으로 가버렸다.

간호사 대기실에 정적이 돌아왔다.

노리코는 냉장고에서 보리차를 꺼내 컵에 따랐다. 갈증 난 목이 시원한 물을 요구하고 있었다.

마지마 간호사는 뭐가 너무 성급하다고 말한 걸까. 부원장의 이름은 들어본 적이 있었지만 얼굴은 알지 못했다.

아이카와 간호사가 순회를 마치고 돌아왔기에 노리코는 보리차를 주었다.

"마지마 씨는?"

아이카와 간호사가 물었다.

"부원장님 전화를 받고 나가셨어요."

"부원장님? 직접 전화가 왔어?"

"네."

"이런 시간에 무슨 일이지?"

"그건 모르겠어요."

노리코의 대답에 아이카와 간호사도 고개를 갸웃했다.

"아이카와 씨는 부원장님을 아세요?"

"키가 크고 체격이 좋아. 머리는 희끗희끗하게 셌고 쉰다섯 살쯤 됐을까. 임상 쪽 선생님은 아니고 원래는 병리 전문이라나 봐. 이 병원 관리는 부원장님이 꽉 잡고 있다고 들었어. 아리마 수간호사님 말로는 원장님은 머리 꼭대기에 얹힌 모자 같은 존재라나." 아이카와 간호사는 자신의 간호사 캡을 가리켰다. "부원장님은 사다무라 선생님을 아끼거든. 그러니까 사다무라 선생님은 이 병원의 젊은 왕자님이야. 하기야 이 병원 아니라도 왕자님은 왕자님이겠지만. 그나저나 부원장님이 마지마 씨한 테 무슨 일일까."

아이카와 간호사가 보리차를 끝까지 마셨다.

들리는 것이라곤 낮은 에어컨 소리뿐이었다.

노리코는 문득 아이카와 간호사에게 전부 털어놓고 싶은 충동에 사로잡혔다. 예배당 뒤에 있는 비밀 방, 그곳에 보존된 열몇 개체의 무뇌아, 가나이 사야카의 어머니가 안고 있었던 무뇌아의 시체, 캐비닛 안에 숨어서 들은 대화.

거기까지 생각했다가 노리코는 하마터면 소리를 지를 뻔했다.

아까 전화로 들은 목소리는 예배당 뒤 캐비닛에서 들었던 목소리 아닌가. 그때 남자가 세 명 있었고 사다무라 의사의 질문에 두 남자가 대답하고 변명했다. 그중 한 명이 아까 전화를 건 사람이다.

경찰의 동향을 걱정하는 사다무라 의사에게 부원장은 괜찮다고 단언했다. 그런데 방금 전 전화에서 허둥댄 것은 부원장 쪽이었다.

태도가 달라진 것은 무뇌아의 시체를 안은 가나이 사야카의 어머니가 경찰에 보호됐기 때문이 아닐까.

마지마 간호사는 뭐에 대해 반론했던 걸까. 직담판까지 결심한 데에는 그만한 이유가 있었을 게 틀림없다.

아이카와 간호사는 또다시 통판 카탈로그를 꺼내 보기 시작했다.

"평소 통판으로 사다가 가끔씩 백화점에서 사려고 하면 결심이 안 서. 직접 보는 것보다 사진으로 보는 게 더 믿을 수 있을 것 같다니 내가 생각해도 이상하다니까."

노리코는 손목시계를 봤다. 마지마 간호사가 예고한 시간은 이미 지났다.

"마지마 씨는 부원장실로 간 거야?"

아이카와 간호사가 물었다.

"어디 가시는 건지는 못 들었어요. 잠깐 보고 올게요."

"빨리 와야 해. 무슨 일이 생기면 혼자 대처 못 할 수도 있으니까."

아이카와 간호사가 말했다.

노리코는 간호사 대기실에서 나왔다. 허락된 시간은 15분 정도일 것이다.

계단으로 3층에 내려갔다. 불빛이라곤 바닥 조명과 비상시 대피 방향을 나타내는 표시판뿐이었다. 어두운 복도는 낮 동안의 소음이 거짓말처럼 고요했다.

노리코는 예배당 문을 열었다. 희미한 조명 속에 마리아상이 보였다. 노리코는 곧장 다가가 제단 옆 문에 귀를 갖다 댔다.

안쪽에서 희미하게 소리가 들렸다. 왜건이 이동하는 듯한 소리다. 말소리는 들리지 않았다.

노리코는 예배당에서 나와 외래 2층으로 내려왔다. 복도 창가로 다가가 주차장을 바라봤다.

폐액 보관고 앞에 밴이 서 있었다. 차에 가려져 보관고 문이 열려 있는지는 보이지 않았다. 운전석에는 아무도 없었다.

번호판을 확인하고 싶었지만 거리가 있어서 무리였다.

노리코는 1층으로 내려와 유니폼 차림 그대로 직원 출입문을 통해 밖으로 나갔다. 어둠 속에 흰 유니폼이 띌 것은 알고 있었지만 옷을 갈아입을 여유는 없었다. 주차장 쪽으로 다가갔다. 폐액 보관고 가까이 흰색 경차가 서 있었다. 노리코는 보관고 앞의 밴을 못 알아차린 척하고 경차로 다가갔다. 운전석 문 옆에 서서 유니폼 주머니를 뒤져 열쇠를 꺼냈다. 열쇠를 꽂는 시늉을 하며 밴의 번호판을 읽었다.

그때였다. 아까까지 아무도 없었던 운전석에서 누가 움직였다. 상대방의 얼굴은 보이지 않았지만 시선이 마주친 듯했다.

노리코는 경차 앞을 벗어나 병원을 향해 걷기 시작했다. 밴을 외면하며 침착함을 가장했다. 운전석에 앉은 남자의 시선이 내내 등에 들러붙어 있는 게 느껴졌다. 그것은 건물 모퉁이를 돌때까지 계속됐다.

경비원에게 고개를 까닥 숙이고 직원 출입문을 지났다. 외래계단 밑에서 차 번호를 볼펜으로 손바닥에 메모했다.

간호사 대기실로 돌아오자 아이카와 간호사가 여성지를 보고 있었다.

"마지마 씨는 아직 안 오셨어요?"

노리코는 물었다.

"아까 전화 왔어. 30분쯤 더 걸리겠다고."

"어디서 거신 거예요?"

"원내라고만 하고 어디 있다는 말은 안 하던데." 아이카와 간호사는 잡지를 덮고 크게 하품을 했다. 목젖 너머까지 보일 것처럼 호쾌하다. "오늘은 아무 일도 없을 것 같네."

"네. 이제 제가 일어나 있을 테니까 눈 붙이세요."

노리코가 말하자 아이카와 간호사는 고개를 끄덕이고 일어섰다.

"그럼 화장부터 지울까."

휴게실에는 딱딱한 침대 하나와 접이식 침대 하나가 있다. 아무 일도 없으면 세 시간은 교대로 잘 수 있다.

곁방에서 아이카와 간호사가 화장을 지우는 소리가 들리더니 이윽고 조용해졌다. 곧 가벼운 숨소리가 들려오기 시작했다.

노리코는 손바닥에 쓴 번호를 수첩에 적었다.

마지마 간호사가 병동으로 돌아온 것은 11시 반이었다.

"아무 일 없었어요. 아이카와 씨는 주무시고요."

노리코는 마지마 간호사의 안색을 살피며 보고했다.

"그래. 수고 많았어."

마지마 간호사는 노리코를 흘깃 보며 대답하고 냉장고에서 보리차를 꺼냈다. 시원한 보리차를 마시며 한숨을 돌렸다.

무슨 일이었는지 마지마 간호사에게 묻고 싶었지만, 노리코는 잠자코 간호일지에 볼펜을 놀렸다.

"아마기시 씨, 전에 꽃놀이 갔을 때 무뇌아가 어떤 거냐고 이지리 선생님께 질문했지."

마지마 간호사가 원형 테이블 반대편에서 말했다.

"네."

노리코는 순순히 대답했다. 마지마 간호사의 지친 표정에 경계심이 풀렸다.

"실물은 본 적 없지?"

"네." 노리코는 고개를 흔들었다. "마지마 씨는 있으세요?"

"처음 봤을 때 어째서 이런 게 태어나는가 싶었어." 마지마 간호사는 먼 곳을 바라보는 듯한 시선으로 노리코를 보았다. "언청이라든지 다운증후군, 심장 기형 같은 거라면 이해가 가. 피부가 까맣다든지 하얗다든지, 예쁘다든지 못생겼다든지 그런 거랑 오십보백보니까. 하지만 무뇌아는 이야기가 전혀 달라. 머리가 없는 거야. 내가 처음 접한 병례는 심장이 멎자마자 바로 신장을 적출해서 다른 애한테 이식했어. 수혜자는 그 뒤 한 달도 안 돼서 퇴원했고. 왜, 저번에 병동에 왔던 사이타 가즈히코랑 마찬가지야. 난 그때 무뇌아는 이걸 위해서 태어나는 거라고 생각했어. 자신을 버려 타인을 구하는, 순수하고 근원적인 사례가 무뇌아란 존재인 거야."

그렇게 잘라 말했을 때 창백한 얼굴에서 눈이 번득 빛났다.

노리코는 고개만 끄덕이고 대답하지 않았다. 어딘가 이상하다 생각하면서도 마지마 간호사의 광신적인 박력에 밀려 반론이 나오지 않았다.

"글쎄요, 전 실감이 나지 않네요."

노리코는 고개를 갸웃하며 그렇게만 말했다.

마지마 간호사는 그래도 가슴에 맺힌 응어리가 풀린 양 일어나 어두운 복도를 바라봤다.

"아마기시 씨, 한 번 더 병실을 돌고 와서 아무 일 없으면 자도 돼."

노리코에게 등을 돌린 채 마지마 간호사가 말했다.

"네."

노리코는 밖으로 나와 발소리가 나지 않게 복도를 걸었다. 창문으로 손전등을 비춰 병실 안을 확인하기만 했다.

미야타 미사코의 병실은 조용했다. 잠든 얼굴이 어스름 속에 희끄무레하게 보였다. 어머니는 바닥에 매트를 깔고 새우처럼 몸을 구부린 자세로 자고 있었다. 뜨고 있던 스웨터는 잘 접어 머리맡에 놓아두었다.

마시모 미치오도 산소 마스크를 쓰고 눈을 감고 있었다.

환자를 돌아본 뒤 노리코는 식당에도 발을 들여놓았다.

커다란 창문 앞에 하얀 범선이 떠 있었다. 꼭 밤의 망망대해를 항해하는 것 같다.

창문 너머 시가지를 내려다봤다. 항구 도로에 가로등 불빛이 보이고, 시가지 곳곳에서 아직 불빛이 어둠을 점점이 밝히고 있었다.

이 방에서 후지노 시게루가 또다시 열차를 작동시킬 날이 올까. 노리코는 순간 그런 생각을 했다. 세이레이 병원에 취직한 날 이곳에 처음 섰을 때의 감격은 잊지 않았다. 머릿속에서 그렸던 것보다 더 이상적인 병원이 이곳에 존재한다고 생각했다.

그랬던 병원이 다른 것으로 바뀌어가고 있었다. 산 중턱에 기이한 형태로 오도카니 서 있는 만큼 섬뜩함까지 더해진다.

자신은 이 병원을 선택했다. 마토바 의사도 유코도 이 산에서 목숨을 잃었다. 자신이 이곳을 떠날 수는 없다.

식당에서 나오는데 조금 전 마지마 간호사가 한 말이 떠올랐다.

'무뇌아는 이식을 위해 태어나는 것이다.'

어쩌면 마지마 간호사는 실상을 모르는지도 모른다. 선의 어린 신념으로 무뇌아 문제에 관여하는 게 아닐까. 어쩐지 그런 생각이 들었다.

"이상 없어요."

간호사 대기실로 돌아와 마지마 간호사에게 보고했다.

"그래, 고마워."

그녀는 잠깐 얼굴을 들고 대답했다.

"아까 온 전화는 뭐였어요?"

노리코는 진료 기록부로 시선을 떨어뜨린 마지마 간호사에게 물었다.

"응, 좀."

마지마 간호사는 모르는 척했다.

"부원장님은 이런 시간까지 병원에 남아 계세요?"

"어, 그걸 어떻게 알아?"

마지마 간호사가 놀란 표정으로 노리코를 봤다.

"부원장님께서 직접 말씀하셨어요. 저희는 병원 높은 분들 얼굴을 모르거든요. 원장 선생님도 한 번밖에 못 뵈었고요. 그렇지만 마지마 씨는 역시 직접 말씀도 나누시는군요."

마지마 간호사가 노리코의 진의를 헤아리려는 것처럼 뚫어지게 응시했다. 노리코는 시선을 피하지 않고 시선을 맞받아쳤다. 먼저 얼굴을 돌린 사람은 마지마 간호사 쪽이었다.

"눈 붙여도 돼. 무슨 일 있으면 깨울 테니까. 아이카와 씨는 아침까지 자게 두자."

마지마 간호사는 명령하는 듯한 어조로 말을 맺었다.

"네."

노리코는 반발하지 않았다.

곁방 침대에서 아이카와 간호사가 입을 벌리고 자고 있었다. 흰 타월 담요를 발에 덮었고, 브래지어를 끌러 머리맡에 놓아두었다.

노리코는 캡만 벗었다. 핸드백에서 칫솔을 꺼내 간단히 양치를 하고 바로 간이 침대에 누웠다. 눈을 감자 폐액 보관고 앞에 서 있던 밴이 생각났다.

그런 시간대에 폐액을 운반하는 차가 올 리 없다. 폐액이 아니라면 짐칸에 대체 뭘 실었을까.

어쨌거나 밴의 차 번호를 조사하면 작게나마 단서를 얻을 가능성이 있다. 하지만 그건 노리코의 능력 밖이다.

한 번 더 경찰에 투서를 보내볼까.

무뇌아를 안은 어머니에 관한 조사는 진전이 있는지요.

밴이 이 사건과 연관이 있다고 보입니다.

차 번호는 '칭(사)6396'입니다.

살아 있는 무뇌아를 목격한 사람이

그런 내용을 생각해봤다. 그나저나 무뇌아 시신이 발견됐는데도 언론에서 보도하지 않는다는 게 이해되지 않았다. 경찰에 뭔가 압력이 가해지고 있는 걸까.

노리코는 희미해지는 의식 속에 아이카와 간호사의 숨소리를 들었다. 몇 분 뒤 자신의 숨소리를 들었다고 생각한 순간 잠에 빠졌다.

29

시 아동 상담소를 찾은 것은 두 번째였다. 간호학교 1학년 여름방학에 처음 왔을 때는 자원봉사 활동으로 1주일 다녔다. 매년 여름 학생 자치회 실행위원회에서 봉사 활동을 할 곳을 정해 지원자를 모집한다. 양로원이며 지적 장애아 시설, 신체장애자 시설, 공동 작업소 등 다양한 시설 중 희망자가 적은 아동 상담소로 보내졌을 때, 노리코는 내심 실망했다. 하지만 동기 네명과 함께 그곳에 간 날부터 낙담은 감격으로 바뀌었다. 귀중한 체험이었다. 시설에 수용된 아이들은 하나같이 부모에게 버림받은 아이들로, 그들이 엿새간의 봉사 활동을 마치고 작별을 고했을 때 모두들 창밖으로 얼굴을 내밀고 언제까지고 손을 흔들었다. 세상 사람들의 눈 닿지 않는 곳에 불우한 아이들이 많다는 것을 노리코는 배웠다.

아동 상담소 주변에는 7, 8층 규모의 아파트가 많아서 길 건너 맞은편에 있는 작은 공원이 유일한 쉼터였다.

시 예산을 쓰는 우선순위에서 이런 가려진 부분은 꼴찌 중의 꼴찌일 것이다. 3년 전에도 여기저기 금이 갔던 모르타르 외벽은 수리된 흔적이 여전히 없었다. 주위 건물이 새것인 만큼 더더욱 낡아 보였다.

노리코는 사무실에서 신원을 밝히고 가나이 사야카가 수용돼 있는지 물었다.

"추적 조사와는 별도로 제가 담당 간호사였기 때문에 개인적으로도 사야카를 만나보고 싶어서요."

노리코의 설명에 중년 사무원이 뒤쪽 건물로 안내했다. 안마당 겸 운동장을 끼고 기숙사와 교실이 2층 건물에 모여 있었다. 메이지나 다이쇼 시대에 지었을 법한 건물은 요새는 옛날 학교 사진집에서나 볼 수 있을 듯한 목조였다.

"5분 뒤에 수업이 끝나니까 여기서 기다리세요. 수업이 끝나면 나올 겁니다."

사무원은 노리코를 두고 가버리려고 했다.

"저, 뭣 좀 여쭤봐도 될까요?"

"네."

"사야카한테 면회 오는 사람은 있나요?"

"네, 어머니가 가끔. 지금까지 너덧 번 오셨어요."

"아버지는요?"

노리코는 슬그머니 물었다.

"아버지는 한 번 오고 그 뒤로 못 봤네요."

"어떤 사람이죠?"

"붙임성이 있어서 직원들한테 과자를 들고 오셨어요. 생활이 어려운 것 같지도 않아서, 그런데 왜 애를 안 데려가는 걸까 저희도 수군거렸죠."

"나이는요?"

"마흔 살 안 됐을걸요."

"얼굴이 붉고 몸집이 작은 사람 아닌가요?"

"네, 맞아요."

역시 자신이 상상했던 남자였다.

"수업이 끝난 것 같네요."

사무원이 말했다.

교실 안이 시끌시끌해지더니 문이 열리고 젊은 남자 교사가 나왔다.

"사야카."

여자 사무원이 교실 안에 얼굴을 들이밀고 불렀다. 안에 열너덧 명이 있었다.

"앗, 간호사 선생님."

가나이 사야카가 노리코를 알아차리고 부끄러운 듯 웃었다. 병원에 있을 때보다 몸이 부쩍 자랐다.

"안녕. 잘 지내는 것 같네. 근처에 왔다가 들러봤어."

"그때 저 아플 때 신세 많이 졌어요."

가나이 사야카는 어른스러운 어조로 말했다.

"정말 다행이야. 다른 간호사 선생님들한테도 사야카가 건강해졌다고 전할게."

그렇게 말하며 노리코는 숨 쉬기도 힘든 모습으로 누워 있던 사야카를 생각했다. 그냥 방치했다면 사야카는 분명 지금 살아 있지 못했을 것이다.

"부모님이랑 떨어져서 외롭진 않고?"

노리코의 질문에 사야카는 말없이 고개를 흔들었다.

"하긴 친구들이 있으니까."

사야카는 복잡한 표정으로 고개를 끄덕였다.

"아버지 어머니는 만나?"

"아버지는 한 번 만났어요. 엄마도 처음엔 왔는데 요샌 못 만났어요."

사야카는 어머니가 경찰에 보호된 것을 아직 모르는 듯했다.

"또 오실 테니까 그때까지 공부 열심히 해야 해. 세이레이 병원에도 입원 중에 공부 계속하는 애가 있었잖아?"

"네."

사야카는 고개를 끄덕였다. 머릿속에 세이레이 병원의 추억이 되살아난 것 같았다.

"사야카가 퇴원한 뒤로 여러 애들이 입원했어. 병이 낫지 않아서 앞으로 한 달밖에 못 사는 애도 있어. 거기에 비하면 사야카는 운이 좋았어."

두 사람이 이야기하는 사이에 아이들이 모여들었다. 사야카는 친구들에게 노리코가 간호사라고 가르쳐주었다.

다른 아이들도 속속 노리코에게 말을 걸었다. 꼭 외부 사람에게 굶주린 것처럼 붙임성이 좋다.

하나하나 상대하다 보니 어느새 수업 준비 종이 울렸다.

"그럼 사야카, 다음에 또 보자. 정말 안심했어."

"안녕히 가세요."

사야카는 웃으며 손을 흔들었다.

노리코는 교실로 들어가는 학생들을 배웅한 다음 사무실로 돌아왔다.

"고맙습니다. 건강해 보여서 놀랐어요. 입원했을 때랑은 전혀 딴판이네요."

노리코는 조금 전 안내해준 사무원에게 말했다.

"대부분 애들이 그래요. 병이 들지 않아도 집에서 학대 받으면 성장도 멈추는 모양이에요." 그녀는 노리코를 현관까지 배웅하며 말했다. "초등학교 5학년인데 키는 1학년 같고 그렇답니다. 그런 애가 여기서 생활하면 키가 몰라보게 자라거든요. 그런 걸 보다 보면 부모가 없어도 아이는 자란다가 아니라 부모가 없는 편이 아이가 자라는 거 아닐까 생각도 들어요."

사무원은 노리코가 미혼이라고 생각해서인지 솔직하게 말했다.

아동 상담소에서 나와 공원에 발을 들여놓았다.

산꼭대기 레스토랑에서 젊은 여자와 무뇌아 이야기를 했던 남자는 역시 가나이 사야카의 아버지일 것이다. 가나이 노부코는 무뇌아 시체가 어디서 났을까.

모래 놀이터 저편에 철봉과 정글짐, 그네가 있었다. 어깨에 백을 멘 채 그네에 앉았다. 뒤로 한껏 물러났다가 탄력을 주어 밀었다. 그네는 노리코의 몸을 앞으로 붕 하고 날랐다.

눈을 감고 흔들리는 그네에 몸을 맡겼다. 얼굴을 위로 향했다. 공중에 떠 있는 느낌이 들었다.

그네가 몇 번 진자 운동을 반복한 뒤 노리코는 눈을 떴다.

공원 입구로 남자가 들어왔다.

안개 낀 날, 케이블카 산꼭대기 역에서 궤도 옆 통로를 걸어 내려간 중년 남자였다. 얇은 점퍼를 입고 손에 검정 가방을 들었다. 노리코가 있는 것을 알아차린 듯했지만 아무 일 없었던 것처럼 공원 안을 통과했다.

노리코는 빠르게 뛰는 심장을 억누르며 그네를 한 번 더 밀었다. 곁눈으로 남자의 모습을 쫓았다.

남자는 공원에서 나가 아동 상담소로 들어갔다.

30

정오 가까이 돼서 집에 돌아왔다. 어머니는 웬일로 나가고 없었다. 노리코는 된장국을 데우고 냉장고에 들어 있던 명란젓과 오이장아찌만으로 점심을 먹었다.

2층 자기 방으로 올라와 워드프로세서를 꺼냈다. 짤막하게 투서를 작성한 뒤 한 번 더 읽어봤다. 역 앞 파출소의 정확한 주소를 몰라서 동네 이름만 갈색 봉투에 워드프로세서로 썼다.

편지를 보면 경찰은 가나이 노부코가 안고 있던 무뇌아의 시신과 폐액 보관고 앞에 서 있던 밴의 차 번호의 연관성에 관심을 가질 것이다. 자신이 누군지는 모를 것이다.

책상 서랍을 열었다. 마토바 의사가 남긴 수기와 사진, 유코가 준 메모, 그리고 사다무라 의사가 준 논문 별쇄가 있었다. 모두 진상을 밝히는 데 없어서는 안 되는 자료였다.

마토바 의사의 메모를 두세 장 넘겼을 때, 그가 병원 상층부와 직담판하러 갔을 때의 기록이 있다는 게 생각났다. 비뇨기과 부장의 소개로 마토바 의사가 직접 이야기를 들은 상대방이 있을 터였다.

확인해보니 생각대로 직담판 상대는 부원장이었다. 마토바 의사가 남긴 글에서 그는 의문을 품은 마토바 의사에게 무뇌아를 이용한 장기 이식의 필요성을 역설했다. 어젯밤 마지막 간호사를 호출한 사람도 부원장이다.

노리코는 유코가 남긴 메모 사본을 폈다. 산부인과 특별병동에 들어갔을 때 진료 기록부에서 베낀 아홉 명의 주소다. 이중 몇 명은 무뇌아를 출산했을 것이다. 한 명씩 조사하면 뭔가 단서를 발견할지도 모른다.

사본 구석에 유코의 글씨로 S. K.와 S. I.라는 머릿글자가 적혀 있었다.

그러고 보면 부원장의 성이 시라타니다. S는 시라타니를 가리키는 걸까.

노리코는 세 번째 자료인 사다무라 의사의 논문 별쇄를 책상 위에 놓았다. A4 사이즈로 아홉 페이지 분량이다. 사진이 두 장 실려 있었다. 하나는 아마도 쥐인 듯한 동물의 전신사진으로, 측면에서 찍었다. 쥐는 목 위로 둥그스름한 머리 부분이 없이 붓 끝처럼 뾰족했다. 귀와 코는 있었지만 감은 눈이 유달리 컸다.

사진을 뚫어지게 보던 노리코는 놀라 눈을 크게 떴다. 혹시 마우스나 래트의 무뇌증 아닐까.

그렇게 생각하니 마토바 의사의 수기와 유코의 이야기를 통해 안 무뇌아의 형태와 머리 대부분이 없는 쥐의 모습이 겹쳐졌다.

노리코는 영일 사전을 집었다. 몇 달 만에 영어를 읽는다.

모르는 단어는 모조리 사전에서 찾아 행간에 연필로 의미를 적었다. 모르는 단어가 한 줄에 대여섯 개는 있었다. 하지만 한 페이지가 끝날 즈음에는 그 수가 줄어들어 있었다.

사전 찾기가 끝난 것은 세 시간 뒤였다. 문법적으로 이해하지 못하는 문장도 단어를 꿰어 맞추니 대강의 내용을 파악할 수 있었다.

기형 래트 옆의 사진은 두부 횡면 절편과 조직상이라는 것도 알았다.

논문이 실린 학술지는 〈아메리칸 저널 오브 테라톨로지(기형학)〉라는 제목으로, 4년 전 것이었다.

사다무라 의사가 무뇌증에 관한 동물 실험을 하고 있다는 것은 4년 전 논문으로 명백해졌다. 그 연구 결과를 인간에게 응용했다고 생각하니 끔찍하게 느껴졌다.

그런 사악한 짓이 사다무라 의사에게 가능할까. 노리코는 가나이 모녀의 뮌하우젠 증후군을 간파한 그의 임상적인 감과 유카를 진찰하던 능숙한 솜씨를 떠올렸다. 어느 쪽에서도 인간에 대한 냉혹함은 찾아볼 수 없었다.

예배당 뒤에 있는 방에서 노리코가 엿들었을 때도 사다무라 의사는 다른 두 사람의 성급한 행위를 비난하며 '처음 의도와는 다르다'고 항의하지 않았나.

하지만 한편으로 노리코는 연구실에 자신을 안내했을 때 사다무라 의사가 보인 득의만면한 표정도 기억하고 있었다. 환자와 환자 가족을 대할 때의 한 발 물러선 태도는 자취를 감추고 자신에게 한껏 도취한 얼굴을 드러내고 있었다. 전에 언니가 말한 '사다무라 선배는 달라졌다. 뾰족한 가시가 없어진 대신 감정이 안 느껴지게 됐다'는 인상도 그와 무관하지 않을 것이다.

부원장 일당의 비밀 프로젝트가 사다무라 의사를 포섭해 연구 면에서 파격적인 대우를 해주는 것은 무엇보다도 그의 무뇌증 실험 기술이 필요하기 때문 아닐까.

사다무라 의사가 그 뒤 발표한 논문을 추적하면 그걸 알아낼 수 있다. 하지만 어떻게? 노리코는 싸늘하게 식은 머릿속으로 방법을 궁리했다.

현관 쪽에서 소리가 들렸다. 어머니가 돌아온 것이다. 동네 친구와 백화점 세일에 다녀온 모양이다. 큼직한 쇼핑백에는 손주 줄 선물과 자신의 옷만 들어 있었다. 그래도 노리코를 보더니 천 엔에 넉 장인 손수건을 하나 주었다.

노리코는 저녁 전에 돌아오겠다고 알리고 밖으로 나왔다.

도중에 미장원 앞 우체통에 워드프로세서로 쓴 편지를 넣었다.

JR역 앞 공중전화 박스에 들어갔다. 파출소 입구가 보였다.

유코가 남긴 메모 사본을 꺼냈다. 5시 지난 시간이니 환자가 집에 있을 확률이 높다. 노리코는 첫 집에 전화를 걸었다.

"세이레이 병원입니다만 다지리 도코 씨 계신가요?"

전화를 받은 중년 여자는 딸은 오사카에 있는 자기 집으로 돌아갔다고 대답했다.

"산부인과 특별병동 간호사예요. 진찰 받고 나서 어떠신지 경과 조사를 하고 있습니다."

모호한 설명에 의미가 통하지 않을지도 모른다고 생각했으나, 상대방은 "괜찮아요. 이제 그쪽에 갈 필요는 없을 겁니다"라고만 대답했다.

"네, 알겠습니다. 이상이 없으면 됐어요. 그럼 전화 끊겠습니다."

수화기를 내려놓았다. 다지리 도코는 스물일곱 살. 메모에 진단명은 쓰여 있지 않았고, 통화 내용으로도 무슨 목적으로 세이레이 병원을 찾았는지 알 수 없었다. 어머니의 말로 보건대 다지리 도코는 친정으로 돌아와 어떤 특별한 치료를 받은 것 같다. 인공중절, 아니면 특수한 비보험 치료였을 수도 있다. 어머니의 품위 있는 말씨가 귓가에 남아 있었다.

두 번째 사람은 본인이 전화를 받았다. 서른 살이 넘은 듯한 목소리다.

"경과 조사라니, 병원에서 그런 것까지 하나요? 그런 말 못 들었는데요. 성함이 뭐죠?"

상대방이 거꾸로 물었다.

"고쓰보입니다." 노리코는 둘러댔다. 초등학교 때 친구 이름이다. "부정 출혈이라든지 통증은 없으시죠?"

노리코는 정중하게 덧붙였다.

"없어요." 상대방은 냉랭하게 대답했다. "이번엔 다행히 제가 전화를 받았지만 앞으로는 집에 전화하지 마세요. 불편합니다."

불쾌해하는 상대방에게 노리코는 저자세로 사과했다.

노리코는 포기하고 싶은 마음을 억지로 달래 다음 번호에 전화를 걸었다. 전화를 받지 않았다.

"쓰치야입니다."

네 번째 상대방은 언짢은 목소리로 대답했다. "병원에서 그런 것까지 하나요?"

"네, 일단 예후 조사로……."

"그 일은 이제 잊고 싶어요. 앞으로 일절 연락하지 마세요."

전화가 일방적으로 끊겼다.

노리코는 주소에 동그라미를 쳤다. 상대방의 반응을 볼 때 무뇌아를 출산했을 가능성이 있었다.

파출소에서 제복 경관이 나왔다. 차도를 지나가는 차들을 유심히 보고 있었다.

다섯 번째. 시외 번호다. 신호음이 열 번 이상 울리도록 응답이 없었다.

아홉 명 중 동그라미를 친 것은 결국 둘뿐이었다. 세 명은 전화를 받지 않았다.

이 두 명에 세키하라 아키코를 합해 세 명을 주의 깊게 조사하면 무뇌아를 낳은 쪽 정보를 얻을 수 있다.

수혜자 쪽 정보는 소아과에서 소아외과로 전과해 간 이식을 받은 사이타 가즈히코의 어머니를 통해 얻을 수 있을지도 모른다. 주소는 진료 기록부를 보면 알 수 있다.

공중전화 박스에서 나와 케이블카 기슭 역까지 걸어갔다. 역 앞에 JR가 연 곱창 집 간판에 불이 들어와 있었다. 석 달 전 와비스케에서 마토바 의사가 식사를 사주었던 게 생각났다.

호랑이 꼬리 벚나무 밑에서 마토바 의사를 만나지 않았다면 그가 이 사건에 휘말릴 일은 없었을 것이다. 유코만 해도 그렇다. 자신이 무뇌아 이야기를 하는 바람에 유코는 조사를 시작해서 희생됐다. 자신이 두 사람을 죽음에 몰아넣은 것이나 다름없다.

두 사람의 죽음을 헛되이 하지 않으려면 이 사건을 끝까지 밝혀내는 수밖에 없다. 자신에게는 그럴 책임이 있다.

노리코는 뒤를 돌아봤다. 언제나 뒤에서 감시당하는 느낌이 따라다녔다.

기슭 역의 사다리꼴 지붕이 보였다.

표를 사서 개표구를 지났다. 상행 케이블카 안에서 후지노 시게루가 그녀가 오는 것을 보고 있었다.

"오늘은 쉬는 날이십니까?"

그는 다른 승객이 있는데도 물었다.

"어제 당직이었거든요."

노리코가 대답하자 후지노 시게루는 케이블카에서 내렸다. 그쪽이 사담을 하기 편할 것이다. 노리코도 다시 플랫폼에 내려 섰다.

"전 내일이 쉬는 날입니다." 후지노 시게루가 말했다. "산꼭대기 집에 가보겠습니다."

"왜요?"

노리코는 놀라 물었다.

"조사하러요. 그 여자는 거기서 나왔는지도 모릅니다."

가나이 노부코 이야기다.

"내일 몇 시쯤요?"

노리코는 물었다.

"기슭 역 9시 출발 케이블카입니다."

후지노 시게루는 대답하고 손목시계를 봤다. 승객이 서둘러 플랫폼으로 올라왔다. 두 사람은 차내로 돌아갔다. 출발 준비를 알리는 버저가 울렸다. 후지노 시게루는 한 번 더 플랫폼에 얼굴을 내밀고 승객을 독촉했다.

덜컹 소리와 함께 케이블카가 움직이기 시작했다. 톱니바퀴가 맞물리는 소리가 발 밑에서 들렸다.

후지노 시게루는 뒤쪽으로 자리를 이동했다. 계단을 내려가는 것과 마찬가지다.

노리코는 바깥의 나무들을 바라봤다. 장마가 끝나 나무들은 물기를 듬뿍 머금어 녹색이 한층 짙어졌다. 어디서 유지매미가 울었다. 목덜미에 흐르는 땀을 손수건으로 훔쳤다.

31

다음 날 아침 노리코는 8시 반에 집을 나섰다.

가슴과 밑자락에 가느다란 줄무늬가 있는 감색 원피스를 입고 있었다. 쉬는 날이지만 병원에 얼굴을 비칠 생각이었다. 화려한 복장을 피한 것은 그 때문이다.

산사나무 공원의 해바라기가 1미터쯤으로 자랐다. 누가 심는지는 모르지만 작년 여름도 같은 자리에서 사람 얼굴만 한 크기의 꽃이 열 송이쯤 피어 있었다.

케이블카 첫째 역에서 표를 사고 기다렸다. 후지노 시게루는 정말로 9시 케이블카를 타고 올까. 실없는 소리를 할 사람은 아니다. 하지만 진짜 그 집을 조사할 생각이라면 혼자서는 무리다.

주황색 차체가 천천히 올라왔다.

후지노 시게루는 맨 앞자리에 오도카니 앉아 있었다.

"아마기시 씨, 병원에 지각하겠습니다."

노리코가 옆에 앉자 그가 말했다.

"오늘은 병원 쉬는 날이에요."

노리코의 대답에 후지노 시게루는 놀란 표정으로 입을 다물었다. 레일 끝을 꼼짝 않고 쳐다보기만 했다.

노리코도 그 이상 말하지 않았다.

둘째 역에서도 노리코가 내리지 않는 것을 알고 후지노 시게루는 한층 딱딱하게 굳었다. 케이블카가 유코의 시신을 발견한 현장을 통과했다.

"그 뒤로 경찰에서 무슨 말 있었어요?"

노리코는 물었다.

"아뇨. 부역장님이랑 다른 사람들도 이상하다고 합니다." 후지노 시게루는 겨우 입을 열었다. 말하면서 긴장이 풀리는 것을 알 수 있었다. "경찰은 어쩐지 이상합니다. 아마기시 씨 친구가 유니폼을 입고 죽었을 때도 그러더니 이번에도 모르는 척합니다. 그래서 제가 직접 조사해보기로 한 겁니다."

후지노 시게루는 옆자리에 놓은 녹색 백에 손을 뻗었다. 늘 들고 다니는 숄더백보다 몇 배 더 큰 가방은 빵빵하게 부풀어 있었다.

그 집에 어떻게 숨어들 생각일까. 노리코는 불안해졌다.

"괜찮습니다." 후지노 시게루가 노리코의 생각을 읽은 것처럼 나지막이 말했다. "아마기시 씨도 저도 괜찮습니다."

산꼭대기 역에 도착하자 후지노 시게루는 노리코를 버려두고 광장 쪽으로 걷기 시작했다. 노리코는 따라가는 수밖에 없었다.

"아마기시 씨, 여기서부터는 저 혼자 가겠습니다." 후지노 시게루가 뒤를 돌아보고 단호하게 말했다. "혼자 할 수 있습니다. 아마기시 씨가 같이 있으면 되레 의심을 살 겁니다."

노리코는 그 자리에 우두커니 서서 그가 산길을 내려가는 것을 지켜보았다. 잡목림 속으로 사라졌던 모습은 5분 뒤 초원에 나타났다.

후지노 시게루는 산꼭대기 쪽을 보며 노리코에게 손을 흔들었다. 노리코도 답했다.

후지노 시게루는 백을 열고 상자 같은 것을 꺼냈다. 몸에 가려진 손에서 검은 물체가 공중으로 날아올랐다.

모형 비행기다. 무선으로 조종하는지 머리 위를 선회했다.

후지노 시게루는 한 번 더 노리코를 보며 잘 가라는 신호를 보냈다. 이 이상 가까이 오지 말라는 거부였다.

노리코는 케이블카 역 쪽으로 온 길을 돌아갔다. 일이 끝나는 대로 상황을 살피러 돌아올 생각이었다.

둘째 역에서 내려 세이레이 병원으로 서둘러 갔다.

외래 홀은 역 플랫폼처럼 환자들로 북적거렸다. 인공 실개천 곁에서 어린애가 흐르는 물에 손을 담그고 있었다.

중앙 계단으로 3층까지 올라갔다. 예배당 앞에 멈춰 섰다. 문에 종이가 붙어 있었다.

'개장 공사로 인해 당분간 출입을 금합니다.'

문을 밀어 확인해봤지만 꿈쩍도 하지 않았다.

지금 와서 무슨 개장인가. 의문이 머리 한구석에 남았다.

북관 6층 도서실에는 네 명이 있었다. 사복을 입은 사람은 노리코뿐이었다. 개가 도서 앞에 섰다. ABC 순으로 꽂힌 외국 학술지는 100권쯤 될까. 노리코는 먼저 A서가부터 찾았다. 사다무라 의사가 노리코에게 준 논문 별쇄는 〈아메리칸 저널 오브 테라톨로지〉다.

금방 찾았다. A4판, 누런 표지의 상당히 두꺼운 학술지다. 차례는 뒤표지에 나와 있었다. 알파벳으로 쓰인 저자명을 확인했다. 일본인의 공저 논문이 한 편 있었지만 사다무라 의사 것은 아니었다.

노리코는 선반을 들어 안에 꽂힌 네 권을 꺼냈다. 이쪽도 뒤표지의 차례를 훑어봤으나, 네 권 다 사다무라 의사의 이름이 없었다.

컴퓨터로 검색하는 것보다 번거롭기는 하지만 이 방법으로 지난 4년간의 학술지를 살펴보면 그만이다. 노리코는 안쪽 서고로 들어갔다. 1년분씩 제본된 외국 학술지가 역시 ABC 순으로 꽂혀 있었다.

노리코는 4년 분, 48권의 차례를 훑어보며 사다무라 의사의 이름이 없는 것을 확인했다.

백에서 메모를 꺼냈다. 사다무라 의사의 논문 끝에 있던 참고문헌 목록에서 학술지 이름을 적어왔다.

개가 서고로 돌아와 J란을 찾았다. 〈저널 오브 엠브리올로지〉는 맨 아랫칸에 있었다. '태생학 잡지'를 뜻한다는 것은 사전을 찾아서 알았다. B5판의 비교적 얇은 잡지고 차례는 첫 페이지에 인쇄돼 있었다.

그해 나온 세 권에도 사다무라 의사의 논문은 실려 있지 않았다. 다시 서고로 돌아갔다.

MITSURU SADAMURA의 논문은 전년도 9월호에 있었다. 긴 제목이었지만 의미는 알 수 없었다.

노리코는 그 잡지를 들고 복사 코너로 갔다. 100엔 동전을 넣어 사다무라 의사의 논문 끝 페이지부터 복사하기 시작했다.

참고문헌 목록이 먼저 복사돼서 복사기 옆에서 나왔다. 노리코는 아직 따뜻한 종이를 집었다. 참고문헌이 '레퍼런시스'이며 인용한 논문을 저자명 별로 알파벳 순으로 나열된다는 것은 알고 있었다. 자신의 논문에 당연히 과거 자기가 쓴 논문을 인용하지 않겠나. 노리코는 그것을 깨닫고 작은 활자를 눈여겨 살폈다.

서른 편 가까운 인용 논문 중 마지막 다섯 개에 SADAMURA라는 이름이 있었다. 그중 처음에 실린 것은 노리코가 사다무라 의사에게 별쇄를 받은 논문이다. 이 페이지만 있으면 사다무라 의사가 쓴 과거 논문을 대부분 추적할 수 있을 것이다.

1분도 걸리지 않아 복사가 끝났다. 잡지를 원래 있던 위치에 돌려놓고 열람용 책상 구석에 자리를 잡았다.

한시라도 빨리 논문 내용을 파악하고 싶었다. 영일 사전과 연필을 꺼내 책상에 올려놓았다.

'비타민 A가 무형성(無形成)에 미치는 효과'

논문 제목을 알고 노리코는 반사적으로 일어나 개가 서고로 돌아갔다. 어린애 얼굴이 표지인 외국 잡지를 꺼내 돌아와 자리에 앉았다. 위장을 위해서다.

외국 잡지를 펴서 논문 사본을 절반 가렸다. 모르는 단어를 사전에서 찾아 행간에 의미를 적었다. 30분쯤 뒤 3분의 2페이지 정도가 새카매졌다. 두 번째 페이지부터는 속도가 빨라져서 한 시간 반 만에 네 페이지 반 분량의 논문을 다 읽었다.

논문은 비타민 A의 대량 투여와 래트의 기형 발생 빈도를 임신 일수로 구분하고 있었다. 무뇌증 기형이 가장 발생하기 쉬운 것은 수정 8일에서 10일 사이이며, 그것은 태아의 신경관이 닫히는 시기와 일치한다고 했다.

노리코는 암담한 기분으로 논문에 실린 다섯 장의 사진을 바라봤다. 두부가 전혀 없는 래트에서 시작해 머리통이 작은 래트까지 나열되어 있었다. 비타민 A의 투여 시간에 따라 뇌 기형의 정도가 다른 것이다.

훌륭하다는 말밖에 할 수 없는 실험이고 증명이었다. 그게 쥐에서 그치는 한.

이 정도 지식과 기술이 있으면 내일 당장이라도 인간에게 응용할 수 있다.

– 지금 다른 논문을 준비 중이다. 그게 채택되면 학회가 놀랄 것이다.

노리코를 연구실로 안내했을 때 사다무라 의사는 황홀한 표정으로 그렇게 말했다.

그는 이미 인간에게 응용한 자료를 입수한 게 아닐까.

노리코는 사전을 덮고 논문 사본을 외국 잡지로 가렸다. 그 자세로 생각을 계속했다.

쥐로 무뇌증을 만들어내는 것은 순수한 과학이다. 하지만 인간으로 무뇌아를 만드는 것은 범죄 아닌가. 대다수의 연구자는 그 경계를 넘는 것을 주저할 게 틀림없다. 윤리관이라는 브레이크가 있기 때문이다.

하지만 아무리 강고한 브레이크도 연구욕과 명예욕 앞에서는 불 앞의 얼음처럼 느슨해지지 않을까. 특히 사다무라 의사처럼 전 세계에서 오로지 자신만이 기술과 지식을 갖고 있고 언젠가 자신을 능가할 경쟁 상대가 출현할 것을 두려워하는 경우 윤리관 따위 안중에 없게 될 게 틀림없다.

거기에 의료라는 달콤한 유혹의 손길까지 뻗친다면. '당신의 실험 기술을 인간에게 응용하면 수백 수천 명의 아이가 목숨을 건집니다. 곤란해지는 사람은 아무도 없습니다. 기꺼이 무뇌아를 낳아줄 젊은 여자들도 있으니까요.' 그런 식으로 소곤거리면 임상 실력도 우수한 사다무라 의사를 말릴 수 있는 것은 아무것도 없게 된다.

중학교 때 배구 코트에 들어온 고양이를 스파이크해서 후배에게 리시브를 시키는 사다무라 의사의 모습이 떠올랐다. 연습에 대한 정열 뒤에 잔인함이 숨어 있다.

부원장 일당은 사다무라 의사의 두뇌를 끌어들여 무뇌아를 자재로 이용하는 장기 공급 공장을 완성시키려는 것이다. 예배당 뒤의 보육실은 전체 사업 중 작은 시도에 불과할지도 모른다. 세키하라 아키코가 무뇌아를 낳은 것도 사다무라 의사의 연구 성과에 기초하는 계획적인 임신이 틀림없다.

노리코는 조심스레 사본을 백에 넣고 외국 잡지를 개가 서고에 도로 갖다놓았다.

출구로 가려는데 문을 열고 들어온 사다무라 의사와 눈이 마주쳤다.

사다무라 의사는 놀라 노리코를 빤히 쳐다봤다.

"수간호사님이 병례를 정리해놓으라고 지시하셔서요."

노리코는 어물어물 말했다.

사다무라 의사는 여전히 노리코를 쳐다보고 있었다. 뺨 근육이 움찔거렸다.

"오늘은 쉬는 날이거든요."

노리코는 사복 차림인 것을 변명하듯 덧붙였다.

"그래, 공부해야지."

사다무라 의사는 겨우 웃는 얼굴로 말했다.

도서실에서 나온 뒤로도 심장이 쿵쿵 뛰었다.

현관으로 나와 주차장 쪽으로 갔다. 폐액 보관고는 문이 닫혀 있고 평소와 다른 점은 없었다.

발길을 돌리려던 노리코는 문득 산꼭대기까지 걸어가 보기로 했다.

후지노 시게루는 아직도 그 공터에 있을까.

별장풍 집으로 이어지는 길이 주차장 저편을 지날 것이다. 노리코는 누가 지켜보는 느낌이 들어서 뒤를 돌아보았다. 80퍼센트쯤 찬 주차장에 사람은 있었지만 이쪽에 관심을 기울이는 사람은 아무도 없었다. 세이레이 병원 건물을 올려다보는 모양새로 병동 건물을 바라봤다. 빛 때문에 내부는 전혀 보이지 않았다.

주차장 출구에서 비포장도로가 위쪽으로 뻗어 있다. 차 두 대가 간신히 엇갈려 지나갈 수 있는 폭이었다.

양옆의 나무들이 키가 커서 길은 그늘져 있었다. 공기가 정체되어 탁했다.

노리코는 외길을 묵묵히 걸었다.

30분 올라가자 나무들 사이로 산꼭대기가 보이기 시작했다. 울창한 참억새가 양쪽에서 길을 막아 길을 한층 좁혔다. 참억새 잎이 상한 것은 차가 여러 번 지나갔기 때문일 것이다.

길이 왼쪽으로 크게 구부러져 100미터쯤 더 가니 넓은 초원이 나왔다. 공터 한옆에 별장풍 오두막이 보였다. 후지노 시게루를 찾아봤지만 보이지 않았다. 녹색 밴만이 풀 위에 놓여 있었다. 불길한 예감이 들었다.

오두막으로 다가가 나무 울타리 너머 안을 바라봤다. 울타리 문은 닫혀 있지만 울타리 자체가 낮아 마음만 먹으면 타넘을 수 있겠다. 노리코는 몸을 낮추고 울타리를 따라 빙 돌았다. 집

측면이 보이는 위치에 이르러 결심하고 울타리를 타넘었다.

창의 위치로 중2층이 있음을 알 수 있었다. 산비탈을 내려다보는 서쪽으로 베란다가 붙어 있었다.

노리코는 얼굴을 창문에 갖다 대고 안을 들여다봤다. 어두워서 보이지 않았다. 눈이 어둠에 익기를 기다렸다.

"안에 들어가시겠습니까?"

뒤에서 들려온 말소리에 노리코는 숨이 멎을 뻔했다.

후지노 시게루가 서 있었다.

"오늘은 아무도 없는 모양입니다."

손에 비행기를 들고 어깨에 무선 제어기 같은 것을 메고 있었다. 베란다 문이 열려 있었다.

"도구를 썼더니 잠금장치가 풀렸습니다."

후지노 시게루는 베란다에 놓아둔 도구를 가리켰다. 처음부터 그럴 의도로 가져온 게 분명했다. 모형 비행기는 위장을 위한 소도구다. 비행기가 날아들었다는 구실을 지어내 부지 내로 들어와 아무도 없는 것을 확인한 다음 문을 땄을 것이다.

"안에 들어가시겠습니까?"

후지노 시게루는 또다시 물었다. 자신 있는 말투는 무슨 일이 있어도 노리코를 지켜주겠다는 듯 들려서 안심되었다.

베란다와 이어지는 방은 네 평쯤 되는 마루방으로, 구석에 둥근 나무 테이블이 있었다. 나무 의자 두 개가 포커라도 하듯 마주보게 놓여 있고, 나머지 의자는 벽 앞에 늘어서 있었다. 작은 창의 블라인드를 걷자 세이레이 병원 끄트머리가 가까스로 보였다.

부엌에는 큰 냉장고가 있었지만 속은 텅 비어 있었다. 쓰레기를 버리는 플라스틱 양동이는 언제든 사용할 수 있도록 파란 비닐봉투를 끼웠다. 식기장에는 싸구려 접시가 달랑 다섯 장 포개져 있었다. 컵이나 사발 종류는 없었다.

"욕실과 침실은 이쪽입니다."

후지노 시게루는 마치 제 집처럼 안내했다.

세 개 있는 침실에는 각각 슈퍼싱글 사이즈의 침대가 놓여 있고 분홍이며 노랑 커버가 씌워져 있었다. 여성적인 무늬다. 세면실과 욕실은 나란히 붙어 있는데 욕조도 며칠째 사용한 흔적이 없었다.

"2층엔 올라가보셨어요?"

"아뇨. 올라가려는데 밖에 누가 온 것 같아서 숨었거든요. 아마기시 씨라는 걸 알고 안심했습니다."

난간이 없는 계단이 거실에서 중2층으로 이어져 있었다. 노리코가 앞장서서 올라갔다. 천장이 낮아 노리코는 몸을 굽히고 주위를 둘러봤다.

창가에 받침대가 딸린 망원경이 있고 밑에 매트리스가 깔려 있었다.

"천체 망원경인가요?"

노리코는 뒤에 있는 후지노 시게루에게 물었다.

"천체 관찰을 하려면 베란다로 나가야죠." 후지노 시게루는 대답하고 무릎을 굽혀 부속품을 살펴봤다.

"적외선 스코프도 붙어 있군요. 밤에도 조작할 수 있습니다."

그리고는 조심스레 망원경에 한 눈을 갖다 댔다. 눈을 떼고 이번에는 창유리 너머로 밖을 바라보더니 다시 렌즈를 통해 봤다.

"세이레이 병원이 선명하게 보이는데요."

망원경 각도를 조절하고 노리코에게 자리를 내주었다.

병원 남쪽이 보였다. 건물 안까지는 보이지 않았지만, 밤이면 병실에서 움직이는 사람의 얼굴까지 보일 것처럼 배율이 높았다.

노리코는 망원경을 살짝 내렸다.

주차장이 보였다. 미세하게 조정하면 차 번호판까지 읽을 수 있을 것 같다. 폐액 보관고는 절벽에 가려 보이지 않았지만, 주차장은 드나드는 차를 모조리 체크할 수 있겠다.

누군가가 여기서 하루종일 주차장을 감시하는 걸까.

노리코는 망원경에서 눈을 떼고 주위를 둘러봤다. 재떨이도 마시다 남은 주스 캔도 없다. 마룻바닥에는 먼지 하나 없었다.

"지하실은 없나요?"

노리코가 물었다.

"부엌 바닥에 뚜껑이 있어서 열어봤습니다. 작은 저장고였습니다. 지하실은 아닙니다."

노리코는 다시 앞장서서 계단을 내려왔다. 거실 바닥과 침실 바닥도 꼼꼼히 살펴봤다. 지하로 이어지는 입구 같은 것은 없었다.

"지하도를 파는 건 무리입니다." 후지노 시게루가 말했다. "이 산 전체가 바위 한 덩어리로 돼 있는 거나 다름없거든요. 저희 기술자 분이 말씀하셨습니다. 그래서 케이블카 레일도 휘지 않습니다."

병원 주차장을 지키듯 거의 수직으로 우뚝 솟은 절벽은 높이가 20미터 가까운데 아무런 보강 조치도 하지 않았다. 세이레이 병원 자체가 산사태를 가정하지 않는다. 오히려 병원 전체가 절벽의 보호를 받는다고 할 수도 있다.

그런 의미에서 절벽을 파서 만든 공간은 벙커나 다름없다. 공격을 어느 방향에서나 막을 수 있거니와, 세이레이 병원이 해체되지 않는 한 내부가 노출되는 일은 없다.

"나갑시다. 그게 좋겠습니다."

후지노 시게루가 마치 박물관 관람 시간이 끝난 것처럼 재촉했다.

베란다로 나가 신발을 신었다. 후지노 시게루는 문을 닫고 드라이버를 열쇠 구멍에 넣어 움직였다.

초원에 백을 버려둔 곳으로 돌아왔다.

"정말로 비행기가 나네요." 노리코는 후지노 시게루에게 말했다. "산꼭대기에서 후지노 씨가 비행기를 조종하는 게 보였어요."

"한 번 더 날릴까요? 이걸 들고 계세요. 프로펠러가 돌아가기 시작하면 수평으로 들어 손을 놓으시는 겁니다. 살짝 밀듯이요."

노리코는 조심조심 비행기를 들었다. 생각보다 가볍다. 프로펠러가 윙윙 소리를 내며 움직이기 시작했다.

"이제 됐습니다."

후지노 시게루의 신호에 종이비행기를 날리듯 어깨 높이로 들어 비행기를 놓았다.

고무줄로 튕긴 것처럼 비행기가 날아올랐다.

오두막 지붕 높이로 올라갔다가 돌아왔다. 머리 위를 천천히 선회하기 시작했다.

"그 남자는 망원경으로 뭘 조사하고 있었던 걸까요?"

후지노 시게루가 큰 소리로 물었다.

"모르겠어요."

노리코의 목소리는 프로펠러 소리에 파묻힐 듯했다.

하지만 머릿속으로는 남자가 망원경을 들여다보며 꼼짝 않고 먹잇감을 노리는 광경을 그릴 수 있었다. 폐액 보관고에 드나드는 인물을 체크한 걸까. 아니, 거기까지는 아니더라도 병원 주차장을 이용하는 인물 정도는 조사할 수 있다.

점찍은 인물을 추적하는 것은 간단하다. 마토바 의사도, 유코도 차로 출퇴근했다. 그게 화가 됐고, 노리코는 차가 아니라 케이블카를 이용하는 덕에 체크 대상에서 누락됐다 생각하는 것도 가능하다.

노리코는 비행기를 눈으로 좇으며 현기증을 느꼈다.

"아마기시 씨, 지금까지 어디 계셨습니까?"

후지노 시게루가 물었다. 비행기 소리에도 불구하고 목소리가 또렷하게 들렸다.

"병원에요."

"뭘 하러요?"

후지노 시게루 비행기를 머리 위에 선회시키면서 쳐다보았다. 어중간한 대답은 용납하지 않겠다는 표정이었다.

"도서실에서 조사할 게 있었어요." 비행기가 계속 돌고 있다. 후지노 시게루에게 모조리 털어놔야 할지도 모른다는 생각이 들었다. "병원에 무뇌증 연구를 하는 선생님이 있거든요. 그 사람 논문을 조사했어요. 무뇌아 쥐 사진이 있었어요. 2, 3년 전 동물 실험 사진요."

"무뇌아를 만드는 겁니까?"

후지노 시게루는 상공을 선회하는 비행기에 이미 관심이 없었다. 강렬한 시선을 노리코에게서 떼지 않았다.

"어째서 무뇌아를 만들죠?"

후지노 시게루가 또 물었다.

"아마 이식 때문일 거예요. 간이나 신장, 심장이 안 좋은 애들이 있잖아요? 안 좋은 부분을 무뇌아 것하고 바꾸는 거예요."

노리코는 장기 이식이라는 말을 쓰지 않고 설명했다.

"무뇌아는 어떻게 됩니까?"

후지노 시게루는 진지한 눈빛으로 물었다.

"물론 죽어요."

갑자기 눈물이 핑 돌려고 했다. 노리코 자신은 아직 무뇌아를 본 적이 없다. 하지만 유코의 말에서 상상할 수는 있었다. 머리가 없는 갓난아기의 모습이 떠올라 가슴이 뜨거워졌다.

"모형 비행기 부품과 같은 겁니까?"

후지노 시게루가 물었다. 노리코는 고개를 끄덕였다.

"안 됩니다. 그런 일을 하면 안 좋습니다."

노리코를 야단치는 투로 말했다.

"병원에선 그런 무뇌아를 여럿 모아다 키우고 있어요. 병원 안쪽에 그런 장소가 있거든요. 물론 아무도 그 사실을 몰라요." 노리코는 이제 그만 죄다 털어놓고 싶어졌다. "벼랑에서 차가 추락해서 돌아가신 의사 선생님이 계셨잖아요? 마토바 선생님이랑 유코는 그곳을 조사하려다가 살해당한 거예요. 아마 저도 노리고 있을 거예요."

단숨에 늘어놓았다. 후지노 시게루는 잠자코 노리코를 쳐다보았다.

비행기의 엔진 소리가 달라졌다. 바람에 날려 기체가 선회를 멈추고 멀어져갔다. 후지노 시게루는 제어기를 써서 비행기를 다시 불러와 풀밭에 착륙시켰다.

"이제 알았습니다." 후지노 시게루가 풀숲으로 사라진 기체를 무시하고 말했다. "병원과 경찰은 이어져 있군요."

"네?"

"아마기시 씨 친구가 죽었을 때도 그랬습니다. 제가 무뇌증 아기를 발견했을 때도 그렇고요. 경찰은 자살이라고 말했고, 다른 사람들한테도 안 알렸습니다. 사실이 알려질까 봐 걱정되기 때문입니다."

후지노 시게루의 뺨이 홍조를 띠고 있었다. 직감으로 하는 말이겠지만 묵직한 설득력이 있었다.

"파출소에 투서를 보냈어요."

무심코 말했다.

"뭘 말입니까?"

"유코의 죽음이 자살이 아니란 거랑 병원에서 밤에 본 수상한 밴의 차 번호를 썼어요. き 6396이에요."

"육삼구육?" 후지노 시게루가 복창했다. "그건 무뇌증 아기를 데리고 있던 여자가 한 말입니다. 육 삼 구 육 사사사 하고 자꾸만 되풀이했는데요."

그렇다면 가나이 노부코는 역시 남자가 운전한 밴을 본 것이다.

"아마기시 씨는 투서에 이름을 쓰셨습니까?"

"안 썼어요. 워드프로세서로 작성했으니까 누구 글씨인지도 모를 거예요."

"다행입니다." 후지노 시게루의 표정에 안도한 빛이 떠올랐다. "경찰이 알아차렸다간 아마기시 씨도 친구 분과 똑같이 될 겁니다."

후지노 시게루는 비행기를 집으러 걸어갔다.

노리코는 갑자기 불안해져 주위를 둘러봤다. 두 사람은 가려주는 게 아무것도 없는 들판에 서 있었다. 절벽 쪽으로 아무도 없는 집이 있고 등 뒤는 산꼭대기 광장이다. 사람은 보이지 않았다.

"그 여자 집에 가봤어요." 모형 비행기를 들고 돌아온 후지노 시게루에게 말했다. "딸이 세이레이 병원에 입원했었기 때문에 주소를 알 수 있었거든요. 그랬더니 저 말고도 누가 찾아왔었다는 거예요. 딸이 맡겨진 아동 상담소에도 갔는데, 거기서 우연히 남자를 만났어요. 안개 낀 날 유코의 시신이 있던 곳을 조사하던 남자였어요."

"상대편도 움직이고 있군요. 그 남자가 아마기시 씨 얼굴은 못 봤겠죠?"

"그럴 거예요."

"한동안 가만있는 게 좋을지도 모르겠습니다. 아마기시 씨는 병원을 감시하고 전 이 산장을 감시하면 됩니다. 돌아다니지 않고 가만히 보는 것만이면 의심하지 않을 겁니다."

후지노 시게루는 몸을 굽혀 케이스에 비행기를 넣었다.

32

가나이 야스카즈는 JR역 앞에서 택시를 탔다.

"손님, 야근이십니까?"

종려나무 가로수길을 올라가며 운전사가 물었다. 밤 10시 넘어 세이레이 병원에 가는 사람은 흔치 않을 것이다.

"가족이 좀 위독해서요."

야스카즈는 아무렇게나 거짓말로 대답했다. 대답하고 나서 운전사 눈에 자신은 어떻게 보였을까 생각했다. 환자의 병세가 악화돼서 달려가는 의사? 아니, 그랬다면 운전사는 다른 식으로 물었을 것이다. 야근하는 간호사? 아니, 자신이 그렇게 착한 인물로 보일 리 없다. 그럼 경비원쯤으로 여겼을지도 모른다.

처음 가는 술집에 가면 무슨 일을 하느냐는 질문을 자주 받는다. 제대로 된 직업을 가진 사람으로 보이지 않는 모양이었다. 처음에는 적당히 얼버무렸지만 요새는 브로커라고 대답한다. 무슨 브로커냐고까지 묻는 사람은 없었다.

브로커는 브로커였다. 취급하는 물품이 특수한 것뿐이다. 다른 어떤 것보다 수익이 짭짤한 데다 뭣보다도 본전이 필요 없다.

제안을 받은 것은 2년 전이다. 수입 차를 판매하는 회사에서 3년 전 잘린 뒤로 근근이 살고 있었다. 그래도 만 단위의 돈이 들어오면 경정장에 갔다. 발권장 창구에서 구노 의사를 우연히 만났다. 그 전해 그에게 벤츠를 팔았다.

"회사를 그만뒀다지?"

"아뇨, 쫓겨난 겁니다. 회사 돈에 손을 대서요."

"도박이지?"

야스카즈는 머리를 긁적였다.

"퇴직금으로 겨우 막았습니다. 차 상태는 어떻습니까?"

"좋아. 역시 벤츠는 벤츠야."

얼마 동안 잡담을 나눈 뒤 구노 의사는 병원을 옮겼다고 말하며 야스카즈를 사람이 뜸한 곳으로 데려갔다.

"좋은 일거리가 있는데 해볼 생각 있나?"

그러면서 털어놓은 게 이 일이었다.

젊은 여자, 아니, 실제로는 30대라도 상관없으니 젊은 여자일 필요는 없다. 요는 임신 출산이 가능하면 나이는 중요하지 않다. 말이 통할 것 같은 여자를 물색해 조심스럽게 설득한다. 보수가 1천만 엔이라는 것을 알면 예외 없이 수락했다. 애인이나 남편이 동석한 자리에서 합의를 한 적도 있거니와, 임신하고 싶어도 상대방이 없을 때는 자신이 그 역할을 맡았다. 임신하면 때를 맞춰 병원 특별병동에 가서 정맥주사와 링거를 맞고 약도 복용한다. 기간은 달랑 열흘에서 2주 정도다. 그 뒤는 보통 임신과 똑같이 한 달에 한 번 검진을 받으면 그만이다. 독신이라 임신 사실이 알려지면 곤란한 경우는 한 달이든 두 달이든 산장에서 생활하게 했다. 생활비는 물론 병원에서 댄다. 무사히 출산하면 여자들은 1천만 엔을 받는다. 열 달만 참으면 그런 거액을 받으니 받고 나서 불평하는 사람은 아무도 없다. 한 번 더 해도 된다고 두 번째를 희망한 젊은 커플도 있었을 정도다.

야스카즈는 건당 5백만 엔을 챙긴다. 수입 차를 팔 때보다 몇 배는 더 짭짤한 장사다. 5년이고 10년이고 계속되면 경정장이든 경마장이든 마음껏 다닐 수 있을 것이다.

택시가 구불구불한 산길에 접어들었다. 오른쪽 계곡은 어둠에 잠겨 아무것도 보이지 않았다. 낮에 이곳을 지날 때면 싫든 좋든 시선이 그쪽으로 갔다. 차는 풀숲에 아직 뒤집힌 채 뒹굴고 있었다. 방치된다는 것은 평범한 교통사고로 취급되고 있다는 증거이니 걱정할 이유가 전혀 없건만 기분이 좋지 않았다. 차에 수를 쓰는 데는 자신 있었다. 브레이크를 몇 번 밟는 사이에 제동력을 잃고 급커브의 핸들 조작으로 앞바퀴의 제어도 해제되도록 조작했다. 자동차 정비소 제복을 입고 주차장에서 작업했으니 아무도 눈여겨보지 않았을 것이다.

구노 의사는 야스카즈의 완벽한 일 처리에 기뻐하며 지폐 다발로 1천만 엔을 선뜻 주었다.

시키 유코라는 젊은 간호사 때는 자동차 사고라는 수를 또 쓸 수는 없으니 머리를 쥐어짜야 했다. 산부인과 수간호사가 야근 중에 그녀를 폐액 보관고로 보냈다. 야스카즈와 구노 의사 둘이 대기하고 있다가 클로로포름으로 재우고 위로 운반했다. 정신이 든 그녀의 눈을 가린 뒤 철계단을 내려가게 하면서 천장에 묶은 끈으로 공중에 매달았다. 목에 묶인 끈을 그냥 둔 채 아직 체온이 남은 시체를 보관고에서 끌어내 밴으로 산꼭대기로 운반했다. 구노 의사와 힘을 합쳐 케이블카 궤도 옆 나무에 끈으로 매달았다. 목이 압박된 흔적이 1밀리미터도 어긋나지 않아 아무도 모를 것이라고 구노 의사가 장담했다. 간호사 신발을 신는 것은 쉽지 않았지만 야스카즈의 발이 작아 다행이었다. 산속에서 나무 밑까지 일부러 걸어 발자국을 남겼다.

시키 유코의 시신도 문제없이 자살로 처리됐다. 야스카즈는 산장에서 또 1천만 엔을 받았다. 거기까지는 모든 일이 순조로워 보였다.

택시가 세이레이 병원 진입로에 들어섰다. 야스카즈는 2천 엔을 내고 거스름돈을 받지 않은 채 내렸다. 미등 불빛이 사라지는 것을 확인한 다음 주차장 쪽으로 갔다.

폐액 보관고 문은 아무 일도 없었던 것처럼 닫혀 있었다. 여러 번 드나들었지만 앞으로 당분간은 그 문을 열 일이 없을 것이다.

계획을 일시 중지한다는 말을 들은 것은 벌거 중인 노부코가 터무니없는 짓을 저지른 다음이었다. 무뇌아의 시체를 안은 여자가 케이블카를 탔다가 파출소로 잡혀갔다는 말에 기절초풍

했다.

구노 의사에게 노부코에 대한 말은 한 번도 하지 않았다. 6년 전 간호사로 일하던 그녀를 만나 결혼했다. 두 사람 다 재혼으로, 그녀에게는 네 살 먹은 딸이 있었다. 이렇다 할 장점이 없이 억척스러운 성격만 두드러졌지만, 천5백만 엔 가까운 저금이 있다는 게 매력이었다. 결혼하면서 소비자금융에서 빌린 2백만 엔을 갚아야 한다고 말하자 그 돈만큼 은행에서 찾아주었다.

그러면서 얼마 동안 잠잠했던 도박벽에 다시 불이 붙었다. 이용할 수 있는 돈이 있다는 것을 알고 온갖 말로 구워삶아 돈을 가로채서는 경정장으로 간다. 운 좋게 따도 가진 돈을 더욱 늘리겠다고 배율이 높은, 이길 리가 없는 데에 모조리 걸었다가 빈털터리가 된다. 새로 푼돈을 손에 넣으면 자기도 모르게 경정장으로 갔다. 안전패로는 손실을 메꿀 수 없으니 언제나 요행수를 노렸다.

수입 차를 팔아 얻은 현금은 대부분 경마장 아니면 경정정으로 사라졌다. 잃은 돈은 다음 번 입금으로 메꿨으니 언제나 여유가 없었다. 도박은 이제 그만두겠다, 회사 돈을 채워넣지 않으면 잘린다고 노부코에게 울며 매달리면 그때마다 50만 엔, 백만 엔을 뜯어낼 수 있었다. 거절하면 소비자금융에서 빌릴 게 뻔하니 그녀는 마지못해 돈을 주었다. 받은 돈으로 회사 돈을 그냥 갚기는 아까웠다. 잘하면 50만 엔이 2백만 엔도, 3백만 엔도 된다. 주말을 기다려 또 경정장으로 달려가서 이틀이면 다

써버렸다.

노부코가 데리고 들어온 사야카는 야스카즈를 좀처럼 따르지 않았다. 야스카즈도 조금도 애착이 없었으니 아이가 따르지 않는 것은 당연하다. 몸이 약해서 걸핏하면 병원에 드나들었다. 노부코는 이미 오래전에 직장을 그만두고 사야카의 통원과 입원에 따라다녔다. 설사를 하는가 하면 발열이 지속돼 어디를 가나 의사가 고개를 갸웃거렸다. 개중에는 스트레스일 것이라고 하는 의사도 있었다. 아닌 게 아니라 집 안 분위기는 화목한 것과는 거리가 멀었고 어머니와 아버지는 맨날 싸우기만 했다. 병원에 갔다 오면 노부코는 당신 소행이 원흉이라며 야스카즈를 비난했다. 그 말이 의외로 가슴에 맺혔다. 도박할 마음도 안 날 때가 있었다. 사야카가 입퇴원을 반복한 것은 야스카즈가 회사에서 쫓겨난 뒤라 한동안 도박에서 손을 뗐다. 하고 싶어도 주머니에 돈이 없었다.

그 뒤 구노 의사에게 조금씩 가불을 받으면서 숨통이 트였다. 물 만난 고기처럼 또다시 경정장에 걸음해서 집을 비우는 일이 잦아졌다.

하고많은 병원 중 하필이면 세이레이 병원에 노부코가 사야카를 입원시킨 것은 3월 중순이다. 구노 의사에게 말하기는 그래서 병원에 가보지도 않기로 했다. 그 모녀는 이제 아무래도 상관없었다. 어차피 이제 더 뜯어낼 돈도 없었다. 이제는 다른 돈줄이 있었다.

사야카가 퇴원하고 아동 상담소에서 조사원이 나왔을 때도 서류에 바로 도장을 찍었다. 모녀를 떼어놓는 게 치료라는데 이의를 제기할 수도 없었거니와, 노부코가 다시 직장을 가질 좋은 기회라고 생각했다.

야스카즈는 그 뒤 그 을씨년스러운 셋집에 돌아갈 마음을 잃었다. 얼굴만 보면 노부코가 빌려준 돈을 돌려달라고 울며 매달렸으니 당연하다. 산장에서 자거나 세키하라 아키코의 집을 찾았다. 노부코가 생계를 위해 일을 시작했다는 소식은 바람결에 들었다.

세키하라 아키코의 배 속에 든 아기는 계획대로 무뇌아였다. 무사히 출산에 이르면 야스카즈의 중개료 5백만 엔과 아키코의 임신 보수 1천만 엔이 들어온다. 이런 게 바로 거저 생긴 돈이다.

한 달에 두 번 있는 검진으로 무뇌아가 순조롭게 자라는 것을 알 수 있었다. 그런데 예정일이 일주일 지나도록 진통이 없었다. 만일을 위해 특별병동에 입원하라는 구노 의사의 충고를 거절한 사람은 야스카즈다. 병동보다 산꼭대기 아래 별장이 행동이 자유로웠거니와, 아키코도 그것을 바랐다. 그런데 운 나쁘게도 별장에 들어간 직후 양수가 터졌다. 구노 의사에게 전화해서 아키코를 밴에 태우고 세이레이 병원까지 밤길을 내려갔다. 특별병동 진찰실에서 기다렸으나 구노 의사는 세 시간 뒤에나 도착했다.

진통을 유도해 새벽에 아키코의 체내에서 무뇌아가 나왔다.

사산이었다. 구노 의사에게 장기를 쓸 수 없다는 말을 들었을 때, 내기에 건 거금을 모조리 잃은 듯한 환멸을 맛봤다.

당혹한 구노 의사에게 무뇌아의 시체를 직접 처리하겠다고 말했다. 구노 의사는 야스카즈의 낙담한 얼굴에서 뭔가를 느낀 듯 바로 승낙했다.

부모로서 장례를 잘 치러줄지도 모른다는 구노 의사의 기대는 완전히 어긋났다. 야스카즈에게는 무뇌아가 자신의 아이라는 감각이 없었다. 반대로 언젠가 이 무뇌아의 실물이 도움이 될지도 모른다고 직감하고 있었다. 훗날 병원 측과 자신의 관계에 문제가 발생하면 미라가 된 무뇌아를 이용해 협박할 수 있다.

아키코는 특별병동에 입원시키고, 야스카즈는 무뇌아의 시체를 비닐봉투로 싸서 밴을 몰고 노부코의 집으로 갔다. 하루이틀 그 집에 감춰놓고 보존 처리를 할 장소를 찬찬히 물색할 생각이었다. 50만 엔을 주고 노부코의 비위를 맞추었다. 앞으로 돈이 생길 때마다 조금씩 갚을 작정이라고 말하자, 노부코는 반신반의하면서도 싫지만은 않은 기색이었다. 노부코가 집을 비운 틈을 타서 비닐봉투를 반침에 넣었다.

다음 날 노부코는 우연한 기회에 비닐봉투를 발견했을 것이다. 어쩌면 좋을지 몰라서 비척비척 산으로 올라간 게 틀림없다. 아니면 산속에 버릴 생각이었는지도 모른다.

경찰에 넘겨졌을 때 안고 있었다는 아기 바구니는 십중팔구 사야카가 아기였을 때 썼던 것이다. 그걸 여태 버리지 않았다는 것은 야스카즈의 아이를 낳을 생각이었던 걸까.

노부코와 무뇌아에 관해서는 신문에서도 텔레비전에서도 다루지 않았건만, 구노 의사는 어떻게 알고 전화로 야스카즈에게 바보라고 욕을 했다.

"됐어. 일어난 일은 어쩔 수 없지." 한바탕 소리를 질러댄 끝에 그는 의사다운 냉정함을 되찾고 말했다. "이쪽에서 대책을 강구한 결과 일단 문을 닫기로 했네."

"그게 무슨 뜻입니까?"

"상품을 전부 처분하고 폐업한다는 뜻이야. 물론 쓸 수 있는 건 최대한 쓰고."

"잠깐만요." 매달린 것은 야스카즈 쪽이었다. "겨우 그깟 일로 꼬리가 잡히진 않습니다. 아내는 누가 시체를 받침에 넣었는지 모른단 말입니다."

"당신 아내가 몰라도 조만간 당신이 혐의를 받게 돼."

구노 의사는 냉랭하게 말했다.

"그땐 어떻게든 둘러댈 수 있어요. 젊은 여자를 임신시켰는데 그런 괴물을 낳는 바람에 처리할 방법이 없었다느니 뭐니 변명하면 됩니다."

"산부가 누구고 어느 의원에서 낳았느냐고 물으면 어쩌려고?"

"산부쯤은 얼마든지 찾을 수 있습니다. 집에서 몰래 낳았다고 하겠습니다."

야스카즈는 기를 쓰고 항변했다.

"요즘 세상에 집에서 분만하는 여자가 어디 있다고." 구노 의사는 혀를 찼다. "아무튼 만일을 위한 일시적인 폐업이야. 사태가 진정되면 그때 다시 열면 돼. 당신 아내가 한 짓에 대해선 당신 손으로 어떻게든 피해를 최소한으로 막아. 경찰에서 물으면 우리 병원 특별병동에서 출산했다고 대답해도 돼. 산부는 당신 여자면 되겠지."

"세키하라 아키코 말씀입니까?"

"그래. 자세한 건 경찰이 어떻게 나오는지 보고 다시 정하지. 이 건에 관해서도 경찰이 가만있어주면 좋겠군."

전화가 끊긴 뒤 얼마 동안 망연히 수화기를 들고 있었다. 폐업은 수입이 없어진다는 것을 의미한다. 아쉬운 것은 그 때문이었다. 지금까지 받은 돈의 태반은 경정과 경마로 써버렸다. 가진 돈이 많으면 거는 액수가 커질 뿐 아무것도 안 남는다는 점에서는 다를 바 없었다.

다음다음날 밤 폐액 보관소 안에서 폐업 준비를 일부분 거들었다. 보관고 앞에 밴을 세워놓고 시멘트와 모래, 물, 흙손을 들여가 작업했다.

그런데 어젯밤 구노 의사에게서 또 전화가 왔다.

"경찰에선 아직 아무 말 없습니다. 노부코는 제가 있는 데를 모르니까 경찰도 못 움직이는 거겠죠."

야스카즈는 배짱이 두둑하다는 것을 보여주려고 침착하게 보고했다.

"당신 밴의 차 번호가 경찰 귀에 들어갔어."

구노 의사가 찬물을 끼얹듯 말했다.

"네? 어째서?"

"경찰에 투서를 보낸 인간이 있어. 죽은 무뇌아랑 관계가 있는 차의 번호라고 쓴 모양이야."

"그걸 어떻게 알았죠?"

"우리 일을 감 잡았겠지."

"그게 누굽니까?"

야스카즈는 언성을 높였다. 마토바라는 남자와 시키라는 간호사 외에 자기들 꼬리를 잡으려는 인간이 또 있다는 말인가.

"죽은 간호사한테 친구가 있었죠. 그겁니까?"

야스카즈가 묻자 구노 의사는 낮은 목소리로 긍정했다. 세키하라 아키코의 집에 간호사 둘이 찾아왔다는 것은 그녀에게 들어 알고 있었다. 그때는 신경도 쓰지 않았는데 나중에 와서 그중 하나가 시키 유코였다는 것을 알았다.

남은 하나가 아직 포기를 안 했다니.

"그 인간이 있는 한 폐업을 해도 상황이 해결되지 않아. 반드시 일이 복잡해질 거야."

구노 의사의 목소리가 날카롭게 들렸다.

"알겠습니다. 처리하죠. 방법은 제가 생각하겠습니다."

야스카즈는 단호하게 말했다. 자신의 차 번호를 신고한 햇병아리 같은 계집애가 미웠다. 성공하면 폐업 전 일시금을 뜯어낼 수도 있다.

밴은 새로 세든 연립주택 주차장에 시트로 덮어 방치해놓았다. 언젠가 다른 데로 옮길 필요가 있다. 주소는 이전 그대로이니 아직 소재가 알려질 위험은 없다. 당분간 산장에서 사태의 경과를 지켜볼 생각이었다. 식량과 일용품은 내일에라도 세키하라 아키코를 시켜 가져오게 하면 된다. 나들이객을 가장하면 짐을 들고 케이블카를 타도 의심할 사람은 없을 것이다.

야스카즈는 주차장을 통과해 산길로 들어섰다. 가로등 불빛이 사라지고 달빛만 남았다. 발치가 가까스로 보이는 정도였다. 길 양옆에 참억새가 사람 키만큼 자라 길을 좁혔다.

30분 걸려 산꼭대기 밑 공터로 나왔다. 텔레비전 탑 위의 빨간 표시등 세 개가 허공에 뜬 것처럼 보였다.

열쇠로 현관문을 열었다. 한동안 안 썼더니 곰팡내가 났다. 창문을 전부 열고 밤공기를 들이면 아침까지 퀴퀴한 냄새는 사라질 것이다. 목욕하고 나와서 위스키를 홀짝이며 어떤 방법이 좋을지 생각해보자.

야스카즈는 불을 켜고 좌우로 열리는 창문을 밖으로 밀었다. 마지막으로 베란다 앞까지 와서 문을 열었을 때 마룻널에 흙이 묻은 게 보였다. 누군가가 베란다에 신발을 벗어놓고 안에 들어온 걸까. 자신은 구둣발로 베란다에 올라간 적이 한 번도 없다.

야스카즈는 몸을 굽혔다. 마룻널 위의 흙은 신발 밑창에서 떨어진 게 분명했다.

33

노리코는 점심 뒤 예배당에 가봤다. 아직도 출입 금지 중인지 확인하고 싶었다.

공사 중임을 알리는 종이가 없어지고 문을 자유롭게 여닫을 수 있었다.

어디를 고쳤는지 궁금해서 노리코는 안으로 들어가봤다. 환자로 보이는 중년 여자 한 명이 제단 앞에서 기도하고 있었다.

노리코는 벽을 따라 제단으로 다가갔다. 스테인드글라스의 빛이 유니폼에 색채를 입히며 노리코가 걸음을 뗄 때마다 움직였다.

제단 앞에 이르러 노리코는 눈을 의심했다.

두꺼운 문이 나무 벽으로 바뀌었다. 기둥과 기둥 사이, 문이 있었던 위치가 벽널로 메워져 있었다. 표면의 니스가 누르스름한 색으로 빛을 반사했다.

노리코는 예배대에 무릎을 꿇고 앉은 다음에도 그곳만 계속 쳐다보았다. 벽널의 위치는 마치 처음부터 거기 있었던 것처럼 부자연스러운 느낌이 전혀 없이 주변과 조화를 이루었다. 그 문으로 드나든 경험이 없는 한 기둥 사이에 문이 있었는지 기억도 안 날 것이다.

노리코는 일어나 예배당 다른 부분에도 손을 댔는지 확인했다. 중년 부인이 미심쩍은 눈초리로 노리코를 바라봤다.

고친 곳은 문뿐이었다. 예배당 출입이 금지됐던 것은 이틀간, 그사이 통로가 없어진 것이다.

예배당에서 나오며 노리코는 폐액 보관고 앞에 서 있던 밴을 떠올렸다. 그들이 행동을 시작했다는 것은 이제 의심할 여지가 없었다. 케이블카 안에서 가나이 노부코가 발견된 것과 시기가 일치한다.

그들은 도망칠 준비를 하는 걸까. 만약 그렇다면 자신도 서두를 필요가 있다.

간호사 대기실에 가니 식당에 갔던 동료가 삼삼오오 돌아왔다. 마지마 간호사가 이어서 점심을 먹으러 갔다.

"마지마 씨, 요새 기운이 없는 것 같지 않아?" 오노 간호사가 작은 목소리로 말했다. "내가 실수해도 화를 안 내지 뭐야."

아마 주사 이야기일 것이다. 그녀의 채혈은 신참인 노리코가 봐도 서툴렀다. 전에 혈관이 없을 듯한 곳을 주사바늘로 푹 찌르는 것을 보고 되레 노리코 쪽이 놀랐다. 두 번 실패하고 아이가 울어 결국 노리코가 대신했다. 며칠 전 병동에서 돌아온 마지마 간호사가 "11호실 주사 누가 놓은 거야. 다섯 군데나 바늘이 들어가서 불쌍하더라"라고 말했다. 오노 간호사가 "저예요"라며 고개를 움츠렸지만, 마지마 간호사는 그 이상 뭐라 하지 않았다. 두 번 실패하면 세 번째는 다른 간호사를 부르라고 평소 입이 닳도록 주의를 주는 게 거짓말 같았다.

"저번에 잠이 안 온다더라고." 시노자키 간호사도 말했다. "나야 만성 불면증이니까 수면제를 줬지."

마지마 간호사가 화제에 올라도 금세 이야기가 끝난다. 이야기하고 싶어도 그녀의 사생활을 파악하고 있는 사람이 아무도 없기 때문이다. 정보통인 오노 간호사가 그러니 다른 간호사들이 알 리 없다. 바다 근처 아파트에 혼자 살며 2인승 국산 쿠페를 몰고 누구보다도 먼저 출근한다. 가끔 혼자 온천에 가는 게 유일한 취미인 모양이다. 그들이 아는 정보라곤 그 정도였다. 다른 동료들에 관해선 자식이 삼수를 했다느니, 남편이 가벼운 알코올중독이라느니, 단골 미장원은 어디고, 은행에 천만 엔 가까이 있으면서 세 세대가 같이 사는 초라한 공동주택에 거주해서 진드기에게 겨드랑이를 물렸다 하는 이야기까지 아는 것과는 대조적이다.

노리코는 주사기를 트레이에 얹어 마시모 미치오의 병실로 갔다.

마시모 미치오는 힘없이 축 늘어져 있었다. 링거 튜브가 개를 묶어놓은 사슬처럼 보였다.

"미치오, 호흡이 편해지는 주사야."

노리코는 말하며 링거의 고무관을 알코올솜으로 소독했다.

"편해지긴 하지만 큰 효과는 30분밖에 안 가요. 그 뒤 효과가 약간 남아 있다가 한 시간 지나면 다시 원 상태인걸요."

미치오는 곁눈으로 노리코를 보며 말했다. 여전히 따지기 좋아하는 어조라 대부분의 간호사는 "저 애는 어린애 같지 않아"라며 귀찮아한다. 노리코는 그런 식으로 어른스러운 척하는 소년이 어쩐지 좋았다.

"30분이건 한 시간이건 편하면 다행이라고 생각해야지."

노리코는 약을 주입하는 동안 말했다.

"주치의 선생님도 부모님도 이 병을 벗어날 수 있는 길은 하나밖에 없다고 생각해요. 장기 이식으로 폐를 다른 폐로 바꾸는 방법."

노리코는 침대 곁에 접는 의자를 펴고 앉았다. 환자가 먼저 이야기를 꺼낼 때는 꼭 귀 기울여 들어야 한다.

"그렇지만 난 내 이 폐로 갈 수 있는 데까지 가면 된다고 생각해요. 남의 폐로 살고 싶지 않아요. 어머니는 포기하지 않고 노력하면 분명히 새 폐를 얻을 수 있는 날이 올 거라고 하지만, 난 그런 거 원하지 않아요. 올림픽의 도핑이랑 마찬가지라고요. 바꾼 폐로 오래 살아봤자 전혀 기쁘지 않은걸요. 이 문제투성이 폐는 내 거예요. 폐가 수명이 다하면 나도 수명이 다한 거예요."

미치오의 눈은 젖어 있었다.

자연은 이렇게 훌륭한 두뇌와 문제투성이 폐를 어째서 한 사

람에게 주었을까. 아니면 폐가 문제투성이였기 때문에 두뇌가
명석해진 걸까.

"간호사 선생님은 지금까지 뭐가 제일 기뻤어요?"

갑작스러운 질문에 노리코는 당황했다. 비통한 사건이 잇따
라 생기는 바람에 기쁜 일은 어느새 아득히 멀고 어렴풋한 기억
으로만 남아 있었다.

"글쎄. 간호학교 때 가관식일까. 실습을 시작하기 전 단상에
올라가면 한 명씩 캡을 씌워주거든."

"그리고요?"

"그러게. 그리고 이 병원에 취직하고 얼마 안 돼서 갔던 꽃놀이."

노리코는 호랑이 꼬리 벚나무를 떠올리며 대답했다.

"꽃놀이 이야기는 친구한테 들었어요."

"미치오는 그때 여기 없었지?"

"3월에 퇴원해서 얼마 동안 집에서 몸조리를 했거든요. 4월
에 3학년이 돼서 학교에도 잠깐 다녔어요." 미치오는 그때가 그
립다는 듯 말했다. "간호사 선생님, 그 두 개밖에 없어요?"

"뭐가?"

"지금까지 기뻤던 일이요."

상념에 빠진 노리코를 깨우듯 미치오가 덧붙였다.

"글쎄, 또 있을 것 같은데 생각이 안 나네."

"난 다 셀 수 없을 만큼 많아요. 작년 여름 날아가는 잠자리를
돌이랑 실로 잡은 거랑, 집 툇마루에서 그린 그림이 현(縣) 전시

회에서 상 받은 거랑, 참새한테 모이를 줘서 길들이는 데 성공한 거랑, 미칸 산에서 도시락을 먹은 거랑. 그냥 있으면 머리에 기억이 자꾸자꾸 떠올라요. 간호사 선생님하고 정반대일지도 모르겠네요."

"그러게, 반대네."

노리코는 숙연하게 대답했다. 뭔가 소중한 것을 배운 느낌이었다.

"그러니까 이제 도핑은 안 해도 된다고 생각해요." 미치오는 조용히 말했다. 확고한 의지가 옆얼굴에 드러나 있었다. "하지만 내가 그런 말을 하면 아버지 어머니는 늘 슬픈 표정을 지어요. 그래서 이 말을 한 거 오랜만이에요. 나 죽고 나면 아마기시 선생님, 내가 그런 말을 했다는 거 기억해줄래요?"

가만히 쳐다보는 미치오의 시선에 노리코는 동요한 것을 들키면 안 된다고 마음을 다잡았다.

"기억하겠지만 그건 훨씬 나중 일이고, 지금은 기운을 차려야 해. 알았지?"

노리코는 링거의 남은 양을 체크하고 일어섰다. 미치오의 말수가 많아진 것은 주사 효과가 틀림없었다.

병실에서 나갈 때 미치오가 살짝 손을 흔들었다.

놀이방에서 30분쯤 아이들과 놀다가 4시 40분에 간호사 대기실로 돌아왔다.

"아마기시 씨."

마지마 간호사가 기다렸다는 듯 진료 기록부를 보다 말고 말했다. "후지노 씨한테서 아까 전화가 왔어. 퇴근길에 둘째 역에 들러달라던데."

"고맙습니다."

노리코는 가만히 응시하는 마지마 간호사에게 말했다.

후지노 시게루는 무슨 중대한 소식을 전하려는 걸까.

인수인계 담당은 오노 간호사였다. 노리코는 투약 준비를 하며 들었다. 어느 환자가 무슨 말을 했고 어떤 가족이 왔다는 것까지 세세히 전달하려고 하다 보니 끝에 가서는 시간이 부족하다. 이웃사람들 잡담을 듣는 기분이라 서 있는 것도 힘들었다. 시노자키 간호사가 일일이 맞장구를 치는 탓에 오노 간호사의 보고는 더더욱 잡담 같아졌다.

"오노 씨, 요점만 말해주겠어?"

아니나 다를까, 교육을 담당하는 마지마 간호사가 더는 못 보겠다는 듯 주의를 주었다.

마시모 미치오에 이르자 오노 간호사는 "호흡 곤란이 계속되고 있고 식욕이 없다"라고만 말했다. 장기 이식에 관해 그가 어떻게 생각하는지, 어떤 인생관을 갖고 있는지, 인수인계에서는 한 마디도 언급되지 않는다.

근무가 끝나 간호사 대기실에서 나와 계단을 내려갔다. 오늘도 열심히 일했다는 실감이 있었다. 간호 일에는 제한이라는 게 없다. 하겠다고 마음만 먹으면 할 일은 얼마든지 생긴다. 그런 복잡 다양함이 매력이었다. 자신은 회사 사무직원이나 백화점 점원은 못 됐을 것이다. 그 점만은 프로 간호사로 일하기 시작하면서 한층 확신이 굳어졌다.

1주일쯤 전 새로 산 스니커즈를 처음으로 신고 왔다. 옅은 분홍색 바지에 같은 분홍색 신발이 맞을 것 같아서다. 블라우스는 앞가슴이 레이스로 된 흰색으로, 좋아하는 옷이다. 흰 핸드백만 오래됐는데 학창시절 정가가 만 몇 천 엔인 것을 5천 엔에 팔기에 큰마음 먹고 샀다.

노리코는 후지노 시게루가 비번인지 아니면 근무 중인지 생각하며 둘째 역으로 걸어갔다.

역으로 가는 사람은 많은 데 비해 역 쪽에서 오는 사람은 남자 한 명뿐이었다. 감색 제복을 입고 안경을 낀 남자였는데, 어쩐지 자신에게 시선을 고정하며 다가오는 것처럼 느껴졌다.

5, 6미터 거리로 접근했을 때 남자가 미소를 지었다. 노리코는 시선을 피했지만 남자는 아랑곳없이 다가왔다.

"아마기시 씨죠? 후지노가 기다립니다. 이쪽입니다." 남자는 앞을 가로막고 말했다. 몸집은 작고 턱에 화상 흉터 같은 게 있었다. 어디서 본 적이 있다는 생각이 들었다.

남자는 노리코가 따라올 것을 확신하는 것처럼 역으로 이어지는 길에서 산길 쪽으로 구부러졌다.

"후지노가 또 발견했지 뭡니까."

노리코를 돌아보는 남자의 입에 웃음이 어려 있었다.

두 사람은 3, 4미터쯤 떨어져 걸었을까. 노리코가 의심하지 않은 것은 남자가 서둘러 산길을 내려갔기 때문이다. 늘쩡늘쩡 비탈을 내려갔다면 중간에 발길을 돌렸을 것이다.

길은 잡목림 속을 구불구불 내려갔다.

"이런 데서 뭘 발견한 거죠?"

노리코는 남자의 등을 향해 물었다.

"거의 다 왔으니까 곧 알게 될 겁니다."

남자가 흘깃 돌아보며 말했다. 얼굴이 일그러져 보였다. 거짓 말이라는 것을 직감했다.

그때 방금 들은 남자의 목소리가 귓속에서 다시 재생됐다. 들은 적 있는 목소리였다. 모자와 안경은 변장에 불과했다.

돌아가야 한다. 하지만 그냥 올라가면 뒤에서 따라잡힐 것이다.

방법은 하나뿐이었다.

노리코는 옆으로 방향을 틀어 잡목림 속을 달리기 시작했다. 몇 백 미터 가면 케이블카 궤도가 나올 것이다.

남자가 알아차리고 새된 소리를 질렀다. 쫓아오는 것을 알 수 있었다.

핸드백이 걸리적거렸다. 던져버리자 두 팔이 자유로워졌다. 얼굴에 나뭇가지가 스쳤다. 얼굴에 한 줄기 뜨거운 감촉이 느껴졌다. 피부가 찢어진 듯했다.

잡초가 없는 게 다행이었다. 마른 나뭇가지와 낙엽이 쌓여 발을 내디딜 때마다 양탄자처럼 충격을 흡수했다. 유코가 땅에 누위 있던 모습이 언뜻 머리를 스쳤다. 자신만은 유코처럼 되면 안 된다.

뒤에서 마른 나뭇가지 밟는 소리가 들렸다. 남자도 필사적으로 따라오는 것이다. 케이블카 궤도가 어서 나타나기를 빌었다. 이제 곧 하행 케이블카가 통과할 시간이다. 궤도로 나가서 앞을 가로막으면 된다. 남자도 승객들 보는 앞에서 어쩌지는 못할 것이다.

남자의 숨소리가 바로 귓가에서 들렸다. 뒤를 돌아보면 안 된다. 넘어져도 안 된다. 있는 힘을 다해 달려 궤도로 나가는 것이다.

숨이 찼다. 전에도 이런 일이 있었다는 생각이 들었다. 고등학교 시절 집에서 전철역까지 달려갈 때다. 몇 번이고 멈춰 서고 싶었지만 지각한 벌로 화장실 청소를 하는 게 싫어서 계속 뛰었다.

앞으로 몇 십 미터를 더 달릴 수 있을까. 남자가 필사적으로 따라오는 것을 상상할 수 있었다.

앞쪽이 문득 환해졌다. 케이블카 궤도일 것이다. 살 수 있을지도 모른다.

이제 몇 미터만 더 가면 잡목림을 빠져나갈 수 있다고 생각했을 때, 오른쪽에서 주황색 차체가 내려오는 게 보였다. 노리코는 남은 힘을 쥐어짰다. 케이블카는 노리코가 시든 수국 덤불을 지나서 궤도 옆 좁은 통로로 뛰어내린 순간 눈앞을 통과했다.

노리코는 가쁜 숨을 몰아쉬며 순간 망설였다. 위로 도망쳐야 하나, 밑으로 도망쳐야 하나. 달려 내려가는 데는 익숙하다. 그렇게 생각해 케이블카를 따라 달리기 시작한 것과 남자가 케이블 옆 통로에 뛰어내린 것이 동시였다. 노리코의 눈에는 남자가 검은 옷을 입은 야수로 보였다.

노리코는 궤도 위를 달렸다. 발밑으로 굵은 케이블이 움직였다. 윤활유를 듬뿍 먹여 반들반들 검게 빛난다. 주황색 차체와의 거리가 5, 6미터로 좁아졌다. 남자와의 거리도 비슷할 것이다.

케이블카에 탄 승객은 있었지만 뒤에 주의를 기울이는 사람은 아무도 없었다.

차체가 속도를 약간 늦추었을 때 스니커즈가 돌멩이를 밟았다. 앞으로 고꾸라질 뻔한 것을 가까스로 버텼다. 지금이라도 남자가 어깨에 손을 얹고 남자 목소리가 귓가에 들릴 것 같았다.

그때였다. 눈앞을 내려가는 차체가 왼쪽으로 덜컹 흔들렸다. 이합 지점이다. 이제 곧 주황색 차체는 왼쪽으로 크게 꺾어질 것이다. 그리고 완전히 커브를 돌았을 때 오른쪽에서 물빛 상행 케이블카가 나타날 게 틀림없다. 지금까지 여러 번 본 광경이었다. 접근하던 두 개의 물체가 충돌하기 직전 재빨리 좌우로 나뉘어 엇갈려 지나친 다음 아무 일도 없었던 것처럼 지나간다. 케이블의 길이로 조금의 오차도 없이 계산됐다는 것은 알아도 언제 봐도 믿기지 않았다.

노리코는 반사적으로 속도를 늦추었다. 머릿속으로 전체를 구성해봤다. 남자는 노리코가 케이블카를 따라잡는 데 실패하고 힘이 다했다고 생각할 것이다. 그리고 마지막 남은 힘을 쥐어짜 노리코의 어깨에 손을 뻗을 것이다.

노리코는 처음으로 돌아봤다. 남자는 숱이 다소 적은 머리를 인왕상처럼 흩날리며 시뻘건 얼굴로 쫓아오고 있었다. 뻔뻔한 웃음을 띤 입은 '너는 이제 못 뛰겠지만 나는 아직 더 뛸 수 있다'라고 말하는 것처럼 보였다.

주황색 차체의 꽁무니가 완전히 왼쪽 궤도로 옮겨 갔을 때 노리코는 온 힘을 다리에 주었다. 일직선으로 달려 내려가 분기점에서 왼쪽으로 몸을 날렸다. 시야 오른편에 물빛 차체가 얼핏 보였다.

그 직후 등 뒤에서 으아악 하는 소리가 들린 듯했다. 끼익 소리가 잔상처럼 이어졌다. 눈앞에 있는 주황색 차체가 완전히 정지한 것은 차체 꽁무니가 분기점을 7,8미터 지나친 다음이었다.

34

노리코는 숨을 몰아쉬고 있었다. 발이 지면에 들러붙은 것처럼 꼼짝도 하지 않았다. 궤도 중앙에서 검은 케이블이 바르르 떨리고 있었다.

목소리가 들렸다. 목소리는 앞에서도 뒤에서도 들렸다. 하행 케이블카에서 맨 처음 내린 사람은 낯이 익은 초로의 차장이었다.

차장은 머리끝에서 발끝까지 노리코를 훑어본 뒤 "괜찮습니까?" 하고 물었다.

"네, 괜찮아요."

노리코는 대답했다. 아직 가슴속이 욱신거렸다.

차장은 노리코의 팔을 붙들어 상행 케이블카 쪽으로 돌아서게 했다. 차체 뒤쪽에 승객 대여섯 명이 모여 있었다. 창문으로 내다보는 승객도 있었다.

후지노 시게루가 새파랗게 질린 얼굴로 일어나 노리코를 쳐다보았다.

노리코의 팔을 잡은 노차장이 궤도 옆으로 비켜서게 했다. 마치 물웅덩이에 주의하게 하는 듯한 몸짓이었다.

노리코는 밑을 보았다. 발 두 개가 궤도 사이에 나뒹굴고 있었다. 정확히 말하면 무릎 밑에서 잘린 왼다리와 허벅지에서 절단된 오른다리였다. 왼다리 쪽은 어째선지 맨발이었고 바지자락도 보이지 않았다.

서두를 필요가 없다는 것은 알고 있었다. 그래도 해야 할 일이 남아 있는 것처럼 마음이 초조했다.

후지노 시게루가 말없이 사람들을 헤치고 다가왔다.

남자가 하늘을 보고 누워 있었다. 안경은 중간에 벗어던졌는지 보이지 않았다. 부릅뜬 눈이 위를 똑바로 올려다보고 있었다. 입은 반쯤 벌어져 있었지만 오른쪽 턱이 비대칭으로 늘어졌고 왼쪽 입꼬리에 피가 배어 있었다.

쭈그리고 앉아 남자의 동공을 살피려다가 머리통 오른쪽이 물컹한 것을 발견했다. 동공은 완전히 확장돼 있었다. 노리코는 절단된 다리의 출혈이 적다고 생각하며 남자의 턱에 손가락을 갖다 댔다. 맥은 뛰지 않았다.

노리코는 후지노 시게루를 보며 고개를 흔들었다.

노차장이 자기 제복을 벗어 남자의 얼굴을 덮었다.

"자, 케이블카로 돌아가세요. 곧 출발하겠습니다."

노차장의 말에 승객이 차내로 돌아가기 시작했다. 둘째 역에서 달려온 역원 두 명이 각각 상하행 케이블카에 올라탔다.

노차장과 후지노 시게루, 노리코를 남기고 케이블카가 출발했다. 첫째 역에서 두 명이 더 올라와 노차장이 맞이했다.

"역시 무슨 일이 생겼군요. 그래도 무사해서 다행입니다."

후지노 시게루가 말했다.

"변장해서 못 알아봤어요. 이 사람이 산꼭대기 레스토랑에서 무뇌아 이야기를 했고 산장 쪽으로 사라졌던 사람이에요."

"경찰에 뭐라고 말씀하시겠습니까?"

후지노 시게루의 물음에 노리코는 망설였다.

"이야기하면 안 됩니다. 아무것도 모른다고 하세요."

후지노 시게루는 애원하듯 말하고는 밑에서 올라온 상사를 돌아보았다.

"놀랐겠어." 노차장에게 대강의 설명은 들었는지, 상사로 보이는 남자가 후지노 시게루에게 말했다. "현장은 이대로 두는 게 좋아. 우리 잘못은 없는데 손댔다간 되레 난처해질 거야."

또 한 직원이 시신과 두 발을 감색 시트로 덮었다.

"아가씨, 다친 데는 없습니까?" 상사는 노리코에게도 말했다.

"네, 발을 약간 삔 것뿐이에요."

"나이는 잔뜩 먹어가지고 젊은 여자를 쫓아오다니, 뭐, 자업자득이죠."

상사는 한숨을 후 쉬었다. 단순한 부녀 폭행 미수라고 생각하는 듯했다.

그 순간 노리코는 경찰이 물어도 남자가 쫓아오기에 산속으로 도망친 것뿐이라고 대답하기로 마음먹었다.

35

평소와 같은 시각에 집을 나섰다. 밤 늦게부터 바람이 강해졌다. 텔레비전 일기예보에서는 정오경에 태풍이 가장 근접할 것이라고 했다.

아침 신문에 케이블카 사고에 관한 기사는 없었다. 후지노 시게루의 말처럼 어디선가 사건을 은폐하려는 힘이 움직인다고 생각할 수밖에 없었다.

전날 후지노 시게루와 별도로 경찰의 조사를 받았다. 초로의 경찰관은 처음부터 노리코를 동정하면서 형식적인 조서로 결말을 지으려고 했다. 왜 산길에 들어갔느냐는 질문에 노리코가 집까지 가는 지름길을 찾으려 했다고 대답했을 때도 의심하지 않았다.

집으로 돌아온 뒤 노리코는 마토바 의사가 남긴 메모와 유코가 준 사본, 사다무라 의사의 논문 사본을 봉투 하나에 넣었다. 자신이 보관했다가는 만일의 경우 경찰의 가택수사로 압수될 위험이 있다. 이 자료를 빼앗기면 모든 게 끝장이다.

산사나무 공원의 해바라기가 사라졌다. 노란 꽃이 대여섯 송이 피어 있었건만, 전부 목이 댕강 잘렸다.

커다란 꽃송이가 무참하게 찢겨 뿌리 근처에 흩어져 있었다. 주정뱅이 아니면 어린애 소행이겠지만 악질적인 장난이었다.

바람 속을 빠른 걸음으로 첫째 역을 향해 걸어갔다. 환자의 얼굴을 며칠 못 본 듯한 기분이었다. 머릿속으로 중환자의 이름을 떠올려봤다. 지금 시점에서 위독한 사람은 미야타 미사코와 마시모 미치오였다. 둘 다 자신들이 바랄 수 있는 것은 병의 쾌유가 아니라 하루라도 더 오래 살아주는 것뿐이었다.

마지마 간호사는 어떤 표정으로 자신을 볼까. 노리코는 무슨 일이 생겨도 동요하지 않을 작정이었다. 적어도 병원 안에서는 아무 일도 안 당할 것이다.

플랫폼에 서서 케이블카를 기다렸다. 옅은 청색 차체가 다가왔다. 플랫폼에 정차하기 전부터 후지노 시게루가 얼굴을 내밀고 노리코에게 인사했다. 올라탄 사람은 세 명, 이미 타고 있던 승객이 일고여덟 명 있었다. 노리코는 맨 뒷줄 낮은 좌석에 앉았다.

"어제 조사 받느라 힘드셨죠." 후지노 시게루가 옆으로 다가와 말했다. "오늘 점심시간에도 경찰에서 질문하러 온다고 합니다."

후지노 시게루는 이합에 대비해 앞쪽으로 올라갔다. 노리코는 왼쪽 창밖으로 시선을 돌렸다. 남자의 시신은 이미 치우고 없었다.

"후지노 씨, 이건 중요한 서류예요. 제가 갖고 있기보다 케이블카 안이 안전할 것 같아요."

후지노 시게루가 돌아왔을 때 노리코는 그런 말과 함께 종이봉투를 건넸다. 그는 노리코의 눈을 보고 전부 이해한 듯했다.

"케이블카 안은 안전합니다."

후지노 시게루는 장담하듯 대답하며 종이봉투를 목에 건 가방에 넣었다.

둘째 역이 가까워오자 후지노 시게루는 원 위치로 돌아갔다. 노리코도 다른 승객과 함께 일어섰다. 문앞에 이른 순간 후지노 시게루가 돌아보았다.

"조심하세요."

"다녀오겠습니다."

노리코는 대답했다.

바람이 밑에서 불어와 앞을 걷는 여자는 자꾸만 치맛자락을 손으로 눌러야 했다. 노리코는 바지를 입고 와서 다행이라고 생각했다. 요새 줄곧 치마를 입지 않았다. 무의식적으로 위험에 대비했는지도 모른다.

마지마 간호사는 나오지 않았다. 근무표를 슬그머니 보니 결근이 아니라 사전에 낸 연차였다.

바람은 10시경에 갑자기 거세졌다. 산 전체가 검은 구름에 뒤덮이고 기슭의 시가지와 항구가 시야에서 사라졌다. 바람이 섬

뜩하게 울고 창문으로 나무들이 미친 듯이 춤추는 게 보였다.

마시모 미치오의 병실 공기도 바깥에 부는 바람 못지않게 거친 환자의 호흡에 흔들리고 있었다. 의식은 거의 없었지만 가끔씩 가쁜 숨을 몰아쉬며 어머니를 찾았다. 손을 잡고 있던 어머니는 귓가에 대고 자식의 이름을 불렀다. 그때마다 의식이 돌아와 미치오가 몸을 움직였다. 주치의인 이자와 의사가 강심제와 호흡 촉진제를 주사했다.

눈에 보이는 효과는 없었다. 찌부러지기 직전인 폐 어디에도 공기가 들어갈 틈새가 없는 것이리라. 시간이 경과하면서 치노아제가 늘었다. 거칠었던 호흡이 미약해지고, 앙상한 가슴이 마지막 산소를 들이마신 것처럼 살짝 부풀었다가 정지했다.

이자와 의사가 미치오의 몸에 올라타 흉부를 자극하기 시작했다. 하지만 자발 호흡은 소생하지 않았고 온몸에서 핏기가 가셨다. 코와 입을 덮은 산소마스크가 헛되이 소리를 냈다.

30분 뒤 아버지가 일어나 머리를 깊이 조아리고 어머니가 쓰러져 울었다. 이자와 의사는 침대에서 내려와 맥을 짚고 다시금 동공을 살폈다. 심전도가 일자를 그리는 것을 3분 정도 확인한 뒤 임종을 고했다.

노리코와 다른 간호사들이 링거 튜브와 도뇨관을 전부 빼고 병실에서 나왔을 때 창밖은 태풍이 휘몰아치고 있었다. 바람 속에 똑바로 선 나무는 얼마 없었다.

오노 간호사, 시노자키 간호사와 노리코 셋이서 사후 처치를 했다. 마시모 미치오의 몸뚱이는 야위기는 했지만 깨끗했다.

"요새 세이레이 병원에서 장기 이식 수술이 없었던 것 때문에 미치오가 낙담한 걸까."

시노자키 간호사가 콧구멍에 솜을 채우며 말했다.

"하지만 미치오는 장기 이식은 도핑 같은 거니까 자기는 안 받겠다고 말했는데요."

노리코는 전에 미치오가 한 말을 떠올렸다.

"그건 말만 그렇게 한 거야. 미치오처럼 머리 좋은 애는 겉으론 그렇게 말해도 속으론 심폐 동시 이식을 기다렸을걸. 부모님이 열렬한 이식 희망자였잖아. 미치오의 생명을 구하기 위해선 뭐든 다 하겠다고 할 만큼 열렬하게 바랐다고."

오노 간호사가 말했다.

노리코는 그래도 그게 미치오의 본심이었다고 생각했다. 부모님을 생각해 자신의 진짜 마음을 말 못 했던 게 아닐까.

예보대로 태풍은 정오가 지나면서 최고조에 달했다. 빗줄기는 약해졌지만 그만큼 바람이 세차게 불었다. 놀이방 겸 식당의 창유리가 풍압을 정면에서 받아 휘었다.

오후 1시 30분, 내내 위독했던 미야타 미사코가 숨을 거두었다. 곁을 지키던 어머니는 이미 눈물이 말라붙었는지 울지 않았다. 울음을 터뜨린 것은 순박해 보이는 아버지와 형제, 그리고 양가 할머니였다.

노리코는 시바타 간호사와 그날 두 번째로 사후 처리를 했다.

마시모 미치오 때는 나지 않았던 눈물이 미야타 미사코의 하얀 알몸을 본 순간 흘러넘쳤다. 자신과 같은 탁구부였던 것, 커서 간호사가 되겠다고 했던 것, 꼭 될 수 있다고 격려했던 것 등이 잇따라 생각났다. 시바타 간호사는 노리코의 눈물을 못 알아차 린 척하고 묵묵히 시신을 닦았다.

영안실에서 미사코의 어머니를 만났다.

"간호사 선생님, 이거 받아주세요." 어머니가 내민 것은 분홍 색 스웨터였다. "미사코는 이제 이걸 입을 수 없죠. 관에 넣을까 도 생각했지만 간호사 선생님께 드리는 걸 미사코가 제일 기뻐 할 것 같아서요."

노리코를 가만히 쳐다보는 어머니의 눈에서 또다시 눈물이 쏟아져 한 방울, 또 한 방울 뺨을 타고 흘러내렸다. 노리코는 손 을 내밀어 스웨터를 받아들었다.

"잘 간직할게요. 미사코의 추억이랑 함께 오래오래 소중히 간 직할게요."

미야타 미사코의 시신은 오후 중으로 운반되어 나갔다. 모든 정리가 끝났을 때는 태풍도 거의 지나간 뒤였다.

근무를 마치고 케이블카 역으로 가는 길에 어린 벚나무 세 그 루가 쓰러진 것을 봤다. 지지목과 벚나무 줄기를 묶은 밧줄이 끊어지면서 버티지 못한 것이다. 하지만 뿌리째 뽑힌 것은 아니 니 조기에 다시 심으면 말라죽을 염려는 없을 것 같았다.

노리코는 핸드백과 함께 분홍색 스웨터도 들고 있었다. 펼쳐

보니 완성된 스웨터는 코가 느슨한 부분도 하나 없었다. 노리코가 입기에는 물론 너무 작다. 옷장 속에 넣어두자. 그것도 늘 눈에 띄는 자리에. 아침에 옷을 갈아입을 때마다 스웨터를 보며 끝내 간호사가 못 되고 죽은 미사코를 생각한다. 그리고 미사코 몫까지 열심히 일하는 것이다.

하행 케이블카 차장은 후지노 시게루였다. 노리코를 보더니 안심한 표정을 지었다. 앞에서 두 번째 자리에 앉았다. 레일이 아래를 향해 뻗어나간다. 검은 강철 로프가 마치 살아 있는 생물처럼 움직인다. 앞쪽에 분기점이 보였다. 노리코는 반사적으로 몸을 뒤로 젖혔다. 가나이 야스카즈에게 쫓겨 달아나는 자기 모습이 떠올랐다. 눈을 감았다.

첫째 역이 다가와 노리코는 일어섰다. 후지노 시게루가 자신을 봤다.

노리코는 후지노 시게루를 향해 웃어보였다가 그의 표정이 굳은 것을 깨달았다. 그의 시선이 자신이 아니라 뒤쪽을 향한 것을 알아차린 순간 그가 입을 크게 벌렸다.

"아마기시 씨, 위험해요."

뒤를 돌아보기 전에 후지노 시게루가 노리코의 팔을 끌어당겼다. 오른쪽 겨드랑이 밑에 뜨거운 물체가 닿은 느낌이 든 것과 동시에 몸이 앞으로 기울었다. 휘청거리다가 엉덩방아를 찧었다. 무슨 일이 벌어진 건지 알 수 없었다. 반사적으로 백을 가슴에 끌어안아 방어 자세를 취했다.

휘둥그렇게 뜬 눈에 비친 것은 입술을 깨문 젊은 여자의 모습이었다. 노리코는 어디서 본 얼굴이다 싶어 기억을 더듬으려 했다. 여자가 손에 든 식칼을 다리에 꽂으려고 하기 직전에 이름이 생각났다. 세키하라 아키코다. 유코와 둘이서 집으로 찾아갔을 때 문틈으로 봤던 얼굴이다.

으악 하는 비명 소리가 들렸다. 자신이 지른 비명인지 세키하라 아키코가 외친 건지 판단이 되지 않았다. 그저 왼쪽 허벅지가 몹시 아팠다. 다른 승객들이 세키하라 아키코를 제압한 것을 본 뒤 자신의 다리로 시선을 옮겼다. 연두색 바지가 순식간에 검게 물들었다.

"다리를 꽉 묶어주세요."

가까이에서 자신의 얼굴을 들여다본 후지노 시게루에게 노리코는 침착하게 말했다. 찢어진 천 사이로 선혈이 쏟아졌다. 노리코는 오른손으로 상처를 압박했다. 후지노 시게루는 자신의 벨트를 재빨리 끌러 노리코의 허벅지에 둘렀다.

"더 위로요. 있는 힘껏 죄어주세요."

그렇게 말하며 노리코는 의식이 흐려지는 것을 느꼈다. 눈을 더 뜨고 있을 수가 없어져서 눈꺼풀을 내리 닫았다. 상체에서 힘이 빠져 바닥에 몸을 눕힐 수밖에 없었다.

"아마기시 씨, 바로 병원으로 갈 겁니다."

후지노 시게루가 귓가에서 소리쳤다. 노리코는 실눈을 뜨고 "고마워요"라고 말했지만 소리가 돼서 나왔는지 아닌지는 자신

없었다.

남자 몇 명이 큰 소리로 뭐라 말하며 들것을 운반했다. 무척 빨리 가는 것 같은데 흔들림은 없었다. 몸이 허공에 떠 있다. 진땀이 나고 하품이 자꾸 나왔다. 팔다리는 여전히 마비돼 있었다. 그래도 이상하게 아주 많이 아프지는 않았다.

첫째 역에서 가장 가까운 병원은 세이레이 병원일 것이다. 가까워서 다행이라고 생각했다가 다음 순간 다른 우려가 머리를 스쳤다. 세이레이 병원으로 가면 되레 위험하지 않을까. 병원 치료실만큼 누구를 쥐도 새도 모르게 제거하는 데 적합한 장소는 없을지도 모른다.

후지노 시게루를 부르려고 했지만 목소리가 나오지 않았다. 귀에 구급차 사이렌 소리가 들리기 시작했다.

36

정신이 들었을 때 노리코는 자신이 있는 곳을 알고 싶었다. 천장으로 판단하건대 두 평쯤 되는 1인실 병실이다.

"노리코, 정신이 드니?"

어머니가 머리맡으로 다가왔다. 곁에 후지노 시게루도 서 있었다.

"여기 어느 병원이야?"

노리코는 물었다.

"세이레이 병원. 아까 아리마 수간호사님도 오셨다 가셨어. 내일 또 오겠다고 하시더라."

어머니가 대답했다.

"외과 병동입니다. 아마기시 씨, 여기는 걱정 안 하셔도 됩니다."

후지노 시게루가 덧붙였다.

"고맙습니다."

환자복을 입고 있었고 팔에 링거 튜브를 연결했다. 오른쪽 허벅지에는 붕대가 감겨 있었다.

노리코는 머리맡을 둘러봤다. 창가 선반에 핸드백과 분홍색 스웨터가 놓여 있었다. 후지노 시게루가 갖다 놨을 것이다.

"그럼 불러오겠습니다."

후지노 시게루가 그렇게 말하고 밖으로 나갔다.

몇 분 뒤 들어온 남자를 보고 노리코는 저도 모르게 상반신을 일으켰다. 안개 낀 날 유코의 시신이 있던 현장을 살펴보던 남자였다.

"편히 계십시오."

남자는 천천히 말했다. 후줄근한 양복에 덥수룩한 머리와 어울리지 않게 촉촉한 목소리였다.

"형사인 사와입니다."

그 말을 듣자마자 온몸에서 힘이 빠졌다.

노리코는 후지노 시게루를 봤다.

"이 형사님은 괜찮습니다."

후지노 시게루가 말했다.

"이만해서 정말 다행입니다."

위로의 말을 하는 사와 형사에게 어머니가 의자를 권했다.

"범인의 신원은 알았나요?"

노리코는 상대방을 시험하듯 물었다.

"네, 세키하라 아키코라고 합니다."

사와 형사가 낮은 목소리로 대답했다.

"그 사람이 왜 노리코를 죽이려고 한 거죠?"

어머니가 끼어들었다.

"어제 아마기시 씨를 습격한 남자의 정부입니다."

사와 형사의 말에 어머니가 노리코를 돌아봤다. 노리코는 아무 말도 하지 않았다.

"어머님은 아직 모르셨군요. 노리코 씨는 어제도 남자한테 습격을 받을 뻔했거든요. 남자는 노리코 씨를 뒤쫓다가 케이블카에 치여 사망했습니다."

어머니는 믿기지 않는다는 표정을 짓더니 모든 것을 가슴속에 묻었던 자식이 측은하다는 듯 노리코의 머리를 쓰다듬었다.

"그 남자 신원은요?"

노리코는 아직 사와 형사를 의심하고 있었다. 의심을 풀려면 이쪽에서 질문하는 수밖에 없다.

"판명됐습니다. 이름은 가나이 야스카즈입니다."

"가나이라고요?"

역시 가나이 사야카의 아버지다. 가나이 노부코의 뭔가에 씐 듯한 얼굴이 떠올랐다. 그녀라면 밴의 차 번호를 알고 있을 만도 하다.

"저희도 그 남자를 뒤쫓고 있었습니다."

사와 형사의 표정에서 엄숙함이 사라졌다. 두 손을 무릎 위에서 깍지 끼었다. 혈관이 굵고 농부 같은 손이다.

"어째서요?"

노리코는 물었다.

"여기 계시는 후지노 씨는 알 겁니다만, 어떤 여자가 죽은 아기를 안고 케이블카를 탔거든요." 사와 형사는 차근차근 설명하듯 이야기했다. "그런데 그게 머리가 없는 아기였습니다. 무뇌증은 아시죠?"

노리코는 고개를 끄덕였다.

"그래서 무뇌아가 어디서 났는지 여자를 조사했거든요. 그랬더니 남편이 가져왔다고 말했습니다."

"어디서요?"

"집에 있었다고만 하더군요."

"그런데 어째서 무뇌아를 안고 케이블카를 탄 거죠?"

"산꼭대기 어디에 묻으려고 올라갔다고 했습니다. 버스로 먼저 세이레이 병원까지 가서 거기서 산길을 올라간 겁니다. 버스 승객이 못 알아차린 건 맨 뒷좌석에 앉아 있었기 때문이겠죠. 산에서 묻을 자리를 여기저기 물색한 모양입니다만, 도구도 없이 땅을 파기가 그렇게 쉽지 않거든요. 게다가 품에 안았던 인간의 시신은 흙도 덮어주지 않고 그렇게 간단히 버릴 수 있는 게 아닙니다. 그래서 휘청휘청 산꼭대기 역으로 와서 내려가는 길에 후지노 씨께 들킨 겁니다. 후지노 씨, 그때 신세 많았습니다. 조서를 읽고 언제 직접 만나 뵙고 싶다고 생각했는데 수사가 바빠서 말이죠. 이런 식으로 뵙게 될 줄은 몰랐습니다."

사와 형사는 후지노 시게루에게 가볍게 머리를 숙였다.

"어째서 죽은 무뇌아한테 그렇게 관심을 가지신 거죠? 신문에도 안 나온 것 같던데요."

노리코는 이게 의심을 풀 마지막 질문이라고 생각하며 사와 형사에게 물었다.

"뭐, 좀 사정이 있어서 말이죠."

사와 형사는 말을 어물거리며 두 팔을 끌어안는 자세를 취했다.

"이번엔 제가 질문 드리겠습니다. 아마기시 씨, 가나이 야스카즈는 어째서 당신을 습격하려고 한 겁니까?" 충혈된 눈이 노리코를 똑바로 보았다. "사실대로 말씀해주십시오."

"아마 절 죽이면 비밀을 지킬 수 있다고 판단했기 때문일 거예요."

노리코의 대답에 후지노 시게루가 움찔했다. 어머니는 어안이 벙벙해서 딸을 지켜봤다.

"하지만 그냥 죽이면 살인이라는 게 드러나니까 나름대로 수를 쓴 거겠죠. 산속이면 그 정도 공작을 하는 건 가능할 테니까요. 땅속 깊이 묻어버려도 되고, 나중에 교통사고로 꾸며도 돼요."

노리코가 모호하게 말해도 사와 형사는 짜증내지 않았다. 오히려 노리코의 말을 차분히 듣겠다는 의지가 엿보였다.

"아마기시 씨의 생명을 노릴 이유가 있습니까?"

"네."

노리코를 보는 사와 형사의 얼굴이 엄해졌다.

"제 둘도 없는 친구였던 유코가 살해된 거랑 같은 이유예요."
노리코는 도중에 목이 메었다. "그리고 마토바 선생님도 살해됐
어요."

"그 사건은 둘 다 알고 있습니다. 정말 유감입니다."

사와 형사는 눈물을 흘리는 노리코를 응시했다.

"산꼭대기에서 형사님을 본 적이 있어요. 안개 속을 케이블카
도 타지 않고 밑으로 내려가서 유코의 시신이 있던 곳에서 뭔가
조사하고 계셨어요. 형사님은 또 가나이 야스카즈의 집에 찾아
가서 탐문 조사를 했고 딸 사야카가 들어가 있는 아동 상담소에
도 걸음하셨죠."

봇물 터지듯 말이 쏟아져 나왔다.

"그렇습니까. 그런 것까지 아마기시 씨가 본 줄은 몰랐는데
요. 시키 유코 씨의 죽음에 대한 의문과 폐액 보관고 앞에 서 있
던 밴의 차 번호에 관해 투서를 보낸 사람은 역시 아마기시 씨
였군요."

사와 형사의 말에 노리코는 천천히 고개를 끄덕였다.

37

다음 날 아침 8시, 아리마 수간호사가 병실로 왔다.

"지금부터 간호부장님께 갈 거야."

밤새 곁을 지켜주고 아직 흥분이 채 가시지 않은 어머니에게 사정을 설명한 다음 노리코에게 말했다.

괜한 말은 한 마디도 하지 않았지만 아리마 수간호사의 태도에서 전부 보고 받았음을 상상할 수 있었다.

"어머님은 여기서 기다려주세요."

아리마 수간호사는 노리코를 휠체어에 태워 병실을 나섰다.

"힘들었지?"

휠체어를 밀며 말했다.

"폐를 끼쳐 죄송합니다."

"아냐, 아마기시 씨는 용기 있는 일을 한 거야. 난 전적으로 아마기시 편이야."

노리코는 넉 달 전 시오다 미키와 둘이서 수간호사를 따라 소아과를 돌았던 게 생각났다.

간호부장실은 북관 6층, 원장실 맞은편에 있었다.

안경을 쓰고 밝은 갈색으로 머리를 염색한 간호부장이 두 사람을 맞이했다. "수고했어요"라고만 하고는 그 자리에서 전화를 걸었다.

"왔습니다만 지금 찾아봬도 될까요?"

상대방이 승낙한 모양이다. 간호부장과 함께 방을 나서 원장실로 갔다.

원장실에는 원장과 사와 형사, 그리고 사복 경찰 두 명이 더 있었다. 노리코는 한 사람씩 소개를 받았다. 젊은 사람이 다카마쓰 형사, 키가 크고 마흔 살쯤으로 보이는 상사가 노가미 서장이었다. 노가미 서장은 노리코를 흘깃 보기만 했다.

"중요 참고인은 지난밤 각각 자택에서 신병을 구속했습니다."

사와 형사가 말했다.

"수사에 원장 선생님께서 입회해주셔야 합니다만."

노가미 서장이 사무적으로 말했다.

"진료는 평상시대로 계속하고 있으니 환자가 동요하는 일이 없도록 부탁드립니다."

가메야마 원장은 위엄과 애원이 뒤섞인 표정으로 대답했다.

"알고 있습니다. 제복 경관은 모두 차 안에 대기시켰습니다. 병원 안에 들어오는 건 사복 형사만입니다."

사와 형사가 덧붙였다.

세 사복 경관은 원장과 간호부장, 아리마 수간호사, 휠체어를 탄 노리코를 둘러싸듯 복도를 걸어 엘리베이터에 올라탔다.

"먼저 폐액 보관고부터 가보겠습니다."

사와 형사가 엘리베이터 버튼을 누르며 말했다.

그들 그룹은 외래 병동에서도 이목을 끌었다. 마주치는 의사
와 간호사가 머리를 숙여 인사할 때마다 원장과 간호부장은 평
정을 가장하며 답례하고 미소를 지었다.

현관을 나서면서 원장은 경비원 한 명을 따라오게 했다. 제복
제모 차림의 경비원은 긴장한 표정으로 보관고 문을 열었다. 약
품 냄새가 코를 찔렀다.

처음 안에 들어와봤는데도 본 적이 있다는 느낌이 들었다. 마
토바 의사의 수기와 유코의 이야기 덕에 내부 구조가 머리에 들
어 있었다.

노리코는 오른쪽 구석에 눈을 주었다. 마토바 의사가 상자를
놓았던 자리가 저기일까.

중앙에 커다란 드럼통이 있었다.

"이걸 치워주세요. 움직일 거예요."

노리코의 말에 사와 형사와 다카마쓰 형사가 장갑을 끼고 드
럼통을 안았다.

"어느 쪽으로 움직입니까?"

"그건 모르겠어요."

노리코는 고개를 흔들었다.

사와 형사와 동료는 처음에는 오른쪽, 이어서 왼쪽으로 힘을

주었지만 드럼통은 끄떡도 하지 않았다.

"유코 말로는 여자 혼자 힘으로도 움직일 수 있었다던데요."

노리코는 고개를 갸웃했다.

"이거 빈 통이 아니군요. 속에 액체 같은 게 가득 들었습니다." 다카마쓰 형사가 드럼통을 두들겨보더니 말했다. "어쩔까요?"

"셋이 움직여보지."

노가미 서장이 말했다. 드럼통이 그제야 비로소 오른쪽으로 움직였다.

그러나 드럼통이 있던 바닥에 네모난 구멍은 보이지 않았다. 시멘트로 메운 흔적이 있을 뿐이었다.

"시멘트로 막았군요."

사와 형사가 지적했다.

"바닥에 레버 같은 게 있어서 그걸 눌렀더니 여기 벽이 움직였다고 했어요."

노리코는 드럼통 뒤로 있는 시멘트 벽에 손을 대봤다. 그러나 틈새 같은 것은 만져지지 않았거니와 민다고 움직일 것 같은 얇은 벽도 아니었다.

"여기는 일단 뒤로 미루겠습니다."

팔짱을 긴 노가미 서장에게 사와 형사가 말했다.

그들은 다시 현관으로 돌아와 엘리베이터를 타고 3층으로 올라갔다.

예배당에 들어갔다.

"전 이번에 처음 들어와봅니다. 신자가 아니라 말이죠."

가메야마 원장이 변명하듯 말했다.

"간호부장은 어떻습니까?"

원장의 물음에 간호부장은 "한 번 와봤습니다" 하고 작은 소리로 대답했다. "환자 분을 따라서 왔는데 울적한 생각이 들어서 그 뒤로는 한 번도 발을 들여놓지 않았어요."

노리코는 휠체어를 밀어 제단 쪽으로 가려고 했다. 도중에 아리마 수간호사가 눈치채고 이동을 거들어주었다.

"여기예요. 여기 널벽에 문이 있었어요. 여기를 통해 안에 들어간 적이 있으니까 틀림없어요."

노리코의 말에 사와 형사는 널판을 주의 깊게 조사했다.

"새 널벽이군요. 안은 비어 있는 것 같습니다."

사와 형사가 의기양양하게 노가미 서장에게 보고했다.

"이 공사는 언제 한 겁니까?"

서장이 원장에게 물었다.

"글쎄요, 전 모릅니다. 이런 일엔 일절 관여하지 않으니까요."

"예배당 개장 공사를 한 건 4, 5일 전이에요. 출입 금지 상태였어요."

노리코가 대답했다.

"가메야마 원장님, 널판을 부수겠습니다. 괜찮으시죠?"

사와 형사의 확인에 원장은 고개를 끄덕였다.

다카마쓰 형사가 작업복을 입은 남자 둘을 데려왔다. 말씨로 보건대 경찰관인 듯했다. 대형 비닐 백에서 공구를 꺼냈다.

"예배당은 출입 금지겠지?"

노가미 서장이 사와 형사에게 물었다.

"괜찮습니다. 통행금지 표시판을 복도에 두었습니다. 아무도 안 들어올 겁니다."

사와 형사가 대답했다.

작업복 차림의 경관은 기관총 같은 공구를 널판에 갖다 대고 스위치를 켰다. 10초도 안 돼서 널판에 구멍이 뚫렸다. 구멍을 더 넓히고 또 한 명이 체인 소로 크게 한 바퀴 돌린 뒤 사와 형사가 발로 차서 부수었다. 그 순간 가메야마 원장의 목에서 피리 같은 소리가 새어나왔다.

"들어갈까요?"

사와 형사가 노가미 서장을 쳐다봤다. 작업복을 입은 경관이 큼직한 탐조등으로 내부를 비추었다. 사와 형사, 다카마쓰 형사, 그리고 작업복 차림의 경관 둘 순서로 들어갔다.

"조명 계통을 전부 절단했더군요."

사와 형사가 돌아와 말했다.

노리코가 안으로 들어간 것은 비슷한 작업복 차림의 경관이 다섯 명 더 보충된 다음이다. 여기저기 설치한 조명 기구로 내부가 밝았다.

통로 오른쪽에 있는 방에는 노리코가 숨어들었을 때와 똑같이 의자와 테이블이 놓여 있었다.

노리코는 휠체어로 다가가 캐비닛을 열었다. 아무것도 없었다.

"여기 침구 종류가 들어 있었어요. 전 그 속에 숨어 있었던 적이 있어요."

노리코의 말에 가메야마 원장과 간호부장이 놀란 표정으로 바라봤다.

"이런 곳에 방이 있는 줄은 꿈에도 몰랐습니다."

가메야마 원장이 아연해서 고개를 내저었다.

"안쪽에도 방이 더 있습니다."

사와 형사가 냉랭하게 말했다.

통로 너머는 노리코에게는 처음 발을 들여놓는 곳이었다. 하얀 문을 이번에도 작업원들이 절단했다.

"손잡이 등에 손을 대시면 안 됩니다. 나중에 지문을 채취할 테니까요."

사와 형사가 주의를 주었다.

문 안쪽에 복도가 있었다. 중앙에 있는 나선계단도 유코가 이야기한 대로다.

"내려갔더니 막다른 곳이 나옵니다." 다카마쓰 형사가 나선계단에서 얼굴을 내밀고 보고했다. "모르긴 몰라도 콘크리트 벽 너머에 보관고가 있는 게 아닐까 싶습니다. 어쩔까요?"

"지금 있는 도구로 콘크리트 벽을 부술 수 있겠어?" 사와 형사가 물었다. "좋아, 해봐. 구멍이 나면 이번엔 보관고 쪽에서 접근해보고."

다카마쓰 형사는 지원을 요청하러 방에서 나갔다.

그동안 작업 팀은 움직이지 않는 유리 자동문을 떼어내고 있었다. 사와 형사가 먼저 조명 기구를 들고 안으로 들어갔다. 이어서 작업복을 입은 경관 두 명이 들어가 내부를 비추었다.

아무것도 없었다. 불빛이 리놀륨 바닥을 싸늘하게 비추고 있었다.

"여기 인큐베이터가 열너덧 대 있었던 거죠?"

사와 형사가 노리코에게 물었다.

"네, 유코 말로는 그랬어요. 마토바 선생님도 여기까진 못 오셨으니까 목격한 사람은 유코뿐이에요."

"그럼 내갔군요."

"인큐베이터는 누가 관리했습니까?"

노가미 서장이 노리코에게 질문했다. 밋밋한 얼굴이 불빛 속에 창백해 보였다.

"유코 말로는 간호사를 봤다고 했어요. 간호사 신발이랑 유니폼이랑 병원 것과 똑같았대요."

"얼굴은요?"

"얼굴은 못 봤어요."

노리코는 고개를 흔들었다. 노가미 서장은 간호부장 쪽을 돌아보았다.

"모릅니다."

간호부장은 안경을 쓴 눈을 슴벅거렸다. 조명 탓에 블러시를 바른 얼굴이 나이 들어 보였다.

보육실 안에 싱크대와 휴게실이 있었다.

"병동 간호사 대기실과 구조가 똑같군요."

아리마 수간호사가 말했다.

수도와 가스 모두 끊겼고 선반 위에도 기구 종류는 일절 없었다.

"아무것도 없잖나."

노가미 서장이 불만스레 말했다.

"괜찮습니다. 깨끗이 청소했어도 실오라기나 머리카락은 남아 있게 마련입니다. 지문도 확인할 수 있을 겁니다."

사와 형사가 설명했다.

"도구 종류는 어디로 내갔지?" 노가미 서장이 중얼거렸다. "예배당을 경유했나."

"예배당을 지나면 눈에 띌 텐데요." 사와 형사가 대답하고 노리코에게 시선을 옮겼다. "산부인과를 거쳤을지도 모르겠군요."

"네. 유코는 여기 사육실, 아니, 보육실에 들어왔다가 산부인과 특별병동으로 나갔다고 했어요."

그들은 보육실을 나와 예배당과는 반대 방향으로 나아갔다. 문은 이미 열려 있고 손잡이에 비닐이 씌워져 있었다.

"계단을 올라갈까요?" 사와 형사가 노가미 서장에게 물었다.

"병실이 나올 겁니다."

"가보지."

"죄송하지만 장갑을 껴주시겠습니까. 나중에 난간에서 지문을 채취할 겁니다."

사와 형사는 부하에게 눈짓하고 자신들이 낀 것과 같은 흰 장갑을 나눠주었다.

노리코는 휠체어에서 일어나 두 발로 섰다. 상처는 아팠지만 걸을 수 있을 듯했다. 아리마 간호사가 부축해주었다.

"이렇게 좁은 계단으로 인큐베이터를 운반하는 건 무리일 텐데."

노가미 서장이 사와 형사에게 말했다.

"인큐베이터는 크기가 어느 정도였을까요?"

사와 형사가 노리코를 돌아보며 물었다.

"전 본 적이 없어서 몰라요. 하지만 몸을 굽히면 숨을 수 있는 높이였을 거예요. 미숙아실의 인큐베이터보다 약간 크지 않았을까 싶은데요."

"미숙아실 인큐베이터도 이 계단으로 운반하는 건 무리입니다."

간호부장이 노리코의 말을 보충했다.

"그럼 역시 예배당을 경유했을까요."

사와 형사가 신음했다.

노리코는 인큐베이터보다 무뇌아의 행방이 더 마음에 걸렸다. 아기들은 대체로 어디로 사라졌나.

계단을 끝까지 올라가자 계단참이 나왔다. 작업복 차림의 경관이 비닐로 덮은 손잡이를 돌려 문을 열었다. 불빛이 비쳐들었다.

"여기는 아시죠?"

사와 형사가 두꺼운 양탄자 위에 서서 주위를 둘러보며 가메야마 원장에게 질문했다.

"네, 산부인과 특별병동입니다. 이와카베 부장 책임 아래 진료를 했습니다. VIP 전문 특별병실이라는 건 알고 있습니다."

원장은 대답하고 간호부장을 돌아보았다.

"간호 체제도 독립시켜 모든 걸 이와카베 부장님과 수간호사에게 맡기고 있습니다. 간호사 두세 명을 쓰지 않았을까요. 물론 그중엔 간호조무사도 있을 겁니다."

간호부장은 관리자의 어조를 되찾아 말했다.

"이와카베 부장은 중요 참고인으로 구속했습니다."

사와 형사가 노가미 서장에게 말했다.

양탄자에 먼지 하나 떨어져 있지 않았고 벽에 걸린 추상화도 색상이 선명했다.

"간호사 대기실은 이쪽일 겁니다."

이번에는 원장이 안내했다. 문손잡이에 손을 대려 한 순간 사와 형사가 제지하고 부하를 불렀다.

"저희가 열 테니까 기다려주십시오."

작업복 차림의 부하가 손잡이 속에 가느다란 금속 조각을 넣어 움직이자 1분도 채 안 돼서 잠금장치가 풀렸다.

간호사 대기실의 외견은 유코와 함께 숨어들었을 때와 큰 차이 없었다.

"진료 기록부 종류는 남아 있습니다."

사와 형사가 캐비닛을 당기며 말했다.

"열어도 될까요?"

노리코는 사와 형사에게 허가를 구했다. 노리코 대신 아리마 수간호사가 캐비닛을 열었다.

노리코는 진료 기록부를 하나씩 훑어봤다.

"일부가 없어졌어요."

노리코의 보고에 사와 형사가 얼굴을 찡그렸다.

"직접 관련이 있는 서류는 처분했을지도 모르겠군요. 괜찮습니다. 남은 걸로도 조사가 가능합니다."

사와 형사는 노가미 서장을 납득시키듯 말했다.

통로 양쪽에 있는 여섯 개의 병실도 하나하나 살펴봤다. 문에서 가장 가까운 병실에 들어갔을 때, 노리코는 침대 가장자리에 손을 올려놓았다.

"유코는 이 방에 얼마 동안 숨어 있었어요." 모두가 노리코의 말을 잠자코 들었다. "그러다가 이제 괜찮겠지 싶었을 때 방에서 나와 저 문을 열고 산과 병동 안을 가로질렀거든요. 그때 목격 당했겠죠."

노리코는 입술을 깨물었다.

"이 문으로 나가볼까요?"

사와 형사가 노가미 서장에게 의견을 물었다.

"아니, 병동을 자극하지 않는 게 좋겠지. 돌아가자고."

노가미 서장이 반대했다.

"사진을 찍고 나서 오늘 중으로 진료 기록부 등 자료를 모조리 압수하겠습니다. 감식반을 불러 모든 문의 지문을 채취하고 실내에 남은 체모와 실오라기 같은 것도 수집하게 할 겁니다."

그러더니 사와 형사는 퍼뜩 생각난 것처럼 원장을 돌아봤다. "이 병원 설계도는 있겠죠? 설계사와 공사업자도 가르쳐주십시오."

원장은 힘없이 고개를 떨어뜨렸다.

계단을 내려갔다. 감식원이 이미 지문을 채취 중이었다.

"그럼 이제 제가 아마기시 씨를 산장으로 모시고 가겠습니다. 현장엔 다카마쓰를 남겨놓죠."

사와 형사가 노가미 서장에게 말했다.

아리마 수간호사가 다시 휠체어를 밀어주었다.

사와 형사와 셋이 엘리베이터를 탔다.

종합 외래에서 아이들 셋이 나무 주위를 뛰어다녀 아버지가 호통을 치고 있었다.

사와 형사는 웃으며 아이들을 바라봤다.

"전 자식이 없거든요. 스물여덟 살에 결혼해서 10년 됐습니다만." 그가 쓴웃음을 지었다. "당장 병원에 가보라고 형제들한테 잔소리 들은 지 벌써 5, 6년 됐군요."

"검사를 제대로 하면 원인을 알 수 있을 텐데요."

아리마 수간호사가 정색하고 조언했다.

"그렇겠죠. 아까 산부인과 특별병동에 들어갔을 때 얼핏 생각했습니다. 전 비뇨기과, 아내는 산부인과라고 말이죠. 하지만 그렇게 따로 가서 검사를 받는다는 게 좀 그래서요." 사와 형사는 먼 곳을 바라봤다. "이 사건이 일단락되면 한번 생각해볼까요. 그때는 여기 세이레이 병원에 오겠습니다."

주차장에는 방수천을 덮은 트럭이 아직 서 있었지만, 얼핏 봐서는 경찰 차량인 줄 모를 것이다. 폐액 보관고를 드나드는 남자들도 평범한 작업복을 입고 있었다. 사와 형사는 자신의 차에 타기 전 트럭 쪽으로 걸어가 뭔가 지시를 내리고 돌아왔다.

아리마 수간호사와는 주차장에서 헤어졌다.

사와 형사의 회색 코로나는 지저분했고 앞쪽 번호판이 찌그러져 있었다. 바닥에도 흙이 묻었다.

"가나이 노부코는 세이레이 병원에 입원한 적이 있다고 하셨죠?"

사와 형사가 차를 출발시키면서 말했다.

"아뇨, 입원했던 건 딸인 가나이 사야카고 어머니는 사야카를 간병했어요. 병명은 딸을 환자로 위장하는 '대리인 뮌하우젠 증후군'이에요."

"그게 뭡니까?"

"뮌하우젠 증후군이란 건 일부러 상처를 덧나게 한다든지 체온을 올린다든지 피를 토한다든지 해서 환자가 돼서 의료기관의 보살핌을 받는 거예요. 그러다 들키면 퇴원해서 또 다른 병원으로 간답니다."

"그런 병이 있습니까? 다른 것도 아니고 환자가 되고 싶어 하다니 별일이 다 있군요."

사와 형사는 믿기지 않는다는 표정이었다.

"병원에서 보살핌을 받아야 살 수 있는 거겠죠. 자식 등을 대리로 내세우는 경우는 더 복잡해요. 자기가 보살피는 사람이 되는 한편으로 의료 종사자한테 둘러싸여서 안심하는 거죠. 가나이 노부코가 그 경우였어요. 전직 간호사란 것도 영향이 있었을지 몰라요."

"네, 아닌 게 아니라 간호 조무사 자격이 있었습니다. 일을 나가면 될 텐데 말이죠."

"일을 나가면 애를 혼자 둬야 하는 데다 남편은 집에 없으니까 속수무책이었던 게 아닐까요. 딸을 환자로 내세우고 자기는 딸을 간병하면 남편을 붙들어둘 수 있다고 생각했을지도 몰라요. 이건 제 추측이지만요."

"그렇지만 어째서 입원할 병원으로 세이레이 병원을 택했을까요?"

"조사 받으면서 아무 말 안 하던가요?"

노리코는 되레 물었다.

"그 사람 자백 중에 의미가 있는 건, 뒤통수가 없는 아기를 반침 안에서 발견했을 때 남편이 다른 여자한테서 얻은 줄 알았다는 것 정도입니다."

"남편이 세이레이 병원이랑 뭔가 관계가 있다고 느꼈던 게 아닐까요." 노리코는 대답했다. "게다가 세이레이 병원은 생긴 지 얼마 안 돼서 다른 병원에서 정보가 잘 들어오지 않거든요. 일석이조였을 거예요. 그 사람은 지금 어디 있죠?"

"아직 구류 중입니다."

"집 쪽은 가택 수색하셨고요?"

"네. 동행시켜서 했습니다. 무뇌아 시체는 아무 데도 없었습니다."

"어디다 숨겼을까요. 인큐베이터에서 꺼냈다면 이제 살아 있기 힘들 텐데요."

사와 형사는 아무 말도 하지 않았다. 차는 비포장도로를 천천히 올라갔다. 길 양옆의 참억새 잎사귀에 차체가 스쳤다.

"산장 안에 감춰놨을 가능성은 없겠습니까?"

"산장엔 저번에 후지노 씨랑 같이 들어가봤는데, 아무것도 없이 텅 비어선 무뇌아의 시신은 없을 것 같았어요."

노리코는 대답했다.

"산장이 누구 명의일 것 같습니까?"

사와 형사의 물음에 노리코는 고개를 흔들었다.

"시라타니 부원장입니다. 세이레이 병원과 같은 시기에 지었더군요. 뭐 하는 데 썼을까요."

"가나이 야스카즈가 드나들었던 건 분명해요. 은신처로 사용한 게 아닐까요."

드디어 공터로 나왔다. 산장 앞에 사륜구동 차가 서 있고 작업복 차림의 경관 두 명이 밖에 서 있었다.

사와 형사는 그들에게 짤막하게 말하고는 노리코를 데리고 안으로 들어갔다. 집 안에서는 세 명이 지문을 채취하고 있었다.

"아기 시체는?"

사와 형사는 젊은 경관에게 물었다.

"못 찾았습니다. 여러 사람이 기거한 자취는 있습니다만."

대답을 듣고 나서 사와 형사는 방을 하나하나 점검하기 시작했다.

"아마기시 씨, 이건 남자보다 여자가 쓰는 방인데요."

사와 형사는 꽃무늬 침대보를 가리키며 말했다. 후지노 시게루와 왔을 때는 몰랐는데 아닌 게 아니라 욕실과 부엌도 어딘지 모르게 여성적인 냄새가 난다.

"가나이 야스카즈는 여기를 여성들 숙박소로 사용했는지도 모르겠군요."

사와 형사는 자기 말을 납득하듯 고개를 끄덕이며 말했다.

10분쯤 실내를 뒤진 뒤 나머지 조사는 감식 팀에 맡기고 밖으로 나왔다. 무뇌아의 시체를 감출 만한 장소는 없었다.

"아마기시 씨, 이 사건을 해결하려면 무뇌아를 찾아내야 합니다. 못 찾을 경우엔 일이 성가셔집니다."

다시 자갈길을 내려가며 사와 형사가 말했다.

"사건이 이만큼 확실한데도요?"

"언뜻 보면 그럴지도 모르지만, 가나이 야스카즈가 죽었으니 확증은 아무것도 없는 셈입니다. 부원장 일당이 끝까지 잡아떼면 자백을 받아낼 수 있을지 없을지. 가나이 노부코가 안고 있던 무뇌아도 세이레이 병원하고 상관없다고 말하면 어쩔 수 없는 데다, 예배당 뒤 방도 둘러댈 방법은 얼마든지 있어요."

차가 바퀴 자국에 빠져 좌우로 흔들렸다.

노리코가 입을 다물자 사와 형사도 심각한 표정으로 뭔가를 생각하는 듯했다.

"아마기시 씨, 바로 서로 가겠습니다."

"네."

차는 주차장으로 돌아와 구불구불한 포장도로로 들어섰다. 도중에 버스와 엇갈려 지나쳤다. 승객은 세이레이 병원 환자가 대다수일 텐데 자리가 거의 다 차 있었다.

사와 형사는 커브를 조심스레 돌았다. 왼쪽으로 계곡이 보였다.

"형사님, 차 좀 세워주세요."

차가 멈춰 섰다. 사와 형사가 놀란 표정으로 돌아봤다.

"저게 마토바 선생님 차예요."

노리코는 계곡 밑을 가리켰다.

차 주위에 여름 풀이 자라 뒤집힌 차의 밑 부분을 가리고 있었다. 어느새 바퀴가 네 개 모두 사라졌다.

사와 형사가 차에서 내렸다. 노리코는 조수석 창을 열었다.

"차는 오늘 중으로라도 회수해서 사고 원인을 철저하게 조사하도록 하겠습니다." 사와 형사는 계곡을 내려다보며 어두운 목소리로 말했다. "병원의 부검 결과 보고서에서 알코올이 검출됐다고 해서 음주운전으로 인한 사고사로 처리됐습니다."

"병리 해부는 누가 했죠?"

"시라타니 부원장입니다. 지금 생각하면 그게 수상했던 거군요. 차 핸들이나 브레이크에 수를 썼겠죠." 운전석으로 돌아오며 사와 형사가 말했다. "가나이 야스카즈는 차 영업을 하기 전 정비공으로 일한 적도 있는 모양입니다."

차가 천천히 출발했다. 그래도 노리코는 계곡 밑에서 눈을 떼지 못했다.

"시키 유코 씨의 시신이 발견됐을 땐 저도 이상하다고 생각했습니다. 처음에 조사한 파출소 동료들은 정말로 자살이라고 생각한 모양입니다. 워낙 이 산에서 자살하는 사람이 많으니까 그만 익숙해진 거죠."

"시신에 상처는 없었나요?"

"그건 없었습니다. 상처가 있으면 의심을 살 거라고 조심했겠죠. 얼굴에 약간 찰과상이 있길래 생체 반응을 조사해봤습니다요. 그 결과 시신을 운반하는 도중에 상처가 났다는 걸 알았습니다."

사와 형사는 주의 깊게 핸들을 꺾어 커브를 돌았다.

"다른 데서 살해돼서 운반됐군요."

"네. 목매서 죽은 것처럼 보이게 하려면 절묘한 테크닉이 필요하기 때문에 문외한에게는 무리입니다. 그 점에서 시키 유코 씨 경우는 완벽했습니다. 처음에 목을 졸라 죽였을 때와 이어서 나뭇가지에 목을 맸을 때 흔적이 일치하거든요." 사와 형사는 침을 꿀꺽 삼켰다. "그런 교살 방법은 하나밖에 없습니다. 피해자한테 계단을 걷게 시켜놓고 목에 밧줄을 걸어 공중으로 끌어 올리는 방법이죠."

차는 드디어 구불구불한 산길을 벗어나 직선도로로 나왔다. 노리코는 유니폼을 입은 유코가 교수대의 사형수처럼 허공에서 발버둥치는 모습을 떠올리고 있었다.

"그런 수법을 생각해낸 데는 의사가 관여하지 않았을까 합니다. 살해 장소도, 아까 산장에 갔을 때 계단 위 천장을 확인해봤지만 사람을 매단 듯한 흔적은 없었습니다. 예배당 뒤 방을 더 자세히 살펴보면 단서를 찾아낼 수 있을 겁니다."

"시신은 어떻게 운반했을까요? 발자국은 유코 것만 남아 있는 것 같았는데요."

말라붙은 목구멍 속에서 말이 찌부러졌다.

"가짜 발자국일 겁니다. 시신은 케이블카 통로를 따라 운반하지 않았을까요. 시신이 매달려 있던 곳도 궤도에서 가까운 잡목림 가장자리였으니까요. 그때 남겼을 발자국은 시신을 발견했을 때랑 초동수사 때 지워지고 말았습니다만."

사와 형사는 얼마 동안 침묵하다가 말을 이었다.

"하지만 이건 제 추측일 뿐입니다. 경찰은 두 개의 사건을 아직 살인으로 보고 있지 않아요. 시키 유코 씨가 죽은 현장을 조사한 것도 제 개인의 판단으로 한 거고 서장님 허가는 받지 않았습니다."

"어째서죠?"

노리코는 옆에 앉은 사와 형사를 돌아보았다.

"아마기시 씨는 노가미 서장의 태도가 어딘가 이상하다는 생각 안 하셨습니까?"

사와 형사는 앞을 향한 채 말했다.

"젊은 분답지 않게 냉정하다고 생각했어요."

"젊은 건 저희랑 출신이 달라서입니다. 간부 후보거든요. 하지만 아마기시 씨 눈에 냉정하게 비친 건 원래 이 사건에 관한 수사를 내켜하지 않기 때문입니다." 사와 형사는 노리코를 힐끗 보고 말을 이었다. "지금 생각하면 마토바 선생님 사고도 시키 씨 일도 모나지 않게 처리되게 한 사람은 전부 서장이란 말이죠. 제가 한 번 재수사를 요청했는데 그때도 필요 없다고 허가해주지 않았습니다. 가나이 노부코가 데리고 있던 무뇌아에 대해서도 언론에 알리지 않았잖습니까? 서장이 함구령을 내린 겁니다. 그렇지만 저희들 현장의 요구를 무시할 순 없으니까 수사까지 못 하게 할 순 없었습니다. 그때를 전후해서 아마기시 씨 투서가 날아들었죠. 그것도 직접 서장한테 제출됐으면 그냥 묵살됐을 겁니다. 투서가 있은 직후에 가나이 야스카즈가 아마기시 씨를 습격했습니다."

"투서랑 습격이 뭔가 관계가 있는 건가요?"

노리코는 저도 모르게 물었다.

"네. 본인이 죽었으니 확실한 건 알 수 없지만, 그쪽도 아마기시 씨가 수상하다고 어렴풋이 눈치챘던 모양입니다. 하지만 결정적으로 방해가 된다고 판단한 건 그 투서 때문일 테죠. 그런 내용은 아마기시 씨만이 쓸 수 있으니까요. 그래서 서장이 그쪽에 연락했고 가나이 야스카즈한테 지시가 내려진 게 아닐까 합니다. 아, 이건 아직 비밀입니다."

"역시 그랬군요." 노리코는 탄식했다. "제가 바로 경찰이랑 상의하지 않은 건 후지노 씨 조언 덕이에요. 병원이랑 경찰이 연결돼 있으니까 조심하라고 하시더라고요."

"그 친구 특유의 직감이군요."

사와 형사는 앞을 본 채 고개를 끄덕였다.

역 앞까지 이어지는 종려나무 가로수 길에서 신호등에 걸렸다. 햇살이 따가워져 사와 형사는 햇빛 가리개를 옆으로 돌렸다.

"아마기시 씨는 마토바 선생님이 사망한 직후 선생님 아파트에서 두 남자를 만났다고 하셨죠? 한 명은 산부인과 구노 부부장이고, 또 한 명은 본인을 보면 판별할 수 있겠습니까?"

사와 형사가 물었다.

"뒷모습이랑 옆얼굴만 봤기 때문에 자신은 없어요."

"본서에 가는 대로 당장 확인해봅시다."

차는 역 앞 파출소에 들르지 않고 JR선을 따라 국도를 달렸다.

본서는 외벽이 거뭇하게 때탄 4층 건물로, 진입로 앞의 소철과 철쭉도 손질을 하지 않아 마구잡이로 자랐다. 사와 형사는 건물 뒤로 돌아가 장갑차 뒤에 차를 세웠다. 어디서 낡은 목발을 가져다주었다.

"취조실은 지하에 있습니다. 취조 중에 창문으로 뛰어내렸다간 큰일이니까요."

입구의 안내 데스크에 있던 여경에게 한 손을 들어 보이고 지하로 내려가는 계단으로 노리코를 안내했다. 왼발을 들어올릴 때마다 허벅지가 아팠다.

"지하가 시원하고 좋습니다. 냉방 같은 건 없거든요. 아무리 더운 여름이라도 저희는 선풍기랑 부채뿐입니다."

지하는 천장이 낮았지만 더위는 어느 정도 덜했다. 사와 형사는 맨 앞쪽에 있는 방에 들어가 노리코를 의자에 앉혔다.

제복 경관 세 명이 각각 벽을 보는 책상에 앉아 뭔가를 쓰고 있었다. 노리코의 존재도 못 알아차리는 듯했다.

사와 형사는 2, 3분 뒤에 돌아왔다.

"먼저 마토바 선생님 집에서 마주친 남자를 확인해봅시다."

노리코는 그를 따라 복도로 나왔다. 오른쪽 방에 들어가자 문이 이중으로 돼 있고 가까이에 젊은 경관이 앉아 몸짓으로 창을 가리켰다. 가로세로 30센티미터쯤 되는 창은 커튼으로 가릴 수 있게 돼 있었으나 지금은 걷혀 있었다. 사와 형사는 노리코를 그 앞에 세웠다.

좁은 방에 와이셔츠를 입은 남자가 등을 보이고 앉아 있었다. 테이블을 끼고 맞은편에는 사복 차림의 중년 남자가 연필을 들고 앉아 질문하고 있었다.

와이셔츠를 입은 남자는 머리가 희끗희끗하고 어깨가 넓었다. 대답하는 기색은 없이 담당 조사관만 말하고 있었다.

"어떻습니까?"

사와 형사가 작은 목소리로 물었다.

"저 사람이에요. 틀림없어요."

사와 형사는 고개를 끄덕이고 노리코를 밖으로 데리고 나왔다.

"저게 누군가요?"

노리코는 반대로 물었다.

"모르셨군요. 큰 병원이니 그럴 만도 하겠죠. 시라타니 부원장입니다."

노리코는 속으로 납득했다.

이어서 안내한 작은 방에도 선풍기는 없었다. 사와 형사가 어디서 낡은 선풍기를 가져와 콘센트에 꽂았다. 선풍기가 돌아가기 시작하자 모기가 날아다니는 듯한 소리가 나면서 거친 바람이 느껴졌다.

사와 형사는 또 방에서 나갔다.

"조사는 난항을 겪고 있습니다. 미리 짠 것처럼 누구 하나 입을 열지 않는군요."

4, 5분 뒤 돌아와서는 그런 말을 하며 얇은 종이를 책상에 폈다. 노리코는 여기 지하 어딘가에 있을 마지막 간호사를 생각했다.

"무뇌아에 관해 이대로 계속 입을 안 열면 수사는 벽에 부닥칠 겁니다." 사와 형사의 표정에서 초조함이 느껴졌다. "무뇌아를 이용한 장기 이식을 규제하는 법률은 없습니다. 우연히 태어난 무뇌아를 이식에 사용한 정도로는 법에 저촉되지 않는 거죠. 병원 내 뇌사 판정 위원회를 거쳤다고 말하면 저희는 물러날 수밖에 없습니다. 무뇌아를 둘러싸고 돈이 오간 것에 대해서도 이구동성으로 전혀 모르는 일이라고 잡아떼고 있어요. 사무국 코디네이터를 통해 당사자들끼리 돈을 주고받은 게 사실이라면 이 사건은 태산명동 서일필 같이 돼버립니다. 후지노 씨한테서 받은 마토바 선생님의 수기도 상황 증거일 뿐이지 결정적인 증거는 될 수 없습니다. 시키 씨 메모에 있던 임부 명단은 이제부터 추적할 겁니다만 과연 어느 정도 성과가 있을지."

사와 형사는 의자에 털썩 주저앉았다.

"아무튼 중요한 건 사육되던 무뇌아를 찾아내는 겁니다. 그럼 저쪽의 방어를 허물어뜨릴 수 있습니다."

인큐베이터에 들어 있던 열 몇 개체의 무뇌아를 목격한 사람은 유코뿐이다. 마토바 의사도 보육실 문 앞에서 발길을 돌렸고, 노리코 자신도 복도까지 침입했을 뿐이다. 시라타니 부원장 일당이 무뇌아의 사육은 사실이 아니다, 노리코가 캐비닛 안에서 들은 대화도 있을 수 없다고 부정하면 확실한 반박 자료가 없는 것이다.

"마지마 씨를 만나게 해주세요." 노리코는 소리쳤다. "제가 직접 물어볼게요."

"하지만 입을 아예 벙긋도 안 하는 게 그 사람 같던데요. 담당 조사관이 어이없어했습니다."

사와 형사는 잠시 망설이더니 "알겠습니다. 그럼 부탁드리죠"라며 노리코의 제안을 받아들였다.

사이즈가 맞지 않는 목발을 짚으며 안쪽 방으로 갔다.

문이 이중으로 돼 있어 복도와 방 사이에 반 평쯤 되는 공간이 있었다. 사와 형사는 문을 살짝 열고 손짓으로 담당관을 불러냈다.

"그럼 저희는 여기서 대기하겠습니다."

작은 목소리로 노리코에게 말하고는 벽에 기대 세워져 있던 접는 의자를 펴서 앉았다.

노리코는 담당관이 열어준 문으로 들어갔다.

책상 반대편에 마지마 간호사가 앉아 있었다. 천천히 든 시선이 노리코에게 못 박혔다. 노리코는 머리를 가볍게 숙이고 의자를 당겨 앉았다.

"형사님이 데려와주셨어요."

노리코는 상대방을 똑바로 쳐다봤다. 마지마 간호사는 감색과 흰색 줄무늬 원피스를 입고 있었다. 화장기는 전혀 없다. 아침에 외출 준비를 하기 전에 구속됐나 보다.

"마지마 씨가 이 사건에 얽혀 있는 게 아닌가 생각한 건 밤중에 예배당 제단 옆에서 나오신 걸 봤을 때부터예요. 사다무라 선생님과 같이 계셨죠. 그 뒤 마토바 선생님이랑 유코가 예배당 뒤에 숨어들었어요. 무뇌아를 키우는 걸 본 건 유코뿐이고요."

마지마 간호사는 눈도 깜박이지 않고 노리코를 응시하고 있었다. 창백한 얼굴에서 아무런 표정도 읽을 수 없었다. 노리코는 급히 말을 이었다.

"하지만 마토바 선생님도 유코도 살해당했어요. 아무도 믿어주지 않았지만요."

스스로 생각해도 지리멸렬하게 이야기한다. 입을 열면 열수록 점점 더 수습이 안 되는 것 같았다.

침묵이 흘렀다. 그 길이를 찬찬히 재듯 하고 나서 마지마 간호사가 침묵을 깼다.

"당신은 어째서 무뇌아에 관심을 갖게 됐죠?"

낯선 사람을 대하는 듯한 말투였다.

"마지마 씨가 전에 저한테 하셨던 말씀을 기억해요. 무뇌아는 하느님이 주신 선물이고 그 덕에 선천성 기형을 가진 아기들을 모두 구할 수 있다고. 하지만 전 역시 아닌 것 같아요. 머리가 없어도 심장이랑 팔다리가 움직인다면 거기에 생명이 깃들어 있다고 생각해요."

"생명?"

"네, 생명요. 생명은 뇌가 아니라 몸 전체에 있는 거예요. 생각하고 느낄 순 없어도 생명은 있어요."

그래, 생명이다, 하고 노리코는 생각했다. 실제로는 본 적도 없는 무뇌아라는 존재에 자신이 이렇게까지 관심을 가진 것은 다름 아니라 거기서 생명을 느꼈기 때문이다. 그건 후지노 시게루의 존재와 살아가는 방식에서 반짝이는 생명을 느끼는 것과 같은 의미일지도 모른다.

"마지마 씨, 하나만 여쭤볼게요." 노리코는 물었다. "전에 마지마 씨가 간호사 대기실에서 전화를 받고 케이블카 역에서 후지노 시게루 씨가 절 기다린다고 하셨죠. 가나이 야스카즈가 절 습격할 걸 알면서 그런 말씀을 하신 건가요?"

마지마 간호사가 입매를 누그러뜨렸다. 병동에서 가끔씩 보이던 여유 있는 표정이었다.

"난 부원장의 지시를 따른 것뿐이에요. 아마 머릿속으로는 무슨 일이 일어날지 알고 있었겠죠. 미안해요. 사과해서 해결될 일은 아니겠지만."

마지마 간호사는 무릎에 올려놓고 있던 손을 책상 위에서 포갰다.

"아마기시 씨."

"네."

노리코는 병동에서 불렸을 때처럼 대답했다.

"난 말이지, 내가 하는 일을 나쁘다고 생각한 적 없어. 지금도 그렇고. 그렇지만 같이 행동했던 남자들이 문제였어. 신을 거역하고 큰 죄를 저지른 거야. 무뇌아의 생명, 그래, 아마기시 씨가 말하는 생명으로 다른 아기의 생명을 구하는 건 합리적인 행위라고 생각해. 그런데 거기에 돈이랑 명예랑, 하물며 살인까지 끌어들이면 그걸로 끝장이지."

마지마 간호사는 순간 자조 어린 표정을 지었다가 금세 원래 표정으로 돌아왔다.

"아마기시 씨, 질문은 더 없어?"

병동에서 마지마 간호사에게 수도 없이 들은 말이었다. 노리코가 고민하거나 답을 모를 때 그녀는 그렇게 말하며 가르쳐주었다.

"제단 옆 벽을 부수고 안을 조사했는데 무뇌아를 찾지 못했어요."

"보육실은?"

"보육실은 텅텅 비었고 인큐베이터도 없었어요."

"안쪽에도 방이 있잖아."

"찬장이랑 싱크대가 있는 방 말씀이시죠? 거기도 비었어요."

"그 옆에 방이 또 하나 있을 텐데."

"아뇨, 사방이 콘크리트 벽이에요."

노리코의 대답에 마지마 간호사는 뭔가를 알아차린 듯했다. 책상 위에 있던 메모지에 손을 뻗어 연필로 도면을 그리기 시작했다.

38

릿쇼사(寺)는 노리코의 집에서 어른 걸음으로 10분인 곳에 있다. 비탈이 없이 평탄한 길을 케이블카와는 반대 방향으로 가면 된다. 창설 당시에는 산기슭 가장 높은 곳에 위치했으나 지금은 경내보다 높은 곳에 집들이 들어서는 바람에 예전만큼 장엄한 느낌이 없다.

그들은 차를 타지 않고 유카의 속도에 맞춰 걸어갔다. 백중 연휴를 맞아 거리를 다니는 차가 확 줄었다.

유카의 손을 잡은 형부가 맨 앞을 걷고 그 옆을 어머니가, 그리고 기리코와 노리코가 나란히 뒤를 걸었다. 구름 낀 하늘에 해는 나지 않았지만 벌써 블라우스 속 등에 땀이 배어나왔다.

"노리코, 그 뒤 사다무라 선배는 어떻게 됐어?"

기리코가 물었다.

"구속 기소됐어." 노리코는 사와 형사에게 들은 대로 전했다. "살인엔 관여하지 않은 것 같고 무뇌아를 만들어내는 연구를 혼자 도맡고 있었던 모양이야. 기초 실험의 임상적 응용."

사다무라 의사가 상세한 내용을 바로 자백한 것은 아니었다. 자백을 이끌어낸 것은 노리코가 사와 형사에게 건넨 논문 두 편이다. 사와 형사는 영어로 쓴 논문을 현경 본부로 보내서 일본어로 번역시켜 겨우 내용을 파악했다.

"사다무라 선배의 예리한 두뇌가 갈 데까지 간 거야."

기리코가 중얼거리듯 말했다.

사다무라 의사의 자백에 따르면, 비타민 A의 대량 투여로 쥐에게 무뇌증이 나타나는 수정 8일에서 10일은 인간으로 치면 임신 28일 정도에 해당된다. 따라서 인간의 임신 4주째에 대량의 비타민 A를 경구 혹은 주사로 투여하면 확실하게 무뇌아가 생긴다.

노리코의 설명에 기리코는 압도된 양 아무 말도 하지 않았다.

노리코는 아장아장 걷는 유카를 바라봤다. 자기가 선두에 섰다고 의기양양해하는 것 같다.

"그렇지만 그 자체는 진짜로 엄청난 발견이거든. 당연한 일이지만 지금까지 인간을 재료로 실험한 연구자는 없어. 사다무라 선생님은 데이터를 정리해서 머잖아 학회에서 발표할 생각이었나 봐. 그러니까 논문으로 발표하기 전에 경찰에 말할 수 없었던 거지. 범죄의 묵비랑은 또 다른 의미의 묵비인 거야."

"비타민 A를 임부한테 투여하는 덴 당연히 조력자가 있었겠지?"

"응. 산부인과 이와카베 부장이랑 구노 부부장이 그걸 담당한 모양이야. 본인들은 아직 시인하지 않지만. 임부의 진료 기록부가 죄다 없어진 데다 무뇌아를 출산한 임부가 모두 판명된 건 아니거든. 죽은 친구가 나한테 맡긴 메모 사본에 아홉 명의 주소가 있었는데, 그중에서 한 명이 무뇌아를 낳은 걸로 판명돼서 경찰에서 바로 조사했어. 그렇지만 그 사람은 자기 의사로 무뇌아를 낳은 게 아니라지 뭐야."

"고의로 무뇌아를 임신한 게 아니란 뜻?"

기리코가 물었다.

"불임 치료를 받았더니 임신했다고 해서 기뻐했는데 7개월쯤 지나서 배 속의 아기가 기형아란 말을 들은 모양이야. 그러면서 설득한 사람이 이와카베 부장이래. 무뇌아를 그냥 지우지 말고 의료에 보탬이 되도록 협조해달란 말에 차마 거절하지 못했나 봐. 그런 기형아를 어째서 자기가 임신한 건지 고민하고 있을 때 다른 아이의 생명을 구할 수 있단 말을 듣고, 낙태하지 않고 낳아서 그 애들을 돕자고 생각했대."

"응, 그건 이해할 것 같아."

기리코는 살짝 고개를 끄덕였다. 특별병동의 진료 기록부에 있던 S. I.와 S. K.라는 서명은 이와카베 부장과 구노 의사 것이었다. 구노 의사의 이름인 誠은 마코토가 아니라 세이라고 읽는다고 했다.

"무뇌아를 출산하고 받는 사례가 5백만 엔이면 큰돈이야."

"5백만 엔?"

기리코가 되물었다.

"케이스에 따라 다르지만 대체로 5백만에서 1천만 엔이었나 봐."

"젊은 가족한테는 매력적인 돈이네."

"그래서 남편이 농담으로 기형아를 한 번 더 낳으면 어떻겠느냐고 했대."

"본인은 어째서 기형아를 뱄는지 모른단 말이지?"

"그렇잖아, 불임 치료를 받으려고 이것저것 약도 먹고 주사도 맞았는걸. 그중에 비타민 A가 섞여 있어도 당사자는 몰라."

"그건 그러네."

참배길 돌계단을 유카가 자력으로 올라간다. 양옆에서 형부와 어머니가 지켜보고 있었다.

"물론 무뇌아 임신을 희망해서 진찰을 받은 여자가 있다는 건 분명해. 그걸 알선했던 사람이 가나이 야스카즈, 그 왜, 케이블카에 치여 죽은 남자. 산부인과 구노 부부장이랑 경정장에서 만난 모양이야."

"노리코 널 죽이려고 한 사람이지?"

기리코는 생각만 해도 몸서리가 난다는 듯한 표정으로 노리코를 봤다.

"그 사람이 알선한 여자들은 절대로 먼저 나서지 않을 거야. 보수로 받은 돈도 5백만보다 더 많을지도 몰라."

"장기를 받은 쪽은 밝혀졌지?"

"수혜자 쪽은 진료 기록부가 남아 있거든. 액수 협상을 한 게 병원 사무장이야. 그 사람도 기소됐고. 수혜자 가족은 병원이랑 사무장을 절대로 나쁘게 말 안 해. 오히려 고마워하지. 아이가 목숨을 건졌으니까 당연하다면 당연한 일이지만. 경찰 조사에 대해서도 사실이 밝혀지는 걸 꺼려서 익명이 아니면 조사에 응하지 않겠다는 가족이 태반인 모양이야. 그래서 밝혀진 게, 신장 하나에 5백만, 간은 1천에서 1천5백만, 폐도 비슷한 액수고. 심장은 2천만에서 2천5백만이었던 것 같고. 거기에 각막도 있으니까 무뇌아는 하나에 최소 4천만에서 5천만 엔짜리 상품이었던 거야."

"그럼 기증자 가족이 받는 금액이랑 차이가 엄청나네."

"그 차액이 부원장 일당의 주머니를 불려주고 병원 연구비로도 쓰인 거야."

죽은 마시모 미치오가 가령 심폐 동시 이식을 받았다면 부모는 협력금만 해도 3천만 엔 이상 내야 했을 것이다. 거기에 보험이 적용되지 않는 실제 수술비가 가산되면 합해서 5천만 엔 이상 마련해야 한다.

하지만 노리코는 단언할 수 있었다. 그렇게 해서 자식의 목숨을 살릴 수 있다면 부모는 기꺼이 그 돈을 냈을 것이라고.

생각해보면 이 시스템은 진상이 발각되기 전까지는 제법 그럴싸하게 돌아가고 있었다. 실질적인 피해를 입는 사람은 아무도 없이, 기증자 가족도 수혜자 가족도 만족하고, 실력을 발휘

할 기회를 얻는 이식의도 사다무라 의사 같은 연구의도 기뻐한다. 딱 하나, 무뇌아라는 당사자를 제외하고.

본당 뒤에 마치 슬럼가의 집들처럼 다닥다닥 붙어 있던 비석들은 대부분 철거되고 철근 입체 묘지가 대신 들어서 있었다. 에도 시대부터 있었던 이끼 긴 묘지만이 과거의 잔재처럼 원 위치에 남아 있었다.

경내의 벚나무가 말매미의 울음소리를 사방으로 퍼뜨리고 있다. 애매미 소리도 눈치 보듯 섞여 있었다.

입체 묘지는 3층 건물이다. 들어가기도 전부터 향 냄새가 코를 찔렀다. 형부가 유카를 안고, 노리코는 현관 앞에 있던 나무통에 물을 떠서 국자와 함께 들었다.

층마다 환기는 제대로 되는지 향 연기가 자욱하지는 않았다. 말하자면 무덤 단지인 셈인데, 자갈과 묘석뿐인 묘지는 잡초와 이끼 걱정을 할 필요도 없으니 익숙해지면 이쪽이 더 편리할지도 모르겠다.

아버지의 묘석에 물을 끼얹고 꽃병의 꽃을 갈았다. 어머니가 가져온 국화와 나뭇가지를 꽂았다. 촛불을 켜고 향을 피웠다.

"아, 염주 안 갖고 왔다."

노리코는 자신의 부주의를 깨달았다. 성묘와 염주가 머릿속에서 연결되지 않은 것이다.

어머니, 형부, 기리코와 유카 순서대로 합장한 다음 기리코가 염주를 빌려주었다.

"이번 일, 엄마한테 이야기했어?"

건물에서 나올 때 기리코가 조그만 목소리로 물었다.

"말해봤자 걱정시킬 뿐이니까 안 했어. 그렇지만 신문을 열심히 읽는 것 같으니까 대략적인 내용은 알지 않을까. 어제도 세이레이 병원은 이제 어떻게 되려나, 했거든."

"진짜. 어떻게 되는 거야?"

기리코가 눈살을 찌푸리며 물었다.

"망하진 않을 거야. 기소된 사람들은 물론 면직됐고, 원장이랑 간호부장도 책임지고 사임하는 모양이지만."

후임 원장은 아직 미정이지만 간호부장은 소아과의 아리마 수간호사가 될 것이라는 소문도 있었다. 노리코도 그러기를 바랐다.

"장기 이식은 이제 안 하지?"

"그건 이제 안 돼. 지금까진 장기 이식으로 이름을 알렸지만 앞으론 다른 면에서 노력해야지. 의료란 건 설비랑 기술만이 아니니까."

"그러게."

장기 이식이 불가능해지면서 소아외과 의사 몇 명이 병원을 그만두었다. 앞으로 다른 과에서도 비슷한 일이 일어날 것이다. '침체기가 올지도 모르지만 그걸 극복해야 비로소 신뢰 받는 병원이 된다'고 말한 사람은 소아과 사이타 부장이었다. 자신이 가장 총애했던 사다무라 의사가 기소되면서 상당한 충격을 받은 듯 보였지만, 지금은 적어도 남들 앞에서 어두운 표정을 보이지 않는다.

언니 부부가 간 다음 노리코는 혼자 꽃을 사러 갔다.

"선생님이랑 유코가 죽은 곳에 꽃을 바치고 올게."

노리코는 홀로 남은 어머니에게 말했다.

"노리코, 이번엔 염주 꼭 챙기렴."

노리코는 허둥지둥 방으로 올라갔다. 노리코의 염주는 아버지가 준 것이다. 암에 걸리기 전 아버지가 도고 온천에 갔을 때 "너도 언젠가 필요해질 테니까"라며 사왔다. 그 염주를 처음 쓴 것은 아버지 장례에서였다.

서랍에서 하얀 염주를 꺼냈다. 방에서 나가다 말고 벽에 걸린 사진에 눈을 주었다. 호랑이 꼬리 벚나무 사진이다.

노리코는 다가가 액자를 뗐다. 마토바 의사가 맡긴 메모는 모두 경찰에 넘겼기 때문에 유품은 이제 이 사진 하나만 남아 있었다. 지금의 조잡한 액자 말고 벚꽃에 어울리는 액자로 바꾸고 싶어졌다.

액자 뒤판을 벗기고 사진만 꺼내려는데 갑자기 사진 뒷면에 휘갈겨 쓴 글자가 보였다.

노리코

당신을 좋아해

파란 잉크로 쓴 글씨는 분명히 마토바 의사 것이었다.

노리코는 놀라 의자에 주저앉았다. 이어지는 작은 글씨를 한 자라도 놓칠세라 긴장하며 읽었다.

당신을 좋아해. 오늘 외래에서 당신을 봤어. 당신은 내가 있는 걸 모르고 환자 어머니인 듯한 여성과 이야기를 하고 있었어. 난 약국 앞 소파에 앉아서 꼼짝 않고 바라봤어. 당신은 웃고 고개를 끄덕이며 이야기하고 있어. 상대방 여성도 웃는 얼굴인 건 아마 아이의 병이 이미 낫고 있기 때문일 거야. 입원 중에 당신에게 신세졌다고 고마워하는 거겠지. 어머니의 표정에 감사의 마음이 가득해.

당신은 살짝 고개를 흔들며 얼굴을 붉혀. 아름다워. 어쩌면 저렇게 아름다운 몸짓이 있을까. 당신 목소리를 실제로 듣지는 못했지만, 귓속으로는 목소리를 확인하고 있었어.

아마기시 노리코입니다, 하고 자기소개를 하는 당신 목소리를 처음 들은 건 의국에서였어. 부드럽고 예쁜, 그러면서도 요새 젊은 아가씨들처럼 끝을 올리지 않는, 마음에 스며드는 목소리에 난 문득 눈을 들어 당신을 봤어. 목소리에 걸맞은 사랑스러운 당신이 거기 있었어. 첫눈에 반하고 말았어.

당신은 얼마 동안 어머니와 이야기하고 나서 가볍게 머리를 숙이고 계단을 올라갔어. 난 당신의 뒷모습과 유니폼 밑으로 보이는 예쁜 다리에서 시선을 떼지 못했어. 가슴이 뜨겁게 달아올랐어. 온 힘을 다해 달려가 끌어안고 싶었어. 예배당에서 당신에게 열쇠를 주고 당신을 배웅했을 때도 역시 격정에 사로잡혔었어.

당신을 불러 세워 뒤를 돌아보는 당신을 품에 안아. 그런 광경을 몇 번을 머릿속으로 그렸는지.

당신을 좋아해.

당신만 곁에 있으면 인생을 다시 시작할 수 있을 거야. 당신은 알까. 당신이 이 세상에 존재하고 이 거리에 살면서 이 병원에서 일하고 있다는 사실이 얼마만큼 나한테 용기를 주는지. 당신의 모습을 보고 당신 목소리를 들을 수 있다는 게 얼마만큼 나한테 힘을 주는지. 당신이 있는 것만으로 난 이 세상을 살 가치가 있다고 진심으로 생각해.

노리코.

난 꿈이 있어. 언젠가 기회가 있으면 당신에게 털어놓고 싶은 꿈이야.

공무원으로 일하다가 퇴직한 부모님이 사시는 산간 마을에 작은 진료소를 여는 거야. 온천물이 나와서 가까운 지역의 농가 사람들이 탕치(湯治)를 하러 오는 곳이야. 젊은 사람은 많지 않지만, 난 그곳에서 노인들 이야기를 찬찬히 들어주고 진찰을 해. 한평생 일한 거친 손과 굽은 등에 난 무한한 동경심을 품고 있어. 전문인 소아외과가 인생의 입구에서 아이들을 돕는 일이라면, 이번엔 인생의 고개를 넘은 사람들을 보살피고 위로해주고 싶어.

노리코, 당신이 그 일을 도와주면 좋겠어. 당신은 지금처럼 2년, 3년 실력을 갈고닦고 나서 보건 관리사 자격증을 따는 거야. 작은 차를 몰고 둘이 같이 왕진도 가자. 혼자 사는 할머니, 거동을 못 하는 할아버지가 있는 집을 찾아가 이야기를 듣자.

노리코, 근사하지 않아? 겨울엔 눈이 쌓이지만 봄이 오면 휘파람새가 울어. 여름엔 매미 울음소리가 귀를 메우고, 가을이면 논두렁길이 새빨갛게 보일 만큼 석산화가 피어. 당신은 물론 당신 어머니도 좋아하실 거야.

노리코.

글씨는 여백을 남기고 거기서 중단됐다.

눈물이 솟구쳤다. 두 손으로 얼굴을 가리며 눈물을 훔쳤지만, 또다시 오열이 치밀어 오르고 눈물이 쏟아졌다.

예배당에서 집 열쇠를 준 다음 썼을 것이다. 죽기 며칠 전에 갈겨쓰고 나중에 마저 쓸 생각이었던 게 틀림없다. 눈물 속에 기억이 꼬리를 물고 되살아났다. 호랑이 꼬리 벚나무 밑에서 만났을 때 자연스럽게 대화를 잇던 마토바 의사. 그때 자신을 아름다운 간호사라고 말해주었다. 아름답다는 말을 들은 것은 그때가 처음이었다. 자신이 꽃놀이에서 노래를 부르면 듣고 싶다고 말했다. 호랑이 꼬리 벚나무라는 이름의 유래도 수긍이 가게 설명해주었다. 그때의 장난기 어린 눈. 그 눈은 연못에 빠진 시모노 히토시를 물에 흠뻑 젖는 것도 아랑곳하지 않고 구해줬을 때도 자신을 보며 웃고 있었다. 걸을 때 오른쪽 어깨가 살짝 들리는 버릇이 있었다.

사소한 일까지 기억에 모조리 남아 있다는 게 신기했다. 죽은 마시모 미치오가 살면서 기뻤던 추억으로 잠자리 잡기며 참새 길들이기 같은 작은 일을 이야기해준 것과 마찬가지다.

자신도 마토바 의사를 좋아했던 것이다. 집으로 초대 받았을 때 함께 이야기하던 광경을 떠올렸다가 갑자기 창피해져 서둘러 지워버렸다.

마토바 의사가 조금이라도 속마음을 털어놨다면 자신의 감정에도 불이 붙었을 것이다. 기꺼이 그의 품에 뛰어들었을 것이다.

마토바 의사가 그런 내색을 눈곱만큼도 안 한 것은 무뇌아를 사용한 이식의 전모를 밝혀낼 때까지 기다리자는 마음에서 아니었을까. 사건이 모조리 해결되면 여기에 쓴 것 같은 연정을 그대로 전할 생각이었을 게 틀림없다.

노리코는 마토바 의사의 육필을 어루만지듯 한 번 더 읽었다.

마토바 선생님, 선생님을 좋아했어요.

노리코는 그의 글씨를 보며 중얼거렸다. 마지막으로 한 번 더 중얼거렸다. 선생님, 선생님을 좋아했어요.

쏟아지는 눈물을 닦았다. 선생님과 함께라면 그 어떤 조그만, 그 어떤 산골 진료소라도 상관없었을 거예요. 아무리 가난하게 살아도 상관없었을 거예요. 환자들이 좋아해주는 것으로 만족하는 간호사가 될 수 있었을 거예요.

마토바 의사의 부모가 사는 산간 마을이 머릿속에 그려졌다. 마을을 내려다보는 산 중턱에 마토바 의사의 묘가 있을 것이다. 석산화가 일제히 필 무렵 혼자 성묘를 다녀오자. 무덤 앞에서 "선생님, 선생님을 좋아했어요. 그리고 고맙습니다. 선생님을 만난 덕분에 전 앞으로도 열심히 살아갈 수 있어요"라고 말하자.

오열이 고요한 눈물로 잦아들었다.

노리코는 사진을 서랍에 넣고 방을 나섰다.

전화로 택시를 불렀다.

세이레이 병원으로 올라가는 구불구불한 산길 도중에 택시를 세워달라고 했다.

계곡 밑에 있던 마토바 의사의 차는 이미 인양되어 없었다. 작업으로 인해 비탈에 난 여름풀이 군데군데 짓밟혔지만, 차의 잔해가 있던 자리는 이미 수풀로 뒤덮여 있었다.

노리코는 들고 있던 꽃다발을 갓길에 놓았다. 염주를 들고 묵도했다.

눈을 들어 택시로 돌아왔다.

세이레이 병원 앞에서 택시를 돌려보냈다.

케이블카 둘째 역까지 걸어갔다. 햇살은 따가웠지만 산꼭대기에서 불어오는 바람이 목덜미를 어루만져주었다.

도중에 산길이 기슭 쪽으로 갈라진다. 마지마 간호사를 이용해 가나이 야스카즈가 노리코를 유인했던 길이다.

마지마 간호사가 결혼해서 아들을 낳은 적이 있다는 이야기는 사와 형사에게 들었다. 아기는 생후 얼마 안 돼서 죽었다. 신장 하나가 형성 부전이고 나머지 하나는 암이었던 터라 살아날 방도는 신장 이식밖에 없었다. 그러나 신생아에게 이식할 신장을 찾지 못했다. 그녀는 그때부터 장기 이식에 대해 확고한 의견을 갖게 됐다고 한다.

"조사 중에 저희가 가장 신경 쓰는 게 그 사람이 섣부른 행동을 못 하게 감시하는 겁니다"라고 사와 형사가 덧붙였다.

마지마 간호사가 그려준 도면을 참고해 경찰은 보육실 안쪽 벽을 부수었다. 작업원이 조작하는 착암기가 큰 소리를 내며 작동하자 콘크리트가 깨지면서 구멍이 났다. 금속과 시멘트가 마찰하는 탄내가 가라앉은 순간 냄새가 풍겼다. 부패한 냄새는 그 구멍에서 나는 것이었다. 구멍이 넓어지면서 이취가 점점 강해져 그들은 손수건으로 입과 코를 막았다.

조명으로 비춘 실내는 세 평쯤 되는 넓이에 특제 인큐베이터 열다섯 대가 아무렇게나 처박혀 있었다. 인큐베이터 안에 남아 있던 무뇌아 아홉 개체의 피부는 이미 검게 변색되기 시작했다.

나중에 시신을 확인한 마지마 간호사는 쓰러져 오열했다고 한다. 체내에 주사한 약물이 사인이었다.

마지마 간호사를 경멸할 마음은 나지 않았다. 분명 그녀는 자기 나름의 신념에 기반해 행동했을 것이다.

무뇌아라는 근원적인 존재를 네 개의 힘이 이용하려 했다고 할 수 있다. 중심에 마지마 간호사의 순수한 신념이 자리하고,

그 주변을 검은 힘이 메우고 있었다. 사다무라 의사의 걷잡을 수 없는 연구욕, 구노 의사와 가나이 야스카즈는 무뇌아를 돈이 열리는 나무로 여겼고, 시라타니 부원장은 병원의 명성과 자신의 기반을 굳히기 위해 무뇌아를 이용했다. 수사를 시종 방해했던 노가미 서장은 단물에 꾀는 개미일 것이다.

노리코는 뒤를 돌아봤다. 쌍안경 같은 세이레이 병원 건물이 태양 아래 하얗게 빛나고 있었다. 내일부터 다시 근무를 시작한다.

자신은 간호사다. 앞으로도 간호사로 살아갈 것이다. 유니폼을 입은 자신은 어디를 가나 마토바 의사가 지켜보고 있을 것 같다. 아니, 언제까지고 지켜봐주면 좋겠다.

노리코는 달려 나갔다. 하늘을 올려다보며 빙글빙글 돌았다. 유코가 기운을 낼 때 하던 동작이다. 여름 햇살이 얼굴에 쏟아졌다. 빛을 들이마시듯 하며 심호흡했다. 앞으로는 유코 몫까지 일하자.

상행 케이블카에는 후지노 시게루가 차장으로 타고 있었다. 제모를 들어 노리코에게 인사했다.

"유코가 발견된 곳에 꽃을 장식하고 싶은데 궤도 옆 통로로 내려가도 될까요?"

노리코는 산꼭대기 역에서 내리면서 물었다.

"상사에게 허가를 받겠습니다."

후지노 시게루는 승객이 모두 내린 뒤 노리코를 역사로 데려갔다.

"후지노, 좀 이르지만 지금 점심 쉬는 시간을 가지면 어떻겠나?"

나이 많은 상사는 그렇게 말하며 또 한 명의 역원에게 대체 근무를 지시했다.

"이게 이번에 후지노가 완성한 작품입니다."

그는 노리코를 창 근처로 안내했다.

탁자 가득 정밀한 산 모형이 있었다. 케이블카 궤도와 역사, 산꼭대기 레스토랑, 텔레비전 탑까지 미니어처가 세세하게 배치되어 있다.

"보세요, 이게 세이레이 병원입니다." 상사가 가리키자 후지노 시게루는 쑥스러운 듯 얼굴을 붉혔다. "병원은 다른 데보다 훨씬 꼼꼼하게 만들었어요. 어느새 이렇게 조사를 했나 싶어서 전 혀를 내둘렀지 뭡니까. 창문 하나하나, 주차장의 차까지 직접 만든 겁니다."

현관의 외장이며 진입로도 실물과 똑같다.

"처음엔 이걸 시청에 기증할 예정이었는데, 최종적으론 세이레이 병원에 두는 걸로 후지노하고 의견이 일치했답니다. 세이레이 병원은 그런 일이 있었으니 한동안 힘들겠지만 저희는 꼭 이겨내 주길 바라거든요. 저희한테는 고객이잖습니까. 소장님께 병원에 타진해달라고 부탁드려놨습니다. 산꼭대기 역에 전시했다가 아마 다음 달부터는 세이레이 병원에 장식될 겁니다."

그렇게 되면 높다란 천장, 인공 실개천과 더불어 병원의 새로운 명물이 탄생할지도 모르겠다.

케이블카가 출발한 뒤 후지노 시게루와 함께 궤도 옆 통로를 내려갔다.

길을 발견한 양 바람이 궤도를 따라 위에서 완만히 불어온다. 큰 나무에 다가가니 매미 울음소리가 그쳤다.

앞장서서 걷던 후지노 시게루가 멈춰 섰다. 여기라고 말하듯 잠자코 숲속으로 시선을 돌렸다.

전보다 풀이 무성하게 자랐고 나무들의 푸른색도 더욱 짙어졌다. 노리코는 유코가 누워 있던 곳에 꽃다발을 놓았다. 둘이 합장했다.

매년 기일이면 마토바 의사의 차가 추락한 갓길과 유코의 시신이 발견된 이곳에 꽃을 바쳐야겠다.

내려온 길을 도로 올라갔다.

도중에 후지노 시게루가 돌아봤다. 그곳에서만 나무들 사이로 세이레이 병원의 하얀 건물, 그것도 대포의 포신 같은 꼬트머리 부분이 보였다.

두 개의 포신 사이에 예배당이 있다. 병원은 안쪽 공간에서 발견된 무뇌아 아홉 개체와 가나이 노부코가 안고 있던 무뇌아를 예배당에 모시기로 결정했다.

"이제 머리 없는 갓난아기가 이식에 사용되는 일은 없겠죠?"

후지노 시게루가 확인하듯 물었다.

세이레이 병원에서는 그런 일이 두 번 다시 없을 것이다. 하지만 장기 이식으로만 살아날 수 있는 아이가 있고 공급원인 기증자가 절대적으로 부족한 한, 무뇌아를 낳아 교체 부품처럼 이식에 이용할 가능성은 결코 사라진 게 아니다. 광기 어린 연구심과 재물욕, 명예욕이 치료라는 깃발을 내걸고 무뇌아를 노리는 한은.

노리코는 그렇게 생각했지만 입 밖에 내어 말하지는 않았다.

"무뇌아도 인간입니다."

갑자기 후지노 시게루가 말했다.

노리코는 고개를 끄덕였다. 머리 없는 아기에게서 생명의 등불이 타오르는 것을 그 순간 본 것 같았다.

※ 이 해설에는 결말에 관한 언급이 포함되어 있습니다.
소설을 먼저 읽고 봐주시기를 부탁드립니다.

사건의 시작이자 결과인 '인간'
_하하키기 호세이의 《장기농장》

최명기
(정신과 전문의, 청담하버드심리센터 원장)

 《장기농장》은 전형적인 일본 추리물과는 다른 구조를 가지고 있다. 우리에게 익숙한 추리소설들은 일단 살인 사건이 벌어지는 것으로 시작한다. 그러고 나서 그 사건을 풀기 위해 형사가 등장한다. 그리고 천재적인 추리력을 가진 탐정 혹은 형사가 사건을 푼다. 반면 《장기농장》에서는 주인공들이 사건의 시작이며 동시에 결과다. 처음이며 끝이다. 그들이 사건을 만들고 그들이 사건에 휘말리고 그들이 사건을 풀어나간다.

 두 명의 간호사가 비밀을 파헤치기 위해서 모험을 시작한다. 그러면서 살인이 벌어진다. 보통 추리소설에서는 범인이 범죄를 저지른 후 수사가 이루어진다. 현재는 과거에 영향을 줄 수 없다. 따라서 현재의 수사가 이미 벌어진 범죄에 영향을 끼칠 수 없다. 하지만 《장기농장》에서는 그녀들의 움직임으로 인해서 병원의 평형상태(equilibrium)가 깨어진다. 병원 이식팀 최정예 의료진의 한 사람으로 그동안 이식용 장기의 출처에 아무런 의문도 품지 않던 마토바 의사는 노리코를 만나 각성된다. 그래서 모두가 알면서도 모른 척하던 사실들에 문제를 제기하고 그로 인해 죽음을 맞이한다. 뒤이어 두 간호사 중 한 명인 유코가 살해당하고, 예상 못 한 압박에 당황한 주변인물들이 동요하면서 무뇌아의 시체가 발견된다. 급박하게 전개되는 상황 속에 주인공 노리코 역시 가까스로 죽음을 면하고 마침내 진실이 드러난다. 노리코와 유코는 사건을 만들고, 범죄에 휩쓸리고, 결국 범인을 잡는다. 그들이 원인이면서 동시에 결과다. 기존의 수수께끼 풀이식 추리소설에 질린 이들에게 권하고 싶은 소설이다.

정신분석가 라캉은 에드거 앨런 포의 추리소설 〈도둑맞은 편지〉를 분석해서 불멸의 아티클을 남겼다. 《장기농장》을 읽으면서 만약 라캉이 이 시대에 태어나서 《장기농장》을 분석했다면 과연 어떤 글을 남겼을까 하는 상상을 해봤다.

《장기농장》의 배경은 첨단 의학이 지배하는 병원이다. 지금은 '간 이식'이나 '심장 이식'이 너무나 익숙한 용어지만 이 소설이 출간된 1993년도의 시점에서는 성인의 간 이식이나 심장 이식도 최첨단의 의료였다. 하물며 소아 장기 이식은 주요 뉴스의 탑이 될 정도로 대단한 이슈였다. 나는 1992년 서울 아산 병원에서 인턴 수련을 받았다. 그 당시 서울 아산 병원은 간 이식, 췌장 이식, 심장 이식에 연달아 성공했었고, 그래서 '세이레이 병원'에 있어서 소아 장기 이식의 성공이 어떤 의미일지 피부로 느낄 수 있었다. 소설 속에서는 마토바 의사가 마치 시골의사처럼 묘사되지만, 사실 소아 간 이식을 할 수 있는 실력자란 실제 일본에서도 손꼽힐 정도였을 것이다. 그런데 이런 첨단 병원의 대척점에 인간이면서 인간이 아닌 무뇌아가 존재한다. 인터넷에 무뇌증, 무뇌아 혹은 Anencephaly라고 검색하면 대뇌피질이 발달하지 않은 태아의 사진을 찾아볼 수 있다. 단지 대뇌피질만 없는 것이 아니라 뇌를 보호하기 위한 두개골, 피부, 뇌수막 역시 대부분 존재하지 않는다. 아주 얇은 막으로 머리가 덮여 있다. 그리고 그 밑에는 있어야 할 뇌가 없다. 무뇌증 상태로 태어난 아이의 모습은 우리가 생각하는 아기와 많이 다르다. 그렇기 때문에 어떤 이들은 무뇌증인 태아를 보면서 극심한 공포를 느끼기도 한다. 의학이 발달하지 않았던 과거에는 무뇌아를 저주받은 존재로 받아들이기도 했다. 아이가 태어날 때마다 천국에서 영혼이 하나씩 주어지는데, 엄마 배 속에서 만들어진 아이의 육신이 이를 만나지 못해 태어난 '영혼 없는 아이'라는 것이다.

최고의 이성을 상징하는 세이레이 병원은 어떤 점에서 바벨탑과 같은 존재다. 그래서 작가는 세이레이 병원을 도심 한복판이 아닌 산 중턱에 위치시킨다. 이성과 자연을 대비시키기 위해서다. 만약에 이 소설이 영화로 만들어진다면 울창한 숲 속에 우뚝 솟은 병원의 이미지 자체만으로도 주제를 전달할 수 있을 것이다. 그런데 이러한 세이레이 병원은 완전한 혼돈 혹은 무를 상징하는 '무뇌아'의 장기에 의존해야 한다. 인간의 이성과 문명은 완벽한 질서를 꿈꾼다. 그래서 중세에는 신체를 작은 소우주에 비유했다. 우주는 신의 조화로운 질서를 상징하고, 그런 의미에서 질병은 신체라는 소주우에 벌어진 혼돈이다. 그리고 그 혼돈을 바로잡아 질서를 회복하는 것이 의술이다.

무뇌아는 인간이 아닌 인간이 태어났다는 점에 있어서 완벽한 혼돈이다. 그런데 '장기이식'이라는, 완벽한 이성을 상징하는 행위가 '무뇌아'라는 완벽한 혼돈에 의존해야 하는 것이다. 장기이식을 통해서 질병이라는 혼돈을 제거하기 위해서는 더 많은 무뇌아가 필요하다. 그래서 인위적으로 무뇌아를 출생시키고 인큐베이터에서 증식시킨다. 결과적으로 병원은 질서를 회복하기 위해서 더 많은 무질서를 만드는 모순에 빠진다. 주인공 노리코와 유코는 완벽한 조화를 이룬 이 세이레이 병원에 어울리지 않는 존재, 무질서한 곳, 즉 '산부인과 특수병동'이 있다는 것을 감지한다. 그녀들은 마치 영화 〈매트릭스〉에 등장하는 '버그'와 같다. 버그를 제거하기 위해서 시스템이 작동한다. 하지만 버그를 잡아서 무질서를 없애려는 시스템의 노력은 결국 더 많은 무질서를 야기하면서 스스로를 붕괴시킨다. 세이레이 병원의 붕괴는 어떤 점에서 바벨탑의 붕괴와 유사하다. 그리고 그 파멸은 〈매트릭스〉의 파멸과 같은 맥락에 있다. '세이레이 병원'의 이성과 '무뇌아'라는 비이성의 갈등이 이 작품《장기농장》의 긴장의 큰 틀을 이루고 있다. 그리고 이러한 근원적 갈등이 인간들을 '광기'라는 혼돈으로 이끌어간다. 의사라는 완벽한 이성을 상징하는 존재들이 집단 광기에 사로잡혀 범죄를 저지르는 것이다.

그렇다면 이 소설의 주인공이 간호사인 이유는 뭘까? 의학 미스터리의 주인공은 의사인 경우가 많다. 하지만 의사보다는 간호사가 환자와 보호자와 더 자주 대하는 것이 현실이다. 의사는 하루 중 일정 시간 회진을 돌 때만 환자와 보호자를 만난다. 환자와의 정서적 교감은 제한적이다. 그런데 간호사는 내내 병동에 머무른다. 그러다 보니 환자나 보호자와 더 자주 마주친다. 소설의 주인공 노리코는 환자에 대한 애정이 남다른 간호사로 묘사되는데, 이러한 점에서 그녀는 의사 집단의 '이성'과 대척점에 위치하는 '감정'을 상징한다. 흔히 이성은 좋은 것이고 감정은 나쁘다고 생각하지만, 이성의 감옥에 갇히게 되면 오히려 판단력을 잃게 된다. 《장기농장》 속에 등장하는 의사들이 범죄를 저지르고 결국 파멸하는 이유는 이성이 부족해서가 아니다. 그들은 감정이 마비되면서 범죄를 저지른다. 모든 일에는 예상치 못한 불확실성이 존재한다는 것을, 이성에 사로잡혀 무시했기 때문에 파멸로 치닫는 것이다. 마토바 의사가 살해당한 것 역시 그런 점에서 상징적 의미를 지닌다. 이성에 의문을 품은 것이 오히려 근본적인 죄였던 것이다. 마토바 의사의 죄는 감정이었다. 소설 마지막 부분을 보면 그가 남긴 사진 뒤판에 휘갈긴 "노리코 당신을 좋아해"라는 말로 시작되는 편지를 노리코가 발견하는 장면이 등장한다. 마토바 의사는 노리코에 대한 사랑으로 인해 이성의 감옥에서 빠져나오게 되었다. 밀란 쿤데라의 소설 《운명》에서 주인공은 여성과 사랑에 빠지며 한 농담 한 마디 때문에 파멸에 이른다. 마토바 의사 역시 노리코에게 반하지 않았다면 이 일에 휘말리지 않았을 것이다. 죽음을 맞이하지도 않았을 것이다. 마토바 의사가 죽음으로써 세이레이 병원의 혼돈이 증가된다. 엔트로피가 증가된다. 표면적으로 마토바 의사는 진실을 파헤치고 문제 제기를 하다가 죽었다. 하지만 결과적으로 보면 그는 노리코 간호사를 사랑하게 되었기에 죽었다. 그녀의 사랑을 얻기 위해서, 그녀가 원하는 마토바가 되기 위해서 위험을 감수했고 결국 죽음을 맞이한 것이다. 사랑이라는 감정에 사로잡힌 마토바 의사에게 의사 집단이 내린 벌은 죽음이었다. 따라서 주인공을 노리코라는 간호사로 설정한 것은 어쩌면 필연적이었다. 의사는 이성을 간호사는 감정을 상징한다. 감정이 이성을 무너뜨린다는 것이 《장기농장》의 밑에 숨어 있는 상징 중 하나다. 또한 노리코, 유코, 마토바 의사, 세 주인공들은 모두 세이레이 병원에 들어온 지 얼마 안 되는 새로운 직원이었다. 가까스로 버티고 있던 무질서가 이들이 등장함으로써 완벽한 카오스로 돌입한 것이다. 어쩌면 라캉은 이런 식으로 《장기농장》을 해석했을지도 모른다. 아마도 그러면 나보다 훨씬 잘했겠지만.

다시 2017년의 현실로 돌아와, 개인적으로 가장 생생하게 다가온 캐릭터는 마지마 간호사였다. 병원생활을 하다보면 그렇게 완벽한 척하는 이들과 이따금 마주하게 된다. 소설 속 그녀의 말과 행동은 마치 살아 있는 것 같았다. 개인적으로 썩 좋아하지 않는 유형의 사람이지만 작가가 마지마 간호사를 묘사하는 것을 보면서 병원에서 일한 사람이 맞구나 실감했다. 1990년대 일본의 병원을 무대로 하고 있음에도 소설을 보면서 나의 인턴과 레지던트 시절이 떠올랐다. 그만큼 병원의 일상을 있는 그대로 잘 그려냈다. 예를 들어, 아이카와 간호사가 근무 중 여성 속옷 통신판매 카탈로그를 펴놓고 속옷을 고르는 에피소드 같은 경우, 병원에서 일해보지 않은 사람은 절대로 생각할 수 없는 장면이다. 작가인 하하키기 호세이는 간호사들과 잘 지내는 의사였을 것 같다.

작가의 시선에서도 그런 부분이 느껴지지만, 소설을 읽으면서 가장 관심을 끄는 캐릭터는 사실 주인공 노리코가 아닌 케이블카 차장 후지노 시게루다. 후지노 시게루는 선천성 장애로 인해서 다른 이들에 비해서 머리가 큰 것으로 묘사된다. 그 원인이 정확히 묘사되지는 않는다. 아마도 어려서 수두증을 앓아서 그럴 수도 있고, 두개골 뼈가 과도하게 성장하는 질환을 앓고 있을 수도 있다. 비록 장애가 있기는 하나 차장으로서의 그는 한 치의 모자람도 없다. 오히려 그의 기억력, 판단력은 정상인보다 훨씬 더 뛰어나다. 어쩌면 인간적인 부분, 심성에서도 그릴지 모른다. 이 소설이 영화로 만들어진다면 어떤 모습일까 가장 기대하게 되는 캐릭터다. 또한 그는 어떤 의미에서는, 작품의 핵심 소재인 무뇌아와 관련된 캐릭터라고 볼 수 있다. 만약 병원 측의 주장대로 제대로 된 삶을 미처 시작하지 못한 무뇌아를 인간으로 치지 않는다면 후지노 시게루 역시 인간으로서의 자격에 미달함이 있는 존재가 될 것이다. 하지만 그런 후지노 시게루가 사건을 해결하는 데 결정적인 역할을 하는 것을 보여줌으로써 작가는 자신이 무엇을 위해 이 소설을 썼는지를 선명하게 드러내고 있다. 그리고 이러한 장치들을 통해 단순한 사건 해결 이상의 많은 것들을 생각하게 한다.

옮긴이 **권영주**

서울대학교 외교학과를 졸업하고 동 대학원에서 영문학을 전공했다. 옮긴 책으로 2015년 제20회 노마문예번역상을 수상한 《삼월은 붉은 구렁을》을 비롯한 온다 리쿠의 작품 다수와 《빙과》 등 요네자와 호노부의 '고전부' 시리즈, 《잘린 머리처럼 불길한 것》 등 미쓰다 신조의 '도조 겐야' 시리즈, 아와사카 쓰마오의 '아 아이이치로' 시리즈, 오쿠다 히데오의 《항구 마을 식당》, 하라다 마하의 《낙원의 캔버스》, 무라카미 하루키의 《애프터 다크》 《오자와 세이지 씨와 음악을 이야기 하다》 외 다수가 있다. 조세핀 테이의 《프랜차이즈 저택 사건》, 《데이먼 러니언》 단편 전집 등 영미권 작품도 우리말로 소개하고 있다.

2017년 2월 24일 초판 1쇄 발행
2020년 3월 24일 초판 5쇄 발행

지은이 | 하하키기 호세이
옮긴이 | 권영주
발행인 | 윤호권

발행처 | (주)시공사
출판등록 | 1989년 5월 10일(제3-248호)

주소 | 서울시 서초구 사임당로 82(우편번호 06641)
전화 | 편집 (02)2046-2852·마케팅 (02)2046-2881
팩스 | 편집·마케팅 (02)585-1755
홈페이지 | www.sigongsa.com

ISBN 978-89-527-7791-1 03830